Tom Owens ist ein erfolgreicher Geschäftsmann. Was zählt sind Geld, Macht, politischer Einfluß und schöne Frauen. Familie interessiert ihn nicht. Doch dann passiert es: Eines schönen Tages steht die zehnjährige Jane vor seiner Haustür. Ihre Mutter hat sie geschickt, denn sie behauptet, daß Jane Toms Tochter ist. Tom ist erstmal völlig überrumpelt. Jane versucht nun, eine Beziehung zu ihrem vermeintlichen Vater zu knüpfen, was gar nicht so einfach ist. Denn da gibt es nicht nur Olivia, Toms langjährige Freundin, sondern auch viele andere Frauen, die ein Auge auf diese gute Partie geworfen haben. Und dann ist da auch noch Noah, Toms bester Freund und Alter ego, der, an einen Rollstuhl gefesselt, alles das ersehnt, was Tom für selbstverständlich hält – Erfolg im Beruf und bei den Frauen. Jane und Noah freunden sich an, und die zwischenmenschlichen Konstellationen geraten ganz schön in Bewegung...

Mona Simpson wuchs in Green Bay, Wisconsin, auf. Sie studierte Literatur in Berkeley und an der Columbia Universität in New York. Seit 1988 unterrichtet sie am Bard College und lebt mit ihrem Mann und Sohn in New York und Los Angeles.

Unsere Adresse im Internet: www.fischer-tb.de

Mona Simpson

Ein gemachter Mann

Roman

Aus dem Amerikanischen
von Astrid Arz

Fischer Taschenbuch Verlag

Veröffentlicht im Fischer Taschenbuch Verlag GmbH,
Frankfurt am Main, September 2000

Lizenzausgabe mit Genehmigung des
Wolfgang Krüger Verlags, Frankfurt am Main
Die amerikanische Originalausgabe erschien 1996
unter dem Titel ›A Regular Guy‹
im Verlag Alfred A. Knopf, New York

Druck und Bindung: Clausen & Bosse, Leck
Printed in Germany
ISBN 3-596-14785-9

Für Dich, der Du nun Glauben fandest

Prolog: Denkmäler

Er war ein vielbeschäftigter Mann, zu beschäftigt, um Toilettenspülungen zu betätigen. Weniger als die meisten anderen Jane bekannten Menschen war er sich der Absonderungen seines Körpers bewußt, die Anstoß erregen könnten. Von Deodorant hielt er nichts, und er beteuerte gern, mit der richtigen Ernährung und Pfefferminz-Olivenölseife würde man weder schwitzen noch schlecht riechen.

Diese Unfähigkeit, sich anzupassen, ja, sich den Wünschen oder Launen anderer Leute zu beugen, war für einen Mann mit politischen Ambitionen ungewöhnlich. Es war sein Glück, daß er reich war. Außerdem sah er gut aus, war also schon vor seinem Reichtum kein Stiefkind der Liebe gewesen. Seine Lieblingskunstform war die klassische bildende Kunst, insbesondere öffentliche Kunstwerke in Form von Denkmälern. Der Louvre interessierte ihn ebenso wie die Gemälde darin, die ihm, so schön und eindrucksvoll einzelne auch waren, doch nur wie eine Ansammlung von Details vorkamen.

Wenn ein Mann will, daß von ihm auch nach seinem Ableben Spuren auf diesem Planeten zurückbleiben, muß er in gewissen Größenordnungen denken.

An diesem Nachmittag zeigte er seiner Tochter zum ersten Mal den Eiffelturm. Obwohl er kein sehr geduldiger Mensch war, wurde es ihm nie zuviel, seinen Kindern alles mögliche zu zeigen: Arbeiten, Gärten oder sogar ihm vertraute Gefühlsregungen. Eines Tages wollte er ihr Italien zeigen. Im nächsten Winter hatte er vor, ihr Skifahren beizubringen. Seiner Meinung nach war das Wesentliche, was ein Vater für seine Kinder tun sollte, ihnen die Wunder der Welt nahezubringen.

Und tatsächlich erinnerte Jane sich Jahre später, lange nachdem sie vergessen hatte, wie sie zur Damentoilette gegangen war, während er ein zu langes Überseegespräch mit seiner Freundin führte, an die hochaufgeschossene Gestalt ihres Vaters, wie er mit ihr in dem proppenvollen Aufzug zur zweithöchsten Plattform des Eiffelturms hinauffuhr, dann mit seinem schiefen Gang die Metallstufen nahm und auf der obersten Plattform stand, seine Haare, länger als die der meisten anderen Väter damals, schlugen gegen seine runde Stirn, die Lippen in einer Art patriotischer Ehrfurcht aufeinandergepreßt, und ein Lächeln brach sich nach unten zu ihr Bahn. So war er. Die Haare vom Wind zerzaust, mit lauter Stimme, um die Naturgeräusche zu übertönen, schritt er wie das Maskottchen auf einem Schiff ans äußerste Ende der Plattform, angetan mit der Zukunft der Welt. Als amerikanischer Unternehmer glaubte er an die potentielle Vollkommenheit des Staates und war, ohne es näher erklären zu können, stolz. Er war ihr Vater. Und unter ihnen breitete sich die gesamte geplante Stadt Paris aus.

Er flüsterte: »Ich hab vielleicht vor, zu kandidieren. He, erinnert dich das hier nicht ein bißchen an die Freiheitsstatue?«

Soeben hatte er ihr gesagt, er wollte vielleicht kandidieren. Sie nahm an, daß er für die Präsidentschaft meinte. Damals wäre sie nie auf den Gedanken gekommen, daß da außer ihm noch jemand ein Wörtchen mitzureden haben könnte.

An dem Abend nahm er ihr im Hotel ihr Buch aus der Hand, blätterte es kurz durch und gab es ihr wieder. »Hast du irgendwas von Abraham Lincoln gelesen?« fragte er, ohne das alte Schulbuch weiter zu beachten. »Du solltest seine Reden lesen. Ich hab das Gefühl, von Leuten wie Abraham Lincoln lernen zu können. Weißt du, ich finde, daß Individuen den Lauf der Geschichte bestimmen.« Er hielt kurz inne. »Ich glaube, wenn du älter bist, wirst du das alles irgendwann mal viel besser verstehen.«

»Was?«

»Ich weiß nicht – warum ich soviel um die Ohren hab. Warum ich nicht immer da war, als du es dir vielleicht gewünscht hast.« Er klopfte auf den Pappdeckel ihres Buches. »In der Schule lernst du Geschichte; tja, Genesis ist wahrscheinlich für einige der großen Erfindungen unserer Zeit verantwortlich.«

»Es ist eine Firma.«

»Es ist eine Firma, aber noch mehr als das.« Er ließ sie nicht aus den Augen. Sie war zu jung, um den Augenblick auszunützen, wie ein Erwachsener es getan hätte, und ihm mit seinen eigenen Ansprüchen zu Leibe zu rücken. Wie immer, wenn es ihm mit etwas ernst war, nahmen seine Augenbrauen eine bestimmte Stellung ein. »Wenn du älter bist, wirst du verstehen. Viel mehr von mir.«

»Hier«, sagte er auf der höchsten Turmplattform, »damit wir das nicht vergessen.« Er zog zwei bonbonfarbene Franc-Scheine hervor, große Beträge, faltete aus einem ein Papierflugzeug und ließ es nach unten segeln, über die Metallbrüstung. »Jetzt deins.«

»Ich behalte meinen«, sagte Jane.

Im Lauf der Jahre zeigte er ihr das Empire State Building, das Lincoln Memorial und seine in den dreißiger Jahren gebaute Lieblingsskihütte. Er zeigte ihr Yosemite, gleich nach seiner Heimat seine Lieblingsgegend auf Erden.

Sie führte ihn einmal bei Nacht zu einer alten verlassenen Fabrik.

»Gefällt dir das?« fragte er mit eulenhaften Gesichtszügen. »Warum?«

»Ach, egal«, sagte sie und wandte sich ab, das Gesicht parallel zum Boden. Sie hatte es schön gefunden, das Mondlicht auf Hunderten halb herausgeschlagener Fensterscheiben.

Aber er war wirklich nur neugierig.

Er unternahm diverse mißglückte Versuche, seine eigenen Denkmäler zu errichten. Sein Leben lang beeindruckten ihn Architekten, und wenn sie redeten, lauschte er mit eigentümlich schiefgelegtem Kopf, aber jede Zusammenarbeit mit ihnen schlug fehl, weil die von ihm beauftragten Männer seinen Ansprüchen nicht genügten und er nicht die Zeit hatte, die Projekte selbst zu leiten.

Einmal kaufte er einen Turm, und er kaufte einen Obstgarten. Außerdem besaß er eine Höhle in Italien. Gewöhnlich verlangte er, daß Gelddinge von seiner Privatsphäre ausgeschlossen blieben, aber aufgrund einer seltenen Unachtsamkeit des Buchhalters hatte Jane einmal eine Kreditkartenabrechnung auf seiner Kommode entdeckt. »Grotta« stand darauf, und dann ein exorbitant hoher Lirebetrag, umgerechnet in achtzehntausend amerikanische Dollar.

Als sie ihn danach fragte, änderte sich sein Gesichtsausdruck, um den Mund lag ein selbstverloren-glücklicher Zug, er erinnerte sich. »Dort haben Olivia und ich uns einmal geliebt. Wir sind auf einem kleinen Heuhaufen direkt vor der Höhle eingeschlafen. Und dann hab ich ihr Kleid versteckt, während sie schlief.«

All diese Erwerbungen wurden getätigt, während er in einer zugigen Zimmerflucht im ersten Stock wohnte, mit undichtem Dach und Böden, auf denen Schimmelpilze wucherten, und einer Terrasse, auf der durch Risse in den Fliesen Unkraut in die Höhe schoß. Ein Bienenschwarm nistete sich in einer Ecke des Speisezimmers ein.

Er war nicht – wie sie lange Zeit gehofft hatte – ein Mann, der herkömmlichen Wohnverhältnissen zugeneigt war.

Was weit weg existierte, während er nie danach fragte

Jane sollte Jahre brauchen, um ihren Vater mit dem Mann in Einklang zu bringen, den sie sich von klein auf während ihres seltsamen dunklen Abgleitens in den Schlaf vorgestellt hatte. Vor langer Zeit hatte sie eines Vormittags mit ihrer Mutter ein Postamt in einer kleinen Stadt in der Sierra betreten und dort das Foto eines sehr jungen Mannes gesehen, der wegen bewaffneten Raubüberfalls gesucht wurde. Auf dem grobkörnigen Bild sah er zart und fehlgeleitet aus, ätherisch wie ein Engel.

Ihre Mutter fand sie, wie sie versunken dieses Foto in der tristen Galerie anstarrte. Obwohl Jane noch ein kleines Kind war, trat ein geheimnistuerischer Ausdruck in ihr Gesicht. Noch Jahre später starrte Jane manchmal bestimmte Männer auf der Straße an und versuchte, ihnen zu folgen. Dann nickte ihre Mutter Mary traurig und sagte nein, er sieht überhaupt nicht wie Owens aus: es war nämlich das Gesicht des jungen Verbrechers.

Mary wollte den Fehler berichtigen, aber sie hatte jedes Foto verbrannt, das sie von Tom Owens besaß.

Jane war in Gray Star geboren, einem Weiler im äußersten Südosten Oregons, wo sich ihre Schreie in endlosen Obstplantagen verloren, von unablässigem allwissendem Regen eingelullt. Einer der Landkommunenbewohner fuhr mit Marys Nachricht an Owens in die Stadt. Acht Tage später hatte sie nichts von ihm gehört. Während sie auf das unendliche Grau hinausstarrte, schrieb sie einen Brief an ihre Mutter und teilte ihr mit, sie habe das Baby Jane genannt, genau wie früher ihre Puppe.

In den zehn darauffolgenden Jahren waren sie oft umgezogen, immer wegen eines Mannes. Der erste hatte Saiteninstrumente repariert und neun Katzen gehalten. Er schenkte Mary eine Gitarre und zimmerte einen Hochstuhl, in dem er Jane mit den Händen essen ließ. Dann war da lange Zeit der Mann, der immerzu auf Reisen war, im Gefolge der besten Band der Welt; er hinterließ ihnen einen Pick-up-Truck, nachdem er Mary gerade die ersten Akkorde beigebracht hatte. Es folgten ihre Monate in Seattle mit dem Mann, der Owens fast in den Schatten stellte, so schön war er, allerdings wollte er sie nur an Wochenenden treffen und verabschiedete sich jeden Sonntagmittag. Im Umgang mit Kindern war er zwar nicht sehr geschickt, brachte Jane aber das Lesen bei, weil er das Kleinkindgebrabbel nicht ertrug und sie rascher ins konversationsfähige Alter befördern wollte. Dieser Mann zeigte ihnen zum ersten Mal Owens' Foto in der Zeitung. Mit dem aus kleinen Pünktchen zusammengesetzten Bild versuchte Mary ihrer Tochter zu beweisen, daß ihr Vater nicht der Räuber war, dessen Gesicht sie sich von der Wand in einem Postamt eingeprägt hatte.

In dem Artikel behauptete Owens, er sei kinderlos.

Die Wochenenden des Geschäftsmannes wurden kürzer. Irgendwann kam er Samstagsvormittags statt Freitagabends und ging immer noch pünktlich vor Sonntagmittag. Als seine Besuche um Mitternacht begannen, zogen sie wieder um. Doch da kam ihnen Tom Owens als der berühmteste Mann der Welt vor.

Sie zogen an einen Ort mit natürlichen heißen Quellen, wo sie lernen wollten, wie man stillsitzt, ohne zu denken. Dort, in einem Schlamm-Whirlpool, erzählte Jane einer Gruppe von Kindern, ihr Vater sei reich.

»Und ich bin Thronfolger von Curaçao«, antwortete ein Junge. Im übrigen nahmen die Kinder, die Jane in Kommunen und Ashrams kennenlernte, gar nicht selten eine abwegige Herkunft für sich in Anspruch, die sich unmöglich nachprüfen ließ, während sie in Wohnwagen und Lkws auf nackten Matratzen hausten. Einmal freundete sie sich mit einer ungarischen Familie aus dem Hochadel an, deren einziger Beweis eine seltene Erbkrankheit namens Porphyrie war. Die Kinder hatten nie eine Schule besucht, und die Mutter unterrichtete sie aus einem Buch mit elisabethanischen Theaterstücken und mit dem Video der dazugehörigen Verfilmung, das sie sich in ihrem Wohnmobil immer und immer wieder ansahen.

Schließlich brachte sie eine Frau namens Bixter in eine Bergstadt, wo sie eine Holzhütte auf einem Campingplatz bezogen, der in der warmen Jahreszeit vom Parkservice betrieben wurde. Abends machten die Männer fast immer ein Lagerfeuer, an dem die Frauen kochten, und alle beobachteten das Wetter und schnüffelten nach dem versteckten Brotgeruch, der bedeutete, daß Schnee in der Luft lag.

Jane begriff, daß sie nie dort gewohnt hatten, wo sie ursprünglich herkamen. Das war Auburn, und obwohl sie den Ort noch nie gesehen hatte, kannte sie ihn aus den Erzählungen ihrer Mutter. Sie malte die breite Hauptstraße blau mit gelben Laternen und ließ sie auf einen rosafarbenen Platz münden, an dem es einen Tabak- und Zeitungskiosk und einen Kinopalast gab. Sie umgab die Stadt mit stämmigen Pfirsichbäumen und dattelbehangenen Palmen und stellte kreuz und quer Häuser auf, jedes mit eigenem Garten und Obstbaum. Nachts stellte sie sich vor, wie die Stadt seufzte, während der Himmel erst rosa und dann langsam dunkel wurde. Jane hatte nur ein Foto auf einer alten Ansichtskarte gesehen, die sie in einem verstaubten Drugstore gefunden hatten, auf dem statt Autos Pferde und Wagen abgelichtet waren.

Anders als die meisten Städte war Auburn von einem Menschen gegründet worden, der eine Idee gehabt hatte. Er hatte nicht etwa haltgemacht, weil die Gegend schön gewesen wäre. Vielmehr sah es dort so präzise wie in den Gegenden aus, die bereits hinter ihm lagen, daß ihn nur der Zusammenbruch seiner jungen Frau zum Halten zwang. Wegen ihrer Haarfarbe war sie auf den Namen Auburn, kastanienbraun, getauft worden; die Haare waren später nachgedunkelt. Als sie dort begraben lag, wollte er nicht mehr weg. Anderen Mitgliedern seiner Reisegesellschaft fiel allerdings der milde Abend auf, und ein zarter lieblicher Duft, den weiße Blüten im Dunkeln verströmten. In den nächsten Jahrzehnten trafen mehr Einwanderer ein, reiche Neuengländer nach der langen

Schiffspassage um Kap Hoorn, Menschen aus dem Mittleren Westen in Planwagen, die die Überlandstrecke genommen hatten, und irgendwann kamen die geduldigen Bürger in Pullman-Waggons, mit der bescheidenen Erwartung, der Duft von Obstbäumen möge ihre Mittagsruhe versüßen. Inzwischen war Auburn eine Stadt der Aprikosen geworden.

Die Tochter des Gründers rief einen monatlichen Tauschbasar ins Leben, bei dem gefundene oder nicht mehr benötigte Gegenstände mitgebracht und an Bedürftige weitergegeben wurden. Ein wöchentlicher Gnadentag wurde eingeführt, um die Reue der Verbrecher und die Rückgabe gestohlener Gegenstände an ihre Besitzer zu fördern.

Im Lauf der Jahre war aus der Tauschbörse eine Müllhalde geworden. Manchmal, wenn Mary Heimweh bekam, fehlten ihr die sanften unscharfen Morgende und Abende in Auburn, der Duft von wildem Rosmarin, und wie es von Abfallhaufen her unversehens nach wilder Minze roch. Als Kind hatte sie sich nur San Francisco als weitestes Reiseziel vorstellen können, die Stadt der Wolken, die zweifellos immer noch schön und korrupt war. Wenn sie jetzt das Gefühl hatte, weit weg zu sein, fiel ihr ihre Heimatstadt im Tal ein.

Doch wenn Jane fragte, wann sie dorthin zurückkehrten, antwortete Mary: »In das Kuhkaff? Was willst du denn da?«

Mary di Natali war an einer alten Straße in dem Stadtteil aufgewachsen, wo die über Land angereisten Siedler kleine Backsteinhäuser wie die in ihrer alten Heimat gebaut hatten, Schuhschachteln in großen Gärten mit uralten Bäumen, und seit Generationen im ewig milden Klima lebten. Die Leute hielten Hühner oder ließen unter den Bäumen Ziegen grasen. Mary hatte ihren Vater zwar nicht gekannt, aber die dreiundvierzig Briefe gelesen, in denen er sich mit kleiner Handschrift über die feuchte Kälte auf dem Schiff beklagte und von einer imaginären Zukunft schwärmte, in der er wieder als Brotbäcker arbeiten und sein Leben vor dem Feuer verbringen wollte.

Marys Mutter verdiente sich ihren Lebensunterhalt mit der kleinen Bäckerei ihres Mannes. In späteren Jahren wurde sie bis nach Fresno wegen ihrer Hochzeitstorten berühmt, die aufgrund einer geheimen Zutat – nur Mary wußte, daß es unter den Teig gerührte wilde Blumen waren – auf rätselhafte Weise glücklich stimmten.

Ohne daß Jane je dort gewesen war, hatte sie das Gefühl, die Sackgasse in der Nähe der Eisenbahngleise zu kennen, wo herausgeputzte Bräute aller Altersstufen Schlange standen. Als kleines Mädchen hatte ihre Mutter in weißen Rüschenkleidchen gespielt, mit Schleife im Haar. Die Sachen stammten aus dem Billigladen oder dem Browns-Katalog, genau wie die der anderen Kinder, nur daß Janes Großmutter den weniger strapazierfähigen Modellen den Vorzug gab.

Mary war immer Außenseiterin geblieben. Aber Jane hatte an den Orten, wo sie schon gelebt hatte, dazugehört. Im Lager in den Bergen war sie Anführerin gewesen, hatte die Spiele und Regeln bestimmt. Ihre Kleider waren genau wie die der anderen vom gemeinsamen Waschen undefinierbar verfärbt. Als Jane ihre Mutter erzählen hörte, wollte sie das weiße Kleid mit der weißen Schleife haben.

»Kannst du ihr nicht schreiben und sie fragen, ob ich es haben darf?«

Mary seufzte. »Eines Tages fahren wir zurück. Ich will sowieso nicht, daß du Kleider trägst.« Diese Idee hatte sie einmal von einem Mann übernommen, weil sie in ihren Kinderkleidern keine Taschen gehabt und nichts hatte aufsammeln können, außer in ihren Rockschoß, und dann sah man ihren Schlüpfer.

»Wenn wir endlich zurückfahren, passen sie mir nicht mehr.«

»Bestimmt hat sie ein paar aufgehoben. Zum Beispiel das Kommunionskleid. Das hat sie garantiert noch.«

Janes Großmutter hatte achtzehn komplizierte, in ihrem blassen Inneren mit Böhnchen gespickte Torten ausgeliefert, damit Mary zu ihrer Erstkommunion ein Seidenkleid und ihren eigenen gekürzten Hochzeitsschleier bekam. Die Spitze war auf ihrem Kopf mit wächsernen Orangenblüten befestigt.

»Du siehst wie eine kleine Braut aus«, hatte Phil, der Milchmann, geflüstert.

An jenem Tag war es windig gewesen, und da Mary zuvor nichts als papierdünne Oblaten gegessen hatte, hatte sie sich vom Fasten so leicht gefühlt, daß sie glaubte, als die Mädchen von der alten Nonne an einem Seil mit Schlingen für die Hände einen Hügel hinaufgeführt wurden, so sollte verhindert werden, daß sie in ihren weißen Kleidern davonwehten.

»Warum darf ich nicht zur Erstkommunion?« fragte Jane.

»Weil der Papst ein Lügner ist«, sagte ihre Mutter.

Janes Großmutter führte ohne großes Aufhebens zweihundertvierundachtzig Hochzeiten in Auburn durch. Sie backte die Hochzeitstorten, steckte aufgespießte Bienen und gepreßte Schmetterlinge an Drähten in Brautjungfernsträuße und machte die Hochzeitsfotos. Seit dem Tag von Marys Geburt hatte sie an die Hochzeit ihrer eigenen Tochter gedacht und ihr jedes Jahr zum Geburtstag ein Messer, eine Gabel oder einen Löffel aus Silber geschenkt, für ihre spätere Aussteuer. Als Mary erklärte, daß sie mit Owens zusammenzog, enterbte ihre Mutter sie umgehend. Sie hatte Owens nie gemocht – weder damals noch später, als er auf den Titelblättern von Zeitschriften auftauchte –, weil er keine guten Manieren hatte.

Da war Mary schlampig geworden, mit strähnigen Haaren, eine Schande für ihre Mutter, die in Auburn das Niveau einer Französin aufrechtzuerhalten suchte, die Haare ständig in einem Dutt gebändigt, damit niemand auch nur im entferntesten auf die Idee käme, er hätte ein Haar von ihr in seiner Torte gefunden.

»Sie *sagt*, sie käme aus Frankreich«, hörte Mary die Leute hinter dem Rücken ihrer Mutter reden, »aber wir wissen alle, daß sie Belgierin ist.«

Sie war Belgierin und die Tochter des Schrotthändlers.

Owens und Mary lebten einen Sommer lang zusammen. Im September ging er nach Harvard. Mary schickte ihm per Post eine fast vierzig Zentimeter hohe Schichttorte mit Kapuzinerkresse und bekam keinen Dankesbrief.

Als Owens Weihnachten wiederkehrte, verweigerte er jede Nahrung außer Reis und Bohnen mit minimalen Beilagen von grünem Gemüse. Er mietete ein billiges Haus in der Nähe von Auburns einzigem Highway und teilte es sich mit Mary und seinem Freund Frank.

In dem Haus, das vom Dröhnen der Laster erbebte, durchlebten sie eine Phase ausgelassener Liebe, jagten einander, bis er sie auf dem weichen Bett fing, und um Mitternacht gab es Pfannkuchen. Aber wenn sie an der Kasse des Billigladens stand, weinte Mary manchmal, weil sie und Owens sich nicht als Kinder gekannt hatten. Owens hatte mit seinem Vater den Schrottplatz ihrer Familie durchstöbert, auf der Suche nach Autoersatzteilen. Für einen Cadillac, den sein Vater gerade in Arbeit hatte, rissen sie einmal einen Kotflügel von einem Autowrack ab, und an dem Tag, erzählte Owens Mary, sah er ein kleines Mädchen in einem weißen Kleid mit weißer Haarschleife, das auf einem Pfad durch den Schrott ging.

Mary versuchte, ihn auf Naturschönheiten hinzuweisen, weil sie nicht mehr so gut miteinander reden konnten, seit er vom College zurück war. Eines Nachts nahm sie ihn mit auf eine Hügelkuppe, wo sie zwischen den alten, lädierten Eichen beobachteten, wie der Sonnenuntergang das ganze weite Tal, das sie immer gekannt hatten, in Farbe tauchte. Seine Augenbrauen schnellten in die Höhe: Er freute sich, das zu sehen. Sie nahm seine Hand, doch selbst da zeigte er keine Reaktion. Ein Sonnenuntergang war ein Sonnenuntergang, mit oder ohne Mary.

Sie wollte mit ihm allein irgendwohin, etwas Einfaches, Kleines. Damals träumte sie nur von einem Leben in Abgeschlossenheit. Und manchmal sagte er wirklich: »Also, wenn aus dieser Sache nichts wird, ziehe ich einfach auf eine Apfelfarm. Irgendwo in den Bergen.«

Owens wollte eine Firma gründen, in der alle jung waren. Er hatte bereits bewiesen, daß er keine Vorgesetzten über sich ertrug. Er und Frank arbeiteten mittlerweile beide in der Nachtschicht bei der Firma, die das halbe Tal beschäftigte. In die Nachtschicht wurden die Außenseiter und Mexikaner gesteckt.

Mary wurde ungeplant schwanger, und von dem Tag an, als sie

es ihm sagte, machte er ihr unmißverständlich klar, daß ihn dieser Umstand keineswegs in Entzücken versetzte.

Jeden Tag um die Mittagszeit war er aufgestanden und aus dem Haus. Zu der Zeit riefen Owens und Frank die Firma ins Leben, die sie später berühmt machen und ihr schläfriges Städtchen im Tal auf der Weltkarte etablieren sollte.

Am letzten Tag ihres Lebens in Auburn tat Mary das Unvorstellbare und störte ihn bei der Arbeit. Sie war nie dort hingegangen, wo er und Frank ihr Imperium entwarfen, weil es der Keller im Haus von Owens' Eltern war. Sie hatte Teströhrchen, Bunsenbrenner, Petrischalen, Chemikalien, Kabel, Rauch und womöglich ein Förderband erwartet, fand aber statt dessen Frank vor, wie er »I've been Working on the Railroad« pfiff, während Owens in seinen auf einem Elektrokocher stehenden Bohnen mit Reis rührte. Der einzige Beleg wissenschaftlicher Tätigkeit war ein offenes liniertes Notizheft mit bleistiftgeschriebenen Gleichungen. Der übrige Kellerraum sah aus wie ein Holzschuppen.

»Owens«, sagte sie, »wir müssen eine Entscheidung treffen.«

Er hob beschwörend die Hände, während Frank die Treppe hinaufstieg.

»Du kannst hierbleiben, Frank«, rief Owens, aber das Pfeifen wurde leiser, und dann hörten sie die Tür ins Schloß fallen.

»Ich kann jetzt kein Kind gebrauchen, Mary.« Mit einer hohlen Hand berührte er ihre Haare. Mit Worten konnte er ihr nichts geben, und das hier zählte wohl nicht. Seine Stimme errichtete die letzte Mauer, aber einen Moment lang schloß Mary die Augen und ließ sich fallen. Ihr Hals wurde weich, und ihr Kopf fiel schwer in seine Hand. Es war sehr lange her, daß er freundlich zu ihr gewesen war. Doch ihr wurde klar, daß sie sich entscheiden mußte, zwischen ihm und seinem Kind.

»Ich hab da gerade was am Laufen«, flüsterte er. »Es ist brandneu. Ich brauch Zeit dafür.«

»Ich hab auch was am Laufen.«

»Ich hab dich nicht gebeten, schwanger zu werden.«

»Aber jetzt ist es passiert, und wir müssen uns damit befassen.«

Ihr Streit eskalierte, bis er mit den Bohnen nach ihr warf. Als sie mit dem verschmutzten T-Shirt wegging, fiel ihm auf, wie groß ihre Brüste geworden waren. Wenn ihm je ein eitler Zug an ihr aufgefallen war, dann der, daß sie ihre T-Shirts gern verkehrt herum trug. Manche Mädchen auf der High-School sagten, das täte sie, um ihre Figur zu betonen, aber er wußte, das war eine Lüge. Mary war ohne Falsch.

Mit neunzehn war Mary schwanger gewesen, und ihr damaliger verwirrter Zustand umgab sie immer noch wie ein Schwarm Bienen. Sie hatte ihre Bürde auf sich genommen und Fremde um Rat gefragt, so als trüge sie die kleine Kugel ihres Lebens vor sich her und böte sie ihnen an. Das verschaffte einer Jugend, der es zuvor an Richtung ermangelt hatte, tiefen Sinn. Mary fragte immer weiter, bis sie jemanden fand, der ihr mit Ja antwortete.

Sie ließ sich von einer alten Frau, die bei den Eisenbahngleisen wohnte, aus Teeblättern lesen, und die sagte ihr, das Leben sei lang, und nichtsnutzige junge Männer gäbe es immer mehr als genug zur Auswahl, denn Unkraut vergehe nicht. Die Töchter des Milchmannes, die jeden Sonntag zur Kirche gingen, die Köpfe mit dünnen Schleiern aus Spinnennetzen bedeckt, flüsterten ihr die Zutaten von Mitteln zu, die halfen, die Folgen des Fehltritts loszuwerden.

Nur ein Mensch sagte ja: ein taoistischer Priester, der auf einem den halben Tag und die ganze Nacht in Nebel gehüllten hohen Felsen im Gebirge an der Küste wohnte. Des Englischen nur halbwegs mächtig, sagte er lediglich: »Kind ist Wunder«, doch das genügte, um Mary auf die Reise zu schicken, in deren Verlauf sie schließlich Zuflucht auf der Apfelfarm-Kommune im südöstlichen Oregon fand, wo jeder fürs Saubermachen verantwortlich war und jede Mahlzeit Äpfel enthielt.

Später gab Janes Mutter immer den Taoisten die Schuld, weil der Priester nie auch nur einen einzigen kleinen Scheck geschickt hatte, um ihr unter die Arme zu greifen.

Owens besuchte sie einmal in dem Ferienlager in den Bergen, wo Jane das erste Jahrzehnt ihres Lebens beendete. Er kam nachts, während sie schlief, und Jane erinnerte sich später an den Besuch wie an einen funkelnden Traum. Sie hatte ein Motorengeräusch gehört und die milchige Hitze von Scheinwerfern gespürt, doch dann drehte sie sich um und fiel in einen Schlaf, der sie umgab wie eine Stelle mit wärmerem Wasser in einem See oder wie das warme Gefühl, wenn sie das Bett näßte.

Er und Mary zerrten Jane hoch, rollten sie aus der Schlafhaltung auf. Er legte sie sich über seine ausgestreckten Beine und nahm Maß. Mary setzte sich mit einer Kerze schräg auf den Boden. In Marys Augen war ihre Tochter schon immer eine außergewöhnliche Schönheit gewesen, und sie war nicht ohne Mutterstolz.

Durch ein Loch in ihren grünen Leggings legte Owens einen Finger auf Janes Knie. Diese Leggings waren seit langem ihr Lieblingskleidungsstück; sie waren mal gelb gewesen.

»Sie hat deine Stirn«, sagte Mary und schob zum Beweis den Pony ihrer Tochter zurück.

So ging es die ganze Nacht, sie nahmen sich einen Teil ihrer Anatomie vor und sagten, ob sie es von ihm oder von ihr hatte. Und beide betrachteten Jane voller Staunen, weil sie ein Wunder der Natur war – das einzige, was die beiden jetzt noch gemeinsam hatten und worüber sie sich verständigen konnten.

Sie spielten ein Spiel auf dem Boden, zeichneten mit den Fingern ein Raster in den Staub.

»Ich liege fünf Punkte vor dir und acht vor Mom«, sagte Jane, umfaßte dabei ihre Füße und wiegte ihren kleinen Körper hin und her. Jane stürzte sich begeistert in den Wettkampf, lutschte beim Nachdenken an ihren Haaren und kreischte auf, wenn sie gewann. Am Ende war er Erster, Jane Zweite und ihre Mutter weit abgeschlagen. Und das schien die Verhältnisse zwischen ihnen zu klären.

Am nächsten Tag war der Boden gefegt, und er war spurlos verschwunden, sah man von dem Stapel aus neuen, ungeknickten Geldscheinen auf dem Küchentisch ab. Es war spät, aber die Luft wirkte noch frisch, dünn und kühl mit einem Hauch von Frost, als hätten sie gebeichtet, und alles sei vergeben, einstweilen. Jane erinnerte sich nicht mehr, wie er aussah.

Mary glaubte, endlich das Mittel gegen Liebe entdeckt zu haben: Sie war noch mehr Owens geworden als er selber. Wünsche, die er einmal beiläufig erwähnt hatte, waren ihr Lebensinhalt. Sie hatte wirklich auf einer Apfelfarm gewohnt.

Es gab jetzt einen anderen Mann, Mack Soto, der zwei eigene Söhne und eine dicke, kleine, früher mal zierliche Frau hatte. Er schenkte Mary weißgeränderte Fotos seiner Söhne, und von da an machte Mary gewissenhaft jedes halbe Jahr ein Automatenfoto von Jane, das sie dann Owens schickte, Janes Alter auf den Rand gekritzelt.

Mack fuhr einmal die Woche abends zu dem Winterlager raus, während seine Frau in ihrem Buchclub war. Wenn er kam, wurde gefeiert. Sie zündeten Kerzen an und tranken Brandy, der in Janes Bauch zu einem verschlungenen Knäuel wurde, und ihre Arme und Beine waren dann lose geknotet wie die einer Puppe, die sie einmal gesehen hatte, von Gummibändern zusammengehalten.

Einmal schickten die beiden sie mitten in der Nacht nach draußen, spazierengehen. Sie zog ihre Jacke über, stopfte die Hände in die Taschen.

»Draußen kann doch nichts passieren, oder?« hörte sie ihre Mutter hinter der Tür fragen.

Macks Stimme, verlangsamt, steinern und in ewiger Nostalgie erstarrt: »Als Junge bin ich hier mit meinem Großvater spazierengegangen.«

Er erzählte ihnen, was er seinen Söhnen schon erzählt hatte, aber die hörten ihm nie richtig zu, weil ihre Mutter die Augen verdrehte, wenn er redete.

Die Geräusche kamen von windgebeugten Ästen, Kiefern.

»Glücklicherweise hat er keine Tochter«, hatte Mary gesagt. »Er wollte immer ein Mädchen. Sie auch, nehme ich an.« Die kleine dicke, ehemals zierliche Frau blieb nach der Geburt ihres zweiten Sohnes im Bett. Als sie zwei Monate später aufstand, wollte sie keine Kinder mehr und ließ sich von ihm nicht mehr anfassen, nur noch den Kopf tätscheln.

So war es immer mit Mary und Jane, sie kannten komplizierte

Geschichten über andere Leute, während die nichts über sie wußten, nicht einmal, daß es sie gab. Jane fragte sich, ob ihrem Vater klar war, daß ihnen das Geld ausging, und ob er sich Sorgen machte, was sie zu essen hatten. Damals, als er mitten in der Nacht gekommen war und sie auf dem staubigen Boden Dame gespielt hatten, hatte sie ihn nach seiner Telefonnummer gefragt. Er hatte mit den Schultern gezuckt und gesagt: »Ihr habt sie schon.« Sie verlangte, daß er sie noch mal aufschrieb, mit dem Finger auf den Boden, doch es war nur die Nummer eines Telefons in einem Büro, wo andere Leute rangingen; manchmal hinterließen sie fünf Nachrichten, und er meldete sich immer noch nicht.

Jane ging auf der langen Straße, und ihre Schuhsohlen waren so dünn, daß sie die Kiefernnadeln spürte. Sterne berührten ihre Fingerspitzen wie Insektenstiche, und zu beiden Seiten ragten Bäume hoch auf, schief. Mit dem Fingernagel puhlte sie die Deckel von Eicheln und kaute die bitteren grünen Früchte.

Betrunken war sie auch. Ihre Mutter ließ sie nicht gern außen vor, und Jane verlangte nach dem Geschmack von Schnaps, wie herbe aufgelöste Bonbons. Sie befingerte geschlossene Kiefernzapfen in ihrer Jackentasche, um unter den nahen stechenden Sternen das Gleichgewicht zu bewahren.

Unter Bäumen, die höher waren als jeder Dom, war Mack schweigend mit seinem Großvater gewandert.

Schließlich übergab sie sich zitternd, würgte wie ein Tier und rollte sich dann frierend neben der unbefestigten Straße zusammen. Später kam ihre Mutter, durchkämmte die Gegend mit einer Taschenlampe, ihre Pantoffeln flüsterten, und der rotkarierte wollene Morgenmantel kratzte, als sie Jane in die Arme nahm.

»Sieh mal«, sagte sie und drehte Jane zu den Millionen kleiner Sterne um, wie Kreidetupfer am Himmel. »Glaubst du an Gott?«

»Ja«, sagte Jane vorsichtig, so als hätte sie die richtige Antwort erraten, ohne zu wissen, warum.

Macks Füße hingen plump über den Bettrand, spitz zulaufend wie bei einem Schlachtvieh. Sie hatte einmal den Huf einer aufgehängten Rinderhälfte berührt – der war genauso trocken gewesen.

Am nächsten Morgen weckte sie der Schnaps unsanft und früh. Mack war weg, und auf dem Tisch war kein Geld, nur weiße straffe Ringe, wo sich Gläser neben Kerzenwachstropfen in das Holz gefressen hatten.

An dem Rhythmus von Marys Fersen auf dem Boden merkte Jane, daß die Schritte ihrer Mutter knapper bemessen waren als sonst. Sie beschrieb immer kleinere Kreise, wie aufgezogene wirre Wünsche, immer rundherum, und das Bett stieß einen letzten haßerfüllten Seufzer aus.

Lange Zeit blieb Mary einfach nur liegen, sah auf das ewig gleiche Muster der Holzwände, ihr Kreis auf die Größe eines Kiefernastlochs geschrumpft. Sie sagte, sie hätte ein Prickeln in den Händen und könne sie kaum bewegen. »Ich geb auf, du hast gewonnen«, sagte sie, nicht zu Jane.

Den ganzen Tag über verließen sie das eine Zimmer der Hütte nicht. Aber das Freie lockte Jane. Bunte Insekten prallten gegen die Fliegenfenster, hohe Kiefern winkten langsam.

»Können wir was zu essen holen? Ich hab Hunger.«

»Mom, soll ich dir ein Glas Wasser bringen?«

»Wann stehst du auf?«

Sie bekam nie eine Antwort, hörte nur das Atmen, den knarzenden, abgerissenen Atem, der nicht nur den Raum in der kleinen Hütte, sondern auch die Zeit an sich mit Haken und Schutt auszufüllen schien.

Jane sah dem verlockend grünen, überschäumenden Tag hinter dem Fliegenfenster zu. Aber ohne ihre Mutter konnte sie nicht leben. Die auf das Laken gelaufene Spucke Marys bildete die Form einer Münze. Jane berührte sie – sie schmeckte metallisch – und fiel hinein.

Scheinbar stundenlang lagen sie so da und drehten sich auf den schmutzigen Laken. Der betriebsame Optimismus der Welt zog an ihnen vorbei. Sie hörten den Alltagstrott der Zivilisation vorüberrollen, die gewichtige Schwere von Lastwagen, die über den Highway brausten, um Lebensmittel und Milch an Wohnungsbewohner in entfernten Städten auszuliefern, hörten die Pfiffe und schrillen Rufe von Kindern draußen.

Mary und Jane waren sowieso immer anders gewesen. Nie hatten sie Zeitung gelesen oder Radio gehört – selbst wenn sie es versuchten, konnten sie keine Alltagsroutine aufrechterhalten, und sie waren oft zu langsam und verspäteten sich.

Während die Geräusche draußen Sprünge machten und anschwollen, entdeckte Jane das schwerelose Glück der Resignation.

Ihre Mutter wachte auf und rieb sich den Kopf. »Ich kann nicht mehr«, sagte sie und lächelte freudlos auf Jane herab, so wie der Mann auf allen vieren zu ihr gesagt hatte, als ihre Affäre gerade angefangen hatte, »ich kann's nicht ändern«, und genauso, wie er in der vorigen Nacht gesagt hatte: »Sie weiß alles und hat mir verziehen.«

»Soll ich nach draußen gehen?« fragte Jane.

Die Mutter nickte, die Augen wissend wie nach endlosen Reisen.

Das Kind am Steuer

Bixter besaß einen alten schwarzen Eimer, den sie für alles verwendete. Während Mary mit dem Greyhoundbus zur Beerdigung ihrer Mutter fuhr, durchstöberten Bixter und Jane damit den Wald nach wilden Blumen für einen Kuchen.

»Schmeckt das nicht bitter?« fragte Bixter.

»Wir zuckern sie«, erklärte Jane.

Sie wuschen die zarten Blütenblätter in Regenwasser und ließen sie in der leichten Brise auf einem Fliegengitter trocknen. Dann vermischten sie sie mit Eiern, Milch und geriebener Muskatnuß und gossen die Masse in den Kuchenteig. Jane war zum ersten Mal im Leben von ihrer Mutter getrennt.

Als der Duft aus dem Backofen stieg, sagte Bixter geheimnisvoll: »Einen Kuchenteig muß man am Morgen zubereiten.«

»Warum? Warum kann man ihn nicht nachmittags machen?«

Bixter runzelte die Stirn. »Weil die Luft dann anders ist.«

Das vergaß Jane ihr Leben lang nicht. Während Kinder irgendwo in den Städten die Namen aller aufeinanderfolgenden amerikanischen Präsidenten im Chor aufsagten, bestand Janes Bildung aus den gesammelten skurrilen Überzeugungen von Sonderlingen.

Zwei Tage später hörten sie draußen Macks Wagen. Mary platzte gerade zur Tür herein, als sich ein Sturzregen vom Himmel ergoß. Mack hatte geweint, erzählte sie Jane. »So ein großer Kerl, und weint einfach.«

»Wenn die Kinder nicht wären«, hatte er gesagt.

Am Sonntag blieb Mary im Bett, und vor ihrer Nase schwebte eine rosa Kaffeetasse. Seit dem Wildblumenkuchen hatten sie jetzt seit Tagen nichts mehr gegessen. Wie eine Statue stand Jane in der kühlen Luft und hielt die Tasse. Die Wolken draußen kündeten den Abend an. Mary richtete sich im Bett auf und nippte, setzte sich dann in Bewegung. Wie immer, wenn sie erst spät am Tag aufstand, war die Welt watteweich. Vielleicht lagen hier die Geheimnisse von Luxus von Trägheit verborgen, aber mit solchem Wissen konnte sie nichts anfangen. Sie sammelte die Kerzen ein und verstaute das Wachs in einem alten Milchkarton.

Sie fuhren zu dem eine halbe Stunde entfernten Tastee-Freez-Imbiß. Drüben im Winterlager kochten die Frauen gerade Wurzelgemüse mit Algen, aber die beiden setzten sich an einen Tisch auf dem mit eingetrockneten Essensresten und Herbstfliegen übersäten geteerten Parkplatz. Friedlich lag der Highway da, lavendelfarben, das Land kam zur Ruhe, hohe Gräser mit zitternden Spitzen. Sie aßen Hamburger, das warme Fett färbte das gelbe Einwickelpapier dunkel, und tranken Milchmixgetränke, dickflüssig und schwer durch die dünnen Strohhalme zu saugen. Jane steckte ihre Finger rein und leckte das Süße ab. Sie aß nie mit Besteck, wofür Mary den Geigenbauer von damals verantwortlich machte, der sie mit den Händen hatte essen lassen.

Tröpfchenweise sickerte die Zeit durch den Strohhalm in Janes Körper zurück. Morgen war wieder Schule, der Bus. Sie klemmte eine Hand zwischen ihr Gesäß und die metallene Bank. Ihre Mutter würde ihr eine Entschuldigung schreiben. Dann nickte die Lehrerin einmal, nahm den Zettel und steckte ihn ungelesen weg. Die Lehrerin war an Kinder aus dem Camp gewöhnt; die meisten kamen in der Schule schlecht mit und erschienen, wie Jane, wegen des kostenlos verteilten Kakaos. Jane hatte ihre Großmutter nie gekannt, aber jetzt kam es ihr so vor, als wäre eine weit entfernte Uhr stehengeblieben, die immer für sie getickt hatte. Obwohl sie so lange gefehlt hatte, zehn Tage, hatte Jane keine Angst davor, wieder in die Schule zu gehen. Dort machten sie sowieso jeden Tag das gleiche. Die Minuten schleppten sich dahin, als sortierten sie Sand nach seinen Hauptbestandteilen: Granit, Kristall, Lava.

Als ihr die Hand einschlief, pustete sie drauf.

Mary sah ihre Tochter an, erschöpft und erleichtert. Jane war kein Sensibelchen, wahrhaftig nicht. So war sie nun mal: Sie aß langsam mit den Fingern, nachdem ihr dreißig Stunden lang schwindlig vor Hunger gewesen war, ohne geregelten Tagesablauf oder Schulbesuch. Das war für sie gleichbedeutend mit Glück, einen Fuß auf der Bank, der andere Absatz trat gegen Metall, ein Bissen triefendes goldbraunes Fleisch gegen die Kälte.

Marys eigene Kindheit war strikt geregelt gewesen: Servietten bei Tisch, Dessert auf geblümtem Porzellan serviert, dazu ihr Glas Milch. Sie hatte alles, nur keine Wiederholung ihres Elternhauses gewollt, aber jetzt, da ihre Mutter nicht mehr war, fehlte es ihr.

Ein vom Highway kommender Windstoß fuhr ihr in die Ärmel und traf auf ihre Rippen, daß sie fröstelte. Beide hatten alte ausgeleierte Kleider an. »Schätzchen, ich schicke dich zu deinem Dad«, sagte sie. »Ich würd dich selbst hinbringen, aber ich kann nicht. Ich glaub einfach nicht, daß ich es schaffe.«

Ihre Tochter wußte, wann sie besser den Mund hielt. Aber sie zog ihr Knie näher an den Körper und weichte eine Schorfkruste mit der Zunge auf. »Ich kenn ihn nicht mal«, sagte sie schließlich.

Der Pfiff einer Lokomotive ertönte in großer Entfernung. Ihre Mutter hatte das runde Gesicht in die Ferne gerichtet. »Du bist ihm das eine Mal begegnet.«

»Das war nachts. Daran erinnere ich mich nicht.«

»Er hat jetzt ein Haus und alles. Und haufenweise Geld. Da unten ist er ein wichtiger Mann. Vielleicht wird er eines Tages sogar Gouverneur. Gouver*nör.* Wärst du nicht gern die Tochter des Gouverneurs?«

Jane bemühte sich, ihre Oberlippe unter Kontrolle zu bekommen. »Nein.«

»O doch. Später bestimmt.« Mary seufzte. Sie ließ ihre Geldbörse aufschnappen und gab Jane noch einmal Geld für zwei Eisbecher mit Sahne, Früchten und Nüssen. »Ich bring dir Autofahren bei.«

Das einzige Auto, das sie hatten, war ein Pritschenwagen, und der war alt.

Es dauerte lange, Jane das Autofahren beizubringen. Sie ging nicht mehr zur Schule. Während der Herbst ins Land zog, machten sie sich mit der Inneneinrichtung des Wagens zu schaffen. Mary befestigte Kissen auf dem Sitz, steckte Telefonbücher zwischen die Polsterung und spannte einen Bezug drüber, so daß Jane knapp vierzig Zentimeter über dem rissigen Vinyl saß. An Brems-, Gas- und Kupplungspedalen mußte sie Holzklötze festschnallen, damit Jane mit den Füßen rankam. Aber die Klötze verrutschten, sie konnten sich nicht auf die Riemen verlassen, und schließlich liehen sie sich von der Shell-Tankstelle eine Bohrmaschine und befestigten das Holz mit langen Schrauben. Mary rief kein einziges Mal Mack an, obwohl täglich seine langen Briefe ankamen, kleine Krakelschrift in blauer Tinte auf gelbem liniertem Papier.

»Wahrscheinlich machen sie gerade schwere Zeiten durch«, sagte Mary, »aber bestimmt haben sie auch ihre kleinen Freuden.« Beide schwiegen vor Ehrfurcht gegenüber dem Konzept der Ehe und stellten sich vor, wie sich die Jungen, Mack und die dicke, unzufriedene Frau zum Abendessen um einen Tisch setzten. Sie hockten hoch oben im Führerhäuschen und aßen Hamburger, einen Straßenzug von Macks Haus entfernt, wo in der Auffahrt ein stranguliertes Dreirad wartete.

»Er sagt, daß sie Diät macht.« Mary las aus dem Brief vor. Mack hatte ihnen immer Geschichten über die Gewichtsprobleme seiner Frau erzählt. *Als ich sie geheiratet hab, war sie ein Strich in der Landschaft*, hatte er verklärt gesagt.

»Weißt du noch damals, als sie die große Zucchini gegessen hat?« fragte Jane. Einmal hatte er eine gefüllte Zucchini für die ganze Woche vorgekocht, eine riesige, übergroße Frucht, armlang, und sie war von ihrem Buchclub nach Hause gekommen und hatte alles verschlungen.

»Sie versucht, Diät zu halten, und wird dann wütend auf sich selber.« Mary grübelte. »Sie sollte sich einfach so akzeptieren, wie sie ist.«

Es dauerte sechs Tage, bis der Sitz fertiggenäht und die Polsterung so angeordnet war, daß die Telefonbücher nicht verrutschten und Jane auch seitlich stützten. Zum Glück konnte sie den langen

Schalthebel des Lasters gut erreichen. Mary brachte ihr jeden Tag ein bißchen bei und stellte Jane auf die Probe. Wo ist der Choke? Gut, zieh ihn. Scheinwerfer, Fernlicht, Scheibenwischer, Handbremse. Das zerbrochene Heckfenster reparierten sie mit Klebestreifen und einem Stück Pappe. Mary versiegelte die Ritzen mit farblosem Nagellack.

Dann fingen die richtigen Fahrstunden an. Sie fuhren auf einer alten, beidseits von säulenartigen Bäumen bestandenen Straße, schnurgerade, soweit das Auge reichte. Sie übten Anfahren, das harmonische Zusammenspiel von Kupplung und Gas. Jane suchte immer und immer wieder die Bremse, bis es ihr leichtfiel. Keiner merkte was, wenn am späten Nachmittag auf der Straße der Motor stotternd ausging.

Am Himmel ragten prachtvolle Wolkengebirge auf.

In der rosigen, von lautem Grillenzirpen erfüllten Dämmerung trat Jane auf die Pedale und schaltete so selbstverständlich wie die Frau, die sie einmal in einer leeren Kirche die Orgel hatten spielen sehen.

Mary ließ sie alles mit geschlossenen Augen wiederholen, und das war wie schwimmen, wenn es regnet.

Zöpfe, Kuchen, Blumen in einer Vase erfordern Talente, die sich selbst genügen, die lediglich für diese vergänglichen Freuden gut sind. Aber Mary hatte den Dreh nicht raus. Fünfzigmal hatte sie sich von anderen Leuten zeigen lassen, wie man Zöpfe flicht, und bekam es immer noch nicht geschickt hin. Janes Zöpfe sahen immer unregelmäßig aus, zu locker und doch auch zu fest. Mädchen, die bei ihren Großeltern in der Stadt wohnten, kamen mit solchen Zöpfen zur Schule, nur damit ihnen die Haare nicht ins Gesicht fielen. Anscheinend verstanden nur die anderen jungen Mütter, daß Mädchen einen gewissen Schick brauchen, wie die unerreichbaren Kinderstars im Fernsehen.

Am Erntedankfest saß Jane auf der Matratze, während ihre Mutter ihr die Haare gerade vom Kopf hochbürstete, sie zusammenfaßte und dann zu einem Kranz um ihre Ohren flocht. Sie zog Jane warm an, mit zwei Paar Socken in ihren neuen Schuhen. Auf dem Beifahrersitz des Kleinlasters lagen eine Einkaufstüte, Janes Kleider, ihr Teddy und ihre alten Schuhe. Wegen dieser Schuhe hatten sie sich gestritten; die Sohlen waren löchrig, und Mary fragte sich, was wohl die Leute von ihr dachten, wenn sie ein Kind mit solchen Schuhen losschickte, als ob dieselben Leute es völlig normal finden und gutheißen würden, daß sie Jane in einem Pick-up quer über die Berge fahren ließ.

»Dir kann es doch egal sein«, hatte Jane gesagt, »ich brauche sie.«

Mary rollte den Rand der Papiertüte mit Janes vier Schokoriegeln, den Feigenkeksen, einem Apfel und einer Banane herunter.

Dann war alles geschafft. Janes Haar war fest geflochten, und ihre Kopfhaut fühlte sich immer noch so an, als zöge sie jemand an den Haaren nach oben. Sie saß auf dem Bett und klammerte sich unten an der Matratze fest.

Ihre Mutter kniete auf dem Boden. Sie zog Jane den linken Schuh vom Fuß und schob die beiden Socken nach unten. Dann holte sie tief Luft und betonte jedes Wort eindringlich, ihr Versuch, energisch zu sein. Sie hielt es für angebracht, Jane vor den Gefahren des Lebens zu warnen.

»Ich gebe dir jetzt Geld«, sagte sie, ohne zu lächeln. »Hier sind zwanzig, vierzig, siebzig. Und eins, zwei, drei, vier, fünf Eindollarscheine. Das ist sehr viel Geld, hast du verstanden?«

Jane merkte, daß ihre Mutter keine Dollar für sich zurückbehielt, und das machte ihr Angst.

»Egal was du tust, laß dir bloß nie dabei zusehen, wie du das hier rausholst.« Ihre Mutter faltete jeden Schein zu einem kleinen Dreieck, wie einen Wimpel, und steckte sie ihr unten in die Socke. Sie schob den Schuh wieder über Janes Ferse, schnürte ihn zu und gab ihm zum Abschluß einen Klaps.

»Kauf dir nur, was du wirklich brauchst. Denn es war kein Klacks, das zusammenzusparen. Und hier.« Sie zog Jane das besondere Unterhemd über die Brust. Darin hatte sie eine Tasche eingenäht, um ihren Ring zu verstecken – als Beweis.

Vor Jahren hatte Owens ihr den Ring geschenkt, in einem Kirschkuchen versteckt. Sie hatte ihm zwar jedes halbe Jahr Fotos von Jane geschickt, deren Empfang hatte er aber nie bestätigt, daher waren sie nicht sicher.

Sie warteten und sahen zu, wie sich der Himmel veränderte. Schließlich glitzerten Sterne vor schwarzem Hintergrund, und Mary drückte Jane einen Hut auf den Kopf. Mit dem Hut und ihrer durch die Telefonbücher erhöhten Sitzposition würde niemand merken, daß Jane ein Kind war.

Mary bereitete langsam ein Glas Kaffee, den sie Jane mit einem Löffel einflößte, wie sie es früher mit der viel kleineren Jane gemacht hatte. Nach dem ersten Schluck wußte Jane, daß ihre Mutter den letzten Zucker hineingetan hatte.

»Jetzt will ich nicht mehr, daß du gehst.« Mary lachte kurz.

»Ich will auch nicht weg«, sagte Jane, die erhobenen Hände zart auf die Schultern ihrer Mutter gelegt.

»Aber es ist am besten so, mein Schnäuzchen. Er hat bestimmt ein Haus, und du kriegst ein eigenes Zimmer. Wahrscheinlich kauft er dir ein Fahrrad.«

Einen Augenblick versuchte Jane sich das vorzustellen. Sie hatte mal eine Fernsehshow gesehen, in der Kinder über einen Hindernisparcours liefen, Glocken anschlugen und bei jedem Bimmeln einen Preis gewannen. Doch jetzt auf einmal war Jane nicht mehr eine, die sich immer viele Dinge gewünscht hatte, sondern eine, für die Preise zu spät kamen, selbst wenn sie jetzt auf sie herabregneten. »Ich hab dann keine Mutter mehr«, sagte sie schlicht, während sie unter dem hohen wolkenlosen Himmel dahingingen.

»Aber du hattest mich. Und wir hatten immer eine bessere Beziehung, als ich mit meiner Mutter je hatte. Du kannst dir merken, daß ich für dich bis zum Äußersten gegangen bin. Und ich werde dich immer lieben, egal wo ich gerade bin.« Sie blieben am Pick-up stehen. »Wenn ich das Geld hätte, würde ich dir ein kleines Medaillon kaufen, das du um den Hals tragen könntest.«

»Irgendwann krieg ich schon eins.« Jane nahm schon seit langem an, sie würde später Dinge tun, die ihre Mutter sich nur wünschte.

»Und es wird von mir sein. Egal wer es bezahlt.«

In einem Baum über dem Wagen sah Jane eine Eule, die steif

ruckte. Jane drückte sich enger an ihre Mutter, lauschte auf ihren Herzschlag wie auf das leise Rauschen im Gehäuse einer Meeresschnecke und spürte, wie eine unermeßliche Leere an ihr zerrte, die Anziehungskraft des Windes, das tiefe anonyme Glück des Schlafes. »Ich will bei dir bleiben.«

»Nein«, sagte ihre Mutter und löste sich von ihr, so wie vielleicht ein Liebhaber.

Durchs Fenster zog ihre Mutter am Hebel für die Scheinwerfer des Pick-ups, beleuchtete das Unsichtbare vor ihnen, und Jane hatte das Gefühl, angeschoben zu werden, wie vor Jahren, als sie Fahrradfahren gelernt hatte. In Null Komma nichts holperte sie ein Stück die Straße runter, bis sie sich fing, an ihrer Mutter vorbei, und in dem kleinen abgerundeten Spiegel schrumpfte das Führerhäuschen. Sie hielt den Wagen an, lehnte sich aus dem Fenster und rief: »Mama!«

Die gepreßte Stimme ihrer Mutter hallte durch die Bäume zurück: »Fahr weiter, Jane. Los.«

Jane fuhr. Ihre Mutter hatte ihr geduldig und gut Fahrunterricht gegeben, in der Dämmerung, während andere beim Abendessen saßen. Jane sah, wie ihr Bein, lang für eine Zehnjährige, bis zum Holzklotzpedal reichte, und sie dachte daran, wie ihre Mutter und der Mann, der ihr Vater war, über ihre Körperteile gestaunt hatten, und begriff zum erstenmal: *darum also*. Eine Weile schien die Welt verständlich geworden zu sein, und für ihre Stirn, die Arme, Wangenknochen und ihren spitzen Haaransatz eröffneten sich eindeutig bemerkenswerte Verwendungsmöglichkeiten: Damit konnte sie Berge überqueren, Entfernungen überwinden und durch die Zeit zurückfliegen.

Sie fuhr um eine Kurve und hatte schon das Gefühl, zu fliegen – auf ihrem hohen Sitz im Laster spürte sie die Geschwindigkeit, den Fahrtwind –, aber ihre Hände steuerten die Räder ohne ihr Zutun in die richtige Geschwindigkeit zurück, und sie fuhr eine lange gerade Straße hinunter. Die mit Bleistift gezeichnete Karte ihrer Mutter lag neben ihr auf dem Sitz. Sie fuhr Richtung Westen, mit einem alten Gespür dafür, wo es nach Westen ging.

Der mit *Owens* beschriftete Umschlag piekste sie in die Seite.

»Den befestige ich wohl besser mit einer Sicherheitsnadel«, hatte ihre Mutter entschuldigend gesagt.

Jane begriff, daß sie nachts fuhr, damit die Dunkelheit verbarg, daß sie ein Kind war. Ihre Mutter hatte sie sechs Tage lang nachmittags zu Bett gebracht, spät geweckt und die stolpernde Jane draußen spazierengeführt, um ihre Träume ans Tageslicht und ihre Augen an die Dunkelheit zu gewöhnen.

In dem Truck gab es weder Heizung noch Radio, hatte es nie gegeben, und die durch Ritzen eindringenden Geräusche kamen von der Welt, die sich im Schlaf regenerierte. In einiger Entfernung bewegten sich Tiere, irgendwo sickerte unsichtbar Wasser, und dann hörte man ein Klopfen, wenn der Wind unablässig gegen Zweige schlug. Während Jane den Geräuschen lauschte, die man sonst fast nie hört, vergaß sie, auf die Straße zu achten, und fuhr dann mit einem Ruck kerzengerade hoch, wenn sie sich dabei ertappte, daß sie gerade wie in einer Hängematte in schwankend-schlingernden Schlaf fiel. Sie kurbelte das Fenster auf und saß beim Fahren stocksteif da, sog die Luft tief ein.

Niemand kam ihr entgegen, außer, zweimal, meilenlange Lkws mit Anhängern, und da umklammerte sie einfach fest das Lenkrad, durch einen Bogen wie bei einer Fahrt in einem Rummel, der Lärm so allumfassend, daß er einen mit sich fortriß. Und sie hatte keinen Einfluß darauf, ob er sie wieder freiließ oder nicht. Doch das tat er, und sie war immer noch da, mit lose klappernden Zähnen, und der Pick-up rumpelte die nackte dunkle Straße entlang.

Ihr Leben lang sollten von da an Ausschnitte jener Nacht in Janes Erinnerung auftauchen, sie verfolgen und vereinnahmen, obwohl ihr der genaue Ablauf der Fahrt ein Rätsel blieb und sie am Ende nur geltend machen konnte, was ihre Urgroßmutter einmal gesagt hatte, nachdem sie einen Ford vom Schrottplatzboden hochgehievt hatte, um ihr einziges Kind in Sicherheit zu bringen: »Keine Ahnung, wie ich das geschafft hab. Ich könnte es jetzt nicht wieder tun, nicht für Geld und gute Worte.«

Jane wollte anhalten und sich auf dem Sitz hinlegen, fürchtete aber das Tageslicht, falls sie nicht von allein aufwachte. Sie hatte die Uhr und konnte sie sich neben das Ohr oder in ihrem Hemd an die Brust legen. Sie entschloß sich, am Straßenrand zu halten und nur einen Feigenkeks zu essen. Das half bestimmt. Aber er schmeckte trocken und streng; ohne Milch mochte sie diese Kekse eigentlich gar nicht. Das Wasser aus der runden Feldflasche hatte einen metallischen Beigeschmack, der sich hinten an ihre Zähne heftete. Endlich gestattete sie sich, einzuschlafen, die Uhr an die Brust gepreßt, und als sie aus dem Schlaf hochfuhr, war nur eine Viertelstunde vergangen. Auf ihrem Knie war Schorf, den sie abpfriemelte und sich in den Mund steckte; sie mochte den anfangs herben Blutgeschmack.

Ihre Mutter hatte sie davor gewarnt, den Tank leerzufahren. Mit Nagellack hatte sie einen roten Strich auf das Glas der Benzinuhr gemalt. Doch jetzt hing die Nadel darunter, und keine Tankstelle war in Sichtweite. Als Jane Angst bekam, zog sie am Lenkrad, bis sie bolzengerade saß. »Von jetzt an werde ich immer gerade sitzen«, gelobte sie.

In der Nacht gab sie diesem oder jenem Gott zahllose Versprechen, bis sie schließlich irgendwelchen Gottheiten ihr gesamtes Leben verpfändet hatte.

Später wurde die Straße breiter, und sie hielt an einer Tankstelle mit zehn Buchten, holte ihr Geld raus und setzte sich den Hut auf. Als der Mann an den Laster kam, um sie zu bedienen, zitterte sie, und ihr Knie zuckte. Es war ein alter, kleiner Mann.

»Volltanken?«

Sie reichte ihm einen Zwanziger.

»Okeydokey.«

Sie puhlte sich Schorf vom Ellenbogen, während sie zusah. Als er den Schlauch in seinen Schlitz zurücksteckte, fuhr sie weg. Das war geschafft.

Irgendwann fing Jane an, sämtliche Lieder zu singen, die sie kannte, die Nacht überall um sie her weit und noch am Anfang, und ihr ging auf, daß sie nur sehr wenige Lieder kannte und sich von denen nur an eine Strophe und ein wirres Durcheinander von Wörtern mit Lücken dazwischen erinnerte. Die meisten kannte sie von Zusammenkünften im Camp, und sie waren ihr zuwider. Nach »The Farmer in the Dell« versuchte sie es mit den Beatles-Songs, die ihre Mutter gern summte.

Danach rechnete sie im Kopf – stellte sich die Aufgaben, den Strich, eins-im-Sinn –, und eine Zeitlang benannte sie die Dinge, die sie wußte. Bei Hauptstädten mußte sie nach neun Staaten passen, mit Geschichte war es nicht viel besser, und ihr fielen nur noch die ersten beiden Zeilen eines Gedichtes ein, das sie einmal auswendig lernen mußte: »An dem Strand von Gitche Gumee, An den großen hellen Wassern ...« Jetzt begriff sie, wozu Auswendiglernen gut war. Reime, Kopfrechnen, Hauptstädte und Präsidenten konnten einen in solchen Zeiten wachhalten. Jane wußte nur, was ihr zuwider war. Aber während ihre Mitschüler das Einmaleins aufgesagt hatten, hatte sie andere Dinge gemacht. In einen hohlen Baum hatte sie sieben Eicheln gesteckt, vorher die Kappen entfernt und jede mit Salz bestreut: damit Mack zu ihrer Mutter zurückkehrte. Sie hatte auch Opfergaben für ein bestimmtes Wetter oder das Ende einer Wetterperiode dargebracht. Das ging dann nicht von ihr aus. Ihr wurde immer ein umfassender Befehl erteilt, manchmal sogar in der Schule, und sie mußte gehorchen. Einmal holte sie ein Nest vom Baum und legte die drei kaputten Teile der Glitzerbrosche ihrer Mutter hinein. Das waren ihre kleinen Pflichten, die ihr nichts garantierten. Aber wenn sie sie nicht ausführte, konnte es noch schlimmer kommen.

In jener Nacht fuhr sie immer geradeaus, durch Gewitter, zukkende Blitze, weiße Bäume, strömenden Regen, zu beiden Seiten spritzte das Wasser auf, und ihr kam es so vor, als hätte sie die andere Welt betreten, wo ihre Mutter tot war. Jane war sicher, daß ihre Mutter sterben würde, weil sie sich keinen anderen Grund vorstellen konnte, weshalb sie getrennt sein mußten: Ihre Mutter war doch so hübsch und, wie immer alle sagten, so jung. »Ach ja?« fragte Mary dann mit merkwürdiger Miene nach, wenn Jane ihr ein Kompliment ausrichtete. Mary traute den Leuten nicht, die über sie redeten. Sie rechnete stets damit, daß sie sich über sie lustig machten.

Jane war noch nie jemand gestorben. Mary hatte ihr erzählt, wie sie sich hinabgebeugt und ihre im Sarg liegende Mutter geküßt hatte. Und jetzt stellte sich Jane ihre tote Mutter vor. Tot wäre sie genauso, wie sie tausendmal schlafend auf dem Bett gelegen hatte, so wie ihr Gesicht wurde, wenn sie lag und alles in Falten von ihrer Nase herabhing. Jane weinte aus Selbstmitleid, weil sie ihre Mutter nicht einmal küssen durfte.

Anfangs waren mehr Dinge lebendig: Pflanzen fühlten, etwas gab Befehle, Wesen bevölkerten den Himmel. Am Morgen nach der Fahrt zu ihrem Vater wachte sie in einem Erdloch auf, den Mund voller Steine, und ihre Hände rochen noch lange nach Benzin.

Die furchtbarste und wundersamste Erfahrung in Jane di Natalis Leben war zu Ende, als sie zehn war, noch bevor sie die Kunst des Fahrradfahrens richtig beherrschte.

Es dämmerte lange, bevor es hell wurde. Die Luft war klarer. Früher als erwartet kam die erste Kurve.

Wieder dachte sie an ihre Eicheln, und was sie vergessen hatte. Eigentlich hätte sie die Deckel über dem Salz wieder aufkleben sollen, aber sie hatten keinen Klebstoff. Und zwar, damit Mack Soto ihrer Mutter rechtzeitig half. Vorige Nacht war sie wegen dieser Nachlässigkeit noch zusammengezuckt, aber jetzt kam es ihr wie nichts vor, wie ein Lufthauch. Da begriff sie, daß sie nie wieder an ihre kindlichen Zauberkräfte glauben würde.

Der Himmel wurde in dicken bunten Streifen hell. Verkehrsschilder waren zu erkennen. Heute würde sie sein Haus finden. Und sie würde die Stadt entdecken, die man ihr seit ihrer Geburt versprochen hatte. Von nun an würde sie Zeichen, Zahlen und Lieder von außerhalb benutzen. Aber die würde sie Stück für Stück in einer neuen Schule lernen müssen.

Zum ersten Mal fragte sich Jane, wer die Straßen wohl gebaut hatte, und ob irgendwo jemand auf dem Bauch lag, so wie sie mit ihren Malstiften auf dem Boden, und die ganze Welt gemalt hatte, die Highways eingezeichnet, und wie dieser einzelne die Leute wohl dazu gebracht hatte, das auch zu bauen, und wo das Geld wohl herkam, und ob diese Person Gott war, der die Seen und das trockene Land schuf, oder der Präsident. Heute noch bauten sie immerzu neue Highways. Dazu waren die gestreiften Zementmischlaster da, hinter denen man manchmal vor einer roten Ampel stehenblieb. So einer hatte einmal einen Klacks auf der Straße fallen lassen, wo sie zur Schule ging, und die Kinder waren hingerannt, um ihre Namen mit Stöcken zu schreiben und auf dem Bürgersteig ihre Handabdrücke für die Ewigkeit zu hinterlassen. Dort in den Bergen gab es ein holpriges Stück Straße mit dem Abdruck von Janes kleinerer Hand.

Als sie die Stadt endlich sah, wimmelte es dort von Ordnung. Ein Trupp Kinder ging im Sonnenschein zu ihrer täglichen Schule. Vor einem Tabakladen saßen zeitunglesend Männer. Alles war schon immer ohne sie passiert.

Dann sah sie an einer Ecke den Mann, den sie von dem Foto vor langer Zeit wiedererkannte, in einer braunen Uniform. Entgegen aller Anweisungen hielt sie den Wagen an und sprang raus.

Offenbar fuhr er einen Transportwagen Milchkästen aus, Kartons mit verschiedenen Milchsorten und ein paar Kakaos.

»Kennen Sie mich?« fragte sie.

Er zuckte mit den Schultern, lächelte, sagte: »No hablo inglés«, und ging weiter.

Als sie nach ihrer Fahrt wieder zur Mitfahrerin wurde, schnallte sie sich immer an, ohne daß man sie erst lange bitten mußte. Gefahr hatte keinen Reiz, nichts Verlockendes für sie. Offenbar hatte sie kaum noch Sehnsucht nach ihrem früheren Leben: dem Flüstern des frühen Morgenwindes, der kalten Verheißung eines Herbstmondes über der High Sierra, wenn alle Touristen abgereist sind, Rauch von Holzfeuern die Luft würzt und die Dagebliebenen die sind, mit denen man seine Kindheit verbringen wird. Ihr letzter Rest Sehnsucht nach früher erwachte offenbar bei unwirtlichem Wetter. Gewitter erinnerten sie an die Jahre, in denen sie ein offeneres Gelände bewohnt hatte. Nicht direkt einen Wald, aber jedenfalls auch keine richtige Wohngegend.

Dann rannte sie unversehens – ohne Mantel und Schirm, in

durchweichten Schuhen – über Straßen, hopste kreuz und quer herum, prüfte die Helligkeit und den Verschmutzungsgrad von Scheinwerfern. Dann verlangte es sie danach, wieder unbehütet zu leben und zu spüren: Dieser Regen ist die Stimme der Welt. Wenn Zähne klappern und der Körper unkontrolliert zittert, ist das die wahre Kälte, der wahre Hunger.

In den Bergen hatte sie ihren Wundschorf gegessen. Von dieser Angewohnheit konnte sie nicht lassen.

Hier gelobte sie sich, normal zu werden. Sie wollte einfach zur Tür ihres Vaters gehen und anklopfen.

Der Antrag

Noah Kaskie war mit seinen Musikkenntnissen unzufrieden. Er wünschte, er hätte in der Grundschule besser aufgepaßt, als seine Musiklehrerin Bachs Kleine Fuge in g-Moll aufgelegt hatte. Während sie zur Platte dirigierte, hatten sich ihre Fersen aus den Schuhen gehoben.

Thomas Edison hatte das Grammophon erfunden, soviel wußte er von Owens. Der wußte wahrscheinlich auch, wer die CD erfunden hatte.

Noah schüttelte den Kopf. Noch in der fünften Klasse war es ihm so vorgekommen, als müßte er eigentlich mehr wissen. Er hatte sich gescheut, die einfachen Fragen zu stellen. Und Oper. Noah wußte so gut wie nichts über Opern.

Er hatte immer vorgehabt, ein Musikverständnis-Seminar zu belegen, hatte aber im Moment keine Zeit dazu, so war eben das Leben; wenn Noah also eine neue Kassette kaufte, hörte er sie sich acht- oder zehnmal an, bis er die Melodie pfeifen konnte. Er konnte sich vage daran erinnern, wie die Musiklehrerin die Nadel immer wieder auf dieselbe Stelle zurückgesetzt hatte, um ihnen das Thema und die Variationen nahezubringen. Ein ganzes Frühjahr lang hatte sie ihnen ein und dieselbe Aufnahme vorgespielt; zum Schluß hatte die Klasse einen Bus genommen, um das Stück in einem Konzert zu hören. Die Konzerthalle von Alta hatte zwei prächtig geschwungene Treppenaufgänge. Noahs Eltern, die sich Sorgen machten, hatten ihm seine ältere Schwester zur Begleitung mitschicken wollen. Aber Noah hatte darauf bestanden, allein hinzufahren. Dieselben Freunde, die ihn jeden Tag in der Schule hoben, trugen seinen Rollstuhl die Prunktreppe hinauf. Fein angezogen und sauber geschrubbt, sahen sie allerdings zum ersten Mal feierlich dabei aus, wie kleine Sargträger, als hätten sie erst hier gemerkt, daß er anders war.

Noah fühlte sich besser, wenn er sich selbst weiterbildete. Jetzt hörte er sich zum elften Mal das Klarinettenkonzert an, während er einen Studenten beim Sezieren überwachte. »Kaviar«, sagte er. »Jetzt filettiere ich es. Aufgepaßt.«

Das Ei eines Zebrafisches war kaum größer als ein Stecknadelkopf. Kaskie zupfte sich ein Haar aus einer Augenbraue. Nachdem er das Haar an einem etwa streichholzgroßen Stäbchen befestigt hatte, machte er sich daran, die Embryos mit diesem selbstgebastelten Messer zu zerschneiden. Unter dem Mikroskop sahen die mutierten Zellen elegant aus, wie Bäume im Winter.

Und ehe Noah sich's versah, füllte Owens den Türrahmen aus. Es war neun Uhr morgens. Owens kündigte sein Kommen fast nie telefonisch an. Er schaute lieber einfach vorbei. Noah vermutete, daß er Owens unter anderem deshalb so lieb war, weil er leicht zu finden war. Er hatte mit einer weiteren diffizilen Sezierung zu tun, und offenbar wartete Owens gerne. Owens mochte die Atmosphäre im Labor. Die Ausstattung, die billige Einrichtung und das produktive Chaos hatten für ihn etwas von Künstlerfabriketage. Das war doch Mozart, oder? Mozart.

In der Ecke stand ein junger Mann unbestimmter europäischer Herkunft und färbte Stückchen des Embryos mit einem Antikörper, der deutlich definierte Proteine erkannte, sobald sich die Zellen zu einem Gehirn entwickelten. Europäer fand Owens immer faszinierend. Wie sich herausstellte, kam dieser aus Dänemark.

»Ich mach dir sofort Kaffee«, sagte Noah. Er wollte zwar oft etwas für Owens tun, doch der ließ es kaum einmal zu.

»Wir können auch ins Pantheon gehen.«

»Ich mach uns hier welchen. Und Frühstück.« Noah rieb sich die Hände. »Kaviar. Bries eine Etage höher. Nein, ernsthaft.« Im Labor und zu Hause hatte er ausgetüftelte Utensilien zur Kaffeebereitung, mit allem, was ein Süchtiger halt so brauchte. Seine Tassen und sein Blech-Meßbecher waren nichts Ausgefallenes. Aber seine geliebten Bohnen kamen aus der Schweiz, für sieben Dollar neunundneunzig das Pfund. Ein Luxus, der ihm aber für sein tägliches Wohlbefinden längst unerläßlich war. Er maß erst die Bohnen, dann das Wasser. Beim Kochen wie in der Wissenschaft kam es Noah zufolge in erster Linie auf Präzision an; ob etwas mittelmäßig oder göttlich ausfiel, war häufig nur eine Frage der Dosierung. Bei Kaffee war eine ganze Kette von Handreichungen erforderlich, und jeden Tag fiel er ein wenig anders aus. In einem Leben ohne Sex mußte man sich seine wenigen Freuden bewahren und sie genießen.

Noah hatte oft zu hören bekommen, er habe gute Hände, das höchste Kompliment für einen jungen Naturwissenschaftler, was aber zugleich das Paradoxe dieses Berufsstandes aufzeigte, denn je weiter man als Biologe kommt, desto weniger Zeit verwendet man auf das Experimentieren von Hand. Er war schon einunddreißig und seit drei Jahren in seinem Feld tätig.

»Riech mal«, sagte er und hielt Owens die Kaffeemühle unter die Nase.

»Gut«, gab Owens zu.

Kaskie bereitete alles für seine Hafergrütze vor. Aber mit Owens in der Nähe war Kaskie nie ganz er selbst, sondern ein Kaskie minus oder ein Kaskie plus etwas. Vielleicht weil sich Owens normalerweise so gab, als sei er entweder in Eile oder gelangweilt oder nicht besonders glücklich mit dem, was man ihm gerade abverlangte, las Noah, der sich seit einem halben Jahr jeden Morgen dieses Frühstück gemacht hatte, auf einmal gewissenhaft die Anweisungen auf der Seite der Dose. Sie schrieben Salz vor, das er nie verwendet hatte, aber er griff zu einer Prise Natriumchlorid und tat es hinein. Er kochte die Hafergrütze auf einem Brenner und erhitzte den Ahornsirup auf einer zweiten Flamme, indem er das ganze Glasgefäß in kochendes Wasser stellte. Auf seine Art war er gastfreundlich. Er hatte zwei Becher, die er, wenn er allein war, für Hafergrütze und Kaffee nahm; da Owens zu Besuch war, gab es nun eben zuerst die Hafergrütze, dann wollte er die Tassen spülen und schließlich den Kaffee machen.

Noah glaubte, das Frühstück gefunden zu haben, das er von nun an sein Leben lang essen und seiner Frau und den Kindern auftischen wollte, wenn er welche hatte.

Als er den Haferbrei endlich austeilte, nachdem er eine halbe Stunde lang in dem verbeulten Topf gerührt hatte, brachte Owens ihn in Verlegenheit, weil er den Ahornsirup ablehnte. Das ganze Geheimnis von Noahs Hafergrütze beruhte auf heißem Ahornsirup.

Owens probierte ein bißchen Hafergrütze von seiner Löffelspitze und nahm den Löffel vorsichtig in den Mund. »Die ist versalzen«, stellte er fest. Wie so oft, wenn er zu einem Urteil kam, bildeten seine Augenbrauen einen unterbrochenen Strich. Der Mann war es gewöhnt, Urteile zu fällen.

Wahrscheinlich urteilte er auch im Bett, dachte Noah, der wegen seines Fehlers nervös herumfummelte, denn in dem Moment ging ihm auf, daß die Kombination von Salz und heißem Ahornsirup ungesund war.

»Ich hab eine Idee«, sagte Owens und stellte seine Tasse auf der Arbeitsfläche ab. »Wir gehen ins Café Pantheon.« Für Owens waren Spaziergänge ein unerläßliches Element für Gespräche unter Freunden. Gerne betrachtete er die Landschaft, roch sie, bewunderte die Bäume. Die andere Art zu reden, bei der man sich an einem Tisch gegenübersaß, mit den dazugehörigen langsamen Bewegungen sowie Konzentration, war für ihn Geschäft, und es war unmöglich, dabei nicht zu verhandeln, irgendwie mehr herausschlagen zu wollen. Weil ihm das bewußt war, schlug er seinen Freunden oft Aktivitäten vor, bei denen er in Bewegung kam. Owens war groß, hatte lange Beine und eine schnellere Gangart als die meisten anderen Leute. Aber Noah in seinem Rollstuhl hielt mit ihm Schritt.

»Ich lad dich zum Frühstück ein.« Owens dämpfte die Stimme, freundlich, aber bestimmt. Er verzichtete selten darauf, seine Wünsche deutlich zu äußern, ganz gleich, wie sehr ihm etwas am Herzen lag. In seinem Leben hatte er kaum je einen Grund zu diesem Verzicht gesehen. Und wahrscheinlich war es ihm ein – wenn auch noch so unbedeutendes – Vergnügen, andere zu überreden, seine Launen mitzumachen.

Auf dem Weg nach draußen machte Noah halt, um dem jungen Dänen Anweisungen zu geben. Sie versuchten noch nicht, das Gen zu finden, das die Mutation auslöste, sondern forschten zunächst nach den Signalen, um das benachbarte Gewebe zu lokalisieren. Louise wollte eine In-situ-Hybridisierung mit augenlosen Fischen durchführen, falls ihre vermaledeiten Fliegen ihr Zeit dazu ließen. Die DNS-Menge von dem vier Stunden alten Embryo war so gering, daß sie in einem PCR genannten Verfahren vergrößert werden mußte.

PCR hat die Welt verändert, dachte Noah.

Draußen mußten sie an einer Phalanx militanter Tierschützer vorbei. »Habt *ihr* den Impfstoff gegen Kinderlähmung gefunden?« rief Noah, ein, wie ihm auffiel, besonders irritierender Spott für die dümmeren Demonstranten, die sich unsteten Blicks fragten, ob *er* Kinderlähmung hatte. O weh, da fiel ihm ein, daß Owens' Freundin Olivia gerade mit Tierschutz befaßt war, irgendwas mit südamerikanischen Papageien.

»He, warum holst du dir nie Forscher*innen* aus Dänemark in dein Labor?« fragte Owens. Weil er um diese Tageszeit selten draußen war, assoziierte er Vormittagsstunden draußen mit Liebe. In den ersten paar Monaten mit Olivia hatte er sich aus dem Büro zu Mittagspicknicks in den Hügeln davongestohlen. Nicht viele Direktoren der Fortune-500-Firmen, so dachte er, schliefen vor der Mittagspause im Freien mit ihren Freundinnen.

Der Boden sonderte einen ganz bestimmten Rindengeruch ab, wenn es später am Tag heiß wurde. Owens ging in den Wanderstiefeln, die er in den letzten fünf Jahren immer angehabt hatte, wenn er gerade keinen Anzug trug, über die palmen- und eichenbestandenen Felder. Kaskie fragte sich, wie er sie wohl sauberhielt. Da hatten sie eine seltsame Gemeinsamkeit. Das Gute an einem Rollstuhl: Die Schuhe bleiben wie neu.

»Oder kennst du irgendwelche französischen Wissenschaftlerinnen? So was wie Madame Curie?«

»Mir sind nicht viele Madame Curies begegnet.«

»Hast du schon mal ein Foto von ihr gesehen? Mensch, Kaskie – die war vielleicht schön!« In Owens' Stimme schwangen Kummer und Verehrung mit, als wäre er von dieser Sphäre des Lebens für alle Zeiten ausgeschlossen: Mütter, die man von draußen durch Fenster sah, wie sie sich über Tische beugten und als Liebesdienst wischten. »Du mußt sie sehen. Ich zeig dir mal ein Foto.«

»Nicht mein Typ.« Noah lächelte. Typisch Owens, ihm etwas zeigen zu wollen. Eigentlich war das ein schöner Zug an ihm. Er war immer bereit, sich einen Film ein zweites Mal anzusehen, wenn er einen damit bekannt machen konnte. Während Owens oft dieselben Geschichten erzählte, ohne es zu merken, fand Noah interessant, daß er seine Ansichten nicht änderte. Aber was Frauen anging, hatten sie nie den gleichen Geschmack. Bis auf Olivia, die zum Glück für Owens zufällig dessen Freundin war, denn Owens hatte das Glück für sich gepachtet.

»Olivia ist jedenfalls ziemlich hübsch«, sagte Noah.

Owens seufzte. »Wenn sie doch bloß was aus ihrem Leben *machen* würde!«

Obwohl Olivia unleugbar schön war, bemühte sich Noah, Owens nicht zu beneiden. Er kannte sie seit Jahr und Tag und hielt sie insgeheim für nicht sonderlich intelligent. Was ihn nicht davon abhielt, ein wenig in sie verliebt zu sein. Ganz klar, man konnte in eine Frau verliebt sein und sie zugleich leicht beschränkt finden. Aber er fand es hinreißend, daß Owens ausgerechnet auf Olivia verfiel und dann irgendeine extraordinäre Laufbahn von ihr erwartete. Selbst unter so engen Freunden wie Noah und Owens war es wichtig, daß jeder insgeheim seinem eigenen Leben den Vorzug gab. Dank dieses kleinen, uneingestandenen Snobismus gelang es Noah, seinem Freund zu schmeicheln und ihm das Leben, das Noah selbst nicht hätte führen mögen, schmackhaft zu machen.

»Ich weiß einfach nicht, ob Olivia letztlich wirklich intelligent genug ist.«

»Intelligent genug wofür?« fragte Noah, der insgeheim genau dieser Meinung war.

»Weißt du, wie das so ist, wenn man mit jemandem zusammen ist und manchmal die ganze Nacht wachbleibt und redet? Also das machen wir nie.« Owens schüttelte den Kopf.

Noah lebte zölibatär, auch wenn er nicht gern gehört hätte, daß man es so nannte. Sein Zustand war ihm in jeder Hinsicht peinlich, und er genoß und verlangte zwar komplizierte Gespräche über die Liebe, wurde aber vage und abstrakt, wenn es um ihn und seine speziellen Verhältnisse ging.

Vor Jahren, auf dem College, hatte sich einmal auf einem Fest eine Studentin auf seinen Schoß gesetzt. Später war sie mit ihm über die holprigen Gehwege gefahren, und sie hatten sich geküßt. Das Küssen war für ihn wichtig, so als habe sie einen Vorhang gelüftet, den er immer für die Realität gehalten hatte, und ihm dahinter etwas gezeigt, ein geheimes Fest, auf dem andere bereits lachten und seufzten, sogar die Bäume. Dieses eine Mal schien alles einfach, als brauchte er sich nur fallen zu lassen. Sie sagte ihm immer wieder, was für ein schönes Gesicht er habe. Wie einem Dicken, dachte Noah. »Sie hat so ein wunderhübsches Gesicht«, sagten seine Mutter und Schwester immer über dicke Frauen. Es war sehr spät, als er endlich am Studentinnenwohnheim anhielt und sie von seinem Schoß sprang und hineinflitzte. Sie sah schön aus, als sie lief. Sie trafen sich noch ein paarmal abends, knapp ein dutzendmal, und Noah konnte sich an jedes einzelne Mal in allen Einzelheiten erinnern. Doch am ersten Abend hatte sie ihm gesagt, sie wisse es nicht genau, aber vielleicht sei sie lesbisch. Später hatte er sie auf einem Fahrradsitz gesehen, wie sie die Taille eines größeren Mädchens umklammerte, das stehend in die Pedale trat.

Noah dachte noch oft an diese Studentin, sprach aber nicht über sie. Es war vor so langer Zeit zu Ende gewesen, und viel war ja auch nicht passiert.

Noah hielt es nicht für ausgeschlossen, daß er einmal Glück in der Liebe hatte. Eigentlich war er meistens in irgendwen verliebt. Er mußte an eine Frau denken, um abends einschlafen zu können. Und um so intensiv arbeiten zu können. Er sagte sich, wenn er schwer genug arbeitete, werde ihm die Arbeit zu Liebe verhelfen. Er hatte das dumpfe Gefühl, die Frau, die ihn einmal lieben würde, müßte anders als Olivia sein. Eher der Typ »Sieht für eine intelligente Frau ganz annehmbar aus«. Sie würde ein wenig auf Frauen wie Olivia herabsehen. Und wie aus Respekt vor seiner zukünftigen Gattin übernahm Noah dieses dezente Vorurteil. Bestimmte Frauen standen auf ihn, wie die Röntgen-Kristallographin von oben. Rachel war der mütterliche Typ, und er konnte sich ihren massigen Körper gut in einer Schürze vorstellen, obwohl sie sich mit Hydrogenketten besser auskannte als jeder andere auf der Welt. »Wenn du keine andere abkriegst«, hatte sie im Scherz gesagt, »heirate ich dich in fünf Jahren.« Ihr Umfang schüchterte ihn ein.

»Erzähl mir, was du im Labor gerade so machst.«

Diese Frage stellte Owens mindestens einmal im Monat, in zu kurzen Zeitabständen, als daß sich groß etwas verändern konnte. Bei solchen allgemeinen Fragen mußte Noah immer an die Freunde seiner Eltern denken, die keine Ahnung von Naturwissenschaften hatten, oder an manche junge Mädchen, die davon ausgingen, alles, was mit Laboren zu tun hatte, sei böse. »Von den Vorläuferzellen hab ich dir doch erzählt?«

»Mmhmmm.« Das kam unsicher, so als wisse es Owens nicht mehr genau.

Doch dann, während Noah über Zellschicksale redete, fiel ihm der Artikel ein, den er am Abend zuvor in *Nature* gelesen hatte, und er wurde ganz aufgeregt. Sein Ansporn war, daß er sich in einem freundschaftlichen Wettrennen befand – mit einem Labor in Seattle und einem anderen, das gerade nach New York umgezogen war –, und er hatte gehört, daß jetzt auch Manloe in Kopenhagen Zebrafische verwendete. Doch er war spät dran. Als Postdoc hatte er eine großartige, vielversprechende Mutation entdeckt, Fische, die etwas lernten und dann wieder vergaßen, und das hatte ihm ein Stipendium und seine Stelle hier eingebracht. Jetzt, auf halbem Wege zum Rechenschaftsbericht, hatte er das Gen immer noch nicht entdeckt. Und er hatte sich von Louise, einer seiner Postdocs, überreden lassen, die Mutation an der Fruchtfliege Drosophila zu studieren, als ihr in den Fußnoten eines Caltech-Aufsatzes etwas aufgefallen war. Die Dinger sollten eigentlich ständig unter Verschluß sein, in dem ihr zugewiesenen Kämmerchen, aber er hatte sie ständig in den Haaren.

Owens lief mit den Händen in den Taschen und gesenktem Kopf herum. Er sah aus wie ein begossener Pudel, als schämte er sich seines Lebens, und bedauerte es ein wenig. Natürlich war er außerdem Multimillionär. Nicht einmal die Wissenschaft konnte ihn lange einschüchtern.

Noah ließ sich gerade darüber aus, daß die Oberflächen aller Zellen extrem polymorph waren und die wichtigsten Histokompatibilitätsproteinkomplexe eine Erklärung dafür lieferten, wie die Zelle den Unterschied zwischen Eigenem und Fremdem erkannte, und wie sehr ihn dieser Vorgang faszinierte.

Owens unterbrach: »Was ist das höchste Ziel, das du dir gesetzt hast?«

Das verschlug Noah erst einmal die Sprache. Ihm kam in den Sinn, daß Owens so dachte wie die Leute, die die Aufsatzthemen für Collegebewerbungen verfaßten. Doch dann stieß er hervor: »Erkennen, wie alles funktioniert. Herausfinden, wieso eine Herzzelle weiß, was sie sein soll, und nicht irgendwas im Fuß wird.«

»Interessiert dich denn nicht, das menschliche Genom zu sequenzieren?« Diese Frage stellte Owens auch jedesmal, wenn sie zusammen ausgingen.

Noah schlenkerte mit dem Handgelenk. »Ich für mein Teil möchte das nicht. Selbst wenn man die Struktur hat, weiß man noch lange nicht, wie sie sich faltet, was sie macht. Mir geht das zu langsam. Rachel hat sieben Jahre gebraucht, um die Struktur ihres Proteins zu finden. Meine Freundin Rachel kennst du ja. Sie ist jetzt berühmt. Ihr Enzym ist auf dem Einband eines Schulbuchs.« Das rieb Noah ihm unter die Nase, weil Owens ihm einmal einen Monat lang damit in den Ohren gelegen hatte, daß er die Forscherin aus dem Stockwerk darüber kennenlernen wollte. Als Noah endlich nachgegeben hatte, hatte er von Owens die Rückmeldung erhalten: »In eine wie die könnte ich mich nie verlieben.« Zu seiner eigenen Überraschung hatte Noah gestammelt: »Ich finde, sie hat ein sehr hübsches Gesicht.«

»Wenn ich Biologe wäre«, sagte Owens, »wäre das mein Ziel. Ich würde das Genom sequenzieren wollen.«

Die Freundschaft der beiden war das, was von einem Trio übriggeblieben war. Beide hatten Frank gekannt. Noah hatte in den höheren Semestern mit ihm zusammen studiert. Dann hatte Frank das College verlassen und mit Owens Genesis gegründet, war aber später auch dort ausgestiegen. Wenn Owens sich gestattete, daran zu denken, was nur sehr selten der Fall war, schmerzte ihn der Verlust Franks, und auch wenn er sich damit abfand, so blieb doch ein schales Gefühl zurück. Seine Lebensqualität hatte gelitten, und er konnte nichts dagegen tun. Daß Frank einer Welt angehörte, die er der ihren vorgezogen hatte, machte Owens zu schaffen. Die meisten Menschen, die Owens kannte, arbeiteten für Genesis und wurden irgendwie von ihm bezahlt. Noah war klar, daß Owens ihn schon seit langem vereinnahmen wollte, und vielleicht hatte er vor, das heute perfekt zu machen.

Sie gingen über den Universitätsplatz, dessen Sandstein-Torbögen einer vierhundert Jahre alten Moschee in Ägypten nachempfunden waren. Hier hatten Frank und Noah gemeinsam ihr Hauptstudium absolviert. Owens blieb stehen und ließ seinen Blick ernst über die Pavillons schweifen, als hätte er ein Problem, das er nicht recht in Worte fassen konnte. Während der letzten fünf Jahre hatte er eine seltsame Glückssträhne gehabt. Alles, was er anfaßte, war zu Geld geworden. Noah ahnte vage, wie so etwas sein mochte: Vor vier Jahren war er mit seinen Experimenten eine Zeitlang erfolgreich gewesen. Vermutlich erlebte Owens gerade die seltsam überscharfe Wahrnehmung von Schubkraft und Mut, die daraus resultierten; seine Flugbahn verlief immer steiler nach oben, und wenn er die Einsätze erhöhte, konnte er nur die Gewinne erhöhen. Früher war er arm gewesen – laut Frank so arm, daß er nicht mit Bargeld, sondern mit Äpfeln bezahlt hatte. Anfangs mußte ihm sein Wohlstand zu Kopf gestiegen sein. Doch je mehr Experimente er wagte, als desto unbesiegbarer erwies er sich. Jetzt arbeiteten neunhundert Leute unter ihm, darunter Männer, die er für seine besten Freunde hielt und, laut seinen eigenen Worten, Frauen, mit denen er geschlafen hatte. Noah hörte immer wieder die Warnung, wenn einem in der Forschung eine große Entdekkung geglückt war, sei es praktisch unmöglich, weiterhin so zu denken wie vorher. Und natürlich glaubt niemand, daß es Glück ist, wenn er Glück hat.

»Gestern abend«, sagte Owens, »bin ich bis spät in der Firma geblieben und hab rumgetüftelt. Als ich zum Kühlschrank ging, hab ich ›Hu-hu!‹ gerufen, aber außer mir war keiner mehr da. Auf dem Parkplatz standen noch ein paar Autos, und ich kannte keins davon.«

Noah stellte sich Owens in dem dunklen, feudalen Konferenzzimmer vor, wie er aus dem Fenster sah. Jenseits der Straße standen samtige Pferde im Nachtwind.

»Also hab ich irgendwann Theo angerufen; das ist einer vom alten Team. Und der sagte: ›Wir haben Gäste. Marcia trägt eben die Lachssteaks auf.‹ Und ich: ›Na gut, ich führ nur gerade Tests durch und hab mir gedacht, du wolltest vielleicht gern dabeisein.‹«

Noah wußte, daß Owens nicht gern Fisch aß, aber wie er »Lachssteaks« sagte, hörte es sich festlich an, nach Restaurant am Wasser mit Papierlampions in einem fernen Land.

»Und zehn Minuten später kam Theo reingestürzt, knallrot im Gesicht, in einer Reißverschlußjacke. Ich hab ihm Witze erzählt, um ihn ein wenig aufzuheitern.«

Noah konnte sich vorstellen, wie die beiden verbissen zusammenarbeiteten.

»Theo und ich, wir waren mal richtig gut befreundet.«

Owens fragte sich wahrscheinlich, wen sie zu den Lachssteaks eingeladen hatten. Noah hatte den Verdacht, daß es bei ihm seit neun Tagen Artischocken zu Abend gab. Wenn Owens Lust auf eine Gemüsesorte hatte, aß er jeden Abend und manchmal auch mittags davon, bis er den Geschmack satt hatte.

Als Noah das letzte Mal bei Owens zu Hause gewesen war, hatte er einen Brief eines Mannes gesehen, den Owens offenbar entlassen hatte und der ihn um Geld bat. In dem auf der Küchenanrichte liegenden Brief zählte Todd seine Verpflichtungen auf; er hatte jetzt eine Frau, eine Hypothek, was nicht alles.

Owens hatte ihm anvertraut, daß Susan und Stephen, ein Pärchen, beide fünfundzwanzig, die für ihn kochten und putzten, eine Altersabsicherung wollten. Selbst sein Vater rief an, um über Owens' Schwester zu reden, denn auch sie brauchte Geld.

»Und wie steht's mit *deiner* Arbeit?« fragte Noah. »Was ist mit Genesis?«

Owens warf seinem Freund einen vielsagenden Blick zu. Er berührte Noahs Schulter. Noah war dem Boden näher, was keiner von beiden je völlig vergaß. »Darüber möchte ich mit dir reden. Trinken wir erst einen Kaffee.«

»Irgendwann mal mußt du dir von mir einen Kaffee kochen lassen.« Noah hatte Owens noch nie dazu gebracht, sich von ihm bewirten zu lassen. Dabei war Noah in den Laboren und Büros des Instituts für seinen Kaffee berühmt. Jeden Nachmittag kamen zwei Sekretärinnen mit ihren Bechern und einer Tüte Milch vorbei. Kaskie war ein Mann, den die Sekretärinnen liebten. Gestern hatten sie Biscotti aus der lesbischen Bäckerei mitgebracht. Lesben können gut backen; warum nur? Es ist was Weibliches. Er dachte an die Studentin auf dem Fahrrad, den Kopf an den Rücken ihrer Freundin geschmiegt.

Owens blieb vor der alten Kirche von Alta stehen. Ein kühler Luftzug strich aus der offenen Tür. »Hier würde ich gern eines Tages heiraten«, sagte er, obwohl er nie zu einem Gottesdienst ging. Friedlich und still wartete sie mit ihren symmetrischen Bankreihen und dem schlichten Altar, als einzige Dekoration fiel gleichmäßig geschecktes Licht durch die Fenster. »An einem Sommerabend um fünf oder sechs.« Plötzlich drehte er sich zu seinem Freund um. »Wo wirst du denn wohl heiraten?«

»Och, ich weiß nicht. Beim Friedensrichter wahrscheinlich.«

»Ich könnte mir vorstellen, daß ich eine Frau kennenlerne und sie einen Monat später heirate, wenn ich mir wirklich sicher wäre.« Owens redete immer so über Liebe, als spielte Olivia dabei keine Rolle. Noah blieb es überlassen, ihn daran zu erinnern, daß es sie auch noch gab. Als der Name fiel, seufzte Owens.

»Weißt du, ich stelle unter anderem folgende Überlegung an: Wie wäre Olivia als First Lady? Und leider lautet die Antwort: nicht berauschend.«

Noah bezweifelte heftig, daß sein Freund in nächster Zeit heiraten würde.

Einmal hatte die Studentin gesagt, daß sie ihn liebte. Er hatte sie gefragt, ob sie das auch zu anderen gesagt hätte, und sie hatte leise gelacht. »Ja, schon oft«, hatte sie zugegeben. Und nach wenigen

Wochen hatte sie Schluß gemacht. Selbst als sie mit ihm zusammengewesen war, war Kaskie aus dem ungläubigen Staunen gar nicht herausgekommen, daß jemand so Wundervolles ihn liebte. Er hatte sich nie daran gewöhnt. Vielleicht hatte sie ihn gar nicht geliebt, ging ihm jetzt auf, sondern es nur behauptet.

Die beiden Männer folgten der sanft geschwungenen, palmenbestandenen Straße, die in das kleine Ortszentrum von Alta führte. Sie kamen an dem alten Kino vorbei, das der Erbe der Valley Electronics Company renoviert hatte; es war auf Hochglanz poliert, mit einer überdimensionalen Markise. Dann waren sie beim Pantheon, wo es nicht nur hervorragenden, mit italienischen Maschinen zubereiteten Kaffee gab, sondern auch einen Geschäftsführer, der Owens nicht leiden konnte. Einmal hatte Owens versucht, einen Bagel mit reinzunehmen, und sie hatten eine lautstarke Auseinandersetzung geführt, bis Owens mit leiser, sanfter Stimme seine Schlußbemerkung abgegeben hatte: »Wahrscheinlich wäre es sehr viel besser fürs Geschäft, wenn jemand anderes Ihre Stelle hätte, jemand mit einer ganz anderen Einstellung.« Damals war Owens bereits eine lokale Berühmtheit gewesen, und etliche Kunden hatten geklatscht. Der Geschäftsführer war schon immer unbeliebt gewesen, weil er junge Mädchen auf Rollschuhen wegjagte, wenn sie nach der Schule ein Eis kaufen wollten.

Doch an diesem Morgen bedienten junge Leute am Tresen, und leise Orgelmusik rieselte aus den Lautsprechern an der Decke. Der Kaffee wurde in dicken braunen Tassen gebracht.

»Also, ich wollte etwas mit dir besprechen«, sagte Owens. »Ich glaube, wir haben ein Neurotrophin entdeckt, das Hirnfunktionen regenerieren kann. Mittlerweile sind wir bei Affenversuchen angelangt. Bei Parkinson's geht es nicht weiter.« Er zuckte die Schultern. »Es sei denn, wir schaffen es. Ich möchte, daß du bei uns einsteigst.«

Es war nicht das erste Mal, daß er Noah eine Stelle anbot. Noah hatte zwar nicht vor, anzunehmen, war aber doch froh, gefragt zu werden. Er ließ Owens weiterreden, bis er das Gehalt erwähnte.

»Brrr, führe mich nicht in Versuchung. Also ich weiß es wirklich zu würdigen, aber mir gefällt das, was ich gerade mache.«

»Weißt du, in ein paar Jahren würden wir dir ein neues Haus hinstellen, dann hättest du dein eigenes Team und könntest die Biologie revolutionieren. Mit einem Satz könntest du dir einen Zehnjahresvorsprung vor diesen ganzen Akademikern verschaffen.«

»Wohl kaum, Owens.« Doch dieses Gerede brachte Noah aus dem Konzept. Konnte die Industrie so etwas schaffen? Er hatte immer geglaubt, in der Forschung käme es vor allem auf Handarbeit an, Experimente, immer hübsch der Reihe nach, und daß man festsetzte, was als nächstes Glied in der Kette drankam. Daß Entdekkungen gemacht, und nicht, daß sie verwertet wurden. Schließlich hatte nicht Genesis LCSF entdeckt, sondern jemand anderes, und sie übernahmen es, tüftelten aus, wie man es einbaute. Sie hatten das Gen in Bakterien verpflanzt. In der Industrie ging es letzten Endes immer nur um Produkte. Vielleicht um Medikamente, aber nie um Heilung. Natürlich konnte er sich irren.

Owens erzählte ihm von Konferenzen, auf denen sie besprochen hatten, womit sie ihn locken könnten. Owens machte es Spaß, seine Überzeugungskünste einzusetzen. Er setzte sich gern über Widerstände hinweg – das war der sportliche Aspekt seiner Tätigkeit. Doch seltsamerweise war er offenbar gar nicht so versessen darauf, den Vertrag abzuschließen, der ihm seit Jahren vorschwebte und an dessen Details er in den letzten drei Tagen gefeilt hatte. »Ich kann dich also wirklich nicht anwerben, hm?«

»Nö. Heute jedenfalls nicht.« Noah hob mit beiden Händen seine Tasse.

Owens seufzte. »Na, eins laß mich noch versuchen. Weil ich schon immer das Gefühl hatte, daß wir eines Tages zusammenarbeiten würden. Und im Moment stehen gerade ein paar Veränderungen an. Zum einen geht Genesis an die Börse. Unsere Finanzen werden geprüft, und wir bekommen einen Aufsichtsrat, das ganze Zeug, was wir jetzt nicht haben. Daher biete ich dir einen Bonus in Höhe von einer Million Dollar an, wenn du dem Aufsichtsrat beitrittst. Aber das ist ein einmaliges Angebot. Ich kann es mir nicht leisten, es zu wiederholen. Außerdem hat Genesis, wie du weißt, ganz schön expandiert, darum stelle ich ein Team aus den besten Männern zusammen, und wir beziehen ein neues Haus, wo wir an unserem Neurotrophin arbeiten. Da könntest du dabeisein.«

Noah zog an seinen Fingern, war plötzlich unglücklich. Eine Million Dollar. Es war wie ein Trick: So oder so, er hatte verloren. Er dachte an den Immunologen oben in der medizinischen Fakultät, den sie Lydgate nannten und der immerzu so hektisch war, weil seine Frau auf antike Möbel im Missionsstil scharf war. Wieder empfand er das gleiche wie schon zweimal in seinem Leben, als er glaubte, sterben zu müssen: Kopfschmerzartig überwältigte ihn die Peinlichkeit, so ein Chaos zu hinterlassen. Seine Zebrafische, seine Drosophila, seine Daten – nichts davon war weit genug gediehen, um jemand anderem übergeben zu werden, um ohne ihn zu überleben. Dann fiel ihm unversehens eine Geschichte ein, die Louise ihm eines Abends im Labor erzählt hatte. Ihre Mutter war mit einem Bankier verlobt gewesen. »Wenn du ihn heiratest«, hatte ihr Vater gesagt, »betrügst du ihn mit mir; aber wenn du mich heiratest, betrügst du mich nicht mit ihm.«

»Nein, ich kann nicht«, sagte Noah.

»Ganz sicher?« Owens legte den Kopf schief.

Noah nickte.

Owens betrachtete verschiedene Stellen in dem großen Raum und rieb mit den Handflächen über seine Jeans. »Noch einen Kaffee?« fragte er unvermittelt. Er blinzelte, zweifellos verblüfft über die seltene Brüskierung einer Absage, aber trotzdem froh, Kaskie im Institutslabor zu haben. Hätte er zugesagt, hätte ein Teil von Owens gewünscht, es wäre anders gekommen.

Noah begriff, daß sein Freund das Labor genauso liebte wie das mit Rosen bewachsene Miethäuschen, in dem Olivia gewohnt hatte, bevor sie zu ihm zog. In Owens' Leben gab es zu wenig Schlichtheit.

Noah versuchte zwar, sich auf eine Tasse Kaffee am Morgen und eine zweite am Nachmittag zu beschränken, sagte aber trotzdem ja. Schließlich lehnte er nicht jeden Tag eine Million Dollar ab.

Owens richtete sich ein wenig auf, um seine Brieftasche aus der Gesäßtasche zu ziehen. Sie war aus ramponiertem Leder, von einem Straßenhändler gekauft; damals hatte sie geglänzt wie eine Kastanie. Noah klopfte auf der Suche nach seinem Portemonnaie alle vier Taschen ab. Verdammt. Er wollte zahlen. Obwohl Owens ihn schon eingeladen hatte, wirkte er immer irgendwie beruhigt, wenn man selbst zahlte. Es war, als befrachtete ihn sein Geld mit einer väterlichen Verantwortung, die er nie gewollt hatte, und das machte ihm Kummer. Aber Kaskie hatte kein Geld dabei. Er nahm nur ungern viel mit, weil er es dann immer ausgab. Außerdem hatte der Kerl nicht angerufen. Woher hätte Noah es wissen können? Sollte er immer einen Zwanziger dabei haben, für den Fall, daß Owens sich herabließ, vorbeizuschauen und seine Hafergrütze für versalzen zu erklären?

Doch statt Geld zog Owens das Bild eines kleinen Mädchens in Paßfotogröße aus seiner Brieftasche. »Findest du, daß sie mir ähnlich sieht?«

Noah betrachtete das kleine Foto. »Nein, nicht besonders. Warum?«

»Ich nämlich auch nicht«, antwortete Owens und schob das Foto zurück. Er nippte an seinem Kaffee und hielt die Tasse halbhoch in der Luft, vielleicht ein Versuch, das zu erleben, was andere Leute als Muße kannten. »Das ist auch ein Preis, den ich für mein Leben bezahle. Die Frau hat behauptet, sie wäre mein Kind.« Während er zwei Scheine herauszog, setzte Kaskie stammelnd zu einer Erklärung an, doch Owens hob eine Hand. »Anwerbungsgespräch.«

Als sie gingen, lief ein Mädchen mit einer Schürze hinter ihnen her. »Ihr Wechselgeld!«

»Aber nein, das ist für Sie. Das Trinkgeld. Bitte richten Sie dem Geschäftsführer aus, was für ein Vergnügen es ist, wenn er nicht da ist.«

Das Mädchen verzog merkwürdig das Gesicht, während sie ihr Grinsen runterschluckte.

»He, jetzt mal im Ernst, was meinst du, warum nur junge europäische Männer in deinen Labors arbeiten? Warum kommen keine jungen Französinnen und Schwedinnen?«

Noah zuckte die Achseln. »Vielen Europäern gefällt es hier

nicht. Die meisten bleiben nur zu Forschungszwecken. Für den Typ, mit dem du geredet hast, hat Amerika der Menschheit außer der Bombe nichts gegeben.«

»Und was ist mit dem Automobil?«

»Oder mit Mais, Kartoffeln, Tomaten, sag ich ihm immer.« Noahs Mutter war der seltene Fall einer amerikanischen Jüdin, die auf einer Farm aufgewachsen war. Auf idyllischen Fotos posierte sie zwischen Reihen von Kohlköpfen.

»Elektrizität. Das Telefon. Der PC. Und was ist mit der Filmkamera?«

»Linus Pauling. Die Alpha-Helix.«

»George Eastman, Thomas Edison, Alexander Graham Bell, Land und die ganze Polaroid-Geschichte. Robert Goddard. Raketen. Der Impfstoff gegen Kinderlähmung!«

»Die Gebrüder Wright. Jazz.«

»Handelstaugliches Penicillin.«

»Ich dachte, das wär England?«

»Wir haben es verwertbar gemacht, im Krieg. Die Briten haben es zwar entdeckt, aber sie konnten es nicht herstellen. Was hat der eine Typ noch mal gesagt? Ich glaube: ›Dieser Schimmelpilz ist ein Opernsänger.‹ Nein, das hat Tishler bei Merck geschafft. Er hat es gezüchtet und sich dann geweigert, es patentieren zu lassen. Er hat immer gesagt, wenn wir ein Mittel gegen Krebs entdeckten, würde er's nicht patentieren lassen.«

Sie beteten immer noch die Errungenschaften Amerikas runter, als sie wieder in Kaskies Labor ankamen.

»Wovon redet ihr da?« fragte Louise. Sie war seine beste Postdoc, die begabteste und gewissenhafteste, aber sie machte ihn nervös. Normalerweise konnte er sich darauf verlassen, daß seine Studenten ihn bewunderten. Aber sie nicht. Außerdem trug sie immer Schwarz, nicht die üblichen Jeans und T-Shirts wie sonst in Labors.

Als Noah es ihr erklärte, brach sie in kehliges Lachen aus. »Ihr habt das Wichtigste vergessen«, sagte sie. »Jedenfalls in diesem Jahrhundert.«

»Was?«

Sie schnaubte verächtlich. »Die Pille natürlich.«

Eins zu Null für die Industrie. Die hatte ihre Erfinder zu Millionären gemacht.

Er dachte wieder an Louises Eltern. Es mochte ja eine Liebesheirat gewesen sein, aber jetzt gaben sie kein sehr glanzvolles Paar ab. Seit dreißig, vierzig Jahren waren sie mittlerweile verheiratet. Ihr Vater arbeitete als Briefträger und trug einen orthopädischen Schuh.

Ein Kettenbrief

Owens hatte die Füße auf seinen Schreibtisch gelegt und lauschte dem Mädchen am Telefon. Man hörte ihr an, daß sie jung und leicht zu beeindrucken war, aber sie war redegewandter als Olivia.

»Um ganz ehrlich zu sein«, sagte sie gerade. Und dann plauderte sie über Sachen, die keine Ehrlichkeit erforderten. Sie erwähnte, sie habe etwas gegen Tischtücher, die zur Tapete paßten, und gegen Servietten, die wie Schwäne gefaltet waren.

»Schwäne, wirklich?« sagte er. »Ist mir gar nicht aufgefallen.«

Sie tratschten über die Leute, bei denen sie sich vor einer Woche kennengelernt hatten. Ihre Gastgeber hatten sich von Owens' Besuch geehrt gefühlt und waren erfreut gewesen, daß Mrs. Maguire ihre Tochter Albertine mitbrachte, die ihn zu amüsieren schien. Sie hatten sich mit der Essenseinladung große Mühe gegeben. Neben jeder Tischkarte stand eine kleine Vase mit Moosröschen. Owens und Albertine, die mit großem Vergnügen das sorgfältig zubereitete Essen verzehrt und den Wein geschlürft hatten, zogen jetzt über ihre Gastgeber her, wie das im sozialen Miteinander nun mal üblich ist, besonders, wenn man miteinander flirtet. Owens genoß die quälende Leidenschaft seines Werbens um Albertine, wozu gehörte, daß er ihre Gastgeberin um Mitternacht aus dem Bett holte, damit sie nach unten ging und ihr Adressenbüchlein holte. Er hatte sich Albertines Telefonnummer auf eine Schuhsohle notiert, damit sie unentdeckt blieb. Früher hatte er sich Telefonnummern von Mädchen auf die Haut geschrieben.

Albertine, der die Schwächen ihrer Gastgeberin keineswegs entgangen waren, wozu sie nicht zuletzt deren Gesicht zählte, hatte ihr dennoch eine überschwengliche Karte geschrieben. Sie war so erzogen, daß sie wußte, wie man sich die nächste Einladung sichert.

Owens tat nichts dergleichen und hatte auch gar nicht vor, diese Leute je wiederzusehen. »Sie ist einfach nicht besonders interessant«, lautete sein abschließendes Urteil.

Seine Dreistigkeit brachte Albertine so zum Lachen, daß es sie schüttelte. Offenbar glaubte er nicht, andere Leute könnten ihm etwas anhaben. Sie war in diverse Netze gesellschaftlicher Verpflichtungen eingesponnen.

Journalistin wollte sie werden, diese Albertine, wie sie ihm aus ihrem Praktikantinnenkabäuschen in den Lokalredaktionsräumen der Zeitung erklärte. In drei Wochen, erfuhr Owens, kehrte sie in ihr Schicki-Micki-College an der Ostküste zurück, vielleicht im letzten – huch, nein, im zweiten Studienjahr.

Vor seinem Büro vermittelte eine Reihe sichtbarer Köpfe den Eindruck passiven Wartens, wie Männer in einer U-Bahn. Es gäbe ein gutes Foto ab, durch dieses geriffelte Glas. So sahen sie fast schwarzweiß aus. Ihre Körperhaltung hatte etwas Zeitloses.

»Um ehrlich zu sein, ich *mag* solche Kettenbriefe nicht«, sagte Albertine. »Und man soll ihn an zehn Freunde schicken? *Zehn* – wer hat denn die Zeit dazu?«

»Also ich beantworte das garantiert nicht«, sagte Owens und steckte das Blatt Papier in sein Fach für ausgehende Post, auf daß es ihm nie wieder vor Augen käme.

Sie hatte ein perlendes Lachen, seins klang wie eine tiefe Glocke. Sie ließen sich treiben. Was sie sagten, hatte alles nicht viel zu bedeuten. Er wußte, daß er Zeit hatte, so wie ein Solist weiß, wann er seine Noten unendlich in die Länge ziehen kann und jeder einzelne im Publikum nach Luft schnappt, wenn sein Bogen die Saiten verläßt.

»Jetzt muß ich wohl auflegen«, sagte er endlich nach einer langen, von Seufzern erfüllten Pause, die womöglich bedeutete, daß ihnen die Gesprächsthemen ausgegangen waren. Ein Solist weiß auch, ab wann er den Bogen nicht weiter überdehnen kann. »Hier sind ein paar Jungs, die wollen mich sprechen.«

»Wirklich, wer denn?«

»Och, einer von *Newsweek*, einer von *Time*, vom *Wall Street Journal* ist wohl auch einer dabei, ja ja, da ist er. Und die *New York Times* ist da ... jawoll, und die *Washington Post*.«

Sie lachte. Sie hatte etwas von einem kleinen braven Mädchen, und das gefiel ihm. Wahrscheinlich dachte sie, also, um ganz ehrlich zu sein, *ich* würde nicht einfach so rumquatschen, wenn die *New York Times* auf *mich* warten würde.

Und genau das macht dich so süß, überlegte er. Das wird die Zeitung nämlich nie tun. Auf mich warten sie oft, und das ist nicht so ein ungetrübtes Vergnügen, wie du es dir vielleicht vorstellst, Lockenköpfchen.

Eifrig kamen die Männer hereinspaziert, wie auf ein Fütterungssignal hin.

Er war vor Tagesanbruch in dem baufälligen Herrenhaus aufgewacht, und der Luftzug durch das zerbrochene Fenster hatte seine mit Nachtschweiß bedeckte Haut gekühlt. Im Erdgeschoß schaufelte er Hafergrütze in sich hinein. Er aß jetzt jeden Morgen Hafergrütze mit Ahornsirup und hielt das mittlerweile für seine Idee. Dann zog er den neuen Anzug an, in dem er sich alt fühlte. Bankangestellte hatten ihm gesagt, wo man so etwas kauft. Allmählich kriegte er bestimmte Markennamen raus. Anfangs hatten ihn die Preise schockiert. Aber so wollte er nicht jeden Tag rumlaufen. Er sah sich selbst als Jeansträger, barfuß im Konferenzzimmer. Draußen auf seiner Terrasse, wo Löwenzahn aus den Fliesen sproß, klebrig an seinen Füßen, und der Mond über den gezackten Bergrücken hing. Hauchdünne Wolken zogen vorüber. Es war ein gutes Gefühl, früh auf zu sein, es erinnerte ihn daran, wie er frisch von der Nachtschicht nach Hause gekommen war.

Am Abend zuvor hatte er noch getankt. *Wenn du etwas unbedingt brauchst, mach es selber*: Das hatte ihm sein Vater ohne Worte beigebracht. Owens war der einzige auf der breiten Straße. Er konnte gut schnell fahren. Das war eine kleine tägliche Genugtuung für ihn.

Er war als erster im Büro. Er stand an dem langen Fenster im

Konferenzzimmer und trank frischen Möhrensaft. Es war nicht schwer, geduldig auf das Licht zu warten. Seit sein Leben einfach und von Glück erfüllt war, dachte er häufiger an früher. Heute kam Frank bestimmt. Sie mußten an ihren Telefonen sein, wenn die Börse am anderen Ende des Landes aufmachte. Irgendwann würde sich das ändern. New York war alt und bröckelte; allmählich, bald, würde sich das Zentrum hierher verlagern. Auf der Erde siedelte sich die Zivilisation immer um Meere an. Früher war es die Ägäis gewesen, dann das Mittelmeer und dann, lange Zeit, der Atlantik. Doch jetzt hatte die Pazifische Epoche begonnen. Er hatte beschlossen, zu bleiben, wo er war, und jetzt kam alles zu ihm. Schon oft in seinem Leben hatte Tom Owens geglaubt, daß er tatsächlich die Hauptstadt vom Osten in den Westen verlagert hätte, weil er es nicht ertragen konnte, von zu Hause fortzugehen. Einmal hatte er es versucht, mit Harvard. Es hatte ihm nicht gefallen.

Und so hatten sie das Zentrum an ihren Wohnort verlegt, und in den Jeans und T-Shirts, die er immer getragen hatte, die Wirtschaft umgekrempelt. »Tja, warum nicht der Westen«, hatte Frank einmal gesagt.

Owens stand gern als erster auf. Wenn er um eine Zeit wach war, zu der er sonst schlief, kamen ihm die Dinge wichtig vor. Der Parkplatz sah im Dunkeln schwarz und sauber aus, wie ein Spielbrett.

Bald würden Finanzmenschen aus der Stadt kommen. Es war keine naheliegende Entscheidung gewesen, diese Börsenmaklerfirma unter Vertrag zu nehmen, aber beide beteiligten Gruppen waren voneinander angetan. Das galt besonders für die anderen. Owens hatte aus ihren Reihen bereits sechs Lebensläufe erhalten.

Das Licht setzte langsam ein, überzog den Hügel am Horizont, und der Himmel riß in Streifen auf. Was aus der Sache werden würde, konnte er noch nicht sagen. Dieses eine Mal wollte er stillhalten.

Er sah, wie aufgeregt sie waren, als sie ihm die Neuigkeit brachten; ihre Mienen wurden davon merkwürdig unförmig verzerrt. Das stimmte ihn heiter.

Im Lauf des Tages dachte Owens öfters distanziert über seine Zukunft nach und spielte mit dem Gedanken, sich eine Frau zu nehmen. Er wußte zwar nicht, wen, stellte sich ihr Gesicht aber kühl und glatt vor. Außerdem hoffte er, daß sie ein begabter, kultivierter Mensch war, vielleicht eine idealistische Ärztin oder eine Lyrikerin. Sie würde Dinge verstehen, köstliche Perspektiven, denen er nicht genügend Beachtung schenkte, und er würde ihrer schlanken Gestalt durch saubere Flure folgen. Er war sich ziemlich sicher, daß er sie noch nicht kannte. Denn so weit er zurückdenken konnte, hatte seinen Gefühlen für Olivia etwas Sinnloses angehaftet, das ihren gemeinsamen Stunden eine bittere, ja tragische Note verlieh.

Ihm fiel Mary di Natali ein, an die er sich nur noch vage erinnern konnte. Manche Leute – Frank zum Beispiel – fanden, er müsse etwas wie Anhänglichkeit empfinden, weil sie ihn früher einmal geliebt hatte. Mit Sicherheit war sie dieser Ansicht.

Auf einen Block notierte sich Owens: *Für die nächsten 100 Jahre*. Er wollte, daß Genesis bis ins nächste Jahrhundert hinein finanziell autark blieb, und er wollte die Freiheit haben, ausscheiden zu können. Er notierte sich, daß er das Trappistenkloster anrufen wollte, um einen Termin für die Firma zu buchen.

Als er vor Jahren das erste Mal in den Osten gereist war, hatte er den Zauber Washingtons gespürt. Er wollte nicht sein Leben lang eine Firma leiten, jeden Tag die Abrechnungen auf seinen Schreibtisch kriegen. Er konnte sich gut vorstellen, ein Jahr in Italien zu leben. Oder vielleicht in einer Gebirgshütte hoch oben in der Sierra Nevada.

Sie kamen immer wieder zu ihm, ihre Gesichter nahmen immer seltsamere Formen an, langgezogen. Wenn sie auf seine Reaktion lauerten, bemerkten sie erstaunt die Gleichgültigkeit in seinem Blick. Jede neue Ziffer sickerte ein. Nichts überraschte ihn wirklich, doch schließlich, am Ende des Tages, stürmten die sechs Burschen, mit denen er angefangen hatte, in sein Büro, schlossen die Tür ab, und dann wälzte sich Frank auf dem Teppich und zupfte Owens heulend und kichernd an der Socke – *ist das nicht unfaßbar, wir haben's geschafft, du, ist es nicht unglaublich, was du ge-*

tan hast! –, und ihre unvollkommenen Gesichter, die rohen Diamanten, so wie immer, nur rot und zerknautscht, entlockten ihm schließlich ein Lächeln.

»Politik ist was für den Augenblick, eine Gleichung ist für die Ewigkeit.« Dieses Zitat klebte an Noahs PC, unter einem Horoskop, in dem es hieß: *Sie brauchen ein außerordentliches Quantum Schlaf.*

Seit seinem Gespräch mit Owens hatte Noah kein Auge zugetan. Er hatte das Gefühl, daß ihn etwas unauffällig, aber hartnäckig plagte, wie wenn ihn schlecht sitzende Kleider drückten. Vorher hatte er in seinem Alltag nur wenige Entscheidungen treffen müssen, und Noah war damit bestens zu Rande gekommen. In seinem Elternhaus war es nicht allzu lebhaft zugegangen, abgesehen von kleinen Sticheleien und verzweifelten Entschuldigungen, und als sein größtes Vermächtnis betrachtete er die dauerhafte Ausrottung seiner Fähigkeit, Langeweile zu empfinden. Während der wildbewegten Jugend seiner Eltern wurde er mit seiner Schwester oft auf die Luzernen-Farm seines Großvaters geschickt, wo es zum Abendessen immer Hähnchen mit Kartoffelbrei gab. Die Wiederholung machte Noah erst recht Lust auf dieses immer gleiche Essen. Bei seiner Schwester war es das genaue Gegenteil.

Doch seit Owens' Angebot fragte sich Noah, ob er wirklich ein so bedeutender Wissenschaftler war. Am Sonntagabend war er durch Alta gefahren, auf den Straßen mit den breiten Bürgersteigen, wo Abteilungsleiter oder irgendwelche Firmengründer wohnten. Er hatte die Zeit dazu. Nachdenken beanspruchte jeden Tag einen Großteil seiner Zeit. Im Labor war es leicht, diese Häuser und die Leute zu vergessen, die darin wohnten und kaum älter waren als er. Wissenschaftler, Studenten und Promovierte sahen alle miteinander auf die herab, die absprangen. Doch jetzt fragte er sich, wie tief dieses Vorurteil eigentlich saß, wie ideologisch es war. Vielleicht waren die Owens' dieser Welt die Niels Bohrs oder die Galileis dieses Jahrhunderts. Hatte Pasteur nicht Mikroben entdeckt, während er als Berater für die französische Weinindustrie tätig war?

Aber der Leiter von Noahs Institut, der das Konferenzleben absetzbarer Vergnügungen führte, hatte seine eigentliche Arbeit vor Jahren geleistet. Den neuen Studenten setzte er immer noch vierzig Jahre alte Phagengeschichten vor.

Die baumbestandenen Straßen waren ruhig; Fahrzeuge des Familienlebens lagen verstreut auf den Rasenflächen: das hingeworfene Fahrrad, das erst kürzlich erfundene dreirädrige Gefährt, mit dem Frauen beim Joggen ihre Kleinkinder spazierenfahren konnten. Solche Freuden hatte Noah für sich nie ausgeschlossen. Freude – nun ja, vermutlich das Leben – würde später kommen, als Belohnung. Nur mit der Studentin auf dem College, die auf seinem Schoß gesessen hatte, war sein Leben anders gewesen. In diesen Ausnahmewochen hatte sich sein Ehrgeiz in Luft aufgelöst. Sie war aus dem Nichts gekommen, vielleicht zu früh in seinem Leben. Er hätte alles getan, um sie nicht zu verlieren.

Seit den Anfängen hatte sich die Größe der meisten Grundstücke in Alta nicht verändert, aber in den letzten zehn Jahren hatte man einige der alten Häuser abgerissen, um größere zu bauen, weil das Tal wohlhabend geworden war. Noah war zwar hier aufgewachsen, konnte sich jetzt die Mieten aber nicht mehr leisten. Er wohnte in Auburn, der nächsten Stadt in Richtung Westen. Noah mochte die kleineren Häuser aus altem Holz und Lehmziegeln. Er hatte keine Ahnung von den Preisen, aber wenn er bei Genesis anfing, konnte er sich eins kaufen. Zwei sogar. Er konnte seinen Eltern ein Haus kaufen. Sie könnten sich in dieser Beschaulichkeit niederlassen. Seine Eltern hatten immer zur Miete gewohnt. Seit zwanzig Jahren fürchteten sie sich vor dem Vermieter, obwohl sein Vater bestimmt tausend Dollar in den Garten gesteckt hatte. Sein Vater übte noch seine alte, ihm immer verhaßte Arbeit aus, bei einer Versicherung.

Im Labor nagten weiterhin Zweifel an Noah. Dieselben Aufgaben, die ihn vor einer Woche gefesselt hatten, änderten sich unter dem Gewicht ihres Preises. Diese Bibliothek des sechs Stunden alten Embryos zu erstellen, kostete ihn eine Million Dollar. Und war es etwas so Besonderes, das nur er allein tun konnte? Nein. Bestimmt nicht. Louise konnte besser Genkarten erstellen als jeder andere. Aber was war es dann genau? Für welche spezielle Aufgabe war seine angebliche Begabung unerläßlich?

Noah unterteilte seinen Tag in Kreativsein, wozu Nachdenken, Entscheidungen und sogar Phantasie gehörten, und die einfache Routinearbeit. Ein Jahr vorher oder ein Jahr nachher hätte Noah solch eine Unterteilung für unmöglich erklärt; offenbar brauchte sein Kopf die ruhige und präzise Handarbeit, um Ideen zu produzieren, als entständen sie aus der Langeweile heraus. Doch nach Owens' Angebot kam ihm diese Weisheit, die er zuvor einer ganzen Studentengeneration verklickert hatte, nur noch wie die Rechtfertigung eines mediokren, schalen Lebens vor.

In Noahs Alter hatte Watson bereits die Doppelhelix entdeckt, und ein paar von Noahs Freunden hatten ihre eigenen Proteine kartiert. Dazu gehörte eine Menge Glück – Noahs Gen lebte wohl nicht in der Nähe irgendwelcher brauchbarer Marker –, aber er konnte sich doch nicht des Verdachts erwehren, daß er sich das zum Teil selbst zuzuschreiben hatte. Er fing zu vieles auf einmal an. In diesem Gebäude gab es zum einen sture Arbeitstiere, die zufrieden waren, dreißig Jahre an ein und demselben Problem zu arbeiten, etwa an der Struktur eines komplexen Moleküls, Atom für Atom. Zum anderen die, wie Noah sie nannte, Schnellschuß-Forscher, allgemein als phantasievoller, aber charakterlich nicht ganz koscher angesehen, die sich auf die neuesten Verbindungen stürzten und dann rasch die Nase voll davon hatten, wie etwa Louises Freund mit den dreckigen schwarzen Jeans, der gerade Viren zugunsten der Nervensysteme von Fruchtfliegen aufgegeben hatte. Noah war keins von beidem. Seine frühe Arbeit über Zebrafische hatte selbstsicher und vielversprechend ausgesehen, als er seinen kurzen Artikel in *Cell* veröffentlicht hatte, aber jetzt kam ihm seine Arbeitsweise langsam vor, ein Schritt vor, zwei zurück. Andererseits hatte sich Watson weitgehend aus der Forschung zurückgezogen; solange Noah zurückdachte, war er in Cold Spring Harbor in der Verwaltung. Wahrscheinlich entschied er darüber, wann die Markisen ersetzt und die Tennisplätze frisch gewalzt werden mußten, bevor er mit jemandem essen ging, der die Rechnung übernahm.

Noah dachte immer wieder drüber nach, kam aber zu keinem endgültigen Entschluß. Schließlich blieb er in seiner ruhelosen Aufregung bei der Studentin hängen. Vielleicht wäre er ihr mit dem Geld recht. Sie war arm gewesen und hatte auf dem College in der Wohnheim-Cafeteria gearbeitet. Zwar hatte er seit über sechs Jahren kein Wort mehr mit ihr gewechselt, aber immer gewußt, unter welcher Telefonnumer sie zu erreichen war. Schließlich rief er sie eines Abends an, wie bei einer Mutprobe, ohne sich vorher genau überlegt zu haben, was er ihr sagen wollte.

Eine Frau ging ran. Noah unterdrückte seinen ersten Impuls, aufzulegen, und hinterließ eine Nachricht. Der Frau war nicht anzumerken, ob sie seinen Namen schon mal gehört hatte.

Noah räumte eine gute Stunde lang das Labor auf, und sie rief nicht zurück. Proben wurden beschriftet, die Mikroskoplinse geputzt und die Fische gefüttert. Er setzte sich an seinen Schreibtisch, um eine Bewerbung für ein Stipendium aufzusetzen. Aber er konnte sich nicht konzentrieren.

Er rief Owens auf der Arbeit an, was er sonst fast nie tat, und erwartete, daß jemand anderes rangehen würde. Als sich Owens meldete, plapperte Noah drauflos: »Hast du Lust, ins Kino zu gehen?«

»Ach, würd ich unheimlich gern, aber hier wird's, ich weiß nicht, wohl noch eine Woche lang, echt hektisch. Ich hatte den ganzen Tag Journalisten da. He, hast du von unserem Zeichnungsangebot gehört? Das hat eingeschlagen wie eine Bombe. Und du weißt ja, ich hab dir gesagt, daß wir in ein anderes Haus umziehen. Ich bin also am Packen.«

»Hast du jemanden für die Stelle gefunden, die du mir angeboten hast?«

»Ja, wir haben da einen Typen, dessen Frau nicht aus Massachusetts wegziehen wollte. Wir haben beiden den Flug bezahlt, und Theo ist mit ihnen ein Haus kaufen gegangen.«

»Also hab ich wohl meine Chance verpaßt, stinkreich zu werden.«

»Aber du hast das Richtige getan. Deshalb bin ich nicht weiter in dich gedrungen. Ich hab's Olivia erzählt, und sie hatte gerade einen

Artikel über eine Frau gelesen, die den Nobelpreis bekommen hat. Die ist wohl fünfunddreißig Jahre bei ihrem Mais geblieben. Also haben wir gesagt: Kaskie muß bei seinen Fischen bleiben.«

»Barbara McClintock«, sagte Noah lautlos. Er mußte sich zum Schweigen zwingen.

»Wir haben ein richtig tolles Team für Exodus, und ich glaube, wir werden was ziemlich Bemerkenswertes schaffen, aber ich werde nicht ewig hier sein. Wahrscheinlich entdeckst du das Mittel gegen Krebs, während ich gerade in Washington die Zigarettensteuer auf einen Dollar pro Päckchen erhöhe. Wenn das die Anzahl der Raucher um, sagen wir, zehn Prozent verringert, retten wir vierzigtausend Leben jährlich. Dann würde ich es mit Alkohol genauso machen.«

Mit erstickter Stimmer erwähnte Noah, solche Ideen seien womöglich nicht allzu populär.

»Och, ich weiß. Und ich hab noch viel mehr davon auf Lager. Beispielsweise liegt es ja wohl auf der Hand, daß wir zuviel für die älteren Mitbürger ausgeben. Stell dir vor, wenn man sich einfach hinstellt und sagt: ›Sollen sie doch verrecken.‹«

»Meld dich wieder«, mehr brachte Noah nicht heraus.

Noah setzte Kaffeewasser auf und machte dann die Runde. Abends hatte es ihm im Labor schon immer gefallen, wenn alle Angestellten nach Hause gegangen waren. Andere Musik war zu hören, und seine Studenten schienen einander näher zu sein.

Nachdem er sie alle nach Hause geschickt hatte, setzte er sich mit seinem Stipendienantrag an den Schreibtisch. Die Vorarbeiten dafür hatte er in den vergangenen zwei Monaten erledigt; jetzt machte er sich an seinen Finanzplan, und zwar direkt, unbescheiden, energisch. Er listete die Ansprüche des Labors auf und bat unumwunden um weitere Unterstützung. Als er fertig war, schaute er auf, und eine Stunde war herum.

Es war nach Mitternacht, und er hatte Hunger. Er knipste seine Lampe aus. Nur Louise, die ihn auch jetzt noch verlegen machte, stand an ihrem Tisch und arbeitete. Sie trug wie immer Schwarz, und ihre Ohrringe hingen tiefer herunter als ihre Haare. Sie war eigenartig, aber ungeheuer wertvoll. Vielleicht spürte sie, wie er auf sie reagierte, und nahm es nicht so gut auf, hatte aber trotzdem beschlossen, ihre Arbeit aus eigenem Interesse und nur nebenher auch für ihn weiter zu verfolgen. In einem Moment der Hoffnung fragte er sie, ob sie Lust hatte, mit ihm einen Burrito essen zu gehen. Sie schüttelte den Kopf. »Ich bleib hier und mach das zu Ende.«

Er rollte zu dem alten Burrito-Imbiß, wo er in Tortilla, Reis und Bohnen schwelgte, von jeher sein Trost. Seine Mutter nannte das »Proletarieressen«.

Um zwei Uhr weckte ihn das Telefon.

»Ich bin's«, sagte die Studentin. Nach sechs Jahren, *ich*. »Alles in Ordnung bei dir?«

»Ich wollte dich was fragen. Aber es spielt jetzt eigentlich keine Rolle mehr. Ich wollte dich fragen, ob es was ausgemacht hätte, wenn ich mehr Geld gehabt hätte. Wenn ich in einer Firma angestellt wäre und wir uns ein Haus kaufen könnten, würdest du es dann noch mal mit mir versuchen wollen?«

»Ach, Noey, deswegen haben wir uns nicht getrennt. Und das wärst nicht du. Du bist Wissenschaftler.«

»Ich glaube, ich könnte mit anderen Dingen glücklich sein. Einer Familie.«

»Das kommt bestimmt noch, Noah. Und Wissenschaftler bist du dann obendrein. Ich find's erschreckend, daß du auch nur auf die Idee kommst, das aufzugeben. Es ist doch dein Lebensinhalt.«

»Nein, ist es nicht.« Er gab ein bitteres Lachen von sich, das er später bereute.

»Im Augenblick willst du es vielleicht nicht richtig wahrhaben, aber es stimmt schon. Und du wirst Erfolg haben.«

»Das kannst du nicht wissen. Du verstehst nicht mal was von Biologie.«

»Aber dich kenn ich.«

Sie schaffte es wieder. Noah fühlte sich in sein Leben eingebettet, und Glück schien möglich, sogar wahrscheinlich.

»Und außerdem, Noah, ich bin jetzt schon ziemlich lange mit jemandem zusammen.«

Nachdem er aufgelegt hatte, machte er sich heftige Selbstvorwürfe. Er hätte nicht anrufen dürfen.

Jahre später, als Noah Owens über das Maß hinaus verteidigte, das seinen Freunden angemessen erschien, zeigte er sich für diese Nacht erkenntlich. Owens und die Studentin hatten jeweils sein feilgebotenes Leben wieder an ihn zurückgereicht, mit einem Wert, den sie erkannten, als er ihn übersah.

Also gut, Wissenschaft, dachte er am nächsten Morgen, als er zur Arbeit rollte. Aber wenn es wirklich das ist, sollte ich mich wohl bedeutend mehr anstrengen.

Eine geöffnete Kiste mit französischem Champagner stand inmitten versiegelter Kartons. Alle paar Stunden marschierte Owens' Sekretärin durch und wedelte mit einem neuen gefaxten Zeitungsartikel, und alle versammelten sich um den Tisch, um zu lesen, was sie bereits über ihren Erfolg wußten. Owens wollte, daß das alles aufhörte. Dieses Problem hatten sie anfangs nicht: Wenn niemand je von dir gehört hat, verschwendest du keine Zeit damit, dich im Nachruhm zu sonnen.

Eliot Hanson, der Geldmensch, den Owens vor Jahren angestellt hatte, bahnte sich seinen Weg durch die mit Konfetti bestreuten Flure, Daumen in die Hosenträger gesteckt. Als Owens und Frank Genesis gründeten, hatten sie keinen schriftlichen Vertrag und brauchten auch keinen. Doch als sich die Firma mit der Zeit vergrößerte, hatte Owens Eliot angestellt, dessen strategischer Hinweis im zweiten Jahr – das Betriebskapital auf D-Mark und Yen umzustellen – es ihnen ermöglicht hatte, das Herstellungsbudget zu verdoppeln. Owens lächelte, als Eliot sein Büro betrat. Eliot überraschte Owens bei jeder Begegnung aufs neue. Heute waren es die Hosenträger. Owens sah in ihm ein Original, er erinnerte ihn an einen Streber auf der High-School, an den er zwar kaum je gedacht hatte, der aber, wie er jetzt zu seiner Freude herausfand, mit seinem Leben rundum zufrieden war.

Eliot erwiderte das Lächeln. »Ich mag die Atmosphäre hier.«

»O ja«, sagte Owens. »Ich glaube, wir werden hier etwas Bedeutendes auf die Beine stellen. Eliot, wie lange bist du schon Anwalt?«

»Mal sehen, mein Examen hab ich '67 bestanden, als du wahrscheinlich noch in der Little League Baseball gespielt hast. Also zwanzig Jahre.« Von Eliots sechs Klienten war Owens der jüngste und auch der ungefestigtste. Eliot behauptete, daß er die Anzahl seiner Klienten kleinhielt, um sich mit voller Aufmerksamkeit den Details jedes einzelnen Portfolios widmen zu können, war aber selbst der Ansicht, daß er für seine Klienten mehr tat als nur das.

»Und in dieser Zeit hast du wahrscheinlich eine Menge merkwürdige Probleme erlebt«, sagte Owens. »Ich weiß, daß Ärzte unter Schweigepflicht stehen. Gibt es für Rechtsanwälte auch so was?«

»Allerdings. Zwar keinen hippokratischen Eid, aber bei jedem Klienten kommt ein ganz klar umrissener Vertraulichkeitskodex ins Spiel, insbesondere, wenn es um kriminelle Dinge geht.«

»Tja, ich hab da ein kleines ... ich weiß nicht, ob du es als Problem bezeichnen würdest. Was Kriminelles ist es jedenfalls nicht.«

»Gut, das freut mich. Damit befasse ich mich nämlich nicht mehr.«

Owens sah Eliot fragend an. Für jemanden mit einem so messerscharfen Verstand hatte er, wie Eliot feststellte, eine erstaunlich lange Leitung.

»Aber es wäre eine Angelegenheit, die völlige Diskretion erfordert.«

Eliot hob die rechte Hand. »Unbedingt.«

»Nun, wie du vielleicht weißt, oder auch nicht, ist meine leibliche Mutter bei meiner Geburt gestorben«, setzte Owens an und legte zart die Fingerspitzen beider Hände aneinander. »Mein Vater hat meine Mutter geheiratet, als ich acht Monate alt war. Sie kannten sich von früher, waren auf derselben High-School. Aber ich hab dich heute morgen angerufen, weil – ich weiß, das klingt ein wenig verrückt – ich gern ein Foto von meiner leiblichen Mutter hätte. Ich fand es immer ein wenig seltsam, daß ich niemanden aus ihrer Familie gekannt habe. Aber wenn meine Eltern je herausbekommen, daß ich so etwas mache, würden sie sich wahrscheinlich ziemlich aufregen.«

»Ich verstehe. Also, was weißt du über sie?«

Owens hatte ein paar verstreute Hinweise von seinem Vater aufgeschnappt. »Sie war wohl ein reiches Mädchen. Sie ist auf die Privatakademie außerhalb von Auburn gegangen. Mein Dad hat dort als Platzwart gearbeitet. So haben sie sich kennengelernt.« Ihr Vater war irgendwas Exotisches gewesen. Sein Vater hatte ihn als Juden in Erinnerung, Owens dachte, er sei Araber gewesen. »Jedenfalls aus dieser Ecke der Welt«, beendete Nora immer die Diskussion. Sie dachten, daher stamme wahrscheinlich Owens' Aussehen.

»Ich habe meine Geburtsurkunde. Weißt du, es ist schon komisch. Diesen Schrieb hab ich seit der High-School aufgehoben. Manchmal ist sie einen Monat oder auch ein Jahr lang verschwunden, aber ich weiß immer, daß ich sie irgendwann wiederfinde.« Er zog die oberste Schreibtischschublade auf. »Und hier ist sie.«

Beide starrten das Dokument an, das so viel bedeutete und so wenig aussagte.

Junge Owens, stand darauf. »Weil sie so krank war, hatte man wahrscheinlich keine Zeit, mir einen Namen zu geben.«

»Hast du eine Kopie davon?«

»Nö. Nie eine gemacht.« Owens überreichte sie Eliot. »Nimm du sie. Irgendwann hol ich sie mir zurück.«

Als Eliot jünger gewesen war, hatte er mit dem Gedanken gespielt, noch ein zweites Studium anzufangen. Theologie war in der engeren Wahl gewesen, aber als er Hazel kennenlernte, hatte das seinem Wunsch nach einem religiösen Leben den Garaus gemacht. Hin und wieder hatte er an Psychologie gedacht, sich dann aber schon vor langer Zeit auf seine Arbeit beschränkt. Und mittlerweile war er der festen Überzeugung, daß er von seinem Platz als Finanzmakler aus mehr Gutes tun konnte als in fünfundvierzigminütigen Sitzungen hinter einer Couch. Er glaubte, daß das Geld eines Menschen und sein Verhältnis dazu das zentrale Element in dessen Leben ausmachten, und mittels sanfter Manipulationen von Steuer-Portefeuilles versuchte er, sowohl als Arzt wie auch als Beichtvater zu agieren und nicht nur das Nettoeinkommen seiner Klienten zu verbessern, sondern auch ihre Lebensqualität auf Erden und eventuell sogar ihr Seelenheil.

Obwohl von Hause aus konservativ, neigte er zu Höhenflügen des Gefühls. Er versuchte zwar, das Geld seiner Klienten zusammenzuhalten, doch manchmal auch, es auszugeben, um das Gleichgewicht von Macht und Glück in ihren Leben auszutarieren. Um Owens machte sich Eliot Hanson aus verschiedenen Gründen Sorgen. In aller Eile hatte sich Eliot überlegt, daß Owens ein junger Mensch war, dem es insbesondere an mütterlichem Einfluß mangelte. Ob ihm ausgegrabene Geschichte helfen würde, war natürlich mehr als fraglich, anderseits wüßte Eliot nicht, wie es ihm schaden könnte. Er nahm sich selbst das Versprechen ab, daß er mit allen Mitteln alles über Owens' Mutter in Erfahrung bringen wollte.

»Ich werde mein möglichstes tun«, sagte er stehend.

»Äh, weißt du, ich bezahl dich dafür aus eigener Tasche«, flüsterte Owens, die Fingerspitzen in den Jeanstaschen, »nicht über Genesis.«

»Schon gut«, murmelte Eliot genauso verlegen, weil in diesem ausnahmsweise so persönlichen Gespräch plötzlich von Geld die Rede war.

Sofort setzte Owens sich wieder hin und beschäftigte sich mit Papieren aus seinem »Eingänge«-Fach. Er öffnete einen verirrten Briefumschlag, maschinenschriftlich mit seinem Namen und seiner Adresse versehen, und fand nichts als einen abgenutzten Fünf-Dollar-Schein. Er schüttelte den Umschlag, auf dessen Innenseite sich sein Name durchgedrückt hatte, der Punkt hinter »Mr« hatte ein richtiges Loch gestanzt. Was ist das? wunderte er sich, als er hinten auf dem leeren Umschlag keinen Absender fand. Vielleicht hatte er es jemandem geliehen, dachte er dann. Das gefiel ihm: wie ganz selbstverständlich eine geliehene kleine Summe zurückgezahlt wurde. Er fuhr hoch, um sein Portemonnaie aus der Gesäßtasche zu ziehen, steckte den Schein hinein und tätschelte es zufrieden.

Der neueste Bericht, den Eliot Hanson dagelassen hatte, mit den Einzelheiten einer Pfandbriefübertragung, die zu einem Gewinn von dem mehr als Millionenfachen dieser Summe für Owens geführt hatte, entlockte ihm keine solche Reaktion.

Busburg

Owens fand jetzt immer öfter Briefumschläge ohne Absender in seiner Post, in denen nichts als ein Fünf-Dollar-Schein steckte. Manche davon sahen neu aus, andere zerknittert wie sehr alte Hände, die schwer gearbeitet hatten. Eines Abends raffte er einen ganzen Stapel zusammen und verteilte ihn geistesabwesend auf die Fächer, die als Briefkästen dienten. Doch wie etwas, das, nachdem man es weggeworfen hat, wieder zu einem zurückkehrt, fand er am nächsten Morgen einen neuen Schub davon zwischen seinen Briefen. »Soll das ein Witz sein, oder was?«

Inzwischen war ihm klar, daß er sich mit seiner ersten Lösung geirrt hatte. Die Erinnerung an diese irrtümliche Zufriedenheit hinterließ einen schalen Nachgeschmack.

Dann summte er die Antwort auf alle Fragen an, seine Sekretärin Kathleen, und sie teilte ihm mit, Kaskies Kleinbus sei eingetroffen. »Möchten Sie ihn selbst abholen?«

»Nee, ich glaub, es wär netter, wenn er ihn sich holt«, antwortete Owens. »Haben wir den schon bezahlt? Rufen Sie lieber Eliot an.«

Owens hatte Noah Kaskie in Alta gesehen, seit er denken konnte, doch es dauerte Jahre, bis er dessen Namen erfuhr. In Owens' Kindheit sah man nicht viele Rollstühle, und dieser Junge hatte lange blonde Ringellocken.

In Alta kamen alle an dem Stadtpark vorbei, wo an jedem Wochenende ein Mann arbeitete; sein Sohn, dessen Rollstuhl am Eingang abgestellt war, krabbelte auf der Erde herum und buddelte. Die Leute brachten ihre Setzlinge, Ableger, Rosenstöcke und Obstbäume vorbei oder warfen Münzen in eine Blechbüchse, die am Zaun hing. Owens hatte gehört, daß der Vater in seiner Garage mit Kreuzungen experimentierte und neue Blumensorten züchtete. Ihm gelang als erstem im County Santa Clara ein Orangenbaum mit rosa Fruchtfleisch und eine süße Kakipflaume.

Damals wollte Owens die beiden unbedingt kennenlernen. Sonntagvormittags fuhren er und sein Vater oft nach Alta und gingen am Park vorbei, aber er hielt sich dann dicht an die langen Beine seines Vaters. Der kleine Bursche, der auf der Erde herumkrabbelte, war ein typisches Kind aus Alta. Er konnte schimpfen wie ein Rohrspatz. Owens meinte gehört zu haben, daß der Kleine ein Künstler sei, aber ein paar Jahre später brachte der Altaer *Sentinel* ein Foto von Noah in seinem Rollstuhl: »Gewinner des Elks-Naturwissenschafts-Stipendiums.« Also war der Bursche Wissenschaftler; das fand Owens noch passender. Um die Zeit hatte Owens einen in der Industrie arbeitenden organischen Chemiker kennengelernt, der mit Petrischalen in der Gesäßtasche die Welt bereiste, um überall Erdproben einzusammeln und auf Mikroben zu testen. Ein hagerer, verschlossener Mann, der Abend für Abend durch sein kleines Wohnzimmer stelzte und mit seinen Töchterchen zu Requiems tanzte.

Als Owens eines Abends endlich Noah Kaskie kennenlernte, unterhielten sie sich eine Stunde lang. Vielleicht war ihr Zusammentreffen unvermeidlich, und als es passierte, fand es oben auf einem Hügel statt. Beide wurden erkannt, wo immer sie sich in Alta sehen ließen; jedem eilte sein jeweiliger Ruf voraus. Millionenschwer, der Typ, der Genesis gegründet hat. Der im Rollstuhl, irgend so ein Genie ist das. Wenn beider Namen in Gesprächen fielen, wurde mit gedämpfter Stimme weitergeredet, und wer ihnen gegenübertrat, bemühte sich angestrengt, die Themen zu meiden, die man am häufigsten mit ihnen verband, wenn sie nicht da waren. Jeder von beiden nährte die stille Hoffnung, nicht immerzu von allen beachtet zu werden, und dazu den bleibenden Verdacht, daß dem doch so war.

Noah in seinem Rollstuhl hatte immer noch lange blonde Locken. Owens stellte sich vor, Noahs Gesichtszüge seien das, was die meisten Frauen edel geschnitten fänden. Seine Brust und seine Arme fielen nicht weiter auf, aber es wirkte, als verließen ihn die Kräfte, je weiter sie durch seinen Körper nach unten wanderten; seine Beine waren viel kleiner als die Arme, und Owens konnte nicht erkennen, ob sie normal oder verkümmert waren.

»Und wie ist dein Leben so?« hatte Owens gefragt und Noah ohne die leiseste Andeutung eines Lächelns angestarrt.

»Wohl nicht viel anders als deins«, hatte Noah geantwortet.

»Als ich klein war, bin ich immer an eurem Park vorbeigekommen. Und jetzt weiß ich, daß du ein bedeutender Forscher bist. Ich habe von deiner Mutation gehört.«

»Danke«, sagte Noah einfach. In der Regel fiel es ihm schwer, Komplimente anzunehmen, obwohl er danach gierte. Aber Owens machte es ihm leicht. Er formulierte seine Anerkennung wie ein kleines, sorgfältig verschnürtes Päckchen. Die meisten Leute konnten nicht mit Reden aufhören, bis man sie unterbrach. »Macht es dir viel aus, daß alle dich kennen?«

»Allerdings. Du weißt ja wahrscheinlich, wie das ist. Ich hatte jedenfalls von dir gehört. Davon, daß du auf der Caltech warst.«

»Im Rollstuhl«, schnaubte Noah.

»Das auch. Die Leute setzen sich lauter so verrückte Ideen in den Kopf, die nichts damit zu tun haben, wer man ist. Dabei wissen sie nur ein, zwei Dinge.«

»Daß du reich bist.«

»Weißt du, das Wort *reich* beinhaltet eine Menge Sachen, die ich nicht bin. Zufällig stehe ich ganz oben auf der Liste, aber die meisten anderen Leute in der Preisklasse sind auf ganz andere Art und Weise zu ihrem Geld gekommen. Ich habe keine reichen Eltern. Ich denke nicht wie ein Reicher. Ich lebe nicht wie ein Reicher. Es bedeutet mir überhaupt nicht besonders viel. Ich hab nur so ein Gefühl, daß mir diese Mittel in den Schoß gefallen sind und ich sicherstellen muß, daß ich sie für einen guten Zweck einsetze.«

»Das Gefühl kenne ich«, sagte Noah und glaubte in dem Moment, auch ihm sei etwas in den Schoß gefallen. Kämpfen war in seinem Leben ein Dauerzustand. An manchen Tagen ließ er es einfach bleiben, lag reglos auf dem Rücken im Bett und betrachtete die Kratzspuren von den Rädern an den weißen Wänden seiner Wohnung. Aber es war ihm ernst mit dem, was er zu Owens sagte, und danach fühlte er sich ihm näher. Owens hatte seinen Anfall von Selbstvertrauen bezeugt und nicht gelacht.

»Jedenfalls bewundere ich dich.« Owens geriet in eine Stimmung, die ihm sonst eher fremd war und die er als Gefühl von Hochachtung umschreiben würde. Er glaubte, daß Noah ein berühmter Forscher werden und der Menschheit etwas Wesentliches hinterlassen würde. Auf eine Weise, die niemand sonst verstehen konnte, hatte er das Gefühl, daß sie sich glichen, er und dieser kleine, seltsam verwachsene junge Mann. Unvermittelt fragte er sich, ob Noah schon einmal mit jemandem geschlafen hatte.

Sie machten sich auf den Weg hügelabwärts zu der Stelle, wo ihre Freunde Picknickdecken ausgebreitet hatten. Olivia kam ihnen bergauf entgegen und strich dabei über die Spitzen von Grashalmen. Ihr Blick besagte: *Sieh. Ich kann dahin führen, wo alles echt ist.*

Owens schlingerte in ihre Arme, hoch aufgeschossen, linkisch, zielstrebig. Der Eindruck, verliebt zu sein, flackerte kurz in ihm auf. Sie füllte sein Gefühlsvakuum und sah über seine Schulter Noah an, der sich in Serpentinen seinen Weg den Pfad hinunter bahnte.

Doch ihre Freundschaft fand nicht zu ihrem anfänglichen Höhenflug zurück. Noahs Sarkasmus vergrätzte Owens, der Fragen nach seinem Befinden stereotyp mit »hervorragend« beantwortete.

Die Probleme fingen damit an, daß Owens Noahs Vater beauftragte, einen Park für Genesis zu entwerfen. Er wollte seinen Leuten während der Arbeit die Aussicht auf Natur bieten. Damit hatte er das Gefühl, endlich der Anziehungskraft nachzugeben, die die Familie Kaskie in seiner Kindheit auf ihn ausgeübt hatte.

Als Norbert Kaskie den Park auf dem Firmengelände fertigstellte, füllte dieser wie versprochen das Gelände aus, aber sämtliche Pflanzen wirkten zu klein. Wahrscheinlich hätte Owens die

Anlage bewundern können. Aber er fand nicht, daß die Pflanzen gut aussahen. Sie kamen selbst Noah zu bunt und geordnet vor. Der Stadtpark war nicht auf diese Weise, mit einem Mal, aus dem Boden gestampft worden; den hatte Norbert Kaskie im Laufe vieler Jahre aus dem jeweiligen Augenblick heraus geschaffen. Genau wie der Garten hinter ihrem Mietshaus beruhte er auf Samen, Spenden, Launen und regelmäßigem Versetzen und Umgraben, all dem, was nicht im Lehrbuch steht. Norbert Kaskie war sein Leben lang Hobby-Botaniker gewesen und hatte keinen einzigen bezahlten Auftrag als Gärtner gehabt. Diesmal hatte er alles richtig machen wollen.

Wie sich herausstellte, war Noahs Schwester die Künstlerin in der Familie, Fotografin nämlich, und Owens hatte auch noch vor, ein Triptychon für das Konferenzzimmer bei ihr in Auftrag zu geben. Noah wirkte als Vermittler, weil Michelle gerade mit dem Herbst die Ostküste entlangreiste.

»Kann sie noch was anderes außer Leute fotografieren?« fragte Owens. »Wenn ich zum Beispiel Fotograf wäre, würde ich bestimmt die kalifornische Landschaft im Bild festhalten.«

Das »Kann« stieß Noah auf, und wie Owens die Augenbrauen hochzog, so als argwöhnte er gewisse Lücken in Michelles Ausbildung, was tatsächlich ihr wunder Punkt war.

»Sie könnte«, sagte Noah. »Die Frage ist nur, ob sie will.«

»Einige Mammutbäume sind dreitausend Jahre alt, Noah. Es sind die ältesten Lebewesen der Erde.«

»Dann brauchen sie Michelle ja wohl nicht.«

»O doch, denn wer weiß, wie lange es sie noch gibt. Jemand sprengt sie womöglich in die Luft, oder es kommt zu einem Erdbeben; alles mögliche kann passieren. Weißt du, was sie mit dem größten gemacht haben? Abgeholzt und einen Tanzboden draus gezimmert. Ach ja, und aus den Resten haben sie wohl eine Bowlingbahn angefertigt.«

»Also *die* würd ich zu gern sehen«, sagte Noah.

»An Michelles Stelle würde ich jedenfalls kalifornische Landschaften aufnehmen.«

Eingeschnappt rollte Noah davon und dachte, dazu soll das Talent meiner Schwester also herhalten – Bäume dokumentieren.

Eigentlich mochte Noah Bäume. Als Kind hatte er ein Arbeitsbuch mit beschrifteten Zeichnungen von Zweigen, eingeklebten Blättern, keimenden Samen und durchgepauster Rinde erstellt. Damals schon fühlte er sich zu alten maroden Eichen und betagten Pappeln hingezogen, dem Anheimelnden näher als dem Majestätischen. Für große Mammutbäume hatte Noah nichts übrig. Er überlegte sich, das Projekt abzulehnen, ohne seiner Schwester etwas davon zu sagen.

»Ich hab da ein Problem mit Kaskie«, sagte Owens im Auto zu Olivia. »Ich glaube nicht, daß ich den Park seines Vaters behalten kann.«

»Warum? Was gefällt dir daran nicht?«

Noch am selben Abend gingen sie auf den kahlen Fußpfaden einmal durch.

Olivia zuckte mit den Schultern. »Mir gefällt er irgendwie schon.«

»Aber ich glaube nicht, daß es darum geht, ob er dir oder mir gefällt. Ich finde ihn einfach nicht genial. Und ich kann mir keine Parks leisten, die irgendwie interessant, aber vielleicht auch Mist sind. Ich habe die Verantwortung, den Leuten, die hier arbeiten, was Inspirierendes vor die Fenster zu packen.«

Olivia lachte. »Vielleicht inspiriert sie das hier ja.«

»Na ja, einzelne vielleicht, aber nicht alle, nicht einmal die Mehrheit. Mit großer Kunst, so wie Shakespeare oder Ansel Adams, wäre es was anderes – und ich betrachte die Landschaftsgärten als Kunstwerke. Ich werd's ihm wohl einfach sagen müssen.«

»Macht sie das besser als Kafka oder Schiele? Oder, warum nicht: als die Wüste?«

Kafka hatte Owens nie gelesen, und wer der andere war, wußte er nicht, trotzdem sagte er: »Na und ob. Es hat seinen Grund, daß Wüsten dünn besiedelt sind.« Er schnippte mit den Fingern: »Sissinghurst, so heißt er.«

»Wirst du ihn trotzdem bezahlen?«

»Eine gute Frage.« Er seufzte. »Schätze schon.«

Doch wie sich dann herausstellte, lehnte Norbert Kaskie die Bezahlung ab. Im stillen gab er sich selbst die Schuld. Er wußte, daß es ihm nicht gelungen war, den Stadtpark zu kopieren. Es wurde nicht mehr darüber geredet, und ein halbes Jahr später war das Gelände mit Rasen bewachsen, auf dem ein Volleyballnetz stand.

Doch nun erhielt Noah ein außergewöhnliches Geschenk, aus heiterem Himmel. Er überlegte sich, ob das vielleicht der Trostpreis für die verlorene Million Dollar war, obwohl die Bestellung für den Kleinbus schon Monate zuvor rausgegangen war. Olivia schrieb es ihrem Einfluß zugute. Sie gab Owens' Großzügigkeit immer mal wieder einen Schubs. So wie sie es sah, gehörte zu seinem Bild von ihr ganz wesentlich, daß sie jeden Überfluß für sich selbst ablehnte, daher setzte sie sich besonders tatkräftig dafür ein, daß andere etwas abbekamen. Ihrer Einwirkung verdankten Owens' Eltern zwei Kreuzfahrten und ihr Cousin einen Anzug zum Geburtstag. Und seit Noahs Vater die Bezahlung für den Park abgelehnt hatte, hatte Olivia nach irgendeiner Entschädigung gesucht.

Noah war ein Schaf in Olivias Herde. Zu dieser Zeit seines Lebens redete Owens gerne über den heiligen Franziskus und Schwester Klara. Später, als seine Tochter ihn gut kannte, waren es John und Jackie. Doch beurteilt ihn nicht zu streng. Aus eben dem Grund heiraten Filmstars ihresgleichen. Große Männer nehmen sich andere große Männer zum Vorbild, weil sie in der Regel nicht auf die einfachste und geläufigste Art und Weise zu ihren Eltern aufblicken können.

Noah war bei der Arbeit, als der Anruf von Owens' Sekretärin kam.

Die rothaarige Kathleen mit den Augen so grün
kommt aus dem Land, wo die Heckenrosen blühn

Am Telefon hörte sie sich jung und forsch an, aber er wußte, daß sie verheiratet war. »Ihr Bus ist da«, teilte sie ihm mit. »Wartet nur drauf, daß Sie ihn abholen.«

»Versprich mir eins«, hatte seine Großmutter einmal gesagt und sein Kinn dabei mit spitzen Fingernägeln gehalten: »Kauf nie ein deutsches Fabrikat.« Damit hatte sie Mercedes gemeint. »Du bist Jude, daß du mir das ja nie vergißt.«

Noah war es leichtgefallen, ihr das zu versprechen. Damals war er ein siebenjähriger Noah im Rollstuhl gewesen, der bereits einunddreißig Knochenbrüche hinter sich hatte. Zwar spielte er seit Jahren am liebsten mit Autos, aber ob er später jemals Autofahren konnte, war ungewiß.

Und jetzt bekam Noah einen speziell angefertigten deutschen Kleinbus. Es war zwar ein Kempf, kein Mercedes, aber wenn sie es wüßte, würde sie fragen, was Kempf während des Krieges produziert hatte. Wahrscheinlich hätte er es ihr erklären können; Owens hingegen scherte sich nicht um ethnische Hintergründe. Der wußte nur, daß einer seiner Vorfahren Araber oder Jude war, eins von beidem. Er wirkte zwar angetan, wenn jemand, den er anstellen, oder eine Frau, mit der er sich verabreden wollte, aus dem Libanon stammte, aber wenn der Kerl nicht allzu gut oder die Frau nicht allzu hübsch waren, nützte ihnen das rein gar nichts. Und Kempf stellte die besten her. Noah wollte keinen Everett Jennings. In Rollstühlen von denen war er so ziemlich sein Leben lang gefahren.

Der Abstellplatz lag in San José, und seine Mutter fuhr ihn hin. Als sie den Bus sahen, war er die Offenbarung. »So ein schönes Auto hatten wir noch nie«, flüsterte sie, obwohl der Verkäufer die beiden allein gelassen hatte. Sie fuhr mit den Händen über die Flanken. Sie wirkte gierig, wie sie den Lichtschalter herauszog und vorsichtig mit ihrem Pump nach der Bremse tastete (Es war ein Bremshebel). Seine Mutter hatte etwas für schöne Dinge übrig. Noah mußte sie bitten, ihn damit allein zu lassen.

»Soll ich später wiederkommen?« bot sie an. »Wir können ein Sandwich essen gehen.«

Als Noah klein war, hatten sie jeden neuen Rollstuhl, den sie ihm kaufte, zusammen abgeholt, ohne Michelle. Und jeder Stuhl war ihm am ersten Tag großartig und stabil vorgekommen, so als müßte er nie wieder einen Nachmittag lang in einem Mietgefährt die Telegraph Avenue auf- und abrollen, während sie auf die Reparatur warteten. Hinterher brachte sie ihn nicht in die Schule zurück, sondern ließ ihm den Tag zum Eingewöhnen. Sie gingen immer zusammen essen, Krabben-Sandwiches. Seine drei alten Rollstühle hatte er zwar nicht mehr, aber er erinnerte sich noch an sie.

Der Bus war dunkel-marineblau, schnittig, hatte automatisches Getriebe. Auf Knopfdruck fuhr eine Rampe vom Boden der Fahrerseite aus, an beiden Seiten Haltegriffe. Noah stemmte sich hoch und schob den Stuhl hinten rein. Die Rampe ließ sich zwar automatisch heben, doch Noah beschloß, nicht mehr in Anspruch zu nehmen, als er wirklich brauchte. Mit kleinen Bequemlichkeiten versüßte man sich nur das lange Abgleiten in die Bettlägerigkeit. Bremse und Gangschaltung, alles war oben angebracht. Er mußte sich hier, auf dem Parkplatz, damit vertraut machen. Noah hatte in dem alten Chrysler seiner Eltern fahren gelernt, mit Metallstangen an den Pedalen, und das war, als spielte man mit Marionetten. Die letzten Jahre war er nur noch mit dem Nahverkehrsbus gefahren.

Owens hatte den Kleinbus mit allen Extras bestellt, aber das Telefon rührte Noah nicht an. Er hatte gehört, daß die Rechnungen horrend waren, und wußte nicht, ab wann berechnet wurde; vielleicht, sobald man den Hörer abnahm. Noahs Gefühl für Geld war unterentwickelt; in seiner Vorstellung konnte ein Anruf von einem Autotelefon aus zehn Dollar kosten, oder auch hundert. Aber gut für den Notfall, dachte er sich.

Ihm fiel das Lokal ein, das er immer mit seiner Mutter wegen der süßen Krabben-Sandwiches aufgesucht hatte. Aber dafür war er zu alt. »Ich muß wieder an die Arbeit«, sagte er ihr.

Manchmal mußte er sich Alleinsein erkämpfen.

Als Noah aufrecht dasaß, klatschte er in die Hände: *Heute ist mein Glückstag.* Er war voller Dankbarkeit. Oder vielleicht hab ich es auch verdient, überlegte er, doch das hielt nicht vor. Zu viele Menschen hatten es verdient. Er berührte den Ledersitz, der nach etwas roch, das vor kurzem lebendig gewesen war.

»Jetzt gehört das Prachtstück Ihnen«, hatte der Verkäufer gesagt und das Dach getätschelt.

Der Wagen war vollgetankt, und Noah fuhr langsam an. Bremse und Gaspedal mit den Händen zu bedienen, war wie Jonglieren; es erforderte seine gesamte Konzentration. Noah fürchtete, daß er die Kiste zu Schrott fuhr, noch bevor er überhaupt zum Labor zurückgelangte. Dort würde er den Bus auf dem Parkplatz abstellen müssen. Aber er wollte sich jetzt daran gewöhnen, bei Tageslicht. Und bestimmte Orte hatte er noch nie allein aufgesucht. Er fuhr bis zu einer Eisbude am Strand, wo er einmal mit Olivia haltgemacht hatte. Sie hatten Eishörnchen gekauft und sie draußen geschleckt, das klebrige Papier vor den Brechern mit weißen Schaumkronen abgeschält. Er hatte sich oft gewünscht, dort noch einmal hinzukommen, aber nicht so sehr, daß er jemanden zum Fahren überredet hätte. Es war etwas ganz anderes, wenn man sich solche Wünsche ohne fremde Hilfe erfüllen konnte. Aber als er dann brav dasaß und schleckte, wehten Sandkörner auf sein Eis und gingen in seinem Mund auf wie Papierblumen, und plötzlich mußte er es jemandem zeigen. Olivia wohnte bei Owens, also stieg er wieder in den Bus ein und fuhr dorthin.

Während er an den Grundstücken Reicher vorbeikutschierte, fiel ihm ein, daß dies seine erste milde Gabe war. Damit hätte er es schon viel früher probieren sollen. Er hatte immer vorausgesetzt, Mildtätigkeit würde einen demütigen, so wie es den Körper verweichlichte, wenn man sich tragen ließ. Der Bus war neu und sauber. Noah glitt auf der Straße dahin, und seine Fortbewegung lag in seinen Händen. Er hatte das Gefühl, daß ihm diese Macht zustand, ja, daß sie schon fast überfällig war.

Doch Hochgefühle halten nicht an. Das Ein- uns Aussteigen aus dem Bus war harte Arbeit. Er beschloß, die Muskeln in seinen liebsten Körperteilen, den Armen, zu trainieren. Vom jahrelangen Sitzen in einem Rollstuhl mit Ballonreifen waren sie schlaff geworden.

Wo Owens wohnte, sah es aus wie auf einem verwilderten Friedhof. Tore quietschten und schlugen, hingen lose in alten Angeln. Früher war es mal der Wochenendsitz eines Kupfermagnaten gewesen, der die mittlerweile riesigen Blutbuchen gepflanzt hatte. Er war nach einem arbeitsreichen Leben in San Francisco gestorben. Noch nie hatte hier jemand seinen Hauptwohnsitz gehabt; das Haus war für gesellige Anlässe erbaut. Die Architektur war ein Witz.

Owens mochte alles mögliche sein, ein Partylöwe war er jedenfalls nicht. Wenn er etwas feierte, dann nur in Verbindung mit dem Geschäftlichen und in gemieteten Räumlichkeiten. Einmal, so erzählte er Noah, hatte er neun japanische Geschäftsleute abends zu sich zum Essen eingeladen; als diese ankamen, hatte das Pärchen, das für ihn kochte, zwar den Tisch gedeckt, aber vor einem Gedeck fehlte ein Stuhl. Also saßen die neun Japaner am Tisch, während Owens stand. Noch vor Beendigung der Mahlzeit krachte ein Stuhl zusammen, und ein Geschäftsmann fiel mit lautem Plumps zu Boden. Das Geschäftsessen sei kein Erfolg gewesen, sagte Owens. Jetzt standen zwölf neue Holzstühle um den Tisch.

Hohe Bäume, die wie Farne im Wind schwankten, erzeugten das Geräusch, das man nur um ein verlassenes Haus hört.

Manchmal pflegten Gärtner die Anlage, aber heute war keiner zu sehen. Owens verließ sein Geschick beim Anstellen von Leuten, wenn es um seinen eigenen Haushalt ging. Offenbar geriet er immerzu an Menschen, die ihn ausnutzten, und dieser Gedanke ärgerte Noah wiederum, weil das heute zum ersten Mal jemand von ihm sagen könnte.

Alles war umgegraben. Sie hatten vor, einen Obstgarten anzulegen. Bäume lagen auf die Auffahrt gekippt da, die Wurzelballen in Jutesäcken. Vor dem Debakel mit dem Genesis-Park hatte Noah sich dies als eine Aufgabe für seinen Vater ausgemalt.

Owens beabsichtigte, seinen eigenen Garten zu pflanzen, mit zwei Exemplaren von jeder Baumsorte. Er hatte vor, abends vor die Tür zu treten und sein Gemüse fürs Abendessen selbst zu ernten. Aber Noah wußte einfach, daß es lange dauern würde, Jahre, ehe Owens in einen eigenen Apfel biß, und wenn es endlich soweit war, hunderttausend Dollars später, schmeckten die Supermarktäpfel bestimmt besser.

Er rollte durch die Vordertür rein – sie war unverschlossen – und durch das weitläufige, schummerige Wohnzimmer in die Küche, die Owens nie renoviert hatte. Ein dreieckiges Deckenstück war herausgebrochen. Die Arbeitsfläche war mit bestimmt hundert gelben, roten und orangen Cocktailtomaten übersät. Noah steckte sich eine in den Mund; sie schmeckte warm. »Olivia!« rief er.

Sie war weg oder schlief. Wenn sie im ersten Stock lag und ihn nicht hörte, konnte er nichts machen. Was in diesem Haus einem Lift noch am nächsten kam, war ein altertümlicher Speisenaufzug. Normalerweise konnte man an Olivias Auto, einem alten schwarzen Käfer, erkennen, ob sie da war, aber der war wieder mal in der Werkstatt. Olivia arbeitete im Rehabilitationszentrum von Alta. Er wollte es dort versuchen.

Durch die Hintertür rollte er hinaus. Überwucherte Kürbisrinnen durchzogen den Boden, die gelben Blüten schlaff und welk. Bienen sammelten sich ungehindert um die Beerensträucher. Und in der Senke, wo der Garten zu einem Möhrenbeet hin abfiel, lag zwischen dem hohen, fedrigen Grün ein Kind zusammengerollt auf der Erde. Ein Mädchen mit geflochtenen Haaren und zerrissenen Kleidern. Sie war blaß und dünn, mit breiten Wangen und Sommersprossen überall auf der Nase. Noah stupste sie mit einem Rad an.

Sie setzte sich auf, das Gewicht fast ganz auf das Gesäß verlagert, wie ein austrudelnder Kreisel. »Bist du ein Zwerg?« fragte sie und rieb sich die Augen. Sie beugte sich vor, umfaßte ihre Schienbeine, wobei ihr die Haare ins Gesicht fielen, und küßte ihr Knie durch ein Loch in der Hose.

»Wie alt bist du?«

»Zehn.«

»Du bist zehn und kannst nicht zwischen einem Zwerg und einem Menschen unterscheiden?«

»Es gibt keinen Unterschied. Zwerge oder Liliputaner sind Menschen.«

»Warum fragst du also, ob ich ein Zwerg bin, wenn ich ein Mensch bin?«

»Entschuldigung. Ich dachte bloß.« Ihr Magen knurrte. Noah sah sich im Garten um. Da gab es wirklich nicht viel zu essen. »An den Erdbeeren da sind Schnecken«, ergänzte sie und befingerte eine Beule an ihrem Knöchel, an der Wundschorf hing. Nachdem sie den abgepfriemelt hatte, sah Noah zu seiner Überraschung, daß sie ihn in den Mund steckte. »Wohnst du hier?«

An ihrem Ärmel war mit Sicherheitsnadeln ein Umschlag befestigt, auf dem mit Bleistift *Tom Owens* stand. Noah zeigte darauf:

»Er wohnt hier, aber er ist jetzt nicht da. Was willst du von ihm?«
»Er ist mein Vater«, sagte sie, den Blick gesenkt.

Das Foto. Dieses Kind. Das könnte sie sein, dachte er. Dann überlegte er, ob Olivia wohl davon wußte. »Ich heiße übrigens Noah Kaskie. Und wo wohnst du?«

»Oben in den Bergen. Ich bin Jane.«

Noah sah zu dem Vorgebirge hinüber. Hier in der Gegend gab es keine Berge. »Wo ist deine Mom?«

»Die ist noch dort.«

»Die ist noch dort. Dann verrat mir eins: Wie bist du hergekommen?«

»Das ist so 'ne Art Geheimnis.«

»Weißt du, wahrscheinlich ist er jetzt auf der Arbeit. Er arbeitet unheimlich viel. Also warum läßt du dich nicht von mir irgendwohin mitnehmen, und wir rufen ihn an? Wir können dir sogar was Neues zum Anziehen kaufen. Du hast dich beim Schlafen hier ein bißchen schmutzig gemacht.«

»Okay, spitze«, sagte sie. »Neue Kleider find ich spitze.«

Eine Hand leicht auf seine Schulter gelegt, ging sie zu dem Eukalyptuswäldchen, wo ein heruntergekommener alter Ford-Pick-up herumstand, verrostet wie ein Schrottauto. Unter Zuhilfenahme ihrer Hände und eines Knies schraubte sie sich auf den Sitz hoch und hüpfte dann mit einer braunen Papiertüte wieder runter, die wie ein großes Lunchpaket oben zugefaltet war.

»Wer hat den hier gefahren?«

»Ich.«

Noah sah den altersschwachen Pick-up an. Er glaubte ihr kein Wort. Er glaubte kaum, daß das Ding noch fuhr. Dann zeigte er ihr seinen Bus.

»Oh, schick«, sagte sie, als die Rampe ausfuhr. »Wie die Zugbrücke von einer Burg. Du solltest ihn Busburg nennen. Dann bist du der Graf von der Busburg.«

»Sag mal, möchtest du erst versuchen, Owens anzurufen, oder erst was essen?«

Ein Weile, nur eine kleine Weile, vergaß Jane ihre Mutter. Dann kam alles wieder, ein dunkles Flimmern. »Essen«, sagte sie.

Jetzt wollte Noah Olivia nicht begegnen. Er wollte seine Entdekkung für sich behalten.

Er fuhr zu einer alten Imbißbude, die Olivia nie betreten würde. Olivia und Owens waren für Vollwertkost. Ausländisches Essen ausgenommen. Beim Mexikaner verzehrte Olivia Fett, aber Kartoffelchips rührte sie nicht an. Owens weder noch. Wenigstens war er konsequent, aber es machte ihn noch nervtötender. Noah aß alles, besonders alles, was billig war. Es machte ihm Spaß, Owens' mutmaßlicher Tochter einen Bacon-Cheeseburger zu kaufen.

Dann nahm er sie ins Einkaufszentrum mit. Noch nie zuvor hatte er einem Mädchen Kleider gekauft, und der Laden war phantastisch. Seine Hosen hatte er immer in den Jungenbekleidungsabteilungen von Warenhäusern erstanden. Aber diese Kleider und Schuhe waren keine Miniaturausgaben. Sie hatten ihren eigenen Pep. Noah besaß schon seit einem knappen Jahr eine Kreditkarte, die er noch nie benutzt hatte. Jetzt war der Moment gekommen. Er hatte sie sich für Notfälle zugelegt, aber vielleicht war sie für etwas wie das hier gedacht. Um des Glücks, nicht um der Sicherheit willen Schulden machen.

Jane hopste vom einen zum anderen Exponat. Selbst Noah erkannte, was für minderwertige Sachen sie trug, eine Leggings mit verwaschenen Farben, Schuhe mit klaffenden Sohlen. Er machte sich Gedanken über die Mutter. Sie mußte irgendwo in der Nähe sein. Doch warum versteckte sie sich?

Er sagte Jane, sie könne sich aussuchen, was sie wolle. Sie strich über den Ärmel eines Samtmantels, hob das Preisschild an und gab ihn auf. Dann starrte sie stumm ein Kleid an. Sie wollte es, aber sie durfte jetzt kein Kleid haben. Ihre Mutter erlaubte ihr nicht, Kleider anzuziehen. Jane entschied sich für eine Latzhose mit passendem Hemd. »Ist das zu teuer?«

»Überhaupt nicht«, sagte Noah erleichtert. »Geh und probier es an.« Während Jane zu dem Spiegel nach hinten lief, machte Noah der Verkäuferin Zeichen, den Samtmantel mit einzupacken.

Eigentlich hatte Noah vorgehabt, am Supermarkt vorbeizufahren, für den Fall, daß Owens nicht vor dem Abendessen nach Hause kam, aber sie mußten noch in die Busburg und wieder herausklettern. Er spürte, daß seine Kräfte nachließen. All das war er noch nicht gewöhnt. Er beschloß, Jane statt dessen zu sich nach Hause mitzunehmen.

»Wir sind die von Busburgs«, sagte er. »Klingt nach Hochadel.«

Eine Stunde später murmelte sie in der Badewanne vor sich hin, während Noah Owens anrief. Kathleen sagte ihm, der sei in der Firma und habe danach eine Sitzung mit Architekten.

»Es ist wichtig.« Er wollte es ihr erzählen, aber Owens legte großen Wert auf Diskretion. »Würden Sie ihm bitte ausrichten, daß es dringend ist, Kathleen?«

Er legte auf, weil das Mädchen rief, ob er irgendwelchen Badeschaum hätte, was er verneinte. »Und Spülmittel?« Noah fand eine Flasche unter der Spüle, mit der sie eine sprudelnde Schaumquelle hervorzauberte, die sich über den Wannenrand auf den Boden ergoß.

Vom Nebenzimmer aus lauschte Noah ihrem flachen, lauter werdenden Summen. Er erinnerte sich, wie er in dem alten tiefen Küchenspülbecken aus Porzellan gebadet wurde. Oder war das wegen mir, weil ich so war? fragte er sich. Nein, er erinnerte sich auch, wie seine Schwester im Schneidersitz dort oben am Fenster hockte. Michelle hatte rote Haare, und ihre Beine waren rosa, mit Sommersprossen und kleinen Narben.

Jane tauchte auf, die Haare noch geflochten, in einer Schaumwolke. »Hast du nicht gewußt, daß ... daß Spülmittel wie Badeschaum ist? Klar, Noah, es sind einfach Seifenblasen.«

»Trinkst du Tee?« Er wußte nicht recht, was Kinder aßen.

»Gern.«

An seinem Küchentisch trank sie Tee und aß eine Schachtel Salzcracker, während er hinter ihr saß und ihre Haare zu kämmen versuchte. Irgendwann kam eine verfilzte Stelle heraus, wie ein Fleck, aber sie sagte ihm, daß es weh tat, und er gab es auf.

»Ich hab in seinem Büro angerufen. Erwartet er dich, oder ist es eine Überraschung?«

»Ganz klar Überraschung. Hast du irgendwelche Spiele?«

Spiele sollte man wahrscheinlich da haben, entschied Noah in dem Moment. Wenigstens hatte er mit Fernsehfilmen bespielte Videocassetten. Sie suchte sich *Peter Pan* aus. Noah machte Popcorn, während es draußen dunkel wurde. Ein Windstoß fegte durchs Haus, und es begann zu regnen. Noah gab ihr ein Sweatshirt und ein Paar Wollsocken von sich.

Noch bevor der Film zu Ende war, schlief sie auf seinem Bett ein. Er deckte sie zu und fragte sich, was wohl mit Abendessen war. Daß Owens anrief, war nicht so sicher, und an einem solchen Abend blieb man besser zu Hause. Er machte den Kühlschrank auf: Eier, aus denen er Rührei machen konnte, und Hafergrütze. Letztes Weihnachten hatte Rachel ihm eine große Flasche Ahornsirup geschenkt. Er hatte nur Sachen fürs Frühstück, weil er gewöhnlich im Labor zu Abend aß. Aber den Tee hatte sie gemocht. Aus dem Fenster sah er auf die Busburg im Regen.

»Und wenn er nicht anruft?« fragte sie mit normaler Stimme aus dem Nebenzimmer.

»Dann bleibst du hier. Hast du Hunger auf Abendessen?«

»Etwas später«, sagte sie.

Jane schlief gerade, als sich Owens endlich meldete. »Hey, hast du Olivia gesehen?«

»Den ganzen Tag noch nicht«, flüsterte Noah.

»Wirklich? Und ich hab schon gedacht, sie wär vielleicht bei dir. Ich mach mir nämlich ein bißchen Sorgen, Noah. Hier ist sie nicht, bei Huck war sie nicht, ich hab sogar ihren Vater angerufen. Wir waren zum Essen verabredet, aber ich bin eine Viertelstunde zu spät ins Restaurant gekommen, und da war sie schon weg.«

Noahs Nachrichten erwähnte Owens nicht.

»Sie haben mir gesagt, daß sie gegangen ist. Ich dachte, das darf doch nicht wahr sein.«

»Hör mal, Owens. Ich hab dich nicht wegen Olivia angerufen.« Noah hörte, wie bei Owens im Hintergrund leise auf einer Computertastatur getippt wurde. »Aber ich hab sie heute bei dir zu Hause gesucht und hab dabei ein Kind gefunden, das sagt, du bist ihr Vater.«

»O nein, die Kleine. Hast du die Mutter gesehen? Frau um die Dreißig, irgendwie verrückt.«

»Keine Frau. In deinem Garten steht ein Pick-up-Truck, aber die Mutter fehlt.«

»Jawoll, sie haben einen Pick-up. Das sind sie. Und sie ist nicht mein Kind. Garantiert meldet ihre Mutter sich bald bei mir und sagt mir, was sie will, aber heute abend kann ich mich nicht damit befassen, ich muß Olivia finden. Kannst du sie einfach einen Tag oder so bei dir behalten?«

»Klar, sicher. Aber warum glaubt sie, daß sie deine Tochter ist?«

»Ach, das ist eine lange Geschichte.« Er seufzte. »Und keine besonders interessante. Aber ihre Mama hat beschlossen, daß ich der Papa bin. Und ich hab mir gedacht, wenn ich die Vaterschaft ablehne, hätte sie gar keinen Vater. Also greife ich ihnen hin und wieder unter die Arme.«

»Sie kennt dich also schon immer als ihren Vater?«

»Hat sie das gesagt?«

»Na ja, irgendwie schon.«

»Findest du, daß sie mir ähnlich sieht?«

»Ich weiß nicht. Nein, nicht unbedingt.«

»Ich weiß. Geht mir ganz genauso. Kaskie, hast du *irgendeine* Vorstellung, wo Olivia sein könnte? Du würdest mir doch die Wahrheit sagen, oder?«

»Natürlich«, fuhr Noah auf. »Wenn sie sich bei mir meldet, sag ich ihr, daß du sie ...«

»Wenn sie sich bei dir meldet, kannst du ihr ausrichten, daß ich sie liebe. Sag ihr, daß ich sie sehr liebe.«

Als Noah auflegte, sah er Jane, wie sie angespannt im Dunkeln stand. »Was hat er gesagt?«

»Ich soll dir ausrichten, daß er dich sehr liebhat.« Noah sah, wie ihre Schultern absackten, und er wand sich unter der Lüge.

»Kommt er?«

»In den nächsten Tage wohl eher nicht. Er hat mich gebeten, so lange auf dich aufzupassen. Ist dir das recht?«

»Ja. Aber ich versteh nicht, warum er nicht einfach kommt.«

»Ich weiß es auch nicht«, sagte Noah. »Aber wir machen uns inzwischen eine schöne Zeit. Du wirst schon sehen.«

Die nächsten drei Tage sorgte Noah für die Unterhaltung. Er

ging mit Jane ins Museum für Technik. Draußen steckten sie Vierteldollarmünzen in Fernrohre, um auf Felsen übereinanderliegende Robben zu betrachten. Sie beobachteten die letzten Bisons des Golden Gate Parks, wie sie langsam durch ihr Gehege stapften, und brachen erschöpft im Japanischen Teegarten zusammen und bestellten doppelte Keksportionen. Noah gewöhnte sich an, Mahlzeiten vorauszuplanen. In dunklen Momenten, nachts oder im Kino, machte er sich Geldsorgen. Er gab mehr aus als je zuvor in seinem Leben. Doch sie lachten zusammen in den Kinos, und ihre Plastiklöffelchen kratzten über die wächsernen Pappböden von Eisbechern. Manchmal, zwischen ihren Vergnügungen, trat ein leerer Ausdruck auf das Mädchengesicht. Noah begriff allmählich, was die Leute zum Geldausgeben veranlaßte. Geld konnte ein Lachen kaufen.

Aber er wußte nicht, wie lange er mit seinen Mitteln haushalten mußte; bei Owens konnte man nie wissen. Er versuchte, auszurechnen, ob sie immer so weitermachen konnten. Fürs Essen würden sie nicht viel ausgeben, wenn sie ihre Mahlzeiten zu Hause einnahmen. Er konnte die Restaurants aufgeben und sich Brote ins Labor mitnehmen. Er müßte sie zur Schule schicken; sie konnten nicht alle Tage Ausflüge machen. Es war nur etwas für den Übergang, solange sie nicht wußten, woran sie waren. Und am dritten Tag hatten sie den Spaß so langsam satt. Noah fehlte das Labor. Einen Tag lang konnte er darauf verzichten, aber nach drei Tagen bekam er Entzugserscheinungen. Für den nächsten Sommer hatte er einen Antrag in Cold Spring Harbor laufen, und für nächstes Jahr einen beim MIT. Jetzt hatte er keine Lust mehr auf eine Ortsveränderung. Ihr wird ihr gewohntes Leben auch fehlen, dachte er. Er merkte, daß sie müde war. Auf ihrem Weg aus dem Park, die Bäuche voll mit heißem Tee, waren sie an einer Schule vorübergefahren, wo Kinder in braunen Uniformen aus einer Doppeltür stürmten und in der Kälte herumhüpften. Sie hatte den Kopf vom Autofenster weggedreht.

»In welcher Klasse warst du?«

»In der dritten«, murmelte sie. »Aber ich bin nicht oft hingegangen.«

»Na, heute abend sollten wir mal deine Mutter anrufen.« Noah hatte schon lange vorgehabt, das zu sagen, aber sie schüttelte bloß den Kopf.

Für die dritte Klasse war sie zu groß. In Mitch's Buchhandlung kaufte er ein Mathematikbuch und eins, das ihm nach einer ordentlichen Märchensammlung aussah. An diesem Abend machte er Käsetoast und räumte danach den Tisch ab, damit sie daran arbeiten konnte. Er kramte ein neues Notizheft hervor und setzte sich mit einem Bleistift in der Hand neben sie, um nachzudenken. Er fertigte Schemazeichnungen von seinen Fischhirnen an, mit Pfeilen, die die Signale darstellten. Er hatte lange mit Louise telefoniert, aber im Labor hatte sich nicht genug verändert. Im Teegarten hatte er unter dem Vorwand, daß er zur Toilette müsse, Kathleen angerufen. Die hatte geseufzt, mit leiser, entschuldigender Stimme.

Doch was immer Owens auch tat, ein Kind konnte er unmöglich um sich haben. Er war nie zu Hause. In seiner Küche duldete er nur etwa fünf Gemüsesorten. Milch tranken sie nicht, von Mehl hielt er nichts, Fleisch und das meiste andere, was man zu einem geregelten Leben brauchte, war bei ihm tabu. Außerdem war das Haus zu kalt.

»Warum willst du deine Mutter nicht anrufen? Habt ihr euch gestritten?«

Sie betrachtete sein Notizheft. »Was ist das für eine Sprache?«

»Das ist Biologie. Du kannst telefonieren, wann immer du willst. Vielleicht fahre ich zum Labor, und du kannst ein paar Minuten allein im Bus bleiben und telefonieren.«

»Ich geh mit rein. Ich geh immer mit rein.«

So wie sie das sagte, kam ihm der Gedanke, er könnte sie behalten. Zehn oder elf Querstraßen weiter lag eine Schule. Vielleicht konnte sie nach der Schule ins Labor kommen und dort ihre Hausaufgaben machen. Sie würden zusammen zu Abend essen. Und was dann? Konnte er sie zu Hause ins Bett bringen und dann wieder an die Arbeit zurückkehren? Eigentlich hatte er sich vorgestellt, er würde in den Osten ziehen. An Tagungen teilnehmen, in den bedeutendsten Wissenschaftszentren mitmischen, sich in die lange Schlange für die großen Preise einreihen. Aber es gab tausend Gründe, zu bleiben, und Jane war der letzte, ausschlaggebende. Außerdem war er hier beheimatet. Er würde samstagsvormittags einkaufen und jeden Abend kochen. Es wäre zwar schwieriger, als Forscher ein Kind zu haben, aber er konnte es schaffen. Frauen schafften es. Er würde Milch, Brot und Speiseeis kaufen. Sie konnte Freunde zu sich einladen, vielleicht eine Geburtstagsfeier veranstalten.

»Jane, ich finde, wir sollten dich in der Schule anmelden. Er hat ziemlich viel zu tun, und ich denke mir halt, egal, was ihr beide entscheidet, du kannst auf jeden Fall hierbleiben. Würde dir das gefallen?«

»Ja«, sagte sie. »Kann ich mir jetzt die Zähne putzen?«

Ein Kind in der Schule anzumelden war gar nicht so einfach. Sie wollten Unterlagen sehen. Noah hatte entschieden den Eindruck, daß der Direktor ihn für einen Kindesentführer hielt. Sie brauchten ihre Geburtsurkunde, die Jane zur allgemeinen Überraschung aus dem Umschlag fischte, den sie bei ihrer Ankunft mit einer Sicherheitsnadel an ihren Ärmel geheftet bei sich gehabt hatte. Das abgegriffene Blatt Papier belegte, daß Jane die Tochter von Mary di Natali war. Gestempelt war das Blatt mit zwei quirlförmigen Tintenabdrücken von Babyfüßchen. »Wo ist Mary di Natali?« fragte der Direktor.

»Wir müssen sie anrufen«, sagte Noah streng. »Heute abend, Jane.«

Jane schüttelte den Kopf. »Sie hat kein Telefon.«

»Denk nach, Jane. Wir müssen sie erreichen. Ich kann einen Einschreibbrief schicken. Gibt es keine Nachbarn mit Telefon?«

Jane drehte sich zu ihm um, als sie aus dem Schulkorridor traten. »Meine Mutter ist tot, Noah.«

»Wann ist sie gestorben?«

»Sie hätte mich behalten, wenn sie gekonnt hätte.«

»Komm mal her.« Er zog sie mit einer Umarmung auf seinen Stuhl. Allmählich fügte sich Stück für Stück für ihn zusammen, der Pick-up, ihre Fahrt. »Aber wer ist wirklich gefahren?«

»Ich bin wirklich gefahren, Noah«, sagte sie, und in dem Moment glaubte er ihr. Er verbot sich damals weitere Fragen.

Als sie wieder nach Hause kamen, lagen zwei Briefe in Noahs Kasten. Der eine von Sperry's Labor, der andere aus Cold Spring Harbor. Er ließ sie ungeöffnet in einer Schublade verschwinden.

An dem Abend kam Owens mit federnden Schritten in Jeans und Wanderstiefeln über den Rasen. »Hal-*lo*«, rief er und faßte mit einer Hand ins offene Fenster. Janes Kopf schnellte von dem Buch auf, das sie gerade las, aber sie sagte nur: »Hallo, Owens«, als gehörte er einfach zu ihrem Alltag.

»Hey, Kumpel«, sagte Noah und klopfte ihn auf den Ellenbogen. »Willste'n Kaffee?«

»Hast du irgendwelchen frisch gepreßten Saft?«

»Nö. Tee und Kaffee. Bourbon.«

»Ach nein, danke«, sagte Owens. »Ich bin ziemlich müde. Hatte den ganzen Tag mit Leuten aus der Politik zu tun. Der Bürgermeister war da. Experten.«

»Und was hast du Neues erfahren?«

Owens hatte mit vollster Aufmerksamkeit den Planern von öffentlichen Personennahverkehrssystemen zugehört. Doch sosehr er sich auch anstrengte, er konnte sich einfach nicht mit der Vorstellung anfreunden, den Bus zu nehmen. Es hatte was mit Freiheit zu tun, dachte er sich. Nach der zweitägigen Präsentation eines U-Bahn-Netzes für den Großraum Los Angeles kam Owens zu dem Schluß: »Lieber nehm ich das Fahrrad.« Er seufzte. »Man sollte ein einjähriges Moratorium für alle Autos aussprechen, bis sie erreicht haben, daß die Luft wieder rein ist.«

»Daraus wird nie was.«

»Ich weiß. Aber das wär wahrscheinlich das Richtige. Also dann, Mädchen, du suchst deine Sachen zusammen, und ich nehm dich mit zu mir nach Hause? Ich bin ganz schön müde. Ich hab mit deiner Mom geredet, und sie ...«

»Du hast mit meiner Mom geredet?«

»Ja, ich hab mit deiner Mutter geredet. Sie kommt ungefähr in einer Woche her, und dann sehen wir uns nach einer passenden Bleibe für euch um. Aber heute abend nehm ich dich mit zu mir nach Hause, und vielleicht sehen wir uns einen Film an. Und am Wochenende muß ich dann nach Europa. Also nehm ich dich wahrscheinlich mit. Hast du schon mal den Eiffelturm gesehen?«

»Nein. Aber wann hast du eigentlich mit meiner Mom geredet?«

»Vor ungefähr einer Stunde. Möchtest du gern den Eiffelturm sehen?«

»Ja«, sagte sie, plötzlich ruhig geworden. Sie ließ die Vorstellung in sich einsickern, daß er das Furchtbare einfach verschwinden lassen konnte, gleichsam als eine kleine Fingerübung in seinem Tagesablauf. Sie warf Noah einen schüchternen, beschämten Blick zu. Sie log nicht, es war wirklich so gewesen. Aber jetzt stimmte das hier eher, es war wie mit Tag und Traum.

Binnen fünf Minuten waren sie fort, Jane angeschnallt auf dem niedrigen Beifahrersitz seines kleinen Autos, ihre paar Habseligkeiten hinten drin. Noah hatte ihr den Samtmantel immer noch nicht gezeigt. In dieser Woche hatte er ihn ein paarmal aus der Tüte geholt, während sie schlief. Er hatte sich gefragt, ob er von der Verkäuferin wohl sein Geld zurück oder nur einen Warengutschein bekommen würde. Als er das Haushaltsgeld so einteilte, daß sie bleiben konnte, hatte er angenommen, daß sie sich keine solchen Frivolitäten leisten könnten. Aber an diesem Abend hatte er den Samtmantel ganz unten in die braune Papiertüte gepackt, die sie bei sich gehabt hatte. Janes Finger öffneten und schlossen das mit Fünf-Dollar-Scheinen vollgestopfte Handschuhfach von Owens. Das Auto röhrte auf und preschte dann ab in die Nacht.

Noah saß in seinem Hauseingang. Mit seiner Zukunft allein gelassen, spürte er jetzt, wie sich die Depression wieder ausbreitete, auf eine Art, die er vergessen hatte. Bis dahin hatte Noah noch jedesmal, wenn er etwas Teures, das er sich gewünscht hatte, aufgab, danach eine immense Erleichterung verspürt, so als wäre er knapp an einer Katastrophe vorbeigeschrammt. Doch heute abend blieb die Erleichterung aus. Das war eine vollkommen neue Dimension des Geldes: zu bedauern, daß man es nicht ausgab. Er blieb in der Haustür sitzen, auf dem Schoß die Umschläge aus der Schublade. Ein Umschlag war dicker, einer dünner. Warum bekam Owens alles, nur weil er schon alles hatte? Owens hatte sie nicht verdient, er wußte ein Kind bestimmt nicht zu würdigen. Noah hatte Owens oft um dessen Liebesabenteuer beneidet, doch jetzt fühlte er sich nicht stark genug für körperliche Liebe. Er war müde. Nebel senkte sich auf seine Stirn; er spürte, wie seine Lokken schwerer wurden. Ich könnte mich um ein Kind kümmern, dachte er. Ich hätte meine Tage nach ihr ausgerichtet. Und ich hätte ihr einiges beibringen können.

Was hatte Owens zu geben? Er hatte mit einer Frau geschlafen und sich dann alle Mühe gegeben, sie sich vom Leib zu halten. Und das machte Männer zu Vätern und Männern in dieser Welt.

Lange saß er so da und sah zum Himmel. Jetzt war er frei, überallhin zu gehen, aber er wollte nicht mehr. Er strich über die noch zugeklebten Papierumschläge. Am anderen Ende des Rasens stand der Bus, und er gehörte ihm.

Im Haus der Frauen

Nach der langen Nachtfahrt war Janes Mutter nicht mehr so wie früher zu ihr. Sie beantwortete geduldig alle Fragen, doch irgendein Geheimnis blieb haften.

Mary zuckte mit den Achseln. »Ich muß wohl gedacht haben, es wär eine gute Idee, wenn wir drei zusammen sind.«

Mittlerweile kannte Jane die Geschichte in allen Einzelheiten, wie Owens den Sheriff vierzig Meilen weit weg angerufen hatte, damit der per Jeep zu der Hütte hinauffuhr. Wie Bixter sie zum Flughafen gefahren hatte, während Wasser aus einem Eimer mit Angelködern auf ihre neuen Nylonstrümpfe schwappte. Am Schalter hatte ein Umschlag mit Marys Namen auf sie gewartet, und sie war der einzige Passagier in dem Flugzeug gewesen. Die eine Stewardeß hatte ihr immer wieder heißes Wasser nachgeschenkt.

An Marys erstem Abend in Auburn führte Owens die beiden zum Essen aus, in einen quadratischen Raum, wo sie zum ersten Mal Sushi probierten.

»Wie Innereien«, sagte Jane, als es wie noch eine Zunge auf ihrer Zunge lag.

Er schlug vor, daß Mary sich nach einer Halbtagsstelle umsah, in einem Zooladen oder der Bücherei, warum nicht in der alten Bäckerei ihrer Mutter, irgendwo, wo Jane gerne vorbeischauen würde.

In Paris war Owens mit Jane zum Frisör gegangen. Da hatte sie ihren ersten Haarschnitt bekommen. Insektenflügel und Laubpartikel waren in dem französischen Schönheitssalon in das Waschbecken gefallen. Owens überreichte Mary ein Shampoofläschchen mit dem Markennamen *Kwell* und sagte ihr, sie solle Jane zweimal die Woche die Haare waschen.

Mary seufzte. »Na, vielleicht kriegst du sie ja in den Griff.«

In den Bergen hatte Jane gemacht, was sie wollte. Sie hatte Nüsse mit den Zähnen geknackt und im Schulbus am weichen weißen Ende eines Grashalms gesaugt. Mit ihren Essens- und Schlafenszeiten hatte sie sich nach ihrer inneren Uhr gerichtet. Mary war nie streng genug gewesen, eine feste Schlafenszeit einzuführen. Sie hatten zwar eine alte Dusche, aber Jane ließ kein Wasser an ihre Kopfhaut. Das einzige, woran Jane sich aus Seattle noch erinnerte, war die alte tiefe Badewanne unter einem Fenster. Wenn das Wasser einlief, murmelte und sang es darin.

Owens hob Janes Arm an, um Mary die Narben zu zeigen. »Wo hat sie das her?« fragte er.

»Tja, in der Hütte gab es Eichhörnchen«, sagte Mary.

Er starrte sie durchdringend und wortlos an.

Das flache Mietshaus lag im rechten Winkel zur Straße, und sie hatten die letzte Tür. Es sah wie ein Motel aus. Owens erklärte, ein Mann, der Eliot hieß, werde ihnen jeden Monat dreihundert Dollar bringen. Ihnen kam es so vor, als habe er sie versteckt und wolle ihre Existenz vor anderen geheimhalten.

Jane fragte ihre Mutter alles, nur das eine nicht, was sie wirklich wissen wollte: Warum hast du mich nicht bei dir behalten? Oder, wenn du todkrank warst, was hat dich wieder gesund gemacht? Statt dessen beobachtete sie die Haltung ihrer Mutter, wie sie saß oder sich vorneigte, die Kurve ihres Halses, ein schlaffes Bündel Kleider, das von ihren Schultern hing.

Es war regnerisch, und sie blieben drinnen, warteten, ohne zu wissen, worauf. Mary saß gerne in den schummerigen Zimmern, ohne das Licht anzumachen. Sie goß sich mit einem Beutel immer wieder Tee auf, und am Ende des Tages hätte sie ebensogut Wasser aus Tassen trinken können. Jane begriff endlich, daß ihre Mutter sich vor dem Rausgehen fürchtete. »Er möchte, daß wir warten«, erklärte Mary. »Außerdem ruhen wir uns aus.«

Für Mary war das eine Zeit, in der sie miteinander verschmolzen, sie waren ein Wir, sie und Jane und manchmal Owens. Sie fühlte sich auf eine beruhigende, von Erschöpfung kaum zu unterscheidende Weise glücklich, wenn sie zu dritt zusammen waren, so als wäre ihr eine schwere Last, die sie seit zehn Jahren mit sich herumschleppte, von den Schultern genommen und verziehen, und sie könne endlich ausruhen.

Aber Jane wurde es langweilig. Irgendwoher hatte sie die Gesten der Ungeduld aufgeschnappt. Sie klopfte mit der Fußspitze oder dem Absatz auf den Fußboden. Zum ersten Mal hörte sie sich an, was ihre Mutter sagte, und dachte sich ihr Teil.

»Warst du todkrank?« fragte sie schließlich.

Mary seufzte. »Ich wollte mich nur hinlegen. Ich war so müde.«

»Bloß von mir?«

»Du warst ganz schön happig.«

Nach zwei Wochen verlangte Jane Besteck und übte an den langen Nachmittagen, auf dem Fußboden Phantasietische zu dekken. An dem ersten Abend, als Owens sie zum Essen eingeladen hatte, hatte Jane damit angefangen, sich bei anderen Kindern Sachen abzugucken. In der kleinen Wohnung machte sie fremde Stimmen nach. Stundenlang probierte sie vor dem kleinen Badezimmerspiegel fremde Frisuren aus. Jetzt wollte sie lernen, wie man mit Messer und Gabel umging, und bat ihre Mutter, ihr das Silberbesteck zu holen, das diese zur Geburt geschenkt bekommen hatte.

»Lern mit Stäbchen essen«, sagte ihre Mutter.

Und als der Regen endlich aufhörte, bestand Jane darauf, zur Schule gehen zu dürfen.

Das führte zu Anrufen bei Owens sowie einem weiteren Abendessen, in dessen Verlauf er ihr einen Privatlehrer anbot. »Schulen sind die reinsten Gefängnisse«, sagte er. »Dort bringen sie einem bei, genau wie alle anderen zu sein.« Owens wollte sie sicher verwahrt wissen, bis er die Zeit erübrigte, das Richtige für sie zu finden.

»Dir stehen so viel mehr Türen offen als mir«, flüsterte Mary, nicht, um ihr ein schlechtes Gewissen zu machen, sondern ganz erstaunt. Andererseits wollte sie nicht, daß ihre Tochter in Menschenmengen eintauchte, vorläufig noch nicht.

»Ihr seid doch beide hingegangen«, argumentierte Jane, »da sollte ich es wohl auch dürfen.«

Jane hatte die Schule in einem kleinen Stuckaltbau entdeckt. Sie kletterte an einem Regenrohr hoch und lauschte hinter einem Fenster, wie die Kinder ihr Einmaleins hersagten. Zur Mittagszeit sah sie die Kinder mit Messer und Gabel essen. Sie rang sich den Vorsatz ab, Nüsse nicht mehr mit den Zähnen zu knacken.

In einem Park lernte Mary zwei ältere Frauen kennen, die Kakipflaumen von den städtischen Bäumen pflückten. Vor Jahren hatte sie Bixter auf diese Weise kennengelernt, in einem Park in Portland, wo die ihren Eimer mit Osterglocken gefüllt hatte. Die Frauen, die Amber und Ruby hießen, entpuppten sich als pensionierte Lehrerinnen.

Die beiden wohnten in einem alten weißen Holzhaus, in dem alles wie Weihnachten war: poliert und perfekt. Auf dem Tisch spiegelte sich das Licht in Gläsern mit Eingemachtem.

Vom ersten Moment an, als Jane es sah, wollte sie dort wohnen. Manchmal wünschte sie sich etwas so sehr, daß sie sich nicht erklären konnte, warum Owens es ihr, wenn sie es anstarrte und bewunderte, nicht auf der Stelle schenkte.

»Würden Sie Privatunterricht geben?« fragte Mary.

»Können wir hier wohnen?« platzte Jane heraus.

»Jane«, sagte Mary kichernd, sah aber auch antwortheischend auf.

Ruby setzte ihre Teetasse so rasch ab, daß die Untertasse zitterte. Amber nestelte an den Handschuhen auf ihrem Schoß herum. Sie entschuldigten sich und zogen sich zur Beratung in die Küche zurück.

Jane und Mary warteten und sahen sich in dem vollgestellten Zimmer um. Die Lehrerinnen hatten einen trockenen Geruch, wie Tafelschwämme und das Innere von Schulschränken. Mit Bixter hatten sie nichts gemeinsam. Wie sich herausstellte, war ihr Großvater, ein Geistlicher der American Home Missionary Society, auf einer einjährigen Schiffahrt um Kap Hoorn aus Massachusetts eingereist. Er hatte diese Kakipflaumenbäume gepflanzt. Mary seufzte. »Es ist ein ganz schön großes Haus, und wahrscheinlich haben sie immer irgendwas auf dem Herd da stehen.«

Die Lehrerinnen marschierten wieder herein und sagten, sie hätten eine Nichte angerufen, die sie aufgezogen hatten, und direkt neben deren Häuschen sei ein Bungalow zu vermieten.

»Dort würde es euch jungen Leuten bestimmt besser gefallen«, sagte Amber.

Mary sah zu Boden. Von der Nichte hatte sie nichts gewußt.

»Wir gehen so früh ins Bett«, ergänzte Ruby.

Jane hinterließ Owens die Nachricht, sie hätten zwei Privatlehrerinnen gefunden, und ob sie bitte umziehen könnten.

Er war zwar damit einverstanden, ihre Mietkosten zu übernehmen, gab ihnen aber kein Geld für Möbel. Mary gefiel der Bungalow im ersten Moment am besten, als sie ihn leer sah, bevor sie ihren Kram hineintrugen. Sie besaßen sechs Kartons mit Sachen, aber keine Möbel.

Als Owens zu Besuch kam, sagte er: »Ich bin in einem ganz ähnlichen Haus aufgewachsen.«

In dem Moment sah Jane aus dem Fenster wieder die Frau, die wahrscheinlich *sie* war, die Nichte. Eines Nachts hatten sie ihre Umrisse gesehen, als sie auf einer Leiter stand und einen Kronleuchter aufhängte. Heute schleppte sie eine große Bank über den Rasen, in gepflegten beigefarbenen Kleidern, wie aus einem Katalog. Die Frau hatte ihre Haare mit einem Schal hochgebunden, und sie zog sich zum Möbelschleppen nicht ihre ältesten Sachen an, wie Mary und Jane es getan hätten. Es sei denn, das *waren* ihre ältesten Sachen.

»Wollen wir ihr etwas Limonade anbieten?« fragte Mary.

Jane wünschte sich, sie und ihre Mutter hätten das Häuschen. Es war einfach hübscher. Aber Mary gefiel der Zitronenbaum im Vorgarten vom Bungalow am besten. Mary hatte eine Vorliebe für Zitrusgewächse. Die Lehrerinnen waren bereits zum Ernten eingeladen worden und hatten ein Einmachglas mit Orangenmarmelade auf die Veranda gestellt. Jane kletterte den Baum bis zur ersten Gabelung hinauf und schüttelte den Ast. Mary bückte sich unten und sammelte die Zitronen in eine Papiertüte.

Owens blieb drinnen, lag auf dem Boden und genoß den hauchzarten Luftzug auf seinen Armen.

Zusammen preßten Mary und Jane die Zitronen aus und rührten Rohrzucker hinein, aber kaum waren sie fertig und Mary ging mit einem randvollen Glas hinaus, als die hübsche Dame zielstrebig aus ihrer Tür schritt, ein Handtäschchen über der Schulter.

Vom Fenster aus sah Jane der Unterhaltung zu. Nach einer Minute zwängte sich die Frau in ihr Autochen, ohne Limonade.

»Sie ist es«, sagte Mary, als sie wiederkam. »Aber sie wirkte etwas kühl.«

Jane brachte Owens das ihrer Nachbarin zugedachte Glas Limonade und stellte es auf den Boden. »Du hast sie nicht mal gesehen!« sagte sie.

»War sie hübsch?« fragte er und hob kaum den Kopf.

»Sehr hübsch.«

Als Owens ging, sagte er: »Viel Spaß im neuen Haus«, was sie irgendwie daran erinnerte, daß er und nicht sie die Miete zahlte. Er sagte den Spruch im milden Befehlston, so als begriffe er vage, daß ihm das Talent, Spaß zu haben, gründlich abging. Viel Spaß, sagte er zu seinen Angestellten, mit dem heiteren Gesichtsausdruck eines Mannes, der einen Trinkspruch ausbringt, wenn er sie zurückließ, damit sie an der Liebe seines Lebens arbeiteten, während er sich zu der Langeweile von Luxus, silberhellem Lachen, Abendgesellschaften davontrollte. Er sagte oft Viel Spaß, so als könne er partout keinen haben, und wenn andere sich amüsierten, beobachtete er sie ehrfürchtig aus der Ferne, ohne sie zu beneiden, sah nur fragend und mit geistesabwesendem Lächeln zu.

Am nächsten Morgen ging Jane hinüber, um der hübschen Dame einen Bananenkuchen zu bringen, den sie gebacken hatten. Tanzendes Licht strömte gegen die weißen Wände in ihrer Küche, und aus einem Radio drang Geigenmusik. Julie servierte Jane Cornflakes in einem Porzellanschälchen mit einem schweren Silberlöffel, der gegen Janes Mittelfinger drückte; Jane versuchte wieder, sich zu erinnern, wie man Löffel eigentlich hielt. Ihr Leben lang sollte sie sich unsicher fühlen, wenn ihr jemand beim Essen zusah.

Jane sah sich in dem Häuschen um und fragte sich: Wodurch unterscheidet es sich genau von unserem? Julies Häuschen wirkte großzügig ausgestattet. Kleinigkeiten paßten zusammen: auf einem zierlichen Sahnekännchen und einem Schüsselchen mit weißem Zucker war das gleiche Veilchenmuster. »Wie schaffst du es, daß es bei dir so aussieht?« fragte Jane.

Julie bot Jane und ihrer Mutter an, sie zum Flohmarkt mitzunehmen. Was sie da sagte, hörte sich einfach an, aber das war es nicht, oder vielleicht einfach für Julie, aber nicht für sie beide.

Wieder zu Hause, bat Jane ihre Mutter noch einmal, ihr das Kinder-Silberbesteck zu holen.

Als Julie an diesem Sonntag an ihre Fliegentür klopfte, fuhren sie vor Schreck kerzengerade in ihren Betten auf. Sie zogen sich im Nu an, und Julie fuhr sie aus der Stadt zu der Stelle, wo einmal die alte Müllhalde gewesen war und sich jetzt Reihen von Ständen Straßen gleich hinzogen – ein Dorf aus Gerümpel.

»Es ist immer noch dreckig«, flüsterte Mary Jane zu.

Sie tranken Kaffee aus Pappbechern, und spitze Blätter kratzten an ihren Knöcheln. Am Himmel hingen noch Nachtwolken. Bäume schwankten schwungvoll, während die Verkäufer ihre Waren aufbauten.

Julie zog unter einem Tisch eine Tagesdecke hervor. Mary und Jane beteuerten beide gegen ihre Überzeugung, wie hübsch die sei. Später, auf Julies Bett, sah sie dann wunderschön aus, obwohl sie damals nichts davon gemerkt hatten.

Sie gaben dreißig Dollar für einen eisernen mehrarmigen Votiv-Kerzenhalter aus. Mary und Owens waren beide der Meinung, Jane solle nicht zur Kirche gehen, aber manchmal fehlte Mary die Messe. »Wir stecken Kerzen rein und zünden sie an, wenn wir eine Party geben«, verkündete Mary.

Der große Leuchter stand den ganzen Sommer und den nächsten Winter über im hohen Gras. Nach den Regenfällen setzte er Rost an, und Mary und Jane gingen nicht mehr zum Flohmarkt.

An dem Abend gingen sie zu Julie hinüber, während die ihre neuen Möbel umstellte. Wenn man durch das Häuschen ging, nahm man hübsche Formen, nette Perspektiven wahr und bekam

Lust, sich hinzusetzen und eine Tasse Tee zu trinken. Wenn man den Bungalow betrat, führte man unwillkürlich eine Hand zum Gesicht.

»Du machst es schon wieder«, sagte Jane zu ihrer Mutter, als sie nach Hause zurückkamen. »Hör auf, das mit der Lippe zu machen.« Im ersten Moment, wenn man hereinkam, mußte man sich schon konzentrieren, um nicht abgelenkt zu werden.

Jane konnte inzwischen überhaupt nicht mehr spüren, was ihre Mutter wollte. »Warum bist du damals nicht mitgekommen?« fragte sie unvermittelt.

»Ich weiß nicht. Vielleicht hab ich gedacht, daß er mit dir allein glücklicher wäre. Hör auf, mich das zu fragen.«

Jane stellte eine Menge Fragen, das wußte sie, aber sie wollte es so. Weil die Antwort jedesmal anders ausfiel. Die von heute abend war völlig neu, und Jane fragte sich, ob ihr Vater glücklicher gewesen war. Vielleicht nicht. Vielleicht war ihre Mutter enttäuscht.

Owens war viel auf Reisen, und sie wußten nie, wann er anrufen würde. Sie versuchten, gar nicht an ihn zu denken, bis er da war. Sie versuchten es, schafften es aber nie.

Owens mochte nicht glauben, daß Jane seine Tochter war, weil sie eine andere Haarfarbe hatte als er. Zwar kannte er sich mit den Grundprinzipien der Genetik aus, aber er hatte immer angenommen, seine Gene wären dominant.

»Findest du, daß sie mir ähnlich sieht?« fragte er in regelmäßigen Abständen einen Freund oder Kollegen und zückte dazu das weißgeränderte Foto eines Kindes mit Schneidezähnen in unterschiedlichen Entwicklungsstadien. Er ließ unerwähnt, daß die Mutter des Kindes sich freiwillig erboten hatte, das Kind einem zu siebenundneunzig Prozent treffsicheren Chromosomentest zu unterziehen, und daß er als Reaktion darauf gekreischt hatte: »Na spitze! Dann könnten also drei Prozent der Weltbevölkerung – schätze mal, etwa die Hälfte sind Frauen, macht also fünfundsiebzig Millionen – ihr Vater sein, und ich bin einer davon.«

Genau so brachte er Mary durcheinander. Er kannte sämtliche Daten und Fakten, aber im Grunde ihres Herzens wußte sie, daß sie im Recht war, auch wenn sie es nicht beweisen konnte, wie ja auch ihre Familie seit Generationen ohne Beweise ausgekommen war.

Eines Tages kam Owens bei Noah im Labor vorbei. »He, Jane hat gesagt, du hast ihr den Mantel gekauft. Das war echt nett von dir.«

»Na ja, sie hat ihn sich ausgesucht«, sagte Noah, und seine langen Finger trommelten auf ein Rad an seinem Stuhl.

»Er gefällt ihr wirklich *gut*. Sie trägt ihn jeden Tag.«

Es war ein heißer Vormittag, und die beiden Männer setzten sich an einen Außentisch vor dem Café Pantheon. Wenn es draußen heiß war, trank Noah am liebsten heißen schwarzen Kaffee.

Owens sah ihn über den Rand seiner Tasse hinweg an. »Und, findest du, daß sie mir ähnlich sieht?«

Noah hatte an diesem Vormittag nicht viel Geduld, und ihm war klar, daß Owens Leute mochte, die ihm die Stirn boten. »Sie ist dein Kind, Owens«, sagte er, »benimm dich also nicht wie ein Hallodri.«

»Ein Hallodri?« Owens' Gesicht verzog sich fragend. »Was ist das eigentlich, ein Hallodri?«

»Ein Arschloch.«

»Du findest also wirklich, daß sie mir ähnlich sieht?«

»Nicht besonders. Ein bißchen. Aber es geht nicht um Äußerlichkeiten.«

Owens nickte. Ein wenig würde es noch dauern, bis er anfing, es zu glauben. Manchmal kam es Noah so vor, als vertraue Owens ihm wegen seiner intellektuellen Kapazitäten; dann wieder, als höre er auf ihn, weil Noah körperbehindert und klein war und keine Bedrohung für ihn darstellte.

»Du glaubst also wirklich, daß sie meine Tochter ist?« Das klang lauernd, als bedeute ihm Noahs Antwort enorm viel. Mit seinem wie ein Trapez in die Länge gezogenen Gesicht wirkte er weniger attraktiv. Vielleicht hatte er sie die ganze Zeit schon lieben wollen und sich nur nicht zu glauben erlaubt, daß sie sein Kind war.

Aber warum konnte er sie nicht einfach nur lieben, ganz egal, ob er der leibliche Vater war? Owens war selbst mit einer Stiefmutter aufgewachsen. »Ja«, sagte Noah. »Und sie ist ein großartiges Kind.«

»Das finde ich auch.« Jetzt ließ Owens' Anspannung etwas nach. »Ich hab ihrer Mutter und ihr so einen kleinen Bungalow vermittelt.«

»Die Mutter würde ich gern kennenlernen.«

»Ach, ich stell sie dir vor.« Owens hatte keine Verlustängste, weder was sein Haus noch was seine Tochter anging. Er war es zu sehr gewöhnt, viel um die Ohren zu haben.

»Hey, ich hab die Gelegenheit, in den Osten zurückzugehen. Meine Zeit in der Hauptstadt abzusitzen.« Noah hörte sich gekünstelt lässig an, obwohl er sich im Grunde innerlich hin und her gerissen fühlte.

»Welche Hauptstadt?«

»Cold Spring Harbor.« Noah zuckte mit den Schultern. »Ob wir wollen oder nicht, New York ist nun mal unsere Hauptstadt.«

»Nicht mehr lange«, sagte Owens. »Hör mal, wärst du nicht lieber beim Aufstieg einer neuen Kultur dabei, als in den Rudimenten einer alten zu stecken? Mit New York ist es vorbei, Noah. Sieh dir nur mal an, wie viele Präsidenten aus dem Westen wir hatten. Das Zentrum des Landes hat sich hierher verlagert.«

»Nicht, was die Wissenschaft angeht«, sagte Noah.

»Die Wissenschaft orientiert sich am Geld. Wie alle anderen auch.«

»Wie kommt es dann, daß die Leute vom MIT und in Harvard sämtliche Nobelpreise absahnen?«

»Vergiß nicht, Linus Pauling war auf der Oregon State.«

Noah lachte. Ihre Freundschaft war so strapazierfähig, daß sie einiges an Kritik aushielt und sogar erforderlich machte. Keiner von beiden war mit dem anderen in seinem Aggregatzustand so ganz einverstanden. Er kippte seinen restlichen Kaffee runter. Nachdem er Owens davon überzeugt hatte, daß Jane dessen Tochter war, war ihm klar, der würde vergessen, daß er, Noah, etwas dazu beigesteuert hatte. Heute ließ er ihn mit Kußhand zahlen.

Ich bin kein unruhiger Geist, dachte Noah, als sie sich auf dem unebenen Gehweg verabschiedeten.

Der Osteingang seiner alten High-School stand offen, und Noah rollte den sauberen Korridor entlang. Der Hausmeister, Jim Clarke, war ein Freund seines Vaters. Seine Schwester hatte Erdkunde gemocht, fiel ihm wieder ein, als er an einem mit Karten bestückten Klassenzimmer vorbeifuhr. Sie hatte immer Fernweh gehabt. »Michelangelohände«, hatte sie gesagt und seine Hände gehalten, als sie endlich wegging. Sie hatte Wurstfinger. Meine Hände sehen wirklich gut aus, sagte sich Noah und warf einen prüfenden Blick darauf, wie sie auf den schotterigen Rädern lagen. Meine Schwester ist ein Gefäß voller Geheimnisse.

»Noah, mein Junge.« Sein alter Chemielehrer, Mr. Riddle, berührte ihn an der Schulter. »Was kann ich für dich tun?«

Ältere Schüler versammelten sich laut murmelnd an Laborplätzen und bemerkten seine Ankunft. Noah erzählte Mr. Riddle von dem Forschungsstipendium, während der für die Studenten Erlenmeyerkolben aus einem Schrank holte.

»Nimm es an«, sagte Mr. Riddle. »Die Schlange wartet sowieso, ob du dich nun einreihst oder nicht.«

Auf dem farblosen Schulhof saß Noah still da. Sehr wenig bewegte sich. Alta war ein statischer Fleck Erde, anders als die nur fünfzig Kilometer weiter nördlich gelegene Stadt der Nebelhörner und der Reue. Er hatte nichts von Jane gesagt, daß sie für ihn ein Grund zum Bleiben war. Sie war nicht sein Kind.

Owens konnte von Anfang an offen mit Jane reden. Er war immer unbekümmert, aber Jane war in seiner Nähe befangen und wußte nicht, wie sie die einfachsten Dinge sagen sollte. »Entschuldige mich mal einen Moment«, sagte sie endlich eines Nachmittags in seiner Firma, als er sich über die Ähnlichkeiten von Maschinen mit dem Innenleben menschlicher Körper ausgelassen hatte. Anscheinend hörte er sie nicht.

»Ich muß mal, Owens«, sagte sie lauter.

»Na dann warte noch kurz. Ich alarmiere nur rasch die Medien«, antwortete er, und dieser Spruch, mit dem er zum Ausdruck brachte, wie sehr ihn die endlosen, ewig wiederholten, monotonen Rituale der Kindheit langweilten, wurde bei ihnen zur stehenden Rede.

Am selben Nachmittag ging er mit ihr neue Turnschuhe kaufen, und sie mußte ihre Mutter von einer Telefonzelle aus anrufen. »Also die haben solche wie meine, aber statt drei Hubbeln – du weißt schon wo – sind da bloß zwei.«

Offenbar wußte ihre Mutter, was sie meinte, und die beiden führten ein angeregtes Gespräch. Owens ging weiter, um sich Globen in einem Schaufenster anzusehen, und dachte dabei, wie gut es sei, daß er als Junge auf die Welt gekommen war, denn er könnte nicht in einer Million Jahren eine Mutter sein.

Jane kam nicht darauf, sich bei ihm für die Turnschuhe zu bedanken. Sie war ein lebhaftes, temperamentvolles Kind, allerdings ohne, wie ihre Hauslehrerinnen das nannten, Umgangsformen. Den beiden erschienen Janes Manieren ungeschliffen bis zur Taktlosigkeit. Ihr fehlte jener Anstand, den eine geduldige Mutter langsam, Stich für Stich appliziert. Und Owens scherte sich nie um Benimmregeln, die er für überflüssiges Beiwerk der Zivilisation und Zeitverschwendung hielt. Weder bemerkte er es, wenn sie sich mit dem Handrücken die Nase wischte, noch erwartete er, daß sie sich für ein Paar Turnschuhe bedankte.

Im Auto redete Jane pausenlos von ihrer nächsten Nachbarin, während Owens mit einem kleinen Bruchteil seiner Aufmerksamkeit zuhörte, bis ihn ein Nebensatz aufhorchen ließ.

»… weil wir arm sind«, hörte er seine Tochter sagen.

»Ihr seid nicht arm«, berichtigte er.

»Doch, wohl. Meine Mom und ich sind arm.«

»Deine Mutter und du, ihr habt den gleichen Geldbetrag wie die meisten College-Professoren zur Verfügung. Bestimmt hat diese Nachbarin – wie heißt sie doch gleich, Julie? – nicht mehr Geld.«

»Sie ist Anwältin!« sagte Jane wie zum Beweis.

»Dann verdient sie höchstens gleichviel. Vielleicht habt ihr sogar mehr Geld.«

Das war Jane ein Rätsel. Julie ging jeden Tag in Kostümen aus dem Haus; Mary und sie trugen nur T-Shirts und Jeans.

»Ich hab da so einen Gutschein für ein Gratisessen«, sagte er. »Dafür kriegen wir wahrscheinlich mehr Portionen als für dich und mich und deine Mom. Glaubst du, eure Nachbarin möchte vielleicht mit?«

Jane flitzte vor ihm her zum Bungalow und brüllte: »Können wir mit Owens essen gehen?«

»Klar«, rief Mary von hinterm Haus, wo sie oft bei offenen Türen saß.

»Und kann Julie mit?«

Mary stapfte ins Wohnzimmer und sah Owens dort stehen und sich umsehen. Das Haus wirkte dunkler und kleiner, so als hätte das Zimmer keine rechten Winkel mehr, sondern abgerundete Ekken, wie im Inneren eines Balls. »Ich fürchte, daß das keine gute Idee ist.«

»Ach«, sagte er. »Und warum nicht?«

»So seh ich es halt, Owens. Wenn du also mit uns essen gehen willst, gerne. Aber wenn du dich mit ihr verabreden willst, dann geh rüber und frag sie selber.«

»Es war nur so ein Einfall«, sagte er achselzuckend. »Vergiß es.«

Als Mary und Jane ihn im Restaurant trafen, war Olivia auch da, und ein Mann, der ihr Cousin war. Jane hatte schon von Olivia gehört und sich vorgestellt, wie sie in einem langen roten Kleid mit Seitenschlitz eine Wendeltreppe herabschreiten würde. Statt dessen saß sie einfach in der Nische und hatte eine Jeans an. Es war genau wie damals in Portland, als Jane einen Filmstar auf der Straße gesehen hatte – blinzelnd, ein wenig blaß, mit kleinen Insektenstichen oder einem Ausschlag auf der Haut.

Jane hatte sich oft vorgestellt, wie es wohl wäre, wenn sie Olivia endlich kennenlernte. Statt dessen brachte Owens sie einfach mit, und Jane hatte das Gefühl, daß Olivia von nun an immer dabeisein würde.

An diesem ersten Abend hatte Jane außerdem das Gefühl, sie seien einander nicht richtig vorgestellt worden, so, wie es sich gehörte. Sie konnte nicht ahnen, daß Owens alle Menschen in seinem Leben auf diese Weise miteinander bekannt machte. Natürlich wollte sie in Wirklichkeit herausfinden, wie er zu *ihr* stand, ob er Olivia erzählt hatte, daß sie seine Tochter war, und ob ihre Unsicherheit unbegründet war. Vergleichbar mit dem Status von Olivia, die seine Freundin, wenn auch wahrscheinlich nicht die *große Liebe* war, so als sei er noch unentschlossen, war Jane nur ein Mädchen, quasi seine Tochter, aber nicht ganz. Er schien das auch noch nicht endgültig entschieden zu haben.

Jane wußte, daß Owens' Mutter ihn das erste Mal auf den Arm genommen hatte, als er acht Monate alt war. Sie stellte sich vor, daß Liebe für ihn vielleicht ein Nebeneinanderher war, *als* Sohn oder Tochter, statt es wirklich mit felsenfester Überzeugung an erster Stelle zu sein, so wie sie und ihre Mutter es waren. Das machte sie so nervös, daß sie an ihrem Daumennagel knabberte. Wenn er tatsächlich so war, warum konnte sie ihn dann nicht jeden Tag treffen?

Owens zeigte ihnen allen den Gutschein im Wert von vierzig Dollar, den Theo ihm geschenkt hatte. Der hatte ihn als Postwurfsendung bekommen, und man konnte ihn an jedem Mittwochabend vor neun einlösen, aber Theos Frau ging nicht gern ausländisch essen.

Die Dinge ließen sich schon besser an. Er wandte seine Aufmerksamkeit Jane zu, während alle hinsahen. Zum ersten Mal auf seinem Schoß, nahm Jane mit baumelnden Beinen die Haltung einer kleinen Königin ein. Er sagte: »Vielleicht wird Jane mal die erste Präsidentin in unserem Land. Sagen wir, sie geht aufs College und entschließt sich danach vielleicht zum Jurastudium, wie ihre Nachbarin – wie heißt sie doch gleich – Julie? Aber sagen wir, sie will noch nicht in eine Kanzlei eintreten, sondern erst Erfahrungen im wirklichen Leben sammeln. Also beschließt sie, ein paar Jahre bei Genesis zu arbeiten. Wer weiß, vielleicht übernimmt sie über kurz oder lang sogar den Laden und leitet ihn zehn Jahre oder so. Dann, wenn sie vierzig, fünfundvierzig ist, tritt sie als Präsidentschaftskandidatin an.«

An dem Abend sah Owens satt und zufrieden aus, umrahmt von zwei Frauen, seine Tochter auf dem Schoß. An dem Vormittag hatte er sich mit fünf kahlköpfigen Männern in Anzügen zusammengesetzt, die angeboten hatten, seine Kampagne für ihn zu organisieren, falls er sich entschied, sich in drei Jahren der Wahl zum Gouverneur zu stellen. Er hatte zwar nicht ja, aber auch nicht nein gesagt.

»Und wegen des persischen Bluts in ihren Adern«, fuhr er fort, »wird sie eine besondere Sensibilität für diese Region mitbringen.«

»Ich würde den Obdachlosen helfen«, sagte Jane.

»Ja. Vielleicht läßt sie sich steuerliche Anreize einfallen, um den Armen zu helfen. Das fände ich wirklich toll, Jane.«

Olivia verlieh ihrer Stimme den langsamen, bedächtigen Tonfall, der Kindern gegenüber häufig zum Einsatz kommt. »Jane, möchtest *du* das wirklich sein, wenn du mal groß bist? Was meinst du, was *du* gern sein möchtest?«

»Ich weiß nicht. Vielleicht Tänzerin oder Präsidentin.«

Olivias Cousin Huck brach in lautes, meckerndes Lachen aus. Er war massig und vierschrötig und hatte sich bis dahin eher ruhig verhalten. Er unterrichtete eine achte Klasse, und Jane wollte ihn darum bitten, sie in seine Klasse aufzunehmen. Einen Mann als Lehrer hatte sie noch nie gehabt.

Mary fing Olivias Blick auf und schlug die Augen nieder. Beide Frauen waren so eifersüchtig auf Jane, daß es kribbelte. Sie beneideten sie um das einzige, was sie ihres Wissens auf ihrem wackligen Thron hatte: eine Zukunft. Owens ließ sich jetzt über Bildungspolitik aus, während Huck den Reis weiterreichte.

»Du arbeitest im Saint John's in Alta?« fragte Mary. Als Olivia nickte, kniff sie die Augen zusammen. »Und du bist Krankenschwester?«

»Nein. Nur Schwesternhelferin.«

»Ach«, sagte Mary, die nicht wußte, was das war. »Meine Mutter ist dort gestorben.«

Das Abendessen ging weiter, durchsetzt mit kleinen Gesprächen, die leicht wieder versiegten, nur Owens und Jane schienen munter draufloszuplaudern. Als sie fertig waren, beglich Owens die Rechnung mit seinem Gutschein und ließ einen Zwanziger als Trinkgeld da.

»Wenn ich in den Spiegel schaue, seh ich mich zwar, so wie ich bin«, sagte Jane, während sie mit ihren neuen Turnschuhen den Bürgersteig entlanghüpfte, »aber ich weiß nicht, wie ich aussehe, ob ich hübsch bin oder nicht.«

»Weißt du, was ich dir zum Geburtstag schenken werde?« fragte Owens und hielt mit einer Hand ihren Nacken umklammert.

Sie hatte nicht geahnt, daß er überhaupt wußte, wann ihr Geburtstag war. Jetzt stellte sie sich die Geschenke vor, in fünf Monaten, und sie wurden immer größer.

»Ich nehm alle Spiegel in eurem Haus von den Wänden!«

Aber Jane und ihre Mutter besaßen gar keine, und die an Türen in dem gemieteten Bungalow befestigt waren, konnten sie nicht abhängen.

»Ja!« sagte Mary und schloß von hinten auf. »An solche Dinge sollte sie überhaupt noch gar nicht *denken*. Es wäre viel besser für sie, zu ihrem Geburtstag eine Reise nach Indien oder Mexiko zu kriegen.«

»Klar«, sagte er versonnen. »Aus dir wird einfach kein richtiger Hippie, Jane.«

Olivia zog ihre oberen Bauchmuskeln flach ein, während sie hinter Jane herging. Die beiden wußten es zwar nicht, aber diesen Abend hatte sie arrangiert. »Laß es uns wirklich versuchen«, hatte sie mehr als einmal zu ihm gesagt. »Laß uns einen Tag in der Woche vereinbaren, an dem Jane zum Abendessen kommen kann, und uns wirklich dran halten.«

Anders als die meisten Frauen, die Owens während Marys Zeit im Exil gekannt hatte, war Olivia über Jane im Bilde. Sie hatte schon immer die Frau mit dem Kind kennenlernen wollen, das seine Tochte sein sollte.

»Sie sieht genau wie er aus«, sagte Olivia auf dem Parkplatz zu Huck. Aber er stimmte nur halbherzig zu. »Mary sieht auch sehr gut aus«, wandte er ein.

Olivia legte sich noch einmal ins Zeug. »Wer hat Lust auf ein Eis im Café Pantheon?«

»Ich!« krähte Jane.

Owens hatte in Alta einen solchen Ruf weg, daß die meisten Gäste in dem Café lächelten, als er Jane hochhob, damit sie die Eissorten sehen konnte. Mary hob einen Arm, um Jane am Fuß zu fassen. Auch ihr verschaffte er eine gewisse Position. Immerhin war sie die Mutter. Jane sah nach unten und wunderte sich, was will sie? Außerdem wünschte sie sich, als sie sich im Café mit seinen polierten Holzflächen und runden Marmortischchen umsah, sie dürfte Kleider anziehen.

In diesem Moment in der Öffentlichkeit wirkte Olivia gleichsam unscheinbarer, wie sie mit ihrem Cousin wartete. Nur die Freundin. Manchmal malte sie sich aus, wie Leute sie anstarrten und sie sich mit Owens im Bett vorstellten.

Als sie alle ihre Eiswaffeln hatten, ließ Owens seine Hand in ihre Gesäßtasche gleiten, und sie schmiegte sich an. Olivia nahm sich fest vor, oft mit Jane zu reden, so wie sie auch Owens' Mutter seit deren Erkrankung zweimal wöchentlich Blumen brachte. Owens billigte Olivias Bemühungen, beteiligte sich aber kaum. Von den Essen am Dienstagabend, die sie in diesem ersten Jahr mit Jane vereinbarten, hielt er nur drei ein.

Doch an diesem Abend sah er sie jedenfalls alle als seine Familie. Er schlang seine Arme jeweils um die zwei, die gerade rechts und links von ihm standen, drückte sie an sich, sah von einem zum anderen Gesicht und sagte mit einem Stoßseufzer: »Ah, die Frauen in meinem Leben.« Am nächsten Tag verkündete er auf einem Spaziergang mit Noah: »Wenn Olivia schwanger würde und wir noch nicht zum Heiraten entschlossen wären, wäre ich bereit, das Kind zu bekommen. Ich würde ihnen ein kleines Haus besorgen. Das ist eher die europäische Variante.«

Im Bungalow erklärte Jane später, wenn sie Präsidentin sei, würde sie dafür sorgen, daß jedes Kind zur Schule gehen und sich jedes Mädchen ein Kleid aussuchen dürfe.

»Jane, du hast nichts für Politik übrig«, sagte Mary. »Du liest nicht mal die Zeitung.«

»Na und? Du doch auch nicht.«

»Aber ich behaupte nicht, daß ich Präsidentin werde.«

»Na ja ...« Jane hielt einen Moment inne. »Bloß weil ich keine Zeitung lese, heißt das noch lange nicht, daß ich den Leuten nicht helfen kann.«

»Jane, wer so etwas tut, der interessiert sich für Wahlen und Gesetzesvorlagen.«

Da bestand Jane auf einem Zeitungsabonnement, und einen Monat lang verbrachten sie und ihre Mutter ihre gesamten Sonntage damit, sich durch die einzelnen Teile durchzuackern.

Eines stillen Freitags im April ging Mary den langen labyrinthartigen Weg zu der alten Bäckerei zurück und ließ die weiche Holz-Fliegengittertür hinter sich zuschlagen. In der Küche fand sie Rosie vor, die stämmige Tochter des Milchmanns, die gerade flüssige Zuckerglasurkreuze über ein Blech mit süßen Brötchen goß.

Rosie ging langsam zu der Schublade unter dem Telefon hinüber, wo Marys Mutter Notizzettel und fingerlange Bleistifte verwahrt hatte.

Mary war zu der Beerdigung nach Hause geflogen und hatte die ganze Nacht hindurch die Sachen ihrer Mutter häufchenweise sortiert. Aber sie war mit dem, was ihrer Mutter gehört hatte, so vertraut, daß sie bei Tagesanbruch alles daließ und nach nur einem Tag den Bus zurück nahm.

Rosie führte sie die schmale Treppe zum Keller hinunter, wo noch ein Karton übrig war. »Den Rest haben wir weggegeben«, erklärte sie. Fast zuoberst in dem Karton lag die Holzkiste mit ihrem Silberbesteck. *Made in France* stand darauf. Mary öffnete den Deckel und sah das gesamte Besteck wie Schlüssel fein säuberlich in den Schlitzen im Filz stecken, schwarz angelaufen, weil niemand es putzte. Dann ließ sie vorsichtig den kleinen Verschluß zuschnappen, ganz erstaunt, daß alles vollständig war, obwohl sie sich nicht darum gekümmert hatte, und war plötzlich im stillen ihrer Mutter dankbar.

»Du hast Glück, daß das noch da ist. Die von gegenüber wollten es verkaufen. Sie haben alles genommen, was nicht niet- und nagelfest war.« Rosie nickte. »Mein Dad mußte es ihr aus den Krallen winden. Deine Mutter hatte ihm gesagt: ›Bestimmt kommt sie eines Tages wieder und will es haben.‹«

Da ging Mary auf, daß ihre Mutter mit ihr als Kind nicht zu

streng, sondern zu nachsichtig gewesen war und ihr die lebenslange Last der Reue auferlegt hatte. Hinter dem breiten, weiß verpackten Gesäß von Rosie her, die sie seit Kindesbeinen kannte, stieg sie in die mit Mehlstaub durchsetzte Luft oben zurück. Mary hatte auch die Bäckerei verlassen. Sie hätte jeden Tag hier arbeiten können, in dem warmen gelben Zimmer, das nach Hefe und Zukker roch.

»Kommst du mal hier raus und besuchst die Nachbarn?« erkundigte sich Rosie. Ihre erwachsene Stimme klang merkwürdig nach unschuldiger Neugier.

»Irgendwann mal«, erwiderte Mary. Sie mochte gar nicht daran denken, was noch alles weggekommen war, weil sie es damals eilig gehabt hatte. Vielleicht gibt es nichts Schlimmeres, als zu wissen, daß man sich selbst um etwas gebracht hat.

Mary kaufte ein Frühstücksbrötchen, Rosie nahm ihr Geld, und die Registrierkasse ließ ihr aufmunterndes Bimmeln ertönen. Ein junger Mann kam herein und bat um zwei Brötchen mit Muskatblüten. Er trug ein Hemd, das wie ein Schlafanzugoberteil aussah, mit vom Waschen ausgefranstem Kragen.

»Sie sehen aus, als könnten Sie eine Tasse Kaffee gebrauchen«, sagte er zu Mary.

Sie setzten sich auf die Stufen vor dem Eingang. Während er leicht auf den Zement trommelte, erzählte sie ihm, was sie keinem sonst erzählt hatte, wie sie mit neunzehn von zu Hause weggegangen und nie zurückgekommen war, um ihre Mutter zu besuchen. Dann die Beerdigung, als sie das mit ihrer Kindheit angefüllte Haus aufgab.

»Wohin bist du zurückgefahren?«

»Ich habe eine Tochter«, sagte Mary.

»Na also«, sagte er und nahm ihre Hand in seine Faust.

Während sie sich unterhielten, dachte Mary an die verschiedenen Male, als sie Jane hatte fortgeben wollen. Einmal hatte Jane ihr von einer dreckigen Bodendiele in der Apfelfarm direkt in die Augen gesehen. Das war vor Tagesanbruch gewesen, und Marys Körper – neunzig Prozent Flüssigkeit, hatte sie einmal gelesen – hatte sich aussichtslos entwässert angefühlt, nachdem sie stündlich zum Stillen aufgestanden war. Sie überlegte, Jane zur Adoption freizugeben. Sie saß an dem kleinen Schreibtisch in dem Zimmer, las eine Broschüre durch, die sie aus der örtlichen Kirche mitgenommen hatte, und schrieb dann sorgfältig die Adresse auf einen einfachen Briefumschlag. Aber ihre Tochter starrte sie unverwandt an, so als wüßte sie etwas über Mary, was niemand sonst wußte. An dem Morgen schlossen sie einen stummen Pakt ab, und von dem Tag an schlief Jane nachts durch.

»Weißt du, sie hat's gewußt. Sie hat durchgeschlafen, weil sie wußte, daß ich nicht mehr konnte.«

Doch sie hatte ihre Tochter behalten. Und ob. Hunderte, vielleicht Tausende von Malen war es so schwer gewesen – in ihrem Rücken spürte sie ein Flattern wie von Schmetterlingsflügeln, selbst jetzt noch ein chronisches Schwächegefühl –, aber sie hatte es durchgestanden, und sie hatte Jane noch. Wenigstens das hatte sie.

»Deine Mutter hat's bestimmt verstanden«, sagte der Mann. »Hat sie doch, oder nicht?« Mary hatte als einziges Geschenk zur Geburt eine Karte und einen Scheck von ihrer Mutter bekommen.

Er hieß Eli und war Schlagzeuger in einer Newcomer-Band, die jeden Abend übte. Seinen Lebensunterhalt verdiente er mit einem Team von Gärtnern.

»Ich hab deine Mutter gekannt. Ich hab ihr immer Vögel verkauft. Zum Beispiel hab ich ihr ein Wachtelpärchen gebracht, und dafür hat sie mir in der Bäckerei was gutgeschrieben. Diese Neue, Miss Hips, hat mich rausgeekelt. Ich geh trotzdem noch hin, weil ich die Muskatbrötchen von deiner Mutter mag.«

Am selben Abend kam er nach dem Üben mit der Band vorbei. Er brachte ihnen eine Triangel mit, die noch Jahre später von ihrer Veranda hing. Als Jane vor ihm stand und ihre Mutter etwas fragte, rubbelte er ihr die Schultern und sagte: »He, Kumpel, was steht an?«

Jane wußte nicht, was sie von Eli halten sollte. Er war nett, aber sie fand nicht, daß er das war, was Mary brauchte. Er war wie ein Junge, eher ein Freund. Er kitzelte ihre Mutter und brachte sie zum Lachen, halb über ihn, halb mit ihm.

Der Pick-up-Truck gab schließlich den Geist auf, und nachdem sie sieben Nachrichten hinterlassen hatten, ging Owens mit ihnen ein neues Auto kaufen. Mary suchte sich Marke und Modell aus. Sie entdeckte gerade, daß man bei Owens einen glücklichen Moment abpassen mußte, denn wenn man dann sagte, was man wollte, gab er manchmal nach. Daß seinen Entscheidungen eine bestimmte Logik zugrunde lag, konnte sie nicht erkennen. Also bat sie um mehr, als ihr eigentlich angemessen vorgekommen wäre, und als er einwilligte, löste das ein hohes, merkwürdiges Kichern in ihr aus. Sie hatte das Gefühl, daß er sie auch mit einbezog, nicht nur Jane. Doch vielleicht hatte sie sich zu früh gefreut. Sie bekam zwar das Modell, das sie sich wünschte, nicht aber die Farbe. Auf dem Abstellplatz stand nur ein Exemplar herum, und Owens wollte nicht warten; es war kastanienbraun, dabei hatte sie auf Blau gehofft.

Als sie ihr allererstes neues Auto nach Hause fuhren, empfanden Mary und Jane trotzdem keine Freude. Jane wußte nicht, ob es daran lag, wie ihr Vater etwas schenkte – er hatte verbiestert dreingeschaut, als er den Scheck ausschrieb –, oder daran, daß ihre Mutter so mißtrauisch war, aber sie fuhren auf schnellstem Wege nach Hause und parkten, und Mary traute dem Auto einfach nicht. Fast permanent erschnupperte sie einen leichten Ölgeruch, und sie fuhren schon morgens mit offenen Fenstern. Jetzt, zwei Monate später, sprang es nicht an. Dabei mußte Mary zum Blutspenden in die Stadt. Rosie war am Vorabend zu Fuß bis zu ihrem Bungalow gelaufen, um einen kaum leserlich mit Bleistift an Mary di Natali in Auburn adressierten Briefumschlag abzugeben. »Hier ist der Brief, von dem ich erzählt hab, der an die Bäckerei gekommen ist.« Er war von Bixter, die eine Operation an ihrem einen Auge brauchte. Sie schickte Namen und Adresse des Krankenhauses, dem man das Blut zusenden konnte. »Ist schon komisch. Seit ein paar Wochen hab ich an Euch beide gedacht, und dann ist mir eingefallen, daß wir dieselbe Blutgruppe haben.« Mary und Bixter waren stolz darauf, beide rhesus-negativ zu sein.

Mary und Jane überlegten den ganzen Tag hin und her, ob sie Owens bitten sollten, ihnen ein Auto zu leihen. Er besaß drei.

Mary wollte am liebsten, daß er ihres zurücknahm und ihnen wieder den Pick-up besorgte oder ein neues Auto, das blaue.

Er verspätete sich, aber das hatte nichts zu sagen. Als er schließlich kam, legte Jane einen Steptanz mit schlurfenden Schritten quer durchs Zimmer aufs Parkett. »Wo ihr zwei jetzt beide da seid, würdet ihr bitte wie versprochen gemeinsam entscheiden, wie alt ich sein muß, wenn ich Kleider tragen darf?«

Owens ließ sich das durch den Kopf gehen. »Wir haben wohl wirklich versprochen, daß wir darauf zurückkommen, was?«

»Und außerdem, wann ich lange Ohrringe tragen darf.«

»Also weißt du«, sagte Mary, »ich finde, an solche Dinge sollte sie überhaupt noch nicht denken.«

Owens legte nachdenklich einen Finger an die Lippen. »Nun, ich würde sagen, achtzehn.«

»Ja«, stimmte Mary feierlich zu, ihren langen Hals gebeugt.

Jane stöhnte auf, aber hauptsächlich vor Freude. Ihr gefiel es, wenn die beiden etwas so einstimmig entschieden. Sie waren ihre Eltern und legten die Regeln fest. Unmögliche Regeln.

In Marys Gesicht trat ein Ausdruck, den nur Owens als schuldbewußt erkannte. »Das Auto fährt wieder nicht, und ich muß in die Stadt.«

»Bixter wird operiert«, sagte Jane.

»Habt ihr es in die Werkstatt gebracht?« fragte er geistesabwesend. Er kannte keine Bixter.

»Ich frage mich, ob es einfach eine Zitrone ist, wo schon soviel damit war.« Mary wiederholte, was Eli gesagt hatte, aber vor Owens wurde sein Name nicht erwähnt.

»Das letzte Mal war es ein Kabel, Mary. Kabel sind Kleinkram.« Er hatte es gekauft. Damit hatte sich's.

»Aber ich muß morgen hin, und da ...« Sie suchte Zuflucht in einem brüchigen Lächeln, das genau wie ein schlechter Steptanz niemanden bezaubern würde, wie sie sich denken konnte.

»Wir wüßten gern, ob du uns ein Auto leihen kannst«, schloß Jane.

»Nur für morgen«, ergänzte Jane.

Er schüttelte langsam den Kopf. »Nein.«

»Warum nicht?« entfuhr es Jane.

Seine Kinnpartie wurde hart und eckig. »Ich hab kein Auto für euch übrig.«

Jane sprang auf. »Komm, Mom. Wenn wir Julie bitten müssen, dann lieber jetzt gleich. Es ist schon spät. Ich komm mit.« Sie stand unter dem Verandalicht und wartete mit ausgestreckter Hand, um ihre Mutter durch den Garten zu führen und wieder einmal die Nachbarn um etwas zu bitten.

Nachdem sie ihn gebeten hatten, ihnen ein Auto zu leihen, ließ Owens drei Monate lang nichts mehr von sich hören. In den ersten Wochen sagten sie nichts, nicht einmal zueinander. Am sechsten Sonntag ging es ihnen beim Aufwachen so schlecht, daß sie beschlossen, sich etwas zu gönnen. Eliot Hanson war wie jeden zweiten Monat am Ersten mit dem Scheck gekommen. Im Einkaufszentrum kauften sie einen schwarzen Samthaarreifen für Jane und fanden ein herabgesetztes Kapuzensweatshirt für Mary. Sie brauchten beide Socken und Unterwäsche. Und sie kauften sich einen Fonduetopf, den sie sich als Geschenk einpacken ließen, und aßen dann in einem Restaurant zu Mittag, wo es Crêpes gab. Mary konnte Jane leicht zum Lachen bringen. Ihre Tante Alma habe sich ihr ganzes Leben lang nie das Haar schneiden lassen, erzählte Mary. Sie konnte darauf sitzen, war aber überhaupt nicht eitel. »Sie wußte fast gar nicht, daß es da war«, sagte Mary.

»Mom, niemand hat rein zufällig so lange Haare. Jedenfalls nicht heuzutage.« Was Frisuren anging, war Mary eher wie eine Großmutter.

Jane zählte die Einkäufe zusammen und verkündete, daß sie hundertundsechs Dollar ausgegeben hatten. »Es ist alles so teuer«, sagte Mary.

Am späten Nachmittag, als sie in ihrer Einfahrt parkten, schleppte Julie einen langen Tisch über den Rasen ins Haus. Sie halfen ihr, ihn durch die Tür zu bugsieren, und stellten ihn dann sanft am Vorderfenster ab. Julie stellte die Stühle, die sie schon hatte, drum herum auf, holte Kerzen heraus und stellte einen Krug mit Blumen in die Mitte. Jetzt hatte sie ein Eßzimmer, und Jane dachte, man konnte einfach sehen, daß es jeden Abend etwas anderes zu essen geben würde.

»Ein Hunderter«, sagte Julie.

Und sie hatten nichts als ihren Tag gehabt. Julie kauft große Sachen, dachte Jane, und wir kleine, die unordentlich herumliegen und jedenfalls nicht halten.

»Es liegt am Selbstvertrauen«, sagte Mary. »Ich hätte Angst, daß es nicht das Richtige wär, wenn ich damit nach Hause komme.«

Das stimmte, begriff Jane. Ihre Mutter wußte überhaupt nichts mit ihren Haaren anzufangen, und wenn sie sich feinmachen mußte, brauchte sie den ganzen Tag dazu. Jane hatte sich schon Gedanken über ihr Äußeres gemacht, bevor sie nach Alta kam. In der Stadt in den Bergen hatte sie sich in Schaufensterscheiben gespiegelt. »Warum hast du keins?«

Marys Lippe zog sich links hoch. Ihre Kiefer waren nicht ebenmäßig, und sie hatte keinen ganz geraden Biß. Sie überlegte sich, das noch mit einer Zahnspange zu korrigieren. »Ich weiß nicht. Ich muß wohl so geboren sein. Denn meine Mutter hat mich das auch schon immer gefragt. Aber mal ganz ehrlich, Jane, auf der High-School war ich beliebt. Ich kam gut an.« Das sagte sie schüchtern, so als würde Jane ihr doch nicht glauben. Sie zuckte mit den Schultern. »Ich war einfach nur zu allen nett. Und jetzt würde ich gerne wieder was mit Kunst machen. Aber das ist schwer. Ich ergreife gern jede Gelegenheit, was zu lernen, aber fürs Selbstwertgefühl ist es nicht so einfach.« In Seattle hatte der Mann, der Jane das Lesen beibrachte, vorgeschlagen, Mary solle irgendwo alles aufschreiben, was sie in ihrem unsteten Leben erfahren habe; er hatte ihr gesagt, daraus würde ein Bestseller. Damals hatte sie Gitarre gespielt und sich beliebte Lieder für Kinderfeste gemerkt. Und jetzt versuchte Mary wieder zu malen, weil das auf der High-School ihr Paradefach gewesen war.

»Aber wenn es so schwer ist, warum wirst du dann nicht was anderes? Zum Beispiel Lehrerin, oder Anwältin?« Dafür mußte sie zur Uni gehen, und sie war nicht der Typ, der gern lernt, aber dann hätte sie wenigstens später eine Stelle und müßte nicht jedesmal weinen, wenn sie sich für unzulänglich hielt.

»Warum, Schätzchen? Das hier ist die Gelegenheit für mich, mein eigenes Leben zu leben und es zu spüren, und nur darauf kommt es an.«

»Auf mich nicht?«

»Doch, auch. Jeder liebt mehr als einen Menschen in seinem Leben.«

Jane seufzte. Noch vor einer Stunde war sie ungetrübt glücklich gewesen.

Dann klingelte das Telefon, und Julie lud sie zum Abendessen an ihrem neuen Tisch nach drüben ein.

»Siehst du?« sagte Mary. »Heute haben wir zwar eine Menge Geld verplempert, aber das Abendessen gibt's gratis!«

Jane fiel auf, daß die positivste Empfindung ihrer Mutter sehr oft Trost war. Aber die Erleichterung ihrer Mutter über das Gratisessen besiegelte Janes Armut. Jahre später, als sie der Frage nachging, ob ihre Armut unabdingbar gewesen war, kam sie zu dem Schluß, daß Mary zu wenig dagegen angekämpft hatte, sich zu sehr über die Ersparnis von Ausgaben für ein Essen gefreut hatte, als ob das einen kleinen Fortschritt für sie bedeutet hätte.

Julie kochte mit Fertigmischungen und Dosen, aber die Suppe wurde in einer besonderen Terrine aufgetragen, und man aß jeden Gang von anderen Tellern. Jane hatte das Gefühl, zweifelsfrei eine Mahlzeit einzunehmen. Zu Hause aßen sie oft irgend etwas häppchenweise im Stehen.

Julie sagte, sie treffe sich mit einem Mann, und ihre Beschreibungen klangen so hübsch wie das Klirren von Silberbesteck und Gläsern. Jane beschloß, sich auch mit Jungen zu verabreden, wenn sie älter war.

Peter Bigelow besaß Kürbisfelder und eine Obstplantage in Half Moon Bay. Er war ein freundlicher Mensch, das merkte Julie, aber sie war sich nicht sicher, ob sie richtig miteinander reden konnten. Er hatte ihr einen Artikel über die Wirtschaftlichkeit von ökologischem Anbau gegeben, den er geschrieben hatte, und sie versuchte, sich da durchzuarbeiten. »Aber ich weiß nicht. Ich denke mir halt, ein Leben lang über Mulch und Phytopathologie reden?«

»Was ist das?« fragte Jane.

»Baumkrankheit.«

»Die hat er mir geschenkt«, sagte sie und zeigte ihnen eine Armbanduhr an ihrem Handgelenk.

Weder Mary noch Jane hatten je solch ein Geschenk von Außenstehenden erhalten. Und Julie sagte, nach der ersten Nacht habe er ihr drei Dutzend weiße Rosen geschickt. Aber sie war sich nicht sicher. Sie mußte einfach abwarten. Vielleicht würde sie es im Herbst wissen, zu Halloween. Wenn sie dann noch mit ihm zusammen war, konnten sie ein großes Fest in den Kürbisfeldern feiern, mit Heuwagenfahrten, heißem Apfelmost und Pfefferkuchenplätzchen.

»Trotz der Rosen«, fragte Jane, »weißt du es nicht?«

Nach dem Essen servierte Julie geeisten Pfefferminztee und Sorbet auf der Terrasse ihres Häuschens und nähte, während sie sich unterhielten. Sie fertigte einen Überwurf für ihr Sofa an. Während Jane zwei Stufen unter den Frauen ihr süßes kaltes Getränk schlürfte, wünschte sie sich, sie hätten die Pfefferkuchenplätzchen und den heißen Apfelmost, die Julie für Halloween plante. Im Juni war es kalt hier, das hatte Jane schon immer gewußt.

Julie war zwar Anwältin, dachte aber wie eine Grundschullehrerin. Sie wußte immer, welche Feiertage als nächstes kamen, und freute sich gern auf etwas. Jane und Mary nahmen an, es läge daran, daß ihre Familie vor drei Generationen aus dem Osten zugewandert war. In den meisten Büchern, die Jane von Amber bekam, kamen Herbstlaub und Winterschnee vor.

Mary erzählte Julie von Eli, daß er in einer Wohnung über einer Garage mit einer Vogelvoliere draußen wohnte.

»Der Knackpunkt ist«, sagte Julie, »wo willst du in drei Jahren im Leben stehen?«

»Wahrscheinlich würde ich gern mit jemandem zusammenleben und vielleicht sogar noch ein Kind kriegen.«

»Wirklich?« fragte Jane. »Du willst noch ein Kind?«

Mary wurde rot. Die beiden waren so oft zusammen, daß sie Janes Anwesenheit manchmal kaum noch zur Kenntnis nahm. »Ich glaub schon. Wenn alles stimmen würde. Vergiß nicht, daß du älter wirst. In ein paar Jahren bist du auf der High-School.«

»Falls ihr mich je hingehen laßt.«

In dem Moment verwandelte Julie sich wieder in eine Anwältin zurück. »Und meinst du, daß Eli dir so ein Leben bieten könnte?«

Mary schüttelte lächelnd den Kopf, mit aufgeklapptem Mund, wie ein Fisch an der Angel. »Nein, das glaub ich nicht. Nein.«

»Siehst du, das gleiche hab ich mir bei dem Mann gedacht, mit dem ich vorher zusammen war. Und uns bleiben keine zwei Jahre mehr, um so etwas herauszufinden.«

»Aber Eli hilft mir. Er hilft mir wirklich, Sachen zu erkennen.«

Das stimmte. Eli war bemüht, Mary Selbstvertrauen einzuflößen. Immer, wenn sie einen neuen Berufswunsch hatte, diskutierten sie den bis spät in die Nacht in allen Einzelheiten. »Ich glaub, da könnte was richtig Großes draus werden«, sagte er jedesmal.

»Halt«, sagte Jane. »Warum bleiben euch beiden keine zwei Jahre?«

»Weißt du, ich glaube nicht, daß ich je verliebt gewesen bin.« Julie sah erst die eine, dann die andere an, und hatte dabei einen schwer zu enträtselnden Gesichtsausdruck aufgesetzt: Verblüffung, etwas Beschämung, ein geschenktes Geheimnis.

Mary umfaßte ihre Knie und wiegte sich leise hin und her.

»Ist das denn so schlimm?« fragte Jane von den unteren Stufen.

»Ich weiß nicht«, flüsterte Julie.

Dann richteten beide den Blick auf Mary. Dieses Mal war sie die Wissende. »Ach, ich weiß es auch nicht«, sagte sie.

Als sie durch die Hintertür in den Bungalow gingen, saß Eli am Küchentisch, aß japanische Ramen-Suppe und ließ Schlagstöcke über eine umgedrehte Pfanne trommeln.

Dann trommelte er auf Janes Kopf.

»Eli, hör auf – das tut weh!« kreischte sie. Es tat nicht weh.

Julie plante eine Essenseinladung und lud einen gewissen Bill zum Kennenlernen für Mary ein.

»Laß das mit der Lippe, Mom. Du machst es schon wieder.«

Kinder sind wie kleine Polizisten, dachte Mary seufzend; sie war es gewohnt. Sie sehen jeden Fehler. Den ganzen Nachmittag über war sie den Inhalt ihres Schrankes durchgegangen. Sie nahm ein Stück nach dem anderen heraus, probierte es an, stellte fest, daß es furchtbar aussah, und bald lagen ihre Kleider wie ein Heuhaufen aufgetürmt auf ihrem Bett. Als Jane von ihrem Unterricht wiederkam, ging sie gerade im Zimmer auf und ab. »Ich ruf einfach an und sag, daß ich krank bin«, erklärte ihre Mutter.

Jane setzte sich auf das schmale Eckchen, das nicht mit Kleidern bedeckt war. »Was ist mit deinem grauen Kleid?«

»Das ist nicht elegant genug.«

Jane stemmte sich hoch und lief hinüber in Julies Küche. In Kleidungsfragen vertrat Julie die Theorie, man solle ein gutes Stück, Ober- oder Unterteil, zusammen mit Jeans oder T-Shirt anziehen.

Also zog Mary den langen Jeansrock mit einer weißen Bluse an und brachte Schokoladenfondue zum Nachtisch mit. Noah kam vorbei, um mit Jane ins Kino zu gehen. Sie fuhr auf seinem Schoß im Rollstuhl mit. In jenem ersten Jahr nahm Noah Jane oft in seinem Rollstuhl mit, wenn Owens sich rar machte. Einmal, im Regen, hatte sie seinen Schirm über sie beide gehalten.

Später wartete Jane im Dunkeln, daß ihre Mutter nach Hause kam. Ein Vogel hatte hinten in der Küche sein Nest gebaut, in der Ecke über dem Trockner, und Jane lauschte seinen leise tickenden Geräuschen.

»Na, was sagst du?« fragte sie, als ihre Mutter hereinkam.

Mary ging zum Schubladenfach hinüber, nahm zwei Löffel von ihrem Geburts-Silberbesteck heraus und machte den Fonduetopf auf. »Willst du was? Es hat Spaß gemacht. Nette Leute. Sie hat lauter verschiedene Suppen serviert.«

»Zu Bill, hab ich gemeint.«

»Er war ganz interessant, aber leider ist kein Funke übergesprungen. Mmm, ist das lecker. Setzen wir uns auf die Terrasse? Es ist noch warm draußen.«

Jane hatte was gegen Funken. Sie kam nicht dagegen an. Unsichtbar, hielten sie ihre Mutter und sie nur von dem ab, was ihr Glück hätte sein sollen. Von der Terrasse im Dunkeln aus konnten sie sehen und hören, wie sich die anderen Gäste verabschiedeten.

Dann klingelte drinnen das Telefon, und Mary machte einen

Satz darauf zu, weil sie dachte, es wäre Owens. Aber es war Thomas, der Jane sprechen wollte. Jane hatte angefangen, mit Jungen aus ihrem Viertel zu gehen. Um vier Uhr nachmittags wartete sie, ein Bein gegen einen Baum gestemmt, vor der rosa Schule. Bisher hatte sie drei durch; einer hatte mit ihr Schluß gemacht, sie mit den anderen beiden. Alle waren sie nett. Sie ließ sich nichts bieten.

Während sie mit Thomas redete, erkannte sie die Konturen ausgespülter Konservendosen auf dem Boden. Mary schnitt sie durch und stanzte Löcher rein, um Mobiles zu basteln. Die Idee hatte sie von Winterdekorationen von Kindern im Lager in den Bergen, und sie stellte sich vor, sie könnte sie verkaufen.

Seit Wochen versuchten sie nun schon, Owens zu erreichen. Mary mußte ihn um mehr Geld bitten. Jane wollte auch mit ihm reden, über ihren Schulbesuch.

»Was ist mit Eli, Mom?« fragte Jane, als sie auf die Terrasse zurückkam. »Kann Eli uns welches geben?« Thomas konnte nicht. Er bekam nur vier Dollar die Woche Taschengeld. Sie sprachen es zwar nicht laut aus, glaubten aber beide, daß sie Owens womöglich nie wiedersehen würden.

Mary machte eine wegwerfende Handbewegung, wie um zu sagen, ach, vergiß es. »Er würde, wenn er könnte.«

Vor Alta hatte Jane ihr ganzes Leben unter Randexistenzen verbracht. Sie war über Betrunkene hinweggeschritten und hatte, wenn sie Bettler sah, achselzuckend ihre Taschen von innen nach außen gekehrt, unglücklich und entschuldigend. Sie sah den Leuten an, ob sie Drogen nahmen, am Gang, am Blick, der Haut, genauso früh, wie sie Spinnen und giftige Beeren erkannte. Und jetzt kam es ihr so vor, als hätte sie jählings aufgeschaut und erkannt, daß es hier nicht so war.

Sie saßen im Dunkeln unter dem wie Muskat duftenden Jasmin und aßen die üppige, noch warme Schokolade von Silberlöffeln. Doch nun wußten sie nicht, ob sie bleiben konnten.

Sie warteten lange auf den Stufen. Samtige, ebene Rasenflächen erstreckten sich vor den Häuschen und Bungalows. Aber jedes fünfte oder sechste war eine bis an den Grundstücksrand vorgebaute Residenz. Die Wohngegend war mittlerweile begehrt, und die Grundstückspreise stiegen, so daß selbst die Leute in den ursprünglichen kleinen Häusern Besitzerstolz empfanden und blühenden Beifuß, Begonien und Rosen in Töpfen pflanzten. Die Autos waren neu und gewaschen, die Familien eher jung. Morgens hörte man, wie überall die Motoren angelassen wurden.

Die Autoreparatur hatte vierhundert Dollar gekostet. Mary betrachtete den Löffel. Sie stellte sich vor, daß sie das Silber in der Holzschatulle verkaufen konnte, eine Gabel nach der anderen. Die Löffel wollte sie bis zum Schluß aufheben. Darin waren sie sich einig.

In den Monaten, in denen er nicht anrief, war Owens nicht sauer.

Er hatte einfach bis über beide Ohren zu tun. Das neue Team war nicht ganz im Zeitplan und kostete ihn mit jedem Ticken der Uhr Geld. Wenn er seine Aufmerksamkeit überhaupt dem Gedanken an Jane und Mary widmete, verspürte er ein schwaches Echo ihrer Bitte, wie ein Zucken, was weniger an ihnen persönlich lag als daran, daß die Leute ihn als jemanden mit unbegrenzten Mitteln ansahen und daher verantwortlich machten. Während er bei der Arbeit so unter Zeitdruck stand, fielen Freundschaften flach, und Owens redete nur mit den Mitarbeitern im Team und Olivia. Eine Nachricht von seinem alten Freund Shep wegen der Konfirmation von dessen Tochter in St. Anselm's klebte er an seinen Computerbildschirm, bis das Ereignis Wochen zurücklag, und warf sie dann weg. Es war einfach, seine gesamte Konzentration auf die vor einem liegenden Aufgaben zu richten und Mary und Jane ganz unten auf der »Zu-erledigen«-Liste stehen zu lassen, mit der Kathleen ihn jeden Morgen neu eindeckte. An den meisten Tagen stand *Mom und Dad anrufen* direkt über oder unter *Jane.*

Zusammen mit seiner Liste der unerledigten Dinge reichte Kathleen ihm einen neuen Haufen Briefumschläge, die Geld enthielten. Sie kamen immer noch, und er rechnete sich aus, daß er mittlerweile über dreihundert Umschläge erhalten hatte. Inzwischen begriff er, daß die Gastgeberin in San Francisco, die ihn mit Albertine bekannt gemacht hatte, die Urheberin dieser kuriosen Geldquelle war; seine Adresse war versehentlich auf ihren Kettenbrief geraten. Eine zeitarbeitende Sekretärin hatte ihn irrtümlich abgeschickt, als sie den Brief in seinem »Ausgänge«-Fach unter einer Partyliste fand. Jetzt konnte er nichts tun, um das Ganze aufzuhalten. Er machte es sich zum Prinzip, die Fünf-Dollar-Scheine in seine Taschen zu stecken und sie regelmäßig an Bettler zu verteilen. Irgendwann betrachtete er das Geld allerdings als sein Eigentum.

Schließlich hinterließ Owens doch noch die Nachricht, er werde Jane nach dem Unterricht abholen.

Sie wartete unter einem Pfirsichbaum, das Knie gebeugt, den Fuß gegen den Stamm gestemmt. Die späten reifen Pfirsiche verströmten einen warmen Duft.

Auf der anderen Straßenseite fegte ein Junge den Bürgersteig. »Gehst du aufs Lindsay?« rief er.

»Nein«, murmelte sie in Richtung ihrer Schuhe. Sie zwang sich, nicht aufzusehen, weil sie nicht noch mehr Fragen über ihren Schulbesuch hören wollte. Sie hörte sein wieherndes Lachen, hob einen weichen Pfirsich aus dem Gras auf und schleuderte ihn hinüber. Er zerfiel auf dem Asphalt vor ihm zu Brei.

Dann kam Olivia; sie rauchte während des Gehens.

Der Junge pfiff. »Ist das deine Mutter?«

»Hallo, Jane«, sagte Olivia. »Owens hat mich gebeten, dich abzuholen.« Olivia und Jane taten beide so, als finge die Zeit eben neu an, und sie hätten sich nicht verspätet. Sie ließen sich nie Ausreden einfallen oder entschuldigten sich. »Ich hab ihm gesagt, er soll uns im Waves treffen.«

Das Waves war eine ehemalige Konservenfabrik, wo man stundenweise Jacuzzis mieten und in einem quadratischen Raum Sushi bestellen konnte; dorthin hatte Owens Jane und Mary an ihrem ersten Abend ausgeführt. Olivias Schulfreundin Karen arbeitete da als Masseuse. Es war Nachmittag, die Zeit zwischen Mittag- und Abendessen, und sie saßen zu dritt an einem der Holztische und tranken Saft in der feuchten Luft. Karen hatte graue Zähne und einen Überbiß, und sie hatte die sommersprossige, trockene Haut einer Rothaarigen.

»Also das ist wirklich schlimm«, sagte Karen. »Verheirateten Leuten würde keiner so was antun.«

»Wollt ihr heiraten?« fragte Jane aufhorchend.

Jane hörte, wie Olivia unter dem Tisch Karen trat.

»Ich weiß gar nichts«, sagte Jane. »Keiner sagt mir was.«

Die beiden Frauen wechselten hektisch vielsagende Blicke.

»Nein, jetzt heiraten wir nicht«, sagte Olivia mit leiser Stimme, um Autorität ringend.

Karens Gesicht neigte sich zum Tisch. Getadelt biß sie sich mit den vorstehenden Zähnen auf die Unterlippe.

»Aber ich mußte ihm sagen, daß ich nicht einfach so in einem Hotelzimmer auf ihn warte, während er auf die Party geht. Da kann er ohne mich hinfahren. Wir verreisen ein andermal zusammen.« Ein wenig später entschuldigte sich Olivia, um, nach einem warnenden Blick in Richtung Karen, zur Toilette zu gehen.

»Gefällt es dir, in der Nähe von deinem Vater zu wohnen?« fragte sie Jane.

»Irgendwie schon. Aber ich treff ihn nicht besonders oft.«

»Ist viel unterwegs, was?« Karen warf einen Blick über die Schulter, um zu prüfen, ob die Luft rein war. »Sie will ihn heiraten, und manchmal ist er in Ordnung. Dann zieht er so ein Ding ab.«

Jane hätte am liebsten auch alles erzählt, was er ihnen angetan hatte, aber Olivia hatte sie vorsichtig gemacht. »Ich weiß«, sagte sie nur.

Dann glitt Olivia an ihren Tisch zurück, die Fingerspitzen in den Jeanstaschen. »Karen, du weißt, daß seine Mutter ziemliche Schmerzen hat, und er möchte jemanden anstellen, der ihr zwei- oder dreimal die Woche Massagen gibt.«

»Kann ich machen.« Sie nickte feierlich.

An dem Abend nahm Owens Olivia und Jane mit zu Leuten, bei denen er zum Essen eingeladen war, aber sie kamen eine Stunde zu spät. Es wirkte so, als hätten alle gewartet, wie bei einer Überraschungsparty, aber keiner wollte es sich anmerken lassen. Die Gastgeberin trug frische Tabletts mit unangetasteten Appetithäppchen herein. Owens, für den sie all das Besondere aufgehoben hatten und um den sich all das drehte, bemerkte als einziger nichts. Der Gastgeber Theo arbeitete für Owens und wußte Bescheid über dessen Essensgewohnheiten, daher servierte seine Frau ein überwiegend vegetarisches Essen. Zwei kleine Mädchen in Nachthemden, die sich die Augen rieben, wurden von oben heruntergeführt.

Owens ging auf die Gartenterrasse hinaus und zog mit erhobenem Kopf die Luft ein. »Jasmin«, sagte er und hob die Blüte, um sie Jane zu zeigen. Theo grillte in einer Ecke Lachssteaks.

Beim Essen saßen sie auf den Teppichen auf dem Boden. Olivia flocht sich geistesabwesend die Haare zu Zöpfen. Sie machte das wunderschön.

Auf dem Nachhauseweg stellte Owens fest: »Na, das war mal nett.«

Olivia saß mit geradem Rücken auf dem Beifahrersitz und sagte nichts.

»Du hast dich also nicht amüsiert.«

Den Rest der Strecke legten sie schweigend zurück, Owens fuhr verbissen und vorsichtig. Sie waren längst über die Phase hinaus, in der sie ihre Eindrücke miteinander austauschten und erfreut übereinstimmende Vorlieben und Ansichten entdeckten.

»Was glaubst du, wie teuer Lachssteaks sind?« fragte er schließlich.

»Ich weiß nicht.« Olivia aß keinen Fisch. »Bestimmt sehr teuer.«

»Mal sehen, in einem durchschnittlichen Restaurant kommen sie auf circa elf Dollar, mindestens zehn. Der Großhandelspreis müßte also etwa die Hälfte davon sein, und im Supermarkt zahlt man dann also so ungefähr sechs, sechs fünfzig das Stück.« Er berechnete die Kosten der restlichen Lebensmittel und kam zu dem Schluß, daß es große Ausgaben gewesen sein mußten. Theos Frau arbeitete nicht. »Dieser Mensch, der so schwer schuftet, sollte es sich leisten können, Lachssteaks auf den Tisch zu bringen, wenn er Lachssteaks auf den Tisch bringen will.« Owens beschloß, den Jungs eine Gehaltserhöhung zu bewilligen, noch bevor Exodus sie reich machte.

Als Jane die Tür berührte, hörte sie ihre Mutter Eli anschreien; es war ein langgezogenes Geräusch, wie eine Feuerwerksrakete, die sie ablegen und vor der sie weglaufen wollte, also ging sie zum

Häuschen hinüber. Julie telefonierte gerade und winkte sie herein, und Jane sah sich um, bis sie im Schlafzimmer ein Regalfach mit Spielzeug entdeckte, einem Teddy und einer Plüschziege. Jane nahm an, die habe Julie bestimmt noch aus ihrer Kindheit. Erst fand sie es spannend, aber eigentlich war es alles Babykram, nur Bilderbücher, und sie fühlte sich zu groß dafür. Manchmal wünschte sie sich, sie wäre kleiner.

»Du hast meinen Geheimvorrat entdeckt.« Julie hatte ein weiches, melodisches Lachen. »Ich hab mit Sammeln angefangen.«

Ach, dann wünscht sie sich wohl wirklich ein Kind. Auf den Gedanken war Jane noch gar nicht gekommen. Ihre Mutter war ungeplant schwanger geworden; und wäre es nach Owens gegangen, hätten die beiden sie nicht behalten.

So fing das also an, was so viele Leute hatten und wonach sie sich immer gesehnt hatte: Noch vor der Geburt, von Anfang an und Jahre davor, war man schon erwünscht. Jane dachte daran, daß ihre Mutter ein Kind bekommen hatte, statt aufs College zu gehen. Bestimmt hatte sie es nicht gewollt. Manchmal, wenn Jane auf solche Gedanken kam, wurde es immer schlimmer, und sie mußte sich fest in den Finger beißen, um damit aufzuhören.

Julie rührte Wasser in eine Lebkuchenteig-Backmischung, während Jane ihr half, Goldfoliensterne als Weihnachtsbaumschmuck auszuschneiden. Julie faltete die Sterne in der Mitte.

»Du müßtest eigentlich die Künstlerin sein«, sagte Jane, »und meine Mom die Anwältin.«

Julie erzählte ihr, auf dem College habe sie Modedesignerin werden wollen, aber jetzt gefalle ihr der Beruf.

Es lag daran, wie Julie mit Zeit umging, stellte Jane fest. Sie brachte eine Ordnung hinein. So, wie Gott in der Bibel das Leben in Tage und Nächte und den Anbeginn der Welt einteilte, erkannte Julie feste Formen in Wochen, Monaten und Jahreszeiten. Jetzt war sie eine junge Frau, die ihre Verabredungen und Einladungen hatte. Sie hatte sich ihr Häuschen bereits wohnlich eingerichtet und fing an, Spielzeug zu sammeln. Nicht mehr lange, und es war an der Zeit, zu heiraten und eine Familie zu gründen, und Jane zweifelte nicht daran, daß sie das tun würde. Später kam dann etwas anderes an die Reihe; Jane wußte nicht einmal, was. Für Jane und ihre Mutter verging die Zeit anders. Sie war ein einziger zusammengewürfelter Mischmasch. Jane hatte nie eine feste Schlafenszeit gehabt. Am Morgen stolperten sie beide aus den Betten, verschwitzt und wie betäubt im neuen Licht. Wenn sie sich mitten am Tag etwas Leckeres gönnten oder etwas kauften, was sie sich nicht leisten konnten, sagte ihre Mutter immer: »Das war überfällig. Weißt du noch, was die Wahrsagerin mir mal prophezeit hat? Es war längst überfällig.«

»Fertig«, rief Julie vom Backofen her und hielt einen Zahnstocher hoch. »Möchtest du Sahne?«

»O ja, bitte«, sagte Jane und setzte sich, während Julie Sahne aus einer Dose aufsprühte.

Jane und ihre Mutter hatten allerdings auch Gutes in ihrem Leben. Sie aßen fast nie ungesunde Sachen, aber wenn, dann kratzten sie dazu auch Schlagsahne zusammen, in die sie Vanillemark rührten. Mary konnte aus gar nichts Zeit zaubern; wenn es Jane sehr schlecht ging, konnte sie eine Stunde lockermachen, und dann nahmen sie sich einen ganzen Nachmittag, gingen schön essen, Jane mit einem neuen Haarschmuck. Von solch einem Tag hatte Jane noch einen langen grünen glitzernden Handschuh als Andenken. Damals, als sie mit dem alten Apparat der Lehrerinnen Speiseeis gemacht hatten, war ihre Mutter zum Laden gelaufen, damit sie frische Pekannüsse auf ihre Eiskugeln mit heißer Karamelsoße streuen konnten.

Julie zündete eine Kerze an, und das Licht wurde von den Falten der Goldsterne reflektiert. »Jane, dein Vater hat mich zum Essen eingeladen. Was deine Mutter wohl davon halten würde?«

»Nicht viel, glaub ich.« Julie hatte die beiden immer angespornt, sich aus seinem Einflußbereich zu entfernen, und sie auf das Leben in all den kleinen Häusern um sie her aufmerksam gemacht. Jane wurde schwindlig bei dem Gedanken, daß Julie jetzt in seinen Bannkreis geriet. Also konnte Owens auch sie herumkriegen.

»Das kann ich verstehn. Ich wollte ihn schon mit zu der Party einladen. Aber dann laß ich es lieber.«

»Ich wünschte, er könnte auf deine Party kommen. Warum können sich nicht einfach alle miteinander vertragen?« sagte Jane und dachte dabei nicht nur an Owens und ihre Mutter, sondern an all die Leute, die sie in ihrem Leben schon verlassen hatte. Von Bixter hatten sie seit deren Operation nicht einmal mehr gehört. Jane hatte entlang der ganzen Nordküste verstreut Freunde. »Ich wünschte, wir könnten ein Wochenende lang alle in einem Raum zusammensein.«

»So was nennt man Hochzeit«, sagte Julie. Nicht Janes Energie oder gar ihre Andersartigkeit erregten Aufmerksamkeit, stellte sie an dem Abend fest. Vielmehr schien sie einen so dringend zu brauchen, daß sich überall, wo sie mit ihrer Mutter wohnte, ein kleiner Kreis von Leuten um sie schloß, von denen jeder glaubte, es läge in seiner oder ihrer Macht, diesem einen Kind auf seinem Weg ins Leben beizustehen.

»Was denkst du gerade?« setzte Julie erneut an.

»Ach, ich hab mir grade überlegt, daß ich gern wüßte, was meine Mutter will. Jetzt versucht sie zum Beispiel, eine Künstlerin zu sein, aber manchmal ist sie ganz anders. Ich weiß nicht, was besser wäre.«

»Tja, vielleicht möchte sie heiraten. Ich glaube, das will ich.«

Jane sagte nein und hielt dann inne, wie vor den Kopf gestoßen. Das war's. Mary wollte verheiratet sein. Aber mit wem? Owens? Diese Vorstellung löste sich wie etwas Liebliches, aber Unwirkliches in Luft auf.

Dann hörten sie das Blöken eines Rauchmelders, und Jane wußte, es war ihrer. Mit den Händen in den Taschen lief sie hinüber, während Julie von der Tür aus zusah. Alles im Bungalow war wie von Haarwuchs von einer feinen, rußigen Schicht Asche bedeckt, sogar Janes Stapel neues Papier. Sie hatten den Teekessel auf dem Herd vergessen.

Jane knipste das Licht an und sah den Haufen nicht zusammengelegter Wäsche, den verkohlten, abblätternden Kessel. Sie stritten sich, wer schuld war.

»Könnt ihr nie aufhören?« schrie Jane und ließ die Hintertür hinter sich zufallen, und sie hörte sie immer noch streiten.

Den Rest der Nacht machten Mary und Eli sauber, und Jane bat ihre Mutter, aufzuhören. Eine Stunde später hörte Jane Geräusche und stand auf.

Mary lehnte auf dem Besenstiel. »Im Moment gibt es so vieles, was ich nicht kann. Aber das hier kann ich, klar?«

Da zog Jane ihre miefigen Klamotten wieder an und half mit.

Und dann, mitten in der Nacht, entdeckte Eli, wie es am einfachsten ging: nur pusten. Die Asche flog in alle Winde wie Löwenzahnsamen.

Julie machte mit dem Kürbiszüchter weiter. »Er ist einfach zu gut, um ihn mir durch die Lappen gehen zu lassen«, erklärte sie. Sie erzählte Jane, daß er ein wundervoller Tänzer war und jemand, dem sie immer vertrauen konnte, aber Jane hörte einmal, wie sie zu Mary etwas über Affen sagte, die sich gegenseitig lausten.

Eines Tages rief Olivias Cousin Huck Mary an und fragte, ob sie Lust hätte, auf eine Wanderung mitzukommen, und ausnahmsweise beschloß Mary, es zu versuchen. Julie und Peter kamen auch mit, also waren sie zwei Pärchen, aber Mary war sich nicht sicher, ob es ein richtiges Rendezvous oder rein kameradschaftlich war.

Nach zehn Uhr hörte Jane den Schlüssel ihrer Mutter im Schloß. »Und, wie war's?«

Ihre Mutter stand in der Küche und machte sich eine heiße Zitrone. »Willst du auch was? Du solltest längst schlafen«, sagte sie ruhig. »Nun ja, er ist ein richtig netter Mensch. Wir hatten viel Spaß.«

»Irgendwelche Funken?«

»Ich weiß nicht. Nicht so richtig, nicht wie bei Eli. Aber mal sehen. Ich kenne ihn kaum. Und vielleicht empfinde ich nie wieder, was ich für Owens empfunden habe. Allmählich glaube ich, daß das wirklich was Einmaliges war.«

Peter Bigelow und Huck wollten mit Mary und Julie ein Wochenende nach Napa fahren.

»Ich komm mit, wenn du mitkommst«, sagte Julie.

Der spanische Einfluß

Als Owens eingeladen wurde, auf einem Pädagogenkongreß eine Rede zu halten, nahm er Jane mit, damit sie die Missionsstation San Juan Capistrano besichtigen konnten.

Owens hatte den spanischen Einfluß in Kalifornien schon immer bewundert. Er war mit tausend spanischen Namen in seinem Umkreis aufgewachsen und hatte zwar nie die Sprache gelernt, war aber nicht unempfänglich für deren Klang. Er hatte es darauf abgesehen, alle Missionsstationen zu besichtigen, und Capistrano bildete den Schlußpunkt dieses Unterfangens. Eine Stunde lang schlenderte er darin umher und bewunderte die ruhige Strenge, die nach weltabgewandter Beständigkeit aussah. Es war ein kalter Tag mit Nieselregen, und nichts in dem Gebäude deutete darauf hin, daß das Leben darin je üppig oder feudal gewesen wäre. Nur wenige gediegene Möbelstücke waren zu sehen, vorwiegend Eiche: Schreibtische, an denen Owens sich im Geiste schreiben sah, Tische, an denen er gern gegessen hätte, harte Betten.

»Es ist wie bei dir zu Hause«, sagte Jane. »Deshalb gefällt es dir.«

»Ja, irgendwie schon. Nur schlichter.« Jane begriff, daß schlichter gleich besser war.

Offensichtlich hatten Indianer in der feuchten Kapelle gregorianische Gesänge angestimmt. Owens mochte diese Gesänge und sammelte Aufnahmen davon. Er stülpte Jane seinen Kopfhörer über und spielte ihr eine davon auf seinem Discman vor. Es hörte sich regnerisch an, nach einem weitläufigen kalten Ort.

Um die Missionsstation herum bogen sich überall Reihen von

Obstbäumen im Wind, so weit das Auge reichte. Die *Padres* hatten Orangen, Zitronen und Oliven angebaut.

»Ich möchte wissen, was aus Kalifornien geworden wäre, wenn nur die Spanier und später die Asiaten gekommen wären. Wenn die – wie hat man sie genannt? –, die Landstreicher, Glücksjäger und Bauernlümmel aus dem Norden und mittleren Westen zu Hause geblieben wären.« Sie standen im Weingarten, unter Kletterrosen.

»Dann wärst du natürlich auch nicht da«, rief ihm Jane ins Gedächtnis.

»Und du«, ergänzte er.

Aber am nächsten Tag mußte er sich trotz seiner Begeisterung für die spanische Tradition in seiner Rede an neunhundert kalifornische Lehrer gegen zweisprachigen Unterricht wenden; für ihn war das kein Widerspruch. Seiner Ansicht nach sollte jedes kalifornische Kind englisch reden. Er stellte die rhetorische Frage: »Warum?« Und antwortete: »Weil es die Landessprache ist.« Der Kragen seines guten Mantels stieß an sein Kinn, und der Wind peitschte ihm die Haare aus der Stirn.

»Dein Vater sieht umwerfend aus«, flüsterte Kathleen.

»Weil Englisch weltweit das Standard-Verständigungsmittel ist. Biologen in Schweden schreiben ihre wissenschaftlichen Artikel auf englisch. Computerfachleute in Italien programmieren auf englisch. Russische Ärzte können teilweise schon Englisch, und wenn nicht, lernen sie es.«

»Warum nicht beides?« rief jemand aus dem Publikum.

»Weil hinlänglich durch Studien erwiesen ist, daß das Englische unter dem Versuch leidet. Die meisten dieser Kinder hören zu Hause Spanisch. Allein die Schule bietet ihnen die Chance, in der Sprache, mit der sie es zu etwas bringen können, lesen und schreiben zu lernen.«

»Sind das nicht einseitige Studien?« grummelte jemand anderes.

Owens stand an seinem Rednerpult auf einem heruntergekommenen Footballfeld, eine halbe Meile von dem Kongreßzentrum, und die Lehrer hockten auf den Kanten von modrigen, abblätternden Tribünenplätzen. Er hatte in dem ihm zugedachten Saal angefangen und die Lehrer dann überredet, ihm nach draußen zu folgen. Sie hatten zwar gemurrt, als sie in den windigen, regnerischen, blau-weißen Tag hinaustraten, aber die meisten von ihnen waren froh, nach draußen zu kommen. Lehrer und Erzieher sind es gewöhnt, ihren Tagesablauf dem Wetter anzupassen.

»Auch ohne irgendwelche Studien – nehmen wir an, es gäbe keine – dürfte jedem einleuchten, daß es schwerer ist, zwei Sachen gut zu können als eine. Und hier in Kalifornien gelingt uns in unseren staatlichen Schulen nicht einmal das eine gut genug!«

Eine junge Frau trat ans Mikrofon vor. Sie hatte ein breites Gesicht, war dunkelhäutig und hielt sich auffällig gerade. »Fürchten Sie nicht, daß wir Gefahr laufen, eine ganze Kultur zu verlieren, wenn die Sprache, in der sie beheimatet ist, wegfällt?« Ihre Hände steckten in den Taschen eines grünen Parkas. So einen will ich haben, dachte Jane, mit genau solchen Kordeln.

Kathleen kritzelte rasch etwas auf eine Karteikarte, die sie ihm reichte. Er gab sie ihr zurück und murmelte: »Ich kann auch ohne Untertitelung reden.« Und dann formulierte er langsam, vorsichtig: »Ich glaube, die besten Teile einer Kultur bleiben ohnehin erhalten. Ein Beispiel: Meine Eltern stammen aus dem Mittelwesten, wo viel Schweinefleisch gegessen wird. Aber als ich alt genug wurde, meine Entscheidungen selbst zu fällen, fing ich an, Reis und Bohnen zu essen, nicht gerade etwas, was zu meiner sogenannten Kultur gehört. Ich habe es mir nicht angeeignet, weil es zu dieser oder jener Kultur gehört, sondern weil es *gut* ist.

Daher glaube ich nicht, daß wir uns darum bekümmern sollten, wie wir jedes Fitzelchen aus jeder Kultur bewahren können. Noch ein Beispiel: Wenn Ihre Urgroßmutter stirbt, heben Sie dann jeden Knopf und jede Porzellanfigur von ihrem Dachboden auf, oder erinnern Sie sich daran, was Sie von ihr gelernt haben, und eignen es sich an? Die guten Dinge werden bewahrt, weil die Leute sie wollen.

Wenn Ihr Kind Englisch lernt, hat es gute Aussichten, in der Schule voranzukommen. Wenn das klappt, kann es mit ziemlicher Sicherheit aufs College gehen oder eine gute Stelle bekommen. Und meinen Sie nicht, daß es ihm, wenn es die Sprache seiner

Großeltern lernen möchte, zu dem Zeitpunkt ziemlich leichtfallen würde?«

Zaghafter Beifall wurde an verschiedenen Stellen im Publikum laut und breitete sich dann aus.

Die junge Frau im Parka war noch nicht vom Mikrofon zurückgetreten. »Welche Sprache haben *Ihre* Großeltern gesprochen, und haben *Sie* die auf dem College gelernt?«

»Tja, das ist eine ziemlich schwierige Frage«, sagte Owens und trat mit vor der Brust verschränkten Armen vor das Rednerpult, »erstens, weil ich nach einem Semester vom College abgegangen bin, und zweitens, weil meine Mutter bei meiner Geburt gestorben ist und ich ihre Eltern nicht kannte. Über ihre Sprache weiß ich nur, daß einer von ihnen aus dem Mittleren Osten stammte. Und nein, ich habe diese Sprache nicht gelernt. Das eine Großelternteil, das ich kannte, hat mich kaum beeinflußt.«

»Aber ist das nicht ein Beweis für meine Ansicht?« fragte die junge Frau. »Spricht das nicht für die Integrität einer angeborenen Kultur?«

»Das genaue Gegenteil ist der Fall!« antwortete er kopfschüttelnd, wie aus der Pistole geschossen. Jetzt sprach er die junge Frau direkt an, mit beiden Armen gestikulierend. Das fiel ihm leicht, merkte Jane. Vor einem Publikum von neunhundert Leuten tat ihr Vater nichts anderes als flirten. »Sie hat mich nicht beeinflußt, weil ich mir nicht viel aus ihr machte. Es kommt nicht darauf an, ob jemand biologisch mit einem verwandt ist. Sondern darauf, ob man den Betreffenden mag. Oder, noch wichtiger, ihn respektiert.«

Kathleen fummelte an dem Aufnahmegerät herum und starrte die Frau im Parka an.

»Welche Sprache außer Englisch *haben* Sie gelernt?«

Jane hatte das Gefühl, im Boden zu versinken. Sie spürte, daß es sich hier gar nicht gut anhören würde, wenn er »nur Englisch« erwiderte. Sie wollte ihm ihr Spanisch geben. Sie brachte es sich selbst bei, seit sie dem Mann von dem Plakat in der Post begegnet war, der in Alta Milch ausgeliefert hatte. Winkend versuchte sie, Owens' Aufmerksamkeit auf sich zu lenken, damit er wenigstens sagen konnte, daß seine Tochter noch eine Sprache konnte. Aber er sah sie nicht.

»Nun, ich kann FORTRAN und BASIC und wahrscheinlich vierzig weitere Computersprachen. Ach ja, und eine Kindergeheimsprache. Ich stelle mir gern vor, daß ich nicht die Sprache meiner Großeltern, sondern die meiner Enkel kann.«

Beifall und aufbrandendes Lachen gingen durch die Menge. Jane sah zu dem Himmel auf, blau durch die buschigen Kiefernzweige. Es waren Kiefern von den Kanarischen Inseln, hatte Noah Kaskie ihr erklärt. Die Leute hatten Samen und Ableger aus ihrer Heimat in Taschen eingenäht oder in rohen Kartoffeln konserviert mitgebracht und sie hier gepflanzt.

Also hatte er sich wieder aus der Affäre gezogen. Obwohl Jane einen Stich wie einen Splitter in ihrem Herzen gespürt hatte, als er kurz vor dem Abgrund stand, empfand sie jetzt, da er den Sieg davontrug, zu ihrer Verblüffung nicht Stolz, sondern Verdruß.

War er wirklich der selbstsicherste Mensch der Welt oder, wie ihre Mutter sagte, unsicher?

Eigentlich war Owens gar nicht eingeladen worden, über das Für und Wider zweisprachiger Erziehung zu sprechen. Man hatte ihm das Thema naturwissenschaftlicher Unterricht zugedacht. Doch seit Janes Ankunft in Alta interessierte er sich für pädagogische Fragestellungen.

Er wollte, daß jedes einzelne Kind nicht nur irgend etwas aß, sondern sich richtig ernährte. Ihm schien das kein Problem zu sein. Mit die billigsten Nahrungsmittel, die man kaufen konnte, waren zufällig die, die ihm am besten schmeckten und von denen er am meisten hielt. Also rief er eine Kampagne ins Leben, damit die achtundfünfzig kalifornischen Schulbezirke täglich ein kostenloses warmes Mittagessen anboten, bestehend aus Bohnen, Reis und einer Banane pro Schüler. Die Anschubfinanzierung wollte er selbst spenden, aber der Knüller war, daß Bohnen und Reis weniger kosteten als der Müll, den Kinder heutzutage aßen. Nachdem er monatelang sporadisch Sitzungen mit seinen fünf politischen Beratern abgehalten und unzählige Telefonate geführt hatte, war tatsächlich ein Gesetzesentwurf zustande gekommen und der Legislative vorgelegt worden. Owens bestand darauf, eine Anlage beizufügen, in der er die Abschaffung der Milchsubvention forderte, dank der Kinder vormittags um zehn für fünf Cents eine Tüte Milch, meist Kakao, ausgehändigt bekamen, für Jane früher der einzige Anreiz, zur Schule zu gehen.

Wie seine fünf Berater ihm vorhergesagt hatten, führte das zu einer schweren Krise, während der dreihundert Milchkühe von zornigen Farmern auf den Parkplatz von Genesis getrieben wurden und unter dem Panoramafenster des Konferenzzimmers muhten.

»Ich glaube einfach nicht, daß Kuhmilch besonders gut für uns ist«, rief Owens, den Kopf aus dem Fenster gesteckt, zum Meer aus Vieh und Zeitungsfotografen hinunter. »Wir sind keine Kälber!«

Und wie er später erklärte, machte ihm weder das öffentliche Aufsehen etwas aus noch die Milchkühe oder die acht Zentimeter großen Schlagzeilen des Wortlauts SOLLEN SIE BOHNEN ESSEN! Er war der Meinung, das Richtige sei wichtiger als das Populäre, und Popularität käme am Ende, nicht am Anfang ehrlicher Arbeit. Aber als er damit angefangen hatte, die Schulen in der Gegend zu besichtigen, war ihm aufgefallen, daß es schwerwiegendere Probleme als das Mittagessen gab. Am besten fand er, wie der offene Unterricht von Hucks achter Klasse funktionierte, wo Kinder sich nach Lust und Laune auf teppichbodenbelegten Fußböden ausbreiteten und der Lehrer von einem zum anderen ging, um sie zu betreuen.

Owens glaubte, sein größtes Interesse, gleich nach Genenis, gelte der Schulpädagogik. Doch er verzweifelte an den Kosten, die es verursachen würde, wollte man Tausende von Schulen ändern, die sich bereits als Miniatur-Militärregimes verschanzt hatten; er hatte weder ausreichend Zeit noch Geld. Also engagierte er Henrik Henderson, der das Buch geschrieben hatte, auf dem Hucks Experiment mit der achten Klasse beruhte, ein Pilotprojekt zu entwickeln. Binnen eines Jahres, so hoffte Owens, würden sich Schuldirektoren im ganzen Staat um Fördermittel bewerben, damit sie die Ordnung in den Klassenzimmern abschaffen, die hölzernen Schulpulte aus ihren starren Reihen befreien und sie in fröhlicheren Varianten zusammenstellen konnten.

Er hatte eine Werbeagentur aus New York beauftragt, einen Slogan zu entwerfen, mit dem er sich den Zeitungen verständlich machen konnte. Die Fragen der Journalisten hatte er schon zu oft beantwortet. *Nein, ich kandidiere für nichts. Ich bin Geschäftsmann. Ich arbeite für eine Firma namens Genesis in Auburn, Kalifornien, und ich bin auch ein Staatsbürger. Ein besorgter Staatsbürger.* Die Werbetexter bedienten sich seiner eigenen Worte für den Slogan, und seine Verlautbarungen zum Wohl der Öffentlichkeit begannen: »Ich habe weder einen Schulabschluß noch ein abgeschlossenes Studium, aber ich habe Augen, zu sehen, und folgendes sehe ich: ...«

»Wie viele von Ihnen fahren einen Ford Taurus?« fragte er die Menge. »So ein Auto können Sie in der Sowjetunion nicht kaufen. Nun, ich frage Sie, wo ist die Schule, die dem Ford Taurus gleichkommt? Und die Antwort lautet: Die gibt es nicht, weil das Auto ein Wettbewerbsprodukt ist, und gegenwärtig haben die Lehrergewerkschaften ein Monopol.«

Die Lehrer, deren Gehälter und Ferienzeiten die Gewerkschaft aushandelte, wurden ein wenig unruhig. Jane fiel auf, daß Lehrer im allgemeinen sehr brav waren.

Hinterher hielt ihm ein mexikanisch aussehender Mann eine zerknitterte braune Tüte hin. »Ich wollte Ihnen das zeigen«, sagte er und zog ein in Wachspapier eingeschlagenes Buch hervor. Es war ein spanisches Wörterbuch mit Tausenden mit Bleistift hineingekritzelter englischer Wörter. »So hat mein Vater sich Englisch beigebracht. Er hat neun Jahre gebraucht, bis er es wirklich konnte.«

Die nächsten zwanzig Minuten las Owens sorgfältig die mit weichem, verwischtem Bleistift geschriebenen Wörter auf den hauchdünnen Seiten, durchsichtig und flatternd wie Insektenflügel.

»Also ihr zwei seid doch wohl total verschiedener Meinung«, sagte Jane, die sich auf einem großen Hotelbett räkelte. Während Owens wieder in Jeans und sein altes Selbst zurückschlüpfte, hatte er sie gefragt, was sie von der jungen Frau in dem Parka hielt.

»Außerdem, wenn du dich soviel um Schulen kümmerst, warum darf ich dann nicht hin?«

»Ich will erst erreichen, daß eine gut funktioniert. Aber in etwa einem Jahr kannst du bestimmt zur Schule.« Er seufzte. »Irgendeine Journalistin kommt gleich. Ach ja, erzähl mir von eurer Freundin Julie. Ist sie wirklich toll?«

»Ich glaub schon. Sie kann aus allem – ich weiß nicht – was Besonderes machen. Wenn man sich mit ihr unterhält, kommt man sich fast vor wie in einer Teezeremonie.«

»Findest du sie hübscher als Olivia oder nicht so hübsch?«

»Ich weiß nicht. Ich kann die beiden nicht vergleichen.«

»Aber wenn du müßtest, würdest du sagen, sie ist so schön wie Olivia, schöner als Olivia oder nicht so schön?«

»Vielleicht genauso schön.«

»Wirklich?« Er zog eine Augenbraue hoch.

»Was macht Ihnen Freude?« fragte die Journalistin. Sie hatte ein spitzes Gesicht und einen sehr kleinen Körper. Eher jung als hübsch, befand Owens. Am Telefon hatte sie sich eifrig angehört, was ihn an Albertine erinnert hatte.

Jane saß in der Ecke am Schreibtisch und blätterte die Bibel durch. Im Gespräch ging es nur um Wirtschaftsfragen, das war langweilig. Sie mußte immerzu daran denken, daß er gesagt hatte, er hätte sein Studium abgebrochen. So etwas würde sie nie tun.

»Ich verrichte meine Arbeit gerne gut. Ich mache die Dinge, die ich in meinem Leben tun muß, gerne gut.« In dem Augenblick dachte er an die Plastikfläschchen, die er mit Jane in einem Campingausrüstungsladen gekauft hatte, um Flüssigseife und Shampoo darin zu verpacken – er hielt sich etwas auf seine Packkünste zugute –, redete aber nur von Anwendungsmöglichkeiten wissenschaftlicher Erkenntnisse, wie die Welt mit den heute schon bekannten Forschungsergebnissen verändert werden könnte. Jane hörte kurz zu, dann schweiften ihre Gedanken ab. Sie dachte, ich wüßte meine Antwort: Wind, der sanft gegen ihren Hals schlug, wie an diesem Morgen in der frühen Sonne bei heruntergekurbeltem Verdeck ihres Mietwagens.

»Also versuchen Sie nicht, das Geheimnis des Lebens zu ergründen?« fragte die Journalistin.

»Das Geheimnis des Lebens? Das Geheimnis des Lebens wurde schon enträtselt.«

»Machen Sie sich keine Sorgen, Sie könnten zu viel Glück haben?« Sie erwähnte den König, unter dessen Berührung sich alles in Gold verwandelte. »Fürchten Sie manchmal die Rache der Götter?«

Er dachte an die Fünf-Dollar-Scheine, sagte: »Tja, vielleicht ist das der Punkt, wo meine Freundin ins Spiel kommt«, und lachte.

»Stimmt es, daß Sie politische Ambitionen haben?«

»Mir gefällt meine Arbeit sehr gut. Ich kann mir keinen anderen Beruf vorstellen, dem zuliebe ich sie aufgeben wollte.«

»Wirklich? Haben Sie nicht vielleicht in ein paar Jahren vor, als Gouverneur zu kandidieren? Oder noch eine Nummer größer?«

Owens lächelte geheimnisvoll. Dann fragte die Journalistin mit einem Blick auf Jane, ob er junge Leute dazu animieren wolle, seinem Beispiel zu folgen und uneheliche Kinder in die Welt zu setzen.

»Um eins klarzustellen«, sagte er mit aneinandergelegten Fingerspitzen, »ich kandidiere überhaupt nicht. Aber falls ich es je tun sollte, dann nicht, um heiliggesprochen zu werden. Ich würde mich um ein Amt bewerben, das Männer innehatten, die vielleicht viel oder wenig Gutes für dieses Land getan haben, ausnahmslos Männer, die Fehler gemacht haben. Ob sie diese nun zugaben oder nicht. Und ich gebe meine Fehler zu.«

»Na großartig«, sagte Jane, als die eifrige junge Frau gegangen war. »Jetzt bringen sie in den Sechs-Uhr-Nachrichten, daß ich ein Fehler bin.«

Die Frauen in Owens' Leben waren nicht glücklich mit ihm.

Im Fernsehen beantwortete er die Fragen eines Reporters in einer Apfelplantage in Martinez, die früher John Muir gehört hatte. Im Bungalow saßen Jane und Mary zusammengepfercht auf dem alten Zweiersofa, das Julie ihnen geliehen hatte, während Owens auf dem Fußboden liegend zusah, mit so unbeteiligt-neugierigem Gesichtsausdruck, als handle es sich um irgendwelche x-beliebigen Nachrichten. Der Kalifornische Molkereiverband veröffentlichte jetzt täglich seitenlange Angriffe auf ihn in der Zeitung.

Was genau machte Owens eigentlich? fragte Jane sich oft und versuchte dahinterzukommen. Na ja, er hatte eine Firma gegründet, zusammen mit Frank Wu. Sie stellten LCSF her, und das war was ganz Wichtiges. Aber warum? Owens hatte es nicht mal entdeckt. Einmal hatte sie Noah gefragt, was denn das Besondere daran war, und der hatte geantwortet, sie hätten ausgetüftelt, wie man das Gen in das Bakterium bringt. Früher beschafften sie sich Insulin von Schweinen, sagte er, aber die Leute kriegten Abwehrreaktionen. Menschliche Wachstumshormone – was man Kleinwüchsigen gab – wurden aus Leichen gewonnen, aber Proteine so zu isolieren war nicht sicher genug. Dabei sei Balanchine gestorben, sagte Noah.

Die meisten Leute wußten nur, daß Owens und Frank im Keller von Owens' Eltern angefangen hatten und Millionäre geworden waren. Aber manchmal hatte Owens davon gesprochen, daß sie die Welt verändert hätten. Und wahrscheinlich haben sie das auch, dachte Jane; aber ist das nicht irgendwie mit allem so? Zum Beispiel, was Noah ihr gesagt und sie vorher nicht gewußt hatte: daß es keinen Brokkoli gab, bevor jemand ihn züchtete. Jetzt aßen Millionen Menschen, wahrscheinlich sogar in China, Brokkoli. Das war ein Unterschied. Und in dem Lager in den Bergen hatte sie die Urenkel des Mannes kennengelernt, der das Reißverschlußschloß erfunden hatte. In Peters Familie gab es Verbindungen zu dem Antilaxativ Ex-Lax. Irgendwer hatte Haushaltstücher und Toiletten und Gefriergeräte mit Abtauautomatik erfunden – ein wahres Wunder wäre das für sie und ihre Mutter, denn sie hatten zu lange gewartet, und jetzt war das Gefrierfach ihres Kühlschranks ein einziger Eisblock. Aber diese Leute kamen alle nicht ins Fernsehen. Sie waren nicht berühmt.

Als der Wetterbericht anfing, schlug Owens vor, daß sie ins Burrito-Lokal gingen. Draußen war es noch hell, und während sie hingingen, hackten Janes Eltern alle beide wegen Schminken auf ihr herum.

»Du bist einfach noch zu jung«, sagte ihre Mutter. »Kinder sollten an so etwas gar nicht denken.«

»Weißt du, daß Ingrid Bergman nie geschminkt war?« behauptete Owens. »Sophia Loren auch nicht. Isabella Rossellini verwendet kein Make-up, oder wenn, dann nur einen Hauch. Und Olivia schminkt sich überhaupt nicht. Wirklich, die schönsten Frauen der Welt verwenden kein Make-up.«

Mary, die einen Stein aus ihrer Sandale kickte, war wütend auf ihn. Ohne nachzudenken, rieb sie sich die mit dunkelgrünem Lidschatten bemalten juckenden Augen. Außerdem, machte diese Rosselini nicht Werbung für irgendwelche Kosmetika?

»Also ich bin nicht mal das schönste Mädchen in unserer Straße, klar?« sprudelte es aus Jane heraus, während sie Juan's Burritos betraten. »Ich finde, daß ich mit Schminke besser aussehe.«

»Ich muß sagen, eins bewundere ich an Olivia, und zwar, daß sie sich keine Gedanken über ihr Äußeres macht. Sie könnte in die Großstadt ziehen, wißt ihr, sich schicke Sachen zum Anziehen kaufen, und wahrscheinlich auf irgendeiner Yacht in Südfrankreich landen.« Mit gerunzelter Stirn wog Owens Olivias Zukunftsaussichten ab, ehe er sich wieder seiner Speisekarte zuwandte.

Mary dachte bei sich, daß Olivia keine schicken Kleider brauchte. Ihr Freund war reicher als die meisten dieser Playboys in Frankreich. Sie hatte es hier gar nicht so schlecht, in ihren Jeans.

In dem Moment kam Olivia hereinstolziert, und sie wirkte größer als sonst. Ihr Haar berührte ihre Ellenbogen, eine lebende Statue. Sie sagte nicht guten Tag, sondern stand nur da und sah Owens an, als ob niemand sonst da wäre.

»Was hab ich jetzt gemacht?« fragte er.

»Du hast nicht mal angerufen. Ich hab Huck gesagt, ich könnte nicht mit ihm essen, weil ich erst abwarten wollte, bis du dich meldest. Und du denkst nicht mal dran, mir Bescheid zu sagen. So verhält man sich nicht in einer festen Beziehung, Tom. So kann man nicht mit jemandem zusammenleben.«

»Ich spendiere meiner Tochter einen Burrito, weil sie Hunger hatte.«

Mary sah auf den Tisch hinunter. Wer war sie, die Babysitterin? Niemand beachtete sie.

»Stimmt gar nicht«, murmelte Jane. »*Du* hattest Hunger.«

»Aber du hast nicht dran gedacht, anzurufen und dich nach meinen Plänen zu erkundigen.« Olivia schüttelte ihr Haar und ging. Nach kurzem Zögern folgte er ihr.

»Ich hab immer noch nichts gegessen«, verkündete Jane.

Mary und Jane schlurften zum Tresen, um ihre Bestellungen aufzugeben. Sie zahlten sowieso selbst. Jetzt, wo er weg war, bestellte Jane Rindfleisch. Mary seufzte. »Ich glaub, ich werde aufhören, rotes Fleisch zu essen, und sehen, wie es mir dann geht.«

»Glaub nicht, daß ich dir das einfach nachmache«, sagte Jane. »Ich mag Hamburger.«

Mittlerweile war Jane klar, daß Olivia die schönste Frau in Alta war. Sie war eine Lokalgröße, genau wie Noah es als Rollstuhlfahrer war. Leute, die sie nie kennengelernt hatte, sagten im Vorübergehen »Hallo, Olivia« zu ihr, und sie grüßte immer zurück.

Und sie war sogar noch schöner. Owens erzählte Jane, wenn er nach New York, Washington oder Tokio reiste, wurde er zu Geschäftsessen mit wichtigen Leuten eingeladen, Männer und manchmal eine oder zwei Karrierefrauen. Er sagte, daß er diese Frauen bewunderte, und Jane fragte, warum er sich dann in keine von ihnen verliebte. Darauf erwiderte er, in der Regel seien sie zu alt, als daß er sich in sie verlieben könne. Einmal in Paris habe ihn allerdings eine flotte Millionärin seines Alters nach der Zimmernummer gefragt. »Warum hast du dich dann nicht in *die* verliebt?« wollte Jane wissen.

Statt einer Antwort erklärte er, daß die meisten Frauen, die er bei solchen Gelegenheiten kennenlernte, nur als Begleiterinnen dabei seien. Obwohl sie in der Regel sorgfältiger ausstaffiert und hergerichtet waren, waren sie nie schöner als Olivia. Dennoch waren Olivias Vorzüge eher passiver Natur, verdankten sich eher dem, was sie unterlassen hatte, obwohl sie es mit links hätte tun können. Sie könnte wahrscheinlich auf einer Yacht oder irgendeiner griechischen Insel leben. Sie hätte eindeutig zumindest in San

Francisco wohnen und sich jeden Tag ein neues Kleid kaufen. Aber soweit Jane das beurteilen konnte, zollte er ihr nur selten die gebührende Anerkennung. Er teilte die Menschen in zwei Kategorien ein: die, die etwas machen, und die anderen.

Andere Leute wußten Olivia mehr zu schätzen als Owens, fiel Jane auf, aber das war bei Paaren häufig so. In einer Stadt von der Größe Altas war es nicht weiter schwer, für seine Körpergröße und Haarpracht berühmt zu sein. Es schien fast ein Zufall, daß Olivia noch dort war. Wie viele Mädchen in Amerika haben alle physischen Voraussetzeungen, Model zu werden, und probieren es nie?

Im Hauptbuch des Lebens gab es mehr als eine Rechenmethode, fand Jane heraus. Ob man jeden Erfolg zählte und die Mißerfolge ignorierte, oder ob man die Mißerfolge von den Erfolgen abzog, das war ganz was anderes. Olivia war vorsichtig, wie Janes Mutter: Sie hatte mehr Angst davor, etwas falsch zu machen, als davor, überhaupt nichts zu tun. Jane fiel auf, daß Männer davon redeten, sich einen Namen zu machen, während Frauen sich um ihren guten Namen sorgten, so als besäßen sie von Geburt an nur den einen Wertgegenstand, den sie vor Anlaufen bewahren müßten, während Männern leere Schiefertafeln mitgegeben wurden, auf denen sie ihren Wert unter Beweis stellen konnten. Der Gedanke gefiel Jane gar nicht. Sie hatte schon schlechte Noten von ihren Schulzeugnissen aus den Bergen. Sie fragte sich, wo die Zeugnisse aufbewahrt wurden; vielleicht irgendwo, wo sie einbrechen und sie verbrennen konnte? Sie wollte hier ganz neu anfangen, als unbeschriebenes Blatt in der kleinen rosa Schule. Diesmal würde sie nur die besten Noten kriegen.

Olivia war mit dem Rad da, so daß Owens sie zu Fuß nicht einholen konnte. Eine halbe Stunde später kam er quer über den Rasen angewetzt und brüllte: »Ich will nur, daß du stolz auf mich bist! Darum mache ich das alles!«

»Ich bin *immer* stolz auf dich«, rief sie zurück, und er sah sie kurz durch die Haustür. »Aber ich bin nicht stolz, weil du in den Nachrichten auftauchst.«

Owens legte sich auf den nackten Boden in seinem Wohnzimmer, und nach einem Weilchen kam Olivia herein und setzte sich neben ihn. Hier gefiel es ihm, mit dem Kopf auf ihrem Schoß.

»Ich hab das Gefühl, daß ich Verantwortung trage«, sagte er mit weicher Stimme.

»Für wen?«

Er zuckte mit den Schultern. »He, ich hab 'ne Idee. Wie wär's, wenn wir mit dem Motorrad rausfahren?«

Dann brausten sie durch die Hügel, und aus war es mit der Ruhe der Natur. Er fuhr über kleine Landstraßen, bis er in Auburn landete, in der Straße, wo seine Eltern wohnten. In der ersten Dunkelheit stellte er den Motor ab, und sie lehnten sich an die Maschine, die Füße auf dem nassen Rasen.

»Weißt du«, sagte er, »manchmal kommt mir ein bescheidenes Leben gut vor. All diese kleinen Häuser.«

»Was glaubst du, wer erwartet von dir, daß du so großartige Leistungen vollbringst?«

»Die bestimmt nicht, das steht mal fest«, sagte er und sah zum Haus seiner Eltern hinüber, in dem kein Licht mehr brannte.

Für Mary war inzwischen alles eine Frage des Obstes. Owens kaufte offensichtlich Mangos von den Philippinen und gelbe Herzkirschen vom Mount Shasta. Er hatte frische, aus Indio eingeflogene Medjul-Datteln, noch am Zweig. Er kaufte nur die besten Beeren, übergroß, ob es die Saison dafür war oder nicht.

»Ist es denn wirklich zuviel verlangt, daß er seiner Tochter gönnt, das gleiche zu essen wie er selber?«

Julie war das alles unangenehm. Bei ihr beklagte sich Mary über Owens, aber es kam Julie so vor, als versteckte die sich hinter ihrer Tochter wie hinter einer Maske. Es war einfacher, um die Rechte eines Kindes zu kämpfen, als zu sagen: *Ich will diese großen Erdbeeren auch haben.* Und Mary vergaß, daß sie mit einer Frau redete, die die gewöhnlichen Chiquita-Bananen aus dem A&P-Supermarkt aß, ohne sich benachteiligt zu fühlen. Aber Mary schlug ja auch ihre Sahne selbst, als ob es darauf ankäme, was Julie allerdings verstehen konnte, schließlich war Mary nicht berufstätig. Selbst in ihrer engen Freundschaft unterhielten die beiden Frauen ein fragiles Gleichgewicht.

»Und wie kann er es wagen, von den schönsten Frauen der Welt zu sprechen und Olivia dazuzuzählen, aber nicht Janes Mutter? Was ist das für ein *Gefühl* für Jane?« fragte Mary, obwohl Jane mit ihnen an einem Tisch saß.

Es war, als fürchtete sie sich, *ich* zu sagen. »Ich wäre gekränkt«, sagte Julie, »auch wenn Jane nicht dabeigewesen wäre.«

»Besonders wenn er von normalen Leuten redet, nicht von Filmschauspielerinnen«, ergänzte Jane.

Dann kam Eli zur Hintertür hereingeschlurft, ein Vögelchen in der Hand. Alle versammelten sich um ihn, während er es mit einer Pinzette fütterte.

Mary stotterte vor Verlegenheit, während sie Eli Julie vorstellte. Mary und Huck gingen jedes Wochenende mit Julie und Peter aus, aber Eli kam noch fast jeden Abend nach seinen Proben mit der Band vorbei. Er mußte immer am Morgen nach Hause gehen, um seine Vögel zu füttern: junge Wachteln, die er in der Zoohandlung gegen Vogelfutter eintauschte, und junge Trauertauben, die er einfach so freiließ. Peter und Julie redeten immer auf sie ein, was für ein toller Typ Huck sei.

»Ach ja«, antwortete Mary dann.

Huck kam jeden Samstagabend in einem Pullover mit nassen, angepappten Haaren vom Duschen vorbei. »Wie geht's, wie steht's«, sagte er, wenn Jane die Tür aufmachte. »Gut«, antwortete sie jedesmal, und dann sah er sich im Zimmer um, als ob ihm keine weiteren Fragen einfielen, obwohl er Lehrer war. Er wirkte erleichtert, wenn ihre Mutter hereinkam, und rieb seine Handflächen vorne an der Hose. Mary gefielen diese Verabredungen, weil sie den Eindruck hatte, etwas von ihm zu lernen. Beispielsweise brachte er ihr Tennisspielen bei. Und bei Huck, sagte ihre Mutter, gab es nie Probleme mit dem Bezahlen. Sie ging fast ganz ohne Geld aus dem Haus.

Eli beugte sich mit gespannter Aufmerksamkeit über den Vogel. Er legte Julie den weichen atmenden Ball in die zaghaft ausgestreckten Hände. Mary warf ihrer Freundin einen schüchternen

Blick zu, wie um zu sagen: *Verstehst du es jetzt?* Er kam zu Mary wie ein Junge mit einem kaputten Drachen, den sie flicken sollte.

Julie entschuldigte sich seufzend und legte den Vogel Mary in die Hand. Mary hatte ihr hundertmal recht gegeben, daß sie mit Eli Schluß machen sollte. Ich muß, sagte sie immer, ich weiß, daß ich es muß. Und Julie wollte mit ihr über die Einladung zu Owens' Geburtstagsfeier reden, die sie an dem Morgen bekommen hatte. Es war nämlich so, daß sie hin wollte.

Jung sterben

Die Feier zu seinem dreißigsten Geburtstag gab Owens in einem Ballsaal auf einem Hügel, das wußten Jane und Mary von Noah. Wie viele andere, belustigte sie das aus einem bestimmten Grund: Owens hatte oft erklärt, er werde nicht älter als dreißig.

»Woher willst du das wissen?« hatte Noah ihn drei Jahre zuvor gefragt.

»Ich weiß es eben«, hatte er gesagt und sich auf die Brusttasche geklopft, »genau hier weiß ich es.«

Noah hatte ihn aufgezogen: »Aus der Präsidentschaft wird dann ja wohl nichts.«

»Aber das hat ihm nicht gefallen«, sagte Jane.

Noah wäre es fast ans Herz gegangen, wie melancholisch Owens an dem Tag wirkte, doch dann war der Nachklapp gekommen: »Die Besten sterben oft jung. Und wenn nicht, wäre es oft besser für sie gewesen. Wenn ich zum Beispiel Bob Dylan wäre, ich wär lieber gestorben, als ich noch in Joan Baez verliebt war, weißt du, und sie noch schön war.«

»Aber er ist nicht Dylan«, sagte Mary, «und wenn er dreißig ist, wird er auch nicht mehr tot sein wollen.«

»Und außerdem ist sie immer noch schön«, darauf bestand Jane. »Wir haben sie gesehen, Noah. In der Gärtnerei. Sie hat Geranien gekauft. Rote.«

Und Mary hatte recht: Als die Geburtstagsfeier näherrückte, war keine Rede mehr davon, daß die Besten jung starben.

Noah Kaskie hätte gern eine Begleiterin für die Party gehabt. Er wünschte, seine Schwester wäre in der Gegend. Er wußte seit langem, wie vorteilhaft es war, wenn man eine hübsche Schwester hatte, und mit ihr hätte er Spaß. Aber sie war jetzt mit dem Peace Corps in Togo und baute Latrinen.

»Jawoll, die runde Dreißig«, sagte Owens und klatschte mit einer Hand auf seinen Bauchansatz.

Noah und er saßen im Café Pantheon. An einem Tisch in der Nähe las eine Frau, in der linken Hand ein Glas Wein, zur Rechten eine Tasse Kaffee. Sie war zwar klein, hatte aber nichts Mädchenhaftes an sich, sondern wirkte vollkommen erwachsen, wie sie so abwechselnd an beiden Getränken nippte, einen Bleistift hinter dem rechten Ohr. Trotz dieser Rührigkeit strahlte sie Sinn für Ordnung aus, so als enthielte ihre an ein Stuhlbein gelehnte Aktenmappe zahlreiche Fächer. Noah erkannte sie zuerst an ihrem Markenzeichen, den Ohrringen, die länger waren als ihr Haar. Vor Louise hatte er das noch nie gesehen. Es schien alles über Bord zu werfen, was er über die Jahre mitbekommen hatte, wenn er den Gesprächen zwischen seiner Mutter und Schwester lauschte: Ohrhänger paßten zu langen Haaren, Ohrstecker zu kurzen. Dieser Ohrring hing lang und schmal bis etwa drei Zentimeter unterhalb ihrer weißen Haare herab.

»Da drüben sitzt meine Postdoc«, flüsterte er. Er sah sie zum ersten Mal außerhalb des Labors, und ihm fiel nicht ihre Schönheit auf (er fand, daß sie sonderbar aussah), sondern ihr Ohrring. Und wie unabhängig sie wirkte.

»Warum flüstern wir?« flüsterte Owens zurück. »He, hast du schon mal dran gedacht, mit ihr auszugehen?«

»Nein, eigentlich nicht.« Bis vor kurzem nicht. »Und ich kann nicht. Es wäre verkehrt.«

»Wetten, du würdest ihr gefallen?« sagte Owens. »Ich hab eine Idee. Geh doch rüber und frag sie, ob sie Lust hat, zu meiner Geburtstagsfeier zu kommen. Das ist dann keine Verabredung, sondern eine Party.«

Sie knabberte an den Nägeln, was sie auch im Labor oft tat. Irgendwie schaffte sie es, das intelligent aussehen zu lassen, die

Nervosität einer zielstrebigen Frau zurechtgefeilt als delikate Betätigung.

Als Owens gegangen war, rollte Noah tatsächlich hinüber und lud Louise zu der Party ein, weil er genau wußte, daß sie absagen würde. Um so verblüffter war er, als sie ja sagte – ein Ergebnis, das ihn zwar milde erregte, wenn auch nicht unbedingt freute.

Sie war nicht seine Leibeigene. Man fing keine *Verhältnisse* mit Leuten in seinem Labor an. Das war nicht nur ungehörig, sondern wahrscheinlich auch illegal. Außerdem hatte Rachel, die Kristallographin aus dem Stockwerk über ihm, die Einladung von seinem Tisch genommen und damit herumgespielt. »Schwarze Krawatte«, hatte sie gesagt. »Klingt irgendwie lustig.« Kaskie besaß eindeutig keinen Smoking. Der eine Anzug, den er hatte, war dunkel, und mehrere Freunde hatten gemeint, der würde es »wahrscheinlich auch tun«. Oder er konnte, erklärte Rachel ihm allen Ernstes, Abendgarderobe ausleihen. Aber *Owens* im Smoking? Er hatte seinen Freund bisher ausschließlich in Jeans erlebt.

Olivia und Owens machten sich beide in dem dämmrigen Zimmer zu schaffen. Er stand an der Kommode und suchte Socken aus. Die schwarze Kleiderhülle mit seinem Smoking hing an der Schranktür. Das erinnerte ihn daran, wie seine Eltern sich manchmal samstagsabends zum Ausgehen umgezogen hatten – das bedrohliche Herannahen des Babysitters, geschäftige heitere Anspannung im Haus, während es draußen noch hell war. Dann waren seine Eltern in dem Auto weggefahren, das sein Vater zuletzt repariert hatte, eine langstielige Rose aus dem Garten auf dem Rücksitz.

»O nein«, sagte Owens. »Ich hab Pony vergessen.«

»Ruf sie jetzt an«, sagte Olivia.

Er fand sein Büchlein in der Jeanstasche und ließ sich zum Wählen auf den Futon fallen.

Ihre Freunde Karen und Dave waren auch nicht eingeladen. Olivia hätte fast etwas gesagt. Jetzt könnte sie die beiden noch mit einschließen, aber Karen würde aus verletztem Stolz ablehnen. Ihr wäre klar, daß andere Leute lange vor ihr eingeladen wurden.

»Pony, hallo«, sagte er, aufrecht stehend in seiner Unterwäsche.

Er gab ihr klare Anweisungen, nicht nur für den Weg zum Hotel, sondern auch, wo sie parken sollte. »Sag einfach deinen Namen, wenn du reingehst.«

Seine Eltern kamen nicht, und er wünschte sich wieder, sie täten es. Aber seine Mutter wollte noch einmal den Flieder ihrer Kindertage sehen.

Olivia stand in dem begehbaren Kleiderschrank und zog ein schwarzes Seidenkleid an, das Owens eine Spur zu glänzend fand. Aber schick angezogen büßte Olivia immer etwas von ihrem guten Aussehen ein, und er konnte nur den Kopf schütteln. Er hatte sie um einen Gefallen zu diesem Fest gebeten, nämlich sich ein gutes Kleidungsstück zu kaufen. Sie war groß, so groß wie er, und konnte in Kleidern umwerfend wirken. Er hätte ihr eins aussuchen sollen.

Olivia hob das Preisschild vom Ärmel und biß es mit den Zähnen ab. »Es gefällt dir wohl nicht«, sagte sie. Jetzt wollte sie nicht, daß er sah, wieviel es gekostet hatte.

Owens war noch nicht sehr lange reich, aber doch lange genug, daß er Sachen, die ihm früher gefallen hatten, jetzt überhaupt nicht mehr mochte. Speisen, Einrichtungsgegenstände, Kleidungsstücke. Hätte er dieses Differenzierungsvermögen umschreiben müssen, hätte er sich einen guten Geschmack bescheinigt. Er hätte vehement abgestritten, daß es irgendwas mit »elitär« zu tun hatte, ein Wort, das er nie in den Mund nahm und das ihm wirklich zuwider war. Trotzdem war es nun mal so, daß ihn jetzt mehr Details beschäftigten als noch mit zwanzig Jahren. Italienische Lampenleisten, auf alte Rosen spezialisierte Gärtnereien. Seit neuestem achtete er sogar auf Türknäufe.

Dennoch, da er und Olivia nun mal praktisch ausschließlich Levi's und T-Shirts trugen, fand er, daß die eine seltene Ausnahme wie von Zauberhand berührt sein sollte.

Doch was auch immer Olivia trug, Owens hatte jedenfalls Freude an seinen Kleidern. Er zog die Schublade auf, in der er Manschettenknöpfe verwahrte. Die Eisenstecker waren in einem Schächtelchen, mit einem alten Zettel von Olivia, einem gelben Papierfetzen, auf dem LML stand.

Das war einmal gewesen, früher, als Olivia noch ein Neuling in Sachen Liebe und furchtlos gewesen war, trunken von der ersten Arroganz des Gefühls, der Überzeugung, alles Glück sei harmonisch und irgendwie unantastbar. Die LML-Phase: Liebe Meines Lebens. Owens war eines Abends spät von der Arbeit gekommen und hatte den Zettel mit einer Sicherheitsnadel an seinen Schlafanzug gesteckt gefunden.

Unterwegs zu der Feier fuhr Owens langsamer, um ihr die Villa zu zeigen, in der seine leibliche Mutter aufgewachsen war. Eliot hatte die Adresse entdeckt und berichtet, daß das Haus seither mehrmals den Besitzer gewechselt hatte.

»Warst du je drin?« erkundigte sich Olivia. Mittlerweile war er in zahlreichen Villen zu Gast gewesen.

»Nein, nie. Ich habe keine Ahnung, wer dort wohnt.«

Seine Mutter war Einzelkind gewesen. Ihre Eltern, die im Ruhestand nach Arizona gezogen waren, lebten nicht mehr. »Sie wollten wahrscheinlich, daß ihre Tochter irgendeinen reichen Kerl heiratete und jeden Abend tanzen ging.« Owens lachte hohl und mit bitterem Beigeschmack, weil Nebel aufzog und sie unterwegs zu einer Party und reich waren.

Schon als Kind hatte Owens Geburtstagsfeiern als Zeitverschwendung betrachtet und mit seinen Eltern verhandelt, ihm statt dessen das Geld zu geben. Er stellte den Motor ab und wartete, bevor er ausstieg. »Ich hab gerade gedacht, wahrscheinlich gibt es nicht viele Leute in meinem Alter, die nie eine Geburtstagsparty oder eine Überraschungsparty oder sonst irgendeine Party hatten. Und jetzt mach ich mir meinen Rekord kaputt.« Er berührte ihre Hand. Als sie ausstiegen, nahm ihnen die kühle Luft den Atem, und der beleuchtete Palast ragte steil über ihnen auf.

Er hatte einiges an Geld und Zeit in diesen kleinen Glücksversuch investiert. Über einen Tag lang hatte er an der Einladungsliste gesessen. Frank hatte trotz »u. A. w. g.« nicht reagiert.

Olivia lächelte. »Da wären wir also. Herzlichen Glückwunsch zum Geburtstag.«

Die ersten, die er im Festsaal sah, waren seine beiden Haushälter, die am Leib hatten, was er als abgelegte Kleidungsstücke von sich erkannte. Eliot Hanson unterhielt sich mit Albertine. Seine Mitarbeiter aus dem Team wirkten verändert in Abendkleidung. Owens ließ seine Blicke über die Musikband in der Ecke schweifen, die strahlenden Kronleuchter, die hohen Fenster, in denen sich der Schein der Tischkerzen spiegelte, und die Blumengestecke. Die fünf kahlköpfigen Männer saßen in Smokings um einen Tisch. Keiner von den Genesis-Leuten ging oft auf solche Partys; das wußte Owens genau. Eine Hand in der Tasche, in der anderen ein Glas, wirkten sie hier noch jünger, schüchterner, aber sie lachten. Er lächelte liebevoll, beschützerisch. Als die Band eine Tanzmelodie anstimmte, fiel ihm Jane ein, wie sie mit gestreckten Beinen auf- und abhüpfte, ohne in die Knie zu gehen. Keine Frau würde so hüpfen. Sie machte das jedesmal, wenn das Glück ihr etwas schenkte: aus heiterem Himmel, wie sie dazu sagte. Sie war gehüpft, als sie den Mantel sah, den Noah ihr gekauft hatte. Sie fand ihre Aus-heiterem-Himmel-Rate weit unter dem Durchschnitt. Er wünschte, sie wäre jetzt hier, aber es war schon spät, und wer sollte sie nach Hause bringen, alle tranken. Nein, ihm gefiel die Vorstellung, daß sie sicher in dem Bungalow war. Seine Haushälter, Susan und Stephen, redeten jetzt mit dem Buchhalter, während Albertine mit den Händen aufgeregt Rechtecke in die Luft malte. Alle amüsierten sich. Vom Zusehen wurde er froh.

Noah Kaskie kaufte weder einen Smoking, noch lieh er sich einen. Er mochte keine Ankleidekabinen. Seine Schwester, die nähen konnte, hatte ihm fast sein ganzes Leben lang die Kleider umgenäht. Aber Michelle war in Afrika, und seine *Mutter* wollte er bestimmt nicht anrufen. Also trug er, als er Louise abholte, seinen einzigen dunklen Anzug, den er noch von einem Wachstumsschub nicht lange nach seiner Bar Mizwah hatte. Sie wartete draußen auf ihn, in einem kleinen Schwarzen, in dem sie irgendwie gut proportioniert aussah. Obwohl sie immer noch nicht schön auf ihn wirkte, sah Noah sie gern an. Ihr Körper hatte etwas Stimmiges.

Aber als sie den Festsaal betraten, fiel ihm sofort auf, daß er der einzige Mann im Anzug war. Nach zwanzig Minuten hatte er zwei weitere ausfindig gemacht, beides arme Würstchen, der eine ein Jugendlicher mit Pickeln und der andere wahrscheinlich ein Mann vom Partyservice. Besser wäre es gewesen, eine Jeansjacke zu tragen, dachte er, wie die große Frau mit eingeflochtener Zöpfchenfrisur im langen weißen Kleid, die sich eine übergeworfen hatte. Er hatte immer die Vorstellung gehabt, er lege keinen Wert auf Kleidung, schließlich sei er Akademiker und Wissenschaftler. Jetzt fiel ihm ein, was seine Schwester gesagt hatte, nachdem sie als Brautjungfer firmiert hatte. »Man kriegt so ein scheußliches fuchsienrotes Kleid, das einem zu klein ist, und denkt sich, na ja, sie ist meine Freundin, ich mag sie, und natürlich kann ich das anziehen. Dabei vergißt man, daß man einen Raum voller Leute betreten muß, darunter auch interessanter, die einen nur so und nicht anders erleben.«

»Kennst du viele hier?« fragte Louise ihn.

»Kaum einen.« Er nahm ihre Karten in die Hand und sah sich in dem überfüllten Saal flüchtig nach ihrem Tisch um.

»Gut. Ich mag Feste, auf denen ich keinen kenne.« Sie sagte immer wieder Sachen, die ihn verblüfften.

Die meisten Leute standen und redeten oder gingen herum, während Kellner, auch in Abendkleidung, Champagner servierten. Kaskie wollte seinen Tisch finden, und zwar schnell.

»Stimmt was nicht?«

Sie klang immer irgendwie ironisch und potentiell kritisch. »Nein«, sagte er. »Nur diese vielen Hintern vor meinem Gesicht.«

»Soll ich lieber gehen?«

»Aber nein. Es ist nur – ich bin fast der einzige Mann hier, der keinen Smoking anhat.«

Sie schnalzte geringschätzig. »Die Leute geben zu viel Geld für Kleidung aus«, sagte sie bestimmt.

Wenn das hier ein Rendezvous ist, dachte Noah, läuft es nicht besonders gut.

Ich fliege morgen zurück, ermahnte Albertine sich bei ihrem nächsten Schluck Wein. Sie saß an dem ihr zugedachten Platz, rechnete aus, was sie der Spaß gekostet hatte, und dachte: *Ich hab so viel zu tun*. Die Streber unter ihren Kommilitonen lernten wahrscheinlich gerade in ihren Mansardenstübchen, bei offenen Fenstern, aus denen Flötenmusik drang.

»Du *mußt* kommen«, hatte Owens am Telefon gesagt. Aber jetzt, wo sie hier war, war sie sich nicht mehr so sicher. Das Kinn auf eine Faust gestützt, unterhielt sie sich liebenswürdig mit ihren beiden Tischnachbarn. Links von ihr saß ein süßer Typ im Rollstuhl, der alles mit großem Appetit aß; rechts von ihr ein Mann, der offenbar Owens' Buchhalter war. Olivia, die Owens in Ferngesprächen als nicht besonders ernstzunehmend geschildert hatte, stand neben ihm auf dem Parkett, wie eine Ehefrau. Das Kleid, stellte Albertine halb schmollend, halb befriedigt fest, machte sie unförmig. Groß. Seufzend ließ sich Albertine von dem jungen Kellner, der ihr allmählich wie der interessanteste Mann hier vorkam, Fisch auftun. Der Rollstuhlfahrer hatte ihre Suppe aufgelöffelt, und den Teller mit Pasta gab sie jetzt gleich an ihn weiter. Es war nicht nur das Geld, sondern auch die Zeit: elf Stunden, hin und zurück, in der Luft. Und dazu den Tag fürs Einkaufen mit Ash geopfert. Albertine hatte eben nicht zufällig gerade ein passendes Frühjahrs-Abendkleid im Schrank hängen. Ash war mit ihr durch die guten Läden gezogen, wo sie feststellen mußten, daß sie anderthalb Monate zu spät dran waren. Die Frühjahrskollektion war so gut wie ausverkauft. Endlich hatte Ash eins von einer kleinen Stange im Bergdorf's gezogen. »Zeig ein bißchen Haut«, hatte er gesagt und Albertine einen leichten Klaps auf den flachen Busen gegeben. Es war unverschämt teuer, aber Ash hatte versprochen, das Kleid an ihrem Rückflugtag zurückzubringen. »Die schreiben es dir wieder gut, noch bevor du die Rechnung kriegst. Beklecker dich bloß nicht«, hatte er gesagt. Und jetzt bin ich ihm was schuldig, dachte Albertine, irgendeinen kleinen Gefallen. Sie seufzte von der Anstrengung, mit den Reichen gut Freund zu sein. Geschenke der Reichen waren nie umsonst. Aber Albertine dachte nicht ernsthaft über Alternativen nach. Sie war eine vollkommen an ihr soziales Umfeld angepaßte junge Frau.

In dem Moment hob Owens ihre Nackenhaare an. »Dein Kleid gefällt mir sehr.« Er führte sie an den Rand der Tanzfläche nahe bei den Fenstern, wo sie tanzten. Sie küßten sich eine Weile – sie hatte nicht gewußt, wie dunkel es war –, und er brachte sie in Verlegenheit, so eng zog er sie an sich. Dann tippte ein Mann mit einem Klemmbrett Owens auf die Schulter, und er sagte: »Ach, entschuldige mich bitte einen Moment. Ich muß meine Schwester reinholen.«

Da mußte Albertine ganz allein den peinlichen Gang über die Tanzfläche antreten, als wäre es ein Laufsteg, und alle, die zusahen, überlegten sich gerade, ob sie klatschen oder Buh rufen sollten.

Owens hatte vergessen, Ponys Namen auf die Liste zu setzen, und sie war an der Tür abgewiesen worden. Aber sie wiederholte unermüdlich, sie sei Colleen Owens, Pony, seine Schwester, und als sich ein Grüppchen Kellner um sie scharte, fiel Eliot Hanson das auf, und er griff ein.

»Greif nur tüchtig zu«, sagte Owens mit einer weit ausladenden Geste und warf einen Arm um sie, als sie dann glücklich drinnen war, und erst in dem Moment fiel ihm auf, daß für sie an keinem Tisch gedeckt war.

»Die haben gesagt, ich könnte nicht rein, weil ich nicht auf der Liste stehe. Hmpf«, machte sie und warf einen Blick über die Schulter.

Er führte sie an seinen Platz, neben Olivia.

Als sie an ihrem Tisch vorbeikamen, flüsterte Julie Peter zu: »Da ist er. Soll ich hingehen und mich vorstellen?« Sie hatte eine angenehme Stimme und war leicht zum Lachen zu bringen. Sie war oft die erste und die letzte, die lachte.

»Das ist doch einfach nicht zu fassen – *dich* lädt der Typ ein, und *die* beiden sind nicht mal hier.«

Julie war nur auf die Party gekommen, weil sie es so sehr wollte. Sie hatte vorgehabt, es Mary rechtzeitig zu erklären, aber jedesmal, wenn sie es zur Sprache bringen wollte, verließ sie der Mut. Sie dachte sich, wenn sie Mary und Jane hier traf, würden die annehmen, Peter sei aus irgendeinem Grund eingeladen worden. Sie nahm Peter das Versprechen ab, sich vage auszudrücken. Aber jetzt, wo die beiden nicht da waren, kam es ihr noch seltsamer vor. Jetzt, dachte Julie, konnte sie es ihnen nie sagen.

Neugierig darauf, Owens kennenzulernen, kam sie sich ein wenig verworfen vor, Peter zu ihrem Abenteuer mitzunehmen. Falls dieser Abend zu etwas führte, war sie nicht der Ansicht, daß Peter es unbedingt zu erfahren brauchte. Julie sah sich am Ende der Lebensphase, in der sie sich mit Männern verabredete. Es kam ihr verlockend und irgendwie angemessen vor, jetzt etwas mit einem berühmten Mann anzufangen. Es wäre etwas Besonderes, das sie in der »meine Jugend« beschrifteten Schatulle ablegen konnte, damit ihre Töchter es später herausholen und ansehen konnten, wenn sie die Kleidungstruhe nach ihren Hüten, Handschuhen und schicken spitzen Schuhen durchwühlten. Sie würden eine alte Zeitschrift mit Tom Owens' Gesicht auf dem Titelblatt finden.

»Der ist ja ziemlich versessen drauf, dich kennenzulernen«, sagte Peter. Ihm war es alles in allem nicht einmal unrecht, daß der berühmte Mann so ein Interesse an seiner Freundin hatte.

»So schwer wäre das gar nicht. Er könnte rüberkommen und sich vorstellen. Ich komm mir vor wie auf einer Gatsby-Party.«

»Albertine, hallo, wie geht's«, sagte Peter. »Julie, das ist meine Cousine Al.«

Ein schmalschultriges Mädchen in einem eleganten Kleid setzte sich und ordnete graziös ihre Arme und Beine an. Sie unterhielten sich angeregt, und Julie sah Peter in einem etwas anderen Licht. Ihr war es hier unbehaglich zumute, aber er lehnte sich bequem auf seinem Stuhl zurück, sah seiner Cousine in die Augen und redete über eine alte Frau, die sie früher betreut hatte und die sie beide Tante Elise nannten.

Ohne den Kopf zu bewegen, behielt Albertine Owens im Auge, der den Arm wieder um Olivia gelegt hatte. Ach, was soll's, dachte sie, ich hab's getan, er weiß es sicherlich zu würdigen, und jetzt hab ich's hinter mir. In ihrem Leben ging es viel zu oft darum, Dinge hinter sich zu bringen.

Olivia und ihr Cousin stritten sich mit gedämpften Stimmen, wie schon hundertmal zuvor.

»Ihre Nachbarin lädt er ein, aber die beiden nicht?«

»Huck, es ist sein Fest. Ich kann nichts dran ändern, wen er einlädt. Wahrscheinlich hat er gedacht, Jane wär zu jung.«

»Und was ist mit Mary?«

»Mit ihr ist er nicht so eng befreundet, Huck. Außerdem laden die meisten Leute ihre Exfreundinnen nicht ein.«

»Ich war zigmal mit Julie und Peter und ihr zu viert verabredet; was soll ich das nächste Mal sagen?«

»Ich weiß nicht. Wie wär's mit hallo?«

Hugh lachte prustend los, so heftig, daß er husten und Olivia ihn auf den Rücken klopfen mußte.

Die große Frau mit der Zöpfchenfrisur hatte ihre Jeansjacke abgelegt und tanzte jetzt, stampfte auf den Tanzboden. Als sie vorüberwirbelte, blinzelte sie Owens zu. Sie war Klarinettistin. Einmal hatte sie auf seinem Bett gespielt, wunderschön und nackt.

Ein Paar hatte sich in die Schlange eingereiht, um mit Owens zu sprechen. »Shep und Lamb«, rief er, als die Menge sich lichtete und sie auf ihn zukamen, um sich zu verabschieden. Die beiden zusammen durch den Saal tanzen zu sehen hatte ihn besonders gefreut. Jetzt mußten sie gehen, irgendwas mit dem Babysitter, aber sie wollten ihn zum Essen einladen. Ja, natürlich wollte er kommen, sagte er und bückte sich, um Lamb zu küssen, deren Kleid wie der Mantel eines Zauberers mit Sternen übersät war.

»Aber bevor ihr geht«, sagte er, »müßt ihr mir einen Gefallen tun.« Er zog die beiden hinter sich her zum Fotografen, der neben Noah saß und Torte aß. Der Mann mußte, noch mit umgesteckter Serviette, vom Stuhl aufstehen und sie zu dritt fotografieren: Owens, Shep und Lamb.

Noah und Louise hatten die Entdeckung gemacht, daß der Kellner über einen großen Fundus an Eiskrem verfügte, die er jetzt in beschlagenen Silberkelchen auftrug. Noah trank sein drittes Glas Champagner.

»Bist du Alkoholiker?« fragte Louise. Dann stand sie auf, ohne seine Antwort abzuwarten, und ließ ihre Serviette fallen. »Ach, ich muß gehen. Es ist schon elf. Ich muß die Jungfrauen ernten.« Schon wieder ihre verdammten Jungfrauen. Acht Stunden nachdem die Fliegen einer Kreuzung ausschlüpften, mußte man die Jungfrauen herausholen, damit sie sich nicht untereinander vermehrten und den ganzen Schwung verdarben. Fliegen waren schnell. Sie konnten in einem Monat so viele Generationen durchlaufen, wie die Menschheit seit Anbeginn der Geschichte.

»Also dann abgemacht«, sagte Lamb, ihre Hände auf denen von Owens. »Du kommst zum Abendessen.« Er ging mit ihnen durch das Foyer. Ein kleines Weilchen blieb er draußen im Nieselregen stehen. Seine Party ging weiter. Wenn er zu den Bogenfenstern hochsah, konnte er von hier aus Musik hören und die Schatten Tanzender sehen.

»Deine Eltern waren nicht da, oder?« fragte Lamb. »Und Frank?«

Er schüttelte nur den Kopf. Auf dem Rückweg durch das Foyer lief er seiner Schwester über den Weg, einen Tafelaufsatz aus Schnittblumen in den Händen, die morgen verblüht sein würden. »Du hattest so viele«, sagte sie kichernd.

»Also, wer war alles auf der Party?« fragte Jane.

»Na, ich war da«, sagte Owens, zog ein Kissen vom Sofa herunter und legte es sich unter den Kopf. »Massenhaft Leute, die ich kenne. Weißt du was, ich hab ein richtig nettes Foto von Olivia.«

»*Wirklich* ein gutes Foto«, sagte Mary. Vor der Party hatte Olivia sich bei ihr beklagt, daß sie ein neues Kleid kaufen müsse. Sie hatte Mary erzählt, genau zu dem Zeitpunkt sei sie so nervös und gestreßt gewesen, daß sie eines Vormittags einfach in die Stadt gefahren sei und dreihundert Dollar für das erste passende Teil ausgegeben habe, das sie finden konnte. Sie hatte gesagt, so viel Geld habe sie vorher noch nie für den Eigenbedarf ausgegeben. »Nicht mal für ein Sofa oder ein Elektrogerät.«

»Wer war sonst noch da?« wollte Jane wissen.

»Ach, jede Menge Leute, die du nicht kennst. Erinnerst du dich an Albertine Maguire, die Freundin, von der ich dir erzählt hab? Sie ist aus Boston eingeflogen.« Er lächelte ein wenig und schaute an die Decke. »Ich hab meine Lehrerin aus der sechsten Klasse eingeladen, Mrs. Tine. Sie war da.«

»Echt?« In der sechsten Klasse könnte sie selbst jetzt sein, dachte Jane.

»Jawoll, und wir haben einen kleinen Trinkspruch auf sie ausgebracht, und sie wirkte richtig glücklich. Sie war der erste Mensch, der mir Denken beigebracht hat. Davor hab ich mir wirklich nichts aus der Schule gemacht.«

Mary und Jane gaben ein gutes Publikum für Owens ab. Die eine mit offener, die andere mit verschlossener Miene, saßen sie gerade auf ihren Sitzgelegenheiten, hin und weg, während er vom Boden aus redete.

»Sie hat versucht, mich zu meinen Rechenaufgaben zu überreden. Sie hat gesagt: ›Wetten, daß du das richtig gut kannst, wenn du dir Mühe gibst?‹ Und ich hab gesagt: ›Klar, aber warum sollte ich?‹ Und sie hat ihr Portemonnaie gezückt und gesagt: ›Weil ich dir fünf Dollar gebe, wenn du alles richtig hast.‹ Von ihrem eigenen Geld. Also hab ich's gemacht, und von da an fand ich Mathe erst spannend.«

»Hat sie dir noch mal Geld gegeben?«

»Beim nächstenmal brauchte sie mir nichts mehr zu zahlen. Ich war auf den Trichter gekommen.«

»Sie hat dir die fünf Dollar geschenkt«, sagte Jane. »Find ich echt gut.«

»Waren deine Eltern da?« fragte Mary, so als überschlug sie etwas im Kopf. »Also auf der Party.«

Mary kann man regelrecht beim Denken zusehen, überlegte Owens belustigt. Ihr Gesicht ist wie ein alter Computer, alles abzulesen, klapprig.

»Ach, die waren weg. Auf einer Reise zur Verwandtschaft nach Portland.«

Das kam Mary nicht ganz astrein vor. Portland hin oder her, Nora würde die Party zu seinem Dreißigsten und ihren Auftritt als Mutter doch nicht verpassen wollen. Mary hatte ihn im Verdacht, daß er die beiden auf die Reise dorthin geschickt und ihnen nichts gesagt hatte.

Jane stellte sich zwei alte Leute mit Gepäck vor, die vor einem Backsteinbahnhof standen. Sie hatte die beiden nie kennengelernt.

Ob das je passieren würde, und wann? Sie hatte vor, ihn zu fragen, aber dazu mußte sie mit ihm allein sein. Ihre Mutter war immer noch sauer auf seine Eltern.

»Und«, fragte sie, »was habt ihr auf der Party gemacht?«

»Na ja, es gab ein Menü.«

Mary und Jane tauschten Blicke aus. Beide wollten wissen, wie die Speisenfolge aussah.

»Und es gab Champagner, und die ganze Zeit wurde getanzt.«

»Ach, getanzt«, sagte Jane.

»Viele Leute, ich würde sagen die meisten, haben getanzt.«

»Und hattest du eine Geburtstagstorte?« erkundigte sich Jane.

»Ach ja, jetzt, wo du's sagst: Es gab wirklich eine Torte. Ich glaube, Olivia und ein paar von den Typen auf der Arbeit hatten das geplant. Die war allerdings ziemlich grauslich, so eine von diesen weichen, klebrigen Torten. Ich hab nichts davon gegessen.«

»Mmmm«, machte Jane. »Solche Torten mag ich.« Es kam zu einer langen Pause. Wenn sie etwas sagte, das ihm gegen den Strich ging, tat er oft so, als hätte er nichts gehört. Oder er zog die Augenbrauen hoch und fragte: »Ach ja? Wirklich?«, um ihr Gelegenheit zu geben, ihre Meinung zu ändern. Aber Jane sah nur von ihrer Mutter zu ihm. »Warum hast du uns dann nicht eingeladen, wenn so viele Leute da waren?«

Mary hätte nie gefragt, aber sie wartete auch darauf, seine Entschuldigung zu hören.

Er sah sein Kind an. »Du bist noch nicht groß geung. Es war ein Erwachsenenfest. Es ging bis spät in die Nacht.«

»Und meine Mom? Sie ist eine Erwachsene.«

»Sie mußte zu Hause bleiben und auf dich aufpassen«, antwortete er ohne Zögern.

Jane und ihre Mutter sahen sich an, und Mary bekam den schiefen Mund. Er hatte wieder gelogen oder etwas in der Art, aber sie sagten beide nichts.

»Mein Gott, ein Ballsaal. Ich war noch nie in einem Ballsaal«, sagte Jane und warf sich wieder auf das alte Sofa.

Er packte ihren Fuß. »Ich zeig dir schon noch mal einen.«

Mary verfiel in hektische Aktivität, wie immer, wenn sie wütend war. Sie stand auf, sammelte die Becher und Gläser im ganzen Haus ein und brachte sie zum Abspülen in die Küche.

»Ich werd nie was andres zu sehen kriegen als leere Ballsäle, wenn die Feier vorbei ist«, sagte Jane.

Während Jane hinter ihrem Vater her zum Auto ging, hörte sie, wie in der Küche das Radio angeschaltet wurde. Ihre Mutter hörte AM, die amerikanischen Top Forty, während sie das Haus aufräumte. Eine Menge von diesen Songs kannte Jane auswendig, das besänftigende Melodiengedudel. Sie hörte ihre Mutter mit lauter Stimme mitsingen und dazu das schrille Pfeifen der Wasserleitung.

Von innen warf sie die Autotür fest zu. Wenn er Musik einschaltete, dann klassische. Sie wußte, daß Klassik besser war; ihre Mutter wußte es auch, und immer, wenn sie welche auflegten, bemühten sie sich, zuzuhören. Aber heute abend war Jane nicht mehr nach Bildung zumute. Sie bildete sich jetzt seit fast zwei Jahren, und sie hatte es satt.

Owens fuhr nach Hause, wo Olivia nur vielleicht war. Die beiden waren wieder zerstritten. An dem Morgen hatte sie davon geredet, auszuziehen, sich nach einer eigenen Wohnung umzusehen. Und tatsächlich hatte sie sich ein eigenes Zimmer am anderen Ende des Hauses eingerichtet, achthundert Meter von ihm entfernt. »Wär das schön, wenn Livia jetzt mit dem Essen auf uns warten würde«, sagte er.

Das konnte Jane sich nicht mal vorstellen.

Mit einer Hand ließ er das Steuer los und zog ein Foto aus seiner Brieftasche. »Könnte viel schlimmer mit mir sein«, sagte er kopfschüttelnd. »Ich bin reichlich müde.«

»Von der Arbeit?«

»Nein, von dem Fest. Was mich irgendwie erstaunt, das muß ich schon sagen. Wenn ich bisher in meinem Leben so müde war, dann immer nur von der Arbeit.«

Jane fand es ganz in Ordnung, wenn man müde von einer Party war. Eine Party war auch eine Leistung.

»Oder vielleicht von der Liebe.« Dann verstummte er, wie in seltsam trauriger Stimmung.

Auf dem Foto, das Owens ihr gereicht hatte, sah Olivia wunderschön aus. Während Jane das murmelte, dachte sie, der Blick, mit dem Olivia zu ihm aufsah, hatte etwas Verletzliches.

»Und jung«, sagte er. »Manchmal denke ich, wenn aus der Sache mit uns beiden nichts wird, dann war sie wahrscheinlich meine letzte Freundin, die vor mir nur mit wenigen Männern befreundet war. Und weißt du, mit am meisten schätze ich an Olivia, daß sie sich Gedanken macht, was richtig und was falsch ist. Als sie dreizehn war, ist sie eines Tages einfach nach Hause gekommen und hat gesagt, sie habe drüber nachgedacht und sie wolle kein Fleisch mehr essen.« Er warf Jane einen vielsagenden Blick zu, als wollte er sagen: *Du bist noch keine dreizehn. Du hast noch Zeit.*

Mit dreizehn hatte Olivia ihre Mutter verloren, fiel Jane ein. Sie wollte ihn fragen, war sie vorher oder nachher Vegetarierin geworden? Aber er dachte nicht gern an solche Sachen. Außerdem vermutete sie, daß er es nicht wußte.

Dabei stritten er und Olivia sich sogar über Essensfragen. Am Dienstag hatte Olivia Limo für Jane mitgebracht. »Sie mag das, Owens, und sie ist bei uns zu Gast.«

»Als nächstes braten die Leute in unserer Küche dann Wildschweine am Spieß.«

»Und wenn schon, wenn's unsere Freunde sind?«

»Ich brate bestimmt kein Schwein«, sagte Jane.

Aber Jane wußte, daß Olivia so wie er Vegetarierin war, vielleicht noch überzeugter. Er aß Fisch. Olivia machte es rein aus Umweltschutzgründen. Sie rasselte vor Jane Statistiken herunter, wieviel Land man brauchte, um Kühe zu füttern oder Getreide anzubauen, wie viele Menschen vom Getreide satt wurden und wie sich das alles auf den Regenwald auswirkte. Jane wußte nicht mehr genau, wie es zusammenhing, war aber fest überzeugt, daß es furchtbar und wahr war.

Owens zog Olivia wegen Lederschuhen auf, die sie gar nicht oft trug.

»Ich weiß, ich bin nicht vollkommen«, sagte sie dann, wenn er ihre Zehen mit seinen angetippt, sie an sich gezogen und geflüstert hatte: »Rindsleder.«

Dann hatte sie gesagt: »Komm, wir hören wirklich auf, Tierprodukte zu kaufen, und unsere Plastiktüten waschen wir aus. Ich kenn da ein paar Leute ...«

Er machte ein Gesicht wie: Mein Gott, was hab ich mir denn da eingebrockt. Er hatte sie nur aufgezogen. Und obwohl Jane Olivia glaubte, mochte sie Lederschuhe doch immer noch ganz gern.

Aber als Owens mit Jane hinter sich durch die Tür trat, war Olivia nicht zu Hause. Das Haus war dunkel und leer. Er baute sich in der Küche auf und las den Zettel von den Haushältern, so als hoffe er auf eine Nachricht von ihr. Er stellte den weißen Anrufbeantworter an, spielte die vielen Danksagungen für seine Party im Schnelldurchlauf ab und verlangsamte dann wieder, um Albertine zu hören.

»Ehrlich gesagt, du hattest *echt* die Bude voll.«

Aber von Olivia nichts. »›Zutaten für Burritos sind im Kühlschrank‹«, las Owens von Susans und Stephens Zettel vor. »›Azuki-Bohnen. Völlig fettfrei. (Bis auf den Käse.) Saure Sahne ist auch da, falls dir nach Schlemmen ist.‹ Man sollte doch meinen, sie merken irgendwann, daß wir den Käse nie anrühren.«

Ihre Verlockungen ließen ihn offenbar völlig kalt. Aber Jane nicht.

Er holte Glasschüsselchen aus dem Kühlschrank. Weiße Maiskörner, Bohnen, Basmati-Reis, Avocadoscheiben und Möhrensalat. Er schnappte sich eine neue Packung Vollkornbrot. »Ah, Obstsalat haben sie auch gemacht.« Er schnüffelte; *deswegen* war er Vegetarier – wegen des frischen Geruchs von Rohkost in seiner Küche.

Jane wollte wirklich gern Käse, sah aber zu, wie die Kühlschranktür schmatzend zufiel. Und sie wollte alles in eine Bratpfanne werfen, wie ihre Mutter es immer tat, und erhitzen.

Einmal hatte er ihr seinen Inbegriff des Ekels geschildert: Butter mit Krümeln und kleinen Marmeladeklecksen drauf. Butter unter einer durchsichtigen Haube, weich und formlos, fleckig, beschmiert. »Butter. Du weißt schon, in Häusern mit großen Familien.« Aber als es ihr einfiel, dachte sie, wenn sie nicht da gewesen wäre, hätte er nur Familien gesagt. *Vielleicht ekelt er sich in Wirklichkeit vor uns.*

Es war komisch: Im Bungalow ihrer Mutter fand Jane sich immer schön – das war sie auch, und sie wußte es. Aber hier fiel das alles wie ein schlechter Scherz von ihr ab, und ihr blieb nichts als ihre Unansehnlichkeit. Es lag nicht an dem, was sie sagten, sondern daran, wie sie sie nicht beachteten.

Owens und Jane machten, was er ganz oft tat, wenn Olivia nicht da war: Sie aßen im Stehen in der Küche und gingen dann zum Schlafen nach oben. Er bewohnte seine Villa wie eine Zweizimmerwohnung. Die beiden Räume, die er nutzte, waren mit dem Nötigsten ausgestattet, und der Rest stand hauptsächlich leer. Heute abend hatte er vor, sich einen Videofilm anzuschauen, und traf eine Vorauswahl von drei Stück, unter denen er Jane wählen ließ; aber als sie auf seinem Bett saßen, legte er Olivias Werbespot ein.

Olivias ganze Familie hatte von den Tantiemen dieses Werbespots gelebt, in dem am Ende ihr erst vierjähriges Gesicht zu sehen war. Jane biß sich in die Backe. Sie war schon so viel älter und hatte noch gar nichts gemacht. Owens hatte das Band in den Archiven einer ehemaligen Werbeagentur aufgestöbert, bewahrte es jetzt neben seinem Bett auf und legte es ein, wenn Olivia nicht da war. Sie ertrug den Anblick nicht.

Als Jane und ihre Mutter mit Julie zum Flohmarkt gegangen waren, hatte Jane eine Blechdose mit Olivias Kinderfoto drauf entdeckt. Sie erkannte es aus dem Werbespot wieder. Der Mann hatte achtzehn Dollar dafür verlangt, obwohl der Deckel fehlte. Nur um etwas zu sagen, hatte Jane Owens von der Dose erzählt, und da hatte er sie immer wieder nach dem Namen des Verkäufers gefragt. Er wollte das Ding so gern haben, daß sie mit Julie noch dreimal hingegangen war. Als sie den Stand endlich fanden, sagte der Mann, er habe sie längst verkauft. Der Werbespot sei beliebt gewesen, erklärte er; eine Menge Leute erinnerten sich an die gepfiffene Kennmelodie und den Text dazu: *Was darf es sein, wenn du unbedingt etwas willst, und es soll reichlich sein, und es soll lecker sein, und du willst es auf der Stelle?* In dem Werbespot sah man Matrosen in so altmodischen Matrosenanzügen, daß sie zeitlos wirkten, und einen Jungen und ein blondes Mädchen auf einem Landungssteg hüpfen. Der Spot war zehn Jahre lang gelaufen, und dann noch mal fünf Jahre in der dritten Welt.

»Der ist wirklich *gut*«, sagte Owens, wie immer. Und machte sich wieder einmal Gedanken über die Arbeit seiner eigenen Werbeagentur; die Aufnahme dieses Werbespots hatte er ihnen sogar vorgespielt, als er sie unter Vertrag nahm. (Sie hatten es sich höflich angehört und gesagt, für seine Zeit sei es sicherlich gut.)

Mit diesem Werbespot hatte Olivia hunderttausend Dollar verdient. Hunderttausend US-Dollar von 1960, hatte er betont; das entsprach heute schon fast einer Million. Aber das alles war für die Arztrechnungen ihrer Mutter draufgegangen. Als Jugendliche in Alta hatte Olivia Pennys in kleinen Pappröhrchen gesammelt, um sie zur Bank zu bringen.

Seit Jane die Geschichte gehört hatte, suchte sie beim Gehen den Boden ab. Aber bislang hatte sie erst zwei Pennys gefunden.

Wenn Jane sich Olivias vier Jahre altes Gesicht ansah, war ihr klar, warum man sie ausgesucht hatte. Der Spot hörte mit einer Schwarzweiß-Nahaufnahme von ihr auf, die Haare mit Gummiringen lose zu Rattenschwänzen gebunden, die Schneidezähne kurz und ungleich – ein offenes Gesicht, jedem war klar, daß sie das mal war.

Als das Telefon bimmelte, erwischte er es beim ersten Klingeln. Olivia rief von einer Fete an.

Mit seiner sanftesten, verschwörerischsten Schlafzimmerstimme fragte er sie nach den anderen Leuten aus, die meisten von der High-School in Alta, die er nicht besucht hatte. Selbst jetzt, so viele Jahre später, merkte Jane Olivia noch an, daß sie aus Alta war. Es gehörte einfach zu ihr und bedeutete, daß sie sich auf eine bestimmte unbefangene, selbstbewußte Art auf der Straße bewegte. Wenn es zum Beispiel an einem Samstagabend in der Stadtmitte sehr spät geworden war, hatten Owens und seine Freunde immer noch die lange Heimfahrt nach Auburn vor sich gehabt. Die aus Alta konnten zu Fuß gehen und sich durch die dunklen duftenden Gärten ihren Weg suchen.

Deshalb, so sagte er Jane, wolle er, daß sie in Alta wohne. Aber warum ließ er sie dann nicht zur Schule gehen?

»Ist Karen da?« fragte Owens. »Kann Karen dich nicht mitnehmen?«

Jane tippte ihn auf die Schulter. »Ich kann fahren«, sagte sie.

Er hörte ein Weilchen zu und schüttelte dann den Kopf. »Ich ruf Noah an, der kommt dann rüber.« Damit legte er auf. Owens wohnte dreißig Kilometer entfernt in der Pampa, während Noah wahrscheinlich zehn Minuten bis zur Party brauchte.

»Der schläft bestimmt schon«, sagte Jane.

»Noah ist keine Schlafmütze; ich ruf ihn mal eben an.«

Für Noah stellte Owens seine Stimme schläfrig, um anzudeuten, daß er schon im Bett war. Aber wie sich herausstellte, war Noah das auch.

»He, würdest du mir einen großen Gefallen tun? Olivia ist auf einer Party in Alta. Mit Leuten von der Alta High. Ich hab schon gedacht, du wärst vielleicht auch da.« Owens dämpfte die Stimme. »Ich glaub, sie hat einen sitzen.« Er hörte sich an wie ein Vater in einem Film von früher, der einem eine Hand auf die Schulter legt und einem eine schlimme Nachricht beibringt. »Kannst du vielleicht hin und sie abholen?«

Nachdem Noah ihm geantwortet hatte, fuhr Owens in seinem weichen, schläfrigen Tonfall fort: »Also ich fänd's echt nett von dir, wenn du sie abholen und herbringen würdest.« Kurze Pause. »Ach, ich danke dir.«

Jane merkte zwar, daß er es ehrlich meinte, aber so hatte sie ihn auch schon in seinem Büro gehört, wenn Owens sicherstellte, daß die anderen Jungs noch mal fünf Stunden dranhängten, während er essen ging. Sie wünschte, sie könnte Noah sagen: Nein, laß es, bleib im Bett, aber sie wollte ihn auch sehen. Es war spät, und sie wollte jetzt nach Hause. Sie stellte sich vor, wenn er kam, würde sie runterlaufen und ihn bitten, sie mit zurückzunehmen.

»Du gehörst ins Bett«, sagte Owens zu ihr.

Ihr Futon lag im Nebenzimmer, und sie schlüpfte noch angezogen unter die Daunendecke. Es war kalt.

Hinter der Wand wartete Owens auf sauberen Laken wie eine Braut. Wind zauste die Bäume. Er war immer zufrieden, wenn etwas lief, was er eingefädelt hatte. Er wartete aufgeregt, nicht einmal mehr auf Olivia, sondern auf etwas Großes, Bedeutsames. Ein Habicht flog aus der Eiche in die Berge davon, ein dunkler Fleck vor dunklem Hintergrund. Dann legte er wieder den Werbespot ein.

»Was, du bist noch wach?« sagte Olivia und faßte Janes Haare am Hinterkopf zusammen.

»Ich wollte Noah treffen.«

Olivia küßte sie beide eilig und lief auf Zehenspitzen ins Schlafzimmer hinauf.

Jane hatte den Ring in der Tasche. Einmal hatte sie ihn Owens schon gegeben, direkt nach ihrer Ankunft, an dem Tag, als er kam, um sie abzuholen. »Was ist das?« hatte er gefragt. »Der Beweis, daß ich es bin«, hatte sie ihm gesagt. »Du hast ihn meiner Mom einmal in einem Kirschkuchen geschenkt.« Er sah sie verständnislos an. »Stimmt das wirklich? Warum gibst du ihn dann zurück?« Er ließ ihn in einem Aschenbecher auf seiner Kommode liegen. Ihr war nie aufgefallen, daß er auch nur einen Blick darauf warf, also nahm sie ihn sich an diesem Abend. Sie wollte ihn Noah schenken, war aber plötzlich wie gelähmt. »Kannst du mich nach Hause fahren?« platzte es aus ihr heraus. Sie wußte nicht, wie sie es ihm sagen sollte.

»Ist Owens einverstanden?«

»Ich hab ihn nicht gefragt.«

»Es ist keine so gute Idee, Jane. Wir wissen nicht mal, ob deine Mom zu Hause ist. Es ist ihr einziger freier Abend, und vielleicht hat sie eine Verabredung.«

Die Vorstellung gefiel ihr gar nicht: der Bungalow leer und dunkel.

Jane sprang die Treppe wieder hoch, nachdem sie gesehen hatte, wie Noahs Kleinbus wegfuhr. Sie klopfte an die Schlafzimmertür, um noch einmal gute Nacht zu sagen.

»Ich hab dich ja noch gar nicht gefragt«, sagte sie: »Was hast du zum Geburtstag bekommen?«

»Einer von der Arbeit hat mir einen Pfau geschenkt. Vielleicht finden wir den ja morgen vormittag. Ich glaube, vielleicht ist er schon weggeflogen.« Er zuckte mit den Schultern.

»Wo sind alle deine Geschenke?«

Olivia lächelte merkwürdig. »Die hat er fast alle im Hotel gelassen.«

»Wirklich? Kann ich sie haben?« Sie sah einen Fliesenboden im Hotel mit einem Riesenstapel mit langen Bändern verpackter Geschenke vor sich.

»Nein, Jane, das geht nicht«, sagte er. »Und es ist Schlafenszeit.«

»Weißt du, ob meine Mom zu Hause ist?«

»Das weiß ich nicht, Jane. Aber es ist spät. Zeit, schlafen zu gehen.«

Der Ring hatte nicht gewirkt. Vielleicht hätte es mit der Blechdose geklappt. Die ganze Zeit über hatte ihre Mutter Einlaß in seine Welt finden wollen, die immer noch wie mit einem unsichtbaren Kreidestrich abgegrenzt war. Sie hatte gedacht, Jane wäre das Zauberwort, der Schlüssel. Aber Jane wußte, daß da noch ein anderes Geheimnis war.

Als sie einschlief, stellte sie sich vor, sie hätte ihm die Blechdose besorgt. Es wäre nicht unmöglich gewesen; das Geld dazu hatte sie in ihrer Schachtel. Sie hätte die feuchten, weichen Scheine auspakken und das Ding kaufen können. Vielleicht wäre es das Geschenk gewesen, das er behalten hätte.

Owens merkte, daß Olivias Körper schlaff vom Wein und ihr Mund trocken war. Heute nacht war sie schlapp und angriffslustig zugleich. Sie wollte aufrecht im Bett sitzen und reden. Und draußen war eine klare, helle Nacht, mit einem geäderten Mond. Daß sie trank, war der endgültige Beweis dafür, daß sie beide völlig verschiedene Vegetarier waren. Er konnte nicht fassen, daß er eine Frau liebte, die trank und rauchte.

»Du bist so schön«, flüsterte er ihr ins Ohr.

»In der High-School hab ich immer gedacht, die anderen machen sich über mich lustig, wenn sie mir Komplimente über mein Aussehen gemacht haben.«

»Warum, Olivia?«

»Mein Vater war uns gegenüber immer sehr kritisch. Wenn jemand sagte, ich sei hübsch, antwortete er zum Beispiel: ›Sie hat zu viele Haare auf den Armen.‹ Vielleicht mäkelte er deshalb dauernd an uns rum und korrigierte uns, weil er Künstler war.«

Sie besaß nur ein Bild ihrer Eltern: einen Holzschnitt, den ihre Mutter angefertigt hatte; darauf waren sie beide jung und hatten lange glatte Haare.

»Stell das ab«, sagte sie plötzlich und zeigte mit dem Finger drauf. Er war mit ihrem auf den Bildschirm gebannten vierjährigen Gesicht eingeschlafen.

Olivias große Tragödie war ihre Kindheit. Ihre Mutter hatte sich als Mädchen in Schweden jeden Abend in einem elfenbeinfarbengrünen Bett in Bootsform in den Schlaf geweint. Sie hatte Pickel und ein pausbäckiges Gesicht. Mit vierzehn legte sie vor sich selbst und Gott das Gelübde ab, falls sie je Töchter bekäme, die nicht schön waren, diese gleich nach der Geburt zu ertränken. Mit vierzehn hielt sie das für eine barmherzige Lösung.

Als sie erwachsen war, heiratete sie einen pferdegesichtigen Künstler mit grauen Zähnen, der sie für schön hielt. Vielleicht war er da weit und breit der einzige, und sie war dankbar, soweit ihr das möglich war. Owens hatte das Bild von ihr genau betrachtet und kaum Ähnlichkeiten zwischen ihr und Olivia festgestellt, bis auf die Haare. Doch Olivias Vater liebte die sanft abfallenden Schultern seiner Frau. »Das hier«, hatte er einmal gesagt und war mit seinen Knöcheln über ihre Wirbelsäule gefahren, »ist meine Lieblingsstelle an dir.« Das hatte Olivias Mutter ihr oft erzählt. »Stell dir bloß vor: ein Rücken.« Und Olivia war, seit sie laufen konnte, eine seltene Schönheit in den Augen ihrer Mutter. »Sie ist nichts Besonderes«, versicherte ihr Vater.

Elf Jahre später beging ihre Mutter Selbstmord. Ihr Vater wohnte allein in dem Hotel, in dem sie gestorben war, in einem Zimmer, wo es nach Zigarren und Schmutzwäsche stank. Manchmal sah Olivia, wie er sich in Mitch's Buchhandlung herumtrieb. Er fuhr immer auf, wenn er sie sah, und sackte dann wieder enttäuscht in sich zusammen. Es lag an ihren Haaren. Sie hatte die Haare ihrer Mutter.

»Ich hab heute ein paar Fotos von uns bekommen, von der Party. Wir sehen richtig verliebt aus.«

Sie versteifte sich in seinen Armen. Gegen Fotos von sich hatte sie was. »Wir müssen noch über die Party reden.«

»He«, sagte er, »ich hab 'ne Idee. Laß uns die Party einfach vergessen und wieder wir selbst sein.«

Ihr Kopf lag einen Moment still. Mit geschlossenen Augen wogte sie in ihrem Rausch geborgen hin und her, wie in einem Schiffsbauch.

Ihr Seidenkleid von der Party hing im Schrank; hinter der offenen Tür sah er es. Es flatterte ein wenig im Nachtwind.

Er dachte an etwas, was Noah Kaskie ihm einmal gesagt hatte: Jetzt, in diesem Moment war er dreißig, und er wollte leben.

Mrs. Em Tine, seit sechs Jahren pensioniert und seit fünfzehn Witwe, wurde immer noch nach Schul-Stundenplan wach. Also stand sie auf und fing den neuen Tag an. Sie goß die Blumen, bezahlte die Rechnungen, wenn welche da waren, und erledigte ihre Post. Zwei Schwestern, mit denen zusammen sie in Auburn unterrichtet hatte, waren ihre Brieffreundinnen.

»Reservieren Sie mir einen Tanz«, flüsterte er mir ins Ohr. Das war nach der Ansprache. Er war gekommen und hatte dafür gesorgt, daß ich mich erhebe, und alle hatten geklatscht. Aber ich nehme an, er hatte mit den jungen Leuten zu tun, denn zu unserem Tanz sind wir nicht gekommen. Das war wirklich schade.

Mrs. Tine schrieb nicht, daß sie ihn mit zwei verschiedenen jungen Frauen knutschen gesehen hatte. Sie hätte gerne die Gelegenheit gehabt, Foxtrott zu tanzen und ihn zu fragen, welches Mädchen ihm am besten gefiel. Ihre Favoritin war die dünnere in dem rosa Kleid. Sie sah mehr so wie die Töchter von Mrs. Tine aus. Die andere war einfach zu schön.

Gestern hatte sie den Bus nach Hause genommen. Sie wohnte nicht mehr im Tal; nachdem Walter gestorben war, war es zu teuer geworden. Die Nacht nach der Party hatte sie in dem Hotel verbracht. Die beiden Schwestern hatten ihr ein Zimmer in Alta angeboten, aber sie gingen früh schlafen, und Mrs. Tine wollte nicht vor allen anderen aufbrechen müssen. An der Rezeption hatte sie darum gebeten, daß ihr Geschenk auch ja abgegeben wurde. Eine zweite Vase kann er immer brauchen, auch wenn sie schon eine haben, dachte sie sich. Nun hoffte sie bloß, daß er sie bekommen hatte. Sie rechnete jetzt täglich mit einem kleinen Schreiben.

Ich hatte nicht einmal Gelegenheit, mich zu verabschieden. Aber wißt ihr, was ich in der Nacht gemacht habe? Ich habe mich massieren lassen. Ich! Am Telefon lehnte eine Karte, auf der stand, man könne die ganze Nacht über eine Massage bestellen, und sie schicken jemanden aufs Zimmer. Sie fragen einen auch, was man bevorzugt, eine Frau oder einen Mann. Und ich sagte, es müßte auf jeden Fall eine Frau sein. Es war ein junges Ding, erst fünfundzwanzig oder sechsundzwanzig, aber so was von kräftig. Es war ein so angenehmes Gefühl. Auf der ganzen Heimfahrt im Bus fühlte ich mich einfach anders als sonst.

Und dann, am nächsten Morgen, lief mir im Foyer Hanson über den Weg, der Anwalt, von dem ich Euch erzählt habe, der mich gefunden und eingeladen hat und alles, und er fragte mich, was ich hier täte. Und ich sagte ihm, der letzte Bus sei um neun gefahren, also hätte ich ein Zimmer genommen. Und ob es nicht ein richtig nettes Hotel sei. Und er sagte, nein, er hätte nicht da übernachtet, sondern sei nur raufgefahren, um nach dem Rechten zu sehen. Ich denke mir, daß er einen beträchtlichen Anteil von dem Fest organisiert hat, und als ich dann zur Rezeption ging, um zu bezahlen, sagten sie mir, mein Zimmer und die Massage und alles seien schon bezahlt. Sie wollten nichts davon wissen, daß ich ihnen auch nur noch einen Cent extra gab. Also wenn das nicht nett war!

Owens fuhr gerne mit seinem Auto, aber genau das war der Punkt, wo er mit der Zivilisation aneinandergeriet. Einmal wurde ihm der Führerschein entzogen, erzählte er Jane, und er mußte einen Monat lang zur Arbeit radeln. Und ihm ging oft das Benzin aus. Sein Fehler war das nicht; seit er zu Geld gekommen war, hatte er ununterbrochen Leute angestellt, die für ihn die praktischen Dinge des Lebens regelten, einschließlich Tanken, aber die verschlampten das manchmal. Er gab zu, daß ihm früher, als er noch mit Frank ein Auto geteilt hatte, häufig das Benzin ausgegangen war.

Heute abend schwankte die Anzeigenadel schon im letzten Viertel. Seine Haushälter Susan und Stephen waren nach Bangkok abgeflogen und hatten vor, anschließend Burma und die Philippinen zu bereisen. Bis jetzt, auf der Autobahn, hatte Owens noch kaum einen Gedanken daran verschwendet, aber die Vorstellung gefiel ihm gar nicht. Er dachte sich, mit einem viertelvollen Tank könnte er es wahrscheinlich bis in die Stadt schaffen. Er klopfte gegen das Armaturenbrett. Sein Auto kannte er ziemlich gut. Er nahm an, es würde knapp werden, aber er könnte es schaffen.

Ihm war klar, daß es Leute gab, die anders lebten, die bestimmt anhalten und volltanken würden, aber die würden nicht zehn Minuten, bevor sie zu einem Abendessen in der Stadt erwartet wurden, aufbrechen. Die Fahrt dauerte vierzig Minuten, eine halbe Stunde, wenn man raste. Diese Leute würden auch nicht rasen.

Er seufzte. Man konnte so leben. Rechtzeitig aufbrechen, mit reichlich Zeit zum Tanken, für Staus und Pinkelpausen, doch dann bestand bald der ganze Tag aus nicht anderem als Pinkelpausen.

So einen Typ kannte er. Todd. Der arbeitete zu Hause und konnte sich auf nichts konzentrieren, wenn in seinem Haus nicht alles tipptopp in Ordnung war. Er wusch die Wäsche, legte sie zusammen und räumte sie ein. Vor drei oder vier Uhr setzte der sich nie an den Schreibtisch. Er wohnte in einem sehr gepflegten Haus. Owens mußte ihn entlassen, und irgendwann war Todd ganz aus dem Geschäft. War wahrscheinlich besser so. Er redete davon, sich umschulen zu lassen, als Krankenpfleger. Owens hatte ihm den Ratschlag erteilt, den er jedem gab: Überleg dir, was du am liebsten gemacht hättest, wenn du in einem Jahr sterben müßtest. Mach jeden Tag als erstes das, und der Rest kann warten. In Owens' Fall wahrscheinlich bis zum Sankt-Nimmerleins-Tag. Und wenn der Rest nie erledigt wurde, damit konnte er leben.

Ich kann warten, seufzte Jane, wenn sie ihren Vater so reden hörte. Sie wußte, daß sie zum Rest gehörte.

Genesis konnte ihn völlig vereinnahmen. Seit langer Zeit hatte Owens sich jetzt jeden Tag eine andere Sache erlaubt, und das war Liebe oder die Phantasie davon. Aber wenn er endlich von der Arbeit loskam, legte er, wie zur Beschwichtigung, noch fünf, zehn Minuten zu. Es war ihm fast unmöglich, vor Einbruch der Dunkelheit zu gehen. Das Bürogebäude war für ihn wie eine Stätte der Begegnung, der Kühlschrank voll mit allem, was die Jungs mochten, und dazu mit Owens' Säften, Stereoanlagen waren an die Wände montiert. Es war ein gutes Gefühl, zu denen zu gehören, die lange blieben. Wenn er aufbrach, wußte er, daß das, was ihm entging, wahrscheinlich besser war als das, was ihn erwartete.

Das war mit ein Grund, weshalb er sich chronisch verspätete. Außerdem sagte er auch ab. In Hinsicht auf das Leben waren Owens' Augen größer als sein Magen.

Heute abend war er mit Lita verabredet. Mitten in seiner Geburtstagsparty war ihm plötzlich eingefallen, daß er vergessen hatte, sie einzuladen. Sie studierte jetzt in Berkeley Fotografie.

Er hatte Lita kennengelernt, als sie noch zur Schule ging und bei ihren Eltern wohnte. Sie war sechzehn, hatte Locken und kam jeden Tag in einem klapprigen Schulbus nach Hause. Eines Tages, als Owens gerade ihren Vater besuchte, harkte sie in ihrer karierten Schuluniform Laub, und er war stehengeblieben, um Kastanien vom Boden aufzuheben.

Damals war sie noch Jungfrau und manchmal richtig kleinmädchenhaft gewesen. Während die drei Erwachsenen in dreibeinigen Sesseln Kaffee tranken, hatte sie auf dem Fußboden gespielt, mit den Klötzchen ihrer kleinen Schwester Türme gebaut und wieder umgeworfen. An einem anderen Nachmittag hatte er sie dabei überrascht, wie sie die Garderobe einer Holzpuppe fertigstellte, und oft sah er sie mit einem kleinen braunen Ball spielen.

Aber in ihrem Zimmer ließ sie sich nachmittags auf ihrem Bett von ihm ausziehen und lag zitternd, fleischig und erwartungsvoll da. Sie war rundlicher, als er sich vorgestellt hatte, ihre Haut nicht glatt, sondern hubbelig von den Schürfwunden und blauen Flekken eines Kindes.

Langsam, mit stockendem Atem fing er an, eine knisternde Schicht Luft lag zwischen seinen Fingern und ihren Brustwarzen, doch als er dann in sie eindrang, umschlang sie ihn, dicht und pochend, und das Rauschen ihres Blutes klang in seinen Ohren. Ihr Kinn warf Falten wie eine getrocknete Aprikose, und sie wimmerte wie ein trotziges Kleinkind. Hinterher saß er angezogen herum, während sie sich in ihrem Bad das Blut vom Bauch wusch. Trauer überkam ihn in diesem kleinen plüschigen Zimmer voller Puppen und ausgeschnittener Poster. Er wünschte, er könnte sie wieder zu dem Mädchen machen, das sie vorher gewesen war, und als er sich verabschiedete, faßte er ihr wehmütig unters Kinn.

Doch am nächsten Tag machte er die Entdeckung, daß die Nacht alle Wunden, die er ihr zugefügt haben könnte, geheilt hatte. Sie war wieder genau wie vorher, lebhaft wie ihr Hund, der an seinen Oberschenkeln hochsprang. Sie war ganz genauso verspielt wie vorher, und er kam jeden Tag wieder, immer noch mit dem Ehrgeiz, sie zu prägen.

Sie trafen sich dann am späten Nachmittag, bevor ihre Eltern nach Hause kamen und von ihr erwarteten, daß sie den Abendessenstisch deckte. Kurz nach fünf kehrte er an die Arbeit zurück, ruhig, ein friedliches Gefühl im Körper, bereit für einen langen

Abend der Plackerei und der Entdeckungen. Manchmal, wenn er um neun Uhr ein Sandwich an seinem Schreibtisch aß und an wissenschaftlichen und geschäftlichen Problemen herumbosselte, sah er in den dunklen Himmel, und ihm fiel ein, daß sie in Kniestrümpfen durch das Haus ihrer Eltern ging, auf den dicken Holzdielen schlidderte, vielleicht auf dem Bauch liegend Hausaufgaben machte. Die Stereoanlage spielte bestimmt ein Requiem, während ihr Vater Fachzeitschriften las und seinen transparenten Grappa trank. Um zehn Uhr lag sie im Bett und schlief in ihrem kleinen Zimmer, in dem es nach Kreide roch.

Niemand erfuhr je davon. Sie waren nie gemeinsam auf einer Party oder irgendwo zum Essen aus gewesen, nur bei ihren Eltern, die er immer bewundert hatte. Ihr Vater war ein zufriedener Mann. »Das Land gehört nicht mir«, sagte er immer. »Das Land gehört Gott, und ich habe nur den Pachtvertrag.« In Kriegszeiten hatte er zu den ersten Forschern gehört, die Penicillin reinigten und herstellten, »der temperamentvollste Schimmelpilz, der mir je untergekommen ist«. Er bezeichnete sich als Wäscher, der nicht nach Gold, sondern nach Mikroben in der Erde grub. Damals übernahm seine Firma die Hälfte der Kosten für seinen Familienurlaub und gab Fläschchen für Proben an ihn aus. Sein Name stand auf vierundachtzig Patenten, und er zeichnete persönlich für fünf der meistverkauften Medikamente verantwortlich. Und Lita war immer da, gerade aus der Schule gekommen, ihr Haar roch nach Fallobst.

Einmal hatte Owens ihn gefragt: »Glaubst du, ich werde je ein Medikament entdecken?«

Er hatte mit geschlossenen Augen nachgedacht. »Ich glaube, du wirst etwas sehr Wichtiges entdecken, während du noch sehr jung bist. Aber nichts, was du danach tust, wird sich je damit messen lassen können.« Im Laufe des letzten Jahres hatte Owens oft an diese harsche Prophezeiung denken müssen.

Er spürte kaum Widerstand im Gaspedal. O weh, fast nichts mehr drin. Weder eine Ausfahrt noch eine Tankstelle in Sicht. Mit vorsichtigem Pumpen manövrierte er das Auto die Steigung rauf und rollte dann im Leerlauf runter. Er ordnete sich rechts ein, mit hellwachen Sinnen, kam noch vorwärts in dem jetzt verlangsamten Rennen mit den anderen Wagen. Die Fahrt wurde wunderschön, kleine knallbunte Autos unter dem tiefblauen Himmel, ihre Frontscheinwerfer Laternen, bis ihm das Benzin ausging und er das Gaspedal folgenlos durchtrat. Er hielt auf dem Schotter neben der Fahrbahn an, stieg aus und verschränkte die Arme. In einem Jahr hab ich das hier vergessen, gelobte er sich, während er ging.

Wie sich herausstellte, war die Tankstelle nicht weit weg, gut zwei Kilometer. Von der Telefonzelle auf dem Gelände aus rief er im Restaurant an. »Stell dir vor, wo ich bin«, rief er. »Mir ist das Benzin ausgegangen!« Am anderen Ende hörte er mitleidige Worte. Anders als Olivia; die hätte nicht freundlich reagiert. »Wir müssen alle tanken, Owens«, hatte sie das letzte Mal gesagt. »Warum fällt es dir so viel schwerer?«

Ein alter Mann stand neben einem Pick-up, mit einem großen, spitz zulaufenden Benzinkanister. Alles sah verbeult aus: der Wagen, der angeschlagene Kanister, von dem der Lack abblätterte. Owens gefiel es, den Mann fahren zu lassen, während hinten der Kanister schepperte. Als sie sich der Stelle näherten, wo er liegengeblieben war, wünschte Owens, es wäre kein Sportwagen. Aber der Mann füllte unbeeindruckt den Tank. Owens klappte seine Brieftasche auf. »Möchten Sie nicht zur Tankstelle zurück und volltanken? Damit kommen Sie nicht weit.« Kalter, mit Nebel angedickter Wind fuhr Owens an den Hals. Der Schotter am Straßenrand grub sich in seine Sohlen. Er fühlte sich abgehärtet und lebendig, und jetzt hatte er wirklich Zeit.

Als er die entspannte Welt des Restaurants betrat, kam Lita gerade von der Toilette zurück und wiegte sich unwillkürlich in den Hüften, weil sie beobachtet wurde. Er mußte lächeln. Sie trug die Haare hochgesteckt und Schuhe mit Absätzen, war aber noch rundlich um die Taille.

Die Arme lang über den Tisch ausgestreckt, gab er für sie beide die Bestellung auf. Dann fragte er mit unverfälschter Neugier, was sie aus ihrem Leben machte.

Sie antwortete ihm freimütig, und während sie ihre Seminare beschrieb, ihr Semester in Paris, alles, was sie in den zwei Jahren seit ihrem letzten Treffen gemacht hatte, wurde er ratlos. Er war so viel älter, hatte aber all das versäumt; es war ihm entgangen. Er kniff die Augen zusammen und dachte, was er tat, habe er getan, weil es etwas Großes, ja sogar Bahnbrechendes war, und um nach Paris zu gehen, sei er sowieso zu arm gewesen. Aber auf Lita mußte es wohl so wirken, als musterte er sie kritisch, denn sie sagte: »Du respektierst mich nicht besonders, oder, Owens?«

»Doch natürlich, Lita. Sehr sogar.«

»Weißt du, was ich für dich bin?« sagte sie. »Ich bin deine Geliebte.«

Nun war er an der Reihe, beleidigt zu sein. Nachdem er protestiert, sich verletzt gezeigt und das mit seinem harten Blick bekundet hatte, schaltete sie einen Gang runter, um zu erklären, was sie meinte, und nahm seine lange Hand in ihre runden. »Nein, wirklich. Hör doch mal. Ich hab's nur als eine Feststellung gemeint. Wir haben nichts mit dem Alltag des anderen zu tun. Und zu mir kommst du wegen Sex und ...«

»Nicht nur deswegen, Lita ...«

»Gefühlen. Ich finde, der Alltag verändert die Liebe. Sie verliert ihren Glanz, weißt du. Es kommt zu kleinen Reibereien. Ist dir schon mal aufgefallen, wie wenig Leute, die seit langem verheiratet sind, einander glauben?«

»Wie meinst du das?«

»Ganz einfach, wenn sie sagt: In der Kabine wirst du schlimmer seekrank als an Deck, dann sagt er garantiert: Nein, im Gegenteil, und sie wieder: Glaub doch, was du willst, es ist eine erwiesene Tatsache. Und wenn kein Dritter eingreift, kriegen sie das nie auf die Reihe. Wenn irgendwer, egal wer, meinem Vater sagen würde, daß gerade Krieg ausgebrochen ist, würde er's glauben, außer meiner Mutter. Zu der würde er sagen: ›Wo hast du das her?‹«

»Ach ja, ich weiß wohl, was du meinst.«

»Schon allein Verständnis. Ich kann mir immer deine Probleme anhören und du dir meine, weil wir uns nichts vergeben. Ich glaub, deshalb funktioniert in Liebesaffären manches besser als in Ehen. Mein Vater hat seiner Geliebten zugehört, als die ihr kleines Kind so schlimm mit Kaffee verbrüht hatte, daß es sein Leben lang Brandnarben haben wird, und er hat mit ihr geweint – mit wahrem, tiefempfundenem Mitgefühl, nicht mit Haß vermischt. Aber ihr Mann konnte ihr nur mit halbem Ohr zuhören, weil er ja wußte, daß es sein Kind war.«

»Dein Vater hatte eine Geliebte?«

»Mhm.«

»Wow. Davon hab ich nichts gewußt.«

»Lange Zeit.«

»Ich sehe deine Eltern nur als Paar vor mir. Aber dein Vater ist Europäer. In Europa hat so etwas wohl Tradition.«

Sie lachte. »Das kommt überall auf der Welt vor.«

Höflich fragte sie ihn, wie die Geschäfte liefen. Wer weiß, antwortete er ihr. NT 12 sei spitzenmäßig, aber sie warteten auf die Genehmigung der Arzneimittelbehörde FDA. Sie hatten es zwar gefunden, aber noch nicht heraus, wie sie es in ausreichender Menge kostengünstig herstellen konnten. Und ansonsten wurde die Firma immer bürokratischer. Selbst Rooney, der Typ, den er eingestellt hatte, machte einen auf Aktennotizen. »Also mal sehen«, sagte er.

»Du schaffst es«, behauptete sie.

»Ich weiß nicht. Hab's einmal geschafft. Wir werden sehen, ob es mir ein zweites Mal gelingt.«

Er brachte sie zu einem verbeulten Toyota – nie zuvor hatte er bemerkt, was für einen Wagen sie fuhr – und küßte sie auf die Stirn, väterlich. Später erzählte er Jane, daß er vorhabe, Lita ein neues Auto zu kaufen.

Es war Janes Dienstag. Nach dem Abendessen gingen sie auf einem Feldweg spazieren. Rustikale Holzbalkenzäune umgaben die Pferdekoppel eines Nachbarn. Jane bückte sich nach faulenden Äpfeln und Kräutern im Gras zum Pferdefüttern. Sie überlegte sich die beste Art, ihn wegen der Schule zu fragen. Wieder war es fast September, ein Jahr rum.

Owens bat sie, niemandem von seinem Essen mit Lita zu erzählen, sagte aber, ihr könne er vertrauen, weil sie blutsverwandt sei.

Die weichen schwarzen Lippen eines Pferdes nahmen an, was sie hinhielt. »Wie alt war sie noch mal, als ihr beide zusammen wart?«

»Ziemlich jung. Sechzehn.«

Jane war fast zwölf. »Ging sie zur Schule?«

»Sie war auf der High-School.«

Jane war über Owens' Freundinnen im Bilde. »Weiß sie, daß es mich gibt?« Diese Frage stellte sie jedesmal.

Owens mußte kurz nachdenken. Lita hatte nie von Jane erfahren. »Du hast damals weit weg gewohnt«, sagte er. »Wo warst du, als wir in Larkspur gewohnt haben?« hatte sie ihn vorher gefragt, mit anklagend hochgezogenen Augenbrauen, oder: »Und was war, als wir in Mariposa waren?« Sie und ihre Mutter hatten an dreizehn verschiedenen Orten gelebt, und sie wollte Antworten für jeden einzelnen.

Die Antwort, die ihm immer einfiel, lautete: »Ich war jung. Das waren Zeiten!«

Ein Pferd bäumte sich auf und kanterte über die Wiese. Sie seufzte. »Alle dürfen zur Schule, bloß ich nicht.«

»Du kommst auch auf die High-School«, sagte er da. »Also mach dir keine Sorgen.«

Sie sah zu ihm auf, und er war ein ruhender Pol. Er hatte es das erste Mal gesagt. »Ach, wie gut.«

Sie betrachteten das Pferd und die Berge im Hintergrund. »Es ist wirklich schön hier.« Sein Profil neigte sich zur Seite, während er einatmete. Dann zuckte er mit den Schultern, eine entschuldigende Geste. »Es war eine Liebesaffäre. Familie spielte da nicht rein.«

Wenigstens hatte er jetzt gesagt, daß sie zu seiner Familie gehörte.

Nicht leicht

Noah arbeitete im Untergeschoß, sein Schreibtisch stand an einem Fenster auf Straßenhöhe, und da er den ganzen Tag lang Beine sah, war er zum Connaisseur geworden. Ihm gefielen kleinere, zierliche Beine. Und diese Männer-Boots, die Frauen jetzt an bloßen Beinen trugen, waren hübsch. Was Noah an Frauen zum Davonlaufen fand, waren Cowboystiefel.

Er erkannte Mary und Jane, die oben vorbeigingen, Janes kleine hastige Schritte, um ihre Mutter einzuholen, deren schöne Beine, unrasiert und bescheiden, die in abgelatschten Sandalen fest auftraten. Irgendwie hielten sich Janes Turnschuhe weiß und ihre heruntergerollten Söckchen vollkommen ordentlich. Gerade als er sich fragte, wo sie wohl hin wollten, kam Jane ins Labor gefegt, mit beiden Händen eine große Torte balancierend.

Er freute sich so darüber, daß außer seiner Familie noch jemand an seinen Geburtstag gedacht hatte. Und alle im Labor, einschließlich Louise, konnten es sehen. »Müßtest du nicht in der Schule sein?« zog er sie auf, aber dann sah er es ihrem Gesicht an, daß er genau das Falsche gesagt hatte.

»Ich geh nicht zur Schule, Noah. Ich will hin, aber sie lassen mich nicht.«

»Ich hab deine guten Privatlehrerinnen gemeint. Wie ich höre, bist du mit ihnen schon halb durch *Middlemarch*.«

Jane stampfte mit dem Fuß auf. »Aber ich mag *Middlemarch* nicht. Die nehmen nur alte Sachen mit mir durch. Alte Rechenmethoden. Alte Literatur.« Während Jane die Torte auf einem Tisch abstellte, flüsterte Mary: »Kommen wir auch nicht ungelegen?«

»Überhaupt nicht«, sagte er. »Wir sitzen hier einfach nur rum und machen das gleiche wie immer.«

»Das ist also ein Labor.« Jane ging zögernd auf ein Regal mit Bechergläsern zu, die allesamt transparente Flüssigkeiten enthielten. Zusätzlich zu den Standard-Labortischen gab es in Noahs Labor ein Fischzimmer und mittlerweile auch das Fliegenkämmerchen.

In dem Moment stürmte Olivia herein und überreichte ihm ein eingepacktes Buch. »Das ist auch von Huck. Er hat gerade Unterricht.«

Mary beugte sich über die Torte und steckte Kerzen rein. Männer und Frauen, jünger als sie, kamen langsam näher, mit verlegen herabbaumelnden Händen, ihr Arbeitsgerät beiseite gelegt. Die Leute aus dem Labor sahen sie abwartend an, und sie hatte die Gabeln vergessen. Nicht einmal ein Streichholz hatte sie dabei, um ihre Kerzen anzuzünden.

»Kann mir jemand Feuer leihen?« fragte sie. Eine junge Frau mit weißen Haaren zündete eine ihrer Kerzen an einem Bunsenbrenner an, und damit steckte Mary die anderen an.

»Wünsch dir was, Noah«, kommandierte Jane. »Was Großes.«

»Was das wohl sein mag?« sagte eine Frau aus dem Labor. Alle anderen lachten wissend.

»Was?« fragte Jane.

»Ergebnisse«, formte die weißhaarige Frau lautlos mit den Lippen.

Sie sangen »Happy Birthday«, und er pustete alle Kerzen aus. Die weißhaarige Frau reichte rauhe braune Papiertücher herum, und alle aßen im Stehen von der Torte. Es war nicht wie auf einer richtigen Party, weil die Leute sich nichts zu sagen hatten. Mehrere von ihnen fragten Jane, in welcher Klasse sie sei.

»Ich wär in der siebten«, murmelte sie, und die Auskunft schien ihnen zu genügen.

Ein Weilchen aßen alle schweigend die köstliche Torte. Mary, Jane und Noah nahmen sich jeder zwei Stück. Nachdem die Wissenschaftler aufgegessen hatten, gingen sie an ihre Tische zurück und machten sich wieder an die Arbeit.

»Noah.« Jane tippte seine Schulter an. »Ich möchte dir was sagen.«

Als Mary ihrer Tochter zusah, die neben Noahs Rollstuhl stand und ihm etwas ins Ohr flüsterte, fühlte sie sich wieder einmal, wie so oft, ausgeschlossen. Sie hatte den vagen Verdacht, daß Noah sie nur in Kauf nahm, um an Jane heranzukommen. Dabei hatte Jane beim Backen zwar fröhlich geplaudert, die Torte aber nicht wie Mary vorausgeplant, die um zehn Uhr abends einen Einkaufswagen schob, um Backpulver zu kaufen, und die Wildblumen abtropfte. Die aufgeschnittene Torte war wundervoll, wie gemeißelt, konfettifarben getupft.

Jane bat Noah gerade, mit ihrem Vater über die Schule zu reden. So als begriffe sie, daß er Owens schon einmal über eine kritische Hürde mit ihr hinweggeholfen hatte, eine Hürde, an die Owens sich selbst nicht mehr erinnerte und von der er ihr bestimmt nichts erzählt hatte.

»Versuch's einfach, ja?« flüsterte sie. »Ich hab ein Geschenk für dich. Aber sag meiner Mom nichts davon.« Sie drückte den Ring in seine Hand. »Sieh ihn dir später an.«

Olivia las gerade vom schwarzen Brett ab, an das Noah Kopien von aktuellen Zeitschriftenartikeln pinnte. »Noah, du hast dich nie in New York vorgestellt, stimmt's?«

»Nee. Ich bleibe hier.« Er hatte aus reinen Vernunftgründen zwei Stellenangebote an der Ostküste abgelehnt. Hier hatte er die Dinge hervorragend für sich geregelt, und für sein neues Ziel, neben Fischembryos und Fliegen, war es nützlich, wenn er blieb, wo er war.

Olivia seufzte. »Ich zieh auch nicht weg, jedenfalls in nächster Zeit.« Beide wußten, daß sie wegen Owens blieb, der für sie das war, was die Wissenschaft für Noah war.

»Ich laß es mir durch den Kopf gehen«, sagte Noah zu Jane, als sie ging. Sobald die Besucher weg waren, arbeiteten alle wieder. Und es hatte nicht einmal eine Stunde gedauert.

Wissenschaft war offenbar kein großer Spaß, befand Jane. Nicht mal Laborkittel durften sie tragen.

Den restlichen Vormittag arbeitete Noah mit seinen Fischembryos.

An Geburtstagen fiel es ihm schwer, nicht darüber nachzudenken, wo er war und wie weit er es gebracht oder nicht gebracht hatte. Er versuchte, sich auf Signaltransduktion und Stoffwechselwege zu konzentrieren, den Moment herauszufiltern, in dem sich die Zellen zu einem Gehirn zu entwickeln begannen.

Auf seine bescheidene Art hatte auch Noah einen Erfolg gehabt, dessen war er sich nur allzu bewußt. Seine Mutation hatte ihm einigen Ruhm und diese Stellung eingebracht. Damals gehörte er zu den vielversprechenden jungen Forschern, die allgemein beachtet wurden. Und er mochte seine Mutation selbst, nicht nur wegen der Vorteile, die sie ihm verschafft hatte, sondern auch wegen ihrer Nähe zum wahren Stein der Weisen, der auf dem schmalen Grat zwischen Materie und Seele lag. Die Forschung, so elementar sie auch sein mochte, drängte sich heutzutage in die Seifenopern von Krankheit und Heilung. Natürlich deshalb, weil dort das Geld lockte. Aber sein Erfolg, mochte er auch noch so klein sein, war ihm nicht von allein zugefallen. Er hatte schonungslos, schon fast pathologisch gearbeitet. Er war der Ansicht, er müsse schwerer arbeiten als andere Leute, und fand das ganz in Ordnung so, er konnte und wollte es. Doch jetzt wollte er nicht verlieren, was er errungen hatte, und stellte zugleich fest, daß er empfänglicher geworden war, offener für Freizeitvergnügungen, ja sogar, nach der Fracknacht, für Kleiderfragen.

Vermutlich, so dachte er sich, verliefen seine und Owens' Karrieren in dieser Hinsicht parallel, außer natürlich, daß er immer noch Geldsorgen hatte. Noahs Urgroßvater Josiah hatte die Bienen in Kalifornien eingeführt; und obwohl Bienen seither überall im Westen durch die Luft summten und Noahs Verwandte Honig für etwas hielten, was ihre Familie beigesteuert hatte, hatte ihn diese Unternehmung nicht reich gemacht. Einmal hatte Noahs Vater ein Jahr lang in der Abendschule Kurse in Landschaftsarchitektur belegt, in der Hoffnung, eine neue Laufbahn einzuschlagen. Aber es war zu kostspielig und zeitraubend gewesen, und er hatte es aufgegeben. Sein Leben lang hatte er als Versicherungsvertreter gearbeitet, was ihm nie gefallen hatte, und wenn er am Abend zur

Tür hereinkam, löste er mit einer ruckhaften Handbewegung seine Krawatte. Er ließ seine Krawatten an Türklinken, auf dem Treppengeländer, überall im Haus herumhängen.

Vielleicht würde er so wie seine Eltern enden, dachte Noah, legte den Kopf auf seinen Arm und hörte sein Blut pochen. Bedürftig war er zwar nicht, aber er fragte sich, was er einem anderen Menschen zu bieten hätte. Für die Studentin auf dem College hätte er bereitwillig sein Leben hingegeben; sie hatte es nicht gewollt, und seither war ihm keine mehr nahe gekommen.

Was die Lage noch verschlimmerte: Während Kaskie sich jeden Tag abrackerte, hatten zwei seiner Freunde ohne weiteres Ergebnisse erzielt. Rachel war richtiggehend berühmt geworden. Ihr Molekül, HLA, erwies sich als nützlich bei Organtransplantationen, und falls es so etwas wie Gerechtigkeit gab, hatte sie wahrscheinlich gute Aussichten auf den Nobelpreis. Es hing ganz davon ab, wie gemein sich ihr Tutor aufführte.

Noahs Tischnachbar aus dem Aufbaustudium, der jetzt am Caltech mit Mäusen arbeitete, hatte diesen Monat einen Artikel in *Nature*. Zur Mittagszeit schloß Noah sich in seinem Büro ein, um den zu lesen. Als er damit fertig war, warf er beide Arme in die Luft und rollte nach draußen, um seinen Studenten zu verkünden, daß der Aufsatz genial sei, viel besser als alles, was er selbst machte.

»Du meinst, was wir machen«, sagte Louise trocken. »Laß mal sehen.« Dieses eine Mal kam ihm ihre Skepsis sehr gelegen. An manchen Tagen sah sie in seinen Augen eher unscheinbar aus, dann wieder, wie heute, schien sie fast schön zu sein. Wenigstens habe auch ich jetzt die Probleme, die alle Welt hat, dachte er.

Sie schob sich in Noahs Büro und machte die Tür zu. Das hatte noch keine Postdoc vor ihr gemacht; schließlich gab es ein Konferenzzimmer. Seit er Louise auf Owens' Party mitgenommen hatte, war er sich ziemlich sicher, daß die anderen sie für seine Favoritin hielten. Vielleicht nahmen sie sogar an, daß er eine Affäre mit ihr hatte. Er wußte nicht, wie er dem ein Ende machen sollte.

Während Louise las, entschloß er sich, Rachel ein Stück Torte nach oben zu bringen.

»O *nein*! Ich bin auf Diät«, protestierte Rachel und biß hinein. »Ein Bein von mir ist so dick wie deine Taille.«

Noahs Erfahrung nach waren Frauen gnadenlos selbstkritisch, was ihre eigenen Körper anging. Was glaubst du wohl, wie ich mich fühle? dachte er.

»Wenn du schon hier bist, laß mich eine Locke abschneiden.« Rachel kam etwa einmal die Woche vorbei, um sein Haar zu ernten. Sie behauptete, es sei von der Struktur her geradezu ideal zum Züchten von Kristallen geeignet. »Wie feierst du deinen Geburtstag?«

»Wahrscheinlich arbeiten.«

»Geh doch aus. Deine neuen Sachen stehen dir gut.« Aber ihre Stimme hatte einen wehleidigen Unterton.

Sie weiß, daß ich jemand anderes zur Party mitgenommen hab, dachte er. Und mit den Kleidern hatte sie recht. Er hatte sich zwei neue Hosen, drei Hemden und die erste Krawatte seines Lebens gekauft. Heute trug er überwiegend Schwarz. Gott sei Dank gab es den verdammten Bekleidungsladen GAP – dort konnte man die Sachen in jeder Größe kaufen, vom Baby bis zum Riesen. Wenn ihm seine finstersten Gedanken über sein Aussehen kamen, stellte er sich Vietnamveteranen vor, die in ihren Rollstühlen vor sich hin schlotterten. Aber jetzt versuchte er, an ein Baby in einem Sportwagen zu denken. Manche sahen schmutzig aus, ganz mit Essen bekleckert; andere wie kleine Erwachsene.

Kaskie stellte sich vor, daß er vielleicht auch eine neue Wohnung brauchte. Er hatte etwas auf der hohen Kante. Seit Jahren hatte er ohne bestimmtes Ziel gespart, und jetzt auf einmal beschloß er, daß es genau für diesen Zweck gedacht war.

Auf dem Anrufbeantworter in seinem Büro waren zwei Nachrichten. Die erste von Owens, der glücklich klang. »Ich halte Olivia in meinen Armen«, sagte er, und Noah drückte auf schnellen Vorlauf.

»Sie kennen mich nicht, aber ich bin eine Freundin von Julie Carradine. Ich rufe an, weil ich ein dreizehn Wochen altes Baby habe, bei dem die Osteogenesis imperfecta Typ Drei diagnostiziert wurde. Und ich wüßte gern, ob Sie vielleicht mit mir reden möchten. Meine Freunde meinen, daß es mir vielleicht hilft, mit jemandem zu reden, der Osteogenesis imperfecta hat und ein« – sie unterbrach sich kurz – »ausgefülltes Leben führt.«

Noah notierte sich mit Bleistift die Nummer der Frau. Er hatte heute keine Lust, sie zurückzurufen, und steckte den Zettel in seine Hosentasche. Er war Typ Vier, was in dem verwirrenden System von Kategorien besser war. Und schon allein bei der Geburt waren ihm zwei Rippen gebrochen.

Louise kam herein. »Was ist das hier?« fragte sie und schob ihm einen Brief hin, der auf seinem Schreibtisch lag.

Noah war mit seiner Post ewig im Hintertreffen, Einladungen und Konferenzen. Dies hier war ein Stellenangebot, das er nicht ernsthaft ins Auge faßte; daß er für Absagen immer eine halbe Ewigkeit brauchte, war noch so ein Punkt, bei dem er an sich arbeiten mußte. »Ach, das ist nichts Reelles. Scharlatane.«

»Eine Menge Geld für Scharlatane.«

»Scharlatane sind die einzigen, die Geld haben.«

»Was ist das Miami-Projekt?«

»Ach, irgend so ein junger Bursche, ein Quarterback aus einem Football-Team.« Über solche Dinge redete er nicht gern mit ihr, und erst in diesem Moment ging ihm auf, daß es ganze Bereiche gab, über die er nur mit anderen Behinderten sprach. »Der hat sich eines Tages auf dem Spielfeld eine Wirbelsäulenverletzung zugezogen. Sein Vater war zufällig Millionär, und auf dem Totenbett versprach er seinem Sohn, ihm wieder auf die Beine zu helfen. Daher haben sie eine Riesen-Stiftung und stellen alle möglichen Ärzte und Forscher ein, jeden, der sein Gebiet auch nur entfernt mit Nervenzellen in Zusammenhang bringen kann.«

»Also wollen sie dich wegen Signalrezeptoren?«

»Sie wollen mich, weil ich ein Krüppel bin.«

»Irgendwie eine rührende Geschichte, das mit Vater und Sohn.«

»Es ist ziemlich kontrovers. Ich für mein Teil finde es gar nicht rührend. All das viele Geld, nur um Schaum zu schlagen, und inzwischen warten die Leute zehn, zwanzig Jahre drauf, daß sie wieder gehen können. Man kann seine Zeit besser nutzen.«

»Wolltest du irgendwann mal unbedingt gehen?«

»Ich hab's früher andauernd versucht. Sie mußten mich in den Stühlen festschnallen. Als Baby hab ich mir meine vier Schneidezähne ausgeschlagen.«

»Wie alt warst du da?«

»Eins oder zwei. Wenn man halt laufen lernt. Der Wunsch danach sitzt tief in uns drin. Ich konnte nie auch nur länger als eine Sekunde stehen. Ich hatte zu viele Brüche. Aber das Gefühl gefiel mir, also versuchte ich es immer wieder. Jetzt könnte ich dir nicht sagen, wie es sich anfühlt.« Doch das war eine Lüge. Er erinnerte sich an das Schwanken, den Luftzug, die leicht dahinfließenden Augenblicke, bevor er wieder fiel. Es war ein *natürliches* Gefühl gewesen, wie später auf dem College, als er mit der Studentin zusammen war. »Jahrelang wollte ich nichts lieber als laufen. Jetzt würde ich es gegen die Gewißheit eintauschen, daß ich ein guter – nein, nicht bloß ein guter; laufen ist was Besseres – ein herausragender Wissenschaftler bin.«

»Weiter nichts?« Sie berührte die Spitze seines Ellenbogens. »Vielleicht wurde der Tauschhandel schon für dich abgeschlossen.«

»Ich hab noch die Narben von meinen Laufversuchen.« Im stillen dachte er: Dabei gehöre ich noch zu den Glücklichen. Ich muß nicht in einen Beutel kacken.

Die einzige richtige Stelle, die er vor seiner Forschung hatte, war in dem heruntergekommenen Zentrum gewesen, das Leute an Schulen und Arbeitsplätze vermittelte. Wer dort arbeitete, war meistens ziemlich behindert. Die Möbel waren billig und alt, die Wände zerschrammt von Rollstuhlrädern. Die doppelseitig Gelähmten konnten die Querschnittsgelähmten nicht ausstehen, die Tauben nicht die Blinden, und alle hatten was gegen die geistig Behinderten, die man früher Iddis nannte. Meine Zeit in der Agentur, dachte Noah. So sollte ich es nennen. In dem Zentrum war er eine Art Held gewesen, aber das waren dort alle, die ein einigermaßen normales Leben führten.

Und einige seiner Freunde dort wären nicht gerade begeistert von seiner heimlichen Hoffnung, eine Nichtbehinderte zu heiraten. Es gab dort immer ein verheiratetes Paar, zum Beispiel einer mit Polio und eine Paraplegikerin, mit eigenen Kindern.

Einmal, an einem Sonntagnachmittag, hatte er Chili con carne für alle gekocht. Sie aßen hinter dem Haus, wo die großen Tomatenpflanzen an den Eisenbahngleisen in der Dämmerung wie Kräuter rochen. Er fühlte sich den Leuten dort nahe, aber er hatte mehr Glück. Er war ein O. I., Osteogenesis imperfecta. Er hatte Sinneswahrnehmungen, und Blase und Darm funktionierten. Er kam aus einer guten Familie. Er hatte die Wahl. Die meisten anderen hatten keine Wahl. Dieses Integrationszentrum war schon komisch gewesen. Viele Leute dort glaubten eigentlich nicht an das Konzept und hatten ihre eigenen Nischen. Tanzveranstaltungen für jugendliche Rollstuhlfahrer. Miss America im Rollstuhl. Aber Noah wollte an den richtigen Wettbewerben teilnehmen. Und gewinnen.

»Also dieser Artikel, den dein Freund geschrieben hat«, sagte Louise, »den finde ich gar nicht so umwerfend. Er hat zwar eine Struktur, aber keiner weiß, was das Protein tatsächlich anstellt. Hast du das über Bernies Fliegen gelesen? Ich glaube nämlich, daß wir ein paar interessante Hybriden züchten können. Ich zeig's dir.«

»Warte mal. Ich hab schon eine Bibliothek erstellt. Du hast eine Probe. Es ist deine Aufgabe, unter einer Million das eine Bakterium mit dem einen Plasmid ausfindig zu machen, auf das es mir ankommt.«

»Bevor ich in die Lotterie einsteige, könntest du dir bitte wenigstens mal diese Mutationen anschauen?«

Nachdem er Louises Hybriden eine Stunde lang untersucht hatte, war Noah optimistisch gestimmt. Bei der Geschwindigkeit, mit der sich die Drosophila fortpflanzte, mußten sie noch vor Weihnachten wenigstens in die Nachbarschaft des Gens gelangen.

»Ju-hu«, rief Owens ins Labor.

Noah schlug nach den Fruchtfliegen, die an den Spitzen seiner Locken glitzerten – mit denen würde er jetzt leben müssen –, und beschloß, mit Owens spazierenzugehen.

Draußen angekommen, erkundigte er sich nach Exodus. Er war

wirklich neugierig. Einer Laborassistentin zufolge, deren Cousin für Genesis arbeitete, wurden die Kühlschränke des E-Teams alle drei Tage mit frischen Säften aufgefüllt, und spätabends wurden regelmäßig teure Sushi- und Pasta-Gerichte angeliefert. Wenn Noahs Studenten um Mitternacht für Pizza zusammenwarfen, nahmen sie sich im Scherz vor, überzulaufen.

»Ich hab da so einen Burschen entlassen«, sagte Owens, »und der verklagt uns jetzt auf Diskriminierung aus Altersgründen. Um die Wahrheit zu sagen, bis er uns mit der Anzeige kam, hatte ich überhaupt keine Ahnung, wie alt er war. Aber irgendwie wollte ich schon immer mal bei einer Gerichtsverhandlung dabeisein.«

Noah lachte; ihm fiel ein, daß Owens auf seine letzten drei Vorladungen als Geschworener nicht reagiert hatte. Noah hatte die einmal in einem Stapel auf Owens' Küchentheke gefunden; Owens hatte mit den Schultern gezuckt und gesagt, er habe zuviel um die Ohren. »Wie alt ist der Kerl?«

»Letztes Jahr, als er entlassen wurde, war er neundundvierzig, und jetzt behauptet er, wir wären alle jung. Das war einmal«, antwortete Owens.

Ein kühler Lufthauch lockte sie zu den offenen Türen der alten Kirche. Drinnen im breiten Mittelgang spielten singende Mädchen Himmel und Hölle. Genau in dem Moment bückte sich Jane, um den Stein aufzuheben, doch keiner von beiden hörte ihre Stimme aus dem Singsang heraus, und sie zogen weiter die Straße entlang.

»Weißt du«, sagte Owens, »ich hab mir gedacht: Liebe ist etwas sehr Seltenes. Vielleicht kriegen wir nur einen oder zwei Versuche im Leben. Und wenn man sich die verbaut, dann war's das.«

Heute fiel es ihm leichter, Owens über Liebe reden zu hören. Noah kam der Gedanke, daß er, auch wenn er keine Freundin hatte, vielleicht zumindest etwas Talent zur Liebe besaß. Er war beständig. Die Studentin hatte er das letzte Mal gesehen, als sie bei Regen sein Haus verließ und sich den Gürtel eines silberfarbenen Mantels um die Taille band. Ihre Vollkommenheit blieb unangetastet, wie ein kleines Porträt in einem Medaillon, dabei war sie jetzt schon lange fort. In gewisser Weise konnte er Louise nicht vorwerfen, daß sie ihn nicht als Mann sah. In seinen eigenen Phantasien kamen mit Sicherheit keine Behinderten vor.

Owens sah ihn aufmerksam an. »Ich wüßte gern, ob wir beide je heiraten werden. Das ist die Millionen-Dollar-Frage.«

Urplötzlich wollte Noah die Mutter des O.-I.-Babys anrufen. Er wühlte in seiner Tasche nach der Nummer, aber die war verschwunden. Seine Mutter hatte immer gesagt, sie habe erst lernen müssen, ihn richtig anzufassen. Ganz zu Anfang habe sie ihm mit einer Umarmung die Knochen gebrochen. Er mußte wohl in seinen Schreibtischschubladen nachsehen.

Als er wiederkam, hatte Louise den Aufbau des Experiments vorbereitet. Sie hatte den Einkauf angerufen, um eine Eilbestellung bei Sigma aufzugeben, dem Sears-Katalog für kleine Moleküle, und er vergaß die Mutter vollständig.

Um sieben schaute Rachel unten vorbei, um zu fragen, ob sie ihn zum Abendessen einladen konnte. Wie es schien, hatte sie sich in der Toilette die Haare gebürstet und die Wimpern getuscht. Aber Noah mußte ihr die Wahrheit sagen, nämlich daß er von seinen Eltern zum Abendessen erwartet wurde und schon spät dran war.

Als er zur Tür hereinkam, rief gerade seine Schwester aus Togo an. Sie erzählte ihm von jemandem, den sie dort kennengelernt hatte, der wegen Strahlentherapie gegen Krebs kahl geworden war und in einer Zeitung in Chicago eine Bekanntschaftsanzeige aufgegeben habe. Jetzt habe er eine Freundin, eine blonde Schauspielerin.

Michelle gab sich ganz dem Vergnügen hin. Es war der Sinn und Zweck ihres Lebens, ihre Lebensphilosophie. Noahs gesamtes Leben lang war sie der Gegenpol zu seinen Schmerzen gewesen. Von ihren Reisen hatte er Ansichtskarten mit den breitesten und reißendsten Flüssen der Welt, mit Anden-Ruinen und den Eisflächen in Alaska erhalten. Zu Hause begleitete er sie auf Expeditionen in die Artischockenhauptstadt der Welt, auf Wanderungen in einem Geländerollstuhl, um die Wüste in Blüte oder den Baum zu sehen, um den sich jeden August Monarchfalter sammeln. Wenn es ging, hatte er an ihren Dienstags-Pokerabenden teilgenommen. Michelle arbeitete halbtags als Schreibkraft, woraus sie sich nichts machte, um ihre Fotografie und ihr dem Vergnügen gewidmetes Leben zu finanzieren. Noah bewunderte seine Schwester, und sie fehlte ihm sehr. Aber für ihn konnte Vergnügen kein Selbstzweck sein; er ließ es nur im Vorübergehen mitgehen, stahl es von den Rändern eines Lebens, das auf verläßlichere Dinge setzte.

An dem Abend sah er die eingeritzten Striche, als er eine Küchenkammertür öffnete. *Michelle 1969* war in etwa einem Meter Höhe gekritzelt. *Michelle 1971*, achtzehn Zentimeter höher. Der letzte Strich war *1974*. Es gab keine Striche mit seinem Namen. Seine Eltern hatten das Haus gestrichen, als er und Michelle ausgezogen waren, aber das hier mußten sie aufbewahrt haben, zur Erinnerung. So hatte er noch nie daran gedacht – daß die Kindheit von ihm und Michelle auch den beiden gehörte.

Seine Mutter kochte ihm ihr bestes Essen. Er hatte mitgebracht, was von der Torte noch übrig war, und erst da kam er auf den Gedanken, er hätte Rachel oder sogar Louise mitbringen sollen. Aber das hätte seine Mutter in zu große Aufregung versetzt; sie hätte sich alles mögliche eingebildet und angefangen, die Betreffende mit kleinen Aufmerksamkeiten zu überhäufen.

Aber seine Eltern waren auch nicht ineinander verliebt gewesen, als sie heirateten. Das hatten sie nie vor ihren Kindern verheimlicht. Sie waren einmal zusammen zum Schulball gegangen und hatten sich vorher kaum gekannt. Und sie war schwanger geworden. »Wir haben uns erst spät lieben gelernt«, sagten sie ihm immer. »Wir haben es uns nicht leichtgemacht.«

Es weihnachtet

*I*m November rief Peter Bigelow von seiner Farm in Half Moon Bay aus im Bungalow an und bat Mary und Jane, ihm bei der Auswahl von Julies Geburtstagsgeschenk zu helfen. Er fuhr sie in seinem Pick-up zu einem Kaufhaus in der Stadt.

Sie stellten sich ein Paar Stiefel vor, oder vielleicht eine Handtasche: Sachen, die sie selbst gern hätten. Dann entdeckte Jane das Kleid, das ihr schon immer vorgeschwebt hatte: rot, an einer Schaufensterpuppe ohne Kopf.

»Glaubst du, daß sie so was anziehen würde?« fragte Mary.

»Na und ob«, sagte Peter. »Sie flippt aus, wenn sie es sieht.« Als ihm der Preis genannt wurde, pfiff er und zog eine silberne Geldklammer aus der Tasche. Jane hatte noch nie zuvor eine Geldklammer gesehen.

»Hat man auch lange was davon?« fragte Mary die Verkäuferin.

»Selbstverständlich«, lautete die Antwort. »Es ist ein klassisches Futteralkleid.«

»Aha.« Mary wußte nicht, was das war. Vielleicht das Material?

Nachdem die Verkäuferin ihm die große, als Geschenk eingepackte Schachtel überreicht hatte, sagte Peter: »Darf ich euch beide als kleine Stärkung auf eine Tasse Kakao einladen?«

Sie waren im obersten Stock. Auf dem Weg nach unten kaufte er jeder von ihnen ein Geschenk – einen Hut, der Mary wundervoll stand, und geblümte Strumpfhosen für Jane. Sie trug zwar nie Kleider, besaß aber eine Shorts, die sie dazu anziehen konnte. Jane hatte den Eindruck, daß die teuersten Sachen in Warenhäusern ganz oben waren, bis hinunter zu Lebensmitteln im Basement.

Sie saßen an einem Tisch im ersten Stock, nippten an Kakao aus einem Silberkännchen und knabberten genießerisch Pfefferkuchenplätzchen.

Dann sagte Peter: »Jetzt zeig ich euch mal was.« Er zog einen Filzbeutel aus der Innentasche seiner Cordsamtjacke. »Ich brauche ein Blatt Papier.«

»Ich hab Tonpapier dabei«, erbot sich Mary und kramte in ihrer großen Handtasche.

Auf ein blaues Blatt schüttete er glitzernde Steine aus dem kleinen Beutel.

»Was ist das?« fragte Jane.

»Diamanten.«

Keine von beiden hatte je Diamanten aus der Nähe gesehen. Jane zählte neun Stück, in lauter verschiedenen Formen. Wenn man genau hinsah, waren auch die Farben ein wenig unterschiedlich.

»Ich hab meine Mutter darum gebeten.« Peter packte Mary am Arm und starrte sie an, als erzähle er ihr etwas Wichtiges. »So verrückt bin ich. Ich hab ihr gesagt, daß ich drauf und dran bin, Julie einen Antrag zu machen, und da hat sie mir die hier gegeben. ›Vielleicht nützen sie dir was‹, hat sie gesagt. ›Sie sind alle von Frauen aus unserer Familie, von ihren Verlobungsringen.‹«

Jane fragte sich, wo all die Ringe jetzt wohl waren – auf irgendeinem Müllhaufen, ohne die Steine, auf einer Halde? Sie wollte schon fragen, ob sie nur die Ringe haben könne. Einen Stein würde sie dann schon finden, am Strand oder auf der Erde, oder alle zusammen an einer Kette um den Hals tragen.

Draußen donnerte es jetzt, und gleich darauf pladderte der Regen nieder. So einen Tag hatte Jane sich schon immer gewünscht, ein Nachmittag, der ewig weiterging, und niemand brach auf.

»Suchst du einen Ring aus, oder wie machst du es?« Mary wirkte schüchtern, so als hätte sie zuvor noch gar nicht an diesen Heiratsantrag gedacht.

»Nein. Julie soll sich ihren aussuchen«, sagte er. »Ich hab mir gedacht, ich schütte die hier vor ihr aus und laß sie die aussuchen, die ihr gefallen.«

»Mehr als einen?« fragte Jane.

»So viele sie will.« Er lächelte, doch das Lächeln versiegte. »Aber sie ist noch nicht soweit.« Er starrte zu Mary auf, und sein Hals sah weiß und dünn aus, wie der zarte innere Stengel eines Halms. »Was meinst du, Mary?«

Mary und Jane sahen sich an. Er hatte recht. Gestern früh war Julie hereinspaziert, als sie gerade Toast mit Mandelmus aßen. »Ich glaube, Peter ist kurz davor«, hatte sie gesagt.

»Huck möchte mit mir nach New Orleans«, hatte Mary erzählt. »Zu Thanksgiving.«

Und Julie darauf: »Das hört sich für mich nach einem Heiratsantrag an.«

»Wir sind noch lange nicht soweit. Ich weiß nicht mal, was dann mit mir und Owens wäre.«

»Und mit Eli?«

»Ich sag ja, wenn du ja sagst.« Da hatte Julie gelacht.

Aber heute, unter dem Einfluß von Peters Blick, während draußen unablässig der Regen an die hohen Kaufhausfenster rauschte, wollten sie, daß Julie bereit war.

»Ich glaub, wenn ich ihr jetzt einen Antrag machen würde«, sagte er, »würde sie verschreckt davonlaufen.«

Aber eigentlich wirkte er selber ängstlich. Sie fuhren die ganze Strecke bei Regen in seinem Wagen zurück, und Peter summte ununterbrochen, was ihnen lästig wurde.

Im Bungalow holte Mary den Beutel, in dem sie Stoffe sammelte. Sie hatte vor, eines Tages eine Steppdecke für Jane daraus zu nähen. Sie hielt ein Stück dunkelblauen Samt von dem Mantel hoch, den Noah Kaskie einmal ihrer Tochter gekauft hatte und der ihr zu klein geworden war.

»Hier«, sagte sie. »Das hier kannst du statt Papier nehmen.«

»Ich lege das Tuch hin, schütte sie dann drauf aus und sage: ›Such dir einfach aus, welche dir am besten gefallen, Schatz.‹« Er schüttelte den Kopf und sah Jane an. »Deine Mum und Julie, die sind wie Pech und Schwefel.«

Das stimmte sie ein kleines Weilchen glücklich.

Die Lehrerinnen boten an, Jane zu sich zu nehmen, wenn Mary nach New Orleans fuhr. »Wir wären richtig froh, sie bei uns zu haben«, beteuerte Amber, obwohl beide Schwestern so ihre Zweifel hatten, was die Reise anging.

»Ich weiß nicht mal sicher, ob ich fahre«, seufzte Mary.

»Das kann ich verstehen«, sagte Ruby.

»Sie *müssen* ja nicht«, ergänzte Amber.

Jane gab ihrer Mutter unter dem Tisch einen Tritt und hielt ein Einmachglas mit Limonenkonfitüre hoch. Das Haus der Lehrerinnen kam ihr nicht mehr wie Weihnachten vor. »Ich bleibe nicht da«, erklärte sie, als sie gingen. »Die betütteln einen die ganze Zeit. Vergiß es einfach. Ich frag Julie.«

»An Julie hab ich auch schon gedacht, aber Peter hat sie auf die Ranch seiner Eltern eingeladen.«

»Macht nichts. Ich finde schon selber was.«

An dem Abend, bevor Mary ging, saßen sie und Eli am Küchentisch, über japanische Teetassen gebeugt. In dem Lichtkegel der Lampe sahen ihre Köpfe hübsch und feierlich aus. Ansonsten war es dunkel im Haus. Jane zertrat einen Ameisenhügel mit ihrem Schuh. In den Ecken bildeten sich Ameisenhügel.

Jane nahm ihren Koffer, warf noch einen Blick zurück auf ihre Mutter und Eli, die ihre Hände vor sich auf dem Tisch hatten, und schlüpfte dann zur Vordertür hinaus. Sie wollte nicht zu den Lehrerinnen. Bei denen war sie jede Woche schon lange genug. In dem hotelsauberen Haus der beiden verging die Zeit so langsam, daß es war, als verstreute Amber bei jeder Bewegung Puder in der Luft. Jane hatte in der Zeitung über den neuen Matheunterricht gelesen. Wahrscheinlich gab es lauter neue Fächer – neue Literatur, neue Naturwissenschaften, eine neue Rechtschreibung, neue Geschichte –, und Jane lernte bloß die alten.

Den Kopf gesenkt, trug sie den Koffer bis zur nächsten Ecke und beschloß dann, zu Owens' Haus zu gehen. Wenn sie die Schnellstraße überquerte, die Alta und Auburn von den höher gelegenen Städten trennte, war sie schon im Wald. Sie sah zu Palmen und Eukalyptusbäumen, hin und wieder einer Pinie auf. Hier machte ihr nichts angst, und die Luft strich ihr warm ums Gesicht.

Noch ein Baum, und die Tanten mußten angekommen sein. Sie dachte an Rubys Fahrstil, so langsam, daß es schon gefährlich war, während Amber auf dem Beifahrersitz an ihr herumkrittelte. Bestimmt trugen sie ihre Ausgehkleider. Bei ihnen zu Hause wollten sie Jane garantiert ins Bett stecken, obwohl es ein schöner heller Abend und erst acht Uhr war. Sie würden sich hingebungsvoll an das lange Ritual des Ausziehens und Verstauens machen. Ruby, die jüngere, die Jane nicht ganz so verhaßt war, aß jeden Abend vor dem Schlafengehen ein Schälchen Frühstücksflocken in der Küche. Einen Augenblick lang sehnte Jane sich danach, in der weißgekalkten Küche zu sein, die mit Milch vollgesogenen Reiscrispies zu essen und sich zu überlegen, was für einen Roman einer längst toten Engländerin Amber wohl da liegengelassen hatte, wo die Decke wie eine umgeblätterte Seite auf dem Bett zurückgeschlagen war.

Aber sie war nicht da. Bestimmt hatten Amber und Ruby Mary überredet, die Polizei zu rufen. Alle suchten sie nach ihr; vielleicht fuhren sie bald hier vorbei, jeden Moment. Sie mußte über die Schnellstraße; sie stellte sich das lange Motorengedröhn vor. Danach ging es sanft bergan, Föhren, kein Problem. Sie rutschte die Böschung hinunter, hielt sich an Grasbüscheln fest, die Füße steil abgewinkelt. Sie kroch beinahe auf allen vieren und war verdreckt. Das hier war Owens' Lieblingshighway, sauber und schwarz. Wenige Autos flitzten vorbei; Jane lief drauflos bis zum Mittelstreifen und geriet dann in Panik, erschreckt von den blendenden Scheinwerfern, dem in die andere Richtung strömenden Verkehr, den großen Lichtkegeln. Sie hatte keine Ahnung, ob die Fahrer sie sehen konnten. Sie keuchte, zitterte, erinnerte sich aber dann aus einer so weit zurückliegenden Vergangenheit, daß sie sie nicht mehr einordnen konnte, an ein Highwaytier, irgendwas Kleines, Herumstreunendes, ein Stinktier oder Waschbär, und stürmte drauflos, alle Vorsicht beiseite lassend, die Brust vorgeschoben, ihre Haare lösten sich aus dem Gummiring, und auf der anderen Seite schmeckte sie die süße Nachtluft wie Glück, den scharfen Hauch von Minze.

Von hier ging sie durch hüfthohes Gras und wilden Fenchel auf Straßen, die an den Gärten und Koppeln von Millionären vorbeiführten. Pferde bewegten sich schwerfällig durch das graue Dunkel, brachten Blätter zum Rascheln und scheuchten Insekten auf. Hin und wieder sah sie weit entfernt ein Licht. Jetzt war sie nahe dran, und sie ging langsamer, hoffte, daß er da war.

Als das Tor in der baufälligen Mauer hinter ihr lag, war es immer noch weit, aber die Geräusche kamen ihr privat und sicher vor, seine. Die Straße wurde zu beiden Seiten von fedrigen Pinien gesäumt, und dann war es da, das alte Herrenhaus, und an den zwei Autos sah sie, daß er zu Hause war. Durch die unverschlossene Haustür trat sie ein.

Owens stand in der Küche und probierte mit einem Eßstäbchen, ob die Nudeln gar waren. »Jane! Alles in Ordnung?«

Sie nickte, und er bat sie, zum Essen Platz zu nehmen. Er verteilte die Nudeln und schnippelte ihr eine Avocado oben drauf, während sie alles erklärte.

»Meine Mom fährt mit Huck nach New Orleans, und ich wollte nicht bei den Lehrerinnen bleiben.«

»Was sagt Eli dazu?«

»Er ist nicht glücklich. Aber Julie hat meiner Mom gesagt, sie soll ihm sagen, in ihrem Alter gibt es zwei Daseinsformen, nämlich verheiratet oder ledig.«

Neugierig geworden, sah Owens Jane an. »Das finde ich überhaupt nicht. Ich wäre stinksauer, wenn Olivia mit irgendeinem anderen eine Reise machen würde.«

»Ist Eli auch.«

»Wow«, sagte er und aß mit seinen Stäbchen. »Na, dann ruf ich Mary wohl besser an und sag ihr, daß du hier bist.«

In seinem Haus gab es nur Gesundheitskost. Es schmeckte nicht. Hinterher war man satt und hungrig zugleich, so als ob der Bestandteil fehlte, der die Lebensmittel bindet und sie zu einer Mahlzeit macht, Öl vielleicht.

Als sie auf dem Futon in ihrem kalten Zimmer lag und einzuschlafen versuchte, fiel ihr ein, wie ihre Mutter ihr in dem Wintercamp einmal eine heiße Süßkartoffel in einem Stoffetzen gegeben hatte, das schmelzende Gold innen drin. Wie süß Verbranntes schmeckt.

Am Morgen fragte Owens, ob sie mit ihm ins Büro kommen oder zu Hause bleiben wollte. Jane wollte dableiben, allein. Nachdem sie sein Auto wegfahren gehört hatte, schlenderte sie durchs Haus. Hierher war sie an ihrem ersten Tag gekommen, und es hatte fremd ausgesehen, wie ein verlassenes Schloß. Sie war nicht hineingegangen, hatte nur mit dem Klopfer an die riesige Haustür gepocht. Selbst wenn sie drinnen gewesen wären, hätten sie das nie gehört. Jane hätte nur die Klinke herunterdrücken müssen und ohne weiteres hereinspazieren können. Damals war sie zwei Jahre jünger und anders gewesen, ein Mädchen, das bis dahin fast nur in Kommunen aufgewachsen war. Nie im Leben wäre sie auf den Gedanken gekommen, daß Leute, die in so einem Haus wohnten, die Tür nicht abschlossen. Als niemand gekommen war, war sie in den verwilderten Garten zurückgegangen und hatte sich auf die Erde gelegt, um einzuschlafen, eine Hand unterm Kinn.

In all der Zeit war sie nie allein hiergewesen. Sie versuchte sich vorzustellen, was gewesen wäre, wenn sie an diesem ersten Tag anders gewesen wäre und nicht erwartet hätte, daß große Türen immer abgeschlossen sind.

Sie war immer noch enttäuscht: alte Vorhänge, die niemand je abgestaubt oder abgenommen hatte; eine Vase ohne Blumen. Die Villa hatte neunundzwanzig Zimmer, aber nur ein paar davon waren bewohnbar. In dem Wohnzimmer stand ein prachtvolles Klavier, auf dem niemand spielen konnte. Sie setzte sich auf die polierte Bank, mal wieder erstaunt, daß ihre Finger keine Musik hervorzaubern konnten. Zu beiden Seiten eines mannshohen Kamins standen Lautsprecher, die größer als sie waren. Zwölf Stühle warteten um den Tisch im Speisezimmer.

Sie rannte nach oben in Owens' Wohnbereich. Dort, allein in seinem Badezimmer, machte sie einen Schrank auf und entdeckte ein ganzes Warenarsenal. Sachen, die zweifach, dreifach und mehr vorhanden waren, teils noch in Schachteln. Sie zählte fünfzehn identische volle Flaschen mit einem Shampoo, von dem sie nie gehört hatte, Geranie, noch mit Preisschildchen drauf: dreizehn Dollar. Außerdem Seifen und Zahnpasten, zwanzig übereinander gestapelt. Er besaß zehn eingeschweißte Zahnbürsten. »Es war immer da«, sagte sie in einem fort vor sich hin, so als wäre ihr Leben mit ihrer Mutter ein grausames Spiel gewesen, ein von einem hämisch lachenden Gott entworfener Hindernisparcours, was ihr Leid nicht edel, sondern peinlich aussehen ließ. Es war immer hier gewesen, was sie gewollt und worauf sie verzichtet hatten. Sie würde es sich nie ganz verzeihen, daß sie an dem ersten Tag nicht diese schwere Tür aufgestoßen hatte und reinspaziert war.

Bis sie den Schatz fand, wußte sie nicht, daß sie auf der Suche gewesen war. Die beendete sie in dem Abstellraum unten, wo sie vorher erst einmal mit ihrer Mutter gewesen war. Poster, Plaketten, Zeitschriften, Schachteln und Kartons mit Genesis-Andenken lagen überall verstreut zwischen alten Skiern und einem alten Motorrad. Mary hatte Owens gesagt, er solle die Sachen für die Nachwelt archivieren, obwohl sie und Jane ihre Leben nicht so sorgfältig dokumentierten. Owens hatte aufgeschaut. Er hatte seit über einer Stunde Fotos aus Stapeln gezogen. »Wahrscheinlich ist es besser, wenn das hier alles in einem Feuer oder sonst irgendwas vernichtet wird. Mit so'm Kram sollte man nicht leben.« Manchmal kam er ziemlich weit mit seiner Selbsterkenntnis. Aber seine guten Vorsätze setzte er selten in die Tat um.

Sie setzte sich und las über ihn; Briefe von Präsidenten und Hoffotografen, aber sie suchte nach etwas anderem. Und da waren sie, zwischen seinen Papieren und einem Architekturmodell von Katsura auf dem vollgestellten Ping-Pong-Tisch: die Fotos, die ihre Mutter geschickt hatte. *Jane, erste Klasse, sechs Jahre.* Auf eins hatte ihre Mutter von Hand geschrieben: *Also haben wir es vielleicht doch nicht so ganz verkehrt gemacht.* Jane durchwühlte das Zimmer, bis sie sämtliche Beweise ihrer Existenz gesehen hatte, und schlief dann rasch auf dem Boden ein.

Das Telefon weckte sie. Bevor sie in Alta wohnten, hatten sie Nachrichten für ihn hinterlassen, ohne je auf Antworten zu hoffen, wie Flaschenpost, die man ins Meer wirft. Sie sprachen immer mit Sekretärinnen oder auf seinen Anrufbeantworter. Jetzt begriff Jane, daß es Telefone gab, an denen er die ganze Zeit erreichbar gewesen wäre, sie hatten nur nie die richtige Nummer gehabt.

Die Nummer, die sie gehabt hatten, galt immer noch: Sie gehörte zu dem weißen Anrufbeantworter in der Küche. Aber er hatte erklärt, daß die zu viele Leute kannten. Also ließ er den Apparat antworten und hörte sich etwa einmal die Woche die Nachrichten an. Er ließ sich neue Nummern geben, die er vier oder fünf Leuten nannte und so lange benutzte, bis auch die sich herumsprachen; aber aus irgendeinem Grund behielt er auch die alten. Vielleicht aus einem Gespür für das Abgründige in seinem Charakter heraus wollte er erreichbar bleiben. Er wollte, daß irgendwer – offenbar nicht Mary und Jane – ihn erreichte. Während Jane den Apparat anfaßte, auf dem sie so viele Jahre lang all ihre hoffnungsvoll anklagenden Nachrichten hinterlassen hatten, fragte sie sich, auf welche Person er eigentlich wartete, wer die eine war, die er zurückgerufen hätte. Sie drückte auf den Knopf: Wer auch immer angerufen hatte, hatte nichts auf Band gesprochen.

Jane versuchte, sich in der dürftig ausgestatteten Küche zurechtzufinden, um das Abendessen zu machen, konnte aber keine Grundnahrungsmittel wie Milch entdecken. Dann kam Owens herein und sagte: »He, ich hab gedacht, wir könnten eure Freundin anrufen – wie heißt sie noch mal, Julie? – und vielleicht Rollschuhlaufen.«

Jane rief sie an, in der Hoffnung, daß sie ablehnte. Aber sie schien sich über die Einladung zu freuen.

»Was ist mit Peter?« fragte Jane.

Sie lachte. »Ich bin zu alt für einen festen Freund.«

Kurz darauf kam sie durch die Küchentür, ein Paar altmodische Rollschuhe in der Hand. Owens hatte für ihn und Jane vor Monaten Inline-Skates gekauft.

Eigentlich war Rollschuhlaufen das letzte, worauf Julie Lust hatte. Sie steckte noch in einem Kostüm, das sie zur Arbeit getragen hatte, und sie hatte schon immer schwache Knöchel gehabt; aber sie war neugierig auf Owens. Heute abend, aus der Nähe, wirkte er nicht nur kleiner, sondern auch anziehender als auf seiner Party, so daß sie sich beim Knüpfen ihrer Schnürsenkel ungeschickt anstellte.

Owens fuhr voran, und zu Julies Überraschung war er kein sehr guter Läufer. Er fuchtelte wild mit den langen Armen, als er sich umdrehte und rief: »Hier geht es ein wenig bergab, aber danach ist es kilometerlang flach.«

Julies Beine grätschten immer weiter auf, während sie nach unten sauste. Unten angekommen, faßte Owens ihre Hand und wirbelte sie herum, bis sie beide langsamer wurden. Julie spürte einen feuchten Fleck auf dem Hals. Hatte er sie geküßt? Sie wirbelte noch einmal herum, als könnte sie ein Gespenst überraschen, und sah dann geradeaus, während Jane eine Schußfahrt wie eine Skiläuferin hinlegte.

Sie kamen im alten Teil von Alta heraus, wo die ruhigen Straßen leer und glatt waren.

Owens riß ein Pflanzenbüschel aus einem fremden Garten und hielt es Julie hin. »Lavendel«, sagte er, als wäre es ein Geschenk.

Ich mag ihn, dachte sie leicht bestürzt.

Rasensprenger fuhren hin und her, und Nachtblüten öffneten ihre duftenden Kelche; hier betraten sie einen Jasmin-Raum, dann wehte ihnen ein Oregano-Schleier über die Gesichter. Julies Knöchel knickten nach innen um, und sie fragte sich, wie lange das wohl so weitergehen würde. Aber hier, auf flachem Grund, war es einfacher. Sie hatte sich schon überlegt, daß sie nicht den ganzen Weg zurück laufen konnte. Vielleicht konnte er sie mit dem Auto abholen kommen. Weit weg stimmten die Glocken der alten Kirche ihr Abendläuten an.

Sie kamen an einem Park vorbei, wo sich ein Schüler-Basketballspiel auf der beleuchteten Spielfläche dahinzog. Owens hielt mit einer Pirouette, die Arme hoch erhoben, eine unfreiwillige Eiskunstlauf-Parodie, und Julie bremste, indem sie in den Maschendrahtzaun griff, daß ihre Finger schmerzten. Die Uniformen der Kinder leuchteten bunt im Dämmerlicht. »Mir gefällt das«, sagte Owens. Er schien darauf zu warten, daß sie etwas sagte. Diese Verabredung war längst fällig, und Julie war nervös und aufgeregt. »Was genau machen Sie eigentlich den ganzen Tag?« fragte er. Vielleicht war es ein durchschnittlicher Abend für ihn, und er langweilte sich.

Sie lachte liebenswürdig. »Ich bin Prozeßbevollmächtigte in

einer kleinen Kanzlei, die alles übernimmt, von Weiße-Kragen-Kriminalität bis hin zu Antitrustverfahren.«

Er sah sie durchdringend an. »Sind Sie gerne Rechtsanwältin? Würden Sie es als *Ihre Leidenschaft* bezeichnen?«

Er sprach das Wort so vorsichtig aus, daß sie fast lachen mußte. Dies war ihre Chance, begriff Julie: Er wartete darauf, daß sie bewies, wie interessant sie war. Aber sie schwang nicht gern Reden über sich selbst. Ihr Leben lang hatte sie sich meist ruhig und gewissenhaft verhalten, was andere dazu brachte, für sie zu sprechen. Ihre Noten in der Grundschule, welches College und welche juristische Fakultät sie besucht hatte, *ihre Zeugnisse*, und, auch jetzt noch, ihr Arbeitsplatz ... das alles genügte den meisten Leuten. Doch Owens schien ihre Referenzen nicht anzuerkennen, also tastete sie sich lächelnd weiter vor. »Nun ja, ich weiß nicht recht, ob ich es eine Leidenschaft nennen würde. Es ist ja nicht Kunst oder eine Berufung, aber spannend ist es schon. Und in Prozessen zu arbeiten, ist sehr ... dramatisch. Es geht um Jahre im Leben eines Menschen. Ich weiß zwar nicht, ob ich immer dabei bleiben werde, aber zur Zeit gefällt es mir sehr gut.«

In dem Moment kehrte Jane schwungvoll zurück, stieß dabei mit ihm zusammen und schimpfte: »Weißt du, dieses eine Mädchen, das ich aus dem Park kenne? Mona? Die läßt sich heute abend für einen Dollar oben bei Woolworth die Ohrläppchen durchstechen. Bloß einen Dollar! Und ihre Eltern erlauben ihr, Ohrstecker zur Schule zu tragen.« Sie nutzte jede sich bietende Gelegenheit, das Wort *Schule* zu sagen.

»Na, da hat sie aber Glück, daß sie solche Eltern hat. Denn du mußt dich nun mal mit uns begnügen und wirst leider warten müssen.«

»Auch auf die Schule, oder nur auf Ohrlöcher?«

»Ohrlöcher«, sagte er ruhig. In der Wohngegend wurde es jetzt dunkel, und aus den Baumkronen ertönte ein gemischter Vogelchor. Sie rollten auf die Innenstadt zu, Owens machte noch einen kurzen Umweg über den Parkplatz einer Bank mit glattem Asphaltbelag.

Ich mag ihn richtig gern, sagte sich Julie, und ihre Aufregung grenzte an Beklommenheit. *Vielleicht ist es das*. Sie dachte an den kleinen Vogel, den Eli ihr in die Hand gegeben hatte, und wie sie den in Todesangst seinen ganzen Körper durchzuckenden Herzschlag gespürt hatte. So ging es ihr jetzt. Und sie wußte, was sie da über sich erzählt hatte, hörte sich nicht besonders gut an. Im Talentwettbewerb der Miss-America-Wahl wäre sie damit glatt aus der Endausscheidung geflogen. *Wenn du schon eine Berufstätigkeit ausübst, solltest du dich wenigstens enthusiastisch darüber äußern*. Das würde ihre Tante Amber dazu sagen. Dabei war ihr Beruf, wie sie sich selbstkritisch vorhielt, doch hauptsächlich schmückendes Beiwerk, etwa so, wie Fertigkeiten auf dem Gebiet der Musik oder der Handarbeiten einer jungen Dame vor hundert Jahren »den letzten Schliff« gaben. Sie war jetzt in der Phase, bevor sie eine Familie gründete – die dann, so hoffte sie von ganzem Herzen, Aufgabe und Inhalt ihres Lebens sein würde. Aber zu Julies Zeit war es für eine Frau mit ihrem Hintergrund unmöglich, mit Mitte Zwanzig keinem Beruf nachzugehen. Ganz offen auf einen Heiratsantrag zu warten, mit einem fadenscheinigen Job oder gar keiner Arbeit, hätte sie uninteressant oder gar hoffnungslos erscheinen lassen. Also studierten junge Frauen Jura, Medizin oder Betriebswirtschaft, nur um irgendwann ihre schwer erkämpften Kenntnisse und Studienabschlüsse sausen zu lassen, nicht wenn sie Ehefrauen, sondern wenn sie Mütter wurden. Julie zweifelte nicht daran, daß dem so war. So lernen wir heutzutage unsere Ehemänner kennen: mitten auf der Karriereleiter. Ihr einziger Fehler war, daß sie die Ecken und Kanten, die Unstimmigkeiten nicht gut genug übertünchte. Sie fand das Ganze eher erheiternd, das war ihr Problem, und Julie wußte, was das hieß: Sie war bereit, auszusteigen.

»Hier haben wir mal gewohnt«, sagte Jane, als sie an ihrer ersten Wohnung in Alta vorbeikamen, aber keiner hielt an oder sagte etwas.

Eben fuhr sie an der Wohnung über der Garage mit der großen Maschendrahtvoliere vorbei, in der Eli wohnte, erwähnte das aber nicht. Dann wollte sie in die Post fahren: auf dem gefliesten Boden dort ließ sich am besten Rollschuh laufen.

»Fahr du nur«, sagte Owens. »Wir warten draußen.«

Als er das sagte, wußte Julie plötzlich, daß er sie küssen würde.

In dem langen Seitenflügel mit der hohen Decke hallte es jedesmal, wenn Jane über eine Fuge fuhr. Die vergitterten Fenster waren nachts geschlossen, aber die Kronleuchter brannten, und die Türen standen offen, falls Kunden kamen, um ihre Postfächer zu leeren oder Briefe in Einwurfschlitze in der Wand zu stecken. Jane bremste wie immer vor den Fahndungsplakaten. Er war natürlich nicht da. Sie hatte schon lange aufgehört, bei dem schmalen Gesicht an Owens zu denken, suchte aber noch immer nach dem jungen Mann auf dem Foto, dessen Alter sie sich Jahr für Jahr weiter annäherte.

Wieder vereint, fuhren sie die Hauptstraße entlang, vorbei an den Läden und kleinen Restaurants. Julie spürte eine Wärme in ihrer Brust, wenn sie zu ihm hinsah. Er zuckte lächelnd die Schultern. Es war ihr so leichtgefallen, ihn zu küssen, so wie etwas, was sie schon immer konnte.

»Noah!« quietschte Jane. Sie waren schon fast an ihm vorbei, aber Jane spürte seine Anwesenheit. Die Welt kam ihr immer wie ein Kinderspiel vor, wenn sie zufällig jemandem begegnete. So viele Jahre ihres Lebens war Owens nie in Erscheinung getreten, wie intensiv sie auch an ihn dachten.

»Hier bist du also«, sagte Owens und legte Noah eine Hand auf die Schulter.

Noah und Louise hatten zum ersten Mal über Beziehungen geredet, ein Thema, das Noah aufgeregt und glücklich stimmte. Nachdem sie sich eine halbe Stunde lang über Drosophila ausgelassen hatte, hatte Louise ihm von Andy Ruff erzählt, der sie offenbar gerade verließ. Das ist mein Versuch, dachte Noah, und mehr kriegt man nicht. Gesellschaft war das letzte, was er sich jetzt wünschte, aber Owens hatte sich schon rittlings auf einen Stuhl gesetzt. Er winkte die Kellnerin herbei und bestellte dann vorneweg vier große Gläser Orangensaft. Noah, der vorgehabt hatte, Louise zum Essen einzuladen, zuckte zusammen.

»Und was macht die Forschung?« fragte Owens, nachdem er Julie vorgestellt hatte.

»Ich weiß nicht; wir haben in letzter Zeit nicht viel davon gesehen.«

»Sind Sie auch eine Forscherin?« fragte Jane Louise. »Aber arbeiten Sie nicht in seinem Labor für ihn?«

»Jane«, sagte Julie.

Louise machte sich daran, die Feinheiten der Hierarchie in der Forschung zu erklären und haarklein auseinanderzusetzen, wie weit sie hinter Noah zurücklag.

Noah sah sich im von Stimmengewirr erfüllten Raum um. Ich bin in Louise verliebt, dachte er, aber noch ist das kein Problem.

»Aber nur, weil Sie jünger sind«, sagte Jane. »Nicht, weil Sie eine Frau sind.«

Das gab Anlaß zu einer weiteren langen Rede, denn Louise war gar nicht jünger.

»Sie will es nur nicht zugeben«, warf Noah ein, »aber sie ist besser als ich.«

Owens fand die Probleme von Frauen in der Forschung nicht sonderlich faszinierend, und er begann wieder ein Gespräch mit Noah, diesmal über seine Haushälter. »Wir haben es zwar nicht explizit angesprochen, aber ich glaube, daß wir jetzt alle die Gelegenheit haben, zu überdenken, ob wir das Arbeitsverhältnis fortsetzen wollen.«

»Ich glaub, sie wollen weiter für dich arbeiten«, sagte Jane, die kurz aus ihrem Gespräch auftauchte und sich dann wieder dort einfädelte. Jane hatte sich oft mit Susan und Steven in der Küche unterhalten, wenn Owens spät nach Hause kam.

Noah war geladen. Erst platzte Owens in sein ruhiges Essen mit Louise, und jetzt versuchte er auch noch, alle am Tisch in eine Erörterung seines Ärgers mit den Dienstboten zu verwickeln. Das war ganz so, als hätte Noah das Thema Labor-Lagerung zur Sprache gebracht und allen von seiner wochenlangen Entscheidungsfindung erzählt, ob er ordentliche Metallschränke anschaffen oder einfach Pappkartons von Spirituosenläden zweckentfremden sollte.

»Und die wenigen, die es gab, haben in den Laboratorien ihrer Männer gearbeitet«, ergänzte Louise.

»Wie lange sind sie weg?« fragte Julie ins Leere. Sie folgte beiden Gesprächen, ohne viel dazu beisteuern zu können. Niemand antwortete ihr, und während sie Owens zusah, der sich angeregt mit seinem Freund unterhielt, begriff sie plötzlich, daß er sie gar nicht gemocht hatte. Sie konnte fast hören, wie er zu Jane sagte: »So hübsch ist sie nun auch wieder nicht.« Tja. Sein ganzer Erfolg gut und schön, aber besonders nett war er nicht. Er hätte sich eine höfliche Bemerkung über ihre popelige Arbeit abringen können, die ihr ohnehin nicht viel bedeutete; das ging ihr jetzt auf, während sie dieser Frau zuhörte, die sich unermüdlich über Biologie ausließ.

Dabei gefiel ihr Louise eigentlich, ihre angespannten schmalen Schultern und das aparte Gesicht. Von Zeit zu Zeit erschienen Frauen wie sie auf der Bildfläche, die das bleiben wollten, was sie geworden waren, wahrscheinlich auch als Ehefrau und Mutter. Es ist eine Schande, dachte Julie nicht zum ersten Mal, daß nicht alle, die tatsächlich eine traditionelle Ehe wünschen, einfach die Hand heben können.

»Ich halte Kaskie hier für einen wirklich bedeutenden Wissenschaftler«, sagte Owens.

»Ich auch«, stimmte Jane zu.

Noah lächelte. So war Owens nun mal: Er hielt jeden Künstler, den er mochte, für einen bedeutenden Künstler, und Kaskie selbst für ein Wissenschaftsgenie, auch wenn die Aussichten in jedem dieser Fälle gar nicht so rosig waren. Dieses eine Mal spielte es für Noah keine Rolle, ob er zu den Auserwählten zählte oder nicht. In seinem kleinen Freundeskreis, in der lauen Luft dieses Winterabends, fühlte er sich geehrt, seine Bestrebungen anerkannt. Louise lachte neben ihm. Er spürte, wie der auf ihm lastende Druck nachließ, das Glück einer Atempause. »Sag das den Zellen«, sagte Noah und lachte.

Irgendwann kam der Moment, den er seit einer Stunde gefürchtet hatte: Die Rechnung wurde ausgefertigt. Noah hatte vorgehabt, Louise zum Essen einzuladen, und natürlich gab er Jane gern ein Sandwich aus. Die Freundin – Julie – hatte rücksichtsvoll nur eine Tasse Kakao bestellt. Das einzige Problem stellte Owens' Verzehr dar: alles in allem sechs große Gläser Orangensaft und zwei

Essen, in denen er nur herumgestochert hatte. Während die Kellnerin schrieb, wußte Noah, daß Owens wahrscheinlich anbieten würde, das Ganze zu übernehmen. Aber wenn Noah das zuließ, lud er Louise nicht ein. Und Owens hatte es wahrscheinlich verdient, ab und zu mal eingeladen zu werden, auch wenn er nie begreifen würde, wie ungewöhnlich es war, sechs große Gläser Orangensaft zu bestellen.

»Ich glaube wirklich nicht, daß ich es auf Rollschuhen bis zurück schaffe«, sagte Julie, der es egal war, was Owens von ihr hielt. Ihr Knöchel tat weh, und eine halbe Stunde zuvor hatte sie viel schneller, als ihr bewußt war, im Kopf überschlagen, daß er die Unbequemlichkeit nicht mehr wert war.

»Ach, es gibt eine Abkürzung«, sagte Owens charmant. »Wir müssen den Abhang nicht rauffahren.«

Aber sie schnürte schon ihre Rollschuhe auf. Wenn es eine Abkürzung gibt, dachte sie, warum hast du uns die dann nicht gleich gezeigt?

»Ich kann euch im Bus mitnehmen«, sagte Noah. Er bemerkte eine leichte Spannung zwischen den beiden und fragte sich zum ersten Mal, wessen Freundin sie war. Sie kam ihm hübsch, wenn auch zu dünn vor. Doch fast umgehend übernahm Noah Louises Ansicht über sie – *unwichtig, zählt nicht* – und akzeptierte das. Jahre später sollte er an den Augenblick vorschneller Beurteilung zurückdenken.

Owens ließ seine Hand über die Rechnung gleiten.

»Nein, das geht jetzt mal auf mich«, sagte Noah und legte seine Kreditkarte auf den Tisch.

»Wißt ihr was, ich hab mir überlegt«, sagte Owens, nachdem Noah die drei bei Owens' Haus abgesetzt hatte, »ich weiß nicht, ob Mary es so gut finden würde, daß wir heute abend alle Rollschuhlaufen waren. Vielleicht sagen wir ihr besser nichts davon.«

»Nicht, daß wir Rollschuhlaufen waren?« fragte Jane.

»Na ja, daß wir Rollschuhlaufen waren, kannst du ruhig sagen, aber sag vielleicht lieber nichts davon, daß wir zu dritt waren.«

Julie stand neben ihrem Auto, die Schlüssel in der Hand. Alles klar, dachte sie. Er hat nicht die Absicht, mich wiederzusehen, also lohnt es sich nicht, Mary in Aufruhr zu versetzen. »Schon gut. Ich sag nichts«, erwiderte sie, stieg in ihr Auto und schlug die Tür zu. Und im Lauf dieses einen Abends veränderte sich Julie. Sie konnte nicht mehr vollkommen aufrichtig von sich behaupten, nie verliebt gewesen zu sein. Von da an redete sie von »dieser Art Liebe« als von etwas Gefährlichem, Unreifem. Als sie nach Hause kam, rief sie Peter an, und sie unterhielten sich anderthalb Stunden.

Jane ging stumm durch das leere Haus. Sie war es nicht gewohnt, Geheimnisse vor ihrer Mutter zu haben.

»Jane, wach auf – ich bin's. Los, zieh dich an. Eli wartet im Auto.« Das Gesicht ihrer Mutter, hart und lebendig, über den Futon gebeugt. Eigentlich sollte sie noch nicht aus New Orleans zurück sein. Sie hatte endlich ihr Abenteuer gehabt. Es ging nur um sie, sie war jetzt der Mittelpunkt, mitten in der Nacht.

»Mary?« Owens' Stimme ließ sie anhalten, als sie schon halb durch den Flur waren. »Alles in Ordnung?«

»Danke, Owens, daß du sie genommen hast.« Seine Stimme, erinnerte sich Mary, hatte sich oft freundlich angehört.

Eli wartete bei laufendem Motor, wie in einem Fluchtwagen. Niemand sagte etwas, während er sie auf den dunklen Straßen nach Hause fuhr. Sie schickten Jane ins Bett, aber die konnte nicht schlafen und schlurfte in die Küche. »Über was redet ihr?«

»Jane, das ist nichts für dich, nur für Erwachsene. Geh schlafen. Du gehörst längst ins Bett.«

»Warum habt ihr mich dann mitten in der Nacht geweckt?« Auf einmal gehörte sie zu einer bestimmten Zeit ins Bett.

»Ich wollte dich zu Hause haben, mehr nicht.«

Und Jane war froh, wieder im Bungalow zu sein. In Owens' Villa nieste sie immerzu, daß es sie in ihrer Jacke schüttelte, so wie Hunde bibbern. Sie wischte sich mit dem Handrücken die Nase und hoffte, daß er es nicht merkte.

Oft genug verwandelte die Nacht ihre Mutter wieder in die Person zurück, die Jane kannte.

Owens schenkte Jane zu Weihnachten einen Fotoapparat. Olivia schenkte er das gleiche. Mary schenkte er Parfum, genau wie im Jahr davor.

Julie und Peter fuhren zur Ranch seiner Eltern, zwei Stunden Richtung Osten. Als sie am Weihnachtsmorgen anrief, sagte Julie, daß es Artischocken- und Mandelplantagen gab. »Also wir sind verlobt, aber es ist noch heimlich«, erzählte sie Mary und Jane, die zusammen ihre Gesichter an den Hörer preßten. »Was gibt's bei euch Neues?«

»Ach, nichts.« Julie wußte noch nicht, daß Mary Huck in einem Hotelzimmer im French Quarter zurückgelassen hatte und früher wiedergekommen war.

»Na dann aber mal ran«, sagte Julie. »Ich sag ja, wenn du ja sagst.« Sie lachte.

Mary und Jane hatten vorher gewußt, daß es passieren würde. Mit dem blauen Samt von Janes Mantel hatten sie sogar dazu beigetragen. Aber als sie auflegten, waren sie immer noch ratlos, was sie mit dem angebrochenen Tag anfangen sollten. Eli hing rum. Mary schlug vor, daß sie ins Kino gingen.

Eine Woche darauf waren sie in Julies Häuschen. In Chinatown hatte Julie kleine Blechamulette gefunden, und die beiden halfen ihr dabei, die an Schnüren überall aufzuhängen. Es sollte eine Silvester-Plünderparty werden, und zum Schluß sollten die Dinger zu Armbändern aufgefädelt werden.

Während sie das Abendessen vorbereiteten, huschte Jane ins Badezimmer. Wie sie da so zwischen karierten Handtüchern und einem karierten Duschvorhang dahockte, belauschte sie die beiden Frauen.

»Ich weiß nicht, ob ich es behalten soll«, sagte Mary leise.

»Von wem?« rief Jane über die Spülung hinweg, noch ehe sie darüber nachgedacht hatte.

»Was redest du da, Schätzchen?«

»Von wem ist das Kind?« Das schleuderte sie heraus, riet es altklug und war sich so sicher, wie sie nur sein konnte, daß sie sich verhört hatte.

»Na, von Eli natürlich.«

»Wieso natürlich? Du bist mit Huck nach New Orleans gefahren.« Jane war wie vom Donner gerührt. Sie hatte das Schockierendste gesagt, was sie sich vorstellen konnte, und jetzt stimmte es, und nur sie selber war schockiert.

»Schätzchen, da ist nichts draus geworden.«

So, wie Mary den Mund verzog, die Lippe, war Jane sich nicht sicher, ob sie ihr glaubte.

»Es ist ja wohl so: Du hast das schon mal so durchgezogen«, sagte Julie. »Willst du alles wiederholen oder es diesmal anders machen?«

Mary seufzte. »Ich würde es gern einmal richtig probieren, verheiratet sein und genug Geld haben.«

»Das hast du verdient«, sagte Julie mit flacher, in spitzem Winkel abgeknickter Hand. Manchmal konnte Jane sich vorstellen, wie sie als Anwältin war.

Eli wartete auf der Terrasse. Der Bungalow glühte von innen. Er hatte Birnen in alle Lampen geschraubt und die Ameisenhügel aus den Ecken gefegt. Als sie hereinkamen, legte er seine flache Hand auf Marys Bauch, und da begriff Jane: Er wollte, daß sie es wußte. Was ihn anging, war es ihre Schwester oder ihr Bruder, und sie würden jetzt eine Familie sein.

Es war beinahe ein netter Abend. Eli hatte jedem einen Nachtisch aus der alten Bäckerei ihrer Großmutter mitgebracht. Jahre später erinnerte sich Jane daran als an einen Teil des Problems, diese kleinen hübschen Törtchen. An dem Abend wollte ihre Mutter die ganze Torte, groß und verziert, auch wenn sie nur zu dritt waren und es Verschwendung gewesen wäre.

Daß der Ring, den Eli oben auf Marys Kresse-Mohn-Törtchen steckte, ihr Lieblingsgeschmack, eher wie eins von Julies Chinatown-Amuletten aussah, von denen es Hunderte gab, als wie etwas Bedeutungsvolles, Kostbares, machte es nicht besser. Er hatte ihn aus einem Kaugummiautomaten. Als er das sagte, wirkte er einfältig, anders als sonst, und dann gab er zu, daß er neunzehn Vierteldollarmünzen reingesteckt hatte. Jane wußte, das hätte ihrer Mutter noch vor einem Jahr sehr gefallen. Sie und Eli erzählten ihr immer, daß sie nicht so leben wollten wie ihre Eltern. Aber Mary und

Jane hatten keinen Appetit, obwohl er ihnen ihre Lieblingstörtchen mitgebracht hatte.

»Iß dein Törtchen«, befahl ihre Mutter, als Jane mit ihrer Gabel spielte und Schnörkel zog. Eli stand auf und schloß die Hintertür. »Er hat's mitgebracht«, flüsterte Mary. In dem Moment erkannte Jane das Furchtbare: Es lag ganz bei ihr.

Hinterher bekam sie immer wieder zu hören, daß es nicht so gewesen sei. Wegen ihres Alters und allem. Sie war nur die Tochter. Sie wußte, daß sie mit ihren zwölf Jahren nie die Entscheidung hätte fällen dürfen, aber es war so. Niemand machte ihr je Vorwürfe, nur sie selber, und zwar schwere. Und sie hatte sehr lange an dieser Geschichte zu knabbern.

Owens wußte nichts davon. In jenen Jahren lebte er hoch oben und weit weg, wie ein sagenumwobener Herrscher. Er wußte nicht, wie sie wirklich waren. Eli wußte es, und er begriff, daß sie verantwortlich war. Von da an sah er sie immer mit wundem Blick an.

Als Jane schließlich die Entscheidung traf, war sie allein im Bungalow, wusch die Wäsche und versuchte zu putzen. Sie waren in Julies Häuschen gewesen, das allmählich das von Julie und Peter wurde und Mary und Jane in immer finsterere Stimmungen stürzte. Zu Hause hatten sie Sisyphosarbeiten zu verrichten. In jeder kleinen Schublade, die man aufzog, steckte ein ganzes neues Universum an Durcheinander.

Jane arbeitete wie besessen. Julie hatte sie zum Feiern eingeladen, und deren Haus blieb immer tipptopp, während sich das von ihnen ewig in unfertigem Zustand befand.

»Möchtest du einen kleinen Bruder?« fragte ihre Mutter, als sie in die Küche kam.

Jane scheuerte auf Knien die Bodenfliesen, jede einzeln. »Du weißt nicht, ob es ein Bruder ist.«

»Ich spür's irgendwie. Hast du so was schon mal gefühlt, daß du etwas gar nicht wissen kannst, und du weißt es trotzdem?«

»Nein, wirklich nicht. Und ich will weder einen Bruder noch eine Schwester. Ich finde, wir sollten erst unser Leben richtig auf die Reihe kriegen. Ich glaube, wenn ihr ein Kind kriegt, du und Eli, dann werden wir nie den Anschluß kriegen und es schaffen.« Sie tauchte ihren Arm in den Eimer mit Seifenwasser.

Jane meinte nicht wirklich, was sie da sagte, aber ihre Mutter stellte keine Fragen. Am nächsten Tag fuhren sie zusammen in Elis Auto hin. Die Klinik war wie jede andere, mit kitschigen Katzenpostern an den Wänden. Jane blieb im Wartezimmer sitzen, während ihre Mutter und Eli hineingingen. Eli sah in die Toilettenschüssel und sagte, es sei ein Junge.

»Du hättest nicht nachsehen sollen«, sagte Jane.

»Wir sind heute abend bei Weihnachtsvorbereitungen«, sagte Julie ein Jahr später lachend am Telefon. Mary beklagte sich resignativ, wieviel sie noch zu erledigen hatte, und Julie sagte, bei ihr sei es das gleiche. »Es ist gar nicht so einfach, für alle Karten zu basteln und Geschenke zu besorgen und den Baum zu schmücken und zu backen und dabei auch noch arbeiten zu gehen«, sagte sie. Es war ein fragiler, wenig überzeugender Anknüpfungspunkt. Sie waren nicht mehr in der gleichen Situation, falls sie das je gewesen waren, und die einzige Gemeinsamkeit, die sie entdecken konnten, war ihr Weihnachtsstreß. Mary und Jane zweifelten sogar stark daran, daß Julie wirklich gestreßt war. Sie glaubten, daß Julie wußte, wie sie es anstellen mußte, das, was sie sich vornahm, auch durchzuführen. Mary und Jane verschickten keine Karten. Und Mary hatte keine Arbeit. Die Partys, die Hochzeit, Julie schaffte einfach alles und wirkte nie nervös. Mit ihrem Baby würde sie es genauso machen. Jane konnte sich einfach nicht vorstellen, daß sie oder ihre Mutter etwas so hinkriegten.

Das einzige, was Julie nervös machte, fiel ihnen leicht. Sie wußte nämlich nicht, wie man sich etwas wirklich wünschte oder es sich intensiv genug wünschte.

Ein paar Dinge wollte sie schon, fiel Jane der Gerechtigkeit halber ein. Sie freute sich so, als sie nach dem Test erfuhr, daß ihr Kind ein Mädchen war. Das konnte Jane ehrlich nicht verstehen: wie man sich so sicher sein konnte, daß man sich eine Tochter wünschte. Jane würde einen Jungen wollen; sie konnte nicht mal sagen, warum. Es gibt zu viele Gründe, ein Junge sein zu wollen, als daß man wüßte, welcher an erster Stelle kommt.

Mary und Eli trennten sich, blieben lange Zeit getrennt und fanden dann wieder zueinander, aber nicht mehr so wie früher. Mary bekam kein zweites Kind mehr.

Und von da an wußte Jane ihr Leben lang: Ich hätte einen Bruder haben können.

Kirschen

Offenbar saßen alle einer Falschmeldung auf. Freitagabend um acht, unter einem gläsernen Himmel, hielt Owens auf dem Parkplatz seinen Schlüssel in der Hand, als jemand aus dem Südgebäude auf Inline-Skates erst vorbeischoß und dann anhielt, hoch aufragend in Dunkel und Neonlicht. Seine T-Shirt-Ärmel bauschten sich wie Flügel nach hinten. »Mein Beileid wegen Ihrer Mutter«, sagte er.

»Keine Ursache«, antwortete Owens. »Sie ist noch nicht tot.«

»Es hieß, sie wäre krank.« Er hatte hellrote Haare und Sommersprossen, und seine Haut wirkte transparent. Er schwankte auf seinen Skates, riesig, wie ein schadhafter Engel.

»Ja, das stimmt auch. Aber ich glaube, sie wird wieder gesund.«

»Na, dann Gottes Segen«, sagte er und wirbelte herum, einmal um sich selbst auf den Skates; so ein großer Kerl, und redete von Gott.

Manches, was Owens ganz genau wußte, konnte er einfach nicht erklären. Er konnte Geräte reparieren, besonders Geräte des täglichen Gebrauchs. Und er glaubte daran, daß er seine Krankheiten selbst heilen konnte. Seinen Körper verstand er ebenso, wie er diese Geräte ein- und ausschalten konnte. Wenn sein Magen anschwoll, sich genau in Zwerchfellhöhe verkrampfte, wußte er, daß nur Obst ihn heilte. Weil er Apparate nötigenfalls mittels Manipulation oder List zum Funktionieren bringen und seinen Körper so weit beeinflussen konnte, daß er sich selbst heilte, glaubte er felsenfest daran, daß seine Mutter, egal, was sie sagte, nicht zu sterben brauchte.

Es ging auf Juni zu, und es gab Kirschen. Die ganze 580 East entlang reihte sich ein Feld mit dunklen Doppel-Bings ans andere, manche gelb mit einem Hauch Rot, leicht gesprenkelt. Queen Annes, Rainiers, Jubilees. Er wollte, daß sie fastete. Aber wenn sie das nicht konnte, sollte sie Kirschen essen.

An den Farmverkaufsständen wurden die Kirschen kalt, vom Kondenswasser beschlagen, unter Jutetüchern angeboten. Wie die meisten Kinder, die irgendwo in der Nähe des Great Valley aufwuchsen, hatte er als Junge gepflückt. Fünfzig Cents der Scheffel, als es ihm noch aufs Geld angekommen war. Er wollte morgen zu ihr. Um fünf oder sechs würde er aufstehen, das Motorrad nehmen und ihr die Kirschen zur Mittagszeit bringen.

Aber am Samstag wachte er spät auf, um elf, umfangen von stikkigem Sonnenschein. Die Motorradfahrt hätte ihm Spaß gemacht – es war ein trockener, klarer Tag –, aber immerhin gab es auch hier einen Verkaufsstand, und er fuhr mit offenem Verdeck. Dort hatten sie Bings und Rainiers in zwei verschiedenen Größen. Er fragte, wieviel alle Großen zusammen kosteten.

»Hab noch mehr davon auf Lager. Soviel Sie wollen.«

Er mußte wissen, wieviel alle zusammen kosteten.

Neun neunundneunzig das Pfund, das war teuer; an der 580 kosteten sie bestimmt nicht mal die Hälfte, vielleicht ein Drittel. Er war damit groß geworden, daß man wartete, bis die Obstpreise sanken. Seine Familie hatte sich nie die ersten Erdbeeren oder irgendwas Weißes leisten können – Albinonektarinen, Babcock-Pfirsiche. Jetzt kaufte er das beste Obst, hemmungslos. Das war der spürbarste Vorteil, den er von seinem Geld hatte.

Ein Hundertdollarschein für die Kirschen des Farmers, und die vollen Tüten bildeten einen schlaffen Torso auf dem Beifahrersitz, berührten ihn fast. Beim Fahren machten sie rieselnde Geräusche. Wo er auch war, er fand immer den Weg zurück zu dem Haus. In verschiedenen Schlafebenen, selbst wenn alles bis zur Unkenntlichkeit verzerrt war, blieb das Haus bestehen. In einem Traum war es weiß, älter, allein auf einem tiefgelegenen dunklen Streifen Land, mit Licht in den Fenstern und runden, altmodischen Möbeln, aber er wußte, daß es das Haus war. Er lief, wurde verfolgt; konnte er bis zur Veranda gelangen, würde sie die Tür aufmachen und ihn reinlassen.

Kurz nach dem Krieg hatte ein Stadtplaner namens Handelman dieses Wohnviertel entworfen und es nach sich selbst Handelman Hills benannt. Er errichtete kleine Häuser für junge Familien. Manchmal fuhr Owens nur wegen des Geruchs durch die kleinen Straßen. Rauch von Laubfeuern kräuselte sich in der Luft, Gras gab herben Erdgeruch frei, während die Sprenger gleichmäßig vor und zurück, vor und zurück zischten. Es waren schöne, einfache Häuser.

Vor Handelman waren die Hänge von spärlichem Unkraut und verstreuten Eichen und Erlen bewachsen gewesen. Vor langer Zeit war das Land spanisch besiedelt, von langsam umherziehenden Schäfern. Noch davor lebten Indianer von Wurzeln und Beeren. Jetzt waren die Straßen abwechselnd nach Spaniern und nach Handelmans Verwandten in Ohio benannt. Von den Indianern war nichts geblieben außer vereinzelten Pfeilspitzen, die Jungen von Owens' Jahrgang aus der Erde buddelten. Niemand konnte sich an viel erinnern, was vor der letzten Eroberung passiert war.

Als er in die Auffahrt einbog, benetzte ein Sprenger den Rasen der Nachbarn, und der Wasserfächer wendete sich gerade.

»Hu-hu«, rief er, als er beim Eintreten den Kopf einzog.

Sie saß am Küchentisch, und er setzte sich zu ihr und stellte drei riesige Tüten ab. Sein Vater war hinterm Haus. Die Küche sah so aus wie immer, mit sauberen Arbeitsflächen, nur ein leicht modriger Geruch lag in der Luft, und der kräftigere Geruch nach Medizin.

»Ich hab was für dich«, sagte er und sah sie durchdringend an. »Ich hab dir Kirschen mitgebracht. Ich glaube, du mußt deinen Körper entschlacken. Du mußt drei oder vier Tage lang nur Kirschen essen, nichts sonst. Ich glaube, das wird dich heilen.«

»Das sind ja so viele. Leg sie in den Kühlschrank, damit sie sich halten«, sagte sie. »Und nimm wieder welche mit. Die essen wir nie alle auf.«

Er schüttete eine Tüte in eine blaue Schüssel, die auf dem Tisch zwischen ihnen stand, und holte ein Tellerchen für die Kerne. Die anderen Tüten stopfte er in alle Lücken im Kühlschrank. Er aß im Stehen ganze Hände voll, während sie jede einzeln knabberte.

»Sollten wir sie nicht vorher waschen?« fragte sie stirnrunzelnd, als hätte sie etwas falsch gemacht.

»Vergiß es«, sagte er mit vollem Mund. »Das sind Bio-Kirschen.«

»Davon geht der Dreck auch nicht ab«, sagte sein Vater, der hereinpolterte.

»Wie geht es dir?« fragte Owens.

»Gut heute. Heute geht's mir gut«, sagte sie. »Letzte Nacht hab ich geschlafen.«

So, wie er die Augenbrauen hochzog, konnte man ihm unmöglich etwas abschlagen. Geziert aß sie das Fruchtfleisch, knabberte einmal ringsherum, so wie Kinder Äpfel essen, weil man es ihnen so beibringt.

»Wie geht es dir? Was macht das Geschäft?« Sie nannte es immer »das Geschäft«.

»Bei Genesis läuft alles bestens.« Das stimmte nicht ganz. Draußen taperte das Licht über den kurz gehaltenen Garten.

Sein Vater kam wieder rein, diesmal mit in Zeitungspapier eingeschlagenen Möhren, an denen noch Erde hing. »In der Zeitung haben wir von dem Aktiensplit gelesen.« Er nickte einmal. Anerkennend.

»Na bitte, dann wißt ihr ja, was das heißt. Ihr beide seid reich! Ihr könnt auf Reisen gehen oder euch ein neues Auto kaufen.«

Sie hörten die elektrische Uhr ticken. Zu spät merkte er, daß er das Falsche gesagt hatte.

Sein Vater sagte: »Wir wollen nirgends hin.«

»Aber die Reisen, die wir gemacht haben, haben uns gefallen. Besonders die eine nach London. Mit dir und Olivia.« Ihre Mutter hob den Anhänger an, den sie um den Hals trug, und ließ ihn wieder fallen. »Wie geht es ihr?«

Er seufzte. »Wie es Olivia geht? Das ist eine sehr gute Frage. Nur leider weiß ich die Antwort darauf nicht, Mom.«

»Siehst du sie denn etwa nicht mehr?« Sein Vater putzte die

Möhren über der Spüle. In seinen mächtigen Pranken sahen die kleinen weißen Wurzeln zart aus, wie Nervenstränge.

»Wenn du es nicht weißt«, sagte sie, »wer dann?«

»Sie ruft hier an«, sagte sein Vater. »Kommt sie besuchen.«

»Und die letzten paar Male hat sie eine Freundin mitgebracht, die mich massiert hat! Das war wirklich sehr nett.«

»Karen. Ja, ich weiß.«

»Jetzt sag mir mal, hast du ihr was bezahlt? Weil wir es nämlich versucht haben, aber sie hat nicht einen Cent genommen.«

»Ach ja, mach dir darüber keine Gedanken.«

»Hast du sie bezahlt oder nicht?«

»Klar, sicher, ich werd sie bezahlen. Aber darum geht's nicht. Sie ist eine Freundin von Olivia und mir, und sie möchte kommen. Sie mag dich sehr gern, Mom.«

»Ach, und ich mag sie auch. Sehr sogar.«

»Weißt du, bei Olivia hab ich manchmal den Eindruck, später, wenn ich alt bin, werde ich vielleicht zurückschauen und denken, das hab ich mir regelrecht verbaut, denn sie hätte die Liebe meines Lebens sein können. Aber wir werden knapp aneinander vorbeischrammen. Weil wir uns nicht gut genug verstehen.«

Nora beugte sich vor. »Worüber streitet ihr?«

»Das ist es nicht.«

Sie lehnte sich wieder zurück, das Kinn eingezogen.

»Ich werde mich an diese wunderschöne junge Frau erinnern, mit der ich mit Mitte Zwanzig eine Zeitlang zusammen war.«

»Heiratest du sie?« mischte sich sein Vater mit barscher Stimme ein. »Du bist einunddreißig.«

»Ich weiß nicht. Ich weiß nicht, ob sie mich nehmen würde. Manchmal mach ich mir Sorgen, was wohl aus ihr wird, wenn wir nicht zusammenbleiben. Ich fürchte, daß ich in fünf Jahren womöglich nach Napa rausfahren und sie in der Klinik besuchen kann.«

Sein Vater schnalzte mit der Zunge. »Olivia ist nicht verrückt.«

»Irgendwie schon, Dad. So gut kennst du sie nicht. Sie hat massenhaft Probleme.«

»Nicht verrückter als du.«

»Ich hab gehört, daß ihre Mutter Selbstmord begangen hat«, sagte Nora ruhig. »Und der Vater, ist der nicht auch krank?«

»Doch, ihr Vater hat Krebs. Aber er raucht.« Owens zuckte mit den Schultern. »Sie raucht auch.«

»Sie hat es also nicht leicht gehabt.«

»Nein. Aber ich wünschte, sie würde mehr für sich selbst tun. Zum Beispiel mit Rauchen aufhören.«

»So ein hübsches Mädchen. Und nett ist sie auch.«

Als er ein Junge war, fiel Nora ein, hatten sie sich so ähnlich gesehen, daß die Leute in Läden oft Bemerkungen darüber gemacht hatten. Sie hatte sich gefreut, ganz besonders gefreut, aber warum? Es hatte nichts zu sagen gehabt. Er wußte es immer – sie hatten es ihm gleich gesagt, als er alt genug war, es zu verstehen –, was sollten ihnen also die Bemerkungen von Leuten, die sie nicht kannten?

»Kirschen sind das beste Obst«, sagte Owens. Er rollte die Kerne mit der Zunge in seinem Mund herum und spuckte sie dann in eine braune Papiertüte, die er unter der Spüle herausholte. Nora aß eine nach der anderen, lutschte den Kern fein säuberlich ab, holte ihn mit ihren rot verfärbten Fingern heraus und legte ihn aufs Tellerchen. Hier hatten sie immer Kirschen gehabt, jedes Jahr, von Anbeginn ihrer Ehe.

»Weißt du, wenn du sie heiraten willst, geb ich dir meinen Ring.« Nora zog den schmalen Ring von ihrem Finger und hielt ihn ihrem Sohn hin.

»Nee«, sagte er und sah weg, aus dem Fenster über der Spüle in den Garten.

»Steck dir den wieder an den Finger, Nora«, befahl sein Vater. »Du behältst deinen Ring. Sie verschenkt immer zuviel.«

»Ich weiß nicht, was sein wird. Ich vermute, daß wir nicht heiraten werden. Aber daß wir einander nie ganz vergessen können.«

»Was meinst du, warum versteht ihr euch nicht richtig?«

Arthur Owens mußte aus dem Zimmer gehen. Er ertrug es nicht, wie sie sich mit ihm aufführte.

Owens nahm noch eine Handvoll Kirschen. »Ich frage mich, ob manche Menschen gleich sind und zu einem sehr tiefen wahren Kern des anderen hindurchsehen. Aber diese Menschen können vielleicht kein Alltagsleben teilen, zusammen frühstücken, ins Kino gehen, Kinder großziehen und alles irgendwie nett gestalten.« Wie oft, wenn ihm eine neue Idee kam, schoß sein Kopf in die Höhe. »Hattest du in deinem Leben eine große Liebe?«

»Nun, für mich ist das dein Vater.«

»Aber war da überhaupt nie ein anderer, vor Dad?«

»Niemand Bestimmtes. Jetzt kommen sie mir vor wie – wie soll ich sagen – vielleicht Leute in einem Buch, das ich lese. Ich weiß nicht mal mehr ihre Namen. Dein Vater und ich, wir haben ein ganzes Leben geteilt.« Sie klammerte sich an die Armlehnen ihres Stuhls.

»Was meinst du, was ich mit Olivia machen soll?«

Owens' direkt auf ihr ruhender Blick fühlte sich an wie ein Geschenk der Sonne. Sie wollte, daß es so blieb. Jetzt hatte sie genau das gewollt, und es war fast zuviel. Was sollte er tun? Sie wußte es weiß Gott nicht. Und sie war müde. Auf einmal war sie dankbar für ihren Arthur. Sie hatten Tausende und Abertausende von Tagen gehabt, einfache kleine Zettel, die er ihr hingelegt hatte, seine Anrufe um fünf Uhr nachmittags, wie er sich nachts umdrehte und das eine Geräusch machte, das ihrem schlafenden Körper signalisierte, er wollte jetzt auf der Seite liegen, ihren Arm um seinen Bauch und ihren Fuß zwischen seinen Waden. Sie hatten das, und Kopf auf Brust.

Aber ihr Sohn war ganz anders. »Versucht, euch besser zu vertragen«, mehr fiel ihr nicht ein. »Weil Liebe eben auch Alltag ist. Mit deiner Familie.«

Owens glaubte allen Ernstes, wenn sie gesagt hätte: »Heirate sie«, dann hätte er es getan. Er war ein junger Mann, der sich keine Vorschriften machen ließ. Aber er kannte seine Mutter auch gut genug, um zu begreifen, daß sie sich zwar weit aus dem Fenster lehnen, aber nicht hinausstürzen würde, nicht dafür. Sie mochte Olivia, war aber nie ganz unbefangen in ihrer Nähe. Wie die meisten Mütter, hätte sie sich eine junge Frau gewünscht, die ihr ähnlicher war.

»Sag mal, hast du überhaupt mit Colleen gesprochen?«

»Pony? Nein. Warum?«

»Ruf sie mal an, Tom. Sie ist deine Schwester, und sie hat es auch nicht immer leicht. Vielleicht kann sie dir helfen, dir diese Sachen von der Seele zu reden.«

»Mom, ich weiß nicht, wie ich es dir sagen soll, aber Pony und ich verstehen uns nicht besonders.«

»Dann streng dich ein wenig an. Als Kinder habt ihr immer so schön zusammen gespielt. Manchmal muß man eben an etwas arbeiten. Du verstehst dich nicht mit Olivia, du verstehst dich nicht mit Pony. Vielleicht mußt du dich ein bißchen mehr bemühen.«

»Wir haben einfach nicht viele Gemeinsamkeiten.«

»Dann kannst vielleicht du *ihr* helfen. Nur bis sie sich wieder gefangen hat.«

Anfangs schmeckten die Kirschen nur nach Kirschen. Jetzt, nachdem sie eine Stunde lang davon gegessen hatten, bekamen sie einen Stich ins Braune, wurden reif, wie Tee. Die beiden hatten gar nicht so schön zusammen gespielt, obwohl Nora sie jahrelang dazu animiert hatte. Sie erinnerte sich, wie Colleen am Rasenrand hockte und geduldig nach einem vierblättrigen Kleeblatt suchte. Sie pflückte ein gewöhnliches und zwirbelte den zierlichen Stengel immer weiter herum, als könnten es womöglich doch mehr Blätter sein. Dann trat er neben sie, bückte sich und pflückte direkt neben ihrem Knie ein vierblättriges.

»Ich hab eins gefunden«, sagte er, kam zu ihr, der Mutter, gelaufen, und hielt es in der Hand wie eine Fahne. Und Colleen kam auch angelaufen und klammerte sich an ihren Rocksaum. Nora hatte das kleine Mädchen geliebt, weil es so anhänglich war. Und Colleen bekam immer von allen anderen weniger Aufmerksamkeit. Als Baby hatte ich sie Tag und Nacht bei mir, dachte Nora, sogar im Krankenhaus. Sie hat mich gebraucht. Er war nie so. Ein paarmal, nur, wenn sie mit ihm allein war – nicht einmal Art hatte sie davon erzählt –, nahm sie ihn mit ins Schlafzimmer, ließ das Rouleau herunter und legte ihn an die Brust. Natürlich hatte sie keine Milch. Und er nuckelte einfach nicht. Er weinte und sah weg. Später hatte sie Colleen fast ein ganzes Jahr gestillt.

»Sei gut zu deiner Schwester. Mir zuliebe.« Für Pony konnte Nora sich bedingungslos einsetzen und ihn bitten.

Ein Weilchen saßen sie so da und hörten nichts als das dumpfe Summen des Kühlschranks. Sie aßen zwar noch, füllten aber nur noch mechanisch ihre Münder mit Obst.

»Ich finde, du solltest wirklich nur diese Kirschen essen und sonst nichts, bis sie alle sind. Nichts außer Kirschen und Wasser zu dir nehmen. Und wenn du sie aufgegessen hast, ruf mich an, und ich bring dir mehr. Bestimmt geht es dir in ein paar Tagen schon viel besser.« Er redete mit der indifferenten Bestimmtheit eines Arztes.

»Und was willst du wegen Olivia unternehmen?«

Er schüttelte den Kopf. »Ich will, daß sie stolz auf mich ist.«

»Ich bin stolz auf dich«, sagte Nora. Sie zerbiß eine matschige, süße Kirsche.

»Ich weiß.«

»Versprich mir, daß du dich um Colleen kümmerst. Gib dir einen Ruck.« Sie nahm seinen Arm. »Willst du das nicht für mich tun?«

»Mom, wir sind grundverschieden. Wir haben uns nie nahegestanden.«

Arthur trat ins Zimmer. »Laß ihn, Nora. Was ist sein Versprechen denn schon wert, wenn er es nicht gern gibt?«

Owens telefonierte mit hochgelegten Füßen, als Eliot Hanson hereinkam. Das Eintreten einer anderen Person war für Owens kein Grund, seine Tätigkeit zu unterbrechen.

Ein großer Bildband über die nordamerikanischen Nationalparks lag auf einer Tischplatte. Die meisten Angestellten von Owens gaben während der Warterei vor, sich mit diesem Buch zu beschäftigten. Nur Eliot, der immer einen Roman dabei hatte, ließ sich einfach in einen Sessel fallen und las weiter.

Eine halbe Stunde später legte Owens auf. Selbst dann wandte er sich noch nicht gleich seinem Besucher zu. Dieses Benehmen ärgerte Eliot Hanson nicht die Spur. Gekränktheit resultiert zu neun Zehnteln aus Überraschung, und er ließ sich jede angefangene Viertelstunde honorieren. Er arbeitete schon lange für Owens und wurde gut bezahlt.

»Hallo, Eliot«, sagte Owens endlich, während er auf seiner Tastatur tippte. »Was führt dich zu mir?«

Eliot stand auf und machte die Tür zu. »Ich bin gekommen, um mit dir über deine richtige Mutter zu reden.«

»Leibliche ...« setzte Owens an, biß sich dann aber auf die Lippe. »Ja. Hast du irgendwas gefunden?«

»Hast du etwas Zeit? Ich habe einiges an Informationen. Unter anderem eine Geschichte, wie ich dem Arzt begegnet bin, der dir auf die Welt geholfen hat. Er war im Ruhestand und wohnte mit seiner Frau in Santa Rosa. Und dann mein Anruf bei ...«

»Hör mal, Eliot, nachdem ich dir diesen Auftrag gegeben hatte, ist meine Mom krank geworden. Und hier in der Firma geht es hart auf hart, das weißt du ja. Im Moment kann ich also einfach nicht genügend Energie dafür aufbringen.«

»Das mit deiner Mom tut mir leid«, sagte Eliot. Nach allem, was er gehört hatte, machte Owens es oft so: er beauftragte Leute mit einem Projekt, und wenn sie dann zu ihm kamen, um Bericht zu erstatten, benahm er sich, als belästigten sie ihn. Aber Eliot war inzwischen mit ganzem Herzen bei dieser Sache. »Also, was meinst du – stellen wir es erst mal ein?«

Owens wußte kaum etwas über seine leibliche Mutter. Aber ein Wunsch von ihr war zu einer Maxime seiner Kindheit geworden: Sie hatte darauf bestanden, daß Arthur ihn aufs College schickte. Das hatte sie unbarmherzig verlangt, ohne Rücksicht auf die zur Verfügung stehenden Mittel. Und Arthur hatte sich gefügt und Urlaub, überschüssiges Haushaltsgeld und Restaurantbesuche mit Freunden dafür geopfert.

Owens' gesamte Kindheit hindurch sparten Arthur und Nora für sein Studium, und der Gerechtigkeit halber auch für Ponys. Weihnachtsgeschenke von Verwandten und verständnisvollen Freunden kamen in Form von Bargeld. Und als es dann soweit war, studierte er ein Semester und brach dann einfach ab. Eine Frau, die er nie kennengelernt hatte, ließ er ganz gewiß nicht über sein Leben bestimmen.

»Nein, nein, ich meine nicht, daß du es einstellen solltest. Ich sag dir was: Mir wär's am liebsten, wenn du es einfach für mich aufbewahrst. Irgendwann werde ich das alles wissen wollen, nur jetzt ist nicht der richtige Moment dafür.«

Wie war er vorher?

Die Frage stellte sich Olivia ständig in den Jahren, die die Zeit ihrer großen Liebe waren und immer sein würden. War er immer gleich?

Die einzigen, die ihn vorher gekannt hatten, waren seine Angehörigen. Sein Vater hatte feste Ansichten; der hätte es ihr sagen können, wollte aber nicht. »Dickköpfig«, mehr war nicht aus ihm herauszubringen. »Ist er immer noch.«

Pony stand ihm nicht nahe genug, um viel zu wissen, sagte aber, er habe sich mit Zauberei befaßt. »Ich kann dich verschwinden lassen«, habe er gedroht. Offenbar hatte Owens einen Monat lang alles mögliche mit Daumen und Zeigefinger gemessen. »Du bist so groß; ich kann dich messen. Du paßt in mein Auge, also bist du nicht besonders groß.« Er behauptete, ein Pferd weggezaubert zu haben.

»Ich fürchte, er hat es selbst geglaubt«, sagte seine Mutter kopfschüttelnd. Noras Krankheit gab Olivia die langersehnte Gelegenheit, zu beweisen, daß sie durch und durch gut war. Sie ging nach ihrer Schicht im Krankenhaus zu ihr, am Spätnachmittag. Zweimal die Woche brachte sie Karen Croen mit, die Owens beauftragt hatte, seine Muttter zu massieren. Karen war eine Person, die alle Mütter mochten. »Einfach ein ganz, ganz nettes Mädchen«, hatte Olivias Mutter damals gesagt.

Olivia blieb im Zimmer, stellte Blumen in eine farblose Glasvase auf der Frisierkommode und hörte sich Noras Bekenntnisse an, während Karen arbeitete.

»Ich hatte einfach Lust auf Gebäck«, entschuldigte sich Nora, einen Tag nachdem Owens die Kirschen gebracht hatte. Nora war schon immer ein Süßmaul gewesen. Die drei Frauen aßen Doughnuts von Tellerchen, genossen die süße, puderige Rekonvaleszenten-Speise. Olivia war zwar schon zehn Jahre länger als Owens überzeugte Vegetarierin, aber mit seiner Mutter aß sie mit Wonne auch mal ein Doughnut. Olivia gefielen diese Nachmittage. Die Zeit verging langsam, und mit seinen Eltern ließ es sich leichter reden als mit ihm. Von diesen Besuchen kam Olivia froh und erleichtert nach Hause; sie kam mit dem Gefühl, Freundlichkeit spenden zu können, zu Owens. Dann glaubte sie, er wäre einfacher gestrickt, als sie gedacht hatte, und alles würde besser werden.

Nora konnte ihren Redefluß nicht bremsen.

»Er sah gar nicht richtig wie ein Baby aus. Er war immer einfach anders, hatte dunklere Augen. Die meisten Babys haben erst blaue Augen, hinterher werden sie dann dunkel. Aber er war von Anfang an so, wie er war. Jedenfalls von da an, als ich ihn kennenlernte. Ich war überhaupt nicht drauf vorbereitet. Ich wußte nicht mal, wie man ein Baby hält.

Er war ein braver Junge. Sehr friedlich. Wenn er weinte, zog er die Augenbrauen richtig zu einem V zusammen, und er hat mich angestarrt, als ob er alles wüßte und ich im Unrecht wär.

Ehrlich gesagt, er hat mir ein bißchen Angst gemacht. Manchmal hab ich gedacht, daß er sich sein Urteil über mich bildete, und ich schnitt nicht besonders gut ab. Und die ein- oder zweimal, als ich ihn warten lassen mußte, war er verändert, wenn ich endlich wiederkam. Dann sah er an mir vorbei, weit weg, als könnte er meinen Anblick nicht ertragen.

Weißt du, ich glaube, ich hatte Angst, ihn zu lieben. Ich hatte Angst, ihre Eltern könnten kommen und ihn mir wegnehmen.«

»Hätte das passieren können?« fragte Olivia.

»Die Gesetze begünstigten damals die Mutter, und sie waren die Eltern der Mutter. Und sie stellten sich immer gegen eine Heirat mit Toms Vater. Es war eine Arztfamilie. Art wollte einen Anwalt nehmen, und das haben wir auch getan. Aber das erste Jahr war schwer. Es waren schwierige Leute, machten der Sozialarbeiterin ständig die Hölle heiß. Wahrscheinlich hat es sie aus der Fassung gebracht. Toms Mutter war ihr einziges Kind. Aber mit uns waren sie unzufrieden, auch noch, nachdem wir unterschrieben hatten, daß wir ihn aufs College schicken würden. Wir stellten einen Sparplan auf, nur um ihnen zeigen zu können, wie wir es uns genau leisten konnten, jede Woche soundsoviel zu sparen, um ihm das Studium zu ermöglichen. Nachdem der Richter uns das Sorgerecht zugesprochen hatte, sind sie weggezogen. Ich glaube, nach Arizona. In den ersten paar Jahren hat er immer eine Geburtstagskarte mit einem Scheck bekommen. Dann ist der Kontakt abgerissen.

Aber sie haben mir angst gemacht. In dem ersten Jahr hab ich ihn vielleicht nicht oft genug hochgenommen. Ich glaube, manchmal hab ich ihn in seinem Bettchen schreien lassen, statt ihn auf den Arm zu nehmen, wie es sich gehört hätte.«

Nora schenkte den beiden jungen Frauen Kirschen zum Mitnehmen. Owens' Kirschen vergammelten tütenweise im Kühlschrank.

Als die beiden gegangen waren, machte Arthur ihr Vorhaltungen. »Ich wüßte nicht, was das irgendwen angeht.«

»Ich hab's nicht einmal selber gewußt, bevor ich es gesagt hatte. Ich wußte nicht, daß ich es gedacht hatte.«

Jahre vorher, zu Anfang ihrer Beziehung, lagen Owens und Olivia nebeneinander vor dem riesigen gemauerten Kamin im Haus des Kupferkönigs. Olivia zündete das Feuer an. Birkenscheite knisterten und prasselten, sprühten Funkenregen. Olivia verstand etwas von Feuer, sie pustete darauf und hatte die Scheite zeltförmig aufgebaut, so daß die Flammen senkrecht emporstiegen. Sie war Pfadfinderin gewesen. Owens war siebenundzwanzig und gehörte bereits zu den fünfhundert reichsten Männern im Land, und an dem Abend waren sie allein in dem großen unverschlossenen Haus.

Mit träger Stimme erzählte er ihr, er empfinde *Dankbarkeit* gegenüber Nora, und ließ sich das Wort mit dem Schweigen drum herum vollsaugen. »Sie hat mich aufgenommen, als ich kein Zuhause hatte.«

Ein Wanderer ohne Geld und Schuhe. Keine Krippe als Bett, die bösen Wirtsleute. Als ob er nichts als eine Herberge gebraucht hätte. »Du warst noch ein Baby«, sagte Olivia. »Wer hat sich die ersten acht Monate um dich gekümmert?«

»Irgendeine Nachbarin«, er zuckte mit den Schultern. »Ich kann mich nicht an sie erinnern.«

»Weißt du irgendwas über deine richtige Mutter?«

»Na ja, ich hab meine Mutter immer als meine richtige Mutter angesehen. Aber über meine leibliche Mutter weiß ich nicht viel, nein. Sie war Studentin.« Er stellte sie sich vor, wie sie Bücher an ihren Pullover gepreßt hielt, mit Collegeschuhen an den Füßen, Schnürschuhe mit leberfarbenen Sohlen.

Olivia schämte sich, weil sie nie aufs College gegangen war. Sie hätte es irgendwie schaffen können, brachte aber nicht den nötigen Ehrgeiz auf. Und Owens schien ihr einen Vorwurf draus zu machen. Die Erinnerungen an seine drei Monate kamen ihm schon wichtig vor. Er fühlte sich zu Studentinnen hingezogen, ihrer Zielstrebigkeit, über lange Bibliothekstische gebeugte Köpfe mit frisch gewaschenen Haaren. Später wollte er Olivia dann ein Studium finanzieren. Aber sie war zu stolz dazu. Das war das Problem bei den Leuten um Owens. Sie wurden stur, aus dem Gefühl heraus, daß sie etwas Undefinierbares, aber Grundlegendes von sich bewahren mußten. Olivia fand Akademiker keineswegs besser, als sie es war. Daher war es zuviel von ihr verlangt, einen Seminarraum zu betreten und sich abzumühen, den Anschluß zu finden. Im Krankenhaus mußte sie in anderen, simpleren Dingen jeden Tag hinter denen zurückstecken, aber damit konnte sie leben und tat es seit langem.

Olivia hielt ihre Schienbeine mit den Armen umfaßt. Ihr Knie war durch das Loch in ihrer Jeans heiß vom Feuer. Sie wollte noch nichts von ihrer Familie erzählen, dachte, wenn sie es täte, würde er sie geringer achten.

Er erzählte ihr, einmal habe es in Auburn geschneit. Er sei als erster auf gewesen. Im Haus habe er eine seltsame Stille bemerkt. »So still ist die Welt nie«, habe er gesagt. Und dann habe er es vor dem Fenster gesehen, durch die Luft wirbelnde weiße Flocken. Der Schnee schien keine Dichte oder Geschwindigkeit zu besitzen; Flocken schwebten ziellos herunter, wählten nie den kürzesten Weg zwischen Himmel und Erde. Die großen Flocken sahen wie Brotkrumen aus. Er hatte Kleider über seinen Schlafanzug gezogen und war nach draußen getreten. Über Rasenflächen war er nach draußen gerannt, war flache Verandatreppen hinaufgestürmt und hatte an Türen geläutet. Wenn er irgendwo in einem Haus die ersten tapsenden Schritte hörte, war er schon weg und zur nächsten

Tür gerannt. »Niemand kriegte raus, daß ich es war. Zu Mittag war alles weg.«

Als sie mit einem Zeitvertrag zu Genesis ging, um die Angestellten gegen die Indonesische Grippe zu impfen, hatten Karen und Huck gefragt: »Glaubst du, du lernst den Typ kennen?«

Sie hatte mit den Achseln gezuckt. »Wenn er eine Grippeimpfung braucht.«

Owens nahm nie klassische Medizin, und was Vitamintabletten anging, so glaubte er nur an Spurenelemente, insbesondere Zink. Aber von Olivia ließ er sich impfen, und eine Woche später lag sie bei ihm auf dem Fußboden. Sie schlief am ersten Abend mit ihm, einfach so. Sie war ein mutterloses Mädchen.

»Wie ist er?« fragte Karen. Sie und Huck hatten über ihn gelesen, hatten also beide ihre Fragen und Ansichten.

Blindlings und ihr selbst nicht ganz verständlich, lehnte Olivia die Neugier der anderen ab. Vielleicht, weil sie intuitiv das andere ihn – wenn auch nie in seiner Hörweite – betreffende Standard-Gesprächsthema erriet: die Frage, wen er wohl heiraten würde.

Zu viele Leute machten sich Gedanken über Owens. Die Haushälter, Jane und ihre Mutter, selbst der Mann, der sein Geld verwaltete – alle tratschten sie. Das Gerücht ging um, zwei unautorisierte Biographien seien über ihn in Arbeit. Angesehene Zeitungen wie die *Bee* und die *Mercury News* berichteten nicht nur über die kleinen Probleme von Exodus und die Kontroverse um seine Reis-und-Bohnen-Schulspeisung, sondern auch über seine Liebesaffären und die Geldbeträge bei seinen Immobiliengeschäften. Voriges Jahr hatte ein Klatschkolumnist Olivia und Owens eine heimliche Verlobung angehängt. Ein anderer Kolumnist hatte Olivia nur als eine »langbeinige Blondine« in seiner Begleitung zur Eröffnungsgala der Oper beschrieben.

Olivia stand mit einem Armvoll warmer, duftender Wäsche in dem Zimmer, in dem er aufgewachsen war. Sie wünschte, sie hätte Owens als den kleinen Jungen gekannt, der in diesem Bett schlief und an diesem kleinen Schreibtisch saß. Bei Owens konnte man sich leicht vorstellen, daß eine schnurgerade Linie sein Leben in zwei Teile teilte. Olivia legte die Wäsche zusammen, während Karen die plaudernde Nora bearbeitete. Nora redete gern über die Zeit, als ihre Kinder klein waren.

»Einmal«, sagte sie gerade, »sind wir mit ihnen in den Zirkus gegangen. Er wollte sich den Zauberer ansehen. Pony war für die Akrobaten. Dad warf eine Münze, und dann kauften wir Karten für die Akrobatenhalle. Wir dachten uns, daß Pony wahrscheinlich sowieso noch zu klein war, um etwas von den Zaubertricks zu begreifen. Und als wir bei den Akrobaten drinnen waren, mußte Owens mal austreten. Also schickte ihn sein Vater nach draußen, auf die Felder. Nach einer Weile sagte ich dann: ›Herrje, sollte er nicht längst zurück sein? Er ist schon lange weg.‹ Pony wickelte ihre Zuckerwatte auf, so wie man eine Orange schält. ›Wetten, daß er in dem Zelt ist?‹ sagte ich.

Dad hat zu mir gesagt: ›Wüßte verdammt gern, wie er mit dem, was er in der Tasche hat, reingekommen ist.‹

Aber wir kauften dann Karten für die Zaubershow, und da stand Owens auf der Bühne, vor einer Menschenmenge, und machte ein Gesicht wie immer, wenn er wütend war, die Augenbrauen zu einem V zusammengezogen. ›Heben Sie bloß Ihren Fuß‹, sagte er, ›und wenn da kein Silberdollar unter der Sohle von Ihrem Schuh ist, haben Sie nichts zu befürchten.‹

Mir hat der Zauberer richtig leid getan. Er sah auch noch nett aus. Und bestimmt ist es nicht einfach, mit so was sein Geld zu verdienen. Er hatte einen Mantel an, der an den Manschetten schmutzig war, und ich sah, daß er zitterte. ›Komm sofort da runter, Thomas Rudolf Owens‹, rief Dad.

Aber die Zuschauer standen hinter ihm, und er wußte das. Sie johlten im Chor: ›Fuß heben! Fuß heben!‹ Dann sah der Zauberer auf ihn runter und sagte: ›Paß bloß auf, kleiner Junge, sonst laß ich dich verschwinden!‹

Aber Owens verschränkte die Arme und rührte sich nicht vom Fleck. Na ja, ihr wißt ja auch, wie er sein kann. ›Mach doch‹, sagte er. All die Jahre hatte er Pony damit gedroht, sie verschwinden zu lassen; er wußte, wie schwer das ist. Und das brachte die Menge zum Schweigen. Es wurde richtig still, alle warteten.

›Machen Sie's!‹ rief ein anderes Kind von weit hinten.

›Zaubern Sie mich weg‹, befahl Owens.

Dann klappte dem Zauberer die Kinnlade runter. In dem anderen Zelt, der Trapezhalle, hatten wir uns Akrobaten angesehen. Es war, als vollführte das große Gesicht dieses Zauberers drei Saltos, und dann rannte er von der Bühne, man sah seine normalen Schuhe durch den Mantelschlitz. In dem Moment fing eine Musikkapelle zu spielen an, wahrscheinlich, damit keiner hinguckte. Und ein Liliputaner kam auf die Bühne, mit Frack, richtig elegant, und hielt eine Säge so hoch, daß alle sie sehen konnten. Aber Owens bückte sich und stellte sich dort oben auf eine Kiste, die für werweißwas benutzt wurde, so daß er größer war als der Liliputaner. Damals muß er acht oder neun gewesen sein. Und er hielt seine Hand hoch und schwenkte sie, damit alle es sehen konnten; denn ob ihr es glaubt oder nicht, da war der Silberdollar.

Die Leute traten von einem Fuß auf den anderen und raschelten mit ihren Einwickelpapieren. Der Liliputaner sagte, er könne seine Frau zersägen. Ein Ansager verkündete: ›Meine Damen und Herren, aus dem weit entfernten Lemurien heute unter Ihnen: Lady Helena‹, und ein Spotlight wurde auf diese winzigkleine Frau gerichtet, so etwa neunzig Zentimeter war sie groß, aber sehr hübsch.

Und Owens hat seinen eigenen Trick vorgeführt«, schloß Nora. »Während alle zusahen, wie diese Lady Helena zersägt wurde, steckte er den Silberdollar ein.«

Olivia nickte. Sie war auch schon bei seinen Demaskierungen zugegen gewesen.

Als sie zu ihren Autos hinausgingen, wollte Olivia Karen bezahlen. Owens hatte Karen gebeten, seine Mutter zu massieren, was sie regelmäßig zweimal die Woche tat. Er könnte eigentlich irgendwann daran denken, sie zu bezahlen, aber fürs erste konnte Olivia die Durststrecke für ihre Freundin überbrücken. Olivia ging anders mit Geld um, seit sie mit Owens zusammen war. Es war komisch, aber er war kostspielig. Es lag an seiner Art, wie er mit den Leuten umsprang. Wenn er Versprechen und Angebote vergaß, oder Wünsche, bügelte Olivia das aus. Sie verdiente nicht schlecht und konnte es sich leisten. Sie hatte aufgehört zu sparen. Früher hatte sie gewartet und auf die Zeit hin gespart, wenn sie am richtigen Leben teilnehmen würde. Und sie glaubte, der Zeitpunkt sei nun eingetreten.

Draußen war es zwar noch hell, aber in dieser Wohngegend war jetzt Abendessenszeit, und Männer kamen von der Schicht nach Hause. Karen hatte fast ihr Leben lang um diese Zeit zu Abend gegessen. Olivia immer spät.

»Hier«, sagte sie, quetschte eine Rolle Geldscheine zwischen ihren Fingern und steckte sie Karen in die Hand.

»O nein, untersteh dich.« Karen stopfte es Olivia in den offenen Kragen.

»Sei nicht so«, sagte Olivia und lief durch den Garten hinter Karen her.

Sie waren sportlich gewesen, und der Lauf tat ihnen gut. Noch lange nachdem sie beide nicht mehr an das Geld dachten, machten sie weiter, rangen lebhaft miteinander, während das Blut in ihren Handgelenken pulsierte, und atmeten den sauberen stumpfen Geruch der Erde ein.

»Bitte«, sagte Olivia, eine Hand auf der Wange ihrer Freundin. »Nie läßt du mich was für dich tun.« Sie waren schon seit über fünfzehn Jahren befreundet, und Karen war immer die Gute, die gerne half. Olivias Mutter hatte immer geglaubt, Karen habe ein besseres Herz.

An dem Abend fragte Olivia Owens, ob er den Silberdollar noch hatte. Sie fürchtete sich ein wenig, ihn zu fragen. Manchmal mochte er nicht, wenn über ihn geredet wurde.

»Welchen Silberdollar?«

»Den Silberdollar, auf den der Zauberer seinen Schuh gestellt hatte.«

»Ach der. Das hat sie dir erzählt? Das war eigentlich ziemlich irre. Der Typ ist wutschnaubend rausgerannt, auf seinen Mantel getreten und so ziemlich platt aufs Gesicht gefallen. Nein, den hab ich nicht mehr. Ich hab ihn lange aufbewahrt und dann ausgegeben.«

»Weißt du noch, wofür?«

»Über was redet ihr beide?« fragte Jane. Sie taten es schon wieder. »Wer ist *sie*?«

»Doch, ich weiß noch. Den Silberdollar hab ich ausgegeben, als ich das erste Mal mit einem Mädchen aus war. Ich hab Laurie Gallioto auf eine Cola eingeladen.«

»Hat eine Coke einen Dollar gekostet?« fragte Jane.

»Das hab ich« – sein Mund zog sich zu einem kleinen Lächeln zusammen – »im übertragenen Sinne gemeint.«

»Und hat es sich gelohnt?« fragte Olivia.

Sein Lächeln durchlief die gesamte Erinnerungsstrecke. »O ja, und ob«, sagte er. »Sie war die erste, die ich richtig geküßt hab. Kennst du den See oben hinter meinem Elternhaus? Eines Abends hab ich sie am Seeufer geküßt, gleich nach dem Abendessen.«

Jane merkte, daß er sich daran erinnerte, wie er Laurie Gallioto geküßt hatte, und dachte, daß seither nichts dem Erlebnis gleichgekommen war.

Olivia schüttelte den Kopf. So war er immer. Für sie zählte nichts in ihrem Leben, bis sie ihn kennengelernt hatte. Später an dem Abend, als sie Jane gut zudeckte, erklärte sie: »*Sie* ist seine Mutter.«

»Tja, aber wenn es soweit ist und er und meine Mom finden, daß ich sie kennenlernen darf«, sagte Jane, »ist sie bestimmt tot, und dann hab ich meine Großmutter nie gekannt.«

Olivia wiederholte die Geschichte mit dem Zauberer, so gut sie sich daran erinnerte.

»War mein Dad größer als der Zwerg?«

»Na ja, vielleicht stand er auf etwas drauf.«

Jane stellte sich vor, daß er größer als der Zwerg war, als er noch jünger war als sie jetzt. Er sagte ihr immer wieder, sie käme nach ihm und würde bald einen Wachstumsschub kriegen. Sie machte sich Sorgen, daß sie Wachstumsstörungen hätte, dachte dann an Noah und bekam Schuldgefühle. »Wenn du sie das nächste Mal besuchen fährst«, flüsterte sie, »kann ich dann mitkommen?«

»Du mußt ihn fragen.«

»Er sagt ja doch nein. Nimm mich einfach mit, ich sag's keinem.«

Owens glänzte nicht auf den Gebieten, auf denen Kinder sich sonst hervortun. Weder seine schulischen noch seine sportlichen Leistungen waren berauschend, und jedes Jahr, wenn die Lehrer die landesweiten Testergebnisse erhielten, baten sie Nora zum Gespräch, um ihr mitzuteilen, daß seine Leistung unter dem Durchschnitt lag.

»Wir hatten gedacht, er wäre besser in der Schule. Seine Großeltern erwarteten, daß er Collegeprofessor oder sogar Arzt wurde. Also versuchten wir, ihn zu besseren Leistungen anzustacheln. Aber ihn kümmerte das wenig. Wenn er die Antwort auf eine Frage des Lehrers nicht wußte, schämte er sich nicht die Bohne.

Er kam immer rein und sah mir beim Kochen zu. Wenn ich ihn fragte, ob er seine Hausaufgaben gemacht hätte, setzte er einfach sein dämliches Grinsen auf und sagte: ›Weißt du was, das Wasser da kocht bestimmt schneller, wenn du den Deckel drauftust.‹ Dann hab ich gesagt, daß ich mit dem Abendessen schon allein zurechtkäme, warum er sich also nicht hinter seine Hausaufgaben klemmte, damit sein Vater einmal ein gutes Zeugnis von ihm zu sehen kriegte. Und er sagte dann: ›Im Ernst, weißt du, warum Wasser kocht?‹«

An einem Donnerstag kam Frank Wu zu Besuch. Olivia war Frank nie zuvor begegnet, und sie fragte sich, ob er absichtlich zu einer Zeit gekommen war, zu der Owens im Büro war. Olivia machte den Kühlschrank sauber, während er sich im Wohnzimmer mit Nora unterhielt.

Owens hatte ihr von Frank erzählt. Beide hatten in der Nachtschicht bei Valley Electronics gearbeitet, und Frank war allen anderen weit überlegen. Um neun fingen sie an, und um halb elf hatte er gewöhnlich sein gesamtes Pensum erledigt. Seine Mutter gab ihm große chinesische Mahlzeiten mit, die er mit Owens teilte. Damals war er im Aufbaustudium, sprach aber schon davon, es abzubrechen. Bis Owens ihm das ausredete, dachte er, daß er bei

Ford arbeiten wollte. In der High-School reparierte er Autos. Er hatte alle möglichen Bleistiftskizzen, die er an die Ford Motor Company, Detroit, Michigan schickte. »Die waren so blöde, daß sie sie nicht mal gestohlen haben«, hatte Owens gesagt.

Der Mann hatte eine hohe Stimme und ein meckerndes Kichern. »Ich vergeude mein Leben, Nora.«

Olivia hatte alles Gemüse in Plastiktüten und die Gläser auf die Arbeitsfläche gestellt. Die letzten Kirschen waren verfault. Die Fächer rochen schwach nach Medizin, als sie sie zum Abwischen herauszog.

»Dafür kann er nichts«, warf Nora gerade bei irgendwas anderem ein. »Wahrscheinlich hab ich es ihm nicht richtig beigebracht.«

Frank und Owens hatten Pony fünfzig Cents die Stunde gezahlt, und an Samstagen hatten Franks vier Cousinen, schüchterne Schulmädchen in rosa Kleidern, umsonst gearbeitet. Drei Jahre später machten sie fünfzig Männer zu Millionären, alle noch unter dreißig. Frank hatte zwanzig Verwandten Häuser gekauft. Jetzt wohnte er oben in Berkeley, als Student. Owens glaubte, er studierte irgendwelche obskuren chinesischen Dialekte. Sie hatten den Kontakt verloren. Owens hatte ihr gesagt, daß er Frank den Ausstieg irgendwie übelnahm. Er hatte zweiunddreißig Wus angestellt. Eines Tages hatte Owens den Postraum betreten und fünfundzwanzig Männer im Schneidersitz mit Teetassen mit Deckel vorgefunden, die Pläne für eine Gewerkschaft schmiedeten. »Ich mußte mich entscheiden«, sagte Owens. »Zwischen Genesis und den Onkeln von Frank.«

Franks Großvater mußte auch gehen. Er war der zweite Wu, der nach Kalifornien eingewandert war, und hatte seither in einem Hotel in Chinatown gewohnt. Sein Vater hatte bei der Central Pacific Railroad Schienen verlegt.

»Nein, Frank, jetzt hör mal. Mit unserer konnte er auch nichts anfangen.«

Der Kühlschrank summte jetzt wieder und übertönte ihre Stimmen. Als Frank sich verabschieden kam, schüttelte er Olivia die Hand.

»Wir würden uns sehr freuen, wenn du uns mal besuchen kommst«, sagte sie. »Dich einfach an den Tisch setzt und mit uns ißt.«

»Dieser Frank hat mir Blut gespendet«, sagte Nora eine Stunde später, während Olivia am Küchentisch saß und ihr die Fingernägel manikürte.

Ihre eigene Mutter hatte Olivia nie so für sich gehabt.

Olivia war nicht die erste, die in Noras Küche kam, mit Blumen, die Stengel in feuchtes Küchenpapier und Alufolie gewickelt, dazu ein ausgespültes Marmeladenglas, und Geschichten über Owens hören wollte. Das hatte angefangen, als er noch auf der High-School war. Mit siebzehn war Mary di Natali gekommen, wie ein Mädchen zu einer Äbtissin kommt und um Aufnahme bittet.

Im Lauf der Jahre waren andere aufgekreuzt. Nora machte das nicht viel aus. Jede von ihnen war höflich, zollte Noras Stellung Respekt. Sie wußte, daß diese Mädchen an ihren Geburtstag dachten und Owens dazu anhielten, seine Sohnespflichten wahrzunehmen. Jede von ihnen half seiner Großzügigkeit auf die Sprünge. Nora wußte diese Mädchen zu schätzen. Aber ihr war klar, daß Olivia die letzte von ihnen war. Aus diesem Grund hoffte sie, daß er sie heiratete. Olivia würde die letzte sein, die seine Mutter kannte.

An einem Tag, der ihnen wie der Höhepunkt einer langen gemeinsamen Arbeit erschien, erzählte Nora Olivia und Karen die Geschichte mit dem Huhn.

Owens hatte ein Huhn gehabt.

»Ich weiß nicht mehr, wie er daran geraten ist«, sagte sie. »Ich schätze, jemand hat es ihm um Ostern rum geschenkt, und es ist halt nicht gestorben. Es fing als winziges Küken an und wuchs zu einem Huhn heran.«

»Die Nachbarn hatten Hühnerställe«, ergänzte Arthur. Er war zu Hause, bereit, sein Scherflein beizutragen. »Der ältere Sohn hat beim Zeitungsaustragen Eier verkauft.«

»Und wohin Owens auch ging«, fuhr seine Frau fort, »das Huhn folgte ihm. Das Huhn hat ihn geliebt. Etwa ein Jahr lang waren sie unzertrennlich, das Huhn und er. Nachts schlief das Huhn neben seinem Bett. Und wenn er durch die Gegend zog, steckte er das Huhn in eine alte gelbe Kaffeedose und stellte es auf seinen Bollerwagen.«

Arthur lachte, oder hustete. »In dem Jahr haben wir die Glasschiebetüren eingesetzt.«

Nora blickte zu ihm hoch. »Und was das für eine Arbeit war! Aber da war kein Fliegengitter davor, also haben wir Tommy immerzu gesagt, er sollte die Tür hinter sich zumachen. Sonst kamen die Insekten rein, wißt ihr. Und eines Tages war ich in der Küche und sah ihn zur Hintertür rausgehen, das Huhn ihm dicht auf den Fersen, und er schob die Tür zu und schnitt seinem Huhn damit regelrecht den Kopf ab. Ich lief hin und hob es mit meiner Schürze auf, weil ich solche Angst hatte, daß er in dem Alter so was sah. Aber er ging immer weiter in den Garten. Er hat sich überhaupt nicht umgedreht und geguckt, und er hat nie mehr nach dem Huhn gefragt.«

»Nicht mal gefragt«, ergänzte Arthur.

An dem Tag tranken Arthur und Olivia Kaffee. Nora vertrug den Geschmack nicht mehr; wie sie es auch anstellten, er schmeckte ihr bitter. Aber den Geruch mochte sie noch sehr.

Die drei saßen lange da und sahen zu den Glasschiebetüren hinaus. Ein Frühlingswind bewegte Iriskelche und papierdünne Mohnblüten.

Nora flüsterte: »Du bist gleich nach Pony das netteste Mädchen, das ich kenne.«

Olivia spürte, wie sich ein Grinsen über ihr Gesicht ausbreitete: das Glück, bei dem alles aufhören will. Nora hatte sie lieber als Karen.

Endlich nahm Olivia allen Mut zusammen und fragte Nora, ob sie glaubte, daß Owens sie liebte.

»Ich weiß nicht«, sagte Arthur und drehte sich mit zusammengepreßten Lippen und wachem Blick zu ihr um. Olivia hatte beides so lange Zeit geglaubt, daß sie eine simple Wahrheit erkannte: Was es bedeutete, etwas nicht zu wissen – doch da berührte Nora sie am Arm. »Aber ja, das spüre ich. Eine Mutter weiß so etwas.«

Jane saß an dem schmalen Schreibtisch und legte sich dann auf das kleine Bett. Es war ein Jungenbett, mit Cowboys bemalt. Wenn wir das doch mit zu mir nach Hause nehmen könnten, dachte sie. Ein Jugendzimmer war noch so etwas, was sie nie gehabt hatte.

Olivia hatte sie mitgenommen, aber nur als Helferin. Sie hatte Nora nicht gesagt, wer sie war. Zuerst hatte Jane Karens Öl angewärmt, und jetzt saß sie in seinem alten Kinderzimmer und legte die Wäsche zusammen, rollte die Socken auf. Eigentlich wollte sie bei den anderen sein und ihre Großmutter ansehen. Ich würde es ihr selbst sagen, dachte sie, es einfach nur flüstern. Dabei traute Jane sich nicht, es zu sagen. Sie wollte, daß ihre Großmutter ihre Hand ergriff und sagte: »Ich kenne dich. Ich weiß, wer du bist.«

Als sie mit der Wäsche fertig war, stahl sie sich in den Flur raus. Arthur und Nora räumten in der Küche das trockene Geschirr ein.

»Was denkst du dir dabei«, sagte Arthur, »ihr zu sagen, was du selbst nicht mal glaubst?«

Nora seufzte. »Du sollst ihn nicht so streng beurteilen.«

Olivia kam aus dem Badezimmer und lief zu Jane im Flur hin. »Dich hätte ich fast vergessen.«

Als Nora sich bei Olivia dafür bedankte, daß sie ihr kleines Helferchen mitgebracht hatte, sah sie Jane kaum an. Und Jane wußte, das war ihre einzige Chance. Als sie an dem Abend im Bett lag, fragte sie sich, ob seine leibliche Mutter sie wohl erkannt hätte.

Einmal hatte Karen sich einer naiven Illusion hingegeben. Sie waren zusammen ins Kino gegangen – Karen, Dave, Olivia, Owens, Noah, Huck und ein paar andere Leute, die sie damals kannten. Und auf dem Schotterparkplatz hatte Owens mit in den Nacken geworfenem Kopf über einen Witz gelacht, den Karen gemacht hatte. Mit der Hand berührte er dabei zufällig ihren Arm, und sie spürte ein rauhes Prickeln. Obwohl Owens mit Olivia zusammen war und sie mit Dave, hatte Karen das Gefühl, daß er sie bemerkt hatte und schätzte.

Natürlich hatte sie zuviel hineininterpretiert. Nur eine mit Liebe wenig vertraute Frau konnte sich auf so kleine Gesten verlassen, da ihr die Erfahrung mit ausdauernder, ihrem Wesen nach unmißverständlicher Verführungskunst fehlte. Owens war frisch in Olivia verliebt, und er ging verschwenderisch mit seiner Liebe um, verschenkte kleine Teile davon, wie von einer Fackel sprühende Funken. Ein solcher Funke fiel auf Karen.

Nach dem Kinobesuch waren sie alle Eis essen gegangen. Als die Gruppe ihre Stühle vorn in der kleinen Eisdiele zusammengestellt hatte, schlüpfte Karen mit dem Schlüssel zu der kleinen Außentoilette nach draußen. Da hörte sie zufällig, wie auf dem Parkplatz gelacht wurde.

»Aber sie wirkt richtig alt.«

Voller Entsetzen spürte Karen, daß Owens über sie redete. Sie drückte sich gegen die dunkle Mauer und wartete, daß der Horror erst richtig losging.

»Aber nein. Wir sind gleichaltrig; sie ist zwei Monate jünger«, antwortete Olivia. »Ich finde sie hübsch.«

»Ach ja? Ich kann wirklich nichts an ihr finden.«

Karen verkrampfte sich und ging in den mit Stimmengewirr erfüllten Laden zurück. Sie konnte die beiden nicht sehen lassen, daß sie wußte. Sie mußte noch immer zur Toilette.

Früh an einem Sonntagmorgen war Owens gerade beim Packen. Er füllte sein Shampoo in eine seiner Camping-Plastikfläschchen ab. Sein Kleidersack war genau richtig – so schmal, daß nur ein Anzug hineinpaßte. Er packte Schuhe, Socken, Unterwäsche, drei neue weiße Hemden, noch zusammengelegt in ihren Plastikhüllen, und vier Krawatten ein. Obenauf legte er seinen CD-Spieler und Ohrhörer. Im Flugzeug trug er Jeans.

Dann klingelte das Telefon, und es war aus.

Die Stimme seines Vaters klang leise und langsam. »So gegen halb, viertel vor zehn«, sagte er. »Sag du es bitte Olivia. Ich muß noch Pony anrufen.«

Zuerst rief er nicht Olivia an, sondern seine Sekretärin Kathleen, die gerade joggen war, wie ihr Mann sagte. Sie mußte das Weiße Haus anrufen und für ihn absagen.

Er hatte ein T-Shirt getragen, zog sich aber jetzt um, weil er nicht wußte, was verlangt wurde. Auf der kurvenreichen Straße versperrten ihm zwei reitende Mädchen den Weg. Er wartete, bis sie die Pferde hinüberlenkten. Das eine Mädchen fiel dem großen Tier hart in den Zügel; jäh warf es den Kopf hoch und schüttelte ihn, himmelhoch. Es war ein gewöhnlicher, glitzernden kalifornischer Sommertag, das Licht fiel durch die Bäume. Die nackten, auf den Pferdeflanken ruhenden Beine der Mädchen waren weiß und dünn.

Man starb an einem Tag, der für alle anderen so wie immer war. Mädchen standen auf und zogen sich Shorts zum Ausreiten an.

Ihm fiel Hirohitos Beerdigung ein, die Tausende von Regenschirmen. Churchills. Man mußte auf einen ebensolchen Tag hoffen, oder vielleicht auch nicht. Vielleicht war es am besten, wenn die Hinterbliebenen allein trauerten – oder nicht trauerten, sondern weiterlebten und nur dann und wann im Lauf der Jahre eine schwache Erinnerung ungefragt aufstieg, wie der Duft längst gefallener Äpfel.

Jungen rannten und klatschten dann in den See, am Ende des Tages, wenn es windig war und die Sonne als ein letzter Kringel auf der Wasseroberfläche lag. Im Wasser gab es warme Stellen, die man fand und wieder verlor. Wenn sie rauskletterten, hatten sie nur T-Shirts an, und den Hügel runter war es kalt, Unterkiefer und Zähne klapperten. Im Laufen riß er an Blättern, um sich zu bremsen. Wo sie wohnten, waren die Bäume auf den Hügeln damals nicht alt. Handelman hatte sie gepflanzt.

Hundertmal hatte sie hinter der Küchentür gewartet und ihn, nachdem er wie ein kalter Blitzstrahl mit ihren flügelartig ausgebreiteten Armen kollidiert war, in ein Handtuch gewickelt.

Tag und Nacht kannte er sie. Etwa, wie ihre Schuhsohlen dort dünner waren, wo ihre fünf Zehen und ihr Absatz hinkamen, wie der Fußabdruck eines Tieres. Über dem Abflußrohr unter der Spüle hing immer ein trockener Lappen.

»Bildungsgrad?« wollte die junge Frau wissen.

»Was spielt das für eine Rolle?« fragte Owens.

»Wir brauchen es für den Schein.«

»Sie hat einen High-School-Abschluß.« Arthur erwähnte das als eine besondere Leistung; er hatte es nicht so weit gebracht. »Und dann hat sie manchmal an Collegekursen teilgenommen, abends.« Er klappte eine Aktenmappe auf, in der er ihr Diplom mitgebracht hatte, in Seidenpapier und Pappdeckel eingeschlagen.

Owens dachte an seine Stapel von Zeitschriften, Auszeichnungen, Empfehlungsschreiben und schwor sich, nach Hause zu gehen und alles wegzuschmeißen.

Dann führte die Frau ihn und seinen Vater in eine Art Saal, in dem sie die Särge ausstellten. Die waren extrem scheußlich, wie Owens fand. Etliche schienen aus gebürstetem Metall gefertigt zu sein. Die hölzernen waren poliert und innen mit Satin gefüttert. Und alle waren sie unvorstellbar teuer. Vor einem besonders ungeheuerlichen Exemplar blieb Owens stehen. »Warum kaufen die Leute so etwas?«

Die junge Frau zuckte die Schultern. Diese unnatürliche Geduld schien zu ihrem Beruf zu gehören. »Viele Leute«, sagte sie, »entscheiden sich wegen des Materials dafür.«

Sein Vater blieb mit zusammengelegten Händen vor jedem einzelnen stehen, während die Frau die Besonderheiten erklärte. Schließlich entschied er sich für eine nicht gar so scheußliche Kiste, aus Kiefernholz. Sie war auch nicht ganz so teuer wie die anderen.

»Meinst du nicht, wir sollten einfach nach Hause fahren«, fragte Owens, »und selber einen zimmern?«

»Wir können ihr das hier kaufen«, sagte sein Vater, und Owens ließ ihn bezahlen.

Silbrige Olivenbäume und niedrige Obstbäume verschwammen mit dem Horizont. »Siehst du das?« sagte Owens. »In Auburn hat es überall mal so ausgesehen.«

»Als wir jung waren«, ergänzte Mary. Sie war als einzige nicht in Schwarz. Eli wollte nicht mit. Jane, die sie während der Zeremonie nach Kräften im Zaum gehalten hatte, schlug jetzt Rad auf dem glatten Rasen.

»Jaah«, sagte er. »Ich frag mich, wie lang es hier wohl noch so aussehen wird.«

»Ewig«, sagte Mary. »Es ist ein Friedhof.«

»Überleg doch nur mal kurz. In San Francisco gibt es keine Friedhöfe mehr. Und in Manhattan keine neuen. Der hier bleibt so, bis das Land zu wertvoll wird, dann pflügen sie ihn unter und bauen drauf.« Er hatte seinen besten schwarzen Anzug an, ein Hosenbein schleifte auf dem Gras. »Und wahrscheinlich ist das ganz in Ordnung so. Ein paar Generationen lang sollten sie unangetastet bleiben, solange noch Leute am Leben sind, die sich an sie erinnern können, aber danach kommt es nicht mehr drauf an.«

Mary hatte ihre Autoschlüssel in der Hand. Owens hatte sie zu dem, was danach kam, zwar nicht eingeladen, sie aber auch nicht ausdrücklich davon ausgeschlossen. »Ich gehe jetzt«, sagte sie. »Soll ich Jane mitnehmen, oder willst du sie haben?«

Die Kristallschüssel war zweigeteilt: knallgelber Senf in der einen, Mayonnaise in der anderen Hälfte. »Das sieht ihr ähnlich«, sagte Owens. Zu Janes Überraschung schloß er sich der kleinen Schlange um den Tisch an und machte sich ein Schweizer-Käse-Sandwich. Sie ging in das Herrenzimmer hinüber, wo die Wände mit Fotos von ihrem Vater aus Zeitschriften und Zeitungen gepflastert waren. Ein Foto von ihm und einem jungen Chinesen, wie sie gerade einen Preis entgegennahmen, hing neben dem Preis. Auf der anderen Seite eine lobende Erwähnung, die Colleen Owens zur wertvollsten Angestellten des Red-Owl-Supermarktes ernannte.

Owens stellte sich immer wieder neben seine Schwester, und jedesmal legten sie sich die Arme um die Schultern. Vielen Anwesenden gegenüber gab er sich seltsam ehrerbietig, so wie Jane ihn noch nie erlebt hatte. Und in dem Moment fehlte ihr ihre Mutter. Seit Weihnachten schien Mary immer in schlechte Laune zu geraten, wenn Owens Jane mitnahm und sie zurückließ.

Jane ging hinter ihm her in den Keller. »Sieh dir das an«, sagte er, sobald er sie bemerkt hatte. »Das hier ist die Werkbank meines Vaters. Diesen Teil hier hat er für mich angebaut.« Eine orange gestrichene Platte an einem Ende, einen Meter im Quadrat.

»Was ist das?« fragte Jane und zeigte auf eine Pinnwand mit vierzig oder fünfzig kleinen Schnappschüssen, jedes von einem anderen Auto.

»Ach, das sind alle Autos, die er repariert hat. Er hat die Leute immer gefragt, ob er sich den Wagen, wenn er damit fertig war, an einem Abend leihen könnte, um mit seiner Frau auszugehen. Also sind sie ziemlich oft samstagsabends in so einem Cadillac oder Lincoln losgezogen, den er gerade repariert hatte, frisch gewachst und poliert. Dann ist er nach hinten in den Garten gegangen, hat eine Rose abgeschnitten und sie ihr auf den Sitz gelegt. Er ist ziemlich romantisch veranlagt.«

Dann ging Owens zu einer schmalen Kommode hinüber und strich mit beiden Händen über die Platte. »Die hat er gezimmert.«

Jane mußte auf die Toilette, lief also wieder nach oben. Sie wartete vor der verschlossenen Tür, und gleich darauf kam eine Frau raus.

»Du bist Jane, nicht wahr?«

»Ja. Ich weiß, wer Sie sind. Sie sind Pony.«

»Hab ich mir's doch gedacht.« Die Hand der Frau zitterte. »Ich hab das Gefühl, daß wir irgendwie verwandt sind.«

»Sie sind meine Tante.«

Pony kicherte. »Muß wohl so sein, obwohl wir uns nicht besonders gut kennen.«

Als Jane das Badezimmer betrat, starrte sie in den Spiegel. Die Leute erzählten ihr immer, sie sähe ihm ähnlich, also war er natürlich ihr Vater. Pony hatte das allerdings nicht gesagt, und Jane sah auch, warum. Seine Schwester hatte die gleichen schwarzen Augen und ähnelte ihm viel mehr als sie.

Olivia stand auf Strümpfen da und schabte Essensreste von Tellern, die in den Geschirrspüler kamen. Aus dem Fenster sah sie auf rote Strauchspitzen und dachte: Nora ist in dem Glauben gestorben, ihr Sohn sei unbesiegbar. Sie würde ihn nie straucheln oder versagen sehen. Das gleiche galt für ihre eigene Mutter. Die hatte unbeirrbar daran festgehalten, daß alle Schätze dieser Welt in einem Korb auf Olivia warteten.

»Shep und ich sind zusammen auf die High-School gegangen«, erklärte Owens gerade, an eine größere Gruppe gewandt. »Hättest du Lust, irgendwann einfach mit uns zu Abend zu essen?«

»Jederzeit«, sagte Shep. »Liebend gern.« Er zog einen Stift aus seiner Brusttasche und schrieb säuberlich drei Nummern auf einen Zettel. »Da fällt mir ein, am Freitag in zwei Wochen haben wir ein paar von den alten Freunden eingeladen.«

Jane notierte sich das Datum, indem sie es sich auf die Handfläche schrieb, wie sie es sich von ihrem Vater abgeschaut hatte.

Olivia ging mit Karen den Weg zu dem kleinen See hinauf, wo Owens und seine Freunde als Jungen gebadet hatten. Sie standen oben und sahen hinunter. Zurückgegangen, würde Karen in ihr Auto steigen und nach Hause fahren, um das Abendessen für Dave zu kochen.

Olivia versuchte wieder, sie zu bezahlen, und Karen weigerte sich erneut. Zwischen den beiden Frauen gab es Liebe, aber auch Groll. Karen konnte ihrer Freundin nicht ganz verzeihen, daß sie sich für einen Mann entschieden hatte, der sie nicht schätzte. Wegen einer einfachen, ungeheuerlichen Sache schieden sich ihre Wege.

Den Weg nach unten rannte Olivia im Zickzackkurs, mit seitlich ausgebreiteten Armen, ihre hochhackigen Schuhe in den Händen.

Karen ging langsam, mit einem Stock, und brauchte lange.

Sie waren schon angeschnallt, als Owens aus dem Auto stieg und sagte: »Ich muß noch mal eben kurz rein und mit meiner Schwester reden.«

Olivia seufzte. Sie würde sich ein Geschenk für Karen einfallen lassen, etwas Besonderes. In dem heißen Auto brachte sie Jane Zöpfeflechten bei. Beim Warten flochten sie sich gegenseitig die Haare.

»Schatz?« sagte Owens, als er zum Auto zurückkam. »Ich finde, wir sollten so etwa einmal die Woche nach Pony sehen. Kümmerst du dich bitte drum, daß ich das auch mache, ja?«

Versprochen hatte er es nicht, aber von jetzt an, das war ihnen klar, würde er sich den Rest ihres Lebens um Pony kümmern.

Owens hatte schon seine Tasche für den Nachtflug nach Washington, D. C., gepackt. Aber zu Hause zog er seinen Anzug aus und seine Jeans an und verbrannte dann seine alten Dokumente und Auszeichnungen in einem Feuer, das er draußen in einer Blechtonne anzündete.

»Ich wurde nie dafür bezahlt«, sagte Karen Croen später anderen Leuten. Aber sie war froh, daß sie es gemacht hatte, Olivia und Nora zuliebe. Trotzdem, er hatte sie beauftragt, ohne sie je zu bezahlen, und das war die Wahrheit, ein Mahnmal, das irgendwo in der Welt herumstand.

Wie er vorher gewesen war?

Karen Croen wußte es. Er war und blieb sich immer gleich.

Matisse

Zum allerersten Mal plante Owens einen Sommertag in der Stadt, der nichts mit dem Geschäft zu tun hatte. Er wollte eine Wanderausstellung im Kunstmuseum sehen. Etwas später kam er auf die Idee, Noah anzurufen und zu fragen, ob er mitwollte.

Jahre zuvor war Owens auf dem Papier reich geworden. Das Geld hatte er in Aktien und auf einer Bank angelegt, wo es ihm zwar Zinsen einbrachte, aber, strenggenommen, nur auf dem Papier. Seine erste Anschaffung, lange vor dem Haus oder den Autos – davor hatte er nur seinen Eltern ein Geschenk gemacht –, war ein Gemälde. Er wollte einen Matisse kaufen. Über das eine Museum in Alta bekam er den Namen einer Kunsthändlerin in der Stadt. Eine schwarze Sonnenbrille auf der Nase, führte sie ihn durch diverse Galerien.

Zu der Zeit schwieg Owens, wenn über Kunst geredet wurde, gehemmt durch das Gefühl, nichts davon zu verstehen. Aber er wußte, was er wußte, und für Matisse hatte er schon immer etwas übrig gehabt.

Die Händlerin, Celeste, erzählte ihm, wie wichtig es sei, in die Jungen zu investieren und im Erdgeschoß einen Fuß in die Tür zu bekommen. »Natürlich wissen Sie darüber Bescheid«, sagte sie.

»Sie haben mich falsch verstanden«, sagte er ihr. »Ich will nicht investieren. Ich will nicht einmal sammeln. Ich will einen Matisse kaufen. Nur einen. Mehr nicht.«

»In Ordnung«, die Frau spielte mit. »Daran können wir arbeiten.«

Das ganze nächste Jahr über schickte sie Polaroidfotos von

Zeichnungen, Collagen und Gemälden in angekündigten Auktionen oder für Käufer interessanten Privatsammlungen nach Auburn. Immer, wenn Owens dazu kam, suchte und betrachtete er größere Reproduktionen in Büchern. Schließlich sah er das Gemälde: eine Frau auf einem Balkon. Sie wartete, war aber zu fest im Leben verankert, um sich von dem, worauf sie wartete – was immer es war –, groß umpolen zu lassen. Er kaufte es einer Familie in Cincinnati ab.

Das Bild kam an einem strahlenden Herbsttag an. Er fuhr noch das alte schrottreife Auto, das rappelte und einen neuen Auspufftopf brauchte. Er packte das Bild allein aus, zog die Nägel mit der gespaltenen Finne eines Hammers heraus. Die Kiste war von besserer Qualität als das meiste, was er an Möbeln besaß.

Er hing das Bild in dem gemieteten Haus auf, bohrte ein Dübelloch. Celeste erzählte ihm, Matisse habe den Rahmen persönlich auf einem Flohmarkt erstanden und eigenhändig bemalt.

Doch diese Anschaffung – aus dem Geist der Liebe geboren – machte Owens nicht glücklich.

Das erste Unglück ereignete sich, als eine Haushälterin den Rahmen mit aggressivem Putzmittel bearbeitete. Damals beschimpfte er die ganze Nacht seine Freundin, die Klarinettistin, und quälte sie bis in die frühen Morgenstunden. Dann ging er im leeren Haus auf und ab, bis Celeste ihm um neun Uhr sagte, was er machen sollte. Die nächste Stunde verbrachte er mit dem Einkauf weicher Zahnbürsten. Celeste schickte per Federal Express Antikwachs.

»Sind Sie versichert?« fragte sie, als Owens darauf bestand, sich ihre Privatnummer geben zu lassen, um nie wieder so eine Nacht des Grauens erleben zu müssen.

Das war er nicht und konnte er auch nicht sein, weil er in einem alten, unverschlossenen Haus wohnte und sich weigerte, eine Alarmanlage installieren zu lassen.

Als er in das Herrenhaus des Kupferkönigs einzog, war er eines Morgens von Geräuschen im Wohnzimmer geweckt worden, nach unten gerannt und hatte gesehen, daß es noch hing, im Haus alles still, in lange Lichtzungen gebettet. Am Abend jenes Tages hatte er

Olivia beim Einschlafen erzählt, daß er Angst hatte, weil es nur eins davon gab.

»Es ist wichtiger als wir«, hatte sie erwidert. »Das ist irgendwie tröstlich.«

»Langlebiger ist es bestimmt.«

Schließlich hielt er es nicht aus, mit etwas unter einem Dach zu leben, das ihn überdauern würde. Er beschloß, daß die Verantwortung, darauf aufzupassen, zu groß war. Er verschenkte das Gemälde und liebte es keinen Deut weniger, nur weil er nicht fähig gewesen war, es sicher zu verwahren; wenn überhaupt, so wuchs seine Achtung vor ihm. Celeste hatte bei der Schenkung assistiert. Und später rief sie ihn an, wenn die Familie aus Cincinnati nach Kalifornien reiste. Sie waren entzückt, ihren Schatz in einem Museum verwahrt zu wissen. Freunde von ihnen hatten eine Dinnerparty zu Ehren von Owens gegeben, und dabei hatte er Celestes Tochter Albertine kennengelernt.

Danach schaffte er sich zum Gebrauch bestimmte Gegenstände an. Er kaufte das erste seiner schönen schnellen Autos. Es war zwar ein Wunderwerk, ließ sich aber ersetzen. »Es gibt eine Gußform, und die Italiener spionieren sie nicht aus«, pflegte er zu sagen. Später bekam er wieder Lust, Kunst zu kaufen, aber als Sammler. Er kaufte Fotografien und japanische Holzschnitte. Er wollte nichts besitzen, das es nur einmal gab.

Für Noah war Owens' Einladung zur Matisse-Ausstellung keine ganz einfache Angelegenheit. Auch er hatte ein eigenartiges Verhältnis zur Kunst. Seine ihm sehr nahestehende Schwester war Fotografin, und mit vierzig Jahren hatte sich seine Mutter, nachdem sie jahrelang Bankangestellte gewesen war, darauf verlegt, in der Garage Landschaftsbilder zu malen. In den frühen sechziger Jahren war es ihr gelungen, das Familieneinkommen mit der Gestaltung von Malen-nach-Zahlen-Vorlagen aufzubessern. In Noahs Leben gab es die stillschweigend übergangene Enttäuschung, daß aus ihm nichts »Künstlerisches« geworden war. Er hatte gerne gezeichnet, und seine Mutter hatte ihre beiden Kinder oft zum Zeichnen mit nach draußen genommen. Aber schon als Vierzehnjährigem war ihm klar gewesen, daß er nicht die Energie hatte, zwei Ziele zu verfolgen. Er hatte sich seine Wahl gut überlegt, und ausschlaggebend war gewesen, daß es in der Forschung einfacher zu sein schien. Er hatte sich bessere Heiratschancen ausgerechnet, wenn er auf irgendeinem Spezialgebiet reüssierte. »Hmpf«, machte er, als ihm das wieder einfiel; er fühlte sich betrogen. So einfach war die Forschung nun auch wieder nicht.

Noah kam mit seiner Arbeit nicht gut voran. So wie er es sah, lag er mit den Fischen genauso daneben wie mit den Fliegen, und er verließ nur ungern das Labor. Er war überhaupt nervös. Als Rachel sich etwas von seinem Haar abschnitt, erzählte sie ihm, daß die Immunologin oben ihr Projekt wohl aufgeben mußte, weil jemand in Harvard ihren Glanzpunkt geklaut hatte. Noahs Mutation war jetzt seit vier Jahren veröffentlicht. Es war nur eine Frage der Zeit, bis jemand das Gen entdeckte.

»Vielleicht irgendwann mal abends«, beschied er Owens. »Jetzt müßten wir Schlange stehen, um Karten zu kriegen. Der Andrang ist gewaltig.« Noah dachte, das müßte reichen. Owens gab sich nicht mit Menschenmengen ab, wenn sie nicht gekommen waren, um ihm zuzuhören. Und aus irgendeinem unlogischen Grund fand Noah die Vorstellung erträglich, daß er die Ausstellung verpaßte, falls Owens auch nicht hinging.

Eine Stunde später rief Owens zurück, um zu sagen, daß eine befreundete Kunsthändlerin sie Mittwochmittag hineinbekommen konnte, wenn das Museum geschlossen sei.

In einem leeren Museum mit den Bildern allein sein, so etwas hatte Noah sich schon immer gewünscht. In seinem Rollstuhl konnte er fast nichts sehen, wenn die Menschenmassen ihm die Sicht versperrten. Aber Owens' Angebot machte ihn irgendwie gereizt. Eigentlich kamen ihm Owens' Geschenke immer halbherzig vor. Lag es an dessen Unfähigkeit, richtig zu geben, oder an seiner, etwas anzunehmen? Oder hatte Owens schlicht und einfach so viel, daß all seine Großzügigkeit leicht und oberflächlich wirkte? Und sollte das Gewicht eines Geschenks von dem Schenkenden oder dem Beschenkten ermessen werden?

Noah wollte wirklich allein in dem Museum sein. Dann kam er

darauf, was ihn störte. Mittag. Hatte die Kunsthändlerin die Mittagszeit am Mittwoch bestimmt, oder war das die Zeit, die Owens wollte und verlangte, ohne Noahs Arbeitszeit zu berücksichtigen? So und nicht anders: Das Angebot stand.

Jedenfalls kannte Noah niemand anderen, der ihn allein ins Museum einschleusen konnte. Er konnte unmöglich absagen. Wenigstens würde er selbst in seinem Bus vorfahren.

Als Noah in dem Museum eintraf, ließ sich nicht übersehen, daß Owens sich geirrt hatte. Das Museum war mitnichten geschlossen, und die Öffentlichkeit war massiv vertreten.

»Ich bin Celeste«, sagte eine Frau, die sich nach unten beugte, um sein Handgelenk zu berühren. »Und Sie sind der Forscher.« Owens mußte ihr gesagt haben, daß er Rollstuhlfahrer war. Ihre stumpfen blonden Haare wippten gegen ihr Kinn, und ihre knallorangen Strümpfe waren auffallend an einer Frau um die Fünfzig. Von seinem Fenster aus hatte Noah festgestellt, daß schöne Beine nicht alterten. Sie trug einen Metallic-Regenmantel, weit, mit Falten.

Owens kam eine Viertelstunde zu spät. Bis dahin waren Celeste drei Leute begegnet, die sie kannte.

Noah beschloß, für ihn untypisch, sich die Führung per Kopfhörer zu leihen.

Eine Klasse Schulkinder aus einer kirchlichen Privatschule in braun-weißen Uniformen füllte den ersten Ausstellungsraum.

»Nicht schlecht«, sagte Owens und betrachtete ein frühes Stillleben.

»Ich würd's kaufen, wenn ich es auf einem Flohmarkt entdecken würde«, stellte Celeste lachend fest.

Noah kam langsam voran, da er sich die ausführlichen Erklärungen vom Band anhörte und die Hinweise an der Wand las.

»Eigentlich mag ich diesen fauvistischen Kram nicht«, sagte Celeste und wanderte zur Mitte ab.

Owens ging mit federnden Schritten zu Noah zurück. »Ich finde nicht, daß es seine besten Werke sind, aber er ist ziemlich bedeutend.«

»Ich halt's nicht aus, Bilder anzusehen, wenn so viele Leute drum rum sind«, sagte Celeste.

»Ihr kennt doch den Matisse, den ich gekauft hab, und der jetzt im Museum ist?« sagte Owens. »Den finde ich zum Beispiel viel schöner als die hier.« Owens fuhr oft ins Museum, um sich sein Bild anzusehen. Zweimal waren gerade Gruppen von Schulkindern wie diese durchmarschiert, als er da gewesen war. »Ich sollte eine kleine Stiftung für Busse einrichten, die unterprivilegierte Kinder hinfahren könnten.« Manchmal, wenn er den Eindruck hatte, daß alle sauer auf ihn waren und ihm sein Leben von komplexen Problemen und Schrecklichem durchsetzt schien, fiel ihm das Gemälde in dem Museum ein. Das war wenigstens etwas, was er in seinem Leben ausgerichtet hatte. Ganz kurz dachte er, so könnte wohl eine Frau empfinden, wenn sie ein Kind hinterließ; er hoffte, daß seine Mutter das gleiche bei ihm empfunden hatte. Er wünschte, sie hätte gewußt, daß er zurechtkam. Irgendwann frag ich Eliot noch mal nach ihr, sagte er sich.

Celeste wartete an der Schwelle zum nächsten Raum auf sie und nestelte an ihrem Schal herum. »Ich gehe. Ich bin fix und alle. Zu viele Leute.«

Noah erwartete schon, daß auch Owens einen Rückzieher machte, doch der blieb. Er ging voraus und ließ sich dann wieder zurückfallen, und die beiden Männer fanden sich im letzten Raum mit Zeitungsausschnitten wieder. Es hatte sie einiges an Durchhaltevermögen gekostet, das bis zu Ende durchzustehen, aber bevor sie die Ausstellung verließen, verweilten sie vor überlebensgroßen Fotos von Matisse als altem Mann in Strandhotels, wie er von seinem Bett aus zeichnete, den Kohlestift an der Spitze eines Zeigestocks befestigt.

»In dem Stadium ist es wahrscheinlich das reine Glück«, sagte Noah.

Sie standen um ihre Mäntel an, hinter den uniformierten Kindern. Der Lehrer rief sie mit einer Trillerpfeife zur Ordnung.

»Wenn du das siehst, denkst du dann an Jane?« fragte Noah.

Owens lächelte. »Ich kann Uniformen überhaupt nicht ab. Und diese Pfeife. Wie die Zirkustiere.«

Draußen frischte ein feuchter Wind auf, und es war ein gutes Gefühl, mitten in dem Gewühl der größeren Leute zu sitzen.

»Ich bin froh, daß wir das gesehen haben«, sagte Noah. »Ich bin froh, daß wir geblieben sind.« All seine Verärgerung über Owens hatte das Lebenswerk dieses Mannes weggeblasen. Noah hatte das Gefühl, er werde seinen lebenslangen Kampf nie bereuen, ganz gleich, ob er Erfolg hatte oder nicht, weil es keine Alternative gab.

»Ich auch«, antwortete Owens.

»Trotz der vielen Leute.«

»Trotz der vielen Leute.«

Sie waren die Sprößlinge aus der Mittelschicht, dachte Noah, denen man die städtischen Parks und Museen gebaut hatte. Vielleicht waren alle Celestes dieser Welt die Verlierer, wenn Privatsammlungen Museen überlassen wurden, aber für Noah und Owens war es nur ein Gewinn. Er hatte Artikel über den Niedergang der Qualität gelesen, mit Titeln wie »Die Kosten des Fortschritts«, die geringes handwerkliches Können mit der weiten Verbreitung von staatlichen Colleges und Penicillin kontrastierten. In der Regel verachtete Noah die Reichen aus Prinzip. Aber heute machte er für Owens eine Ausnahme. Selbst wenn seine Arbeit in dem Labor nichts erbrachte, achtete Owens ihn doch und hatte die gleiche respektvolle Ehrfurcht wie er vor der Biologie. Sie hatten zwar noch nie darüber gesprochen, aber auf gewisse Weise schien Owens Noahs Tapferkeit zu begreifen. Was auch geschah, Noah würde stets solche Nachmittage erleben, an denen er das Gefühl hatte, zu wissen, worauf es im Leben ankam.

»Celeste ist ziemlich ostküstenmäßig, obwohl sie hier wohnt«, sagte Owens, der im Regen stand. Noah reichte ihm seinen Regenschirm, und Owens hielt ihn über beide.

»Zweifelst du je an dem, was du machst?« fragte Noah.

»Du meinst, ob ich wünschte, ich wäre ein Künstler?« Das hatte Noah zwar nicht gemeint, aber Owens fuhr nach kurzer Pause fort: »Ich hab das Gefühl, daß ich genau an dem Schnittpunkt zwischen Kunst und Wissenschaft arbeite. Vielleicht sind wir Künstler, Noah, wir drücken unsere Kunst nur auf andere Weise aus.«

»Ich fürchte, der Vergleich hinkt. Künstler vergleichen sich nicht mit uns.«

»Das kann man nie wissen«, sagte Owens.

Noah dachte darüber nach, was einem gehören konnte. Was am meisten zählte – Wissen, Gemälde, Kinder –, sollte niemandem gehören. Man zerstörte es nur, wenn man es besitzen wollte.

»Kennst du ein richtig gutes Restaurant hier in der Nähe, wo man gedünstetes Gemüse bekommt?«

»Beides nein«, sagte Noah.

»Gehen wir einfach zu Stars.«

»Wir können meinen Bus nehmen.«

Owens winkte einem Taxi. »Es regnet.«

Noah stemmte sich auf den Taxirücksitz und klappte seinen Stuhl so zusammen, daß Owens ihn vorne reinstellen konnte. Er hatte etwas zu bereden, wußte aber nicht, wie anfangen. Jane wollte zur Schule gehen. Sie hatte die Privatlehrerinnen satt und wollte unter anderen Kindern sein. Wie schwer war das eigentlich zu begreifen? Aber bei einer Menge Dinge, die einem in anderem Zusammenhang vollkommen normal vorkamen, ließ Owens nicht mit sich reden. Er setzte seine eigenen Regeln auf, unanwendbar für das niedere Fußvolk. Absurd, dachte Noah wieder einmal bei sich, daß der Typ daran denkt, in die Politik zu gehen. Jane zuliebe war Noah bei den alten Damen vorstellig geworden. Er hatte sich auf ein heikles Gespräch eingestellt, aber mitten drin hatte Ruby gesagt: »Wir sind vollkommen Ihrer Meinung. Ein Mädchen in ihrem Alter braucht Gleichaltrige um sich.« Er nahm sich vor, mit dem Thema zu warten, bis sie im Restaurant waren. Es dauerte gut zehn Minuten, bis sie an einem Tisch saßen; im Regen mußte Noah erst wieder in seinen Rollstuhl, und dann waren vier Stufen zu überwinden, und niemand half Owens, ihn zu tragen. Als sie drinnen waren, stieß der Restauranttisch gegen Noahs Knie. Viele Leute trauten sich nicht, vor Owens Fleisch zu essen, aber Noah bestellte ein Zwei-Pfund-Steak und einen Scotch. Owens zog nur leicht die Augenbrauen hoch.

»Wie läuft es mit deinem Schulspeisungs-Programm?« fragte Noah.

»Na ja, die Molkereilobby hat sich etwas beruhigt. Ich muß mir wirklich die Zeit nehmen, mich damit zu befassen. Ich hatte ziemlich viel mit Exodus um die Ohren.«

»Du solltest Jane hinlassen«, sagte Noah.

»Warum, wegen der Konsumentenperspektive?«

»Sie will zur Schule gehen. Ganz bestimmt fehlen ihr nur die anderen Kinder. Partys und all das.«

Ihr Essen kam, und Owens schwieg. Noah säbelte an seinem Steak herum.

»Magst du das Zeugs wirklich?« fragte Owens.

»Mmhmm.«

»Warum?«

»Schmeckt gut«, sagte Noah. Wenn man anderer Meinung war als Owens, ließ er einen quasi stehen, wo man war, und machte sich davon. Er saß zwar noch bei Noah am Tisch, aber sein Blick schweifte in die Ferne. Er folgte verschiedenen Frauen, die mit geradem Rücken durch den Raum gingen.

»Ich weiß, daß Jane gern zur Schule gehen würde«, sagte er schließlich. »Gar keine Frage. Und das wird sie auch, irgendwann. Aber« – er machte eine Pause – »wenn du je Vater wirst, und das nehme ich mit großer Wahrscheinlichkeit an, Noah, wirst du feststellen, daß Kinder alles mögliche wollen, was nicht gut für sie ist.«

»Aber Schule? Du bist hingegangen. Ich bin hingegangen.«

»Jaah, damit argumentiert sie auch. Aber wir waren da, weil wir keine andere Wahl hatten. Es war nicht unbedingt das Beste für uns.«

»Sie hat auch keine Wahl. Und sie ist isoliert. Sie braucht andere Kinder.«

»Ich bin ganz deiner Meinung, daß Jane Freunde braucht. Darüber habe ich mir sogar ziemlich intensiv den Kopf zerbrochen. Ein alter Freund von mir hat eine Tochter. Und ich werde Jane zum Abendessen zu ihnen mitnehmen.«

»Willst du sie wirklich nicht in die Schule lassen?«

»Doch, sobald ich die richtige Schule gefunden habe. Aber fürs erste kommt sie ausgezeichnet mit den Privatlehrerinnen zurecht.

Sie ist ein tolles Kind.« Er zuckte die Achseln. »Das letzte Wort ist noch nicht gesprochen.«

»Tja, du bist ihr Vater«, sagte Noah, dem klar war, daß er es diesmal nicht geschafft hatte.

»Ich weiß nicht. Ich merke wohl allmählich, daß ich anders bin als andere Leute.«

»Das geht uns allen so.«

»Ich bin's aber wirklich.«

»Nein, das meine ich ja. Bist du.«

»Sosehr ich Olivia auch liebe – und ich liebe sie unbeschreiblich –, fühle ich mich doch auch für die Leute bei Exodus verantwortlich.« Er hörte sich müde an. »Als meinen Eltern allmählich aufging, daß ich anders bin, versuchten sie nie, sich mir in den Weg zu stellen. Und ich glaube, das macht für mich Familie aus. Geht es dir auch manchmal so? Daß du für das, was du machst, Opfer bringst und eventuell sogar einen dir nahestehenden Menschen bitten müßtest, auch dahinter zurückzustehen?«

»Ich glaube, du hast mehr Selbstvertrauen als ich.«

»Aber du weißt, daß du ein guter Wissenschaftler bist.«

»Ich weiß, daß etwas in mir steckt, bin mir aber nicht sicher, ob ich es rausholen kann.« Also, da hatte er es zugegeben. Es war so schwer, Owens solche Sachen zu sagen. »Ich werde nie dein Selbstvertrauen haben. Dazu fehlen mir die Voraussetzungen.«

Owens schlug verdattert die Augen nieder. »Hast du jemanden kennengelernt?«

»Nicht so richtig.«

»Also los, Noah. Ich erzähl dir immer alles. Gefällt dir jemand?«

»Es ist einseitig.«

»Wer ist es denn? Komm schon, ich werd sie doch nie kennenlernen.«

»Na ja, du kennst sie schon. Es ist Louise.«

»Wirklich? Mit den ...« Er führte die Hand zum Kopf und ließ sie ruckhaft wieder fallen. »Ach, wetten, daß du ihr richtig gut gefällst?«

Wegen ihrer Haare, meinte er. Owens denkt, sie kriegt keinen

Besseren ab. Besseren als mich. »Tut sie nicht. Da bin ich mir sicher.« Noah schnitt sich einen letzten Bissen vom Steak ab und kaute darauf herum.

Der Kellner kam und nahm Owens' Teller mit. Noah bedeutete ihm mit dem Messer, daß er noch nicht mit Essen fertig war. Dann sah er Owens an. »Hast du dich schon mal in eine Frau verliebt, die nicht auf dich abgefahren ist?«

Die Frage war ein wenig gemein, aber das merkte Owens offenbar nicht. »Mal sehen«, sagte er und überflog allen Ernstes im Geiste das Heer. »Nein, glaub ich nicht. Ich hatte ... Glück bei den Frauen.«

»Du hattest generell Glück«, sagte Noah.

»Tja, wir könnten jetzt gut etwas Glück für Exodus gebrauchen.«

Das stimmte, und Noah wußte es. Jeder wußte, daß Exodus in Schwierigkeiten steckte.

Owens ging mit federnden Schritten zu seinem Auto, und die grellbunten Lichter von Chinatown verschwammen auf der dunklen, regenglatten Straße. Er hatte sich von Noahs Taxi absetzen lassen, und der Wind wühlte in seinem Haar. Wahrscheinlich fragt er sich, wie ich mich in eine grauhaarige Frau verlieben kann, und denkt, daß ihm das nie passieren könnte, stellte Noah sich vor, der das Taxameter beobachtete, während das Taxi schnell zu seinem Bus fuhr. Typisch für einen Reichen, hatte Owens das Essen bezahlt und ließ ihn das Taxi übernehmen. In Owens' Vorstellung, da war Noah sich sicher, lag die Großzügigkeit ganz auf dessen Seite. Aber das Taxameter zeigte schon achtzehn Dollar an, und wenn es nach Noah gegangen wäre, wären sie Pizza essen gegangen, und achtzehn Dollar hätten für beide gereicht ... und ihre Haare waren nicht grau, sondern silbern. Sie hatte eine porzellanweiße Haut mit einem Stich ins Pinke. Ihre Zähne waren vollkommen, wie ebenmäßige weiße Maiskörner.

Wieder in Alta, fuhr Owens direkt zum Bungalow. Als er vom Restaurant aus seine Nachrichten abgerufen hatte, waren zwei von Mary dabei gewesen, beide dringend.

Es ging um Jane. Irgendeine Sozialarbeiterin mit rosa Kostüm und Handtäschchen hatte im Regen an die Tür des Bungalows geklopft. Offenbar hatte Jane ihren alten Hauslehrerinnen etwas vorgeheult. Die hatten das Jugendamt verständigt und eine lange angeregte Diskussion mit der Einzelfallhelferin geführt. »Wir wissen nicht aus noch ein«, wiederholten sie ständig. Also war es wohl doch an der Zeit, daß Jane in die Schule kam.

Mary war froh gewesen über den dringenden Anlaß, ihn anzurufen.

Jane schlief schon. An ihrer Zimmertür hing eine Zeichnung mit der Bildunterschrift *Janes DNS*. In einer Sprechblase stand: »Ich hasse Selbstporträts.«

»Oh«, machte Owens. »Das ist aber nett.«

»Allerdings.« Mary seufzte. »Er hat ihr auch ein Mikroskop mit Zubehör geschenkt.«

Owens dachte, wie gut es sei, daß Jane jemanden wie Noah kannte. Wie viele Kinder kannten schon einen Wissenschaftler?

Mary machte Tee, und dieses eine Mal schien zwischen ihnen alles einfach zu sein. Eine Kerze brannte, und sie hatte sich die Haare gewaschen. So, wie er sich gab, hatte sie das Gefühl, lachen zu dürfen.

Sie war jetzt dreißig, dachte er, und hatte ihr Aussehen so ziemlich eingebüßt. Er hatte den Eindruck, daß Frauen eine Halbwertzeit von etwa achtundzwanzig Jahren hatten. Danach wurden sie etwas anderes. Mütter vielleicht.

»Ich hab mich heute mit Noah getroffen. Weißt du, ich hab allmählich den Eindruck, daß er noch Jungfrau ist.«

»Hat er dir das gesagt?«

»Nein, aber so etwas merken Männer einander an.« Er zog die Augenbrauen hoch, wie immer, wenn er um etwas bat, und sah ihr zum erstenmal seit Jahren in die Augen.

Sie sah zu Boden und kicherte. Es war ein gutes Gefühl, wahrgenommen zu werden.

»Eine Frau könnte etwas richtig Großes vollbringen, wenn sie nur einmal mit ihm schliefe. Stell dir bloß mal vor, was du ihm geben würdest.«

Da wurde die Oberlippe, die sich so geschmeidig zum Lachen breitgezogen hatte, verkniffen und schief. »Versuch ja nicht, mich zu verkuppeln, du Ungeheuer«, fauchte sie. »Fick ihn doch selber« – so häßliche Worte, daß Owens aufstand, mit erhobenen Handflächen zurückwich und sagte: »Schon gut, schon gut. Ich hab nur gedacht, du könntest ihm einen ganz großen Gefallen tun, mehr nicht.«

Geld

Jane hörte den weißen Anrufbeantworter in Owens' Küche ab, dem sie und ihre Mutter früher so viele wichtige Nachrichten anvertraut hatten. Bob Shepard hatte stockend eine Einladung draufgesprochen: Sie erwarteten ein paar Leute zum Essen. Jane erinnerte Owens daran, daß er auf der Beerdigung versprochen hatte, zu kommen. Owens sagte begeistert zu und strich sich das Datum rot im Kalender an. Auch in seinen Computer gab er den Termin ein. Owens hatte genügend Verabredungen in seinem Leben verpaßt, um seinem Gedächtnis zu mißtrauen.

Die Adresse gehörte noch zu dem kleinen weißen Bungalow mit einer gegabelten Zeder, die zu beiden Seiten des Erkerfensters emporwuchs, und einem schönen, die Rückfront überragenden Fächerahorn. An den Ahorn erinnerte er sich zwar nicht, aber der mußte schon immer da gewesen sein. Mit nur zehn Minuten Verspätung bog er in die Auffahrt ein und ging hinein, eine Hand auf Janes Nacken gelegt.

Offenbar war Owens der einzige der alten Freunde, der noch unverheiratet war, und er saß ruhig und zurückhaltend im Hintergrund, auf dem besten Sessel, ohne es zu merken. Er wünschte, Olivia wäre mitgekommen. Sie hatten sich wieder zerstritten.

Bob Shepards Tochter Minna, ein paar Jahre älter als Jane, war jetzt hoch aufgeschossen, fürstlich. Ihre langen Haare wippten, während sie mit Horsd'œuvres herumging. Er hatte sie seit Jahren nicht mehr gesehen. Jane schwatzte glücklich mit ihr und sagte, sie wolle *auch* Tanzunterricht nehmen, wenn ihre Eltern es ihr nur *erlaubten*.

Für Jane war es ungewohnt, darüber zu reden, daß sie nicht zur Schule ging; das Thema war ihr so peinlich, daß sie es normalerweise mied. Aber diese Leute kannten Owens, und er war im selben Raum. Als Minna sie also fragte, sagte sie, sie habe Privatlehrerinnen, weil ihre Eltern gegen Schulen seien. Das Seltsame war, daß dieses Mädchen nicht überrascht wirkte. Sie mochte die Schule sowieso nicht besonders; blasiert beklagte sie sich. Und obwohl Jane von allem fasziniert war, was mit Schule zu tun hatte, tat sie bei diesem Mädchen so, als machte sie sich nichts draus.

Es war ein nettes kleines Haus, so eins wie die, in denen Owens und die meisten seiner Freunde aufgewachsen waren. Es machte ihm Spaß, den Frauen zuzusehen. Mit Gleichaltrigen war es schon was Besonderes. Heute abend, das spürte Jane, fühlte er sich akut einsam und ohne Liebe.

»Ihr habt da ja einen tollen Fächerahorn«, sagte er zu Sheps Frau Anna. Die hatten sie immer Lamb, Lamm, genannt. Sie reichte gerade Sherrygläschen herum. »Nein danke, für mich nicht. Kann ich ihn mir mal durch die Hintertür ansehen?«

Er folgte ihr durch das Wohnzimmer in die gemütliche, gut bestückte Küche und stellte sich vor die Hintertür, neben den Wäschetrockner. Der Baum schien den Wind aufzufangen und festzuhalten. Die Blätter drehten sich in eine vollkommen horizontale Lage, typisch für Fächerahornbäume. »Der muß fünfzig Jahre alt sein.«

»Ich schätze schon«, sagte sie neben seiner Schulter. »Seit elf sind wir jetzt hier. Ich stehe oft genau hier und bügle, bevor die anderen aufgestanden sind. Dann ist es ausnahmsweise ruhig.«

Erstaunt sah er sie an, aber unter seinem prüfenden Blick wurde sie nervös und wischte sich die Hände an der Schürze ab.

Sie ließ ihn eine große Kasserolle auf den runden Eßtisch tragen. Weder das Eßzimmer noch der Tisch reichten für sie alle, daher hatten sie gerollte Stoffservietten mit Silberbesteck bereitgelegt. Es war Pasta, wie Owens zu seiner Erleichterung sah, mit Pesto und einem großen Salat. Obst zum Nachtisch; das hatte er im Kühlschrank entdeckt. Er war begeistert, wie immer, wenn Leute sich richtig ernährten.

Als er sich bedient hatte, trug er seinen Teller zu einer Ottomane, neben Jane, die sich auf den Fußboden fläzte. Eine Ehefrau, der er vorher noch nie begegnet war, hatte den Sessel übernommen, auf dem er anfangs gesessen hatte. Wirklich nett hier, dachte er. Er schüttelte den Kopf, verärgert über Olivia.

Joe diskutierte angeregt mit der Frau auf dem Sessel über eine anstehende Wahl. »Wen wählen Sie?« fragte die Frau unvermittelt Owens.

Er lächelte unlustig. »Ich wähle nie.«

»Du bist Marys Tochter.« Shep setzte sich neben Jane. »Ich kann mich an deine Mutter erinnern, aber ich weiß nicht, ob sie sich noch an mich erinnert. Sag ihr, der Shep läßt schön grüßen.«

Jane war sich nicht sicher, ob sie es ausrichten würde. In letzter Zeit war Mary nicht gut auf Owens zu sprechen gewesen.

Anna brachte einen Korb mit heißem Brot herein. »Und deine Großmutter hat unsere Hochzeitstorte gebacken«, rief sie über die Schulter. »Eine ganz kleine war das. Ich weiß noch, als ich die abgeholt hab, hat sie nur zwei Dollar dafür verlangt.«

Aus keinem von ihnen war großartig was geworden. Bob Shepard arbeitete als Buchhalter und pendelte jeden Tag mit der U-Bahn zur Arbeit. Alle drei Männer waren bei den Anfängen von Genesis dabeigewesen, und Anna war damals Owens' erste Sekretärin. Joe war ein Arme-Leute-Anwalt geworden; das mußte man respektieren. Todd war gereist und hatte herumgejobbt, und jetzt bildete er sich zum Krankenpfleger aus. Zwei der Frauen arbeiteten halbtags, aber man merkte ihnen an, daß sie hauptberuflich Mütter waren. Noch mehr als das Haus war das eine Rückkehr in seine Kindheit. Leute seines Alters, die nichts mehr mit Biochemie am Hut hatten. Und zwar nicht, weil sie ihr Geld gemacht hätten und dann ausgestiegen wären. Dazu waren sie nicht lange genug am Ball geblieben. Shep hatte Optionsscheine gehabt, alles mögliche. Aber Anna war mit seiner Arbeitszeit nicht mehr einverstanden gewesen, nachdem sie Minna bekommen hatte. Wenn er nur noch ein Jahr geblieben wäre! Owens hatte ihn damals bekniet und gewarnt, daß es ihm noch leid tun würde. Owens hatte zwar Jane bekommen, aber die war weit weg in den Bergen, und er hatte sie noch nicht angefaßt. Er hatte nur das Foto. Als Shep gekündigt hatte, hatte er Owens nicht ins Gesicht sehen können; mit gesenktem Kopf hatte er etwas von familiären Verpflichtungen gemurmelt.

Ganz zu Anfang, als Genesis erst eine Idee gewesen war, hatte Shep ihn gebeten, Minnas Patenonkel zu sein. Er war natürlich zu spät gekommen, und wegen ihm hatten sie die Zeremonie aufschieben müssen. Als sie dem Baby in der leeren, kalten Kirche Wasser über die Stirn gegossen hatten, hatte es geschrien wie am Spieß, und sie hatten es nicht beruhigen können. Das war irgendwie keine angenehme Erinnerung.

Die Frau auf dem Sessel hatte ein breites Gesicht, geformt wie ein Schaufelblatt. Sie war kinderlos. Anna fragte sie gerade nach ihrer Arbeit. Das sah dem alten Lamm ähnlich. Wie sich herausstellte, hatte die Frau entfernt mit Biotechnologie zu tun, auf der esoterischen Schiene, freiberuflich.

»Und arbeiten Sie an einem bestimmten Projekt?« fragte Anna.

»Na ja, zur Zeit ist es schwierig«, sagte die Frau und warf Owens einen Blick zu.

»Wirklich? Warum?« fragte er. Er konnte nicht anders. Exodus steckte zwar in Schwierigkeiten, aber die Biotechnologieindustrie hatte allgemein ihr bisher bestes Quartal hinter sich.

»Na ja, das Geld sitzt nicht locker, also ist es schwierig. Und dieses Jahr wurden mir zwei Projekte angeboten, für die ich meinen Namen nicht hergeben möchte.«

Wie sie wohl heißt? fragte sich Jane. »Halt«, sagte sie. »Das versteh ich nicht.«

»Ich will mich nicht verkaufen«, antwortete sie Jane vielsagend, so daß Owens sich vorbeugte und seiner Tochter ins Ohr flüsterte: »Wir können uns einen Film angucken, wenn wir nach Hause kommen.«

»Ach, ich halte nicht viel von der Vorstellung, daß man sich verkauft«, sagte Anna. »Jeder gibt sein Bestes.«

In der Ecke unterhielten sich Joe und Todd über Autos. Todd fuhr offensichtlich einen Pick-up mit Vierradantrieb. »Ich hab das Fahrgestell reparieren lassen. Das hat weh getan. Vierhundert Dollar hab ich reingesteckt.«

Owens konzentrierte sich auf das Essen auf seinem Teller. Gutes Pesto, immerhin. Aber versalzen.

Joes Frau Diane hatte ein nettes glockenhelles Lachen. »Wir haben uns wieder einen Impala gekauft. Wir sind nicht in ihn vernarrt, er ist nicht unser ein und alles, sondern nur ein Transportmittel.«

Jane sah sich um, plötzlich unsicher geworden.

»Wenn wir das Geld hätten«, sagte gerade die Frau, die sich nicht verkaufen wollte.

Hörte Jane bestimmte Dinge heraus, war sie überempfindlich, oder wurde nur über Geld geredet? Ihr war aufgefallen, daß Owens nicht über Geld sprach. Außer in globalen oder zumindest nationalen Zusammenhängen oder abstrakt, wenn er sich theoretisch über ein Geschäft ausließ, schnitt er das Thema nie an.

Soweit dies überhaupt möglich war, führte er ein geldfreies Leben. Einen Mann, den er nie traf, hatte er eigens dazu angestellt, seine Rechnungen zu bezahlen, und wenn ihm das Bargeld ausging, ließ Eliot ihm welches per Boten in einem schlichten braunen Umschlag zustellen. Owens führte eine Kreditkarte in einer dünnen Brieftasche bei sich. Aber unwichtige Tauschgeschäfte vergaß er gerne ganz, und gewöhnliche Gespräche darüber, was Dinge kosteten, bereiteten ihm das gleiche Unbehagen wie manchen Leuten das Kratzen von Fingernägeln über eine Schiefertafel. Er redete nie über seine Ausgaben, wahrscheinlich, weil ihm die Größenordnung peinlich war. Wenn jemand anderes finanzielle Dinge zur Sprache brachte, insbesondere die Frage *Kann ich mir das leisten?* oder *Lohnt es sich, darauf zu sparen?*, saß Owens nur da und fuhr mit seiner jeweiligen Beschäftigung fort, als habe er nichts gehört. Die Leute in seiner näheren Umgebung konnte das auf die Palme bringen. Jane fiel der Abend ein, an dem er ihnen kein Auto leihen wollte. Es stimmte: Er brauchte sich nicht abzustrampeln, sich nichts abzuknapsen oder den Kopf zu zerbrechen wegen Geld, aber *sie* mußten das. Und Opfer, Rationierung und Urteilsfindung beim Geldausgeben lieferten nicht nur Dramatik und Spannung, sondern auch die Struktur im Leben der meisten Leute.

»Ich sehe überhaupt nicht ein, warum man sich noch einen Gebrauchtwagen anschaffen sollte«, sagte Diane. »Lieber abwarten, bis man sich einen neuen leisten kann.«

»Wir haben uns ein neues Auto gekauft – ein rotes –, und ich bin einfach hin und weg«, rief Anna aus. »Ich wollte schon immer einen roten Sportzweisitzer, seit ich damals die Fernsehserie *Nancy Drew* gesehen hab.«

Bei allem, was sie sagte, mußte Owens lächeln.

Minna, die dem Gespräch über Autos zuhörte, sagte: »Haben nicht alle einen Haß auf die Reichen?«

Owens sah wieder auf, erfreut. Ihre Eltern hatten es ihr nie gesagt.

»Ich nicht!« verkündete Anna mit vor Eifer bebender Stimme. »Ich hab sie immer beneidet!«

Ihre unbeeindruckte Tochter zuckte nur die Schultern. Sie hatte eine auffallend gute Haltung.

Jane biß sich in die Wangen. Sie dachte daran, wie ausgelassen er damals seinen Gutschein gefeiert hatte. Theo hatte den als Wurfsendung bekommen. Owens hatte mit dem Wisch durch die Luft gewedelt, jedem von ihnen drei- oder viermal davon erzählt und ihn dann mit dick aufgetragenem Triumph dem Kellner ausgehändigt. Nur dieses eine Mal hatte er mitspielen wollen.

Während in dem kleinen Wohnzimmer weiter über Geld geredet wurde, kam es Owens so vor, als könnte er nichts sagen, höchstens seine Brieftasche aufklappen. Zu Anfang war es auch vorgekommen, daß er genau das getan und die Situation nur verschlimmert hatte. Er spürte, daß sie ihn indirekt um das Geschenk baten, das sie ihm nur verübeln würden, wenn er es ihnen gab, und daß sie ihm außerdem das Nichtvorhandensein solcher Sorgen zum Vorwurf machten.

Von der anderen Seite wußte Jane, daß es stimmte, die Leute taten beides. Schlimmer noch: Sie konnten wahrscheinlich nicht anders. Sie und ihre Mutter hatten ihm gegenüber genauso empfunden.

In seiner Jugend war etwas Phantastisches passiert. Er hatte sich darum bemüht, weil er einen Riecher für die Tragweite gehabt hatte, aber es hatte auch Monate des Scheiterns hinter geschlossenen Türen gegeben. Doch dann waren sie über ein Protein gestolpert, das Hunderttausende von Menschenleben gerettet hatte. Er hatte um einen Ausweg aus seinen Verhältnissen gerungen, zusammen mit Frank. Auf einmal fehlte ihm Frank.

Mit Anna zu reden war am einfachsten. Sie stand im Eßzimmer und füllte Pasta nach, und er gesellte sich kurz zu ihr. »Es schmeckt wirklich toll. Was ist da drin?«

»Ach, wohl das übliche. Basilikum, Pinienkerne, Käse, Butter, etwas Salz.«

Jane sah abwartend auf Owens. Butter rührte er nie an. Zu ihrer Erleichterung lachte er. »Du machst Quatsch.«

»Nicht, daß ich wüßte. Hab ich was vergessen? Na ja, Spaghetti natürlich noch.«

»Du tust doch nicht etwa Butter an Pesto?«

»Nicht viel, aber ich glaub, in dem Rezept kam ein winziger Klacks vor.«

»Das ist nicht dein Ernst«, sagte er. Sein Teller war schon unten, auf den Tisch gestellt.

»Bist du allergisch, oder ...«

»Seine Zunge schwillt an und wird schwarz«, sagte Jane. »Nein, ich mach bloß Witze.«

»Ich esse nur nicht gern Butter. Aber was soll's«, sagte er mit hoch erhobenem Kinn und umherspähenden Augen; er war in Aufbruchsstimmung.

Die Frau auf dem Sessel stand auf und sagte Todd, es sei Zeit zu gehen. Er gab Owens zum Abschied die Hand. »Übrigens, das mit deiner Mutter tut mir echt leid.«

An der anderen Seite des kleinen Zimmers kam das Gespräch auf ein Kleid, wie es auf einem Planwagen genäht und das erste Mal zu einer Hochzeit während der Überlandfahrt getragen wurde. Bob holte es von dort herunter, wo sie es aufbewahrten, dem Hochregal über dem Kühlschrank, und als er den Karton öffnete, quoll eine Wolke Seidenpapier hervor, und dann rannte Minna nach oben in ihr Zimmer, um es anzuprobieren. Es war das Hochzeitskleid ihrer Ur-Ur-Großmutter, und Jane wollte es sehen.

Auf Fußschemel, Sofas und Sessel verteilt, aßen alle Nachtisch. Owens schmeckte der Obstsalat ausgezeichnet – da war nichts außer Obst drin –, und als alle anderen fertig waren, aß er immer noch. Als er seinen Teller in die Küche brachte, betrachtete er allein den Fächerahorn, während sich Anna an der Spüle zu schaffen machte. Sie war eine ruhige, geduldige Frau, die immer so wirkte, als habe sie Zeit. Sie machte den Kühlschrank auf, und in dem schwachen Licht sah er den Kettenbrief an der Tür, der gleiche, den er bekommen hatte. Fast mußte er lachen. »Den hast du ja auch!«

»Ach ja, ist das nicht albern? Shep ist dagegen, er glaubt nicht dran, aber ich find's nicht weiter schlimm. Ich hab einfach nur ein paar Stück an unsere Nachbarn und ein paar andere Mütter geschickt. Und an ein paar Lehrerinnen. Ich sag immer, es ist wie wenn man ein Los kauft. Ich hab zwar noch nichts zurückgekriegt, und es ist, o je, über zwei Monate her, aber meinen Spaß hab ich für die fünf Dollar schon heraus.«

Waren sie womöglich auf seiner Liste gewesen? fragte er sich, während sie redete. Dann wurde ihm klar, daß seine Sekretärien Exemplare an jeden auf seiner Partyliste geschickt hatte. Anna hatte das Ding von ihm bekommen. Und er hatte unabsichtlich bereits ein kleines Vermögen damit gemacht. Er faßte in seine Jeanstasche, in der etliche Fünf-Dollar-Scheine steckten, die in den letzten ein, zwei Wochen eingetrudelt waren.

Als er zur Toilette ging, steckte er einen neuen Schein zwischen zwei Zeitschriften.

Nachdem sie sich eine halbe Stunde lang mit Haken und Ösen abgeplagt hatte, stand Minna wie verwandelt da, barfuß, mit hochgesteckten Haaren, und raffte die weiten Rockfalten mit einer Hand.

»Minna, du bist wunderschön«, sagte Bob Shepard mit demütigem Blick.

Sie war jetzt eine Schönheit, oder fast, dachte Owens, aber das Kleid wirkte so ärmlich, das alte Musselin verschlissen, und dabei war es ihre Kostbarkeit. Die Tournüre war aus einem Mehlsack genäht, die blauen Stempel sah man durch. Dann zeigten sie das Foto von Lamb, dünn im selben Kleid, nicht an dem Tag ihrer Hochzeit, sondern davor, wie sie mit ihren Schwestern auf einer Veranda stand. Sie und Bob waren nach ihrem Bluttest zum Rathaus gegangen, eine ganz kleine Hochzeit, Torte für zwei, er in Arbeitskleidung und sie in einem braunen Kleid für die Zeremonie, aber es hielt jetzt seit vierzehn Jahren. Anna konnte nähen und redete davon, das Kleid eines Tages für Minnas Hochzeit aufzubessern, und Owens wollte sagen, er werde ihr ein neues, tolles Kleid kaufen, überlegte sich aber, wie das wohl klingen würde, und daß er sich noch weiter ins Abseits manövrieren würde, schwieg also.

In dem Album entdeckte Jane ein Foto von ihrem Vater, wie sie ihn noch nie gesehen hatte, mit langen Haaren und Bart. »Das war, als sie an die Börse gingen«, sagte Shep einfältig. Owens wußte, daß Shep nicht dabeigewesen war; sie hatten das Foto aus einer Zeitschrift geschnitten. Alle Erfolge von Owens waren in ihrem Album. »Und das ist Minnas Taufe. Dein Vater war Minnas Pate.«

Minna sonnte sich in der Aufmerksamkeit und wirbelte herum.

»Triffst du Frank noch manchmal?« fragte Anna.

»Nicht gerade oft«, sagte Owens.

»Wir haben ihn einmal getroffen, ist schon eine ganze Weile her«, sagte Anna, »und er hat noch studiert, hatte einen Packen Bücher dabei. Weißt du, ich hatte ihn wegen heute abend angerufen, aber wenn ich es recht verstanden habe, ist er in China.«

Frank hatte immer vorgehabt, nach China zu reisen. Jetzt hatte er keinen Grund, es nicht zu tun.

»Das ist bestimmt was für ihn«, fuhr sie fort. »All die vielen Verwandten, die er noch nie gesehen hatte und die kein Wort Englisch reden.«

Owens grinste. »Wahrscheinlich wird er sie alle mit zurückbringen und ihnen Arbeit verschaffen wollen.«

»Weißt du noch, der Onkel?« Shep drehte sich vom Bücherregal um, aus dem er gerade noch ein Album herunterholte. »Mannomann. Das war vielleicht ein Versager.«

»Was ich dir schon andauernd sagen wollte«, sagte Anna, »in

unserer Schule gibt es dieses Jahr zwei kleine Owens, im Kindergarten. Ich glaube, die Eltern nennen ihre Söhne nach dir.«

Jane starrte Minna in dem Kleid an. »Es ist wunderschön«, sagte sie zu Minna.

Owens flüsterte ihr ins Ohr, so nah, daß sie die Feuchtigkeit spürte: »Wenn du heiratest, kaufe ich dir auch ein wunderschönes Kleid.« Aber sie machte sich los. Jane hatte bisher zwei Freundinnen in Alta, aber so waren die nicht.

Dann polterte Minna in Nachthemd und Pantoffeln zurück, wieder ein Kind, tanzte mit ihrem Vater Walzer und Jitterbugs quer durch die Küche und stieß dabei an Geschirrschränke, den Herd. Jane schnappte sich Owens, der auf seine Art tanzte, ungelenk und ruckhaft, aber glänzend in den Augen seiner Tochter, die die Schritte zählte. »Paß auf, Dad: Eins-zwei-drei, eins-zwei-drei, eins ...« Leiser als sie lachten, summte Anna die Musik mit.

Nach Mitternacht stieg Nebel von der Bucht auf, umhüllte den Fächerahorn und brachte dessen gespenstische Silhouette zum Vorschein, während dünnere Fetzen vorüberzogen. Das Haus war das letzte, in dem noch Licht brannte. Owens saß in seinem neuen niedriggelegten Auto und tastete nach dem Schalter für die Scheinwerfer. Er hatte das Auto seit ein paar Tagen, war aber noch nie nachts damit gefahren. Und obwohl er drei genau gleiche Wagen besessen hatte, konnte er den Schalter nicht finden. Während er auf die kleine Straße starrte, erinnerte er sich an eine Nacht, als Minna in einem weißen Nachthemd die Stufen heruntergehüpft war, jünger als Jane, als er sie das erste Mal sah. Damals hatte er Jane nicht um sich gehabt; die Jahre waren für immer verloren. Sie lag schlafend auf dem Beifahrersitz, die Füße auf das Armaturenbrett hochgelegt, und er beugte sich rüber, um ihren schlafenden Kopf, ihr von den Jeans geschütztes Knie zu berühren.

Dann gingen drinnen die Lichter aus, nur das Verandalicht blieb an. Das erinnerte ihn an Instrumente, die in ihre Kästen gepackt und weggetragen werden, nachdem sie noch vor kurzem im Orchester waren, das klirrende, klimpernde warme Aroma eines Zuhauses. Die Zeder, die ihr Erkerfenster umrahmte, war nicht immer so gewachsen; Shep hatte sie so gezogen. Und das Haus gehörte ihnen nicht einmal. Sie wohnten zur Miete.

Dann trat Anna in einem langen Morgenmantel auf die Veranda, mit einer Hand die Augen überschattend.

Er stieg aus dem Auto. »Ich krieg die Scheinwerfer nicht an.« Warum bin ich mit dem gekommen? Dachte er. Das Auto schimmerte schwarz, war klein und extravagant. Mit einem Mal wollte er etwas weniger Auffälliges und hoffte, daß er am nächsten Morgen daran dachte.

Dann war sie neben ihm, ihre großen Füße nackt, mit herabhängendem Zopf, und flüsterte lebhaft: »Ich glaub, ich weiß, wie's geht.« Sie faßte durch das offene Fenster, ihre Wange so nah, daß er sie an den Spitzen seines Drei-Tage-Bartes spürte; sie fand einen Knopf, zog ihn heraus und beleuchtete die Welt. »Meins hatte den gleichen, unser altes«, sagte sie atemlos und unterbrach sich, der Vergleich machte sie verlegen. Aber ihre verbeulte Rappelkiste hatte tatsächlich den gleichen Schalter. »Noch so eine kleine Ironie des Lebens«, rief sie und kehrte um, ein großer davonrauschender Erzengel, und der Zopf pendelte auf ihrem Rücken hin und her.

Während er sein Gesicht im Rückspiegel betrachtete und sich nicht attraktiv, sondern dämlich fand, fragte er sich einen Moment lang: Wer bist du eigentlich, daß du vor all dem wegrast, ins Nichts hinein?

In jener Nacht war Jane noch klein genug, daß er sie zum Bungalow tragen und, ihre beiden Knie über seinen Arm gelegt, schlafend ihrer Mutter überreichen konnte.

Parken

Owens hatte sich nie einen bestimmten Platz zum Parken gesichert oder ausbedungen. »Ich glaube an Demokratie«, sagte er zu Jane. Aber sie spürte, daß er fand, er habe einen verdient, schon allein wegen seiner langen Arbeitszeiten, der späten Abend- und frühen Morgenstunden, in denen sein Auto dort wartete, allein im Licht des Herbstmondes und unter dem wolkenverhangenen Himmel.

In all seinen Jahren bei Genesis hatte er einen bestimmten Platz zum Parken benutzt. Selbst wenn er auf Reisen war, wurde der immer freigehalten. Jetzt, seit er hauptsächlich im Exodus-Haus arbeitete, parkte er nach wie vor auf seinem Platz und spurtete dann rüber.

Heute war sein Parkplatz allerdings besetzt. Überdies von Rooney, nicht irgendeinem Fremden, der es nicht besser wußte. Owens erkannte das Auto sofort, weil es genau das gleiche wie seins war. Als Rooney das erste Mal damit zur Arbeit gekommen war, hatte Owens das gar nicht so übel gefunden. Er selbst hatte sich damals gründlich informiert und war zu dem Schluß gekommen, daß dies der beste Sportwagen war, den es zu kaufen gab. Doch jetzt fragte er sich, ob Rooney diese Erkenntnis selbst gewonnen oder ob er einfach zu dem Verkäufer gesagt hatte, er wollte so einen wie den von Owens.

Mit Rooney war es nicht mehr so wie früher. In letzter Zeit hatte er sich zu häufig mit ihm besprechen müssen, und seit einem Monat waren sie mehr oder weniger übereingekommen, daß sie sich nicht einigen konnten. Als Owens parkte und ausstieg, sah er *G. J.*

Rooney, Vorstandsvorsitzender auf die Kante gemalt. Rooneys Wagen war hermetisch verschlossen. Höchstwahrscheinlich schaltete er die Alarmanlage ein.

Owens hatte gehört, daß Hunderte von Chefmanagern im Osten, wo Rooney herkam, ihre Namen an ihre Parkbuchten pinseln ließen, wie Plaketten an Sitzen in Plenarsälen, und daß es manchmal sogar ein Diskussionspunkt in Vertragsverhandlungen war. Aber er hatte nie gewollt, daß Genesis so wurde. Bislang hatte Owens nichts nach sich benannt, auch wenn er vor einer Woche fünfhundert Dollar an ein Pflanzenzuchtlabor geschickt hatte, damit sie eine Rose namens Olivia züchteten. Er hatte vierzehn Olivia-Sträucher zum Einpflanzen in seinen Garten bestellt. Als er Jane davon erzählte, wünschte sie, er hätte Rosen bestellt, die Jane hießen.

Die Leute verdienen, daß ihnen gehört, was sie benutzen, sagte er. Jeder in der Firma wußte, wo er parkte, und ein paar hundert Leute, vielleicht tausend, schauten unwillkürlich zu der Stelle hinüber, wenn sie kamen und gingen, um festzustellen, ob Owens da war. Owens bückte sich zu der Einfassung hinunter. Die Farbe war getrocknet, und *G. J. Rooney* stand als einziger Name darauf. Hätte er Owens' Namen irgendwo anders hingemalt, hätte Owens wahrscheinlich getobt und ihn auf der Stelle übermalen lassen, aber das hier war irgendwie noch schlimmer. Er rannte hinauf, immer zwei Stufen auf einmal nehmend, und sein Herz schlug wie etwas, das in einer Papiertüte wummert. Nach all den vielen Arbeitsstunden fühlte er sich hier mehr zu Hause als bei sich daheim.

Die erste Generation baut auf, die zweite genießt, die dritte zerstört. Der Dreisatz klang in seinen Ohren. Jane war seine zweite Generation. Doch so wie Rooney es sah, war es Exodus, und mit den teuren Obstsäften und der groß angelegten Werbekampagne fand Rooney wohl, sie würden jetzt genießen, und zwar nicht zu knapp. Rooney war übervorsichtig.

Durch die Glaswand beobachtete ihn Owens beim Stretching, die Hände auf den hinteren Hüftknochen, mit zusammengebissenen Zähnen. Jeden Tag in komplettem Dreiteiler mit Krawatte. Owens hatte ihm von Anfang an gesagt, bei ihnen könne er in

Jeans rumlaufen, aber Rooney hatte dazu immer nur ein kleines unfrohes Lächeln aufgesetzt.

Lange Zeit, Jahre hindurch, hatte Owens einen undurchlässigen Schutzpanzer gehabt. Er hatte ausprobiert, wie weit er gehen konnte, das Schicksal herausgefordert, Journalisten immer dreistere Schoten aufgetischt, Termine verpaßt, abgesagt, sein Temperament mit sich durchgehen lassen. Und nichts geschah. Er erschien noch öfter auf den Titelseiten von Zeitschriften. In Verhandlungen setzte er sich für den hohen, angemessenen Preis ein und blieb fest, scheute sich nicht einmal davor, abzubrechen. Seine Zähigkeit übertraf die der anderen. Doch jetzt schien ihm urplötzlich der Wind ins Gesicht zu wehen. Die Leute von Exodus hatten etwas Erstaunliches geleistet, doch bislang hatte noch keiner Verwendung dafür.

Owens setzte sich in Rooneys Büro. »He, wir müssen uns mal unterhalten.«

»Ist gut, Tom.« Die Lücke zwischen Rooneys Zähnen zeigte kein Lächeln an, sondern die Nachsicht verquälter Ängstlichkeit. Er erinnerte Owens an die Mutter seines Vaters, eine alte Frau, die aus dem Fenster schaute und in Ruhe gelassen werden wollte. Er hatte immer versucht, sie zum Lachen zu bringen.

Owens überflog den Schreibtisch, hob eine Aktennotiz auf. Rooney blieb stehen, die Hände noch auf den Hüften. »Was kann ich für dich tun?«

»Also der Stil, wie das hier abgefaßt ist, erinnert mich an repressive Firmenpolitik«, sagte Owens und klatschte die Seite auf den Tisch. »Wie in Detroit, wo die Leute eingeschüchtert werden. Vergiß nicht: *Die* wollen von *uns* lernen.«

»Der Leiter der Finanzabteilung hat eine Studie unserer Telefonkosten an einem Tag gemacht, Tom. Wir liegen fünfundvierzig Prozent über jeder anderen Firma, einschließlich der großen Schweizer Jungs. Mit Ferngesprächen, zur Hauptgeschäftszeit *und* international, ist es das gleiche.«

»Na gut, dann müssen wir uns eben vielleicht einschränken. Aber das kann man besser rüberbringen. So was hier wollte ich noch nie. Ich wollte keine Firma, in der sich Leute, die tolle Arbeit leisten, wegen solcher Lappalien den Kopf zerbrechen müssen. Ich wollte nicht, daß die Leute Angst haben müssen, erwischt zu werden. Zufällig bin ich der Ansicht, daß das dem kreativen Denkprozeß schadet.«

»Tom, wir brauchen nicht dafür zu bezahlen, daß jeder seine Weihnachtspäckchen per Federal-Express-Luftpost verschickt. Es gibt so was wie die Post!«

»Ich finde aber, wenn man erst mal lauter solche Regeln einführt, schummeln die Leute. Die Schlauen kriegen raus, wie man sie umgeht. Ich würd's tun.«

»Nicht jeder ist wie du, Tom. Deine Telefone überwachen wir nicht. Herrgott noch mal, du kannst so viele Weihnachtsgeschenke verschicken, wie du willst. Wir haben hier eine Firma mit über tausend Angestellten.«

Owens schüttelte den Kopf. »Darum geht es mir überhaupt nicht. Wie es der Zufall will, verschicke ich nie Weihnachtsgeschenke.«

»Tom, wir müssen über das Budget für das nächste Quartal reden. Ich halte nichts davon, ein rhetorisches Feuerwerk abzubrennen.«

Sie redeten eine gute halbe Stunde, ohne daß einer den anderen von irgend etwas überzeugte.

»Ich glaube, in meinen zehn Jahren hier habe ich gelernt, daß es sich lohnt, die Dinge richtig anzupacken«, sagte Owens, »auch wenn die Rechnung am Schluß höher ausfällt. Weißt du, man darf nicht knauserig sein, wenn man Gewinne erzielen will.«

»Du bist der beste Gegenbeweis!« explodierte Rooney. Dann erklärte er, was er für ein vernünftiges Verhältnis hielt: die meisten Investitionsausgaben für Genesis, das immer noch den ganzen Zirkus trug.

»Du begreifst es einfach nicht«, flüsterte Owens fast. »Exodus ist umwerfend. In fünf Jahren werden sich Millionen Leute auf der ganzen Welt auf unsere Arzneimittel verlassen. Rooney, das wird uns berühmt machen. Und du weißt, daß ich Genesis liebe.« Er ging ans andere Ende des Büros und legte seine Hände auf das Holz-Molekülmodell ihres ersten Präparats, des Verkaufsschlagers

LCSF. »Das habe ich hergestellt. Es macht Stammzellen, Vorläuferzellen. Es hilft Leuten, nach der Chemotherapie weiterzuleben. Aber NT12 ist ein Heilmittel.«

Das Telefon klingelte, und Rooney redete in die Sprechanlage: »Er ist hier, Kathleen. Schieß los.«

»Ich wollte ihn daran erinnern, daß er in einer Viertelstunde in Janes Schule erwartet wird.«

Eine Menge blieb im Raum stehen. Aber bislang waren sich Rooney und er sowieso noch in keinem einzigen Punkt einig. Und Jane ging jetzt den ersten Monat zur Schule.

Die zweite Generation, murmelte Owens, während er sich in sein Cabrio schwang und einen Blick auf Rooneys hermetisch verschlossenes Auto warf, noch kaum benutzt und ohne einen Kratzer.

Owens hatte drei von diesen Wagen durch, alle das gleiche Modell und alle schwarz. Einen hatte er in der Woche, bevor sie an die Börse gingen, gegen eine Eiche gesetzt, und beim nächsten hatte er das Heck eingedellt, kurz bevor er der gesetzgebenden Versammlung seine Reis-und-Bohnen-Vorlage unterbreitet hatte. Seither rechnete Owens jedes Mal damit, daß er ein Auto zu Schrott fuhr, wenn er etwas Großes in Angriff nahm. Damit brachte er es im Schnitt auf eins alle drei oder vier Jahre. Er plante, das neue einen Monat vor seiner Rede in Berkeley stehenzulassen.

Wenn sie einmal Unfallautos waren, befand er, war nichts mehr mit ihnen anzufangen. Über den Schaden tröstete er sich nur hinweg, indem er ein neues bestellte. Es ärgerte ihn zwar, daß er mehr Geld ausgab, um etwas zu ersetzen, das er bereits besaß, aber dann vergaß er es. »Solange du nur nicht noch mehr Dattelfarmen kaufst«, sagte Eliot. »Konsultier mich, bevor du irgend so was unternimmst.«

Das erste Auto gab er nicht ganz auf, sondern fuhr es immer noch einigermaßen häufig. Er hatte ein einwandfreies Exemplar und benutzte die anderen zum Parken am Flughafen. Mittlerweile hatte er gelernt, sich solche Extravaganzen herauszunehmen und ein gewisses Maß an Verschleiß einzukalkulieren. Er sah ein, daß es destruktive Elemente in seiner Persönlichkeit gab, die er nicht eliminieren konnte.

Zweite Generation. Überall mehrten sich die Zeichen, daß seine Siegesserie beendet war. Sein Glück hatte sich gewendet, aber er wollte ihm hinterherhechten. Denn anders als viele Leute mit seinem Denkvermögen wußte Owens, daß er arbeiten konnte.

Er sah einen Autoaufkleber an der Stoßstange vor sich. DIE MEDIZIN KURIERT DEN TOD, UND DIE REGIERUNG SCHAFFT DIE STEUERN AB, BEVOR TOM OWENS AUFGIBT. Jemand aus dem Team hatte gelbe Buchstaben auf schwarzem Grund entworfen, wie eine Wespe. Die Typographie war großartig. Wegen ihrer Etiketten hatte er sich gründlich über Schrifttypen informiert.

Um einem miesen Tag die Krone aufzusetzen, geriet Owens vor der Schule mit Mary aneinander.

»Ich glaub, das hier ist eine Schule für kleine Genies«, stieß Mary hervor, die auf ihren hohen Absätzen schwankte. In dem Elterngespräch hatten sie von der Lehrerin nichts Gutes zu hören bekommen. Jane war, wie sie sagte, »flatterhaft wie ein Schmetterling« und kümmere sich übermäßig um ihre sozialen Kontakte.

»Wohl eher eine Grille«, flüsterte Mary in ihren Schoß, weil Jane eine hohe, schrille Stimme hatte.

Trittst du auf die Ritzen
muß deine Mutter schwitzen
Trittst du auf 'n Stein
bricht sie sich ein Bein

Mary lauschte dem monotonen Singsang der Mädchen, rauf und runter, auf dem Bürgersteig, die ihre Seilspring-Phase schon fast hinter sich hatten. Seit Jane jetzt in der Schule war, riefen abends Jungen mit kieksenden Stimmen an und fragten: »Jane da?« Ihre Dreistigkeit machte Mary hilflos, nicht empört, und sie flüsterte tonlos: »Ich hol sie.«

Laut Lehrerin gab Jane sich nicht mit den seriösen Schülern ab, sondern mit Kindern aus Problemfamilien. Erst heute habe sie eine zusammengerollte Strumpfhose und lange Ohrringe in Janes Fach entdeckt. Sie übergab Mary die Konterbande.

»Wie diese Madeleine«, ergänzte Owens, der das Gespräch draußen fortsetzte, »die ohne Nachnamen.« Madeleine hatte zwar einen Nachnamen – so wie Jane den ihrer Mutter –, benutzte ihn aber nicht. »Und die andere, wie heißt sie doch gleich?«

»Johanna.« Mary seufzte. Sie hatte ihren Nachnamen auch nie gemocht. »Ich schätze, es ergibt sich eben so. Wir sind auch nicht die allernormalste Familie. Ich hatte nie Freundinnen aus gutem Hause.«

»Es geht nicht darum, Mary, wie es bei dir war. Um das alles geht es nicht.«

»Na, um was geht es denn deiner Meinung nach?«

»Jane muß sich mehr anstrengen, das ist alles. Ich werde sie mir vorknöpfen«, sagte er, als sei die Sache damit erledigt.

»Tja, sie wartet. Sie backt Muffins zum Mitnehmen für dich.«

Es war Dienstag. Das hatte er völlig vergessen. »Ich muß mir leider einen anderen Abend dafür freinehmen.«

»Ich hab's dir vor einer Woche gesagt, Owens. Heute abend kann ich nicht.«

»Na gut. Ich hol sie ab, und wir fahren ins Büro. Ich setze sie an einen Schreibtisch.«

»Aber sie muß um zehn ins Bett. Sie ist ein Kind, Owens.«

In all den Jahren außerhalb des Schulsytems war Jane vollkommen gewesen, eine kleine Rarität. Hier, in der Schule, fiel das keinem auf. Anders als die Leute sonst immer, hatte die Lehrerin nichts davon gesagt, was für ein besonderes Kind Jane sei. Selbstzweifel war Mary gewöhnt. Aber daß ihre Jane für diese breithüftige Lehrerin nichts Außergewöhnliches war, brachte ihre ganze Welt aus den Fugen.

Jane legte den Sicherheitsgurt an, ohne sich bitten zu lassen, während sie den Karton mit den noch warmen Muffins auf dem Schoß balancierte. Sie war froh, daß sie in sein Büro fuhren, denn für nur sie beide allein hatte sie zu viele gebacken. Im Auto verströmten die Muffins einen süßlichen Duft.

»Und, meinst du, deine Muffins werden als Abendessen reichen?«

»Mir reichen Muffins«, sagte sie.

Anders als bei ihrer Mutter, hatte Jane Vertrauen in seinen Fahrstil, selbst wenn er raste. Sie erschufen sich die Straße, glitten durch die Dunkelheit, im Nirgendwo zwar, aber zusammen.

Er hatte ihr von dem Parkplatz und seiner Auseinandersetzung mit Rooney erzählt und redete jetzt über Gangschaltungen und Getriebe. Er erklärte gerne Motoren, chemische Reaktionen und das Wetter, wie Nebel entstand, wie es zu Niederschlag kam. Sie bemühte sich, aufzupassen, weil er sich oft unterbrach und sie abfragte, von ihr verlangte, daß sie es in eigenen Worten wiederholte. Noch war ihr nicht bewußt, daß er diese Methode eigens für sie reservierte, in der Annahme, daraus bestünde Vatersein in erster Linie.

Jane mochte diese Fahrten, wenn sie den Fahrtwind gegen das Blech zu ihren Füßen summen hörte und die Nacht sie beide umschloß, und ihr tat es immer leid, wenn sie wieder Bodenkontakt bekamen. Er wartete dann auch, und sie starrten beide auf die dunklen Fassaden vor ihnen – gewöhnliche Bürobauten, gemietet, wie andere an diesem Highway. Eines Tages, sagte er ihr, würden sie bauen. Genesis sollte eigene Gebäude haben, mit Land drumherum. Er stellte es sich wie einen College-Campus vor.

Er hatte Architekten aus New York kommen lassen, die mit über die Schultern geworfenen Jacketts auf diesen Hügeln herumgestapft waren und sich ihre spitzen Lederhalbschuhe mit Lehm schmutzig machten. Ein Problem konnten sie nicht vorausberechnen, und das war der Standort. Owens mochte diesen Highway und blieb ihm treu; er hatte seit Jahren an ihm gewohnt und gearbeitet und wollte nicht an den El Camino ziehen, obwohl eine Phalanx von Historikern berichtete, es sei der ursprüngliche El Camino Real, der durch Kalifornien bis nach Mexiko hineinführte. Er nahm an, der habe sich in der Zwischenzeit mächtig verändert.

Sie parkten auf dem Platz, der jetzt mit *G. J. Rooney* beschriftet war. Über den ausgedehnten Parkplatz machte Jane kleine schnelle Schritte, um mitzuhalten. Owens seufzte. »Olivia könnte mehr in mein Leben hier einbezogen sein. Ich habe ihr am Anfang gesagt, wir könnten ihr hier ein kleines Büro einrichten, und mittlerweile würden alle sie kennen.«

Mit ihren trippelnden Doppelschritten eines Kindes versuchte Jane, das zu sein, was Olivia von sich wies. Heute abend hatte sie sechsunddreißig Muffins gebacken, mit Hafermehl, Weizenkleie, Sirup und Bananen. Sie hatte versucht, eine Muffinsorte aus einem Lokal namens Mae's zu kopieren, die Owens mochte, aber ihre Bemühungen waren zum Scheitern verurteilt, weil sie sich so sklavisch nach ihrem Vater richtete, daß sie sich auf Zutaten beschränkte, die er billigte, und wie viele Leute mochte Owens manche Speisen, ohne auch nur das mindeste über ihre Zusammensetzung zu wissen.

Jane war gerne bei ihrem Vater im Büro. Es machte ihr nichts aus, dort herumzusitzen und zu warten. Am liebsten hätte sie dort einen eigenen kleinen Schreibtisch gehabt.

Sie konnte noch nicht mit ihren Hausaufgaben anfangen. Sie war zum Lernen in den Mikroskopraum verbannt worden, aber immer, wenn sie das Buch aufschlug, kam es ihr stumpf vor, wie eine Tablette ohne Wasser, also durchsuchte sie die Schreibtischschubladen und fand Tüten mit Knabbermischungen, und in dem Aktenschrank ein käsiges Paar Basketballstiefel. Eine elekrische Gitarre lehnte in der Ecke. Sie wollte noch eine andere Sache erledigen, bevor sie mit den Hausaufgaben anfing. Sie holte ihre Postkarte von Noah hervor.

Heute hörte ich einen Jungen quengeln: »Wozu brauch ich einen Penny?«

»Es heißt, wenn man einen Penny findet, bringt das Glück.« Das war nicht seine Mutter, sondern ein Kindermädchen. Sie sah jung und gelangweilt aus.

»Aber ich brauch kein Glück.«

»Es ist was Feines, behalt ihn einfach, eines Tages brauchst du ihn vielleicht, alle machen es so.«

»Ich mag diesen Penny nicht, er glänzt nicht.«

»Dann gib ihn mir«, sagte das Kindermädchen endlich.

Er weigerte sich.

Merk dir das, Jane: Verschenke nie dein Glück.

Noah bat sie, ihm zu antworten, und Jane wollte erst das erledigen und dann ihre Hausaufgaben, aber sie hatte weder hübsches Briefpapier noch einen Umschlag oder eine Briefmarke. Immer hatte sie so vieles vor.

Um Mitternacht kam ihr Vater endlich, um ihr zu sagen, daß es Zeit war, nach Hause zu fahren. Ihre Hausaufgaben hatte sie immer noch nicht geschafft, und jetzt war es zu spät dafür. Sie saß auf einem Sofa, die Knie über die alte Armlehne gelegt, während er nur eine letzte Sache durchging. Ihr Muffinkarton lag geplündert auf dem Tisch. Jane hatte Lust auf noch einen, auf die mit Hafer verschmolzenen Bananen, aber er redete gerade, und um sich einen zu holen, hätte sie durch das ganze Zimmer gehen müssen, und alle hätten es gesehen.

Owens war jetzt in Bestform; halb sitzend, redete er mit den Männern, die ihm vertrauten. »Wir haben nicht mehr sehr viel Zeit. Der Termin steht, und die Leute werden uns kritisieren. Aber sie begreifen nicht, daß es überhaupt nicht darauf ankommt. Was Rich, wie ich gesehen habe, dort unten in seiner Ecke macht, oder die Tests, die Henry morgen früh kurz vor Sonnenaufgang durchführen wird, auf diese Sachen kommt es uns an. Also mit anderen, nicht unbedingt logischen Worten: Wir haben massenhaft Zeit – alle Zeit, die wir brauchen, jedes einzelne dieser Probleme von Grund auf zu erforschen. Auf keinen Fall dürfen wir jetzt einen Rückzieher machen. Unterbrechungen können wir uns nicht leisten. Denn wie ihr alle wißt, ist es nicht schwer, wenn die Zeit ununterbrochen weiterläuft. Wenn es keine Tage und Nächte oder Dienstage und Freitage gibt und wir uns nur nach unserem Arbeitsrhythmus richten. Ich habe zwei ähnliche Projekte betreut, und ich kann euch sagen, daß wir jetzt, in diesen acht Tagen, mehr schaffen werden als im ganzen letzten Jahr. Davor steckten wir nicht tief genug in der Materie *drin.*«

Jane zog ihre Knie näher an sich und leckte sich die Haut durch das Loch in der Jeans. Sie versuchte, seine Worte auf sich selbst zu beziehen. Aber sie arbeitete ja noch nicht. Wenn sie ihren Gedanken freien Lauf ließ, gaben sie sich schwelgerischen Wiedersehensszenen mit all den Leuten hin, die sie in ihrem Leben gekannt hatte, und die jetzt zusahen, wie sie einen Preis in Empfang nahm ...

»Wir müssen gesund bleiben«, sagte er. »Das ist jetzt entscheidend.«

Rich stand mit krummem Rücken da. Er war lang und schämte sich seiner Größe. »Scheiße«, sagte er. »Übermorgen krieg ich Familienbesuch.«

Jane sah im Zimmer von einem zum anderen der Männer, die ihr Vater so gut kannte. Er hatte ihr ein Buch über das Manhattan-Projekt geschenkt und gesagt, dort sei es ganz ähnlich wie bei ihnen gewesen. Aber die Männer in dem Buch trugen Hemden und Krawatten, Anzughosen, Lederhalbschuhe. Wie Owens hatten sie Gesichter wie Windhunde. Aber diese Typen hier waren wüster. Henrys krause Haare standen fast zehn Zentimeter von seinem Kopf ab, und alle außer Rich trugen Joggingschuhe. Rich sei das einzige Gute von seinem Semester in Harvard, hatte Owens gesagt – sein Professor, der auf ein Jahr gekommen war, um ihm aus der Patsche zu helfen (so drückte Owens es aus) und seinen Kindern ein sicheres Erbe zu verschaffen (wie Rich Jane erklärte). Owens sagte, er fände, daß die Männer alle nett aussahen. Wahrscheinlich nahm er sie kaum noch so wahr, wie er sie zu Anfang gesehen hatte, oder mit den Augen eines Fremden. Jane fiel ein, daß auch Frauen sich derart verwandeln konnten, wenn er sie gut genug kannte. Aber so weit ließ er es nie kommen.

Zu Anfang hatte er die Leute angestellt, die er kannte. Sie hatten sich zusammen bekifft und waren durch den Grand Canyon gewandert. Aber jetzt führte er an Universitäten im ganzen Land Einstellungsgespräche durch. Wenn er an Hochschulen lehrte, füllten sich die Säle mit über tausend Leuten. Sie boten ihm üppige Honorare für seine Auftritte an, die er immer ihren Stipendienfonds spendete. Junge Männer wie Henry, sagte er, seien vollkommen anders als er selbst in dem Alter. Aber er machte sich nicht mehr wie früher Sorgen, daß er seine Kinder nicht lieben könnte, weil sie so ganz anders als er sein würden. Jane war richtig froh, daß er seine Meinung geändert hatte.

»Du hast recht«, murmelte Rich. »Ich weiß schließlich, daß du recht hast. Ich weiß bloß nicht, was ich mit meinen Verwandten machen soll.«

»Tja, das ist eine schwere Entscheidung. Und ich muß leider sagen, sosehr du deine Familie auch liebst, sie muß eben bis nach der Stunde Null warten. Wir müssen den einen entscheidenden Schritt in der Reinigung machen, damit diese eine Protease daran gehindert wird, es aufzufressen. So sehe jedenfalls ich es. Bestimmte Leute würde ich unheimlich gern zum Essen treffen, in ihren Häusern besuchen und ihre Kinder kennenlernen – nein, wirklich. Ich könnte Einführungen geben, Grundsatzreden halten, zu Geburtstagsfeiern, Taufen gehen, pipapo, ich könnte mich mit jeder einzelnen der Frauen treffen, mit denen mich die Leute andauernd zusammenbringen wollen. Die Leute sind in Ordnung, an ihnen ist nichts auszusetzen, ich mag sie, ich könnte von ihnen lernen, ich könnte zehn Vorlesungen halten und mit deinen Eltern essen gehen, Rich – wenn ich unsterblich wäre.« Er drehte sich in seinem Stuhl herum. »Da fällt mir ein, ich würde tatsächlich gern deine Eltern kennenlernen. Aber erst, wenn wir mit dem hier fertig sind. Das gleiche gilt für Verabredungen mit Frauen. Hebt die Namen also ruhig auf.«

Die Männer fingen jetzt an, Witze über Vitamine zu machen, und was am meisten Energie lieferte.

»Tabletten«, sagte Henry. »Massenhaft Tabletten.«

»Ach, und noch etwas zum Schluß, bevor ich gehe, Jungs.«

Rich ging mit gesenktem Kopf auf und ab und steckte sich mit einer Hand Rosinen in den Mund.

»Ich habe gute Nachrichten für die Nachteulen. Ich weiß, daß ihr alle gern Saft trinkt, und zwar so frisch wie möglich. Und das gleiche gilt für Mae's Muffins. Daher hab ich beiden Firmen Bescheid gegeben, uns ab heute morgen um fünf zu beliefern, und zwar jeden Tag von heute bis zum Termin.«

Dankbare Geräusche wurden im Raum laut.

»Und noch besser«, sagte Rich: »Heute abend haben wir Janes Muffins.«

Jane senkte den Kopf, während sie von einer Woge des Glücks

überflutet wurde. Ihre Mutter kannte das Geheimnis von Muffins: Es lag am Backpulver. Die Leute ließen ihr Backpulver alt werden. Sie beide kauften jedesmal neues Backpulver, auch wenn es Mary aufregte, die zu neun Zehnteln vollen roten Dosen wegzuwerfen.

»Also ich hab von Janes Muffins gegessen«, sagte Owens mit schräggelegtem Kopf, als überdenke er eine wichtige Entscheidung. »Und sie sind zwar mit viel Liebe gebacken, aber alles in allem schmecken mir Mae's besser.«

Rich fuhr auf. »Begreifst du denn nicht, Owens? Daß sie mit Liebe gebacken sind, *macht* sie besser.«

»Geht schon in Ordnung«, sagte Jane. Rich sah sie kopfschüttelnd an, als dachte er, daß sie noch mindestens ein Jahr von tieferer Einsicht entfernt war. Sie zuckte die Achseln. »Meine Muffins sind nicht mein ein und alles.«

»Tja, Jungs, ich muß Jane nach Hause und ins Bett bringen«, sagte Owens. »Dann bis morgen früh.«

Jane hatte darüber nachgedacht, wie sie wohl ein paar Muffins mit nach Hause nehmen könnte, wenigstens zum Frühstück. Aber jetzt, da er gesagt hatte, die von Mae's seien besser, schämte sie sich, daß sie das wollte. Sie wollte einen nur für sich, konnte ihn sich aber nicht holen, ohne daß er es sah.

Als sie nach unten gingen, sagte er: »Hör zu, ich will dir mal was sagen. Du gehst jetzt den ersten Monat zur Schule, und du weißt ja, daß ich so meine Zweifel hatte. Etliche meiner Befürchtungen haben sich leider bestätigt.«

Er meinte das Elterngespräch. Ihr wurde ganz anders. Sie wußte zwar, daß sie ihre Hausaufgaben vernachlässigt hatte, dachte aber, die Lehrerin könnte womöglich sagen, sie sei trotzdem hervorragend, und ihr eine Auszeichnung geben.

»Ich möchte, daß du aufhörst, deine Schulkameraden zu treffen, und dich ab sofort wie eine Nonne im Kloster verhältst. Finger weg vom Telefon. Ich glaube, du solltest versuchen, sehr viel mehr zu arbeiten. Nicht nur Hausaufgaben. Die würde ich an deiner Stelle zuerst machen, damit du sie hinter dir hast, und wenn das erledigt ist, selbständig sehr viel tiefer in die Materie einsteigen.«

»Aber ganz oft ist es gar nicht so interessant. Und ich versteh nicht, warum ich nicht mit meinen Freundinnen reden darf.«

»Manchmal müssen wir unsere Tage sehr einfach gestalten. Jetzt zum Beispiel treffe ich die Männer auf der Arbeit, Olivia und dich.«

»Und meine Mutter.«

»Und deine Mutter, aber eigentlich nur, wenn ich dich abhole. Es gibt Leute, die ich wirklich gern mag und die mir fehlen, wenn ich an sie denke. Aber manchmal verlangen die Umstände mehr Einsatz von einem, als man bringen kann, wenn man unter vollen Segeln Freundschaften pflegt. Also: Wenn du älter bist, kannst du selbst entscheiden, ob du dein Leben einem Zweck widmen oder ein Schmetterling sein möchtest, der von Blüte zu Blüte flattert. Aber noch bin ich dein Vater, und ich sehe es als meine Aufgabe an, dich zu unterweisen. Und ich möchte gern, daß du Erfahrungen mit Einsamkeit sammelst.«

»War meine Mom heute nachmittag gut drauf?«

»Doch, ich denke schon. Warum?« Er lachte. »So gut drauf, wie sie halt sein kann.«

Sie seufzte. »Ich versuch's.« Wenn er es ihr so nahelegte, wie konnte sie dann nein sagen? Außerdem war er nicht oft genug da, um wirklich was zu merken. Mit Madeleine und Johanna konnte sie sich bestimmt immer noch unterhalten.

Sie wußte, er gab sich selbst niemals, weder in einem Monat noch an einem Tag oder in einem Jahr, die Antwort: *Ja, du hast das Allergrößte geleistet*, denn genau in dem Moment, in dem es vollbracht war, machte er die Augen auf und sah, wieviel anderes zur gleichen Zeit auf der Welt geschah. Jetzt verlängerte er wieder seine Arbeitszeit – konträr zu Wetter, Kino, Picknicks, Bummeln, Gelangweiltsein am Telefon, und blieb da und zog die Zeit weiter in die Länge, eigentlich konträr zum Leben –, um sich selbst zu beweisen, daß er es noch einmal schaffen konnte.

»Ich hab noch mehr Arbeit, wenn wir nach Hause kommen. Diese Berkeley-Rede muß ich in sieben Wochen halten.«

Er hatte Komplexe wegen seiner Bildung, das spürte sie. Vielleicht wünschte er, er wäre länger am College geblieben. Auf großen Unternehmerkongressen hielt er sehr oft Reden, wenn er neue Produkte vorstellte; und in Universitäten sprach er über Genesis.

Aber sie wußte, daß die Berkeley-Rede etwas anderes war. Er sagte ihr, Henry James habe in der derselben Vortragsreihe gesprochen, und der Forscher, der die Struktur der DNS entdeckt hatte. Sie hatte das Gefühl, daß er diesmal nicht für Genesis sprach, sondern für sich selber.

»Da sind die Leute, die wir damals besucht haben, auf der anderen Seite der Bucht«, sagte sie und zeigte auf ein altes Foto im Foyer.

»Ach, Shep und Lamb. Sie sehen richtig jung aus, nicht wahr? Und da ist Frank.« Das hörte sich sehnsüchtig an, als wünschte er, er könnte sie alle treffen. Aber Jane hatte den Verdacht, daß ihm das ohne weiteres möglich wäre, wenn er sie bloß anrief. Vielleicht nicht bei Frank.

Jane fiel der Abend bei Minna zu Hause ein, vor Monaten, und sie überlegte, warum Filmstars wohl Filmstars heirateten und die Reichen meistens andere Reiche. Als sie und ihre Mutter den Scheck für das Schulgeld in der Schule ablieferten, hatte die Verwalterin, wie so oft üblich, Spekulationen darüber angestellt, wen Owens wohl heiraten würde. »Aus gut unterrichteten Kreisen weiß ich, daß es nicht seine aktuelle Partnerin sein wird«, hatte sie gesagt. Später im Lauf des Gesprächs hatte sie spekuliert, möglicherweise sei es einfacher für Owens, wenn er eine fände, die schon Geld hätte.

Jane hatte zwar so getan, als läse sie eine Broschüre auf dem Tisch, wäre aber fast mit der Frage herausgeplatzt, warum. Das Gegenteil leuchtete ihr eher ein. Wenn jemand Geld hatte und ein anderer welches brauchen konnte, sollte man doch meinen, der andere wäre dankbar, und der eine würde sich freuen, daß er helfen konnte. Über dieses *Warum* hatte sie seither ständig nachgegrübelt.

Jane fiel wieder Minnas Familie ein. »Glaubst du, ihr seid deswegen nicht besser befreundet, weil sie neidisch auf dich sind?«

»Nein, das glaube ich nicht.«

»Ich schon. Weil du reich bist und gute Klamotten und ein gutes

Auto und alles hast. Und ihr Haus war ziemlich klein; sie hatten nur ein WC.«

»Weißt du, im Laufe meines Lebens hab ich festgestellt, daß es nicht wirklich drauf ankommt, wie viele WCs man hat. Sondern darauf, was man den ganzen Tag macht. Und ich glaube, Shep bewundert wahrscheinlich eine Menge von dem, was wir machen, und ab und an versetzt es ihm womöglich einen kleinen Stich, aber daß er direkt neidisch ist, würde ich nicht sagen. Ich glaube nicht, daß Leute auf wirklich große Dinge neidisch sind.«

»Ich schon«, sagte Jane. Aber mit der Zeit, mit den Jahren, änderte sie ihre Meinung. Sie drückte es dann anders aus. Die Leute beneideten nicht die, die weit über ihnen standen. Sie beneideten ihre beste Freundin oder ihre Schwester, jemanden, von dem sie annahmen, daß er es bloß ein bißchen besser hatte, und bei dem sie das Gefühl hatten, mit ein klein wenig Glück hätten sie diese andere sein können. Für Bob Shepard und diejenigen, die an dem Abend bei ihm aßen, lief Owens wahrscheinlich völlig außer Konkurrenz. Er war nicht nahe genug. Offenbar mochten Minnas Eltern ihren Vater, aber Jane spürte, daß sie sich nicht besonders für das interessierten, was er tat. Sie hatten genug mit sich selbst zu tun, mit ihren Büchern und ihrem Haushalt, dem Hochzeitskleid ihrer Tochter in einer Schachtel über dem Kühlschrank.

Wir sind die einzigen, die sich wirklich über ihn ärgern, stellte Jane fest.

*A*uf 1989 sollte Owens später als auf das Jahr zurückblicken, in dem er eine Sache richtig machte: Er kaufte das Haus am Mayberry Drive, das später sein erstes Zuhause wurde.

Eine Tugend mußte man Owens lassen: er war loyal. Ganz gleich, wie oft er Verabredungen verpaßte und nicht zurückrief, seine Freunde blieben für ihn doch ungemindert seine Freunde. Versäumnisse suchte er in der Regel bei sich selbst.

Diese Anhänglichkeit erstreckte sich sogar auf Dinge. Noch nie hatte er ein Auto verkauft oder verschrotten lassen; als er das neue Haus erstand, behielt er den Kupferkönig-Palast. Das Anwesen hatte er damals nur wegen des Grundstücks gekauft, um die herrschaftliche Villa darauf abreißen und ein kleines Holzhaus bauen zu lassen, was er eines Tages immer noch vorhatte. Bis dahin wollte er es an einen Freund vermieten, vielleicht Kaskie, der den Garten auf Vordermann bringen konnte.

Der Hauskauf war ungewöhnlich, denn die Vorbesitzer hatten nicht gewußt, daß ihr Haus zum Verkauf stand.

Owens hatte beschlossen, daß es Zeit für ihn war, nach Alta umzuziehen. Er war oft abends durch die ruhigen Straßen gegangen, bis er sich für das beste Haus entschieden hatte. Dann hatte er an die Tür geklopft und ein Angebot unterbreitet, noch bevor er das Haus von innen gesehen hatte. Die Besitzer hatten insgeheim immer unbescheidenen Stolz auf ihr Zuhause empfunden, und selbst mit einem Angebot, das doppelt so hoch war wie die Summe, die sie für möglich gehalten hätten, brauchten sie drei Tage, bis sie auf sein Gebot eingingen, und das nur unter der Bedingung einer bestimmten nicht rückzahlbaren Sicherheit. Owens stand in dem Ruf, ein stürmischer junger Mann zu sein. Eliot Hanson beeilte sich, den Scheck auszustellen.

Als Olivia das herausbekam, ging sie an die Decke. Und ihr Streit blieb nicht hinter verschlossenen Türen. So sehr Owens sich auch vor Klatsch hütete, erzählte er doch einer ganzen Reihe von Leuten von ihren täglichen Reibereien. Olivia war so launisch, daß er sich oft Luft machen mußte, und schon allein die Vorstellung, vor jemandem die Ereignisse auch nur einer Woche rekapitulieren zu müssen, wenn er Trost und Zuspruch brauchte, nahm ihn mit. Er hielt ein paar Eingeweihte auf dem laufenden.

Innerhalb dieses Personenkreises lauerten Mary und Jane am gierigsten auf Neuigkeiten; sie hatten das Gefühl, ihre Zukunft hinge davon ab, obwohl überhaupt nicht klar war, inwiefern. Immer wenn sich Owens über Olivia beklagte, trat eine seltene gespannte Aufmerksamkeit in Marys Gesichtszüge. Seit Jane und Mary nach Alta gekommen waren, hatten sie alles über Owens' Probleme mit Olivia erfahren, und Olivia alles über seine Probleme mit ihnen. Im Lauf des letzten Jahres hatte sich das Dreieck endlich geschlossen, wie bei Dreiecken unvermeidlich, und Olivia, Mary und Jane vertrauten sich nun untereinander ihren Ärger mit ihm an. Sie redeten über ihn wie über einen schwierigen Vorgesetzten.

Während Olivia in ihrer kleinen Wohnung saß und las, sah sie draußen Owens' Wagen. Sie sprachen seit drei Tagen nicht mehr miteinander, obwohl sie jeder kaum von etwas anderem sprachen. Olivia war in eine Wohnung in einem Haus in Alta gezogen. Das Wohnzimmer war mit zwei Sesseln und einem Bücherbrett eingerichtet. Sie hatte den einen Holzschnitt von ihren Eltern als jungem Paar in Olivias Alter aufgehängt. In das Schlafzimmer paßten nur der Futon und ein Stapel Bücher, die ihr als Nachttischchen dienten. Sie wußte, daß Owens sie hier in diesem Haus noch mehr liebte als in seinem. Er wollte, daß sie anders war und nicht wie Mary um Haushaltsgeräte feilschte. Anfangs hatte sie solche Sachen auch gar nicht gewollt, aber jetzt war sie sich nicht mehr so sicher.

Sie arbeitete in einem Krankenhaus. Sie las europäische Romane. Seit sie dreizehn war, aß sie kein Fleisch mehr. Irgendwann hatten Bücher, Vegetariertum und Krankenpflege zusammen ihrem Leben eine bestimmte Form gegeben, was sie auch dadurch zum Ausdruck brachte, daß sie sich die Haare unter den Armen wachsen ließ. Jetzt wußte sie kaum noch, wer sie wirklich war. Und wenn sie seinen Erwartungen entsprach, war sie sich selber suspekt.

Er mußte herkommen, soviel stand fest. Seit sie aus der Kupferkönigsvilla ausgezogen war, war sie kein einziges Mal dorthin zurückgekehrt. Susan und Stephen hatten mindestens soviel wie er zu ihrem Auszug beigetragen. Zum einen hatte Olivia hohe Ansprüche an den Haushalt, weil sie in einem Krankenhaus arbeitete, und sie fand nicht, daß die beiden sich große Mühe gaben. Also scheuerte sie eben selber auf allen vieren die Böden der Küche und des einen Badezimmers, das sie benutzten. Das hatte Olivia im letzten Jahr einmal die Woche gemacht, ohne es je zu erwähnen, aber in der dreiundfünfzigsten Woche zog sie aus.

Sie warf den Köchen Neigungen vor, die er ihr nie verziehen hätte: Seine Sachen hatten es ihnen angetan. Eines Nachts, als er in Asien war, kam sie nach Hause und fand die beiden in seinem Bett liegend vor, wie sie sich mit dem großen Fernseher einen Film ansahen. Sie hatten ihren eigenen Fernseher im Hinterhaus. Das wußte sie, weil er ihn ihnen zu Weihnachten geschenkt hatte. Sie hatten sich darüber gestritten, ob er die Karte nur mit »Owens« oder mit »Owens und Olivia« unterschreiben sollte. Schließlich hatte Owens ihre beiden Namen draufgeschrieben, aber die beiden hatten sich trotzdem nur bei ihm bedankt.

»Er hat gesagt, wir können seinen benutzen, wenn er nicht da ist«, sagte Stephen, als Olivia ins Zimmer kam und guckte. Susan schaute nicht mal auf, und sie gingen erst, als der Film zu Ende war. Dabei war es auch Olivias Zimmer, der einzige Ort, an den sie in diesem merkwürdigen Haus gehörte.

Er gab ihnen ein höheres monatliches Haushaltsgeld, als sie ohne weiteres ausgeben konnten, was jeden Einkauf zum Lacherfolg machte. Sie häuften immer mehr Waren auf. Und die Grenze zwischen dem, was ihm und was ihnen gehörte, war verschwommen, weil er meist nicht zu Hause war, um zu essen, was sie zubereitet hatten. Aber sie waren da. Jeden Monat gaben sie alles aus. Da Owens die Cappucinomaschine oder die neue Kornmühle nicht benutzte, lag für Olivia der Gedanke nahe, daß sie diese Geräte für den Eigengebrauch angeschafft hatten. Olivia bekam kein Haushaltsgeld und zahlte ihre Lebensmittel aus eigener Tasche.

Die Haushälter gaben sich nicht einmal den Anschein, als würden sie für beide arbeiten. Wenn Owens in der Stadt war, wartete das Essen im Kühlschrank, frisch und mit durchsichtiger Plastikfolie abgedeckt. Am Morgen, wenn er zur Arbeit gefahren war, holten sie sich in ihr Haus rüber, was nicht aufgegessen war. Aber wenn er ein paar Tage weg war, räumten sie den Kühlschrank leer und brachten die Küchengeräte in ihre eigene Küche rüber. Zweimal hatten sie aus Versehen Olivias Lebensmittel genommen.

Wie jeder weiß, ist ein Lieblingsthema unter den Speichelleckern eines reichen jungen Mannes die Frage, wer seine Frau werden wird. Und Susan und Stephen setzten nicht auf Olivia. Sie war nur die langbeinige Blondine, die er benutzte. Entsetzt merkte sie es den beiden an, daß sie sie so sahen, und verzieh es ihnen nicht.

Daß sie ihr Leben lang gegen dieses Vorurteil anzukämpfen gehabt hatte, schürte ihre Wut.

Olivia radelte gerade durch den Lagerhausbezirk, als sie Owens' Auto wiedersah. Die Tür schlug zu, und er zerrte zwei gigantische Müllsäcke heraus und warf sie sich wie ein Weihnachtsmann über die Schulter.

Sie bremste mit den Schuhsohlen. »Was machst du da?«

Er seufzte und richtete sich dann mit einem sehr breiten Lächeln auf. Gewisse Dinge in seinem Leben gab er nicht gern zu, aber das Gute an ihr war, daß sie die schon kannte. »Ich werf meine alten Klamotten weg. In den Sammelcontainer.«

»Ich helfe dir.« Sie legte ihr Fahrrad auf dem Boden ab und hob einen Sack auf. In solchen Momenten war es Ehrensache, mit anzupacken, denn sie war schließlich genau gleich groß wie er. »Kannst du das nicht Susan und Stephen machen lassen?«

»Na ja, so hab ich es sonst immer gemacht. Aber das Problem war, daß sie alles durchgewühlt haben. Ich hab's satt, meine alten Klamotten an allen in meiner Umgebung zu sehen. Meine Anzüge an Stephen, Susan mit meinen Hemden; ich glaub, der Gärtner hatte auch welche. Ich bin mir ziemlich sicher, daß die Vogelscheuche meine Jeans trägt. Also hab ich die hier selbst rausgeschleppt.«

Nachdem sie die Säcke in einen Behälter geworfen hatten, fragte er: »Wie wär's mit einer Tasse Kaffee?«

»Ich kann uns Tee machen.«

Weil sie radelte, war er schneller. Als sie ankam, blätterte er einen Bestellkatalog durch. Die Decke war so niedrig, daß Owens wie ein erwachsener Mann aussah, der in einem Puppenhaus sitzt. »Die hier gefallen mir«, sagte er und zeigte ihr ein Foto von Weihnachtsbaumkugeln. »Wir sollten uns welche anschaffen. Für das neue Haus, wenn wir demnächst einziehen. Weißt du, ich hab vielleicht vor, Susan und Stephen zu sagen, daß wir allmählich getrennte Wege gehen müssen.«

»Du könntest eine europäische Haushälterin anstellen, die Sachen kann, da träumst du von.«

»Weißt du, eine Menge Leute haben Dienstboten«, sagte er. »Aber ich will keine Dienstboten. Und ich muß sagen, bei Susan und Stephen hatte ich nie das Gefühl, Dienstboten zu haben.«

Olivia unterdrückte ein hämisches Kichern. Sie waren Schmarotzer. Kein Wunder, daß er nicht das Gefühl hatte, Dienstboten zu haben. Susan und Stephen stammten sogar aus reichen Familien. Owens zog auch in der Arbeit solche jungen Leute an, die ihm gegenüber eine Ergebenheit empfanden, die sie für ihre eigenen vermögenden Väter nicht aufbrachten.

»Es gibt zwei Probleme«, fuhr er gebieterisch fort. »Erstens: Ich brauche jemanden, der sich um meine Wäsche kümmert.«

»Das ist nicht schwer.« Olivia zuckte mit den Schultern. »Du brauchst bloß jede Menge Socken und Unterwäsche. Wenn du eine Waschmaschine mit Trockner hast, kannst du sie laufen lassen, während du andere Sachen erledigst.« Seit sie ausgezogen war, wusch Olivia ihre Wäsche in einem Waschsalon.

»Ach, wegen Jeans und T-Shirts mach ich mir keine Sorgen. Das kann ich selber, kein Problem.« Das beteuerte Owens so obenhin, obwohl es schon fast zehn Jahre her war, daß er das letzte Mal seine Sachen selber gewaschen hatte. »Sondern Geschäftsklamotten. Ich gebe eine Menge Geld für Anzüge aus, und es gibt nur die eine chemische Reinigung, die sie nicht ruiniert.«

»Ganz bestimmt nichts in der Nähe?«

Er seufzte. »Ich treffe sie zwar nicht oft, aber ich hab ein paar reiche Freunde. Wahrscheinlich kann ich die mal anrufen und sagen: ›Celeste, du weißt doch, diese viertausend-Dollar-Kleider, die du kaufst – also die steckst du doch nicht einfach in die Waschmaschine, oder? Hätte mich auch gewundert.‹«

Darüber reden sie also, dachte Jane verwundert. Sie lauschte unter Olivias offenem Fenster ohne Fliegengitter. Sie hatte sein Auto gesehen und war hinterhergelaufen. So oft hatten sie und ihre Mutter dazugehören wollen, und dabei spielte sich vielleicht nie was anderes ab als das hier. Vor sich selbst mochte sie allerdings noch nicht recht zugeben, daß es sie langweilte. Statt dessen spürte sie ein Gelüst, das sie nicht benennen konnte, so etwas wie Hunger.

»Ich hab immer gedacht, wir hätten es allein schaffen können«, flüsterte Olivia. »Und in deinem neuen Haus solltest du ein Zimmer für Jane einrichten.«

Na bitte. Das paßte, wie ein Stück Brot. Jane hörte zu gern, wenn in der Zweisamkeit der beiden ihr Name fiel. Aber damit hatte sich's auch schon. Sie wartete lange, doch es wiederholte sich nicht.

Olivia bat oft inständig für Jane und für Owens' Schwester Pony. Das war so tief in ihrem gemeinsamen Leben verwurzelt, daß Olivia automatisch in einen flehentlichen Tonfall verfiel, ohne überhaupt nachzudenken, ob sie meinte, was sie sagte. Heute abend versetzte es ihr einen Stich: Paßt der Schuh wirklich, oder zwänge ich meinen Fuß rein?

Olivia war nicht die einzige, die an seine Großzügigkeit appellierte. Genau die gleichen Reden bekam er von seinem Vater zu hören. Fast alle waren der Meinung, daß Owens zu irgend jemandem großzügiger sein sollte.

»Nett hier«, sagte Owens, während er sich in der winzigen Wohnung umsah. Als sie ausgezogen war, hatte sie alles genauso gemacht, wie er das von einer schönen jungen Frau erwartete, die sauer auf ihren Freund war. Sie hatte Bambusrollos und Reispapierlampenschirme aufgehängt. Ihr Fahrrad lehnte an der Außenmauer. Keine andere Freundin hatte ihn so bezaubert. Er war fast immer versucht gewesen, ihnen zu sagen, was sie tun sollten, selbst wenn sie ihn verließen.

Er ging zum Futon und legte sich mit unter dem Kopf verschränkten Armen drauf. »Weißt du, ich hab gestern ein paar richtig schöne Sessel gesehen. Ich möchte sie dir zeigen. Ich hab vor, ein paar Sachen für unser neues Haus zu kaufen.«

»Laß es«, sagte sie.

»Ach, komm schon, es ist unser erstes gemeinsames Haus.«

»Aber wir brauchen keine Sachen zu kaufen. Darauf kommt es nicht an. Ich mach mir nichts aus Sesseln«, sagte sie in erregtem Tonfall, nicht weil sie davon so heftig überzeugt wäre, sondern weil ihre Entsagung eine eingespielte Etappe in ihrem Versöhnungsdialog darstellte. Sie *wußte* nicht, ob sie sich was aus Sesseln oder Weihnachtsbaumkugeln machte. Wohl eher nicht. Aber in letzter Zeit war ihr aufgegangen, daß sie auch ein paar normale Dinge wollte.

»Er erzählt immer wieder die gleiche Geschichte.« Mary glaubte unerschütterlicher als alle anderen an seinen scharfen Verstand, daher machten sie seine Aussetzer fassungslos.

»Habt ihr von den fünf Typen gehört, die von ihm wollen, daß er joggt?« Olivia war im Bungalow, weil sie und Owens sich wieder versöhnt hatten und sie ein paar vertrauliche Mitteilungen bereute, die sie in den Tagen ausgetauscht hatten, als sie wütend gewesen war.

»Ja! Er hat uns zwei- oder dreimal erzählt …«

Jane, die hinter der Tür gestanden hatte, glitt in die Küche. Sie konnte nicht anders. »Ich weiß, ich weiß. Einmal hab ich ihm zum Beispiel gesagt, du solltest mal hingehen und den Reis mit Bohnen selber probieren, einfach so unangekündigt, dann wüßtest du nämlich, warum sich die Leute beschweren. Und am nächsten Tag hat er gesagt, daß er das vorhat, so als wenn es seine Idee gewesen wäre.«

Olivia lächelte. »Mir gefällt's, daß er vergeßlich wird. Dann brauch ich ihm nicht jeden Abend was Neues zu erzählen.«

Jane wurde auf ihr Zimmer zurückgeschickt. Beide Frauen scheuten sich, vor ihr über ihren Vater zu reden. Doch als sie weg war, wußten sie nicht, wo sie den Faden aufnehmen sollten. Mit Unterbrechungen war es schwierig bei ihnen. Obwohl sich ihre Gespräche manchmal zu der Intensität einer Beichte aufschwangen, waren sie doch keine Freundinnen im landläufigen Sinne. Unbefangenheit und Lässigkeit fehlten in ihrer Beziehung. Marys Wohnküche war groß und hatte Fenster, und sie bewegte sich mit einem Anflug von Besitzerstolz durch den dämmrigen Raum, während sie ihren Tee mit getrockneten Zitronenschalen und Zimt machte. Als Mutter dieses Kindes nahm sie einen gewissen Rang ein. Das Apartment, das Olivia mietete, war kleiner als dieser eine Raum. Aber Olivia wußte etwas, was sonst keiner wußte. »Er wird Susan und Stephen entlassen«, rutschte ihr raus, obwohl sie sich fest vorgenommen hatte, Mary nichts davon zu sagen.

Mary sperrte die Augen so weit auf, daß sich ihre hohe Stirn in die Länge zu ziehen schien. Sie wog ab, ob das die Situation für sie und Jane verschlechterte. Wenn Mary etwas beängstigend fand, wurde sie sehr ruhig. Owens interpretierte das als Stumpfsinn. Langsam goß sie heißes Wasser in eine über einer Kerze angewärmte Glaskanne. Da sie sich nicht schlüssig wurde, spielte sie auf Zeit und fragte: »Warum? Ist er unzufrieden mit ihnen?«

»Genau. Und ich finde sie auch nicht gerade umwerfend.« Sosehr sie sich jetzt auch zurückhalten wollte, konnte Olivia einem Gespräch über Susan und Stephen einfach nicht widerstehen. Sie hatten sie gedemütigt, und für Olivia war es von nicht zu unterschätzender Bedeutung, daß sie gingen. »Sie könnten eine Menge mehr tun. Sie kümmern sich zwar um ihn, achten aber sonst auf keinen. Zum Beispiel könnten sie Jane frische Handtücher rauslegen, wenn sie rüberkommt. Halt so Kleinigkeiten, damit man sich wohl fühlt.«

Mary hatte sich selbst in Owens' Haus nie wohl gefühlt, aber auch nicht angenommen, daß so etwas im Bereich des Möglichen läge. »Stimmt, da hast du recht. Sie sind irgendwie kalt.«

»Und besonders toll kochen können sie auch nicht gerade.«

»Nein. Nein, sie könnten sich viel mehr Mühe geben.« Mary lachte. »Ich finde, selbst wir kriegen das hier besser hin. Vielleicht sollte er sich eine ältere Frau holen, die es ihm wirklich wohnlich macht. Dann hätten auch wir was davon. Wenn sie dann nämlich jeden Abend ein gutes Essen kochen würde, würde es auch aufgegessen, jetzt, wo das neue Haus so nah von hier ist.« Sie kicherte, hatte schon einen Fuß in der Tür, schmiedete Pläne. »Ich könnte ihr sogar unsere Wäsche rüberbringen.«

Olivia beherrschte sich mühsam. »Ich glaube nicht, daß er vorhat, Dienstboten anzustellen.«

»Aber er braucht doch jemanden. Susan und Stephen machen eine Menge, aber es ist, wie du sagst, man fühlt sich trotzdem nie wie zu Hause. Bei allem, was für ihn erledigt werden muß, und dazu noch Janes Bedürfnisse, braucht er einfach eine Hilfe.«

Olivia schloß die Augen. Es war immer das gleiche. Sie war ein Anhängsel. »Aber Mary, falls er tatsächlich jemanden anstellt – und da bin ich mir nicht so sicher –, würde ich die Person beaufsichtigen. Ich wäre die Hausherrin.« Na bitte. Sie hatte es gesagt.

Mary brauchte einen Moment, um zu schlucken, daß sie wieder draußen stand. Dann schlug sie den gleichen Tonfall an, in den sie Owens gegenüber verfiel. »Ich hab ja nur gedacht, falls Jane was braucht.«

»Das ginge dann schon in Ordnung. Ich sage nur ...«

Aber Marys Stirn zog sich wieder in die Länge, der gleiche verständnislose Blick. Vielleicht hat er doch recht, befand Olivia. Vielleicht ist sie dumm.

Owens hielt mit seinem Ärger nicht hinterm Berg, als er entdeckte, daß die Bohnen im Schuldistrikt von Alameda County mit Schweineschmalz angedickt wurden. Er saß auf einem kleinen Plastikstuhl in der Cafeteria und balancierte eine volle Gabel vor sich in der Luft. »Was ist da drin?« fragte er.

Der Direktor rieb sich die Hände. »Bohnen und Reis.«

»O nein. Da ist noch was anderes drin. Irgendein Fett. Sehn Sie dieses gelbe Zeug?«

Jane, die dabei war, dachte, was auch immer es war, es schmeckte wenigstens nach was. Sie aß schnell, weil sie wußte, daß sie aufhören mußte, sobald die Zutat genannt wurde.

»Könnten Sie wohl herausbekommen, was das ist? Ich wüßte es wirklich gern.«

Das Mittagessen rundete einen mißglückten Vormittag ab. Owens hatte eine von seiner Initiative für offenen Unterricht gegründete Schule besucht.

Tische und Schüler schauten kreuz und quer in alle Richtungen – vierzig, fünfzig oder sogar noch mehr Plätze in einem Klassenzimmer. Sie ließen sich schlecht zählen, weil viele Schüler ständig herumwuselten. Wer wußte es schon? Bestimmt nicht die Lehrerin, die eingeschüchtert und duckmäuserisch wirkte und, den Kopf eingezogen, mit unendlicher Langsamkeit Bleistifte aushändigte und die Schüler bat, sie weiterzugeben. Dann stellte sich heraus, daß die Stifte nicht für alle reichten.

Owens hatte drei Stifte in seinen Taschen. »Hier«, sagte er und spendete sie.

Kinder schossen von ihren Plätzen hoch und sammelten sich wie ein Schwarm Hornissen um ihn, bis zwei Jungen mit lautem *Knacks* mit den Köpfen zusammenstießen und drei Kinder als Sieger hervorgingen. Die Lücke schloß sich so gut wie umgehend, die Stifte waren erobert und wurden vergessen, und die Klasse tobte in vielfältigem Chaos weiter.

Dieser Lehrerin schienen jegliche autoritären Fähigkeiten abzugehen. Soweit ersichtlich, hatte sie keinerlei Schwung, eine begrenzte Vorstellungsgabe, und nicht einmal ihre Stimme, so kam es Owens vor, war kräftig genug. Ihre Geduld war allerdings grenzenlos, und das brauchten die Kinder entweder mehr als alles andere, oder es war das schlimmste Hindernis für ihr Fortkommen.

»Ich würde diese Tische wieder in Reihen aufstellen«, schlug Owens dem Direktor freiwillig vor.

Owens mußte Olivia noch überreden, mit ihm in das neue Haus einzuziehen, fand die Herausforderung aber prickelnd. Der romantische Aspekt seiner Werbung und dazu sein Talent für Rekrutierungen brachten in jedes ihrer Treffen am Abend eine gewisse Unruhe. Als Olivia ihre Auseinandersetzung mit Mary schilderte, mußte er lächeln: Zwei Frauen, die sich darüber stritten, wer das Hausmädchen in Anspruch nehmen würde, wie Kinder, die um die Herrschaft über ein Phantasiereich kämpften. Wer wurde Königin? Die einfachste Lösung schien ihm, niemanden anzustellen. Er sah sich als einen salomonischen Vermittler, doch Olivia brachte es auf die Palme, daß er sie nur als eine Partei in einem Streit ansah, ohne besondere Vorrechte in bezug auf ihn.

»Ah, die Frauen in meinem Leben«, sagte er mit hochgezogenen Augenbrauen in belustigtem Tonfall. »Ich werde Susan und Stephen noch diese Woche kündigen.«

Das beschwichtigte sie, aber nicht vollständig. Warum, konnte sie nicht sagen, nicht einmal im stillen.

»Also ich bin nicht wütend«, sagte sie. »Ich sehe Mary als ein scheues Reh. Ich mag sie.«

Olivia lernte bestimmte Wörter aus ihrer Lektüre. Die schlug sie nicht im Wörterbuch nach, obwohl sie in Büchern Unterstreichungen machte, in der Absicht, später drauf zurückzukommen. Doch mit der Zeit erschloß sich ihr die Bedeutung aus dem Zusammenhang, wenn sie ein Wort nur oft genug fand. Und manchmal stellte sich mit dem neuen Wort eine Ahnung, eine Nuance des Lebens ein. Sie hatte entdeckt, daß es keinen Zweck hatte, wenn sie sich bemühte, ihm alles recht zu machen; davon wurde es nur schlimmer. Je *insoucianter* ich bin, dachte sie, desto glücklicher ist er.

Diese Erkenntnis hätte fast jede Mutter aus einer bestimmten Generation ihrer Tochter mit der Muttermilch eingeflößt. Aber Olivia hatte eine ungewöhnliche Mutter gehabt, die ihre Tochter für so außerordentlich schön hielt, daß sie ein wenig Schadenfreude dabei empfand, ihr etwas vom gängigsten Rüstzeug vorzuenthalten.

»Das gefällt Ihnen also?« fragte Owens.

»Ach, ich finde es wunderschön«, versicherte die Verkäuferin.

Er drehte und wendete den Ring, betrachtete ihn prüfend und schüttelte den Kopf. »Weil er mir nämlich überhaupt nicht gefällt. Ich will etwas Schlichtes. Aber da ich wahrscheinlich nur einmal in meinem Leben heiraten werde, sollte der Stein was ... Besonderes sein.« Er redete sehr langsam, als hielte er durchaus für möglich, daß die Frau schwer von Begriff war.

»Hast du sie gefragt, und sie hat ja gesagt?« flüsterte Jane. Sie waren bis in die Stadt gefahren, aber er hatte ihr nichts erzählt.

»Nein, und deshalb darfst du nichts sagen. Ich trage mich mit dem Gedanken.«

»Und zuerst kaufst du den Ring?«

»Wenn wir was richtig Spitzenmäßiges finden.«

Doch das war nicht der Fall. Die Frau führte sie in ein Privatzimmer hinter dem Laden, wo ihnen ein Mann mehrere Steine zeigte, die Owens zu groß, zu gelb oder nicht richtig geformt fand. Owens ließ seine Telefonnummer da, und der Mann versprach, sich umzuschauen.

Als sie nach draußen traten, gingen die Laternen an, und die Leute auf den Bürgersteigen wirkten gehetzt. Jane wäre gern eingekehrt. *Eine Tasse Kakao als kleine Stärkung* hatte Peter Bigelow damals gesagt, als er Julie das Kleid gekauft hatte – so etwas würde er wahrscheinlich nur einmal im Leben tun, hatte ihre Mutter gesagt –, und das hatte den Tag so schön gemacht. An dem Nachmittag hatte er ihnen beiden Geschenke gekauft, aber der Tag war auch ein Geschenk gewesen. Sie waren durch die Straßen, durch Läden gezogen und hatten dabei das Gefühl gehabt, etwas von großer Tragweite habe sich bereits ereignet. Sie waren stehengeblieben und hatten zum Himmel hochgeschaut. Peter hatte einen gläsernen, entrückten Blick gehabt. Zum ersten Mal hatte Jane einen starken Mann gesehen, der Angst hatte. Sie hatte gehofft, eines Tages würde sie einen Mann wie Peter heiraten.

Doch sie bewunderte auch das strenge Profil ihres Vaters, seine langen Finger, während er die zierlichen Ringe untersuchte. Sie wollte auch jemanden heiraten, der ein bißchen wie Owens war.

Beim Fahren schien er in Gedanken wieder ganz woanders zu sein. Jane wünschte, sie hätten einen Ring gefunden und gekauft: Vielleicht hätte das der Sache einen anderen Verlauf gegeben.

»Hausbesichtigung gefällig?« fragte Owens Noah Kaskie, der am Mayberry Drive auf sie wartete, als sie eine halbe Stunde zu spät wiederkamen.

»Klar. Die große Runde, bitte.«

Kaum waren sie drinnen, ließ sich Owens auf alle viere nieder, um seinem Freund die japanische Methode vorzuführen, mit der die Holzdielen von Hand glattgeschliffen wurden. »In Japan haben sie so ein unglaublich glattes Holz, das sich richtig schön an den Füßen anfühlt, wenn man barfuß läuft. Und das ist alles nur handgeschliffenes Holz, unversiegelt.«

»Nicht mal mit Wachs oder Polyurethan?«

»Nichts. Damit wir ein schuhfreies Haus haben können.«

Noah faßte mit einer Hand nach unten und ertastete es. Er machte sich Sorgen wegen seiner Räder. Das letzte Mal hatte er sie vor über einer Woche abgespritzt. Bestimmt mußte er sie jedesmal mit einem Lappen abwischen, wenn er herkam.

Natürlich war es nicht einfach gewesen, japanische Hand-Holzschleifer zu finden, aber das war genau die Sorte von Herausforderung, die Owens mit Bravour meisterte. Er nahm Kontakt zu zweiundsechzig Männern in Japan, den Staaten und Kanada auf, ehe er den Richtigen fand. All das hatte er telefonisch erledigt.

Noah sah sich in den leeren Zimmern um, beeindruckt, aber nicht besonders neidisch, wenngleich das alles seine gegenwärtigen und auch zukünftigen Finanzen so weit überstieg, daß er gar nicht daran denken mochte. Sein Geschmack war es nicht. Wenn er sich ein großes Haus kaufen könnte, würde er etwas Traditionelleres nehmen: Klinker oder Steine im Atriumstil, ebenerdig natürlich. Ein Eßzimmer, eine Speisekammer und eine Besenkammer hätte er gern, und lauter kleine Kinderzimmer.

Noahs Mutter war oft zu Besichtigungstagen vornehmer Häuser gegangen, um sich die Inneneinrichtung reicher Frauen anzusehen. Sie und ihre Freundinnen waren nicht entmutigt von dort nach

Hause zurückgekehrt, sondern wie Taucher, die eine unbeschädigte Münze aus der Tiefe geborgen hatten. In Zukunft würden auch sie Papiernarzissen als Tischdekoration verwenden!

Als sie neben dem Kamin standen, sah Noah die Spuren, die seine Räder auf dem weichen Holz hinterlassen hatten.

»Ich glaube, Olivia und ich sollten entweder auseinandergehen oder heiraten«, sagte Owens unvermittelt und sah seinen Freund seltsam eindringlich an. Der tadellos saubere Kamin harrte der Benutzung. »Weißt du, was ich heute nachmittag gemacht hab? Ich hab mich nach einem Ring umgesehen. Ein Ring läßt sich durchaus beschaffen. Aber hast du eine Ahnung, wie du einen Antrag machen würdest?«

»Ich wüßte nicht, wem.«

»Was glaubst du, wie du es machen wirst, wenn es soweit ist?«

»Ich weiß nicht. Wahrscheinlich würde ich einen Moment abpassen, wenn wir beide ausgelassen sind. Wenn wir mit Lachen nicht aufhören können. Dann würde ich fragen.«

Owens trug Noah nach oben, um ihm die Schlafzimmer zu zeigen. »Ich hatte vor, sie zu dem kleinen Restaurant auszuführen, wo ich die Köchin kenne, und die wollte ich bitten, uns ein Soufflé zu machen – zum Beispiel eins aus frischen Himbeeren –, und den Ring da reinzubacken. Was meinst du?«

»Denkwürdig«, sagte Noah. »Ein bißchen klebrig.«

»Ich weiß. Hab ich mir auch überlegt.« Owens fuhr fort, seine diversen Pläne auszuführen; in jedem davon wurde der Ring in einem Getränk oder etwas Eßbarem versteckt.

Ein Überraschungspreis, dachte Noah. Nicht eine Frage, die sie beantworten soll, sondern eine Gaumenfreude. Noah hatte sich noch nie überlegt, einen Ring zu kaufen. Jetzt fragte er sich, ob er der Studentin einen Ring hätte kaufen sollen. Frauen mochten solche Sachen. Doch die Räderspuren unten gingen ihm nicht aus dem Kopf. Mußte Owens jetzt den Handwerker zurückholen, um sie zu beseitigen? Noah wollte auf der Stelle einen Scheck ausstellen. Aber wieviel es wohl kosten würde? Mußten sie den Hand-Schleifer aus Japan oder Kanada einfliegen? »Und Olivia zieht also endgültig ein?«

»Ich glaub schon. Wir hatten eine kleine Auseinandersetzung deswegen«, fügte Owens hinzu, der vergaß, daß er Kaskie schon davon berichtet hatte. »Weißt du, ich wünschte, Olivia würde was mit ihrem Leben *anfangen*. Also zum Beispiel, wenn wir ein paar Kinder hätten, und sie wäre nicht richtig zufrieden mit den Schulen. Dann würde sie eben ihre eigene Schule gründen, und dann, nachdem das ein Weilchen so geht, würde sie in die Geschäftswelt gehen und Sponsoren suchen, damit auch arme Kinder hingehen könnten. Das fände ich richtig bewundernswert.«

Er liebt sie nicht genug, dachte Noah und wünschte, sie wäre da. Ihr könnte er das mit den Räderspuren sagen.

In einer Ecke lag ein kleiner Futon mit zerknülltem Bettzeug. »Ich hab letzte Nacht hier geschlafen«, sagte Owens. »Das war toll. Am Morgen haben sich ein paar Kinder auf dem Weg zur Schule irgendwas zugerufen.«

Das Badezimmer war merkwürdig. Owens, der die Welt tagelang nach japanischen Handschleifern durchkämmt hatte, konnte mit pastellgrünen Kacheln leben? Seine Zahnbürste lag schon am Waschbeckenrand. Kaskie fiel auf, daß sie den gleichen Rasierer hatten. »Ach, den hast du auch«, sagte er, erfreut über diese Gemeinsamkeit nach stundenlangem Reden über Innenrenovierungen, wozu er nichts beizusteuern hatte.

»Er ist toll. Meinen elektrischen hab ich weggeschmissen. Wie hast du davon erfahren?«

»Weißt du noch, meine Freundin, die das Enzym sequentiert?«

»Wirklich, eine Frau?« Owens runzelte die Stirn.

»Sie benutzt ihn wohl für ... du weißt schon. Obwohl, wenn ich's mir recht überlege, ich glaube eher nicht, daß sie sich rasiert. Vielleicht die Beine.« Noah versuchte, sich an Rachels Beine zu erinnern. Normalerweise trug sie Hosen.

»Ist Rachel die Frau ...?« Owens setzte ein abgehobenes, nachsichtiges Lächeln auf. »Sie rasiert sich nicht?«

»Unter den Armen wohl nicht. Ich weiß nicht«, stammelte Kaskie. Er hoffte, daß er seinen Freund nicht in Verlegenheit brachte.

»Ich hätte gedacht, daß sie sich rasiert. Sie kam mir sehr ostküstenmäßig vor.«

»Sie ist nur um etwa eine Haaresbreite«, sagte Noah, »von dem Nobelpreis entfernt.«

Jede Minute, in der er die schwarzen Spuren nicht ansprach, war ein verschenkter Moment. Noah erinnerte sich, wie seine Großmutter seiner Schwester und ihm, als sie klein waren, aus einem Benimmbuch vorgelesen hatte. Wenn man etwas in einem Haus kaputtmacht, wo man zu Besuch ist, muß man es augenblicklich der Gastgeberin sagen. Und Noah wußte, wenn er nichts sagte und sie hinausgingen, würden sie es beide wissen, und es wäre ein Problem zwischen ihnen. Aber er wollte nichts sagen.

Um Zeit zu schinden, hob Noah das kleine Gerät auf. »Liegt gut in der Hand.« Mit seinen alten Rasierern hatte er sich regelmäßig geschnitten.

»Ja, deren Aktien sind steil in die Höhe gegangen.« Owens seufzte. »Und völlig zu Recht; es ist ein gutes Produkt.« Es war reine Mundpropaganda gewesen – ein Konzept, auf das Owens nie gekommen war, während sich sein erstes Produkt wie verrückt verkauft hatte, und das er erst jetzt im zweiten Anlauf zu steuern lernte.

Wenn es ganz dick kam, konnte er die Werbung aus eigener Tasche bezahlen. Aber das machte keinen guten Eindruck, wenn es herauskam. Vielleicht hatte Rooney recht. Vielleicht konnte man Mundpropaganda nicht kaufen. Trotzdem zweifelte er nicht am Wert von Exodus, und diese Widerstände störten ihn. Er rieb sich die Stirn. »Aber das Haus gefällt dir?« fragte er.

Nach einer gründlichen Besichtigung war Noah zufrieden, daß Owens kein Haus besaß, in das er sich verlieben könnte. Dankbar und erleichtert, wie er war, lobte er es überschwenglicher, als es ihm möglich gewesen wäre, hätte er es wirklich schön gefunden. »Es bringt mich auf die Idee, daß ich umziehen sollte«, sagte er schließlich. »Hör mal, Owens. Ich hab Spuren auf deinen neuen Böden gemacht, und das tut mir leid. Was kann ich tun?«

»Ach, das macht doch nichts, Noah.«

»O doch. Du hast eine Menge Geld dafür ausgegeben, sie so hinzukriegen. Laß mich das wiedergutmachen.«

Owens zuckte die Schultern. »Man kriegt es so schön hin, wie es geht, und dann wohnt man drin. Das hier läuft unter drin wohnen. Ich wisch später auf. Komm, wir machen einen Spaziergang.«

Außer dem Rauch von Holzfeuern durchzogen Schwaden von Jasminduft die Luft. Sie gingen weiter, und jeder dachte, was auch immer in ihren Leben verkehrt war, dieser Ort war es jedenfalls nicht. Selbst wenn sie nur zufällige Stäubchen Materie waren, hatten sie in dieser Hinsicht Glück: Sie waren an einem Ort geboren, der nie alt wurde und der weder kleiner noch unbedeutender wirkte, wenn sie von Reisen zurückkehrten.

»Glaubst du, daß alle so für ihre Heimat empfinden?« fragte Noah.

»Ein bißchen schon«, sagte Noah. »Aber hier ist es was anderes. Es ist wirklich besser hier.«

Der Ort hatte seine eigene Würde, die dunklen Berge wie eine stolze Frau mit zurückgeworfenen Schultern. Es war mehr als nur Heimatliebe.

Als sie in die Stadt kamen, tastete Kaskie seine Taschen und die zerfledderten Scheine darin ab. Diesmal konnte er einen ausgeben. »Gehen wir einen Kaffee trinken?«

Owens klopfte sich auf den Magen. »Ich nehme etwas zu. Schauen wir lieber dort rein.«

Widerstrebend überquerte Noah die Straße und kam in den Fahrradladen mit. Owens kaufte sich ein neues Rollschuhfabrikat, und Kaskie ließ sich zu einem Set breiter Cross-Country-Räder überreden. Nun hatte Kaskie schon mal einen Zwanziger in der Tasche gehabt, aber Owens hatte es wieder geschafft. Kaskie mußte sich Bargeld leihen.

Jane saß auf dem Bordstein, als sie wiederkamen, und knabberte an ihrem Wundschorf. »Ich hab meinen Schlüssel von zu Hause vergessen«, sagte sie, »und meine Mom hat abgeschlossen.« Während die beiden spazieren waren, hatte sie sich das Zimmer in dem neuen Haus ausgesucht, das sie wollte: das neben dem von Owens. Sie hatte es ausprobiert und sich auf den nackten Fußboden gelegt.

»Ich fahr dich hin, und wir schauen mal, ob wir irgendwie reinkommen.«

Bevor sie aufbrachen, schrieb Noah Owens einen Scheck für die Räder aus.

»Gib mir den nicht. Komm her, dann zeig ich dir was.« Owens machte die Beifahrertür seines Autos auf und faßte hinein, um das Handschuhfach zu öffnen. »Da müssen neunzig Schecks drin sein. Siehst du, ich löse sie nicht ein.«

»Warum nicht?« fragte Jane ungläubig.

»Nimmt zuviel Zeit in Anspruch. Nicht der Mühe wert.«

Noah legte seinen Scheck auf das Autodach. »Na, dann lös diesen ein.« Die ganze Szene war ihm peinlich. Wenn er den Scheckbetrag von seinem Kontostand abzog, blieben ihm noch hundertsiebzig Dollar. Für ihn war das Geld jetzt weg, und wenn der Scheck in seinem nächsten Auszug nicht abgebucht war, würde er es Owens eben in bar geben.

Jane machte das Handschuhfach auf und zu, während Owens sie nach Hause fuhr. Zwischen den Schecks fand sie Fünf-Dollar-Scheine, einen zerknitterten Zettel, auf dem »Bob Shepard« stand, und drei Telefonnummern, vor einer stand *Büro*, vor der anderen *Zuhause* und vor der dritten *Mom*.

»Weißt du, ich habe eigentlich schon einen Ring«, sagte Owens. »Wenn du hinten links in der Ecke nachschaust, unter all den Schecks, findest du ein Schächtelchen. Meine Mom hat ihn mir in ihrem Testament hinterlassen. Ich hatte gedacht, sie hätte ihn mit ins Grab genommen, aber vor ein paar Monaten hat mein Dad ihn mir gegeben und gesagt, sie wollte, daß ich ihn bekomme.«

Jane machte die Schachtel auf, und da war er, genau das, wonach sie den ganzen Tag gesucht hatten. Sie steckte ihn sich auf den Finger, und er paßte.

»Laß mal sehen. Den finde ich hübscher als die, die wir heute gesehen haben.«

Jane stimmte ihm zu.

»Ich müßte ihn weiten lassen. Er ist zu klein für sie.«

Jane nahm den Ring ab und legte ihn in die Schachtel zurück. »Kann ich ein paar von diesen Schecks haben?«

»Nein, das kannst du nicht«, sagte er.

»Warum nicht?«

»Weil es nicht deine sind.«

»Sie gehören dir, aber du willst sie ja nicht.«

»Das stimmt. Sie gehören mir, aber ich will sie nicht. Deswegen sind es noch lange nicht deine.«

Zu der Zeit war das Kind über eine Million Dollar schwer. Eliot Hanson hatte Owens auf die Notwendigkeit hingewiesen, für sie vorzusorgen. Natürlich war das vernünftig, falls Owens etwas zustieß. Und so sah sein Kompromiß in dem lästigen Konflikt seiner Liebe mit seinen Wertvorstellungen so aus, daß er ihr in der materiellen Welt auf dem Papier Geld vermachte, sie aber zugleich in dem Glauben ließ, sie habe nichts zu erwarten und werde sich ihren Lebensunterhalt selber verdienen müssen, genau wie er.

»Du hast so viel und willst nichts verschenken, obwohl du es nicht brauchst.«

Er musterte sie wie ein seltsames, womöglich außerirdisches Geschöpf. »Ich verschenke Dinge.«

»Was denn zum Beispiel?«

»Na, zum Beispiel Noahs Auto. Das hab ich ihm gekauft.«

»Das wußte ich nicht«, sagte Jane und biß in die Haut auf ihrem Knöchel. »Wie bist du darauf gekommen?«

»Eines Tages bin ich die Straße langgefahren – er hat mich nicht gesehen – und hab ihn beim Einsteigen in einen Nahverkehrsbus beobachtet.«

Noah kam zu dem gleichen Schluß wie immer nach einer Phase des Neides: Er mußte mehr arbeiten, das war alles. Er entschied, er wüßte nicht genug, eine Überzeugung, zu der er in regelmäßigen Abständen zurückkehrte. Diesmal ging es ihm um Geschichte. Er bestellte eine zwölfbändige Weltgeschichte.

Noah hatte die gewöhnliche staatliche Schule besucht. In der fünften Klasse hatte seine Lehrerin allen Schülern die Aufgabe gestellt, ein Transparent zusammenzukleben, auf das sie über zwei Jahrhunderte Geburts- und Todesdaten und Entdeckungen durch gestrichelte Linien verbunden einzeichnen sollten. Noah brauchte so lange dafür, daß die Lehrerin bei seiner Mutter anrief. Sie half ihm bei der Zeittabelle, mit dem Fingernagel auf den Küchentisch zeigend; er wußte noch, wie sie im Stehen zusah, während er zeichnete und markierte, und ihm Stellen aus dem *Buch der Welt* vorlas.

Am nächsten Tag gab er das Ganze ab, gefaltet wie einen Fächer. Die Lehrerin ließ zwei Schüler die Enden von Noahs Zeittabelle hochhalten und sagte, es sei die beste und habe wahrscheinlich eine Eins verdient, die einzige Eins, nur daß er sie leider drei Wochen zu spät abgegeben habe. Sein Triumph dauerte nicht einmal eine Minute, dann wandelte sich sein Stolz in Scham. Für seine Zeittabelle bekam er die schlechteste Note.

Jetzt wollte er eine Zeittabelle auf eine Wand in seinem Labor malen. »Ich weiß nicht, was in Asien zur Zeit Shakespeares verfaßt wurde«, sagte Noah seinen Studenten, »oder was in Afrika los war, als Darwin mit der *Beagle* übers Meer fuhr. Und was genau passierte während der Russischen Revolution in Lateinamerika? Was im Rest der Welt außer Holland im siebzehnten Jahrhundert? Mein Wissen ist lückenhaft. Also werde ich die Grundlinie zeichnen, und sobald ihr anderen irgendwas rauskriegt, tragt ihr es einfach darauf ein, damit wir alle davon profitieren.«

»Auch Impfstoffe und Elemente?« fragte Louise. »Solche Fakten?« Louise züchtete jetzt Mutanten, die wahrscheinlich Nachbarn ihres gesuchten Mutanten waren. Außerdem ging es ihr schlecht, und manchmal weinte sie. Sie und Andy Ruff hatten sich endgültig getrennt. Sie war mit einem Schlafsack, einem Wasserkocher und einem Koffer mit Kleidern in das Labor gezogen.

Noah las jetzt in seiner Weltgeschichte, während sie auf Ergebnisse warteten. Er schrieb sich Notizen ab und machte seine Studenten mit all den Fitzelchen zufälligen Wissens ganz nervös, die er auf einer geraden Linie unterbringen wollte.

»Wer hat schließlich je von einem ungebildeten Juden gehört?« sagte er.

»Das bist du nicht«, sagte Louise, als sie mit Objektträgern vorbeikam, die sie ihm zeigen wollte.

»Ich weiß kleine Versatzstückchen, aber die große Linie fehlt mir.« Das einzige Museum in Alta stellte indianische Keramik und die Milchzähne der Kinder des Gründers zur Schau. Und Owens' Matisse.

Die richtige Tabelle malte er mitten in der Nacht, während Louise schlief. Er hatte zwanzig Marker in fünf verschiedenen Farben gekauft. Rot für politische Unruhen, Revolutionen, die Todesdaten von Präsidenten und Königen. Blau für kulturelle Ereignisse, Bücher, Kunstwerke, Symphonien. Gelb für wissenschaftliche Errungenschaften, und grün für die Geburts- und Todesdaten berühmter Leute. Lila hatte er nur für Louise gekauft, für kleine vereinzelte Fakten.

An dem Abend erzählte Owens Kathleen, wie niedergeschlagen ihn der Rasierer mit seiner Mundpropaganda gemacht hatte.

»Aber die Leute reden auch so über NT12«, behauptete sie. »Wirklich wahr.«

Seine Verkaufszahlen waren immer gut gewesen. Gute Verkaufszahlen hatte er als selbstverständlich hingenommen, erwartet, fast schon bespöttelt. Sie hatten höhere Ziele. Jetzt befand er sich in der merkwürdigen Lage, Tag und Nacht zu arbeiten und inständig auf etwas zu hoffen, von dem er geglaubt hatte, daß es ihn nicht juckte.

Beliebtheit, das Juwel derjenigen, die sich nicht drum scheren. Vielleicht nie mit Gewalt zurückzugewinnen.

Owens fiel auf, daß er es vermied, seine Zweifel Olivia kundzutun, weil er das Hab-ich's-dir-nicht-gesagt-Lächeln fürchtete, das unausgesprochene Sympathie für die andere Seite verriet. Kathleens Ergebenheit war ungetrübt. Aber er glaubte nicht recht daran.

Den Aufstieg von Genesis hatte er vorausgeahnt; den Abstieg spürte er jetzt in seinen Knochen.

Seine einzige Methode zu kämpfen, bestand in verbissener Arbeit. Kaum einer konnte es mit Owens' Willenstärke aufnehmen.

Schuhe

Jane wuchs in dem Glauben auf, ihr Vater hätte Gouverneur werden können, wenn sie nicht seine Schuhe geklaut hätte.

Er hatte gewisse Eigenheiten, von denen nur bestimmte Leute wußten. Susan und Stephen zum Beispiel, weil sie seine gereinigten Kleider in seine Schränke hängen mußten. Und seine Freundinnen, von denen es nach Mary und vor Olivia zwei gegeben hatte. Jede dieser Frauen hatte notariell ein kleines Haus zugesprochen bekommen und dazu nach der Trennung eine Versicherung unterschrieben, seine Geheimnisse nie zu verraten. Beide Frauen heirateten später, und Jane gefiel der Gedanke, daß sie spätnachts in ihren Betten in diesen Häusern seine Geheimnisse ausflüsterten, die daraufhin langsam in die ganze Welt durchsickerten.

Freundinnen kamen, wurden umworben und gingen und trugen jeweils eine handfeste Abfindung – eine Immobilie – sowie eine bestimmte Kinnhaltung davon, die sie ihr übriges Leben beibehielten, in dem sie klüger, verbitterter, nicht mehr so jung waren.

Doch Jane kannte ebenfalls seine Geheimnisse, und zwar ohne Gegenleistung. Eine Eigenheit von ihm war das Schuhzimmer. Seine Füße waren außergewöhnlich lang und schmal und sein Spann zu hoch. Normalerweise ließ er sich seine Schuhe anfertigen. Aber wenn er einmal ein passendes Paar fand, bestellte er gleich zehn oder zwanzig Stück davon. Ein Zimmer war nur mit Schuhkartons angefüllt. Das war so etwas, was er vor der Presse geheimhalten wollte, aber Jane erzählte er davon, weil es ihm Vergnügen machte, seine praktische Vernunft und Sparsamkeit unter Beweis zu stellen.

Was Jane vor der Berkeley-Rede tat, tat sie nur, weil sie das mit den Schuhen wußte.

Am Abend davor hatten sie an seinem Eßzimmertisch gegessen. Er hatte eine Flasche Wein aufgemacht, die ihm nicht geschmeckt hatte, und dann noch eine, die er ganz hervorragend fand. Er ließ sie einmal daran nippen.

»In Europa trinken die Kinder Wein«, sagte er, bevor er sein Glas absetzte. »Dieser Wein ist dreißig Jahre alt. Aber der Tisch hier fast vierhundert. Diesen Tisch gab es schon zu Shakespeares Lebzeiten.«

»Logisch, aber Shakespeare hat bestimmt keinen solchen Tisch gehabt«, sagte Jane. »Shakespeare war nicht reich.«

»Nein, er war nicht reich. Aber das war kein Reiche-Leute-Tisch. Es ist ein sehr einfacher Tisch, und deshalb gefällt er mir. Er hätte in der Küche von Shakespeares Eltern stehen können.«

»Kann schon sein. Aber zu Shakespeares Zeiten hatten die reichen Leute wahrscheinlich Tische aus den Küchen von anderen Leuten ein paar hundert Jahre davor, und Shakespeare hatte bestimmt genauso einen Tisch wie meine Mom und ich, von dort, wo fast alle anderen ihren her haben.«

»Du hast recht, Jane«, sagte Olivia.

Owens senkte den Kopf. »Was gibt das, wenn's fertig ist – Immer feste druff auf Dad?« Betretenes Schweigen, bis er fragte: »Weißt du, wer William Faulkner ist?«

»Nein.« Jane wünschte, sie wüßte es. Fast hätte sie ja gesagt, aber dann hätte er weitergefragt, und es wäre herausgekommen.

»Er war ein sehr bedeutender amerikanischer Schriftsteller. Und einmal hat er zu seiner Tochter gesagt, wahrscheinlich, als sie gerade unausstehlich war: ›Wer kennt heute Shakespeares Tochter?‹«

»Wer sagt, daß du Shakespeare bist?« gab Jane zurück. »Vielleicht bist du Shakespeares Vater.«

Olivia lachte.

»Was?« Perplex sperrte er Mund und Nase auf; den Witz verstand er nun wirklich nicht.

»Nicht so wichtig.«

Dann erzählte er ihnen von Jahrgängen, und der Jahrgang, in dem Jane geboren war, taugte nichts oder war jedenfalls nichts Besonderes. Neunzehnhundertsechzig hingegen, Olivias Jahrgang, war einfach phänomenal.

Dann war Morgen, und Jane lief nach unten, preßte Orangen aus und setzte Hafergrütze auf. Aber Owens sagte, daß er fastete.

Er fuhr selbst nach Berkeley, in seinem niedriggelegten Auto. Sie sollte mit allen anderen im Bus sitzen. Als Olivia angeboten hatte, ihn zu fahren, hatte er gesagt, er wollte, daß sie den Bus nahmen. Olivia hatte nicht einmal bei ihm übernachtet. »Einen Streit kann ich mir nicht leisten«, hatte er gesagt. »Und so wie die Chancen bei uns nun mal stehen, ist es eher wahrscheinlich, daß es zu einem kommt.« Der Bus sollte pünktlich um neun vom Exodus-Parkplatz losfahren. Die Haushälter würden Jane dorthin bringen.

»Ich bin soweit«, sagte Jane. »Ich könnte bei dir mitfahren.«

»Ich glaube, ich muß heute morgen allein sein.«

Sie wollte nur neben ihm im Auto sitzen und den Hebel betätigen, mit dem man die Rücklehne zurückstellen konnte. Sie wäre still gewesen und hätte ihn nicht gestört. Wie immer.

Der Himmel war an dem Morgen blaßblau, unveränderlich, soweit das Auge reichte, mit bauchigen weißen Wolken. Die Säulen sauber gestutzter Palmen und schuppiger Platanen warfen schon tief-dunkelblaue Schatten. Er stand vor dem Haus wie ein Reisender und hielt seinen Kleidersack und seine Schuhe in den Händen.

»Viel Glück heute«, sagte sie.

»Jawoll«, sagte er und sah zu den fernen Bergen. Er glaubte, in entscheidenden Momenten solle man auf die Natur lauschen. Da stand er nun und versuchte demütig zu sein. Eine gewöhnliche Motte umflatterte seine Haare.

»Komm hinterher zu mir auf die Bühne.«

In seiner Garderobe schenkte Kathleen frischen Granatapfelsaft ein. Sie war groß und fingerfertig, und in den letzten beiden Wochen war es Owens sehr schwergefallen, sich zurückzuhalten und sie nicht mit Olivia zu vergleichen.

Obwohl sie sechsundzwanzig, Collegeabsolventin und verheiratet war, kam ihm Kathleen unsagbar unschuldig vor. Er war sich ziemlich sicher, daß sie nur mit einem Mann geschlafen hatte. Dem Hochzeitsfoto auf ihrem Schreibtisch nach urteilte er, daß sie einander zwar Zuneigung, aber keine leidenschaftliche Liebe entgegenbrachten. Ihr Ehemann hatte einen Schnurrbart und Bauchansatz, Typ Vertreter.

Sie nahm seine Tasche und hängte die Kleidungsstücke auf, glättete die guten Stoffe mit der flachen Hand ein wenig länger als nötig und stellte dann die Schuhe auf den Boden des Schranks.

Er fragte sich, wo Olivia war. Sie hätte ihm an diesem Morgen den Saft einschenken können.

Der Bus war nicht pünktlich um neun losgefahren. Der Fahrer hatte eine Liste, und eine Reihe von Leuten fehlten noch. Also wartete der Bus auf dem leeren Parkplatz. Exodus blieb an diesem Tag geschlossen, weil alle im Publikum sitzen würden. Sie hatten Zeitarbeitskräfte für den Telefondienst angestellt. Weiter unten an der Straße, bei Genesis, glitzerten Lichtreflexe auf den Autodächern. Für alle anderen war es ein gewöhnlicher Arbeitstag.

Jane stand auf dem Asphalt und kratzte sich mit einem Schuh. Es war merkwürdig, um diese Zeit nicht in der Schule zu sein. Seit ihrem Anfang hier war es der erste Tag, an dem sie fehlte. In den Bergen hatte sie ständig grundlos geschwänzt, aber hier unten wollte sie, daß ihre Anwesenheit untadelig war. Doch Owens hatte ihr gesagt, daß es wichtig war, und sein Vater und seine Schwester saßen schon im Bus, den Blick nach vorn gerichtet.

Da kam Owens' Vater aus der Tür und richtete sich auf. Er sah aus wie ein Sheriff, sehr groß, ein Netz von Falten um seinen Mund. Er trug ein Hemd mit offenem Kragen, wie die Jungen in der Schule. Oben in den Bergen hatten sich alle Männer so angezogen, doch das war Jane nicht mehr gewöhnt.

»Was meinst du wegen Olivia?« fragte er.

»Vielleicht hat sie sich entschieden, selber zu fahren.«

»Hat mir gesagt, um neun geht's los, und sie wär da. Aber es ist halb zehn! Ich weiß nicht, was wir machen sollen, und der Busfahrer auch nicht.

»Ich kann wohl mal anrufen.« Im flirrenden Licht am anderen Ende des Parkplatzes stand ein öffentlicher Fernsprecher. In der Frühhitze kam Jane die Überquerung so vor, als müßte sie in Kleidern durch Wasser waten. Jane war klar, daß sie Olivia retten konnte, aber sie wollte nicht. Wenn sie es tat, erinnerte sich später keiner mehr dran, aber wenn nicht, würden sie es sich dann merken und ihr vorwerfen? Janes Finger tippten die Ziffern ein. Vielleicht war Olivia schon unterwegs, aber Jane wußte, daß dem nicht so war. Jane konnte sie in der heißen Stille liegenlassen und den Tag und alles danach ein für allemal ändern.

»'lo.« Olivias Stimme wölbte sich, innen hohl vom Schlaf.

»Kommst du nicht?«

»Ach du lieber Gott. Ein Glück, daß du angerufen hast, Jane. Fahrt einfach ohne mich los. Ich muß kurz duschen. Ich fahr selber hin.«

»Hast du ein neues Kleid?« Jane hatte gehört, wie Owens sagte, sie solle sich lieber eins kaufen.

»Neu genug. Was hast du an, Jane?«

»Meine Uniform.«

Janes Mutter hatte ein neues Kleid, aber nicht für diesen Tag. Sie hatten es zusammen gekauft, um sie aufzuheitern. Es hatte vierundneunzig Dollar gekostet. Sie wollte Jane dort treffen. An diesem Morgen hatte sie einen Termin bei ihrem Kieferorthopäden, und wenn sie den absagte, mußte sie noch mal sechs Wochen warten. Sie hatte es eilig, ihre Zähne gerichtet und ihr Leben auf die Reihe zu kriegen.

Der Bus kam trotzdem noch eine Dreiviertelstunde zu früh an; Owens hatte es gern, wenn seine Pläne so aufgingen. Und als Olivia durch die Garderobentür hereinplatzte – ihr inniges Lächeln schon fast entschuldigend –, warf er trotz allem den Arm um sie. Er flüsterte, in den ersten drei Reihen seien Plätze für die Verwandtschaft reserviert.

Alle rissen sich um Jane, und es gab ein Hin und Her, neben wem sie sitzen sollte. Olivia machte ihre Hand auf und zu und redete dann mit gesenktem Kinn und ganz mütterlich-verschwommener

Stimme auf sie ein. Dann kam ihr Großvater an und flüsterte: »Sie will ganz vorn sitzen, bei uns ist noch ein Platz frei.«

Ein Platz, merkte sich Mary; der hat Nerven. »Ich werde sie wohl hier bei mir behalten«, sagte sie. Als sie schwanger war, hatte er herumerzählt, sie wäre das Stadtflittchen. Und jetzt wollte er ihre Tochter in der ersten Reihe haben.

Jane war das einzige anwesende Kind. Die Leute stießen sich an und zeigten auf sie. Jetzt wollte sie ihre Mutter an der Hand halten, weil sie getan hatte, was sie getan hatte.

Sie hatte es schnell gemacht, es hatte sie überkommen wie eine Eingebung. Olivia hatte gewunken und gefragt, ob sie zu Owens wolle. Und sie hatte ja gesagt und sich nicht zu ihrer Mutter umgedreht, die ohne Jane das Gefühl hatte, von allen angestarrt zu werden.

An einer Tür stand ein uniformierter Mann. Ganz kurz dachte Jane an ihre Mutter, wie sie beide vor einer verschlossenen Tür standen und sich an den Händen hielten. Aber mit Olivia ging sie geradewegs zur anderen Seite durch. Leute, die sie in seinem Büro gesehen hatte, liefen mit Klemmbrettern in der Hand umher.

In seiner Garderobe wirkte ihr Vater gelassen. Er trug eine Anzughose und ein weißes Hemd, weder Krawatte noch Jacke. Er umarmte Jane, ohne sie anzusehen, und spazierte dann in den Flur hinaus. Jane erkannte, daß ihre Mutter recht hatte, was Owens anging, seine Schwächen und Talente: beides war vorhanden, nur im Übermaß. Er war wie Mount Rushmore, so groß.

Aber er war zu groß. Jane wollte, daß er sie spürte, wie wenn man mit einer Nadel in einen großen Ballon piekst.

Im Zimmer war es still, bis auf Kathleens Pinkelgeräusch. Janes Blick fiel auf die Schuhe mit ihren Zedernholzspannern. Sie hob sie auf und versteckte sie hinter ein paar Schachteln im Schrank. Dann ging sie in den Flur hinaus, zu ihrem Vater. Es war, als wäre vielleicht gar nichts passiert. Spielerisch fuhr er ihr mit der Hand über die Haare.

Kathleen wartete in der Tür zur Garderobe, als dürfte sie den Raum nicht verlassen. Ihr Gesicht war ganz ihm zugewandt, voller Leben. Wenn sich sein Kopf auch nur im mindesten in ihre Richtung bewegte, öffnete sich alles. Sie hatte Sommersprossen auf dem Nasenrücken und den Armen. Jane stellte sie sich in einer sauberen Küche vor, wie sie eine Schüssel mit Napfkuchenglasur hielt und darin rührte.

Owens hatte Jane erzählt, daß sie auf einer Geschäftsreise nach Washington, D. C., bis vier Uhr morgens wachgeblieben waren und sich auf den Treppen des Lincoln Memorial unterhalten hatten.

»Über was denn?« hatte sie gefragt.

»Ach, ich weiß auch nicht«, hatte er geantwortet. »Über Gott, und was wir Amerika schuldig sind.« Dann gab er zu, daß sie geknutscht hatten, und es seien seine aufregendsten Küsse seit Jahren gewesen.

»Aber sie ist verheiratet!«

»Ich weiß. Deshalb möchte ich, daß du lieber keinem davon erzählst. Allerdings glaub ich nicht, daß sie besonders glücklich verheiratet ist.«

»Wen liebst du mehr – Kathleen oder Olivia?«

Er schien unter keinem Entscheidungsdruck zu stehen.

Dann war es Zeit für die Rede, und nichts geschah. Jane fürchtete schon fast, daß es an den Schuhen lag.

Kleine Geräusche setzten sich wellenartig durch die Menge fort. Jane wußte, daß sie nicht mit den Männern reden sollte, die sich mit Kameras hingekauert hatten. Selbst der zweite Rang war voll. »Was glaubst du, warum sie sich verspäten?« flüsterte sie.

»Er kommt immer zu spät«, sagte Mary. »Das war noch nie anders.«

»Man merkt schon am Saal, wie wichtig das hier ist.« Die Dekken waren so hoch. Die Sitze aus Holz waren mit üppigem, weichem Samt bezogen.

»Wahrscheinlich haben sie es einfach gemietet«, sagte Mary. »Aber Colleges sind wirklich schön. Vielleicht nimmt er das hier für deine Hochzeitsfeier.«

Jane wußte: das nicht. Für eine Hochzeit würde er etwas Kleines wollen. Oder diese kalte, öde, feuchte Missionsstation, die ihm gefiel.

Während die Minuten verstrichen, wurde es immer schlimmer mit Jane. Wie in einem Alptraum ließ es sich jetzt nicht rückgängig machen, und sie konnte nichts anderes tun als sich an ihren Armlehnen festklammern und abwarten. Alle diese Leute würden bald gehen, und dann hätte er wegen ihr seine beste Gelegenheit vermasselt.

Dann kam ihr Vater einfach so in einem Spot auf die Bühne, mit seinem üblichen ungeschlachten Gang, und alles stand auf und klatschte. Sie spürte, wie sie heiße Erleichterung überrieselte: Man konnte ihm nichts anhaben, selbst wenn man es versuchte.

Aber er hatte ein Paar andere schwarze Schuhe an den Füßen.

»Hallo. Ich heiße Tom Owens, und ich habe nicht studiert, um Gouverneur zu werden.«

Plötzlich wurde die Menge laut, und Jane und Mary sprangen jubelnd auf, als wären sie bis dahin unter Verschluß gehalten worden.

»Ich glaube, daß auf dieser Welt zweierlei Sorten menschlicher Bestrebungen große Ergebnisse gezeitigt haben. Das eine sind Kollektivleistungen, und mit dieser Arbeitsweise kenne ich mich am besten aus. Das andere sind die individuellen Errungenschaften von Dichtern und Künstlern.«

Jane kannte das Geheimnis. Ihr Vater arbeitete sich zu ihm vor. Sie war dabei gewesen, als er das erste Mal in der Zeitung über ihn gelesen hatte. Heute würde er bestimmt sagen: »Eines Morgens, als ich mit meiner Tochter Zeitung las, da las ich einen Artikel über einen Mann in einem Land, das in einen tragischen Bürgerkrieg verwickelt war. Der Mann lebte in der ältesten Stadt seines Landes. Und zu einer Zeit, da so gut wie jeder, dem das nur irgend möglich war, floh, hatte dieser Mann nicht die Absicht, seine Wohnung zu verlassen. Aber jeden Tag, wenn es Abend wurde, ging er auf einen der großen Plätze seiner Stadt und sang eine Stunde lang, bis es dunkel war, während überall um ihn her Granaten explodierten. Und heute ist er hier, um für uns zu singen.«

Aber als es soweit war, hatte er seine Rede geändert und erwähnte überhaupt nicht, daß er eine Tochter hatte. Und zum allerersten Mal, seit sie ihn kannte, hielt er eine schlechte Rede. Ihr

Leben lang hatte Jane gelernt, sich bei ihrem Vater auf einige wenige Dinge zu verlassen, und eins davon war Charisma; nie war ihr in den Sinn gekommen, daß er irgendwann einmal keine faszinierende Wirkung ausstrahlen könnte. Es war eine Konstante, mit der sie gelebt hatte, und jetzt, wo das ins Schwanken geriet, bekam sie vor so vielen Dingen Angst.

Er las vom Blatt ab, als wollte er sich nicht gehenlassen.

Bei allen Leuten war unterschwellig eine bestimmte Regung vorhanden und flackerte nur manchmal auf; Jane wußte nicht das passende Wort dafür. »Entsetzen« kam der Sache nur andeutungsweise nahe. Aber Jane achtete genau auf dieses kurze, weniger am Gesicht als an den Bewegungen ablesbare Aufflackern, weil sie annahm, daß sie helfen konnte. »Da drüber brauchst du dir *überhaupt* keine Sorgen zu machen, Mom«, flüsterte sie dann etwa und legte eine Hand in Marys. Allen außer Owens hatte sie diese Regung angesehen. Und jetzt, als sie ihn reden sah, fiel ihr auf, daß sie es für ihn fühlte, weil er es nicht fühlte.

Vor Jahren hatte er Journalisten gegenüber unüberlegt und zügellos angefangen. Er sagte, sie hätten ihm die Worte dermaßen im Mund verdreht, daß er nichts wiedererkannte. Vielleicht versuchte er also, sich zu zügeln. Er hatte ihr gesagt, für ihn persönlich sei diese Rede eine Ehre – nicht nur eine Plattform, um die Werbetrommel für Exodus zu rühren oder sich um ein politisches Amt zu bewerben. Er hatte bereits vier Wahlkampfreden gehalten, und die Männer, die ihn als Kandidaten wollten, hatten eine Spendenveranstaltung in der Russian-River-Begegnungsstätte des Bohemian Club angesetzt. Doch sein Rednerpult wollte er für nichts dergleichen benutzen. Er hatte Ziele, für die er kaum die passenden Worte fand, wie er ihr verriet.

Aber er brauchte zu lange, das merkte selbst Jane. Er redete über Bildungsfragen und zeigte auf eine komplizierte Tabelle, die er an eine Tafel gemalt hatte. Heimlich hatte Jane in der Stadtbücherei von Alta über ihn gelesen. In Artikeln, die sie gelesen hatte, wurden ihm Phrasendrescherei, Schaumschlägerei und Vernachlässigung von Fakten vorgeworfen; auf dem Titelblatt des Sonntagsmagazins einer Zeitung hatte ihn jemand den Prototyp eines

Verkäufers genannt. Aber Jane wußte, daß das nicht zutraf. Also lieferte er ihnen heute Fakten, Differenzierungen und Gleichungen. Seinen gewohnten leichtfertigen Umgang mit der bestürzenden Idiotie des Systems verkniff er sich.

Oder vielleicht lag es gar nicht an den Journalisten. Sondern an dem Ort. Jane wußte, wann ihre Eltern logen. Und eins hatten beide gemeinsam: sie logen, wenn es ums College ging. Beide sagten sie, es sei nicht wichtig, doch schon allein wie sie das Wort aussprachen, hörte sich wehmütig an. Vielleicht hielt er es für das einzige, das für ihn unerreichbar war.

Dann ging jemand aus dem Publikum hinten raus und ließ die Tür zufallen. Das Geräusch hallte durch den ganzen Saal, während sich Owens weiter über seinen Plan ausließ, an die Eltern aller schulpflichtigen Kinder Gutscheine auszuteilen. Dann, bevor das Echo ganz verklungen war, ließ jemand seine Schlüssel fallen. Jane beobachtete bestürzt, wie die Leute ihre Köpfe drehten und nach dem Geräusch ausspähten. Man rutschte auf den Sitzen herum. Dann fielen woanders weiter hinten Münzen zu Boden. Das mußte mittlerweile absichtlich passiert sein. Die Leute ließen Geld fallen: nicht alle auf einmal, sondern einer nach dem anderen, und der Silberklang ertönte von verschiedenen Stellen im Publikum; sobald einer verklungen war und nur noch in der Erinnerung nachhallte, fing der nächste an. Owens blätterte seine Seiten durch. Jane wußte, daß er die Unruhe wahrnahm, aber er hatte noch viele Seiten vor sich. So etwas war ihm noch nie passiert. Was er nun tat, war fast schicksalhaft vorgezeichnet. Sein Vater, der wie ein Sheriff aussah, saß in der ersten Reihe, durch und durch eckig. Owens las jede Zeile von jeder Seite ab.

Zum Schluß gab es tosenden Beifall, der aber selbst Owens zu überschwenglich erschien, als daß er sich geschmeichelt fühlte. Tags darauf bat er dann Kathleen, alle seine Reden und Vorlesungen für den Rest seines Lebens abzusagen. Er beschloß, daß für ihn die Zeit gekommen war, zu Hause zu bleiben.

Jetzt blitzten Kameras auf, während Jane zum Bühnenrand lief und sich hinaufschlängelte. Alle kamen: Olivia, Mary, sein Vater und seine Schwester, Leute, die nur er kannte, sie nicht. Kathleen stand in der Nähe des Vorhangs, noch nicht auf der Bühne. Owens hob Jane auf. Sie flüsterte: »Ich hätte jetzt so gern ein Kleid an.«

»Ich kauf dir eins«, versprach er. »Inzwischen bist du alt genug.«

Aber bevor sie gingen, sagte er: »Kann ich wohl mal kurz mit Olivia und Jane sprechen?«

Jetzt passierte es, das spürte sie, gerade als sie beinahe ungeschoren davongekommen war. Sie ging hinter ihm her, ihre Arme hingen zu beiden Seiten herab.

In der Garderobe sagte er: »Jetzt seid ihr alle drei hier. Eine von euch hat meine Schuhe weggenommen, und ich will wissen, wer es war.«

»Ich nicht«, sagte Jane als erste.

Kathleen schüttelte mit ernster Miene den Kopf.

»Tja, Kathleen glaube ich schon eher, weil sie auf die Idee gekommen ist, meine Joggingschuhe schwarz zu sprayen. Ich hab zu spät angefangen, weil wir warten mußten, bis sie getrocknet waren.«

Olivia lächelte sonderbar und warf ihm einen Blick von der Seite zu. »Ich hab deine Schuhe nicht versteckt, Tom.«

»Also hat niemand meine Schuhe in diesen Schrank gestellt? Kathleen hat sie gefunden.«

Jane saß auf ihren Händen und hüpfte ein bißchen auf und ab.

»Niemand.« Er seufzte. »Nun, ich muß mich für Interviews zur Verfügung stellen. Dann wird es wohl eins der ungelösten Rätsel der Menschheit bleiben. Noch eins.«

»Ich war's nicht, Tom«, stieß Olivia hervor und drehte sich so abrupt um, daß ihre Haare hinter ihr herfegten.

Kathleen, in weißer Jeans und weißen Turnschuhen, blieb in der Garderobe und sorgte für Ordnung. Das lag ihr offenbar im Blut.

Draußen hatte eine Journalistin Mary ausfindig gemacht und folgte ihr, das Klemmbrett in der Hand, bis zum Auto. Während sie sich bückte, um die Tür aufzuschließen, spürte Mary, wie die Frau ihren Unterleib anstarrte. Die Journalistin musterte sie unverfroren, neugierig und ohne Sympathie, als wäre Mary eine leergeschürfte Grube. Für Mary stand fest, daß diese Frau nie schwanger gewesen war. »Jane ist sehr hübsch«, sagte die Frau. »Ganz der Vater. Macht es ihr was aus, daß sie unehelich ist?«

»Wie bitte?« Mary riß die Augen auf, als begriffe sie vor Verblüffung rein gar nichts mehr.

»Ich meine, ob das heutzutage überhaupt noch eine Rolle spielt? Sieht sie sich als einen – ich weiß auch nicht – Bankert, oder ...«

Marys Kiefer verschob sich. Sie hoffte, Owens würde die Operation zur Begradigung bezahlen.

»Steig ins Auto, Jane«, befahl sie schroff, als Jane ankam, außer Atem vom Laufen. »Verriegel die Tür.«

Dann saßen sie im verschlossenen Auto, aber die Journalistin ließ sich nicht abwimmeln. »Warten Sie. Wir sind schließlich auf *Ihrer* Seite. Wir halten zu Jane.«

Mary fuhr schnell und kniff sich dabei in den Oberschenkel, daß es schmerzte. In dem Winterlager hatte sie in einer einfachen Hütte gewohnt, mit nichts. Für solche Leute waren diese kahle Hütte, der Dreck und die Armut das, was sie ausmachte und wo sie hingehörte.

»Laß das mit der Lippe«, sagte Jane.

An dem Abend kam Olivia zum Bungalow rüber, mit einer Flasche Sekt und einem großen Strauß Sonnenblumen. Mary hatte Maismuffins gebacken. Sie saßen auf dem Boden und sahen sich auf allen Kanälen die Nachrichten an, aber seine Rede tauchte nirgends auf. Es war, als ob nichts gewesen wäre.

Sie waren alle ein wenig ausgelassen. Anderswo, weit weg, in den Hochhäusern, wo über Sendungen entschieden wurde, existierten Welten, in denen er nicht so bedeutend war.

Nach der Pressekonferenz wartete Kathleen in der Garderobe mit Granatapfelsaft und seinen komplett gepackten Kleidern. Er wollte sich für die Rückfahrt wieder die Jeans anziehen, was er auch gleich tat. Dann schliefen sie zum ersten Mal miteinander, auf dem Einzelklappbett. Er fragte sie, ob er erst der zweite Mann in ihrem Leben sei, und sie bestätigte es ihm. Sie weinte ein wenig, während es passierte, und ihre Stimme, schwach und verlegen, klang beinahe unerträglich einsam in seinen Ohren. Hinterher brachte er seine Enttäuschungen über Olivia zur Sprache. Sie bekannte, daß auch sie ihre Zweifel hatte, aber vielleicht läge es ja an ihr; in gewisser Weise führten sie und ihr Mann keine solchen Gespräche, wie sie sich das erhofft hatte, als sie als junges Mädchen Bücher über das Leben gelesen hatte. Sie hätte immer weiterreden können – an dem einmal gezogenen Faden ließ sich alles aufribbeln –, doch er stand seufzend auf und sagte: »Ich muß jetzt los.« Er küßte sie auf die Stirn. »Danke.«

Und dann war er weg, und sie war noch da, in der Universitätsgarderobe, wieder angezogen, vollkommen glatt. Ihr Leben lang bewunderten die Leute an Kathleen, wie ordentlich sie war.

Jahre später, als Owens schon lange nicht mehr davon sprach, Gouverneur zu werden, verriet er seiner Tochter, daß manche Rothaarige Sommersprossen auf dem ganzen Körper haben, und erwähnte Kathleens Namen, um zu beweisen, daß die Haare einer Frau nicht überall die gleiche Farbe haben. Als Jane da fragte, wo Kathleen sei, hatte sie seit langem sowohl Genesis als auch ihren Mann verlassen, und Owens hatte seit Jahren nichts mehr von ihr gehört.

Jane sollte nie erfahren, ob Owens wußte, daß sie es gewesen war.

Zwei Ringe

*E*s ist eine kaum beachtete Wahrheit, daß der Partner eines Paares, der nur eine Spur weniger musterhaft oder mit Fehlern behaftet ist als der andere, alle Verantwortung für diese lobens- oder tadelnswerte Eigenschaft abgibt, da sie von der größeren Valenz des Partners in den Schatten gestellt wird.

Karen und Huck wären überrascht gewesen, zu erfahren, daß Owens Olivia für einen pünktlichen Menschen hielt. Die beiden saßen an einem Außentisch vor dem Café Pantheon und warteten auf sie. Sooft Olivia auch über Owens schimpfte, sie kam selber häufig zu spät.

»Es geht uns eigentlich nichts an«, sagte Karen.

»Also ich würde wollen, daß ihr mir so was sagt. Versprich mir, daß du es machst, wenn je so was passieren sollte.«

»Huck, du bist ein Schuft.«

»Karen, weißt du etwa schon etwas, was mit mir zu tun hat?«

»*Nein*, Huck, nichts. Aber du glaubst dieser Frau unbesehen.«

»Ich sag dir doch, Jessica lügt nicht. Sie ist ein ganz lieber Mensch, und sie war verletzt. Sie sagt, daß sie jetzt noch nicht wieder bereit ist, mit einem anderen Mann zusammenzusein.«

»Das hört sich wie ein Spruch an.«

»Ich weiß, ich weiß. Aber ich wäre trotzdem gern ihr Freund. Und sie hatte nicht mal eine Ahnung von Olivias Existenz. Er hat geredet, als ob er es richtig ernst meinte. Einmal hat er *Jane* mitgebracht, mit einem Strauß Blumen in der Hand.«

»Das ist wirklich ...« Karen schüttelte den Kopf, als vermochten Worte ihren Abscheu nicht auszudrücken. »Und was war dann?«

»Nach ungefähr einer Woche ist er ausgeflippt. Und sie hat nie wieder was von ihm gehört. Ich weiß nicht, ich finde, wir sind es Olivia schuldig.«

»Es geht uns nichts an, Huck.«

Gerade da sauste Olivia auf ihrem Rad vorbei und rief über die Schulter »hey«.

Karen machte »pst«. »Sag nichts. Versprich mir, daß du den Mund hältst.«

»Schon gut«, sagte Huck und faltete seine großen Hände. Er wand sich auf seinem Stuhl. Huck fiel es sehr schwer, Geheimnisse zu hüten, und die Michaelis' waren eine verschwiegene Familie. Als Gunther, Olivia und Nicholas Michaelis in seiner Kindheit zu seinem Vater und ihm gezogen waren, war Huck zappelig und nervös geworden.

Olivia schritt auf sie zu, in den Jeans, die sie immer trug, dazu chinesische Stoffhalbschuhe und italienische Renaissance-Ohrringe, die Owens ihr geschenkt hatte. Die Ohrringe waren leuchtendblau, mit filigranem Goldbesatz. Ihre dekorative Zierlichkeit kontrastierte mit Olivias langen glatten Haaren.

»Du riechst gut«, sagte Huck.

Sie zuckte mit den Schultern. »Vielleicht Shampoo.«

Cousin und Cousine unterhielten sich, wie immer, über ihre Väter. Gunther Michaelis lebte noch einsiedlerischer und verließ nur einmal die Woche das Hotel. Als Olivia am Freitag vorbeigekommen war, um nach dem Rechten zu sehen, und versucht hatte, die Aschenbecher auszuleeren, hatte er sie angefahren: »Laß das.« Er hatte sie nachgeäfft, heruntergeputzt und »kleine Krankenschwester« genannt.

Huck schüttelte den Kopf. Sein Vater Otto, ein Professor an einem Community College, dessen Begeisterung für zierliche junge Studentinnen mit siebzig ungebrochen war, hatte Schwierigkeiten mit seinem Augenlicht. »Ich weiß nicht, was ich machen soll, wenn er nicht mehr fahren kann.« Mit gesenktem Kopf spielte Huck mit den Salz- und Pfefferstreuern. Er war ein großer dicker Mann, während sein Cousin und seine Cousine schmal und schlank waren.

»Ist was?« fragte Olivia.

»Nein.« Er schob seinen Stuhl zurück und erbot sich, ihnen allen Kaffee zu holen. »Drei schwarze?« Wie immer.

»Ich nehme heiße Milch mit Honig«, sagte Olivia.

»Heiße Milch?«

Sie legte eine Hand auf ihren Magen. »Kann sein, daß ich schwanger bin.«

Huck setzte sich wieder, nahm einen Schluck Wasser, verschluckte sich und mußte auf den Rücken geklopft werden. Karen schlug kräftig zu.

»Ich hab Tom noch nichts davon erzählt«, sagte Olivia. »Hier drin ist nur irgendwas Komisches zugange. Es blubbert ein bißchen.«

»Und es wäre wirklich möglich?«

»Aber ja, Huck, es ist nicht ausgeschlossen. Eines Tages hätte ich gern ein Kind.«

»Olivia, ich muß dir was sagen ...« Seine Hand lag schon auf ihrem Arm. »Also das ist aber auch zu blöd –«

Aufstöhnend verschränkte Karen ihre Arme auf dem Tisch und legte den Kopf hinein, während sich Huck in seine Geschichte stürzte. Olivia unterbrach ihn hie und da mit kühler, vernünftiger Stimme, um sich nach Daten und Namen zu erkundigen. Karen, die nur darauf wartete, daß es aufhörte, spürte, wie ihr Oberarm von ihrem Atem feucht wurde. Sie hätte wissen müssen, daß nichts ihn davon abbringen konnte. Wenn man Huck bat, ein Geheimnis für sich zu behalten, konnte man ihn auch gleich bitten, ein Stück Blech runterzuschlucken. Huck hatte jetzt Olivias Hände in seine genommen, und Olivia fragte, ob sie die Frau treffen könne. Karen hielt es nicht mehr aus. Sie ging die Getränke holen.

Huck fühlte sich enorm erleichtert, so als löse sich etwas in seiner Brust.

An dem Abend warteten Jane und Owens im Restaurant. »Ich mach mir ein wenig Sorgen«, sagte Owens. »Olivia kommt nie zu spät.«

Als Olivia eintraf, redete Jane gerade und bemerkte sie nur deshalb, weil Owens völlig hingerissen starrte. Da er normalerweise zuletzt kam, war ihm der Anblick von Olivias Entree selten vergönnt. Sie hatte zwei frappierende körperliche Merkmale: ihre gerade Haltung und ihr Haar. Sie war platinblond, eine so seltene Haarfarbe, daß man automatisch ein schönes Gesicht assoziierte. Olivias Mutter hatte auch solches Haar gehabt. Vielleicht hatte ihr das tägliche enttäuschte »oh«, das sie von den Gesichtern ablas, wenn sie sich umdrehte, die eigene Erscheinung verleidet. Sie hatte nicht lange genug gelebt, um graue Haare zu bekommen.

Olivia ließ sich auf ihren Stuhl gleiten und verschränkte die Arme. »Ich weiß Bescheid über Jessica, Tom.«

»Welche Jessica?« sagte Owens.

»Ich begreife nicht, warum du Jane da mit reinziehen mußtest. Du hättest deine Blumen selber tragen können.«

»Ich weiß nicht, wovon du redest.«

»Weißt du wohl«, sagte Jane.

Owens seufzte und stand dann weit genug auf, um seine Schlüssel aus der Tasche zu ziehen. »Jane, tu mir einen Gefallen. Geh raus und warte ein Weilchen im Auto. Ich muß mit Olivia allein reden.« Noch nie hatte ein Tisch so prachtvoll ausgesehen, Licht schlummerte in den Falten des Tischtuchs, vom Tonkrug perlten winzige Wassertropfen ab, und dazu eine Kerzenflamme, das blaue Staubblatt und das tiefe, warme Gelb. Irgendwo klimperte Eis.

Olivia griff langsam unter ihren Haarvorhang, um die Ohrringe abzunehmen. Sie legte sie auf Owens' leeren weißen Teller.

Jane ging geradeaus, Hände an der Hosennaht.

»Damit wolltest du wohl dein Gewissen beruhigen«, war das letzte, was sie hörte.

Sie versuchte, sich mit einem Lied selbst Gesellschaft zu leisten, konnte sich aber kaum an Worte erinnern. In der Schule kannten die Mädchen ganze Texte auswendig, diejenigen, die ältere Schwestern oder Brüder hatten.

Der Schlüssel war überflüssig. Die Tür war offen. Sie verriegelte allerdings von innen. Das Auto war kalt. Die Restauranttür ging auf und zu, aber die beiden kamen nicht raus. An der nächsten Ecke stand eine leere Telefonzelle. Vierteldollarmünzen lagen auf dem Teppich zu ihren Füßen. Sie konnte ihre Mom anrufen gehen. Ihre Mutter kam bestimmt. Aber wurden die beiden dann böse? Vielleicht kamen sie jeden Augenblick herausgerannt und winkten Jane zu ihrem dampfenden Essen. Sie konnte sich nicht entscheiden. Sie wartete und popelte an einer verschorften Wunde herum. Der Schorf war gelb, alt, zu zäh, um gut zu schmecken. Gut war er, wenn er dick und schwarz-rot aussah.

Owens hatte keine Ahnung, daß sie fahren konnte. Er hatte ihr nie geglaubt. Er dachte, Mary hätte sie hergebracht und wäre dann zurückgefahren oder hätte jemand anderen überredet, Jane mitzunehmen. Warum der Pick-up noch dastand, nachdem Mary zurückgefahren war, bereitete ihm genausowenig Kopfzerbrechen wie das Geheimnis, wer ihn wohl gefahren hatte.

Seit jener Nacht vor Jahren hatte Jane keine Gelegenheit zum Autofahren mehr gehabt. Sie wollte noch drüber reden, aber ihre Mutter wollte es vergessen. Für Mary war Janes Fahrt der größte Flecken auf der ansonsten weißen Weste ihrer Mutterschaft. Jetzt versprach sie Jane, sie werde im üblichen Alter wie alle anderen Fahrstunden bekommen.

Jane drehte den Zündschlüssel um, und der Motor sprang an. Es dauerte etwas, bis sie heraus hatte, wie der Sitz verstellt wurde, doch dann brachte Jane mit einem Knopfdruck zuwege, wozu ihre Mutter Monate gebraucht hatte, mit eingenähten Telefonbüchern und aufgeschraubten Holzklötzen, damit sie mit den Füßen an Gaspedal, Kupplung und Bremse herankam. Als sie fertig angeschnallt dasaß, fand sie den Lichtschalter nicht. Sie gab es auf und beschloß, unbeleuchtet zu fahren.

Er liebte dieses Auto. Die Furcht, was er täte, ängstigte und elektrisierte sie, aber als sie erst einmal auf der breiten dunklen Straße war, wußte sie, wenn irgendwas schiefging, würde sie einfach weiterfahren. Das Lenkrad kam ihr schwer gängig vor, aber das Gas brauchte sie nur leicht anzutippen, und schon schoß der Wagen los. Sie wußte nicht, wo sie hinwollte. Wahrscheinlich würde er irgendwann noch zur Hintertür rauskommen, um sie zu holen. Und die Stelle sehen, wo das Auto gestanden hatte.

Dann sah sie auf dem Bürgersteig zwei Mädchen, die sie aus der

Schule kannte, mit schnellen kleinen Schritten neben einem Mann hertrippeln, der ihr Vater sein mußte. Am liebsten hätte sie sich geduckt, aber statt dessen gab sie Gas. Es war nicht wie an jenem ersten Tag. Inzwischen kannte sie hier Leute.

Sie fuhr langsam im Leerlauf zurück, einmal um den Block. Die Restauranttür war noch zu. Sie parkte nicht da, wo das Auto gestanden hatte, sondern auf der gegenüberliegenden Straßenseite, in entgengegesetzter Richtung.

Olivia wußte, daß er es unpassend fand: ihren Wunsch, sich ihm wie eine bleiche milchige Flüssigkeit in einem Glasgefäß zu schenken. In der Anfangsphase von Olivias Liebe zu Owens war alles davon in Mitleidenschaft gezogen. Ihm zuliebe hatte sie versucht, zumindest den Anschein von Interesse an ihrem eigenen Leben aufrechtzuerhalten. Doch dieselbe Selbstaufgabe, die ihn tagsüber nörgelig und ein wenig reizbar machte, entlockte ihm nachts die leidenschaftlichsten Schreie. Sie gab sich ihm rückhaltlos hin, und er nahm die Ungeheuerlichkeit ihrer Gabe an. Ihre hochgereckten Oberarme fühlten sich dünn an, während sie ihn umklammerte. Wie ein hauchdünnes Stück Stoff rieb sie sich an ihm auf, bis sie durchgescheuert war.

Jetzt war es schon lange nicht mehr so. Sie war weniger jung. Sie verspürte immer noch den Drang, sich in ein kleines Gefäß zu gießen und es ihm zu überreichen, aber er empfand anders.

Olivia forschte wie ein Detektiv, um Beweise für das Böse zu sammeln. Jessica war genau das, wonach sie gesucht hatte. Mit dem handfesten Beweisstück für ihren Verdacht war sie von einem hartnäckigen Spuk befreit. Ich hab's mir nicht nur eingebildet, sagte sie sich. Sie war hektisch und irgendwie aufgeregt. *Endlich machen wir Fortschritte.*

Owens gab seinen Fehltritt zu und entschuldigte sich. Er setzte alles daran, sie zu überreden, es noch einmal mit ihm zu versuchen. »Wir sind keine Kinder mehr. So sollten wir nicht weitermachen.« Als er sie anschaute, sah er Krähenfüße. Zum ersten Mal begriff er, wie man eine Frau lieben konnte, wenn sie älter wurde.

Aber Olivia bäumte sich auf. Die Macht der Schönheit konnte es mit der Macht der Macht schlechthin aufnehmen. Sie hatte es in sich, etwas, worauf sie sich verließ. Sie empfand Wut und Würde, Haltung. Sie konnte gehen.

»Livia, komm, wir ziehen in das neue Haus und fangen von vorn an.«

Sie wußte, daß er sich für ihre letzte gute Chance hielt. Doch wer konnte schon sagen, ob Reichtum dauerhafter als Schönheit war? Das eine war zwar stabiler, aber wenn sie ihn nicht halten konnte, würde sie sich vielleicht zuerst von ihm trennen.

Sie stand auf und schob ihren Stuhl zurück.

Er zog ihre Hand wieder runter. »Nicht, Olivia. Verzeih mir. Versuch's.«

Das tiefste und auch das freundlichste Gefühl, das sie füreinander hegten, war Mitleid. Jeder spürte, daß dem anderen frühzeitig die Begabung abhanden gekommen war, die den meisten Leuten gestattet, ab und an glücklich zu sein.

Sie berührten sich mit den Fingerspitzen, aber sie weigerte sich, seine Ohrringe zurückzunehmen.

Endlich bekam Jane etwas zu essen. Owens bestellte doppelte Portionen für den Tisch, nicht nur Hauptgerichte, sondern auch Vorspeisen, Beilagen und Nachtisch. Jane hielt den großen Löffel in der rechten Hand und schob das Gemüse mit der linken drauf. Ihr Kinn hing dicht über dem Teller. Hin und wieder sah sie vom Essen auf. Olivia hielt den Löffel sehr schön.

Als sie gingen, beobachtete Jane, wie Owens das Auto entdeckte und dann zu der anderen Stelle hinübersah. Er rieb sich die Augenbrauen, als zählte er Tiere in einer Prozession, die niemand außer ihm sah.

Olivia war eine Leseratte, und obwohl Owens die europäischen Romane in Taschenbuchformat, die sie mit sich herumtrug, beeindruckten und beruhigten, hatte er deswegen doch seine Schwierigkeiten im Zusammenleben mit ihr. Abends las sie gern im Bett. Er wollte, daß sie sich unterhielten oder bei offenem Fenster im Dunkeln lagen und, vielleicht mit einer brennenden Kerze, zum Himmel hochsahen. Ihre Lampe löschte die Sterne aus.

Außerdem sah er gern Filme im Fernsehen. Er hatte nichts dagegen, daß sie las, aber zu einer anderen Tageszeit wäre es ihm lieber gewesen. Er fand, sie hätte Lehrerin sein sollen, wie ihr Cousin.

Aber Olivia war ungenießbar, wenn sie kein Buch zu lesen hatte, und ihre bevorzugte Lektüre waren die großen Schilderungen des Bösen. Anfangs hatte es Owens demütig gestimmt, wenn sie aus Erzählungen über Gefangene in Gulags, Juden und Zigeuner in Lagern und amerikanische Indianer, die an europäischen Krankheiten starben, vorlas. Anscheinend suchte sie sich mit Fleiß Bücher über die drastischsten Entgleisungen der Menschheit heraus, und allmählich verschärfte sich sein Verdacht, daß sie die Kapos und Konquistadoren mit ihm identifizierte. Das machte ihm zu schaffen.

»Komm mal her«, sagte er in der offenen Tür zum Innenhof. Mit dem bloßen Fuß tippte er an einen Ameisenhügel. »Bevor ich Susan und Stephen kündige, könnte ich von ihnen verlangen, daß sie wegen dem ganzen Unkraut da was unternehmen. Und dort drüben ist ein Schwarm Bienen.«

Draußen auf der Terrasse stand Olivia allein in der dunkelblauen Nacht, die Hände in beide Taschen gestemmt. »Änderst du deine Meinung«, fragte sie und starrte ihn an. »Glaubst du jetzt, daß Jane deine Tochter ist?«

Später im Bett fragte sie ihn noch einmal. Er drehte sich auf die Seite, Decke in einer Faust, und schloß die Augen vor ihrer Leselampe.

Liebe war seltsam, Nacht für Nacht mit einem Mann im Bett zu liegen. Sie zweifelte nicht daran, daß er bald Probleme auf der Arbeit haben würde. Er würde große Opfer und persönliche Entbehrungen auf sich nehmen, irgendwie seine Macht zusammenraffen. Er würde überleben.

Ihr Vater hatte einmal gesagt: »Ich möchte von der ersten Druckwelle dahingerafft werden«, als sie ihn gefragt hatte, warum er nicht wie all die anderen Männer einen Atombunker baute.

Owens war anders als ihr Vater, und Olivia liebte ihren Vater. Aber sie dachte daran, daß der Mann, der jetzt mit geschlossenen

Augen neben ihr lag, die Strapazen eines langen Tages ins Gesicht geschrieben, sein Leben lang nicht in der normalen Außenwelt gelebt hatte und es auch jetzt noch nicht tat. Wo er sich aufhielt, ging es im wesentlichen ums Überleben, und daran würde sich so bald nichts ändern. Vielleicht zog sie das ja am stärksten an, eine Kraft, die ihr Begehren noch in den Schatten stellte; oder vielleicht war das ja auch ihre Begierde, weil ihre Sympathien stets auf seiten der Schwächeren lagen, soviel stand fest. »Laßt mich von der ersten Druckwelle dahingerafft werden«, hatte ihr Vater vor Jahren auf seine lässige Art gesagt, als die Welt noch jünger war und Atombunker Schutz zu bieten schienen, die Heimwerkarbeiten beim Bau schon fast etwas Optimistisches hatten. Jetzt war die erste Druckwelle vorüber, und Olivia hatte durch Zufall überlebt, ein wenig benommen zwar, und fragte sich nicht, wie sie es geschafft hatte, sondern: wozu eigentlich, in einer so aus den Fugen geratenen, verstümmelten Welt.

Sie klappte ihr Buch aufgeschlagen um und tänzelte ins Badezimmer. Im allgemeinen tänzelte Olivia eher nicht, aber die Toilette lag am anderen Ende eines langen Flurs. Sie hatten Hunderte von Nächten auf diesem Futon in diesem Haus geschlafen, aber Olivia war es immer noch peinlich, wenn sie zur Toilette mußte. Mit bloßem Fuß machte sie jetzt die Tür zu, und in dem weißen kalten Raum stellte sie sich vor, sie sei allein, und er könne sie nicht hören. Für dieses gezierte Getue hatte sie auch keine Erklärung. Olivia war nicht zimperlich. Schließlich arbeitete sie in einem Krankenhaus. Doch sie war sich der Zartheit von Owens' Verehrung bewußt. In den Filmen, die ihm gefielen, und in seinen Lieblingsbüchern kamen immer Helden und Heldinnen vor, die erhaben und rein waren.

Einmal, nachdem sie sich mitten am Tag geliebt hatten, zog er neue Unterwäsche an, und als er den Gummibund schnappen ließ, spürte sie, daß ihm der saubere, trockene Stoff ein Gefühl von Sicherheit gab, wie ein Gruß seiner Mutter.

Huck wartete, während Olivia in ein Plastikröhrchen pinkelte. Die Wände in ihrer Wohnung waren so dünn, daß er den plätschernden Urin und ihr nervöses Lachen dazu hörte. An ihrem winzigen Küchentisch fügten sie mit Hilfe von Pinzetten das blaue Pulver hinzu, das der Packung beilag. Nichts ließ Huck so aufleben, wie wenn er Olivia half.

Gemeinsam starrten sie das Röhrchen an. Es verfärbte sich dunkelblau. Huck stand auf, um ihr die Schultern zu massieren. In der Gebrauchsanweisung stand, schon hellblau sei ein Hinweis.

Da spürte sie etwas Seltsames in ihrem Bauch, durch ein Haarseil mit ihrem Kiefer verbunden, das ihr Übelkeit und Brechreiz verursachte.

»Du darfst keinem was erzählen, Huck«, sagte sie. Er massierte ihr den Rücken, und sie zog die Schultern ein, weil er ihren Flanken zu nah kam. »Und vergiß nicht, Huck, du hast versprochen, keinem je von der anderen Sache zu erzählen.«

Vor Jahren, als sie eigentlich noch Kinder waren, hatten Olivia und Huck in einem Bett gelegen und sich ausgezogen. Die Erinnerung daran machte Olivia immer noch zu schaffen. Sie glaubte, daß sie von ihrer ungewöhnlichen Kindheit profitiert hatte, mit Ausnahme dieser einen Nacht. Olivia hatte Huck inständig gebeten, es geheimzuhalten, und ihres Wissens hatte er sich daran gehalten. Aber es machte ihr Sorgen, denn sie wußte, daß Owens das nicht so einfach schlucken würde. Sie mußte Huck noch einmal bitten, obwohl sie es überhaupt nicht gern ansprach, weil sie schon das Drüberreden in eine primitive Intimität zu katapultieren schien.

Huck kniete vor ihr, die Hände auf ihren Knien. »Das würde ich nie tun, Livia.«

Auch jetzt wußte Olivia nicht, warum sie es gemacht hatte. Er hatte es gewollt. Sie hatten alle zusammen gewohnt, sie und Huck und ihr Bruder Nicholas. Sie waren jung und sehr arm gewesen, und Olivia war ihr Kapital.

Huck erinnerte sich zwar an diese Nacht, aber nicht so, wie sie dachte. Er erinnerte sich, daß er sie linkisch und zaghaft angefaßt hatte, ihr Gutes tun wollte. Er verehrte Olivia und hatte immer leise Gewissensbisse, weil er Erleichterung verspürte, wenn sie litt; nur wenn er etwas für sie tat, fühlte er sich ihrer Gesellschaft überhaupt würdig.

»Er sagt, er liebt mich mehr als alles auf der Welt, und dann läßt er mich allein im Auto sitzen. Einen Sack mit Geld würde er nicht drin liegenlassen, aber mich hat er in einem offenen Auto gelassen.« Diese kleine Rede hatte Jane schon mehrfach von sich gegeben, als sie sie vor Julie und Peter wiederholte. Sie saßen vor den Resten des Abendessens an dem Tisch, den Julie vor Jahren auf dem Flohmarkt gekauft hatte.

»Wie lange hat er dich allein gelassen?« fragte Peter.

In Wahrheit wußte Jane das nicht. Sie hatte eine Dreiviertelstunde gesagt, als ihre Mutter das zum ersten Mal gefragt hatte, und jetzt versuchte sie, nicht mehr drüber nachzudenken.

»Das ist ja furchtbar«, sagte Julie.

Peter schüttelte mit verschränkten Armen den Kopf. »Das reinste Kind, dein Vater.«

»Ich weiß nicht, ob ich sie ihm überhaupt noch ohne meine Begleitung überlassen kann«, sagte Mary.

Jane hatte das Essen gut geschmeckt, nachdem Owens sie schließlich reingeholt hatte. Er hatte sie an seine Seite gezogen, und sie hatten gelacht, selbst Olivia. Aber als sie nach Hause kam und ihrer Mutter davon erzählte, kam sie gar nicht bis zu der Stelle. Ihre Mutter wurde zu wütend. Während Jane jetzt redete, fiel ihr das Handschuhfach ein: Er ließ *doch* Geld in seinem Auto liegen.

»Er *kapiert's* einfach nicht«, sagte Mary.

Jane hatte nicht mehr mit Owens geredet, seit er sich mit ihrer Mutter am Telefon so gestritten und darauf bestanden hatte, daß es eine Viertel-, keine Dreiviertelstunde gewesen sei. »Gott noch mal, meiner Tochter glaube ich eher als dir!« hatte sie geschrien und dann aufgelegt.

»Und wenn du dafür sorgst, daß sie jedesmal, wenn sie mit ihm weggeht, einen Vierteldollar zum Telefonieren dabei hat, damit jemand von uns sie abholen könnte?«

»Sie ist ein Kind, Peter; so etwas kann man nicht von ihr verlangen.« Das spuckte Mary mit solcher Gehässigkeit aus, daß Peter seinen Stuhl zurückschob.

»Ich versteh immer noch nicht, was daran so verkehrt sein soll, eine ordentliche Vereinbarung über Unterhaltszahlungen zu treffen«, sagte Julie. »Ich meine, er macht dir doch nicht jeden Monat ein *Geschenk*, Mary. Das Geld hast du verdient.«

»Aber es geht um mehr als nur Unterhalt fürs Kind«, sagte Mary. »Eine ganze Menge betrifft Owens und Mary, nicht bloß Owens und Jane.«

Das hatte Julie schon mal gehört. Offenbar war es wichtig für Mary, andere Leute davon zu überzeugen, daß sie Owens etwas bedeutete. Nur gelegentlich entglitt ihr dieser Glaube, wenn rauhe Tatsachen die Aufrechterhaltung vereitelten. Mary machte sich Sorgen, was aus ihnen werden würde, wenn er als Präsidentschaftskandidat antrat und nach Washington zog. Sie dachte, er könnte alles manipulieren, selbst Wahlen. Ihr wäre nie eingefallen, daß auch er falsche Hoffnungen hegte, über die eine realistische Frau lachen konnte. Man konnte kein einstündiges Gespräch mit ihr führen, ohne daß irgendwann sein Name fiel. Ob er nun Gott oder Teufel war, er lag ihr jedenfalls immer auf der Zunge.

»Peter hat recht«, sagte Jane. »Nächstes Mal ruf ich an, und jetzt reden wir von was anderem.«

Beschämt erkannte sie, daß sie und ihre Mutter gewaltige Konstruktionen in der Luft errichtet hatten, um die Leute davon zu überzeugen, daß er ein Ungeheuer war. Sie konnte nicht gut zugeben, daß sie ihn liebte. Jetzt begriff sie, daß all ihre Gespräche über Jahre hinweg bis spät in die Nacht hinein, in denen sie ihn immer schlimmer machten, eine Spielart der Liebe gewesen waren, und entweder die eine oder die andere eine Kehrtwendung vollzogen hätte, wenn er sie auserwählt hätte. Und Owens hatte Jane ausgesucht.

Olivia wollte heiraten. Mit einem Mal wußte sie es. Karen Croen hatte ihr seit Jahren zugeredet, und jetzt kam ihr im Lauf eines Tages wiederholt die Idee. Während sie eine Bettpfanne ausleerte und mit dem Schlauch abspritzte, übergab sie sich und lehnte die Stirn an die kühlen glatten Fliesen. Sie stellte sich vor, die Küche in einem Haus zu putzen, das ihr gehörte. Egal, was er deswegen von ihr hielt, sie wollte ein paar normale Sachen.

An dem Abend fuhren sie zu einem großen Essen in die Stadt. Sie hatte das Kleid an, das er früher kritisiert hatte, aber jetzt anscheinend mochte; während sie sich umzogen, spielte er mit dem Stoffgürtel. Sie saß neben einem der fünf Männer in Anzügen, Jane auf der anderen Seite von ihr. Owens hatte Jane dazugebeten, und da saß sie nun in Jeans bei einem Geschäftsessen.

»Ich schau dir in die Augen, Kleines«, sagte einer der fünf Männer mit anerkennendem Gesichtsausdruck zu Olivia. Zur Erwiderung hob sie ihr Wasserglas. Später, beim Hauptgang, beugte er sich zu ihr rüber und flüsterte: »Wenn Sie wollen, daß er Sie heiratet, kriegen wir ihn soweit. Machen Sie sich bloß keine Gedanken. Weil er es nämlich macht, Schätzchen. Er weiß, was gut für ihn ist, besonders, wenn ich es ihm sage. Es ist praktisch geritzt.«

Jane sah zu, während Olivia stillhielt und ihr die Haare ins Gesicht fielen. Ihr Haar ist so schön, dachte Jane, eine fast farblose Farbe.

»Gut.« Olivia lächelte. »Wenn Sie meinen.«

Jane wußte, Olivia mußte es sich schon sehr wünschen, daß sie das in ihrer Anwesenheit sagte, denn Jane konnte es Mary weitererzählen. Klarer als ihre Mutter oder Olivia begriff sie, daß die beiden Frauen keine wahren Freundinnen waren.

Als er über den breiten, leeren Highway zurückfuhr, erzählte Owens Olivia von diesen Männern, die ihm vor längerer Zeit angeboten hatten, seine Kampagne zu führen. »Wie geht es ihr da hinten?« fragte er.

»Schläft tief und fest«, sagte Olivia.

»Sie ist so hübsch«, entfuhr es ihm. »Wenn ich ein Junge in dem Alter wäre, würde ich voll auf sie abfahren.«

Olivia versetzte es einen Stich. Über sie hatte er an dem Abend kein Wort gesagt. Aber so war er nun mal; er machte die Frauen in seinem Leben aufeinander eifersüchtig. Und während sie durch die Dunkelheit weiterfuhren, überlegte sie: Was, wenn Jane ein eher unscheinbares Kind gewesen wäre? Sie war intelligent und hübsch und ähnelte ihm sehr. Ein Plus, das man gern für sich verbuchte. Aber wenn sie häßlich oder behindert gewesen wäre? Dann fragte Olivia sich plötzlich, was wohl mit ihrem Kind war.

Jane erzählte es tatsächlich ihrer Mutter, als sie nach Hause kam. Mary hätte gern gehabt, daß sie sich an den Namen dieses Kahlköpfigen erinnerte. Beide staunten sie, daß jemand Einfluß auf Owens ausüben und ihn zu anständigem Betragen anhalten konnte.

Huck lief Mary di Natali im Harvest-Einkaufszentrum über den Weg, wo sie mit gesenktem Kopf im Gehen einen Kassenbon studierte. Er tippte ihr auf die Schulter und umarmte sie dann von der Seite. Während sie zusammen weitergingen, untersuchte sie den Bon weiter und stieß hervor: »Ich hab's gewußt. Er hat mir die dreißig Prozent Ermäßigung nicht gegeben. Ach, entschuldige mich bitte, ich muß zurück. Das hier hätte eigentlich herabgesetzt sein sollen.«

Aus keinem anderen Grund als dem, daß sie aufgeregt war, ging Huck mit. Sie hatten sich seit der Novembernacht in einem Hotel in New Orleans nicht mehr gesehen, als sie ihm, im Schneidersitz auf dem Bett hockend, gesagt hatte, sie fühle sich nicht zu ihm hingezogen, und er ihr Geld für ein Taxi zum Flughafen gegeben hatte. Zu seiner eigenen Überraschung stellte er fest, daß er jetzt, über ein Jahr später, deswegen nicht böse auf sie war. Wie immer, wollte er helfen, sie aufbauen und überzeugen, daß sie ebensogut war wie die anderen. Er landete im fünften Stock eines Kaufhauses, in der Damenmäntelabteilung. Mary näherte sich zwar mit gesenktem Kopf, aber so bitterem Groll in der Stimme der Kasse, daß Huck ihr seine große Hand auf die Schulter legte und selbst das Wort ergriff. »Entschuldigen Sie bitte, aber wir hier sind wohl leider davon ausgegangen, daß dieser Mantel herabgesetzt ist ...«

Der junge Mann hinter dem Schalter, höflich und erleichtert, redete nur mit Huck.

Mary holte den Regenmantel aus der Tüte, um ihn noch einmal anzuprobieren. Während die meisten Leute ihre Aufmerksamkeit auf Jane konzentrierten, hatte Huck immer eine besondere Teilnahme für Mary empfunden. Sie band den Gürtel und drehte sich einmal um. Der Mantel stand ihr nicht gut; die Farbe gab ihrem Teint einen grünlichen Schimmer, und sie wirkte unförmig.

Huck kratzte sich am Kopf. Jane, die von Mary eingekleidet

wurde, hatte immer sehr flott ausgesehen, warum konnte sie sich selbst also nicht die richtigen Sachen aussuchen? Und schon bemitleidete er sie in ihrer mißlichen Lage.

»Ach Mary«, schlug er spontan vor, als ihm ein ausgestellter schicker gelber Regenmantel ins Auge sprang, »warum probierst du nicht den an? Die Farbe ist so hübsch. Ich such dir einen in deiner Größe.«

Der gelbe Mantel sah hundertmal besser aus. Die Farbe kehrte in ihr Gesicht zurück. Der Mantel war mit Metallspangen zu schließen, und irgendwie ahnte man, wie zierlich Mary darin war.

»Gefällt er dir?« fragte Mary und seufzte dann. »Ach, der ist nicht herabgesetzt.«

»Ich kauf ihn dir«, sagte Huck und fuchtelte überschwenglich mit den Armen; vorübergehend vergaß er, daß Mary – nach allem, was Olivia ihm erzählte – im Monat mehr Geld bekam als er und alle Lehrer, die er kannte.

Der Verkäufer beglückwünschte sie zu der besseren Wahl und machte sich dann an den Papierkram des Umtauschs. Sie einigten sich, daß Huck die Differenz beglich.

Mary beschloß, den Mantel anzubehalten, und er gefiel ihr jedesmal besser, wenn sie an einem Spiegel vorbeikamen. Huck begeisterten ihre verstohlenen Blicke. Er hätte nicht gedacht, daß sie eine war, die in Spiegel schaute. Auf der Rolltreppe abwärts begann sie ihm von ihrem Kummer mit Olivia zu erzählen, nicht nur mit Owens, weil Jane im Auto gelassen worden war.

»Ach Mary, nimm ihr das nicht übel. Es war ein furchtbarer Abend, und es ist alles meine Schuld. Weißt du, ich hatte ihr von einem Verhältnis erzählt, das Owens mal hatte und wovon sie nichts wußte, und es war am selben Tag, als sie die erste Vermutung hatte, schwanger zu sein.« Kaum hatte Huck das mit einer Hand auf Marys Schulter gesagt, als ihm einfiel, daß er versprochen hatte, es keinem zu erzählen. Na ja, redete er sich rasch vor sich selbst heraus, das war das kleinere Geheimnis gewesen. Das andere würde er nie verraten.

Aber Mary stürzte sich auf den Informationshappen. »Sie ist *schwanger*?«

»Mary, das hätte ich dir überhaupt nicht sagen dürfen. Es ist sozusagen ein Geheimnis, also behalt es für dich. Ich wollte bloß nicht, daß du sauer auf sie bist.«

»Aber ich bin froh, daß ich es weiß. Ich sollte es wissen. Wenn sie ein Kind kriegt, berührt das Jane.«

»Bitte, Mary, versprich mir, nichts zu sagen.« Mit flehend ausgestreckten Händen drehte er sich auf der Rolltreppe nach hinten um.

»Ich muß gehen, Huck.« Unten angekommen, lief sie raus. Der Schmerz kehrte zurück, ihr Opfer. Und sie hatte ihres wegen ihm wegmachen lassen.

Als Huck im Bungalow ankam, lag Jane schon schluchzend auf dem Boden. Mary war hinter geschlossener Tür in ihrem Zimmer. Er versuchte, mit Jane zu reden, aber sie versteckte ihr Gesicht nur in den Armen, und da er dachte, vielleicht könnte eine Frau hier helfen, rief er Olivia an. Sie seufzte, klang nicht einmal überrascht und sagte, sie käme sofort rüber. Und dann gab es nichts zu tun außer auf- und abgehen und warten. Plötzlich trat Mary aus ihrer Tür und sah ausdruckslos und wütend zugleich aus.

»Bestimmt – ach bitte, nicht weinen, Mary ... es ist nicht, wie du denkst.«

Ohne ihn zu beachten, setzte sie sich neben Jane. So hilflos war Huck sich fast noch nie vorgekommen. Er bot an, sie alle auf ein Eis einzuladen, und bekam nicht einmal eine Antwort auf den Vorschlag.

Dann kam Olivia, und Huck verzog sich. Jane lag noch auf dem Boden, während Olivia sich neben sie kniete und sagte: »Ich bin oft eifersüchtig auf dich. Weil du sein Fleisch und Blut bist.«

Olivia fuhr zum alten Kupferkönigshaus und wartete im Bett auf Owens. Jetzt mußte sie es ihm sagen. Ihn hatte immer gestört, daß sie keine Jungfrau mehr gewesen war. Er zählte die Männer, die mit ihr »zusammengewesen« waren. Als er sie nach ihren Exfreunden befragt hatte, hatte er den Mund auf bestimmte Weise verzogen. Sie hatte ein klein wenig geflunkert. Er dachte, es wären vier.

Olivia brauchte einen Moment der Stille, um sich ins Gedächtnis zu rufen, daß sie nichts Falsches getan hatte. Es war in ihrer Jugend gewesen, und sie hatte geglaubt, daß sie die Männer liebte, mit denen sie geschlafen hatte. Owens' Moralvorstellungen waren so filigran, daß ihm schon etwas so Natürliches wie ein Lufthauch zusetzen konnte.

Was ich mache, ist unbedeutend, dachte sie, ich bin nicht einmal eine Krankenschwester, aber er hat wirklich Menschenleben gerettet. Owens wollte ihr immer wieder das Zugeständnis abringen, wie umwerfend das war. Und obwohl Olivia gern gesehen hätte, wenn sie beide gleich gewesen wären, hatte er nun mal diese eine Großtat vollbracht.

Die Feststellung, daß Olivia eine Schwesternhelferin war, traf zwar zu, aber nicht ins Schwarze. Sie war nicht wie Owens. Für Olivia gab es so etwas wie feste Arbeitszeiten. Sie verdiente gutes Geld, und das schon seit etlichen Jahren. Sie war der Ansicht, daß sie das zur Erwachsenen stempelte, im Unterschied etwa zu Mary, die Olivia so bezauberte wie etwa ein Aquarell.

Olivia sagte es Owens, als er hereinkam und sich auf den Futon kniete. Er schlug vor, daß sie sich Sweatshirts anzogen, ins Auto stiegen und losfuhren. Sie kannte Seiten an ihm, die sonst niemand kannte. Während er fuhr, schlief sie auf dem Rücksitz, aber als er in Buck Meadows hielt, stand sie auf und half ihm, das Zelt aufzubauen, und sie lachten die ganze Nacht. Sie wachten früh auf, durchnäßt vom Tau, und alles tat ihnen weh.

»Ich hab gedacht, wir sollten auswandern«, sagte er. »An den Ufern des Ganges leben und den ganzen Tag über Gott nachdenken.«

»Vergiß bitte nie, daß du mal so warst«, bat sie ihn und ergriff seine Hand.

Dann schluckte sie. »Warum verschenkst du nicht alles? Ich versprech dir, du wirst es nicht bereuen.«

»Das kann ich wohl leider nicht. Ich meine, wem soll ich es denn schenken?«

»Den Armen.«

»Welchen Armen? Es reicht nicht für alle. Die Frage ist also, nimmt man es bloß auf die leichte Schulter, oder kniet man sich richtig rein? Es ist wie im Geschäftsleben. Man will das meiste aus seinem Geld rausholen.«

»Na gut. Dann knie dich eben rein.«

»Das würde aber Jahre dauern. Ich weiß gar nichts über Wohltätigkeitsorganisationen. Bis auf das, was du und alle anderen wissen, nämlich daß sie nicht besonders gut funktionieren, sonst wäre die Welt nicht so, wie sie ist. Ich hab mir immer gedacht, am besten wäre es, es einfach irgendwo anzulegen und sich dann für die Entscheidung zehn Jahre Zeit zu nehmen.«

»Nur du und ich, da wird nie was draus, oder?«

Er faßte ihr unters Kinn und richtete es zum Himmel aus. Das war am Mittwoch.

Am Samstag fuhren sie in die Stadt, um in Läden nach antiken Teppichen und Tischen wie denen, die die Franziskaner benutzt hatten, zu suchen. Vor und nach der Arbeit fuhr Owens zu dem neuen Haus. Nachts schliefen sie in dem Kupferkönigshaus, Olivia in seine Armbeuge gekuschelt, und sahen sich silbrige Miniaturbilder von Ingrid Bergman an, die sich Hals über Kopf verliebte.

Owens konnte nicht so recht glauben, daß nicht irgendwo eine Frau wie die Bergman lebte und jung war. Als er am Montag in einer Zeitschrift las, sie habe eine Tochter, die in New York studierte, wählte er auf gut Glück die Nummer von ein paar Werbefritzen in Manhattan, die er kannte und die ihm anboten, Erkundigungen einzuziehen. Dieselbe Zeitschrift hatte ihn als einen der zwölf begehrenswertesten Junggesellen Amerikas aufgelistet. Kathleen hatte sie ihm gebracht. Er trug sie mit sich herum und überreichte sie am Dienstag Olivia als eine Art Geschenk.

Noch am selben Nachmittag erlebte Owens so etwas wie ein Erwachen. Der Juwelier hatte zwei Nachrichten betreffs Edelsteinen hinterlassen, die man aus einem großen Safe in Texas überführt hatte. Stündlich fühlte sich Owens jetzt von Rooney unter Druck gesetzt. Er hatte keine Zeit, eine Hochzeit zu planen, dabei war genau das so eine Sache, die Olivia nicht hinkriegte. Er hatte an die Franziskus-Basilika in Assisi gedacht, oder auch an die erste Kirche von Alta, hier am Ort. In der mittleren Bleistiftablage seiner Schreibtischschublade im Büro verwahrte er den schmalen Ring, der seiner Mutter gehört hatte.

Er brauchte noch zwei, vielleicht drei Quartale. Morgen mußte er seinen Chef-Kristallographen entlassen, und das war kein Spaß, weil Theo seit den Anfängen mit ihm gearbeitet hatte. Aber Exodus ging vor.

In der Nacht beichtete er Olivia. »Eine Menge Leute sind von mir abhängig. Sie haben Frau und Kinder. Und wir sollten vielleicht auch zuerst unser Haus fertig einrichten und dann, in einem Jahr oder so … ich weiß nicht, mir wird nur irgendwie jedesmal flau im Magen, wenn ich dran denke.«

Er machte seine Ansprüche nur für andere geltend. Ihnen gegenüber wäre es nicht richtig. Er war immer ein Wir, auch ohne sie. Und ihre Bedürfnisse gingen nur sie allein etwas an.

Am Freitag ging Olivia zum Arzt und ließ eine Abtreibung vornehmen. Sie erzählte es Owens am selben Abend, als es vorbei war. Als er begriff, was geschehen war, setzte bei ihm der Prozeß eines langen langsamen Sinkens ein, ganz anders als die Freiheit, die er sich vorgestellt und von der er geglaubt hatte, daß er sie vorher besessen hätte.

Olivia und Owens sollten das Ende dieses gemeinsamen, eine Woche währenden Traums nie vollständig begreifen, weil Gunther Michaelis vier Tage später wieder krank wurde. Diesmal war es nach Meinung seines Arztes wirklich ernst; der Tumor sei höchstwahrscheinlich inoperabel, und in einem typischen Anfall von Halsstarrigkeit hatte der alte Mann jede Behandlung abgelehnt und bereitete sich nur noch aufs Sterben vor. In New Orleans verbrachte Olivias Bruder den Tag damit, Flüge zu buchen und wieder zu stornieren, hin und her zu überlegen und sich dann zu wortreich zu entschuldigen.

Zum ersten Mal, seit sie ihn kannte, bat Olivia Owens um Geld, und er gab es ihr gerne. Sie brachte Gunther Michaelis aus seinem Hotel in eine möblierte Zweizimmerwohnung, wo sie und Huck ihre Zelte aufschlugen, um in seinen letzten Tagen bei ihm zu sein.

Von der Eßecke sah man auf den Stadtpark, den Noahs Vater kreiert hatte.

Olivia kochte für alle drei. Jeden Abend bereitete sie ihrem Vater Fleisch zu, weil er es gern aß. Sie warfen ihr Geld zusammen, und jedes Abendessen wurde zum Festmahl mit Braten und Koteletts, Kartoffeln, einem Nachtisch. Während dieser Zeit aß Olivia hauptsächlich Milchreis. Sie kochte sich einen Topf voll und aß ihn mit Zimt und Zucker, so wie ihre Mutter ihn zubereitet hatte.

Owens kam vorbei, war aber eindeutig ein Fremder in dieser Wohnung, in der Flanellhemden und Bücher, von denen er noch nie gehört hatte, auf dem Boden herumlagen. Olivias Vater hatte Owens nie gemocht und hielt mit seiner Meinung nicht hinterm Berg. »Wann hab ich je gesagt, daß ich dich mag?« fragte er am dritten Abend dort und blickte dann ausdruckslos wie eine Eule zu ihm hoch.

Die Krankheit ihres Vaters war ein Marathon, zu dem Olivia kein Vergleich einfiel. Huck hatte eine Magisterarbeit geschrieben, und das war auch so eine Phase gewesen, in der die Zeit nicht mehr in die konventionellen Wochen und Monate eingeteilt gewesen war, sondern sich eher nach inneren Faktoren gerichtet hatte, unterteilt nur durch die wiederholten Unterbrechungen von Essen und Schlafen. Mechanisch verrichteten Olivia und Huck ihre Arbeiten und behielten die Uhr im Auge. Bei beiden kam beruflich nichts der Intensität in dieser Wohnung gleich, in der alles gemietet war.

Gunther besaß nicht viel. Er hatte seit Jahren in einem kleinen Zimmer mit Kitchenette im Presidence Hotel gehaust. Doch jetzt machte er ein kompliziertes Ritual aus der Verteilung des Wenigen.

In der fünften Nacht fuhr Otto Lark in seinem klapprigen Cabrio vor. Die beiden Männer lachten und tranken im Schlafzimmer und redeten in der Sprache von weit weg, die ihre Kinder nie gelernt hatten. Als Männer waren ihre Leben so unterschiedlich verlaufen wie zwei Leben, die denselben Ausgangspunkt haben, nur verlaufen können. Mit zwanzig waren sie beide gutaussehend gewesen, jedenfalls soweit sie sich erinnerten, und voller Erwartungen. Otto, der die Literatur liebte, wollte Schriftsteller werden,

Gunther Künstler; keiner verwirklichte seine Träume. Otto jagte jahrelang jedes Semester in seinen Seminaren mit knabenhaften Frauen dem vergänglichen Glück seiner Jugend hinterher. Gunther liebte bis zum Äußersten und nur einmal. Seine Frau hatte ihn mit ihrem größeren Talent in den Schatten gestellt und ihm seine Fähigkeit zu malen gestohlen. Nach ihrem Selbstmord konnte ihm nichts mehr Freude machen. Doch die beiden Männer sangen Lieder aus ihrer Jugend, und bevor er ging, tanzte Otto mit Olivia durch das kleine Wohnzimmer.

»Ich hab ihm versprochen, daß du einmal die Woche zum Essen zu mir kommst«, sagte Otto. »Weil ich dein einziger älterer Verwandter sein werde. Was war deine Mutter doch für eine Frau! Er ist nie drüber weggekommen.«

»Sie sieht ihrer Mutter sehr ähnlich, findest du nicht, Dad?« fragte Huck.

Otto musterte Olivia gründlich, als sähe er sie zum ersten Mal. »Davon sehe ich nichts.«

Olivias Bruder Nicholas war immer weit weg. Seit drei Jahren lebte er jetzt fern von der Familie und kam nicht zu Besuch. Olivia dachte, daß ihr Vater insbesondere seinetwegen zu früh starb. Die Krankheit ihres Vaters hatte Nicholas seinen Zorn geraubt und ihn zum Schweigen gebracht. Nur ein Jahr später, dachte Olivia, und er wäre als ganzer Mann wiedergekehrt und hätte etwas Eigenes vorzuweisen gehabt.

Gegen Ende hatte Olivia sich bei Nora bedankt, daß sie kommen durfte, denn Olivia hatte nie eine Chance gehabt, ihre eigene Mutter zu pflegen. Nora hatte ihr gesagt, daß sie sie immer lieben werde, ganz gleich, was sie tat, und daß sie losziehen und versuchen sollte, sich ein schönes Leben zu schaffen, eins, in dem sie sich wohl fühlte. Das letzte Mal hatte Olivia sie an einem kühlen sonnigen Tag gesehen, und Nora hatte draußen sitzen wollen. Olivia hatte ihr geholfen, sich auf die Zementstufe zu setzen, und eine Decke unter ihre schwabbeligen Hinterbacken geschoben. Ein feuchter Wind hatte die langen Gräser flachgedrückt.

»Er ist mein Sohn«, hatte Nora gesagt, »aber wenn er nicht gut zu dir ist, brich du nur auf und such dir einen Besseren, bei dem du dich wirklich wohl fühlst. Weil du ein gutes Mädchen bist, ein gutes, gutes Mädchen.«

Am ersten Sonntag, an dem Owens in die Wohnung kam, fand er Olivia beim Braten von Rippchen vor. Er fuhr zum Bungalow, wo Mary ihm Reste vorsetzte.

»Wie geht's Olivia?« fragte sie.

»Tja, du weißt ja, ihr Vater ist krank.«

»Aber sie hat keine Übelkeiten?«

»Nein, nein, ihr geht's gut.«

»Gott, war mir damals schlecht. Ich hab mich fast jeden Tag übergeben.«

Owens beäugte sie finster. »Du weißt, wir kriegen das Kind nicht.«

»Nein«, sagte Jane.

»Woher sollen wir das wissen?« fragte Mary und schloß die Augen.

»Ich dachte, ich hätte es euch gesagt«, antwortete er.

Jane stieß heftig ihren Stuhl zurück. Sie lief in ihr Zimmer und warf die Tür ins Schloß. »Warum erfahren wir immer alles zuletzt? Zählt deine eigene Tochter nicht?«

»Laßt mich in Ruhe«, rief Jane durch die Tür. Sie hörte draußen auf dem Gehweg das Knirschen von Schuhsohlen. Ich bin das einzige Kind, dachte sie, von dreien, die es hätte geben können. Ihr fiel das Foto des Mannes ein, den sie vor langer Zeit für ihren Vater gehalten hatte. Jetzt war sie fast so alt wie er.

In der Nacht rief Gunther Michaelis Olivia und Huck in sein Schlafzimmer und äußerte seinen Wunsch, von Anfällen hämischen Lachens unterbrochen. Er freute sich diebisch, den jungen Arzt zu überlisten. Er plante, zu sterben, wenn er es wollte, und keine Minute länger zu warten. »Ich hab die Tabletten«, verkündete er schadenfroh, zog schwungvoll das Plastikröhrchen unter seinem Kissen hervor und schwenkte es vor ihren erstaunten Gesichtern. »Ich hab sie geklaut.«

Natürlich war das nicht alles. Er wollte, daß sie ihm halfen. Olivia und Huck versuchten, ihm das auszureden, doch es hatte keinen Zweck. Zu dieser späten Stunde war er offenbar nur daran interessiert, dem Arzt ein Schnippchen zu schlagen, den er in seinem Kopf zu einem Buhmann für die Kräfte aufbaute, die sich gegen ihn verschworen hatten. In einer Nacht, wiederholte er, sollten die beiden ihm helfen. Noch nicht jetzt, aber bald. Sie sollten Gedichte von Rilke lesen, einander ihre Seelen offenbaren, sich dann verabschieden und »mich einschläfern«, sagte er. »Ich will, daß auch Nicholas hier ist.«

Und so teilten Olivia und Huck und später Nicholas noch ein Geheimnis miteinander, ein größeres als jedes, das sie bis dahin gekannt hatten. Was sie vorhatten, war außerdem damals im Staate Kalifornien illegal und stand unter Strafe.

Am nächsten Morgen saß Olivia am Küchentisch und aß Müsli nach dem Rezept ihrer Mutter, mit Zitronensaft, Haferflocken und hineingeschnipselten frischen Früchten. Für Olivia war es ein tröstlicher Gedanke, daß ihre Mutter gutes Essen gekauft hatte, obwohl sie arm gewesen waren. Es hatte ihrer Mutter Freude gemacht. Olivia las die Zeitung.

»Ich hab gehört, daß du auf bist«, sagte ihr Vater. Vom Schlaf zerzaust, standen seine lockigen Haare vom Kopf ab. Sein Gesicht wirkte noch länglicher als sonst, und mit seinem einen grauen Schneidezahn, der die anderen überragte, sah er fast weich aus. Zum tausendsten Mal in ihrem Leben ging ihm Olivia auf den Leim.

»Setz dich«, sagte sie und gab ihm ihren Stuhl. »Iß mein Frühstück weiter.«

Er setzte sich brav und aß.

»Ich hab's wie Mom gemacht«, sagte sie.

Die elektrische Uhr in dieser Küche, die nichts mit ihnen zu tun hatte, summte.

»Sieh nur ja zu, daß du ihn heiratest. Du wirst reich sein, wenn er dich will. Vielleicht bist du nur ein Spielzeug für ihn. Wenn er meint, daß er zu jung ist, um eine Familie zu gründen.«

Olivias Gedanken machten weite Sprünge, um zu erforschen,

woher er es wissen konnte – die Binden, in die sie geblutet hatte, hatte sie gewissenhaft zu den Mülltonnen hinter dem Haus gebracht –, bis ihr plötzlich aufging, daß es Huck gewesen war. Natürlich hatte Huck es ihm gesagt.

»Ich hab dir was von deiner Mutter zu schenken. Es ist mit nichts zu vergleichen, was er dir schenken kann, wenn er dich will. Ich sehe, daß du seine Ohrringe nicht mehr hast.«

»Sie sind bei mir zu Hause«, log Olivia.

Mehr als alles, was Owens ihr schenken konnte, wünschte Olivia sich die Ohrringe, die ihre Mutter jeden Tag getragen, oder das Armband, das sie für besondere Anlässe aufbewahrt hatte. Ihr normalerweise gewappnetes Herz ging in dankbarer Vorfreude über, und sie fiel ihm um den Hals und küßte ihn ab.

»Laß mich, ich will in Ruhe mein Frühstück essen.« Das sah ihm ähnlich und machte ihr nichts aus.

Ein Weilchen saß sie auf ihren Händen und wartete mit dem Glück, das wir empfinden, wenn Vorfreude mit Gewißheit gekoppelt ist. Die Ohrringe waren Opale, genau wie das Armband mit seinem besonderen kleinen Kettchen drunter zur Absicherung, damit etwas so Kostbares nie verlorenging. Ihre Mutter war mit ihrem Ring bestattet worden; Gunther hatte darauf bestanden, denn sie sollte ewig ihm gehören.

»Hier«, sagte er grummelig, »mach die Hand auf. Sie hat gewollt, daß ich das hier für dich kaufe, noch bevor du auf der Welt warst.« Mit den Fingern schob er etwas auf ihre Handfläche. Es war ein Kinderring aus Gold wie der, den ihre Mutter noch trug, mit einem kleinen Opal in der Mitte. »Falls du je eine Tochter bekommst«, sagte er, zuckte einmal mit den Schultern und aß dann weiter.

Olivia hatte eine Vorahnung, daß ihr Bruder nicht zu der Beerdigung kommen würde und sie ihm helfen müßte, damit zu leben.

Aber jetzt kam er. Und dann war es unvermeidlich, daß Huck sich außen vor fühlte, wie immer. Nicholas und Olivia hatten keine Lust mehr, ihm zu versichern, daß er sie nicht störte und sie ihn gerne dabei hatten, denn allmählich hatten sie den Eindruck, daß sie sein ständiges Bedürfnis nach solchen Versicherungen doch störte.

Ihr Vater überlegte sich jeden Tag was anderes, manchmal zwischen Morgen und Abend. Zu seinen letzten Besitzstücken gehörten zwei Pfeifen in einem passenden Kästchen mit Schnappschloß, die ihm sein Großvater geschenkt hatte, als er in Stockholm auf die Universität gegangen war. Eines Nachts nahm er sie mit ins Bett, wachte eifersüchtig darüber und sagte, er könne sich noch nicht entscheiden, wem er sie geben wolle. Nicholas wünschte sich die Pfeifen sehr, sagte aber keinen Ton. Am nächsten Morgen bat der alte Mann Olivia, sie von dort wegzunehmen.

»Weißt du jetzt, wem ich sie geben soll?«

»Mir egal, schmeiß sie weg. Es interessiert mich nicht.«

Olivia bot Nicholas die Pfeifen an, aber er lehnte ab. Mit der Gier eines Stiefsohnes sagte Huck freudig zu und redete sich selbst ein, er würde sie aufbewahren und eines Tages Nick schenken.

An dem Abend klopfte es an die Tür. Es war Melinda, Nicholas' Freundin aus der High-School, die noch lange nach ihrer Trennung jede Nacht mit seinem Hemd im Bett geschlafen hatte und für die er nur Verachtung übrig hatte. Sie hatte offenbar gehört, daß Nicholas wieder da war, und einen selbstgebackenen Cobbler mit Pfirsichen, Blaubeeren und Feigen mitgebracht, die dünne Backform warm unter dem Handtuch. Olivia bedankte sich bei ihr und nahm ihn ihr ab. Melindas Hände waren lang und weiß; sie hatte mit Hoffnung gebacken. Und Nicholas aß ihn. Das taten sie alle, auf Gunther Michaelis' Bett, nachdem Melinda gegangen war.

Am dritten Sonntag wollte Gunther Michaelis eine Feier haben. Es war eine klare Sommernacht, typisch für Alta im August, und Olivia und Huck ließen ihre Gedanken widerstrebend aus der Wohnung wandern und riefen die Leute an, die sie routinemäßig als ihre Freunde betrachteten, obwohl sie sie seit, wie es ihnen jetzt vorkam, ewiger Zeit nicht mehr getroffen oder an sie gedacht hatten. Nicholas murmelte auf seine verschlossene Art irgendwas und ging zum Laden, um eine Fünfzig-Dollar-Flasche Schnaps zu kaufen.

Karen Croen kam mit Dave und bot Gunther eine Massage an. Er ließ sie an seine Schultern, während er in dem Liegesessel saß, den Nicholas und Huck nach draußen getragen hatten. Onkel Otto und Owens waren eifrig damit beschäftigt, ein Feuer anzufachen. Jane und Mary brachten Amber und Ruby mit, die Gunther aus der Buchhandlung kannten. Melinda kam mit zwei Kuchen, die Nicholas probierte und lobte, aber nicht in ihrer Hörweite. Noah nahm sich eine Stunde vom Labor frei, wo er und Louise Wache hielten, und kam in den Park seines Vaters. Gunther hatte ihm einmal ein extravagantes Geschenk gemacht, das er noch besaß, und er erinnerte sich an Olivias Neid. Es war eine alte Malen-nach-Zahlen-Vorlage, die ein Pferd auf einer Wiese darstellte. Damals hatte Olivias Vater Noah das »Zwerglein« genannt und jedem erzählt, daß er mal ein Künstler werden würde. Seine eigenen Kinder hielt er für zu verweichlicht. Noah hatte die kleinen Puzzleformen nie fertig ausgemalt, aber seine Schwester, und die Vorlage hatte seine Mutter auf die Idee gebracht, sich mit Malen Geld zu verdienen, selbst von einer kalifornischen Kleinstadt aus. Sie schrieb an die kanadische Adresse auf der Innenseite der dreißig Jahre alten Schachtel und fand eine Beschäftigung für die nächsten elf Jahre.

Owens' Vater und seine Schwester schleppten einen Scheffelkorb Aprikosen herein. Als jeder mit verderblichen Geschenken ankam, empfand Olivia eine unerklärliche, immense Dankbarkeit. So als sei alles, was sie je in ihrem Leben bewerkstelligt hatte, nur insoweit produktiv gewesen, als sie noch jemanden ködern konnte, um ihrem Vater seine Reverenz zu erweisen. Sie zählte die Leute durch und war mit jedem neuen Freund zufriedener. Sie ließen die Wohnungstür offen, damit sie das Telefon hörten, und drei Leute riefen an.

Zum Schluß standen fünfundvierzig Leute um das Feuer, sangen Lieder und aßen von den selbstgemachten Leckerbissen, und nicht einer von ihnen war ihm zuliebe gekommen.

Owens blieb von Anfang bis Ende und machte sich nützlich. Olivia wirkte gelassen, und er wollte ihre Fassade nicht bröckeln lassen. In ihrer Nähe zum Tod schien auch sie auf einer anderen Ebene zu schweben. Aber sie mußten reden.

Er hatte Mary erzählt, in den vergangenen Wochen habe er sich hundertmal gewünscht, Olivia und er hätten das Kind behalten. Und wenn Olivia nun nicht so übereilt auf seine vorübergehenden Zweifel reagiert hätte? Am nächsten Tag wäre er vielleicht geneigt gewesen, eine Familie zu gründen. Er gab zu, daß er sich oft dabei ertappte, wie er es vergaß und in schrankenlosen Tagträumen schwelgte.

»Wenn das hier lange vorbei ist«, flüsterte er Olivia zu, »können wir hoffentlich noch mal von vorne anfangen und daran denken, unser Haus einzurichten und unsere Familie zu gründen.«

»Aber es ist dein Haus«, sagte sie. »Nicht unser Haus.« Mit großen Augen starrte sie in das heruntergebrannte Feuer.

Er ergriff ihre Hand und schob ihr den geweiteten Ring seiner Mutter an den Finger.

Sie war es nicht gewöhnt, Ringe zu tragen. Der kleine kantige Stein schnitt sie an beiden Seiten in die Finger.

Am nächsten Tag entschied Gunther Michaelis, daß es soweit sei. Sie lasen Gedichte über Engel, und er verabschiedete sich zuerst von Huck, indem er ihm höflich dankte, daß er seine gebrochene, aber schöne Familie bereichert habe. »Für dein tiefes Gemüt und deinen Humor werden wir dir immer zu Dank verpflichtet sein«, sagte er; »Eigenschaften, die uns nicht überreichlich in die Wiege gelegt wurden.« Dann rief er seine Kinder zu sich. »Ich habe euch beide geliebt«, sagte er rasch, »aber vergeßt mich.« Sie blieben bei ihm auf dem Bett, jedes in einer Armbeuge, die noch lange, nachdem er aufgehört hatte zu atmen, warm blieb, bis sie Krämpfe und stechende Schmerzen in den Knien hatten und Olivia der Fuß einschlief.

Dann knipsten sie überall im Haus das Licht an und arbeiteten wie besessen. Es war der letzte Tag des Monats, und Gunther hatte erklärt, er wolle nicht, daß sie noch einen Monat Miete zahlten. Sie mußten alles besenrein machen und die Wohnung am nächsten Morgen übergeben. Huck brachte Handtücher und Bettwäsche in einen rund um die Uhr geöffneten Waschsalon. Olivia packte alle Lebensmittel ein, fuhr sie zu einer Obdachlosenunterkunft und stellte sie vor dem Haupteingang ab. Bis zum Morgen waren garantiert die Ameisen drin. Doch es war zu spät, um an der Tür zu klingeln.

Später trödelte sie im Wohnzimmer herum. Kartons standen an den Wänden; fast alles war erledigt. Sie hatte die Küche gefegt und den Herd von außen geputzt. Sie wußte, daß sie Owens anrufen konnte, tat es aber nicht. Warum ihn nicht schlafen lassen? Ihr war nicht nach reden. Sie war nicht aufgedreht, sondern benommen, und es kam ihr so vor, als könne jetzt alles ebensogut bis zum Morgen warten.

In ihrer Gesäßtasche entdeckte sie einen zusammengefalteten Artikel, den er ihr geschenkt hatte und in dem er als einer der zwölf begehrtesten Junggesellen Amerikas aufgelistet war. Er hatte ihr den Artikel damals augenzwinkernd überreicht und sogar schüchtern versprochen, daß er jetzt ihr gehöre und nicht mehr zu haben sei; aber im Moment ärgerte sie sich darüber. Ihre Eltern waren beide tot, und es würde keinen Nachruf geben, nicht einmal eine Todesanzeige im *Sentinel* von Alta. Owens war ein Mann, dessen Name und Foto bereits der Sorte Unsterblichkeit angehörte, die die gedruckte Seite zu bieten hat. In Zeitschriften waren ihm Tausende von Wörtern gewidmet worden, in mehreren Lexika belegte er bereits einen Platz, und Leute, deren Namen in Büchern gedruckt waren, schienen im Leben anders zu existieren.

Vielleicht verspürte Olivia in jener Nacht ein Bedürfnis, so intensiv wie das nach Liebe oder Fortpflanzung, nach wenigstens einem winzigen Partikel Unsterblichkleit.

Sie machte sich über die erste Bücherkiste her. Ganz unten fand sie das rote Webster's Ninth Collegiate Wörterbuch. Mit zitternden Fingern suchte sie ganz hinten nach der Biographieabteilung. Dort war nur ein Owens aufgeführt, und zwar Wilfred. Sie sackte gegen die harte Wand zurück, erleichtert, daß Owens' Name fehlte. Sie wußte, daß er dieses Wörterbuch als das Standardwerk ansah.

Sie hatte das Gefühl, mit diesem einen kleinen Trost nun einschlafen zu können.

Wahl

Vier Jahre zuvor war Owens ein Wochenende allein verreist. Er war acht Stunden in die Berge gefahren und hatte in einem Schlafsack genächtigt. Er hatte gesagt, er führe weg, um herauszufinden, was noch schwieriger sei als alles, was er bis dahin getan hatte. Er hatte es nicht mehr auf sein Image in der Öffentlichkeit abgesehen gehabt, erzählte er Jane; davon hatte er sich frei gemacht, er tat es nur für sich selbst. Er sagte, er wollte nur nicht einrosten. Und dort oben hatte er beschlossen, als Gouverneurskandidat anzutreten. Seine Absichten hatte er den Männern mitgeteilt, die versprachen, seine Kampagne zu organisieren.

Doch die vier Jahre waren anders verlaufen, als Owens geplant hatte. Und Jane begriff, daß es eine Sache war, sich nicht darum zu scheren, was »sie« über einen sagten, wenn es Lobhudeleien waren, eine ganz andere hingegen, über Tageszeitungskolumnen hinwegzusehen, die einem seine Fehler unter die Nase rieben.

Daher legte Jane Owens' Schweigen jetzt als Niedergeschlagenheit aus, während sie zu dem Hotel fuhren, wo er und seine Ratgeber bei einem Frühstück entscheiden wollten, ob sie seine Kandidatur bekanntgaben. Er verließ sein neues Haus in der festen Absicht, abzusagen; das erzählte er ihr. Offenbar hatte sich einiges geändert seit seiner ersten berauschenden Zeit der Konferenzschaltungen, bei denen die fünf Männer aufeinander einstürmten wie eine Gruppe sich zur Pyramide formierender Akrobaten. Das mit Rooney hatte einen ungünstigen Verlauf genommen. Und Rooney arbeitete. Owens sagte, er spüre Rooneys Aktivität jeden Tag wie das penetrante Summen einer lästigen Fliege, die sich nicht fangen ließ. Olivia hatte sich auch geändert, aber Jane wußte nicht, was sie davon halten sollte.

Bevor er sie an der Schule absetzte, beschrieb er ihr trotzdem Zimmer, die er bei einer privaten Besichtigung des Weißen Hauses gesehen hatte, so als könnten sie eines Tages da wohnen. Jane wußte, daß bei seiner Denkweise kein Widerspruch zwischen dem und seiner derzeitigen Stimmenthaltung bestand. Er sagte, zur Zeit wähle er nicht, weil kein richtig guter Kandidat zur Wahl stünde. Falls mal einer anträte, würde er wählen.

Jane verstand, daß ihm graute. Niemand sagt gerne Leuten, die an einen glauben, daß er aussteigt. Er hatte schon länger nicht mehr mit den fünf Männern geredet, mit Ausnahme des einen, der ihm gesagt hatte, er solle Olivia heiraten. »Sie ist reif«, hatte der Kerl gesagt. »Laß sie dir nicht durch die Lappen gehen.« Owens hatte nur gelächelt. Er hatte gedacht, der Typ wäre scharf auf sie.

Owens hatte die Sorte Phantasie, die keine Entgleisungen in der Realität duldet. Jane hatte den Verdacht, ihm dürfte es schwerfallen, sich ein Verhältnis mit einer Frau vorzustellen, die schon einmal verheiratet gewesen war oder ein Kind von einem anderen hatte. Und als er an ihrer Schule anhielt und sie aus dem Auto ausstieg, war Jane klar, daß es nach diesem Vormittag nicht mehr so leicht sein würde, sich in das Weiße Haus hineinzuphantasieren.

Er betrat das Hotel gewappnet, ihren inständigen Bitten zu widerstehen und ihnen zu versprechen, daß seine Zeit für ein politisches Amt später kommen werde. Eigentlich hatte er sich nie als einen Geschäftsmann betrachtet. Wofür er sich statt dessen hielt, das war weniger klar und von Tag zu Tag etwas anderes gewesen: manchmal für einen Forscher, dann für einen Lehrer, meistens eher für einen Künstler.

»Ich weiß noch, als du ein Dichter warst«, hatte Mary am Abend zuvor gesagt. »Damals hast du mir am besten gefallen.«

»Vielleicht bin ich noch immer ein Dichter und drücke mich nur auf andere Art und Weise aus.«

»Dichter schreiben Gedichte«, hatte Jane aus dem Badezimmer gerufen, wo sie sich eine braune Schleife um die Haare band.

Er hatte den Leuten immer erzählt, er sei kein Geschäftsmann.

Es ist einfacher, Schmalspurwissenschaftlern das Geschäftsleben zu verklickern, hatte er gesagt, als Geschäftsleuten unsere Philosophie. Jetzt, während er durch den repräsentativen Korridor in das Konferenzzimmer ging, wollte er auf einmal nichts weiter als Geschäftsmann sein, und zwar ein guter.

Die fünf Männer saßen, aber er blieb stehen. »Leider muß ich mich bei euch allen entschuldigen«, setzte er an. »Denn in dieser Runde muß ich leider aussetzen.« Doch während er seine bindenden Verpflichtungen aufzählte, fielen sie ihm ins Wort und beendeten seine Sätze für ihn. *Natürlich* brauchte Genesis ihn jetzt. »Alles zu seiner Zeit.« »Erst mal geht die Familie vor.« »Viel zu weiter Weg nach Sacramento.« Sie drängten ihn, sich doch zu setzen.

Nein, dachte er, was das anging, war die Hauptstadt gar nicht so weit entfernt. Er schaffte die Fahrt in drei Stunden. Oder er konnte sich ein Privatflugzeug anschaffen: ein kleines graues mit abgerundeten Flügeln vor dem blaßblauen Himmel über dem Central Valley. Als Junge hatte er zu gern *Sky King* gesehen, eine Fernsehserie über einen Rancher, der sein eigenes Flugzeug steuerte.

»Die Zeit ist noch nicht reif«, sagte derjenige, der ihm geraten hatte, Olivia zu heiraten.

Das war's also, ging Owens auf. Sie wollten ihn jetzt nicht.

»Vollkommen in Ordnung. Ihr beide braucht Zeit, um euer Haus einzurichten. Heiratet. Schafft euch ein, zwei Kinder an.«

Aus keinem ersichtlichen Grund griff Owens zu einem Doughnut und inspizierte ihn. Seit ungefähr zwanzig Jahren hatte er keine Doughnuts mehr gegessen. Er biß in den weichen, puderzukkerbestäubten Krapfen, und die künstliche Marmelade knirschte zwischen seinen Zähnen.

Als er auf den Genesis-Parkplatz einbog, wimmelte es auf der ganzen Fläche von Handwerkern. Ein Knabe mit Trillerpfeife und oranger Weste auf dem bloßen Oberkörper winkte ihn auf die Umleitung ein. Owens überlegte kurz, ob er einfach über die Abgrenzung brettern und bis zum Haus E fahren sollte, aber vorher wollte er wissen, was sie da machten. Wahrscheinlich routinemäßige

Asphaltausbesserungsarbeiten, obwohl er keine Risse bemerkt hatte. Er öffnete das Fenster. »He, was ist hier los?«

»Guten Tag, Mr. Owens«, sagte der Knabe. »Hier wird gemalt. Morgen ist alles fertig.«

»Gemalt, was?«

»Linien für Parkbuchten. Wir haben eine Karte mit allen Namen drauf.«

Owens machte sich in seinem Auto auf das Schlimmste gefaßt und trommelte mit seinen langen Fingern auf das Armaturenbrett. Der Knabe rannte los, um die Karte zu holen.

Nachdem er seinen Namen und Platz gefunden hatte, studierte er die Karte weiter. Seine Bucht war so weit wie irgend möglich vom Hauptgebäude entfernt, in einem mit K gekennzeichneten Bereich. Schon allein zum Haus E hatte er lange zu gehen. Um zu Genesis zu gelangen, durfte er sich an einem Sammelpunkt aufstellen, von wo aus ein Shuttlebus fuhr.

»Du wolltest immer wie die große Masse behandelt werden. Also hab ich dich auf ein Feld mit zweihundert anderen gesetzt. Wo liegt das Problem? Willst du jetzt wie ein Topmanager leben?« Das würde Rooney sagen. Statt über die Abgrenzung zu fahren und nach Rooney zu verlangen, setzte er wortlos zurück und fuhr zum Haus E, wohl wissend, daß diese Entscheidung einem Rückzug gleichkam.

»Ich hab einfach Lust, zu schwänzen«, sagte er später am Telefon zu Olivia. Den ganzen Tag hatte es ihn schon danach gedrängt. Mit hochgelegten Füßen saß er da, fummelte an einem Stück Schnur herum und dachte an das neue Haus. Heute restaurierten sie die Gartenterrasse. Es war sehr schwierig gewesen, etwas zu dem alten Holz Passendes zu finden. Owens hatte versucht, die Vorbesitzer ausfindig zu machen, doch die waren auf Weltreise gegangen und nach einem Monat Faxen noch nicht erreichbar. Dann war gestern Mary mit ihren schrulligen Freundinnen vorbeigekommen, und Amber hatte gesagt, sie erinnere sich an die Zeit, als das Haus gebaut wurde. Als Owens sie gefragt hatte, ob sie wisse, woher der schöne Holzton käme, hatte sie geantwortet: »Aber natürlich. Bienenwachsemulsion haben sie genommen, das war's.«

Er hatte versucht, Bienenwachs in einem Kochtopf zu erhitzen – und siehe da, es hatte geklappt. Mary war so aufgeregt, weil sie es war, die ihm den Tip vermittelt hatte.

»Ich hoffe«, flüsterte er ins Telefon, »daß du mit mir dort einziehst, wenn es fertig ist.« Olivia war in letzter Zeit still und lächelte viel, als kannte sie eine unangenehme Wahrheit hinter und unter allen Dingen. Sie war in das Haus zurückgezogen, das sie nicht leiden konnte, und spazierte nach der Arbeit stundenlang durch die verfallene Villa. Susan und Stephen hatte Owens längst entlassen, aber jetzt, da sie weg waren, putzte Olivia nicht mehr.

Er war zu dem Schluß gekommen, daß die fünf Männer in Anzügen auch nur irgendwelche Männer waren. Außerdem hatte er sie im Bohemian Club in Grasröcken und Hawaiikleidchen gesehen. Er konnte kandidieren; vielleicht nicht jetzt, aber eines Tages. Wer brauchte ein sogenanntes Beraterteam? Sie waren alle wie Rooney, anpasserisch. Er hatte nie wie ein Spießer gelebt, warum also sollte er sich jetzt auf solche Leute verlassen?

»Lieber würde ich unseren Leuten politisches Wissen vermitteln«, erklärte er Olivia, »als versuchen, aus Politikern ehrliche Leute zu machen.«

Seit langem war ihr klar, daß er mit der Formulierung seiner Gedanken für öffentliche Auftritte übte.

Olivia, Mary und Jane trafen sich an dem Nachmittag um fünf mit Owens in dem neuen Haus, um die geschliffenen Böden zu bewundern. Das Handschleifen hatte acht Monate gedauert, und Owens verlangte, daß sie sich alle die Schuhe auszogen. »Hier lassen wir ein kleines Regal bauen, in das man seine Schuhe stellt, wenn man reinkommt.«

»Schaffst du dir Hausschuhe für die Gäste an, wie in Japan?« fragte Olivia.

»Nein, sie können einfach in Strümpfen gehen. Oder barfuß. Das Fett von Füßen ist das allerbeste für Böden.«

Während sie ihre Schnürsenkel aufknüpfte, hatte Mary wieder das Gefühl, daß sie nicht hierhergehörte. Das Spätnachmittagslicht ergoß sich wie aus Kübeln in die schönen, leeren Räume.

Owens hockte sich hin, um mit seinen Händen über die Dielen zu streichen. »Fühlt mal.« Er umfaßte Janes Knöchel. »Hey, wenn ich mich irgendwann zur Wahl stelle, bist du vielleicht alt genug, um für mich zu stimmen.«

»Ja, aber woher weißt du, daß ich das machen werde?« Sie lief auf Strümpfen und schlidderte. Noch einmal, dann schrie sie auf. »Autsch!«

Jane hatte den ersten Splitter im Fuß.

»Das ist aber gar nicht gut«, sagte Owens stirnrunzelnd. »Vermutlich sollten wir hier wohl besser nicht rumrennen.«

Ausführlich erklärte er alles, was sie gemacht hatten, jede architektonische Entscheidung, während Mary ihrer Tochter den Fuß rieb. Der Splitter mußte raus.

Wieder »wir«, dachte Olivia, während sie ihm zuhörte, er und Gott weiß wer noch. An einer Stelle hatten »sie« den Rahmen einer Tür erhöht, um sie einer anderen Tür anzugleichen.

Mary stopfte mit gesenktem Kopf die Hände in die Taschen. Sie dachte daran, wieviel besser der Bungalow eigentlich sein sollte, aber es ging nicht; er war zu voll mit Gerümpel und würde nie so hell wie dieses Haus wirken. Dann, während sie den anderen ins nächste Zimmer folgte, entfuhr ihr ein Schrei. Auch sie hatte sich einen Splitter eingetreten.

»Das ist ja wirklich gar nicht gut«, sagte Owens. »Ich muß die Leute zurückholen.«

Sie starrte ihn böse an, weil er nicht danach fragte, wie es ihrem oder Janes Fuß ging. Ihm ging es nur um seine verdammten Böden.

Doch er las aus ihrem starren Blick nur Verständnislosigkeit. Wahrscheinlich hat sie in den Bergen zu viele Drogen genommen, dachte er.

Im ersten Stock passierte es Olivia. »Hoppla!« sagte sie. »Aller guten Dinge sind drei.« Dann setzte sie sich, zog die Socke aus und hielt ihren Fuß in der Hand.

Owens beugte sich über sie, wo sie im Schneidersitz saß. »Komm, ich puste drauf. Ist alles in Ordnung? Wirklich?« sagte er mit Kleinkinderstimme, während Mary und Jane nur noch dumm guckten.

»Mit mir ist alles in Ordnung«, sagte Olivia. »Aber bei deinen Böden bin ich mir nicht so sicher.«

Dann wechselten sie sich in dem großen gekachelten Badezimmer ab, wo Owens mit einer Nadel unter einer nackten Glühbirne die Splitter aus jedem Fuß entfernte.

Er sang: »Herrjemine, ist das bitter, jede Frau in meinem Leben hat'n Splitter.«

Owens hatte so oft gesagt, sie würde mal die erste Präsidentin werden, daß Jane beschloß, sich zur Klassenpräsidentin an ihrer High-School wählen zu lassen. Ihr war klar, was er nie so recht begriffen hatte: daß Wahlen Beliebtheitswettbewerbe waren.

Eines Nachmittags mitten in ihrer Wahlkampagne besuchte Jane Julie und das Baby. Julies Mutterschaftsurlaub war gerade zu Ende gegangen, und sie nahm jetzt das Erziehungsjahr in Anspruch. Das Baby ließ sich von Jane hochnehmen und grapschte mit kleinen Händchen nach ihrer Schulter.

Julie holte die Halloweenkostüme. Sie hatte schon Anzüge für dieses und nächstes Jahr gekauft, obwohl das Baby noch nicht laufen konnte. Dieses Jahr bekam es ein Hummelkostüm aus gelbem und schwarzem Filz mit auf Kleiderbügeln gespannten Silberflügeln aus Seide. Nächstes Jahr ging es als Roboter aus Silberfolie. »Die muß irgendeine Mutter für ihre Kinder genäht haben. Peters Großtante hat mich zu einem irren Laden mitgenommen.«

»Aber was ist mit den anderen Kindern? Das frage ich mich.«

»Welche anderen Kinder?«

»Ich meine die anderen, nicht Coco, die keine so tolle Mutter wie dich haben, die die besten Halloweenkostüme für sie auftreibt.«

»Man kann ja wohl auch ohne selbstgenähte Halloweenkostüme eine vollkommen glückliche Kindheit haben. Coco merkt gar nichts davon. Das ist eigentlich mehr was für mich und für Peter.«

»Ach, ich weiß. Ich hatte auch nie tolle Verkleidungen. Einmal bin ich als Nacht gegangen und hab mich einfach überall mit Kohle abgerieben. Und als wir hierhergezogen sind, haben wir die abgepackten aus dem Billigladen gekauft. Einmal war ich eine Feenprinzessin, ganz eisblau und glitzernd. Aber wie ist das eigentlich, wenn du zu Hause bleibst und nur für Coco da bist, wie meine Mom damals bei mir? Was wird aus all den anderen Leuten, denen du helfen könntest?«

»Darüber hab ich auch viel nachgedacht«, sagte Julie. »Und du siehst das vielleicht anders, aber ich finde, daß eine Menge Leute meinen Beruf ausüben können. Ich glaube, ich kann mehr erreichen, wenn ich ein oder zwei Kinder erziehe ...«

»Weißt du, ich könnte bestimmt irgendwas tun, um allen zu helfen, ob sie nun eine glückliche Kindheit und gute Eltern hatten oder nicht.«

»Vielleicht, ja.«

»Ich weiß es.« Jane zog auf dem Sofa die Füße unter sich. Sie dachte zwar wirklich, daß sie etwas in der Art tun könnte, wußte aber nicht, was.

»In deinem Alter hab ich das auch gedacht. Ich weiß noch, als ich auf dem College war, wollte ich zwar ein Kind kriegen, aber noch eine Menge Sachen vorher erledigen. Zum Beispiel den Nobelpreis kriegen und ein Rhodes-Stipendium, einen Roman schreiben und, ach, den Hunger in New York bekämpfen.« Sie lachte, ein nettes, entwaffnendes Lachen. »Und mit jedem Jahr, das vergeht, streicht man ein Projekt von der Liste. Na ja, vielleicht nicht den Nobelpreis. Im nächsten Jahr dann das Rhodes-Stipendium. Bis man schließlich denkt, also ein Kind *kann* ich kriegen.«

»Na ja«, sagte Jane und fingerte an ihrer Teetasse herum.

Julie prustete auf dem Bauch des Babys. »Dabei ist es ja gar nicht so, daß man nicht arbeiten könnte. Die meisten Frauen arbeiten heutzutage. Ich hab Glück, daß ich nicht muß. Vielleicht stellst du bloß fest, daß du gar nicht willst, daß es nicht mehr das Wichtigste von der Welt ist. Und Mutter sein ist schwerer als jede andere Arbeit, die ich geleistet habe.« Ihr war klar, daß Jane sie streng beurteilte: Jeder weiß, daß Teenager die strengsten Richter der Welt sind. Vor zehn, vielleicht sogar fünf Jahren hätte Julie ebenso harsch geurteilt. Doch damals wäre ihr das Erwachsenenleben größtenteils unerträglich vorgekommen, so angenehm und befriedigend es auch sein mochte. Vor kurzem hatte sie ein wunderbares Gespräch mit Mary geführt, und sie hatten sich überlegt, daß sich jedes Mädchen vorstellt, in dem Alter, in dem sie jetzt waren, reich zu sein. Was man sich vorher unmöglich ausmalen konnte, waren die kleinen Freuden. Hätte sie auf dem College gewußt, daß sie einmal einen Mann heiratete, der keine wissenschaftlichen Abhandlungen las oder ihr nächtelang etwas vorschwärmte, hätte sie Worte wie »Kompromißbereitschaft« und »bürgerlich« gerufen. Aber sie hatte Peter von Herzen gern. Sie mochte es, wenn sein Gesicht vor Glück strahlte, und wenn er sich vernachlässigt fühlte, schmerzte sie das, und sie ließ sich etwas einfallen, um ihn zu trösten.

Und Jane hatte Glück. Sie war intelligent und, so wie sie selbst, schön. Vielleicht war Coco das alles nicht in die Wiege gelegt. Wer wußte, was aus ihr werden würde? Vielleicht brauchte sie mehr.

Jane tätschelte träge den warmen Babyrücken. Sie nahm sich selbst das Versprechen ab, nicht zu vergessen, was sie jetzt wollte.

Julie stand auf, um ihre Tochter wieder zu übernehmen. Sie hatte vor, alle in die Küche zu lotsen, damit sie während des Gesprächs Peters Abendessen zubereiten konnte. Obwohl sie sich um Verständnis bemühte, war es doch kein Vergnügen, sich anhören zu müssen, wie ein junges Mädchen, besonders dieses mit seinen guten Anlagen, leidenschaftlich gelobte, nicht so zu werden wie man selber.

Julie hoffte, daß Jane ihre Wahl verlor. Sie wurde ihrem Vater zu ähnlich.

»In der Politik wäre es noch schlimmer«, sagte Owens zu Kathleen. »Eisenbahnzüge und Flughäfen. Strände. Highways.«

»Büchereien kürzen ihre Öffnungszeiten«, ergänzte Kathleen.

»Ja, die Büchereien sind alle pleite.« Das chronische Problem, das Owens jetzt zusetzte, hatte sich ihm noch nie gestellt, seit er erwachsen war: Zahlungsschwierigkeiten. Die Betriebskosten von Exodus stellten die erste Rechnung dar, die er je vorgelegt bekommen hatte und nicht ohne weiteres aus eigener Tasche bezahlen konnte.

Er saß spätabends an seinem Schreibtisch und beantwortete E-mail. Zehn Minuten zuvor hatte er zum Telefonhörer gegriffen und den Marketing-Manager angerufen. In allem, was der sagte, wie auch in seinem Schweigen lauerte die schlimme Wahrheit, daß Exodus, so gut es auch war, vor dem Aus stand.

Rooney hatte seine Parkplatzeinteilung abgeschlossen. Er hatte Verwaltungsfachleuten – die viel auf Reisen und ohnehin fast nie da waren – eine Mauer neben dem Hauptgebäude zugewiesen, wo Owens' Auto früher immer wie das Maskottchen eines Schiffes vor Anker gelegen hatte.

»Jetzt ist mir ziemlich klar«, sagte er, »daß sie mich loswerden wollen.«

Nicht einmal Kathleen widersprach.

Owens hatte kein einziges Mal den Shuttlebus genommen. Er ging zu Fuß. Kathleen glaubte, daß er Rooney keinen Sieg in solchen Bagatellfragen einräumen wollte. »Wenn man sich zu sehr über einen Diebstahl aufregt, macht man sich was aus Eigentum«, hatte er einmal gesagt. Er wollte sich nicht von diesen kleinen gezielten Gemeinheiten ablenken lassen, dachte sie, sondern sich auf die wirklich wichtigen und bedeutenden Dinge konzentrieren.

In letzter Zeit hatte er sich angewöhnt, nach Mitternacht in sein Auto zu steigen und es an seinen alten Platz zu fahren, der dann leer war, an allen Seiten verlassen.

AUS MIT OWENS! verkündeten die Schlagzeilen in fetten Lettern, die ein Fünftel der Seite einnahmen.

Julie, die mit Coco um sieben aufstand, sah es als erste. Sie nahm sich die Freiheit, den Artikel in aller Gemütsruhe über einer Tasse Kaffee mit Zucker und Sahne zu lesen. Sie wollte Mary zum Tee einladen, um darüber zu reden, wartete aber lieber noch. Mary las nicht immer die Zeitung, und Julie wollte nicht die erste sein, von der sie es erfuhr.

Jane erfuhr es in der Schule. »Dein Dad ist entlassen«, sagte ein Junge.

»Ich war erst letzte Woche bei ihm im Büro.« Oder war es zwei, wenn nicht drei Wochen her?

»Es stand heute in der Zeitung. Auf der Titelseite.«

»Ach, das hab ich nicht gewußt«, mußte sie zugeben.

An dem Abend fuhren Mary und Jane die Zeitung kaufen. Sie lasen den Artikel von Anfang bis Ende, wußten hinterher aber immer noch nicht, was das Ganze zu bedeuten hatte. »Er hat noch eine Stelle dort«, sagte Mary zögerlich. »Hier steht, daß es so ist, aber es hört sich so an, als hätte er einen Vorgesetzten und wäre nicht mehr der Chef. Das sieht ihm einfach nicht ähnlich.«

Sie fragten sich, ob das wohl der Mann war, der gesagt hatte, er könnte Owens zur Heirat mit Olivia bewegen, ob dieser Mann jetzt sein Chef war.

Am selben Abend riefen sie Owens an, die Köpfe zusammengesteckt, beide den Mund an der Sprechmuschel, aber sein Anrufbeantworter lief, und er rief sie nicht zurück. Sie versuchten es mit allen anderen Nummern und erreichten nichts, und da kam es ihnen so vor, als wären sie wieder am Ausgangspunkt angelangt.

Kathleen fand ihn über seinen Schreibtisch gebeugt vor, wie er Abzüge eines berühmten Fotografen studierte, den er unter Vertrag genommen hatte, um Exodus von den Anfängen an zu dokumentieren. Und mit Ausnahme einer Tagung, als der berühmte Fotograf abgesagt und Owens in letzter Minute Kaskies Schwester beauftragt hatte, waren hier fast alle Meilensteine in glänzendem Schwarzweiß abgebildet. Als Michelle Kaskies Bilder drankamen, sagte er: »Ihre Rechnung war so niedrig, daß ich sie ans Schwarze Brett gepinnt habe.« Aber ihre Fotos waren merkwürdig angemessen, nicht so glatt wie die anderen, und die Leute hatten sich nicht gerne darauf wiedererkannt – vielleicht, dachte Kathleen, weil sie so gut getroffen waren.

Er stapelte die glatten wunderschönen Schwarzweiß-Aufnahmen des Teams, die vollautomatisierte Herstellungsanlage an ihrem ersten Betriebstag, das ausgeklügelte Montageband, jeder Bestandteil von ihm ausgesucht, selbst der gewellte Boden. »Vielleicht war vorher alles besser«, sagte er.

Von den Anfängen von Genesis gab es keine guten Fotos. Nur Schnappschüsse, Polaroidfotos mit chaotischem Hintergrund und

Daumen über der Linse. Lamb und Shep und wahrscheinlich auch Franks Onkel, die, die nicht lange dabei blieben, hatten die richtigen Erinnerungsfotos in ihren Alben, Mementi ihrer Jugend. »Und so sollte es vielleicht auch sein«, sagte Owens. »Kleckerarbeit für irgendeinen Historiker.« Aber er hatte versucht, die Zettel und die Andenken an Exodus zusammenzutragen, um ein richtiges Buch zum Vorzeigen zu erstellen. Die Dokumente waren da, geordnet und elegant. Nur daß sie diesmal vielleicht keiner wollte.

Kathleen nahm an, er werde wohl gehen müssen. Daß er blieb, war undenkbar, genau wie zur Zeit alles andere, was er tun könnte. Die Ereignisse hatten sich langsam über einen langen Zeitraum hinweg, ein Jahr und länger, angebahnt. Owens hatte all das abgewehrt, Tag und Nacht dagegen angearbeitet, doch jetzt hatte er verloren und verspürte vor allem Erschöpfung und zeitweilige Erleichterung, aus der er nicht aufwachen mochte.

Er rief Olivia an und bat sie, sich mit ihm zu treffen. Sie würden sich irgendwo ein Zimmer nehmen. Nach Hause konnte er nicht, weil dort alle anrufen würden, die Journalisten; und selbst wenn sie nicht rangingen, wußten genügend Leute, wo er wohnte.

»Mary und Jane haben angerufen«, sagte Olivia. »Sie machen sich Sorgen um dich.«

»Wir rufen sie später zurück. Im Moment kann ich nicht an sie denken. Triff mich einfach am ...«

»Mein Auto ist wieder in der Werkstatt.«

»Ach, Olivia.«

»Es macht nichts. Ich nehm ein Taxi.«

Sie vereinbarten einen Treffpunkt in dem kleinen Hotel, wo ihre Mutter gestorben war und ihr Vater gewohnt hatte. Olivia wollte sie an der Rezeption anmelden. Kaum im Zimmer, landeten sie rasch auf dem Bett. In dem Moment war sie alles, was er je gewollt hatte, und er konnte gar nicht begreifen, wie er je an ihr hatte zweifeln können. Er hatte sie tausendmal mit Fragen auf die Probe gestellt. Einmal hatte er sie gefragt, ob sie ihn als Präsidenten wählen würde, und ihr Zögern vor der Antwort bedeutete für ihn ein Nein. Jetzt bewies ihm ihr Gesicht, daß sie es schon getan hatte. Sie hatte mit ihrem Leben für ihn gestimmt.

»Olivia«, rief er, als sie ins Badezimmer ging. Sie war zu weit weg.

Draußen war noch heller, diesiger Nachmittag, aber ihm war nach nichts als Schlafen zumute. Die kühlen fremden Laken wirkten sauber und gepflegt. Olivia schloß die Jalousien, und sie hakten den Tag einfach ab.

Labornächte

Noah machte sich Sorgen um sein Haar – von Natur aus sein großer Bonus. Seine Mutter hatte darin gewühlt. Seine Schwester war neidisch gewesen. An seinem Äußeren gefielen ihm nur seine Haare, und jetzt fingen sie an, auszufallen. In seinem Kamm steckte ein feines Gespinst. Am Morgen hatte er ein kleines Netz aus dem Badewannenabfluß geholt. Obwohl er allein lebte, machte er immer den Abfluß sauber und dachte daran, die Klobrille runterzuklappen – das hatte ihm seine ältere Schwester so angewöhnt. Als Rachel kam, um ihm Locken für ihre Kristallzucht abzuschneiden, hätte er sie fast gebeten, auf ungewachste Zahnseide umzusteigen. Während des Studiums hatte er einmal von jemandem gehört, der Katzenschnurrhaare verwendete.

In dem Kämmerchen, das Noah ihr für die Fruchtfliegen zugewiesen hatte, zeigte Louise ihm ihre Hybridmutanten. Dann gingen sie zum Mikroskop. Als er eine Stunde später von der Linse aufschaute, hatte er zwar Nackenschmerzen, war aber überzeugt. Es gab genügend Fliegen ohne Augen mit seiner Mutation, um die direkt neben seinem Gen liegenden Gene festzulegen. Falls er recht hatte, würden sie es schon in drei oder vier Monaten finden.

»Was meinst du?« Louise trug Jeans und Schuhe mit hohen Absätzen. Noah hatte noch nie eine Frau gesehen, geschweige denn verehrt, die in einem Labor Stöckelschuhe trug.

»Ich meine, ich möchte dich heiraten«, sagte er.

Genau da – wie stets in ihrem Leben zum denkbar ungünstigsten Zeitpunkt – kreuzte Noahs Großmutter auf. In ihrer Gehhilfe betrat sie das Labor, angetan mit einem königsblauen Kostüm und passenden Schuhen samt Handtäschchen, dazu ein Tuch um den Hals, das mit sämtlichen Schmetterlingen dieser Welt bedruckt war. Die alte Frau zitterte, wie ein kleiner Vogel. Noah sah zu gern, wie ihr Lächeln die unfreiwillige Bewegung begleitete.

»Ich habe eine Enkelin in Ihrem Alter«, sagte die alte Dame, als Noah ihr Louise vorstellte.

Die alte Dame ergriff jede Gelegenheit, sich nach Michelle zu erkundigen. »Frag sie doch selbst, Oma«, sagte Noah dann immer, und seine Lieblingsantwort lautete: »Es ist nicht so einfach, sie in Afrika zu erreichen.«

Ihr Kopf schwenkte weiter aus, während sie die Befragung fortsetzte. Endlich kam sie zum Zweck ihres Besuches. Sie wollte, daß beide Enkel an ihrem neunzigsten Geburtstag im Januar zugegen waren. Noah kam die Aufgabe zu, seine Schwester nach Hause zu holen, und er versprach ihr, es zu versuchen.

Als sie ging, berührte sie sein stoppeliges Kinn und sagte: »Autsch.«

»Ach, sie mag mich nicht besonders«, erklärte er Louise später. »Oder vielleicht inzwischen doch. Aber meine Schwester hat sie immer bevorzugt. Michelle sieht ihr ein bißchen ähnlich. Als Michelle in New York studierte, hat meine Großmutter ihr gesagt: ›Wenn du erst im Osten wohnst, wirst du im Osten Freundschaften schließen. Dann nicht mehr lange, und du wirst dich im Osten verlieben, und zum Schluß heiratest du noch einen aus dem Osten, und dann wohnst du dort und kommst nie wieder.‹« Kopfschüttelnd lächelte er. »Aber als ich klein war, wollte sie, daß ich auf eine Sonderschule nach Vermont geschickt wurde. Sie hatte den Prospekt mit Preisliste. Meinem Vater hat sie zum Vorwurf gemacht, daß er mich zu Hause behielt.«

»Und du hast ihr verziehen?«

»Jetzt ist sie bei Michelle schlimmer. Ich entspreche den Erwartungen. Ich hab einen Beruf. Aber Michelle reist in der Weltgeschichte umher und kann sich kaum selbst ernähren, ohne Mann und Kinder.«

»Und damit kommst du klar, daß du aus diesem Grund akzeptiert wirst?«

»Ich nehme, was ich kriege.« Noah zuckte die Achseln. »Ich hab sie lieb.«

Jetzt, in der Nachbarschaft ihres Gens, arbeiteten Noah und Louise mit DNS-Partikeln einer normalen Fliege und ihres Mutanten. Sie wollten sie von Hand sequentieren.

In der Mittagspause rollte Noah rasch über den Campus zu einem Arzt, den er unlängst angerufen hatte, um herauszufinden, ob er zeugungsfähig war. Das sollte achtzig Dollar kosten; er hatte sich am Telefon erkundigt. Wie so oft in Wartezimmern, hatte Noah den Verdacht, daß die zerlesenen Zeitschriften vorher zu Hause gelesen, von vielen unordentlichen Kindern bekleckert und erst dann hergebracht wurden. Eine schwangere Frau lag schlafend auf einem karierten Sofa und lutschte am Daumen.

Eine Schwester führte ihn in ein kleines Zimmer, wo sie ihm einen Pappbecher gab. Vorsichtig berührte er eine zerlesene Zeitschrift, die sich von denen draußen erheblich unterschied. Auf den gewellten, befingerten Seiten sahen die Frauen irgendwie altmodisch aus. Er fragte sich, ob die Schwester wohl vor der Tür wartete, und ob irgendwer die Zeit nahm. Er versuchte, sich vorzustellen, daß er mit Louise zusammen war, wie schon so oft nachts vor dem Einschlafen; und obwohl er über zwanzig komplette Szenen von Nächten entworfen hatte, in denen sie allein im Labor waren, einschließlich Dialog, konnte er die tatsächliche Berührung nicht herbeiphantasieren. Dafür mußte er sich andere Leute vorstellen. Nicht sich selbst. Er stellte sich Louise mit Andy Ruff vor.

Nachdem Noah in sein Sprechzimmer gewiesen worden war, fragte der bärtige Arzt: »Wie lange versuchen Sie es schon?«

»Ach, ich versuche es noch gar nicht. Aber ich habe die Hoffnung. Und ich will es wissen. An den Rollstuhl gefesselt und alles, da müßte man das doch zumindest erfahren können. Falls ich nicht kann.«

»Mr. Kaskie, Sie wissen sicherlich, daß Unfruchtbarkeit nicht zu Ihrem Krankheitsbild gehört. Die Wahrscheinlichkeit, daß Sie Ihre Krankheit weitervererben, liegt bei fünfzig Prozent. Wenn Sie also unfruchtbar wären, müßte das ein Zufall sein.«

Noahs eigener Arzt hatte dieses Thema nie auch nur gestreift.

Noah spürte, wie die Last einer langjährigen, kaum je eingestandenen Angst von ihm abfiel.

»Aber ich will es trotzdem noch genau wissen. Das ist es mir wert.«

Von nun an würden Louise und er ununterbrochen im Labor sein, und zwar mindestens einen, anderthalb Monate lang. So war die Arbeit seltsam streßfrei. Weil sie immer da waren, mußten sie sich nie abhetzen. Besonders gern arbeitete er, während sie im Nebenzimmer schlief.

Wieviel länger müssen wir nach den Fliegen noch an Fischen arbeiten? fragte sich Noah. Natürlich wollte er wie jeder Forscher die Ergebnisse zur Veröffentlichung freigeben. Das mußte sein, wenn er in seinem Beruf etwas gelten wollte.

Jetzt hatten sie August, und alles war reif: Der Mais roch intensiv, und zum Abendessen aßen er, Louise und der dänische Postdoc zehn frisch gepflückte Kolben. Noah mochte Mais, besonders, wenn er weiß war, frisch und mit durchsichtigen Seidenfäden umwoben. In der Nähe seines Elternhauses reichten die Maisfelder meilenweit. Früher hatte er Mais roh geknabbert, noch am Kolben. Gleich nach Sonnenuntergang führte er Louise zu diesen Feldern, und sie füllten eine braune Papiertüte. Er zeigte ihr, wie man ihn im Labor kochte, nur eine Minute auf höchster Temperaturstufe. Noah konnte solche Sachen mit ihr machen, Sachen, zu denen mit der Studentin nie Zeit gewesen war. Er formte einen Großteil des Gebildes ihrer Freundschaft; bei der Studentin war er kaum daran beteiligt gewesen. Vielleicht fiel es ihm deshalb schwerer, ununterbrochen in Louise verliebt zu sein. Er erlag und entkam dem Bann immer wieder.

Um zwei Uhr morgens schlurfte Louise in sein Büro. »Weißt du, wovor ich Angst habe?« sagte sie und ließ sich auf den alten Sessel fallen. »Ich möchte nicht eine dieser Wissenschaftlerinnen werden, die mit vierzig allein leben. Vielleicht ein Samenbank-Kind kriegen. Und dann haben sie alle naselang ein Verhältnis und leiden.« Sie zitterte. »Ich will heiraten. Ein normales Leben führen.«

»Wenn du es willst«, sagte Noah, »dann wirst du das auch. Aber nicht mit einem wie Andy Ruff.«

Louise verschränkte die Arme. »Den würde ich nie heiraten.«

Wind und herabregnende Eukalyptusfrüchte lenkten ihre Aufmerksamkeit aufs Fenster. In der Nacht gewann Noah den Eindruck, daß er sein Leben mehr liebte als sie das ihre. Er stellte sich vor, wie er Jahre später zu ihrer Hochzeit eingeladen wäre, nachdem sie die Forschung aufgegeben hätte, und daß ihr das Ganze dann erstrebenswert vorkäme: Kinder, die ungeregelt und mit Kartons vom Restaurant-Lieferservice in Labors aufwuchsen und die Tabelle der periodischen Systeme wie das Alphabet herbeten konnten.

»Was haben wir zu essen?« Sie ging die Kochnische ab und bückte sich, um in Schränken nachzusehen. »Willst du einen Mohnkuchen?«

»Klar.«

Seine Blicke wanderten durch das Labor, über die Arbeit, die wie das Architekturmodell einer Stadt an verschiedenen Tischen aufgebaut war. Zellenarchäologie. Die Archäologie einer noch lebendigen Vergangenheit. Eines Tages würde all das erforscht sein. Eine Milliarde Nukleotiden steckten in einem Fisch, und niemand kannte die Sequenz. Bakterien – *E. coli* – waren gerade sequentiert worden, aber die hatten nur eine Million – ein Unterschied von drei Nullen, und in der Forschung entsprachen drei Nullen wahrscheinlich fünfzehn Jahre. »Fragst du dich manchmal, wie weit es zu unseren Lebzeiten noch kommen wird? Was wir noch mitkriegen und was wir verpassen werden?«

»Klar. Wer hat noch mal gesagt: ›Die Biologen haben ihre Bombe noch nicht entdeckt‹? Und immer noch kein Mittel gegen die gewöhnliche Erkältung.«

»Von Leukämie oder Heuschnupfen ganz zu schweigen.«

»He, Noah, kann ich dich was fragen?«

»Sicher.« Klopfte sein Herz immer so laut, und wenn ja, warum hörte er es dann sonst nicht?

»Wie wirst du diesen Schrieb unterzeichnen?«

»Zuerst ich, dann du. Zuletzt Arne.«

»Mmm. Okay.« Sie schluckte zufrieden, während sie den Tischgrill betrachtete. »Na ja, tut mir leid, daß ich gefragt habe, aber ich glaube, als Frau muß man das. Nimm doch nur Rosalyn Franklin.«

»Was ist mit ihr?«

»Na, die haben doch ihre Werte geklaut. Watson hatte ganz klar ihre Röntgenaufnahmen. Sie war tot, als die anderen den Preis bekamen. Ich hab mich nur vergewissert, daß ich unter den ersten drei bin.«

Nur drei Wissenschaftler können sich den Nobelpreis teilen. Noah war pikiert. »Jetzt geht der Ehrgeiz aber wohl ein wenig mit uns durch. Und es kränkt mich, daß du meinst, ich könnte deine Versuchsergebnisse stehlen und dich unerwähnt lassen. Franklin wird für ihre Arbeit so ziemlich allgemein anerkannt. Niemand hält sie für ein Lustobjekt. Was ja auch nicht gut möglich wäre.«

»Aber wenn sie hübscher gewesen wäre, würdest du glauben, daß sie nichts geleistet hat?«

»Das hab ich nicht gesagt.«

»Weißt du«, sagte sie, »ich hab dich schon immer fragen wollen, warum du nicht in Matts Labor geblieben bist.« Sie reichte ihm den warmen, krümeligen Kuchen in einer Serviette. »Bitte.«

»In Boston haben meine Räder andauernd Käfer zerquetscht. Alle paar Stunden mußte ich die Trittflächen abwischen.« Er zuckte die Schultern. »Dann wurde es Winter, und ich fror. Diese winzigen Schneekügelchen wehten mir dauernd die Ärmel hoch. Und ich bin nicht gut im Einkaufen. Meine Schwester konnte nähen; sie hat mir immer Klamotten gekauft und umgenäht. Ich bin asymmetrisch, wie Mondrian. Hast du gewußt, daß er seinen Schnurrbart auf einer Seite länger wachsen ließ, damit sein Gesicht harmonischer aussah?

Wie auch immer, ich bin also in so ein Warenhaus gegangen. Im dritten Stock gab es nur Mäntel, und ein Weilchen bin ich bloß die Gänge auf- und abgefahren und hab geschnüffelt. Ärmel streiften meine Wangen. Jede Sorte Wolle gab es da. ›Ich brauch einen Mantel‹, hab ich gesagt, und so hab ich Maria kennengelernt. Sie war Verkäuferin. Mir hat ein Cape richtig gut gefallen, aber sie sagte: ›Nein. Nicht für Sie. Um so was zu tragen, muß man groß sein.‹ Und dabei war sie selbst zu klein. Aber wir haben uns schließlich auf einen grauen Mantel geeinigt. Und ich muß gestehen, daß ich ungefähr sechsmal mehr ausgegeben habe, als mir vorschwebte.«

»Aber du erwartest schließlich nie, daß du irgendwas ausgibst.«

»Danke, ich weiß. Und als die Schneiderin meine Jacke mitnahm, hat Maria mir die Schultern massiert. Das hab ich an ihr bewundert. Als Verkäuferin muß man es schon schlau anstellen, wenn man die Leute berühren möchte. Die Leute werden nicht oft genug berührt.«

Noah wurde rot. Er redete zuviel. Er erinnerte sich auch an die Frau, die ihm die Haare gewaschen hatte, als er das letzte Mal beim Frisör gewesen war; mit ihren Knöcheln hatte sie seine Kopfhaut massiert und ihm gesagt, er habe wunderschöne Locken. Ob sich diese Berührungen, die seinen Körper wie elektrische Schläge durchzuckt hatten, laut ausgesprochen schmutzig anhörten – wie wenn ein alter Mann heimlich schlafende Mädchen begrapscht?

»Und hast du Maria je wiedergesehen?«

»Nein. Ich hatte Glück. Als ich den Mantel abholen kam, sagten sie mir, daß sie gekündigt hatte. Ich kannte nicht mal ihren Nachnamen. Wenn sie geblieben wäre, wäre ich wahrscheinlich immer noch im Osten. Bis über beide Ohren verschuldet.«

Reden war so einfach. Er fragte sich, ob es das war. Vielleicht konnte einer allein, ohne den anderen, gar nicht so empfinden. Es machte ihm unbeschreiblichen Spaß.

»Wie spät ist es?« fragte sie. »Wir sollten uns um die Isotopen kümmern.«

Während sie sich über ihre Schüssel mit den sechsundneunzig kleinen Vertiefungen beugte, fragte er, was er schon lange wissen wollte: »Louise, welche Farbe hatten deine Haare früher?«

»Blond«, erwiderte sie und seufzte dann. »Jungsein ist so eine schwere Zeit. So wie wir uns zusammentun und wieder trennen, das wäre unseren Eltern nicht passiert.«

Wahrscheinlich hatte sie damals auch lange Haare, dachte Noah. Vielleicht hatte sie sich ein Armband draus geflochten und umgebunden. Michelle hatte das als Mädchen gemacht. »Ich finde nicht, daß ich es so schwer habe«, sagte er.

»Ich schon. Frauen überhaupt. Aber unsere Kinder werden es wahrscheinlich viel besser haben. Sie werden uns bemitleiden, so wie wir unsere Eltern bemitleiden. Trotzdem beneide ich sie um ihre Liebesgeschichte. Ich glaube, daß es das so nicht mehr geben wird.«

»Meine Großeltern hatten eine tollere Jugend als meine Eltern. Aber ich glaube immer noch an die Liebe.«

»Ich nicht. Wenn man die rosa Brille absetzt, weiß ich wirklich nicht, was einem dann noch bleibt.«

»Dir bleibt Andy Ruff.«

Noah rollte schnell in der glatten Straßenmitte nach Hause, weil es halb fünf Uhr morgens war und keine Autos unterwegs. Es war geschafft. Sie hatten die Markierungen ihres Gens. Was immer es war, was immer es bewirkte, es gehörte ihnen. Bald würde sich mehr daraus ergeben.

In Olivias Mietwohnung auf der anderen Seite des Kaskie Square brannte noch Licht, also klopfte Noah mit den Knöcheln ans Fenster.

Olivia, die über den Tisch gebeugt zusammengesunken dasaß, streckte die Hand in seine Richtung aus, damit er den Ring sah. So viele Männer waren in Olivia verliebt gewesen. Er, Huck, ihr Vater und wahrscheinlich viele andere hatten sich gefragt, wie weit es gehen würde, und jetzt war es soweit.

Noah hatte sich vorgestellt, mit Olivia den Gang zum Altar hinunterzuschreiten, während alle zusahen. Sein Rollstuhl und ihr langes hohes Kleid mit Schleppe, eine Versammlung von Zypressen, und vorne vor dem Altar eine schwankende Pinie. Er berührte seinen Kopf an der Stelle, wo sich die Haare zu lichten begannen. Für die Hochzeit mußte er sich wohl ein neues weißes Hemd kaufen. Wer im Rollstuhl saß, sollte wahrscheinlich mehr als jeder andere auf ein sauberes Erscheinungsbild achten. In der Hinsicht, dachte er, ist mein Los dem eines dicken Menschen vergleichbar.

Aber Noah wußte, daß er nicht besonders gut auf sich achtete.

Tagelang vergaß er es ganz und sah, so wie heute, wüst aus. Er hatte sich nicht rasiert – seiner Großmutter war das aufgefallen –, und sein Schoß war voller Krümel vom Mohnkuchen, den er vor drei Stunden gegessen hatte.

Und jetzt heiratete Olivia endgültig Owens.

Noah und Louise hatten fünf Wochen am Stück im Labor gewohnt und Nacht für Nacht ihre Experimente weiterlaufen lassen. Es kam ihnen so vor, als wären sie jetzt seit Monaten in der Endphase. Es gab keine überwältigenden Geistesblitze mehr, nur noch kleine Schritte, minimale Veränderungen eines von hundert Faktoren. Und doch gaben die Fischembryonen endlich ihre Geheimnisse preis.

Um sechzehn Uhr bekam Noah einen Anruf im Büro. Es war Herbst, ging auf den Nobelpreis zu, und hier, in Harvard, Caltech und MIT liefen sämtliche Professoren stündlich zu ihren Anrufbeantwortern. Noch vor einem Jahr hatte sich Noah gnadenlos über seine ranghöheren Kollegen mokiert. Jetzt, da sie zum ersten Mal Ergebnisse hatten, betrachtete er es als einen Teil der menschlichen Komödie.

»Sie können so viele Kinder zeugen, wie Sie wollen.« Es war der Arzt. »Wie ich Ihnen vorausgesagt habe, fehlt Ihnen nichts.«

Nichts änderte sich, nicht einmal Noahs Gesichtsausdruck. Er ließ seine guten Neuigkeiten einsickern, während er sich nur ruhig verhielt und wie gewohnt seiner Arbeit nachging.

Er ging zum Mikroskop, um nachzusehen, wie Frank mit den Objektträgern mit Doppelmutanten-Fliegen vorankam, die er in Arbeit hatte. Es war seltsam, Frank wieder um sich zu haben, diesen Mann, der so lange Zeit der verlorene Sohn gewesen war. Als sie zusammen studierten, hatte Frank in der zweiten Nachtschicht in der Firma gearbeitet, wo er Owens kennengelernt hatte. Dann hatte er das Studium abgebrochen, um Geld für seine Familie zu verdienen, und Genesis hatte ihn natürlich sehr gut bezahlt. Aber das war vor vielen Jahren gewesen, und jetzt war Frank zur Biologie zurückgekehrt, als ehrenamtlicher wissenschaftlicher Mitarbeiter in Noahs Labor, gutgelaunt und, wie es schien, ohne Reue.

Dann, während Noah sich die Objektträger ansah, fiel ihm aus heiterem Himmel die Frau mit dem Osteogenesis-imperfecta-Baby ein. Der Zettel mit ihrer Telefonnummer ging ständig verloren und tauchte dann wieder auf. Seit über zwei Jahren hatte Noah jetzt vor, sie anzurufen. Heute wollte er es endlich tun, aber wo war der Zettel? Zuletzt hatte er ihn in der Nähe der Zentrifuge gesehen. Er überließ Frank seiner Feinarbeit und rollte rüber, fand aber nichts.

Jetzt war das Kind ungefähr drei, ohne Ratschläge seinerseits. Noah hatte diese Leute bereits enttäuscht. Er wußte nicht einmal, ob es ein Junge oder ein Mädchen war. Als ich in dem Alter war, dachte Noah, hatte ich zehn Knochenbrüche hinter mir. Sein Vater hatte ihm um die Zeit einen Holzroller gebaut. Zum Tragen war er seiner Mutter zu schwer geworden. Mit Sicherheit hatte das Kind blaue Flecken. Noah hatte sich nie als Baby gesehen – Fotos gab es keine. Michelle hatte angefangen, ihn zu fotografieren, als er sieben war und sie ihre erste Brownie-Boxkamera bekam. Er wollte das fremde Kind treffen.

Er mußte die Telefonnummer der Mutter finden. Er konnte ihre Freundin Julie Carradine anrufen und sie danach fragen.

Als er nach Mitternacht endlich zu Hause ankam, wartete Louise vor seiner Tür. »Hab meinen Schlüssel vergessen«, sagte sie.

Seit sie rund um die Uhr arbeiteten, übernachtete sie manchmal bei ihm. Er hatte zwei Einzelbetten, jedes an einer anderen Wand, seit dem letzten Mal, als er sich den Arm gebrochen und einen Pfleger gebraucht hatte. Er bat sie, sich zur Wand zu drehen, während er sich ins Bett hineinmanövrierte.

»Du wirkst gar nicht wie ein waschechter Kalifornier«, sagte sie.

»Ich bin Jude«, sagte er zu seiner eigenen Überraschung.

»Ich weiß«, flüsterte sie, das Gesicht noch zur Wand. »Fertig?«

»Ja.«

Sie redeten im Dunkeln. Sie war an ihn gewöhnt und er an sie, also überlegten sie sich nicht lange vorher, was sie zueinander sagten, und der Gesprächsverlauf war fließend.

Sie erzählte ihm eine lange Geschichte über einen Hund, den sie hatte, als sie auf der High-School war, und wie ihre Mutter einen

Stein nach einem anderen Hund geworfen hatte, um ihren zu beschützen.

Warum erzählt sie mir das? fragte sich Noah.

»Mußt du eine Jüdin heiraten?«

»Das würde ich gern«, sagte er, ohne zu wissen, warum. Vielleicht wegen seiner Großmutter. »Aber daraus wird wohl nichts.« Eigentlich meinte er aus dem Heiraten überhaupt, aber fragte sie ihn da, ob sie für ihn in Frage käme? Wahrscheinlich bildete er sich das nur ein.

Sie sagten sich nicht gute Nacht. Nach einer kurzen Pause schlief Louise ein. Eine Weile später hörte er ihre tiefen regelmäßigen Atemzüge. Beim Schlafen gab sie ein Geräusch von sich, ein ganz leises Fiepen.

Noah konnte nicht schlafen. Hin und wieder hörte er draußen ein Auto vorbeifahren. Sein Leben wirbelte zu schnell vorbei, wie eine Karussellfahrt, die er einmal als Kind in seinem Rollstuhl mit festgestellten Rädern mitgemacht hatte, hinten an eine große Teetasse aus Metall angehängt. Sie kamen ihrer Genstruktur immer näher, und Louise und er führten solche Gespräche. Er wollte seine Hände auf die Räder legen, um alles abzubremsen.

Er schlief mit seinem Rollstuhl neben sich, so, daß er ihn berühren konnte. Er dachte an das kleine Foto von Louises Vater auf ihrem Labortisch, seine ungleichen Schuhe.

Jetzt wünschte er, er hätte gesagt, daß es ihm egal war, ob seine Frau Jüdin sei.

Am Morgen stand er als erster auf, damit sie ihn nicht sah, und rollte ins Badezimmer. Er stellte sich gerne vor, wie sie vom Geräusch fließenden Wassers im Bad wach wurde. Noah hatte bestimmte Vorstellungen, wie er leben wollte, und wußte Überraschungen zu schätzen. In seiner Familie war es nie so zugegangen. Bei ihnen zu Hause mußte immer alles perfekt sein, sonst herrschte Krisenstimmung.

Noah betrachtete sein Bad am Morgen als den schönsten Teil des Tages. Er ließ sich leidenschaftlich gern hineinsinken, bis nur noch sein Kopf rausschaute. Manchmal, wenn die Arbeit erfolgreich verlief, hatte er das Gefühl, als schwinge er sich von einem

Vergnügen zum anderen, und dies sei sein erstes. Wasser hatte er immer schon gemocht. Irgendwie mußte er Louise sagen, daß er zwar zeugungsfähig war, aber die Möglichkeit bestand …

Er rasierte sich in der Badewanne, einen kleinen Spiegel in der Hand. Er hauchte das Glas an und machte Daumenabdrücke. Seine nassen Haare, jetzt nicht mehr lockig, reichten ihm bis über die Schultern.

In der Wohnung war es vollkommen still. Aber er stemmte sich heraus. Bald würde sie aufstehen. Ein Weilchen saß er in seinem Stuhl, die nackten Beine vor sich ausgestreckt: vielleicht kam es auf zwanzig Zentimeter weniger nicht an. Dann zog er sich Socken und Schuhe über. Auf keinen Fall wollte er, daß sie seine Füße sah. Seine Schuhe wirkten nagelneu, wie Babyschuhe, reine Dekoration.

»Morgen«, rief sie schließlich und rannte dann voller Elan ins Badezimmer, um sich die Zähne zu putzen und das Gesicht zu waschen. Sie trug eine Männerarmbanduhr. Handgelenke und Knöchel waren ihre einzigen Körperpartien, die extrem schmal waren.

Er saß da und rührte im Haferbrei, während er den Kaffee aufkochte. Hier zu Hause hatte er genügend Töpfe, um beides zu gleicher Zeit zu machen.

Zum ersten Mal gingen sie zusammen zur Arbeit. Ihm war das äußerst peinlich. Schlimmer ging es kaum noch. Nicht miteinander zu schlafen, aber den Anschein zu erwecken. Sie war seine Postdoc. Und er hatte kein ius prima nocte – du lieber Gott. Er beschloß, den Aufzug in Rachels Labor zu nehmen. Sie konnten nicht um acht Uhr morgens zusammen reingehen.

Louise sagte in nüchternem Tonfall: »Ich hab mal einen Rollstuhlfahrer gesehen, der Pirouetten und Saltos gemacht hat.« In etwa so, wie wenn man sagen würde: *Einer meiner besten Freunde ist Jude.*

Er schwieg dazu, und sie kamen auf das Unigelände. Louise machte kleine schnelle Schritte, mußte fast rennen, um auf gleicher Höhe mit ihm zu bleiben. Er rollte ihr immer schneller voraus. »Kannst du das auch?« rief sie hinter ihm her.

»Ich führ keine Kunststücke vor. Tanze nicht. Spiel nicht Basketball.«

»Mit anderen Worten, du machst nichts, worin du nicht der Beste bist.«

»Woher willst du wissen, daß ich nicht der beste Tänzer bin? Im Dezember geh ich sogar zu einem Tanz.« Das stimmte. Seine jährliche Pflicht. Er war Freiwilliger beim alljährlichen Widerspruch in sich, dem Teenagerball für Rollstuhlfahrer im Integrationszentrum.

Er fuhr zum Aufzug. »In einer halben Stunde bin ich unten.«

An dem Tag griff Noah ein dutzendmal zum Telefonhörer und legte wieder auf. Er hatte den Zettel in einer Hosentasche gefunden und wollte die Frau mit dem Kleinkind anrufen. Aber jedesmal ging ein Mann ran, und er legte auf. Aus irgendeinem Grund wollte er nur mit ihr reden.

An dem Dienstagabend um neun, als Noah den Röntgenfilm gegen das Licht hielt und endlich die Sequenz entschlüsselt hatte, sah Noah die Leitern. Sie waren unverkennbar und schön. Es war ihr Gen.

Er sah es sich noch einmal an. Dann sahen Louise, der Däne und Frank es sich an, und seine beiden Graduierten ebenfalls. Es war ihr Gen.

»Gehen wir hier raus«, sagte Frank, und alle gingen etwas trinken. Noah hatte keine Lust. Es gab tausenderlei zu erledigen. Doch das war es noch nicht mal. Er wollte nur im Labor sein. Stillhalten.

Als Frank gegangen war, übernahm Noah die Objektträger. Nach einer Stunde kehrten die beiden Graduierten zu ihren Tischen zurück, mit Louise, die ihre Hilfe anbot. Noah machte es nichts aus, das selbst zu erledigen. Er war immer handwerklich geschickt gewesen.

Aber um Mitternacht kippte er den Nagellack, den sie zum Aufkleben verwendeten, von seiner Armlehne. So ein Mist. Das Fläschchen war ausgeschüttet und leer; er rollte zum Schrank rüber, fand aber kein anderes. Alle außer Louise waren nach Hause gegangen, und sie schlief auf der Couch. Wahrscheinlich reagierte sie empfindlich, wenn er sie weckte, damit sie Nagellack holte. »Nur weil ich eine Frau bin«, würde sie sagen. »Ich trage auch keinen.« Und das stimmte. Sie knabberte an ihren Nägeln, bis die Nagelhäute schwollen.

Er fuhr los zu einem die ganze Nacht geöffneten 7-Eleven-Supermarkt auf der anderen Seite des Highways. Er brauchte die Sorte Clear Base Extra Strength.

Der 7-Eleven führte nur eine begrenzte Auswahl. Klarlack sah er keinen. Extrastarke Grundierung schon gar nicht. Dieses eine Mal war er bereit, die Marke zu wechseln.

»Entschuldigung«, sagte er zu dem pickligen Knaben an der Kasse. »Ich brauche etwas Clear Base Extra Strength. Natürlich nicht für den Eigengebrauch.«

»He, das ist Ihre Sache. Aber wir haben nur, was im Regal steht. Das Lager wird nachts abgeschlossen.«

Ein blasses Rosa kam dem Klarlack noch am nächsten. Solche Sachen trieben ihn in den Wahnsinn. Sollte er etwa rosa getönte Objektträger einschicken? Andererseits, was spielte es für eine Rolle? Er konnte nicht die ganze Nacht mit der Suche nach dem richtigen Farbton für den Fliegenkleber verbringen. Er hatte Jahre gebraucht, um dieses Gen zu entdecken, und es gehörte schon sein persönliches Glück dazu, sich jetzt, da er endlich Ergebnisse hatte, Hindernisse in den Weg legen zu lassen.

Er kaufte das Nagellackfläschchen, und während er im Labor das Aufkleben beendete, dachte er an die Mutter mit dem Kleinkind. Er konnte ihr den Artikel, falls er angenommen wurde, als eine Art Entschuldigung schicken. Die letzten beiden Jahre war ich ziemlich beschäftigt mit ... Fliegen. Mit einer Hand berührte er die Spitzen seiner Locken. Louises verfluchte Fliegen liebten seine Haare. Vielleicht sägten sie sie nach allen Regeln der Kunst ab.

Später stolperte Louise gähnend zu ihm rüber. Er erzählte ihr das mit dem Nagellack.

»Ach, hättest du mir doch was gesagt. Wahrscheinlich hab ich zu Hause welchen.«

Überrascht sah er zu ihr hoch. Frauen hatten durch die Bank Eigenheiten, die er nie begreifen würde. »Jetzt ist es zu spät.«

Am nächsten Tag brachte er eine Flasche französischen Champagner ins Labor mit, und dazu einen warmen Pfirsichkuchen, den er mit braunen Eiern und Honig gebacken hatte. In Kaskies Familie wurden alle Kuchen mit Honig gebacken.

Noah knetete seine Hände, während er den Vorsitzenden durch sein Labor führte. Wenn es nach ihm ginge, würde die Arbeit in seinem Labor ewig weitergehen, und zwar unbeobachtet. Ich habe mein Bestes gegeben, wollte er sagen können.

Er hätte gerne gewußt, warum genau sein Gen wichtig war. Mit einem Mal fielen ihm all die vielen in höheren Stockwerken gelegenen Labore ein. Er bekam immer Räume im Souterrain oder Erdgeschoß für seine Labore und Seminarräume, als ob es keine Aufzüge gäbe. Er wünschte, er hätte ein Labor mit Aussicht. Immer wollte er eine Sache mehr, als er hatte.

Eine Stunde später hatte er das mit dem Fenster vergessen. Der Vorsitzende hatte ihm auf den Rücken geklopft und ihn »alter Knabe« genannt. Noah argwöhnte, daß er seinen Namen vergessen hatte. Jetzt saß der Vorsitzende wieder an seinem eigenen Schreibtisch und formulierte Briefe, die Noah mit seinem Exposé an die Zeitschriften schicken konnte. Vielleicht hatten sie eine Chance bei *Science*, *Cell* oder *Nature*. Rachel war schon runtergekommen, um Bericht zu erstatten. »Er war *mega* beeindruckt«, sagte sie.

Vom heutigen Tag an waren sie nicht mehr allein. Louise zog sich bereits in den Hintergrund zurück, so untypisch bescheiden wie eine gewöhnliche Studentin. Zu ihr hatte der Institutsvorsitzende nichts gesagt.

Er erinnerte sich an den üppigen Geruch, der durch die Busfenster hereingeströmt war, als er und Louise in einer Sommernacht in die Hügel hinauffuhren. Diese schöne romantische Phase in seinem Leben war jetzt vielleicht vorbei.

Jeder im Haus würde vorbeikommen, um es sich anzuschauen. Insgeheim hatte Noah das Gefühl, daß er etwas hatte, was anderen fehlte. Er schaute in seinem Schreibtisch nach. Da lag der Zettel mit der Telefonnummer. Es war schon besser, ihn überhaupt zu haben. Er steckte ihn ein.

Im April, zwei Wochen nach der Zusage von *Nature*, hatte Noah auf seinem Weg zum Fitneßstudio eine Reifenpanne und sein Werkzeug nicht dabei. Es war vier Uhr nachmittags, und er war vor einem Bekleidungsgeschäft liegengeblieben, dessen großes Schaufenster ihn wie ein Spiegel reflektierte. Er sah sich an, als öffnete er einen Umschlag: vielleicht war ja wider Erwarten ein Geschenk drin. Er hatte sich dran gewöhnt, Glück zu haben, aber was er sah, versetzte ihn zum erstenmal seit langem in Schrecken. Das ist es also tatsächlich, mehr bin ich nicht. Es stand schon vor meiner Geburt fest, eine Laune, ein Knacks der Biologie. Reifenschrammen an einer weißen Wand. Er berührte seine Schädeldecke, wo sich die Haare lichteten.

Ein schabendes Geräusch auf dem Bürgersteig, und es war Jane, die schnell ging. Sie wischte ihm mit ihrem Ärmel die Tränen aus den Augen. »Was hast du, Noah?«

»Mir fallen die Haare aus.«

Sie fuhr mit der Linken durch seine Locken, wie seine Mutter früher, aber selbst seine Mutter hatte dabei oft einen besorgten Eindruck gemacht. »Du hast immer noch eine Menge auf dem Kopf.« Mit ihrem Schuh berührte sie seine Waden. »Das macht dir was aus, nicht wahr? Deine sind einfach bloß kleiner.«

»Und krumm.«

»Ich hab Plattfüße«, sagte sie.

»Über meine Füße schweige ich lieber.«

Sie hockte sich hin und hielt sich an seinen Armlehnen fest. »Weißt du was? Du solltest dich mal von mir fotografieren lassen. Ich krieg es so hin, daß du toll aussiehst.«

»Mit einem Fotoapparat – nie und nimmer. Meine Schwester hat es jahrelang versucht.« Wie F. D. Roosevelt konnte er Fotos von sich nicht leiden, auf denen man den Rollstuhl sah. Alle, die er aufhob, zeigten ihn von der Brust aufwärts. Bestimmte Mädchen in der Schule hatten ihn seines Gesichts wegen gemocht; eine hatte ihm gesagt, er habe wunderschöne traurige Augen. Aber Michelle nahm seine Rollstühle auf, alle außer dem ersten. Und diese Fotos liebte er und hielt sie in Ehren. Den zweiten Rollstuhl hatte sie schwarzweiß aufgenommen, leer auf dem Bürgersteig, mit all seinen Kratzern und Beulen. Aber er dachte jetzt an jenen ersten Rollstuhl, der vor langer Zeit ausrangiert worden war. *Ich habe lieben gelernt, indem ich einen Gegenstand liebte.*

Noah ging es jetzt wieder gut. Er fühlte sich wie ein Vogel, der sich gerade aufgeplustert und gekreischt hat. Er seufzte. »Ich hab 'ne Reifenpanne und keinen Reservereifen. Kannst du mich zum Fahrradladen runterschieben?«

»Klar.« Jane schob ihn langsam, ein wenig ängstlich. Seit sie ihn kannte, hatte er sich noch nie gern schieben lassen. Vor Jahren, als sie sich frisch kennengelernt hatten, hatte sie ihn gefragt, und nur da hatte er bissig geklungen.

»Es ist wegen einer Frau. Glaubst du, eine Frau könnte in mir einen Mann sehen?«

»Du bist ein Mann«, sagte sie.

»Ich weiß«, sagte er, plötzlich bemüht, das Thema zu wechseln. »Wie geht es deinem Dad?«

»Tja, ich hab Angst, sein Haus zu betreten, so perfekt ist alles bei ihm. Die Wände sind ganz glatt. Und die *Böden*. Ich hab mir einen dicken Splitter eingetreten und brauchte eine Tetanusspritze.«

»Aus gutem Grund verwenden die Leute Polyurethan«, sagte Noah.

»Ja, und wenn ich mal eine eigene Wohnung habe, werde ich es in rauhen Mengen verwenden.« Jane gab ihm einen selbstgemachten Wahlkampf-Button: VON RECHTS WEGEN JANE. Ihre Wahl stand in einer Woche an.

Sie wartete in dem Fahrradladen, während Noah dem Mechaniker half, seinen Reifen zu wechseln. »Wo wolltest du überhaupt hin?«

»Ach, ich war unterwegs zum Fitneßstudio. Kann ich dich mitnehmen?«

Jane war immer gern auf dem Rollstuhl mitgefahren, aber er hatte es ihr seit Jahren nicht mehr angeboten, seit sie kein kleines Mädchen mehr war. Und sie fragte nie, weil sie dachte, sie sei vielleicht zu schwer geworden. Doch als sie jetzt mitfuhr, fiel ihr wieder ein, was sie früher empfunden hatte: Noahs Leben war wirklich anders. Man ist näher am Boden und hört immer das Geräusch von Rädern. Mit geschlossenen Augen hörte sie wieder dieses Geräusch, als wäre sie in einer Schar Vögel und hörte, was für eine anstrengende Arbeit das Fliegen war.

Sein Fitneßstudio war etwas völlig Neues für sie. Sie war fünfzehn, und das hier machte sie einfach verlegen. Sie wurde rot und wußte absolut nicht, wohin mit ihren Händen. Überall an den Wänden hingen Poster von kräftigen Männern und Frauen mit dicken Muskeln, die in winziger Unterwäsche posierten. Und das war noch nicht mal das schlimmste. Männer und ein paar Frauen mit solchen Muskeln liefen tatsächlich hier rum, in Shorts und String-T-Shirts, grunzten und machten scheußliche Geräusche an Apparaten.

»Kommst du oft her, Noah?« fragte sie.

»Jetzt schon eine ganze Weile nicht mehr. Ich hatte zu viel zu tun. Aber es stellt die Physiotherapie in den Schatten.«

»Hast du keine Angst?« flüsterte sie.

Er lachte. »Die sind reizend«, sagte er. »Und jetzt steh bitte auf, damit ich meine Übungen machen kann.« Er rollte zu etwas, das verdächtig nach einem Folterinstrument aussah, schwang sich aus seinem Stuhl, schlängelte sich auf die Bank und machte sich mit den herabhängenden Silberkugeln an eine Reihe von Sit-ups.

Zwei Monate lang sah Noah Jane nicht wieder. Eines Morgens im Juni machte er die Tür auf, um die Zeitung hereinzuholen, und da stand es, in über zehn Zentimeter großen Lettern. Sein erster Gedanke war: Sie haben mich nicht angerufen.

Während er den Artikel las, spürte er etwas wie ansteigende Panik. Owens ohne Büro und Mitarbeiterstab, das war für ihn undenkbar – der war ein einsamer Mann, der immer Back-up-Stimmen benötigt hatte. Er war Chaplin, Busby Berkeley. Er war der einzige Prominente, den Noah kannte.

Noch bevor er fertiggelesen hatte, versuchte Noah anzurufen. Vier Telefonnummern, und mit keiner klappte es. Er kam sich wie ein Fremder vor. Owens hatte immer in die Anonymität der Reichen oder Berühmten, oder beider, abgleiten können, wenn ihm danach gewesen war, aber diesmal hatte er Olivia durch die Mauer in jene andere, unerreichbare Welt mitgenommen. Warum tat er Olivia das jetzt an? Sie hatte überhaupt noch nie Ruhe und Frieden gehabt.

Noah rief Jane an. Er erfuhr, daß sie ihre Wahl in der Schule gewonnen hatte und daß Owens sich jetzt fast mit niemandem traf, weshalb sich alle Menschen in seinem Leben häufiger miteinander trafen. Olivia stand ihm als Krankenschwester zur Seite und gab von der Tür seines neuen Hauses aus Neuigkeiten bekannt. Nur Jane ging frei aus und ein. Ein gutes halbes Dutzend Erwachsene erkundigten sich täglich bei ihr, wie es stand. Nicht einer fand, daß es gerecht war. Er hatte zwar verdient, daß sie ihm gehörig den Kopf wuschen, aber nicht, daß sie ihm Genesis wegnahmen. Zu Genesis war er gut gewesen. Und Jane liebte ihn jetzt so, wie sie sich damals vorgestellt hatte, daß sie den jungen Verbrecher lieben würde: Sie kümmerte sich regelmäßig um ihn und wollte ihn beschützen.

»Ich sage ihm: ›Du mußt essen, Owens‹, aber er will nicht, Noah. Nichts außer Spargel.«

Während er ihr zuhörte, fiel Noah eine Wette ein, die er einmal mit ihrem Vater abgeschlossen hatte. Owens hatte darauf gesetzt, daß sie heiraten und ein Kind kriegen würde, bevor sie zwanzig war, und nicht aufs College gehen. Noah hatte gesagt: Studium mit Abschluß. Damals mußte Jane zehn gewesen sein. Owens hatte, typisch für ihn, um ein Essen irgendwo auf der Welt nach Wahl des Siegers gewettet. Noah wußte, er würde gewinnen, aber bis dahin hätte Owens das Ganze vergessen, und eine Schuld einzutreiben kam nicht in Frage. Aber während sie sich jetzt weiter über ihren Vater ausließ, dachte Noah: Sie wird einfach eine Mutter werden, wie die anderen alle. Ihr Temperament als Kind hatte zu größeren Hoffnungen berechtigt.

Noah machte mit ihr aus, sich nach seinem Training mit Jane und Mary zu treffen.

Als er naß und umgezogen aus dem Sportstudio kam, kaufte er sich einen Kaffee, den er mit zur Arbeit nehmen wollte. Er öffnete den Deckel seines Cappucino, pustete darauf und wartete auf die junge Frau, die er jeden Dienstag sah. Da kam sie schon, heute in einem rosa Mantel. Zwischen Krücken, wie Leute sie gebrauchen, die Kinderlähmung hatten, schwang sie sich rasch voran und ließ sich dann wuchtig in ihr Auto plumpsen.

Dann ging eine Frau in einem Kostüm so schnell an Noah vorbei, daß man die Oberschenkel sah, und ließ eine Vierteldollarmünze in seine Tasse fallen. Der Cappucino spritzte auf, und vor lauter Verblüffung schüttete Noah ihn nach ihr, daß der Kaffee in hohem Bogen an ihre Beine spritzte und wahrscheinlich Flecken auf ihre Strümpfe machte.

»Cappucino für zwei Dollar fünfzig«, brüllte er.

»Sie Äffchen«, schrie sie zurück. Hübsche Frauen, dachte er, können sich manchmal gewaltig verwandeln.

In dem Augenblick ging ihm etwas auf. Er hatte sein Gen entdeckt, und das bedeutete ihm mehr als alles andere, aber er hatte auch ein Kind im Stich gelassen, das er nicht kannte.

Wählen

Nach seinem Vater, der mit einem Scheffel Äpfel gekommen war, ließ Owens als ersten Besucher Frank herein. Als Olivia eines Tages gegen Ende des Sommers von der Arbeit ins Haus kam, hörte sie vom anderen Ende her Lachen: Franks hohes Gegacker und Owens' tieferes Dröhnen.

Frank hatte einfach an die Tür geklopft. Ihm war gar nicht in den Sinn gekommen, daß Owens ihn nicht hereinlassen könnte. Vielleicht hätte Owens auch andere empfangen, aber alle anderen scheuten sich, ausreichende Vertrautheit vorauszusetzen. Ob Owens diese gewisse Reserviertheit selbst gepflegt hatte oder ob Ruhm und Geld ohne sein Zutun so eine Aura geschaffen hatten, konnte niemand mit Bestimmtheit sagen.

Obwohl Frank sich von Owens hintergangen fühlte, war es ihm aufgrund ihrer gemeinsamen Jugend nie gelungen, ihm das übelzunehmen. Owens sah zwar auch fremdländisch aus, aber seine Mutter hatte Geburtstagsküchlein für die Klasse gebacken und mit Papierfähnchen-Partystickern dekoriert. Frank hatte Owens' Mutter immer gemocht. Andere Jungen hatten Owens' auf die Hüften gerutschte Jeans und seine zerzausten Haare kopiert. Frank hatte zu ordentlich ausgesehen, so als hätte seine Mutter den Reißverschluß bis oben hin zugezogen.

Owens hatte Frank sein erstes Auto geschenkt und ihm sogar das Fahren beigebracht. Mit heruntergekurbelten Fenstern und laut dröhnender Musik waren sie durch die Gegend kutschiert – Owens hatte Lautsprecher an den Rücksitzen befestigt. Owens wußte, wo man Äpfel klauen konnte. Owens strahlte eine seltsame

Mischung von Dynamik und Ruhe aus, wie ein altmodischer Mann in einem Kinofilm. Frank war wechselhafter, nervöser. Ohne groß was dafür zu tun, blieb Frank sauber. Einmal hatte Owens beim Fahren die Stirn gerunzelt. »He, wenn nichts draus wird«, hatte er gesagt und zu Frank rübergeschaut, »dann hatten wir halt unseren Spaß. Was haben wir zu verlieren?«

»Jahre«, hatte Frank mit aus dem Fenster baumelnder Hand gesagt.

»Der schlimmste Ernstfall, wenn nichts draus wird? Dann kriegen wir halt unsere Jobs wieder.«

»Aber die Eltern warten.«

»Man ist nur einmal jung.«

»Sie waren es mal. Und *sie* haben ihren Eltern geholfen.«

»Du schuldest es ihnen nicht, Frank, auch wenn es dir so vorkommt. Das hier ist ein Glücksspiel. Wer weiß? Vielleicht kommst du mal in die Lage, ihnen alles ganz groß zurückzuzahlen.« Sie schwiegen ein Weilchen und hörten im Radio Buddy Holly, der schon tot war. Owens mochte diese Songs über Mädchen. Franks Schwester war auch gestorben, fünf Jahre zuvor, aber Owens lockte etwas Hohes, Leichtes in ihm hervor. Sein Gesicht füllte sich, wurde rund wie eine Beere.

»He, ich sag dir was.« Owens schwenkte mit dem Pick-up auf ein Feld, das er kannte, wo sie leicht Pfirsiche klauen konnten. »Wenn wir es nicht schaffen und wieder zurück in die Fabrik müssen, gebe ich dir das Geld, das du in der Zwischenzeit verdient hättest.«

Frank hatte nicht geantwortet. Das Angebot war zu großzügig, um anständig zu sein, aber er wollte es trotzdem; Sicherheit hatte er dringender nötig als Anständigkeit. Sie erwähnten dieses Gespräch nie wieder, obwohl beide jungen Männer das Versprechen als verbindlich ansahen. Auch jetzt zweifelte Frank nicht daran, daß Owens Wort gehalten hätte. Deshalb war er heute hier.

»Eins mußt du mir verraten«, hatte Owens auf dem Rückflug von ihrer ersten Asienreise gesagt, »Chinesinnen sind doch viel schöner als Japanerinnen, oder?«

Frank war rot geworden. »Das kann ich nicht sagen. Ich bin ein

Chinese. Manche chinesischen Frauen sind schön, manche nicht. Genau wie überall.«

»Nein, ernsthaft.« Owens fuchtelte mit den Händen in der Luft herum – genau wie er es, ganz der hoch aufgeschossene Amerikaner, vor den Männern der Firma gemacht hatte; mit einem Blick auf Owens hatten die jeden amerikanischen Millionär erblickt, den sie je im Kino sein Treppengeländer runterrutschen gesehen hatten. »Ich habe Nachforschungen angestellt. Chinesinnen sind zierlicher. Sie haben längere Hälse.«

»Vielleicht größer«, mehr wollte Frank nicht dazu sagen.

»Deine Schwester war bestimmt sehr schön.«

Frank sah aus dem Fenster auf die Wolken. »Ich rede nicht gern über sie.«

»Wenn sie noch am Leben wäre«, hatte Owens unvermittelt gesagt, »hätte ich sie bestimmt geheiratet.«

Als Owens' Mutter krank geworden war, hatte Frank Blut gespendet. Owens hatte es auch versucht, aber seine Blutgruppe war selten und inkompatibel.

»Ich lese viel, ich seh mir Filme an.« Owens zog die Augenbrauen hoch. »Es ist ganz nett.«

In dieser Phase kochte er, und er war in einer Blumenkohlperiode. Seit sechs Wochen bereitete er Abend für Abend Blumenkohl zu. Er schickte Olivia zum Markt, um die festen weißen Köpfe zu holen. Sie verzehrten über dreißig pro Woche. Weil er nie aus dem Haus ging, mußte er Olivia und Jane den Einkauf zur Deckung seiner Grundbedürfnisse überlassen.

Für das heutige Abendessen dämpfte er den Blumenkohl leicht, so daß die kleinen Röschen ein wenig grünlich und durchsichtig wurden. Er trug alles in einer großen Schüssel auf, und beim Essen saßen sie draußen im Garten.

Olivia langte mit hölzernen Eßstäbchen tüchtig zu.

»Schmeckt toll«, sagte Jane laut, was Frank seltsam traurig stimmte.

»Ich muß gehen«, sagte Frank schließlich und rieb sich den Magen. »Ich könnte jetzt gut einen Hamburger vertragen.«

Sie lachten alle, als ob das wahnsinnig komisch wäre, dabei hatte Frank es ernst gemeint.

Während er Frank hinausbegleitete, sagte Owens: »Ich weiß, daß ich wahrscheinlich vieles falsch gemacht hab. Ich hätte Leute besser einschätzen sollen.«

Frank murmelte: »Wir waren jung.«

Owens hing seine Hände über den Zaun. Der Mond war über der mächtigen Eiche aufgegangen. »Ob du's glaubst oder nicht, wir sind es immer noch.«

Am nächsten Tag fanden Mary und Jane Owens bei runtergelassenen Jalousien im Bett, wie er sich um vier Uhr nachmittags einen Film ansah. Sie standen da und warteten, daß er sie beachtete, während er immer noch das Miniaturliebespaar auf dem Bildschirm anstarrte. »Ich brauche neue Kleider für die Schule«, sagte Jane schließlich.

»Und wir brauchen eine neue Spülmaschine«, fuhr Mary fort, »und ich würde gern eine Therapie anfangen.«

Endlich wandte er sich ihnen zu. »Ist das alles, was ihr von mir wollt: mein Geld?«

»Nein, nicht *alles*«, sagte Jane.

Seufzend stellte er den Ton lauter. »Ach, seht euch das an ... War sie nicht toll!«

Sie waren nicht nur gekommen, um ihn um Geld zu bitten. Sie hatten auch noch andere Probleme, die schlimmsten überhaupt, nämlich Probleme miteinander. Auch wenn ihm die alte Sitte, ihn um Geld anzugehen, nur eine müde Reaktion entlockte, waren sie diese Ablehnung gewöhnt und wußten, daß er oft wenig später nachgab. Die wenigen Male, da sie ihn mit einem schwerer in Worte zu fassenden, tieferliegenden Problem um Hilfe gebeten hatten, hatte er etwas Beängstigendes gemacht. Er hatte es verschwinden lassen, aber nur für sich selbst.

Winzige Geigen spielten, und die schöne Schauspielerin zeigte sich in einem neuen Kleid auf Owens' Bildschirm.

Janes Jeans waren sauber und gebügelt, und sie hatte Lip gloss aufgetragen. Ihr gefiel nicht, wie Owens den ganzen Nachmittag herumlag. Blumenkohl gut und schön, aber er nahm zu. Außerdem rasierte er sich auch nicht mehr. »Du hast versprochen, daß ich ein Kleid kriege«, sagte sie. »Ich will ein Kleid und Strähnchen im Haar.« Sie genoß es, wenn beide Eltern sie anstarrten.

»Vielleicht lassen wir dir den Schädel kahlrasieren«, sagte er. »Das werde ich machen, wenn mir die Haare ausgehen. Ich hab mir schon einmal den Schädel kahlgeschoren, und die Leute haben gesagt, daß es gar nicht schlecht aussah. Also werden wir vielleicht einfach eine kahlköpfige Familie sein.«

Mary preßte die Hände gegeneinander. Schloß er sie mit ein? Einen Moment lang wollte auch sie sich den Kopf kahlscheren. Sie hielt ihrer Tochter die Haare vom Nacken ab, wo die zwei Muttermale waren. Als Jane ein Baby gewesen war, hatte Mary oft diese Muttermale mit dem Finger nachgezogen und dabei gedacht, ein Mann, der Jane liebte, würde sich die Flecken später als ihre unveränderlichen Kennzeichen einprägen. »Sie hat eine schöne Kopfform«, sagte Mary.

Owens antwortete nicht. »Jane ist ein ungewöhnlich gutaussehendes Kind. Das weißt du doch, oder nicht?«

Owens lächelte schief und kaum merklich. »Das halte ich nicht für besonders wichtig. Wie dem auch sei, Mary, sie ist nicht du.«

Olivia kam ins Haus, eine Tür fiel zu, und sie hörten die Speichen ihres Fahrrads schwirren.

»Wie habt ihr es geschafft, daß die Böden nicht mehr splittern?« fragte Mary.

»Sie mußten von Hand mit Sandpapier geschliffen werden«, antwortete Olivia.

»Ich dachte, das wäre schon geschehen?«

»Nein«, antwortete Olivia mit gesenktem Kopf. »Ich meine in den Ritzen.«

Mary lachte leise. Wenigstens war es Olivia peinlich. Der Vater von irgend jemandem war tagelang auf Knien gerutscht und hatte mit einer Sandpapierfeile die Ritzen geschliffen. Natürlich wurde er bestimmt gut bezahlt. Mary ging durch das Haus, als wäre es ein Museum und sie zahlende Besucherin. In vielen Zimmern waren die Kamine ungenutzt, die Gitter sauber.

Kleine gestochen scharfe Momentaufnahmen hafteten so in Marys Gedächtnis, daß sie sie abschütteln und sich nie mehr dran erinnern wollte: Owens' lange flache Hand auf ihrem Kopf, als er sie abwies – da hatte sie etwas empfunden, das sie nicht in Worte kleiden konnte. Die Stunden vor Janes Geburt, als sie aus dem Krankenhausfenster eine so klare Landschaft gesehen hatte. Die Nacht, in der sie ihm ihre Unschuld geschenkt hatte – und sie beide gewußt hatten, daß es genau das war, ihr Geschenk an ihn, so sehr, daß er gefragt hatte, ob sie es wirklich wollte. Andere Leute, das war ihr klar, hoben solche Erinnerungsfetzen nicht auf; sie spürten den Schnitt und verleugneten sie, verbogen die Wahrheit, damit sie zu ihren Geschichten paßte.

Er liebt dich nicht, hatte ihre Freundin Bixter sie aufgeklärt, egal, was er sagt. Mary ließ beide Wahrheiten gegeneinander ankämpfen, bis sie einen Nervenzusammenbruch erlitt. Sie war zusammengebrochen, und dann hatte sie Jane weggeschickt.

Auf dem Nachhauseweg stritten sie sich wieder. Jane wollte eine Fete geben und ihre ganze Klasse einladen. Es fragte sich nur, wo. Zum ersten Mal dachte sie, sie hätte vielleicht die Wahl.

»Dann geh doch in sein Haus!» schrie Mary. »Hoffentlich mögen deine Freunde Blumenkohl!«

Einmal hatte Owens gesagt: »Irgendwann wird sie zu mir kommen.« Und Mary hatte die Tage gezählt. Manchmal erkannte sie, daß sie ihre Zeit, ihre Tochter zu lieben und zu berühren, ausgekostet hatte. Sie hatte diese Zeit gehabt, und jetzt fehlte sie ihr, das Mamimamimamimami hallte immer und ewig in ihren Ohren.

Jane wollte ihre Fete in Owens' Haus. Sie merkte, daß andere Kinder, und auch deren Eltern, neugierig waren, zu sehen, was er in sie investierte.

Als Mary ihre Tochter zum ersten Mal in ihrem Laufställchen allein gelassen hatte, hatte Jane geweint, bevor ihre Mutter die Tür erreicht hatte, aber Mary war hindurchgegangen. Auf der anderen Seite hatte sie gewartet, bis sie nichts mehr gehört hatte, und dann war sie gegangen. Sie gewöhnte sich daran, und weg zu sein kam ihr allmählich ganz normal vor, jeden Tag ein bißchen länger und weiter. Sie machte sich keine Sorgen, wenn sie zum Drugstore laufen oder sogar auf eine Stunde zu einer Freundin mußte, auch wenn Jane sie mit ihrem runden Gesichtchen merkwürdig anschaute, wenn sie wiederkam. Aber es war wie mit Geld in einer Parkuhr: Wenn man keinen Strafzettel bekam, war alles gut.

Mary nahm an, daß alle Mütter es so machten. Sie war stolz auf ihre Sicherheitsvorkehrungen, denn sie überprüfte, ob die Herdplatten abgeschaltet waren, und schloß die Tür zweimal ab. Einmal im Lager in den Bergen hatten sich die Frauen allerdings gegenseitig ihre Brüste gezeigt und verglichen, in welcher Form sie nach den Geburten waren, und Mary hatte erzählt, wie sie Jane allein ließ, einfach um dazuzugehören, und da hatten sie alle wie eine gefährliche Irre angestarrt.

Am Bungalow angekommen, mußten sie ihn anrufen. Owens hörte es sich im Stehen an und hielt das Telefon fünfzehn Zentimeter vom Ohr ab. Seit Jane in Alta angekommen war, hatte er sich gelegentlich vorgestellt, eines Tages werde sie bei ihm wohnen wollen. Er hatte sogar mit Olivia darüber geredet, und sie hatten sich ein wenig gestritten. Er hatte gesagt, daß er jeden Abend zum Essen nach Hause kommen würde. »Für sie würdest du das machen«, sagte Olivia. »Aber was war in all den Jahren mit mir?« Sie verstand, daß Kinder vorgingen, aber bei ihr war das als Kind nie so gewesen. Wer entschädigte sie jetzt dafür? Sie hatte immer Angst, egoistisch zu wirken. »Ich müßte mein Leben ändern«, hatte er damals abschließend festgestellt, »aber ich kann es einrichten.« Und jetzt hatte sich sein Leben geändert. Er war immer zum Essen zu Hause.

Während Jane rüberkam, kramte Olivia Kissen und eine Daunendecke aus dem Schrank, Owens im Schlepptau. »Vielleicht gründe ich eine Schule«, sagte er. »Und zwar hier im Garten.«

Jane kam zur Hintertür herein, ihre in ein Tuch gebündelten Schulkleider an einem Stock über der Schulter. Olivia schleppte eine Lampe nach unten, und als das provisorische Bett fertig war, war es schon spät.

Jane redete aufgeregt. »Sie wollte also einfach nicht, daß ich ...«

»Hast du deine Schulbücher dabei?« fragte Owens.

Olivia hätte gern Ovomaltine gemacht, das warme Getränk, an das sie sich aus Nächten in ihrer Kindheit erinnerte, und wäre dann plaudernd am Fußende von Janes Bett sitzen geblieben.

»Ich rede kein Wort mehr mit ihr, und wenn sie ...«

»Du mußt mit ihr reden. Sie ist deine Mutter. Und wir alle sollten schon längst im Bett liegen.« Sie hörten auf ihn und hatten beide das Gefühl, daß ihnen etwas Seltenes, Wundervolles und Gemütliches entging.

Am nächsten Morgen wurde Owens von Schritten wach. Mary stürmte herein, außer Atem, und suchte die leeren Zimmer ab. Jane hüpfte ihr in die Arme, und da standen sie, die Mutter mit dem zweiundvierzig Kilo schweren Kind auf dem Arm, als Owens und Olivia hereinliefen.

»Sie ist meine Tochter, und ich will sie bei mir haben«, sagte Mary mit zugleich entschuldigender und vorwurfsvoller Stimme.

Owens blieb in seiner Unterwäsche wie angewurzelt stehen und glotzte die beiden an. Er schämte sich für seine Pläne in der Vornacht. Er war tatsächlich noch drei Stunden wach geblieben und hatte seinen Lehrplan durchdacht. Er traute sich nicht, sie schrankenlos zu lieben, weil Mary sie ihm jederzeit wegnehmen konnte.

Ein paar Wochen später fand Jane nach der Schule ihren Vater in der Garage vor, wo er sich mit Schreinerarbeiten beschäftigte. Er baute schlichte, symmetrische Vogelhäuser aus Birkenholz. Sieben standen schon fertig auf dem Boden.

»Als ich ungefähr in deinem Alter war«, sagte er, »fing ich an, Dinge über mich selbst herauszufinden.«

Sie sah zu, wie er an der Drehbank werkelte. »Ich weiß, du hast dich mit Zauberei befaßt.«

»Allerdings. Ich wollte alles mögliche wieder zum Leben erwekken. Aber daraus ist nichts geworden. Es ging hauptsächlich um Kartentricks, da hab ich es also sein gelassen.«

»Hast du irgendwas Tolles gelernt, bevor du aufgehört hast?«

»Na ja, einmal hab ich ein Pferd verschwinden lassen.« Er musterte das Holz aufmerksam.

»Wie hast du das geschafft?« fragte sie leise, so als schliche sie sich an einen Vogel an.

Sein Gesicht zerfiel in ein Kichern, das ihn schüttelte, und dann drehte er sich um und kitzelte sie.

»Verschenkst du wirklich deine Autos?« fragte sie, als sie wieder reden konnte.

»Ja.«

»Kann ich dann eins haben?«

»Nein.«

»Warum nicht?«

»Das ist irgendwie eine lange Geschichte.«

»Ich hab Zeit«, sagte sie. Und zum ersten Mal, seit sie ihn kannte, ging es ihm ebenso.

Owens ging zwar nicht aus dem Haus, hielt sich aber durch Zeitungslektüre auf dem laufenden. In vieler Hinsicht hatte er das Gefühl, besser informiert zu sein als je zuvor. Mit seiner Tochter erkundete er die Freuden ungezwungener Unterhaltung. Natürlich hatte er vorübergehend, als er täglich etwas über seine eigene Krise las – mittlerweile auf Notizen im Wirtschaftsteil beschränkt –, eine skeptische Haltung gegenüber der Presse entwickelt. Doch obwohl er deutlich erkannte, daß die Berichte über ihn falsch waren, und wußte, daß dieselben Journalisten andere Themen verfolgten, fiel es ihm irgendwie schwer, sich zu erinnern, daß die Nachrichten, die er las, verfälscht oder gar unwahr sein könnten, so wie die meisten Leute unbekümmert Klatsch weiterverbreiten, aber wütend und entsetzt sind, wenn sie Gerüchten über sich selbst auf die Spur kommen.

Heute abend sollte es den letzten Blumenkohl der Saison geben, dachte Owens, ehe er anfing, seiner Tochter die Geschichte der Ford Motor Company zu erzählen. Er wußte so einiges über die Unternehmen, die das Land aufgebaut hatten, und die Männer, die diese Firmen geschaffen hatten. Er begriff Fords fanatische Ordnungsliebe, und warum er wollte, daß Autos schwarz sein sollten. Auch Owens mochte eine geordnete Welt. Geduldig führte er aus, warum Uniformität ein Vorteil für den Käufer aus der Mittelschicht war. »Wenn alles die gleiche Farbe hat, können Ersatzteile massenweise produziert und untereinander ausgetauscht werden!« rief er in der dunklen Garage aus, wo Werkzeug seines Vaters an den Wänden hing.

»Aber die Leute wollen Autofarben, die ihnen gefallen«, sagte Jane. »Hat er daran nicht gedacht?«

Fords Niedergang, erklärte Owens, läge darin begründet, daß er den Leuten seine erhabene Vision aufzwingen wollte. Jane hatte wirklich recht: Amerikaner wollten Farben, und so wurde die General Motors Corporation ins Leben gerufen.

»Aber du hast noch nicht gesagt, warum ich keins kriege, wenn du sie verschenkst.«

»Du bist fünfzehn. Du kannst deinen Führerschein überhaupt erst in einem Jahr machen.«

»Du könntest mir eins aufheben.«

»Die Todesrate unter Jugendlichen wird angeführt von Kids, die Autos zu Schrott fahren.«

»Würde ich aber nicht tun. Ich bin vorsichtig.«

Er schüttelte den Kopf. »Jedenfalls hat Ford nicht mal gemerkt, daß Hitler verrückt war. Ich weiß wirklich nicht, wie er dem auf den Leim gehen konnte.«

»Ich kann es mir vorstellen«, ereiferte sich Jane. »Unsere Lehrerin hat gesagt, er hat dafür gesorgt, daß die Züge pünktlich fuhren. Das ist das gleiche, wie wenn man allen schwarze Autos aufdrängt, auch wenn sie andere Farben wollen.«

Owens war nicht dieser Meinung; er fand, Züge konnten auch ohne Grausamkeit oder Repression pünktlich fahren. Er argumentierte beredt, hatte sich aber bereits vorgenommen, Eliot Hanson anzurufen, damit der den Farbwunsch bei der Bestellung des neuen Autos, mit dem er Olivia überraschen wollte, änderte, von Schwarz in Dunkelgrün. Insgeheim fand er, daß ihm seine Tochter moralisch überlegen war. Owens begriff, daß er Fehler gemacht hatte und jetzt, in der längsten Pause seines Lebens, mit ihnen leben mußte.

»Vielleicht wird sich das noch herausstellen«, grübelte er vor sich hin, »und wir haben uns einfach alle geirrt.«

Jane hörte ihn oft solche Ansichten äußern, jetzt, da er Zeit zum

Nachdenken hatte. Sie war sich nicht sicher, ob das so gut für ihn war.

An dem Tag war Jane in der Küche, als Owens seine Nachrichten abhörte. Der weiße Anrufbeantworter war mit seiner zugehörigen Nummer vom Kupferkönigspalast in das neue Haus am Mayberry Drive verpflanzt worden. Albertine Maguire hatte überhaupt keine Hemmungen, anzurufen; sie war gerade für eine Ferienwoche hergeflogen. Offensichtlich erwartete sie, daß ihre Anwesenheit die Leute entzückte, und hatte dazu den Instinkt eines Mitglieds der Oberen Zehntausend für Gespräche mit einem Freund, der in den Nachrichten gewesen war. Owens hätte dieser Impuls abgeschreckt, wenn er sie durchschaut hätte, dabei lagen Albertine böse Absichten fern. Sie hätte sich mit Freuden seine Version der Ereignisse angehört und danach dreißigmal wiedergegeben. Daß andere seinem Wunsch entsprechend gar nicht über seine Tragödie redeten, war ein lachhaftes Ding der Unmöglichkeit für Albertine. Aber sie hatten sich einmal auf einer Tanzfläche geküßt, und für sie wäre es ebenso undenkbar gewesen, nicht das Allerbeste von ihm zu denken.

»Ich würde sie gern kennenlernen«, sagte Jane, als Albertines lange Nachricht zu Ende war.

»Jederzeit.«

Er konnte nicht ahnen, daß Jane das wörtlich nehmen würde. Aber sie rief Albertine an und vereinbarte ein Treffen am nächsten Tag um vier im Teesalon des Palace Hotels.

Jane hatte sich schon die Jahre ausgerechnet, in denen Albertine im Leben ihres Vaters eine Rolle gespielt hatte. »Hast du je von mir gewußt?« fragte sie diese Frau, die sie nie zuvor gesehen hatte.

Sie waren in einem Raum mit weißen Tischdecken und Blumen auf jedem Tisch. Jane trug ihre ersten Schuhe mit Absätzen und Strümpfe ihrer Mutter an Beinen, die sie noch nicht rasierte. Ihr gefielen die in Wassergläsern klirrenden Eiswürfel, der aus der Küche herüberwehende Brotduft.

»Ob du's glaubst oder nicht, ich meine, ich hab einmal ein Foto von dir gesehen, als du kleiner warst.«

Jane biß sich auf die Lippe, denn ihr fiel ihre Mutter in der Schlange in der Post ein, wie sie Owens ihre Zeugnisse, Locken ihres Haares und diese kleinen abgeschnittenen Fotos schickte. *Jane in der ersten Klasse.*

»Aber ich hab nicht gewußt, wer du bist.«

»Ach. Nicht, daß ich seine Tochter bin.«

Albertine hatte Owens seit langem in der überfüllten Kammer ihrer Erinnnerungen verstaut, die sie für ihre chaotische Jugend reservierte. Sie holte diese Dinge vorsichtig hervor und versuchte, dem Mädchen zu geben, was sie konnte. Ihr gefiel Janes zutage tretende Sensibilität, in der auch etwas von Owens steckte. Vielleicht hatte sie sich dann geirrt, was ihn betraf. Albertine war mehr als einmal vernichtet worden und hatte ein gebrochenes Lächeln. Aber Owens hatte mit fliegenden Fahnen über den ganzen Kontinent hinweg um sie geworben. Sie hatte nie das Pech gehabt, sich in ihn zu verlieben.

Sie überlegte sich, ob sie das sagen sollte. Während Albertine an ihrem Tee nippte und Jane einen Zuckerwürfel nach dem anderen in ihre Tasse warf, nicht mit den kleinen Silberzangen, sondern mit den Fingern, fiel Albertine auf, daß das Mädchen an den Nägeln knabberte. Bis vor drei Jahren hatte Albertine das auch getan.

Dann hatte sie damit aufgehört, und diese Woche erst hatte sie sich eine französische Maniküre geleistet, in dem Wissen, daß ihre Mutter ihre Hände ans Licht halten und prüfend betrachten würde, sobald sie nach Hause kam.

Zwei Männer hatten sich in ihr Herz eingeschlichen, erzählte sie Jane, aber Owens sei nett und töricht gewesen und habe mit viel Einfallsreichtum um sie geworben. Damals hatte Albertine Journalistin werden wollen. Seitdem hatte sie sich in verschiedenen Berufen versucht, und nun plante sie, Schriftstellerin zu werden. »Daher war dein Vater, so eindrucksvoll er auch ist, eigentlich nicht auf meiner Wellenlänge. Ich hatte es mehr mit den jungen Schriftstellern. Die, das kannst du mir glauben, auch nicht das Gelbe vom Ei sind.«

»Du warst nicht in ihn verliebt?« Janes Kinnlade klappte runter.

Zum ersten Mal in ihrem Leben sah sie sich mit der Möglichkeit konfrontiert, daß Owens abgewiesen wurde.

»Einmal vor langer Zeit war er in meinem Zimmer, und wir waren miteinander im Bett.« Albertine sah alarmiert auf. Noch nie hatte sie sich mit jemandem darüber unterhalten, daß sie mit seinem oder ihrem Vater im Bett gewesen war.

Jane war es ebenfalls peinlich.

»Vor langer Zeit hatte ich ein schlimmes Erlebnis. Ich kann es dir ja sagen. Ein Vorgesetzter hat mich vergewaltigt – ein bedeutend älterer Mann. Ich hatte Owens davon erzählt, und am nächsten Morgen sagte er, daß ihm schlecht sei, und dann war es, als hätte ich ihm nie was erzählt. Jetzt glaube ich mit Bestimmtheit, daß er sich nicht einmal dran erinnert.«

»Ach, so ist er. Vergeßlich.«

Na bitte. Jetzt hatte Albertine diesem Mädchen erzählt, was sie dem Vater einmal vorschnell verraten hatte und danach mit viel Glück wieder zurücknehmen konnte. Sie nahm es ihm nicht übel. Es war ein Irrtum gewesen, ihm so etwas anzuvertrauen, und jetzt standen sie wieder so miteinander, wie es immer hätte sein sollen.

Aus Jane sprudelte es heraus: »Ich kann einfach nicht glauben, daß du nie in ihn verliebt warst.«

»War ich eben nicht.«

»Also, dann sag ihm das lieber nicht. Weil er nämlich glaubt, daß du's warst. Unglücklich.«

Sie stießen fast mit den Köpfen zusammen, während sie irgendwie hysterisch und hemmungslos lachten.

Beim Hinausgehen fiel Jane ein, daß Owens in diesem Hotel all seine Geburtstagsgeschenke gelassen hatte – Vasen, Kleider, einen lebenden Pfau. Jane fragte sich, ob die Geschenke noch irgendwo hier herumlagen, die Bänder angestaubt, der Pfau in einem Gehege draußen.

Als Albertine Jane fragte, ob sie Noah Kaskie kannte, antwortete Jane, sie seien sehr gute Freunde. »Kennst du ihn auch?«

»Nein, aber auf der Feier von deinem Vater habe ich neben ihm gesessen. Und erst vorige Woche habe ich in der Zeitung von seiner Entdeckung gelesen ...«

Jane starrte Albertine wie durch eine offene Tür an, durch die sie neue, unvermutete Lebensformen auf Pfaden hinter dem sattsam Bekannten entdeckte. Heute kam ihr zum ersten Mal der Gedanke, eine Frau könnte ihren Vater vielleicht nicht lieben. Und dieselbe Frau hielt Noah für berühmt.

Als Jane nach Hause kam, saß ihre Mutter auf dem Boden und trank Tee mit Bixter, die mit dem Greyhound-Bus gekommen war. Ihr eines Auge rutschte nach links weg, während das andere starr geradeaus sah. Jane wog dieses Leben im Bungalow gegen seins ab. Zum ersten Mal wußte sie, daß sie bei Owens wohnen konnte, und das tickte in ihr wie eine kleine, gut versteckte Bombe. Entweder fiel ihr jetzt zu Hause mehr auf, oder es störte sie mehr als vorher. Bixter erbot sich, ihr aus der Hand zu lesen, und Jane sagte nein danke, sie habe Hausaufgaben.

Ihre Mutter folgte ihr in ihr Zimmer. »Sie hat sich um dich gekümmert, als du klein warst, und jetzt hast du keine Zeit für eine alte Frau, die dir die Zukunft deuten will?«

Zu Hause war immer noch zu Hause. Seufzend kehrte Jane ins Wohnzimmer zurück und streckte ihren Arm aus. Im Haus schien es jetzt dunkler zu sein als draußen. Eine Kerze flackerte in einer Wasserschüssel.

»Du bist eine Heilerin«, sagte die Frau. »Das ist unverkennbar.«

»Was genau bedeutet das?«

»Es ist eben so. Du könntest eine Prophetin sein.«

»Ach nee, das wohl eher nicht.« Jane hatte zu viele Mystiker kennengelernt, bevor sie zehn war. Es erschien ihr nicht als ein besonders sicheres Leben. »Ich will Politikerin werden«, erklärte sie. Trotzdem bewahrte sie, ohne es zu wissen, die faltbaren Mysterien ihrer Kindheit auf wie blasse Blumen in unentzifferbaren Büchern, um sie später herauszuholen und zu versuchen, daran zu riechen.

Bixter wollte die Wüste sehen, also brachen sie bei Sonnenaufgang im Auto auf und fuhren stundenlang. Eli saß am Steuer, und Jane studierte die Karte, ständig in Sorge, daß sie sich verfahren hatten. Sie saß mit Bixter hinten und sang ein Lied, zu dem man die Hände bewegte:

Pik, das heißt Tulpen zusammen,
ewiges Zwielicht,
bring meinen Liebsten wieder zu mir.

Sag, was erzäh-äh-ählen
uns alle die Blu-u-u-umen?
Sie erzähäh-äh-ählen
von meiner Liebe zu dir.

Obwohl weder Bixter noch Jane schon ein Liebeserlebnis hatten, dachten beide mehr daran als an alles andere. Jahre zuvor hatten sie in den Bergwerken von Mariposa gezeltet und die Briefe gelesen, die die Goldgräber von 1849 an die Wände gekritzelt hatten. *War es das wert?* hatte einer geschrieben.

Sie stellten das Auto tief in der Wüste neben Schlammflächen ab, und am nächsten Tag zogen sie nichts an. Niemand sonst war in der Nähe, meilenweit kein Leben; sie waren vollkommen allein. »Was ist, wenn Räuber kommen und uns überfallen?« fragte Jane. »Die Polizei rufen scheidet schon mal aus.«

»Bloß nicht die Polizei rufen«, murmelte Bixter, bis zu den Schultern im Schlamm.

Sie saßen unter Sternen in den heißen Quellen. Mary und Eli knipsten Autoscheinwerfer und -radio an, zogen sich dann an und tanzten in den hohen Lichtkegeln, stolperten auf der unebenen Erde. Im Schneidersitz im warmen Schlamm hockend, fragte sich Jane, ob ihre Mutter ein Liebesglück kannte, das Jane nie erfahren würde, weil sie so anders als ihre Mutter war.

Eli summte zur Musik, und Marys langes Kleid kräuselte sich an den Knöcheln. Jane dachte an Elis Vögel und die selbstgebackenen Kekse ihrer Mutter. Sie pfriemelte Wundschorf von der Außenseite ihres Knies und berührte die weiche Stelle darunter.

In Owens' Haus konnte sie nicht einziehen. Dieses chaotische Leben, mit Leuten, die einfach dazukamen, war auch ihr Leben. Aber etwas wollte sie. Dann fiel es ihr ein: Sie wollte seinen Namen tragen. Mary würde das nichts ausmachen. Der hatte ihr eigener Nachname nie gefallen.

Einen Monat später zündete Owens bei der Zeremonie Kerzen an. Er hatte ein Formular vom zuständigen Kreisamt angefordert und einen besonderen Holzfüller besorgt, mit dem sie unterschrieben.

»Deine Abhängigkeitserklärung«, sagte er mit gespitzten Lippen und hochgezogenen Augenbrauen.

Am nächsten Abend rannte Jane durch das Haus zu Owens' Bett, wo er sich einen Film ansah. »Du mußt wirklich meiner Mom helfen. Ich glaub, sie steigt in einen Zug.«

Auf dem Zettel stand: *Ich zieh los in den Norden zu Bixter. Du brauchst mich nicht mehr.*

»Dann wollen wir uns mal gleich auf die Suche nach ihr machen.«

Er ging mit ihr zum Tor und durchschritt es zum ersten Mal seit Monaten. Als er seine Kleinstadt sah, lächelte er, immer noch die alten einstöckigen Häuser mit Dächern auf Höhe der Baumkronen. Es war ein sanft leuchtender Frühherbstabend. Er fuhr sie beide langsam die laubbedeckten Straßen entlang und hielt Ausschau nach einer Fußgängerin.

»Da ist sie«, sagte er. »Bin ich froh.«

»Ich weiß.«

»Vielleicht sollte ich aussteigen. Ich komm hinterher, aber vielleicht hört sie eher auf dich.«

Jane übernahm das Steuer und öffnete das Fenster für ihre Mutter. »Hey, willste mitfahren?«

Mary ging resolut weiter, mit alten Schuhen, einem festgezurrten Pferdeschwanz und krampfhaft geballten Fäusten. Das Licht wirkte diesig und grell zugleich, die Häuser sahen wie Attrappen aus. Die Zeit pochte in Pulsschlägen. »Oh. Nein.« Ihr Mund zuckte, dann ging sie etwas langsamer – zum Bahnhof, nahm Jane an.

»Mom. Komm schon.« Jane mußte langsam fahren. Owens' Auto war groß und wuchtig, und sie paßte besonders gut auf.

»Dir geht's gut. Schau dich doch an. Du lebst hier wie die Made im Speck. Soviel steht fest.«

»Hast du das denn nicht gewollt?«

»Wohl schon. Ich hab nur immer geglaubt, es ginge um uns beide. Aber du brauchst mich jetzt nicht mehr.«

»Bitte bleib stehen, damit wir reden können.«

»Tu mir einen Gefallen: Laß mich in Ruhe, Jane.«

Ihre Mutter ging mit festen Schrittten, in der Hand eine zerknitterte braune Papiertüte. Jane saß im Auto und sah zu, wie ihr Vater ein paar Minuten später loslief, ihre Mutter einholte und an der Schulter berührte. Unten an den Eisenbahngleisen blühten noch Färberbäume vom Sommer. Die beiden standen eine Weile beieinander, sie mit gesenktem Kopf, mit einem Fuß über den Boden scharrend, und dann brachte er sie dahin zurück, wo Jane das Auto angehalten hatte.

Jetzt lachte ihre Mutter, die Hände in den Taschen, und er sagte, sie würden alle essen gehen. Irgendein langer Kampf schien ausgestanden.

Jetzt, wo er mich so gesehen hat, dachte Mary, ist wirklich alles aus.

Am nächsten Tag war die Wahl. Beim Abendessen erzählte Jane Owens, daß Altas Wahlbeteiligung zu den niedrigsten im ganzen Staat gehörte, als wäre das irgendwie sein Fehler. Er hatte vorgehabt, als Gouverneur zu kandidieren, und dabei in einer Stadt gewohnt, in der kaum jemand zur Wahl ging. Er wählte selbst nicht. »Diesmal vielleicht doch«, sagte er.

Sein Wahllokal war ein YMCA, und Owens war an diesem Tag der erste, der eine Wahlkugel einwarf. Es waren alte, riesenhafte Apparate, deren Mechanismen kaum komplizierter waren als die eines Rechenschiebers oder eines elementaren Dosenöffners.

»Was jetzt?« fragte er und steckte seinen Kopf zwischen den Vorhängen durch.

»Ziehen Sie den Hebel wieder zurück, wenn Sie wollen, daß Ihre Stimme registriert wird, Mister.«

Ihm gefielen das Knirschen des Hebels und das kurze Ticken des Registriervorgangs, wie wenn eine Münze in ein großes leeres Glas fällt.

Was den wohl ins Wahllokal treibt? überlegte Owens, als ein

Mann in einer Gehhilfe heranhumpelte. Offenbar waren mehrere Gärtner gekommen, einer von ihnen sogar mit einer Hacke über der Schulter. Eine dicke Frau hatte ihre Haare auf rosa Styropor-Lockenwickler gerollt. Owens staunte über die vielen verschiedenen Menschen, die sich die Zeit von ihrem Tagesablauf abknapsten, um diesen winzig kleinen Akt auszuführen, von dem sie nicht den geringsten direkten Nutzen hatten. Er wollte von dem ramponierten Menschenhaufen in Erfahrung bringen, was ihnen ihren Glauben eingab. Nach Ablauf einer Stunde verstand er immer noch nicht einmal die verächtlichen Radikalen, die darauf warteten, einen unbekannten Namen einzutragen, verließ das Lokal aber mit Tränen in den Augen.

Er schlenderte durch die ruhigen Vormittagsstraßen, wollte nicht nach Hause. Dann mußte er zur Toilette. Er kam gerade an der Kirche von Alta vorbei und dachte, dort müßte es eine geben, aber drinnen wurde ein Gottesdienst abgehalten. Ihm fiel Kaskies Labor ein, wo es ihm immer gefallen hatte, und als er bei dem Haus angelangt war, nahm er zwei Stufen auf einmal. Plötzlich befand er sich allein in einem großen Waschraum, wo er die einzelnen Türen aufstieß und feststellte, daß kein Toilettensitz sauber war. Junge Leute. Er holte Papierhandtücher von der Wand über den Waschbecken, machte sich daran, eine Klobrille gewissenhaft zu reinigen, und legte das gefaltete Papier darüber, wie seine Mutter es ihm und Pony beigebracht hatte; dann fragte er sich, ob das Jane wohl irgendwer gezeigt hatte. Schulterzuckend verließ er sich darauf, daß Mary es bestimmt getan hatte. Alles in allem war sie eine ziemlich gute Mutter. Er hatte Glück gehabt. Großes Glück. Er verließ den Raum und ging dann zurück, um nicht nur bei seiner, sondern auch bei allen anderen Toiletten die Spülung zu betätigen. Als er hinausging, rauschte es hinter ihm wie ein Wasserfall.

Es war fast ein Jahr her, daß Owens zuletzt das Labor besucht hatte. Noahs mit Eintragungen überladene Zeitachse war auf eine Länge von dreieinhalb Metern angewachsen.

»Hallo, Kumpel«, sagte Noah, unsicher, was auf ihn zukam. Owens hatte sich einen Bart wachsen lassen und trug ein Flanellhemd. »Hast du Lust, mit mir durch die Gegend zu fahren und die Bäume anzusehen?«

Owens nickte, und Noah griff sich auf dem Weg nach draußen seine Jacke von einem Haken. Er schaute kurz bei Louises Platz vorbei, um ihr zu sagen, daß er ging.

»Weißt du, was mir gefällt?« sagte Owens. »Diese Bäume, die man an allen Boulevards in Paris sieht. Was sind das für welche?«

»Roßkastanien, glaube ich.«

»Sie sind sehr schön«, sagte Owens. »Hast du gewußt, daß ein Olivenbaum dreißig Jahre braucht, bis er Früchte trägt?«

»Deshalb wird Landwirtschaft immer mit Frieden assoziiert.« Noah holte seine Schlüssel heraus und schloß den Bus auf. »Nach dem – welcher war es noch mal? –, dem Peloponnesischen Krieg waren die Bauernhöfe zerstört, und die Leute mußten in die Städte abwandern. Kultivierung braucht Geduld. He, ich hab heute einen Vorteil der Anklopffunktion beim Telefon entdeckt.« Beide Freunde hatten nicht viel für Telefonneuerungen übrig. »Ich hatte so ein Endlosgespräch, der Typ wollte und wollte nicht aufhören, und da hat mein Telefon irgendwann einen Signalton abgegeben.«

Darauf sprang Owens sofort an. »Wir sollten dir ein kleines Gerät basteln, das den Ton kopiert, dann brauchst du bloß einen Knopf zu drücken, und es piepst in der Leitung.«

Kaskie schluckte einmal kräftig. Owens war immer noch ganz der alte.

Im Park lichtete sich der Nebel, und am Himmel zeigte sich hin und wieder die Sonne. Owens stieg langsam aus dem Bus und reckte sich wie nach einer langen Rekonvaleszenz. Es war ein Vormittag mitten in der Woche. Umgeben von Radfahrern, Joggerinnen, Jugendlichen auf Rollschuhen und in grellbunter Sportkleidung entdeckte Owens eine Braut. In ihrem Kleid mit langem Spitzenschleier stand sie steif da, einen Strauß in Händen haltend. An ihr vorbei fegten leicht bekleidete Kids auf Skateboards. Eine kleine Gesellschaft umstand die deplaziert wirkende Braut.

»Vermutlich Filipinos«, sagte Noah. »Sie reden Tagalog.«

Owens stellte fest, daß er wie die Filipino-Braut war und das, was ihm am wichtigsten war, in aller Öffentlichkeit vorführte, so auffällig, daß er den Hunderten, die nichts riskierten, sondern sich an dem sonnigen Tag vor allem vergnügten, töricht vorkam. Während er das rote Laub der Bäume betrachtete, überlegte er sich, was er machen wollte. »Morgen verkaufe ich alle meine Genesis-Aktien«, sagte er schließlich. »Ich glaube, daß der Wert steigen wird, aber Däumchendrehen und nur drauf warten, wäre mir zu stressig. Ich behalte bloß eine im Wert von einem Dollar, damit ich den Jahresbericht kriege.« Ein Lächeln zuckte um seine Unterlippe. Diesen Bericht zu erstellen und ihm zuzusenden würde sie um die sieben oder acht Dollar kosten.

Die beiden Männer bewunderten einen Fächerahorn. »Wie alt mag der wohl sein – siebzig Jahre?« sagte Owens. »Einen so alten Fächerahorn kann man nicht kaufen.«

Wahrscheinlich doch, dachte Noah, war aber froh, daß sein Freund das nicht wußte.

Ein Junge auf einem Skateboard hielt schlitternd an. »Sind Sie Tom Owens?«

Owens lächelte seltsam. »Warum?«

»Denn wenn Sie das sind – o Mann, Sie haben mir das Leben gerettet. Was Sie getan haben, ist unglaublich.«

Owens ergriff die Hand des Jungen. Er erkundigte sich nach seinem Namen und Alter, nannte ihm dann seine Adresse und sagte ihm, falls er je irgendwelche Probleme hätte, sollte er einfach vorbeikommen und bei ihm anklopfen.

AUS MIT OWENS! fiel ihm ein, wie jeden Tag unzählige Male. »Es muß ziemlich schwer für Jane gewesen sein«, sagte er, »als alle Kinder und Lehrer in der Schule das gesehen haben.« Und sie sich nichts anmerken lassen durfte.

Als die Wahlergebnisse später an dem Abend vorlagen, hatte der Kandidat, den Owens' fünf Berater unterstützten, verloren, und er fragte sich einen Moment lang, ob er selbst wohl gewonnen hätte.

Ein Jahr nachdem Owens verkauft hatte, schnellten die Aktien von Genesis in die Höhe – wegen NT12. Er behielt recht, nur verspätet.

Zwei Partys

Noah nahm Geschichte auf seiner Zeitachse ungefähr so in Angriff, wie er nach seinem Gen gesucht hatte – umfassend, großzügig, das Problem von so vielen Blickwinkeln wie möglich angehend. Ihm war klar, daß man seine Vorgehensweise wohl kaum als elegant bezeichnen konnte. Im Spätherbst und Frühwinter nahm er ein weiteres Projekt auf diese Weise in Angriff, und zwar Liebe.

Mittlerweile war Louise die Dame seines Herzens, aber er mußte zugeben, daß seine Aussichten nicht allzu rosig waren. Auf Anraten seiner Freunde hatte er beschlossen, ihnen – oder ihr – eine Frist zu setzen. Falls bis Neujahr nichts passierte, wollte er es aufgeben. Und wenn sich dann auch mit keiner anderen etwas abspielte, wollte er versuchen, Gefühle für Rachel zu mobilisieren. Sie kam jetzt häufig in sein Büro. Ihr Gesicht, seit neuestem geschminkt, wirkte gerötet vor Entdeckerstolz. *Ihn* hatte sie entdeckt, wußte Noah, nicht irgendein Gen. Sie hatte das Gefühl, ihn frühzeitig erspäht und erkannt zu haben, was in ihm steckte, selbst als es so schien, als sei er noch auf dem Holzweg, und nun konnte es die ganze Welt sehen.

Das stimmte ja alles. Aber Rachel gehörte zu einem Frauentyp, der schon immer auf Noah geflogen war – mütterlich, gluckenhaft. So einsam Noah auch war, er wollte doch selbst wählen, sich nicht wählen lassen.

Noah schlug über die Stränge und gab die Erhöhung seiner Bezüge, die er noch gar nicht in der Tasche hatte, für ein neues Paar Stiefel aus. Es war schwer, Schuhe in seiner Größe zu finden, die auch nur annähernd elegant aussahen. Wenigstens habe ich lange was davon, sagte er sich.

Eine Woche vor Weihnachten war Noah an einem Abend auf zwei Partys eingeladen: die eine war Pflichtprogramm, die andere Vergnügen. Er fragte Louise, ob sie ihn zu der besseren begleiten wollte.

Sie konnte sich nicht entscheiden, was sie anziehen sollte. Alle ihre Kleider kamen ihr schmutzig oder aus der Mode gekommen vor. Seit sie mit ihrer Fliegenzucht angefangen hatte, hatte sie sich nichts Neues zugelegt. Sie ging zur Damentoilette am Ende des Flurs, stieg aus den Sachen, die sie sich zuletzt ausgesucht hatte, und zog wieder Jeans mit ihren alten Stöckelschuhen und einem schwarzen Sweatshirt an. Sie nahm ihre Ohrringe ab und wusch sich das Gesicht. Feingemacht fühlte sie sich einfach nicht wohl in ihrer Haut. Es kam daher, daß sie in Michigan aufgewachsen war und jeden Tag nach der Schule ihre weiße Bluse auf einen Kleiderbügel gehängt hatte, bevor sie zum Spielen nach draußen auf die Felder gelaufen war.

»Ich geh lieber nicht mit«, sagte sie zu Noah. »Ich hab zu nichts Lust.«

»Komm schon; es ist Weihnachten, und du bist eine Christin. Hierbleiben gilt nicht.«

»Weihnachten steht mir bis hier.« Sie hatte vor, sich von allem fernzuhalten, das sie schmerzte und verletzte, wie zum Beispiel Partys, auf denen sie entweder gar keine Männer oder nur Arschlöcher kennenlernte.

»Du bist in der Brunft«, hatte Noahs Schwester gesagt. Er war immerzu mit Louise im Labor, aber nichts passierte. Er war schon drauf und dran, Rachel einzuladen. Wenn seine Schwester nach Hause kam, würde sie mit ihrer großen Hand alle Probleme glätten.

»Mir nicht«, sagte Noah zu Louise. »Ich hab einen neuen Schal, und ich gehe hin.«

Hätte Louise mitgezogen, sagte er sich, hätte er sich vor dieser Sache irgendwie drücken können. Er hatte die Aufsicht beim jährlichen Winterball für jugendliche Körperbehinderte. Eine Rockband war engagiert, und die Kids tanzten in Rollstühlen. Das Ganze erinnerte Noah an Autoscooter, aber er blieb an der Bande der Sporthalle, füllte dünne Coke-Becher nach und unterhielt sich mit seinem alten Freund Ed, den er aus seiner Zeit bei der Vermittlung kannte. Er hatte ewig nicht mehr mit Ed gesprochen, aber so war das bei ihnen. Manchmal unterhielten sie sich jahrelang nicht miteinander, und dann führten sie ein Grundsatzgespräch.

Ed zog hinter seinem Rücken eine viereckige Flasche aus dem Rollstuhl hervor und schenkte in zwei Pappbecher ein. »Das macht uns munter«, sagte er.

»Also, Ed, wie ist es eigentlich mit Sex?« fragte Noah. Ed war zwar von der Brust abwärts gelähmt, Querschnitt, war aber verheiratet gewesen und geschieden. Er hatte ein Kind.

»Was willst du wissen?«

Noah schluckte. »Das ist ja das Problem. Ich weiß nicht mal, was ich fragen muß.«

»Als Kind war ich im Krankenhaus, in einem großen Zimmer mit allen Querschnittsgelähmten. Uns ging es hundeelend. Und dann haben sie einen vollständig gelähmten Tetraplegiker zu uns verlegt. Er war einer der ersten. Bis vor fünfundzwanzig, dreißig Jahren gab es keine Tetraplegiker. Sie sind gestorben. Sir Ludwig Gartman hat eine Operationsmethode entdeckt. Dieser eine Mann, dessen Arme und Beine gelähmt waren, hat uns allen neuen Mut gegeben. Hatte überhaupt kein Gefühl im ganzen Körper.«

Eine angeborene Krankheit zu haben war etwas anderes, als nach einem Autounfall behindert zu sein; Noah wußte das. Er hatte seine Welt nie neu begreifen, sich nie an die Dimensionen eines Rollstuhls gewöhnen müssen. Seiner war mit ihm gewachsen. Er konnte einen Durchgang im Kinosaal auf den ersten Blick einschätzen. Noahs Krankheit war für ihn selbst etwas Natürliches. Jemanden wie Ed betrachtete Noah als Krüppel. *Der Typ ist wirklich behindert*, hatte er gedacht, als er ihn das erste Mal gesehen hatte, und sich selbst anders eingeschätzt.

Die Jugendlichen auf der Tanzfläche gingen aus sich heraus, mit wild fuchtelnden Armen und wirbelnden Rollstühlen fuhren sie Pirouetten, hielten an und legten erneut los. Noah sah auf seine Uhr. Er war seit drei Stunden da. Jetzt konnte er zu der Baumschmuck-Party gehen, die Jane und Mary mit Julie und Peter veranstalteten.

»Du gehst früh?« fragte Ed.

Noah hielt ihm eine Hand zum Abklatschen hin. »Yeah, Kumpel.«

Ed ergriff seine Hand. Wie die meisten Querschnittgelähmten hatte er eine unglaubliche Kraft in seinen Händen. Aber seine Berührung war eher ein Händedruck, zärtlich, eine tastende Frage. »Das ist Sex«, sagte er.

Noah rollte die Straße entlang und hielt Ausschau nach einem Spirituosenladen. Die Nacht war kalt, jeder Atemzug schmerzte. Er war sich jetzt nicht mehr sicher, ob er wirklich hin wollte. Er hatte einen Kleiderbügelengel für den Weihnachtsbaum gekauft, aber eine Flasche wollte er auch mitbringen. Wie hieß dieser Rotwein noch mal? Dann fragte er eben, was sie für unter zehn Dollar empfehlen konnten. Soweit er sich erinnern konnte, war dies seine erste Weihnachtsparty, abgesehen von den Festen in der Grundschule und den Versammlungen in seinem Büro mit Eierflip aus Kartons.

Louise hatte ihm einen neuen rotkarierten Schal geschenkt. Wenn er die Wolle bis zu seinem Mund hochzog, wurde sie feucht, mit einem kaum spürbaren kalten Rand um die Wärme.

Er mußte neue Handschuhe kaufen. Er nutzte sie rasch ab; die Räder fraßen sich einfach durch. Er hatte bestimmte Pflichten im Leben, um die er sich gekümmert hatte. Er hatte kleine goldene Ohrringe gefunden, Sterne für Mary und Mondsicheln für Jane, und sie mit der Post geschickt. Er war früh aufgestanden, um die Schlange am Postschalter zu umgehen. Man zog jetzt Nummern, wie in einer Metzgerei. Ich begehe Weihnachten festlich, sagte er sich, während er drauf wartete, daß er an die Reihe kam. Die Frau vor ihm trug drei aufeinandergestapelte Schachteln, aus denen es schwach nach Zucker duftete. Er stellte sich gern Jane und Mary vor, wie sie die braunen Schächtelchen öffneten, weil sie nicht warten konnten, und dann die glänzenden neuen Schmuckstücke gleich anlegten. Sie brauchten ihn jetzt zwar weniger, aber er wußte, daß Owens sie nie mit glänzenden kleinen Kostbarkeiten verwöhnen würde, mit denen sie sich einen Tag lang reich fühlten.

Als er ankam, waren sowohl der Bungalow als auch Julies Häuschen hell erleuchtet. Jane trug seine Ohrringe, als sie die Tür aufmachte. Die Party fand hier im Häuschen statt, erklärte sie, aber sie wollte seine Jacke in den Bungalow rüberbringen. Auf Marys Bett wurden die Mäntel abgelegt, in Janes Zimmer die Babys. Noah fuhr hinter Jane eine Sperrholzrampe rauf und runter und warf seine Jacke auf den Stapel auf Marys Bett.

Im Häuschen schossen Julie und Mary dann wie wild durch die Küche und suchten den Nußknacker. Julie, die sonst sparsam war, nur heute abend nicht, schickte schließlich Peter einen neuen kaufen. Mittlerweile kauften sie Dinge, die verlorengingen, einfach nach; wahrscheinlich auf Kreditkarte. Man brauchte Peter nur anzuschauen, um zu erkennen, daß er der Typ war, der brav loszockelte.

Noah erkannte den Mann auf einem gerahmten Schwarzweißfoto auf einem Sideboard. »Das ist Niels Carradine. Ist er mit jemandem hier verwandt?«

»Er ist Julies Vater«, antwortete Jane, während Olivia und Huck zu ihnen stießen. »Ist es nicht nett, wie viele Fotos sie von ihm hat?«

»Ein bißchen merkwürdig finde ich es schon«, sagte Olivia. »Überall im Haus haben sie Fotos von ihrem Vater, aber keins von ihr und Peter.«

Jane wünschte, Owens wäre hier, um selbst zu sehen, wie gemütlich Sessel und Sofas ein Haus machten.

»Ihr Vater ist tot.« Huck zuckte die Achseln. »Peter hat sie jeden Tag um sich.«

»Ihr Vater war ein berühmter Physiker«, ergänzte Jane.

»Warum kriegen wir das bloß nie so hin«, murmelte Mary im Nebenzimmer, wo sie die Blumenvase bestaunte.

»O nein«, rief Julie laut, »wir haben Tim nicht eingeladen. Was soll ich jetzt machen?«

Mary und Julie schienen sich heute abend besonders zu mögen, von übersprudelndem Humor erfüllt zu sein. Sie schmissen diese Sache gemeinsam, und ihre gegenseitige Abhängigkeit gab ihnen ein Gefühl, unbesiegbar oder doch zumindest in einer verschworenen Gemeinschaft zu sein. Die Konturen ihrer einzelnen Leben verschwammen sich, während sie Weinflaschen entkorkten. In der Küche türmten sich Tüten auf; überschäumende Festfreude machte sich breit. Die beiden kochten noch, zu Musik.

Als Noah fragte, ob er sich nützlich machen könne, erzählte ihm Mary, daß sie mit Jane zu einem Reitstall in den Hügeln gefahren und auf der Bank, wo die Mütter saßen, mit einer Frau, die ihn kannte, ins Gespräch gekommen sei.

»Da muß ich mal überlegen, wer eine Tochter hat.«

»Nein, nein. Sie war mit ihrer Nichte da.«

Er fand, daß Mary an dem Abend jung aussah, mit noch mädchenhaften Brüsten in einem schlichten, ausgewaschenen T-Shirt, aber um den Mund hatte sie Fältchen, und ihr Kinn fing gerade an, schlaff zu werden. Das würde bei seinem bald auch nicht anders sein. Während er vor sich sah, wie diese Frauen ihre jungfräulichen Töchter mit den gertenschlanken Rücken wie wunderschöne Neuausgaben ihrer selbst beim Eintritt in die Geschlechtsreife beobachteten, bekam er Angst, daß sein Leben an ihm vorbeiglitt.

»Jedenfalls hab ich sie eingeladen.«

»Wie heißt sie?«

»Rachel Gottlieb.«

In dem Augenblick kamen die Tanten an, Lacklederhandtäschchen um und Hüte auf. Die Gastgeberinnen kümmerten sich um sie, schälten sie aus den Mänteln und führten sie zu den guten Sesseln.

»Ist das nicht ein prachtvoller Baum«, erklärte Amber.

Noah sollte überprüfen, ob in der Lichterkette alle Birnen intakt waren. Für ihn war es eine Erleichterung, sich irgendwie betätigen zu können. Der Baum stand am vorderen Fenster, eine Schüssel mit Clementinen auf dem Tisch. Noah hatte gewisse Schwierigkeiten, sich zu amüsieren, während er wußte, daß Louise verstimmt war und noch arbeitete.

»Achduliebegüte, was ist mit Eis?!« rief Julie. »Wen können wir anrufen, daß er uns welches bringt?«

Fast jeder Neuankömmling brachte einen Schmuck mit und hängte ihn an den Baum. Mehrere stellten fest, wie schön der Kleiderbügelengel sei, und Noah hoffte, jemand, der groß genug war, würde ihn an die Spitze heften, an der kein Stern prangte.

Amber erklärte, daß sie Julie als Mädchen jedes Jahr einen antiken Engel geschenkt hatten, so daß sie, als sie mit achtzehn von zu Hause auszog, so eine wundervolle komplette Sammlung hatte.

Solche Partys, auf denen alle standen, konnte Noah nicht leiden. Er saß in der Sitzecke bei den alten Tanten fest.

»Das ist doch eine Fichte, nicht wahr?« sagte Ruby. »Wir haben immer eine Edeltanne.«

»Ich hab sie heute ausgeputzt«, versicherte Peter eifrig.

»Ausgeputzt? Hat man so was schon gehört, einen Weihnachtsbaum ausputzen!« sagte Amber zu Noah. »Haben Sie so was schon mal gehört?«

»Nein«, gab er zur Antwort. »Ich bin Jude.«

»Na, also ich jedenfalls auch nicht«, sagte Amber. »Pah. Einen Weihnachtsbaum ausputzen.«

Am anderen Ende des Zimmers standen drei schöne Mädchen neben einer Holzschale mit Baumschmuck. Noah kam sich vor wie Owens, der ganze Partys bis ins Detail plante und dann zusah, wie die anderen sich vergnügten. Während einer seiner Partys bei Genesis hatten sie beide sich eine Stunde lang draußen auf dem Parkplatz unterhalten. Unversehens fehlte ihm Owens; dann wandte er sich an die alten Lehrerinnen. »Kann ich Ihnen etwas zu trinken holen?« fragte Noah, während er sich überlegte, wieviel schwieriger es war, von jemandem wegzurollen, als sich zu Fuß davonzumachen.

»Nein, danke, wir sind wunschlos glücklich«, sagte Ruby und sah zum Baum auf.

Noah schob ein Fenster auf und manövrierte sich aus seinem Stuhl auf die Fensterbank, wo der Wind in seinen Haaren wühlte. Während er wieder aus der Flasche trank, geriet er in eine verrückte, richtig hemmungslose Stimmung. Dann sah er Julie. Er hoffte, daß sie nichts über ihre Freundin mit dem Osteogenesis-imperfecta-Kind zu ihm sagte. Das war sein tägliches schlechtes Gewissen. Julie war eigentlich sehr hübsch, obwohl er sie bis vor kurzem zu dünn gefunden hatte. Nie wäre er darauf gekommen, daß sie die Tochter von Niels Carradine war. Niels Carradine gehörte zu den deutsch-jüdischen Physikern, die in der Generation vor Noah von allen beneidet wurden. Hunderte Männer waren Physiker geworden, weil sie diesen Männern nacheifern wollten. Und Carradine war jung und auf der Höhe seines Ruhms gestorben, als ein Ozeandampfer unterging.

»Herzlichen Glückwunsch«, sagte Julie, die auf ihn zukam, »wie ich höre, soll deine Entdeckung zu einem Mittel gegen die Alzheimersche Krankheit führen.«

Also wußte sie von seinem Gen. Noah hatte immer versucht, sich von Krankheiten fernzuhalten, weil er lieber Fundamentalbiologie betrieb. Und trotzdem lief es jetzt wohl auf Krankheit und Heilung hinaus. Doch seit er etwas Erfolg gehabt hatte, machte ihm das weniger aus. Er führte die Flasche an den Mund und warf den Kopf in den Nacken. Irgendwie wollte er, daß sie ihn so außerhalb seines Rollstuhls sah, wie er trank.

»Wie ist es so als Mutter?« Früher am Abend hatte sie ihr als Engel verkleidetes Töchterchen auf dem Arm gehalten, die Flügel aus mit Wattebäuschen beklebten Pappscheiben.

»Coco ist toll. Aber ich weiß nicht. Ich hab immer noch nicht mein altes Selbst wieder.« Sie lachte. »Es sind erst zwei Jahre.«

»Du siehst so wie früher aus. Sogar noch besser.« Sie hatte eindeutig zugenommen. Er reichte ihr die Flasche und hörte sich selbst lachen. Mit seinen Knöcheln hatte er ihr Brustbein berührt. Die Haut in ihrem Ausschnitt war warm.

Neben dem Baum hatte jemand Ruby überredet, die Haarnadeln aus ihrem Knoten zu ziehen, und die Haare fielen ihr eingerollt bis über die Taille hinab. Sie und ihre Schwester redeten auf Jane ein, sie solle doch Lehrerin werden. »Dann hast du deine langen Sommerferien, einen Monat zu Weihnachten und alle sieben Jahre ein Sabbatjahr zum Verreisen.«

»Zwar nicht am meisten Geld«, sagte Amber mit energischem Kopfnicken, »aber das beste Leben.«

»Alle sieben Jahrer?« wunderte sich Jane. »Ich will viel mehr reisen!«

Dann fing sie mit einem anderen Mädchen ihres Alters in einer Ecke zu tanzen an, beide in Strumpfhosen, die Schuhe abgestreift. Sie wirkten albern und glücklich, überhaupt nicht anders als die Kids in der Turnhalle, wie sie so gegen Sessel stießen. *Bleibt so!* hätte Noah ihnen am liebsten zugerufen.

»Ich muß dir was sagen, Julie. Du hast eine Freundin mit einem Kind, das die gleiche Krankheit hat wie ich.« Mit einer Hand deutete Noah an sich herunter.

Julie neigte sich zu ihm rüber, hörte zu. Mit einem Mal ging die Party zwar um sie herum weiter, aber sie führten ein leises Zwiegespräch.

»Jedenfalls hat sie sich vor langer Zeit bei mir gemeldet, und ich hab sie nie zurückgerufen. Es tut mir leid. Ich würde das Kind gern kennenlernen.«

»Ich hätte ihr nicht deine Nummer geben sollen, ohne dich vorher zu fragen. Ich war bloß ... ich wußte nicht, was ich sagen sollte. Und ich weiß, wie angestrengt du gearbeitet hast.«

»Nein, das war's nicht. Es lag an mir. Ich bin nicht groß in der Krüppelbewegung engagiert.« Wieder lachte er sein heiseres Lachen. »Aber ich bin nicht stolz drauf. Ich bin auf bestem Wege, mich zu ändern.«

»Das kleine Mädchen ist heute abend hier. Willst du sie sehen?«

»Ja. Und später sollte ich mit ihrer Mutter reden.«

»Komm mit.«

Noah ließ die mittlerweile leere Flasche auf der Fensterbank zurück und rollte, nachdem er sich in seinen Stuhl gesenkt hatte, hinter Julie die Rampe vor der Küchentür runter, unter Kiefern. Als sie in den Bungalow kamen, bemerkte Noah Ameisenstraßen auf dem staubigen Boden. Sie gingen durch den dunklen Raum in Janes Zimmer, wo die Kinderbetten untergebracht waren. Es war dunkel, weil die Kinder schliefen. Doch die Augen gewöhnten sich rasch an den orangen Schein einer Nachtlampe. Noah erkannte

Julies Tochter, vor einer halben Stunde noch ein Engel, wie sie mit den Ärmchen über dem Kopf schlief.

»Dort liegt das Mädchen«, sagte Julie.

In einem fröhlich bunten Plastik-Reisekinderbett schlief das Mädchen mit zur Seite gedrehtem Kopf unter einer handgestrickten Decke. Sie machte leise pfeifende, regelmäßige Atemzüge, wie jedes andere Kind.

Auf einmal wurde Noah schlecht. »Entschuldige mich bitte«, sagte er und rollte rasch rückwärts. Er bewegte seinen Stuhl den Flur entlang zu dem Zimmer, in dem die Mäntel aufgestapelt waren, nur um stillzusitzen. Er schob das Fenster auf, so daß ein kalter Luftzug ins Zimmer fuhr. Er wollte, daß sein Schwindel davon aufhörte. Dann kam Julie herein und setzte sich aufs Bett. Sie berührte ihn am Handgelenk. »Alles in Ordnung? Soll ich dir ein Glas Wasser holen?«

»Ich bin ein bißchen von der Rolle«, sagte er.

Mit starken Armen schwang er sich heraus, landete, robbte, und dann lagen sie zusammen mitten in dem Mantelstapel auf dem Bett.

Er lag auf einer Jacke und spürte, wie ihn ein Knopf im Rücken drückte, aber in seinem Kopf drehte es sich noch, und bevor er sich wegdrehen und den Mantel verschieben konnte, passierte es – was er seit so langer Zeit herbeigesehnt und sich unzählige Male vorgestellt hatte, nur jetzt zu schnell. »Mein Mann ist dort drüben.« Julie setzte sich auf und zog ihre weichen Wildlederstiefel mit den Zehen aus. »Ich mach die Tür zu.«

Nachdem sie das Zimmer durchquert hatte, kam sie wieder. Er rieb in kleinen Kreisen ihren wogenden Rücken. Nach Luft schnappend tauchte sie auf, kniete sich über ihn, ihre gemusterten Beine zu beiden Seiten, und küßte ihn, und es war nicht so, wie er es sich vorgestellt hatte, sondern rauher, ihre Zunge sandpapierartig wie die einer Katze, und er machte sich Sorgen, weil er nicht wußte, wie. Er versuchte, das gleiche zu machen wie sie. Sie knöpfte ihn auf, murmelnd, und ihre Hand bewegte sich in dem seltsam grauen Licht auf seiner Gürtelschnalle.

»Tut das weh?« flüsterte sie.

Ihre gemusterte Strumpfhose bauschte sich an den Knöcheln, eine zerknautschte Wandmalerei, und er wollte ihr sagen, sie solle warten, es ginge zu schnell bei ihm. Doch er war wie stumm, und sein Körper raste voraus, fügte sich ohne ihn; es war zu spät, sich zu bremsen. Plötzlich weinte ein Baby im Zimmer nebenan, und Julie machte sich steif. »Es ist nicht meins«, sagte sie. Er sah ihr Bein, wo der Oberschenkel anfing, und es war genau wie auf den Fotos, die er sein Leben lang angesehen hatte, und ein Geräusch entrang sich seiner Brust, eine langgezogene rostige Kette.

Er fühlte sich wie mit blauen Flecken übersät, empfindlich. Sie legte den Kopf in den Nacken, schön, und er konnte ihren Hals sehen. Sie lagen noch immer auf den Mänteln. Er hatte eine Haarsträhne von ihr im Mund. Das Baby schrie jetzt.

»Ich gehe wohl besser«, sagte sie. Sie saß auf der Bettkante und hob ihre Beine nacheinander mit gestreckten Zehenspitzen an, um sich die Strumpfhose hochzuziehen.

»Warte«, sagte er.

Sie legte ihm einen Finger über die Lippen. »Psst. Danke.« Dann küßte sie ihn auf die Stirn, und als sie gegangen war, spürte er dort ein Gewicht wie von einer Münze.

Er hatte sagen wollen, daß sie ihm hinunterhelfen solle. Jetzt mußte er rutschen oder warten, bis jemand kam. Einmal hatten sie ihn auf einer Decke in der Sonne vergessen, wo das Gras durch die dünne Wolle pikste und die niedrige Welt um ihn her summte. Das war seine erste Erinnerung, wie es war, nicht weiterzukönnen. Er wartete auch auf Fluren, in Zimmern. Die Leute sagten zu ihm: »Warten Sie hier, ich bin gleich wieder da.« Er blieb, wo er war. Aber so hatte er nicht gelebt. Er hatte früh krabbeln gelernt.

Er warf zuerst seine Kleider auf den Boden und rutschte dann langsam hinterher, während er sich an den kleinen weißen Quasten festhielt, die vom Saum der Tagesdecke hingen. Als er das Zimmer verließ, kam Rachel ihm entgegen, schick angezogen, mit dunklem Lippenstiftmund. Sie wußte, daß etwas nicht stimmte, weil sie zu Boden sah, als er sie grüßte. Es rührte ihn, wie sie versucht hatte, sich hübsch zu machen; und sie tat ihm leid: Rachel kam gerade an, und er ging.

Während er den Bürgersteig entlangrollte, dachte er an die Welt draußen, in der es nie Weihnachten war. Auf der Main Street schlurften die Obdachlosen mit ihren Tassen herum; das Krankenhaus am anderen Ende war durchgehend geöffnet, und dort war jede Nacht das gleiche los. Bestimmt überlegte Louise inzwischen stinksauer hin und her, war wütend, weil sie nicht mitgegangen war, und jetzt war die Party vorbei.

Noch Jahre später, dachte er, würde Julie aufhorchen, wenn sein Name fiel. Sie würden einem geheimen Gespinst der Sympathie angehören und unauffällig nacheinander Ausschau halten. So wüst er auf der Fensterbank mit der langen grünen Flasche auch gewirkt haben mochte, hatte sie doch gewußt, daß er mit ihr auf den Mänteln seine Jungfräulichkeit verlor. Sie war so mit ihm zusammengewesen, als hätte sie ein Geschenk ausgepackt.

Er fuhr nicht nach Hause, sondern ins Labor. Louise war noch da, eisern an der Arbeit. Sie tat so, als bemerkte sie ihn nicht.

»Wir müssen reden«, sagte er.

»Über was?«

»Du weißt, was.«

Und sie fingen an. Es dauerte lange, und irgendwann klopfte es hartnäckig an die verschlossene Labortür. Louise stand auf, um nachzusehen.

»Laß es«, befahl Noah.

»Wer ist das?«

»Kümmer dich nicht drum.«

»Ich weiß es sowieso.« Und dann seufzte sie und hob wie ein gehorsames Kind die Arme über den Kopf und zog ihr T-Shirt aus. Sie hatte keinen BH drunter.

»Das machst du bloß wegen Rachel. Was willst du wirklich?«

»Genug, glaube ich.«

Er fürchtete sich, weiterzufragen.

Sie fürchtete sich auch. »Ich will dir nichts vormachen. Ich meine, das ist jetzt nicht so, wie es mit Andy war. Aber dafür ist manches andere da. Es ist anders.«

»Mir genügt das vollkommen. Aber du mußt dich entscheiden, ob es dir ausreicht.«

Verlegen bückte sie sich, um ihn zu küssen, dort vor der Drosophilazucht, ihre nackten kalten Brüste in beide Arme gebettet.

»Was würdest du wollen, wenn du einen Wunsch frei hättest?« fragte sie.

»Jahrelang wollte ich, wie ich dir erzählt habe, nichts anderes als gehen. Jetzt wäre es nicht mehr das.«

»Was ist es jetzt?«

»Das gleiche wie du. Wissenschaftler sein.«

Doch das war auch eine Lüge, eine alte Wahrheit, die erst seit ein paar Stunden nicht mehr galt. Julies Akt der Neugier und Menschenliebe, Beweis sowohl ihrer eigenen Ungezügeltheit als auch der Mannigfaltigkeit des Lebens, hatte ihm eine zusammenhängende Kette zahlloser Erinnerungen zurückgegeben. Noah liebte es, berührt zu werden. Jetzt wollte er nichts so sehr wie Louise und Liebe.

Später steckte Rachel einen langen, ausführlichen Brief unter der Labortür durch. Als Louise im Morgengrauen ging, hinterließ ihr Absatz eine Spur auf dem weißen Umschlag.

»Wir werden noch erleben, daß normale Bürger zum Mond fliegen«, sagte Owens, der auf der rückwärtigen Terrasse stand und zum Nachthimmel hochsah. »Bei der NASA haben sie sogar eine Liste, und ich bin drauf. Vor ein paar Jahren hatte ich die Gelegenheit, mich eintragen zu lassen. Ich habe mich und meine Frau angegeben.«

»Und wer soll das sein?« fragte Jane.

Er zuckte mit den Schultern. »Wahrscheinlich kannst du mit.«

»Nein danke. Ich werde am College studieren.«

Wer wohl seine Frau wurde, das war die ewig ungelöste Frage in Janes Kindheit. Im Lauf der Jahre hatte ihnen das ein gerüttelt Maß an Vergnügen bereitet, wenn sie und ihre Mutter hin und her rätselten, warum oder warum nicht Olivia. Ihnen beiden war es wie eine lange Talentsuche vorgekommen.

Manchmal fanden sie es ungerecht vom Leben, daß Mary offenbar völlig außer Konkurrenz lief. Erst jetzt, während sie unterhalb ihres Vaters auf der Terrasse saß, kam es ihr ein klein bißchen unnatürlich vor, daß ihre Mutter sich mit solchem Feuereifer an diesen Diskussionen beteiligt hatte.

Seit Olivia damals schwanger gewesen war, hatte Jane geglaubt, daß Owens noch mehr Kinder in die Welt setzen würde. Jeder Tag, an dem das nicht geschah, war ein Tag, an dem sie sich weniger Sorgen als sonst machen mußte. Sie wußte, wenn die schlechte Nachricht kam, würde sie die triste Erleichterung eines langen Regengusses empfinden. Es war so anstrengend, das Unvermeidliche anzuvisieren, jeden Tag das Noch-Nicht zu registrieren. Sie fürchtete sich vor Olivia, ihrer hoch aufragenden Gestalt – vielleicht wurde sie die neue Mutter. Aber noch mehr fürchtete sich Jane vor einer, die sie nicht kannte.

An dem Abend saß Mary in einem Seminar über westliche Zivilisation im Grass Valley Community College. Der Seminarleiter beendete gerade eine lange Erläuterung, deren roten Faden Mary schon verloren hatte. Sie wollte warten, bis er mit der nächsten anfing, und sich dann von Anfang an konzentrieren.

Mary kam es so vor, als habe sie so oft vor dieser Tür gestanden und bei sich gedacht, sie hätte es verdient, dort reinzukommen, aber keine Antwort erhalten. Jetzt war eine Antwort gekommen: ein getipptes Ja von Eliot Hanson, so einfach wie ein Brief, ganz normal, eine Abwicklung, die nichts in der Welt störte. Warum kam sie sich dann jetzt unbedeutend vor?

Ihr Bein sah weiß aus unter dem Metalltisch, ihr Rock fadenscheinig. Die Lampen in diesem Raum waren von der Sorte, von der einem die Augen weh taten. Studenten lümmelten sich auf den Stühlen und zappelten nervös. Sie dachte, hier sei nichts von einem Collegegeist, einem Konzept zu spüren.

Wieder überließ sie sich ihren Tagträumereien über das Zelt. Eine Freundin von Julie hatte sie engagiert, eine Geburtstagsparty für eine Zweijährige zu organisieren. Sie wollte Streicheltiere, eine kleine Ziege, ein altes Pferd und Hühner von der Straße mieten, wo sie aufgewachsen war. Sie hatte ein kleines grünes Zirkuszelt mit Blumen bemalt.

Eliot Hanson, der Owens seit fast einem Jahr nicht mehr getroffen hatte, dachte immer noch sehr viel über das Leben seines Klienten nach. Owens hatte ihn nicht zum Vertrauten gemacht; ja, er gab sich sogar regelrecht Mühe, überhaupt nicht mit ihm zu reden, daher mußte Eliot seine Rückschlüsse aus den Rechnungen ziehen, die er bezahlte, und den Anschaffungen, die er tätigte. Mit freundlichem, väterlichem Interesse versuchte er, den Verlauf der Ereignisse und Gefühle aus dieser Spur der Rechnungen abzulesen.

Am heutigen Morgen hatte er seine Bürotür geschlossen, sich an

Owens' Dezember-Mappe gesetzt und dann einen Olivia betreffenden Scheck über eine große Summe ausgestellt. Owens hatte ein Auto für sie bestellt. »Ihr Käfer muß ständig in die Werkstatt, und ich glaub, demnächst gibt er einfach den Geist auf.« Erst hatte er ein schwarzes haben wollen, dann angerufen, um statt dessen waldgrün zu bestellen. Das war die erste größere Ausgabe überhaupt, die Eliot mit Olivia in Verbindung brachte.

Doch Eliot hatte lange genug Geldangelegenheiten geregelt, um zu wissen, daß große Ausgaben ebenso leicht ein Ende wie einen Anfang signalisieren konnten. Sein Vorgänger Kellogg Hooper hatte ihm den Rat gegeben: »Bevor die Leute sich scheiden lassen, machen sie eins von beidem: entweder sie kaufen sich ein Haus, oder sie kriegen ein Kind.«

Eliots Frau Hazel sagte, Olivia werde es nicht sein. Sie sei zu arglos, fand Hazel, ohne die nötige Raffinesse, um einen Bewerber bei der Stange zu halten. Owens wollte, daß Verliebtheit, wie die meisten anderen Gefühle, vollkommen natürlich war. Doch wie er von jeder älteren Frau und ein paar Männern hätte erfahren können, kann Verliebtheit in der Natur auf sich allein gestellt nicht überleben.

Mary di Natali hatte einen Termin bei ihm vereinbart. Um wirklich alle Informationen vorliegen zu haben, rief Eliot Hanson bei Owens' Reisevermittler an, um sich nach dem Südpazifik zu erkundigen. »Hat er entschieden, ob Jane mitfährt? Drei Tickets. Alles klar.«

Seit Owens Genesis verlassen hatte, hatten sich seine Rechnungen gewaltig erhöht. Obwohl sie durchaus im Rahmen dessen blieben, was er sich bequem leisten konnte, war das für Eliot doch ein warnendes Zeichen. Ganz klar brauchte Owens eine Beschäftigung. Der Südpazifik war noch so ein Beispiel.

In einem Interview, das Eliot vor ein paar Jahren gelesen hatte, hatte Owens davon gesprochen, daß er wieder studieren wollte. Aber man konnte ihn sich schlecht an einem kleinen Tisch sitzend vorstellen, wie er sich mit Neunzehnjährigen ein Referat anhörte. Er brauchte Arbeit, aber wer stellte ihn schon an? Die einzige Erfahrung, die er vorzuweisen hatte, war die, Chef zu sein. Vielleicht faßte er wieder ein politisches Amt ins Auge, aber das würde Eliot nicht befürworten. »Einmal pleite reicht wohl nicht«, hatte Kellogg Hooper in solchen Fällen mit verkniffen herabgezogenen Mundwinkeln gesagt.

Nein, Olivia würde es nicht sein, befand Eliot. Seine ruhige Schlußfolgerung hatte nichts mit der Einschätzung seiner Frau zu tun, die diese offenbar von Olivias Kleidungsstil ableitete. Eliot fiel Hazels starrer Blick ein, als Olivias T-Shirt einmal fünf Zentimeter über dem gekräuselten Bund ihrer Jeans freiließ. Hazel war ein klein wenig prüde. Aus Eliots Sicht war es ein zeitliches Problem. Owens konnte unmöglich heiraten, solange er den ganzen Tag nichts zu tun hatte.

Und wenn das mit Olivia nicht von Dauer war, mit wem dann?

Mit Jane, und für das Kind mußte gesorgt werden. Was Janes Mutter betraf, waren die Überlegungen etwas schwieriger, aber deshalb freute er sich auf das Treffen mit ihr. Er hatte sehr viel von ihr gehört, wollte sich aber ein eigenes Bild machen.

Um zehn Uhr verkündete seine Sekretärin, daß Mary di Natali da sei, mit einer Julie Carradine. Eliot runzelte die Stirn. Sie hatte nichts davon gesagt, daß sie jemanden mitbringen wollte; außerdem hatte Eliot Owens nichts von diesem Termin gesagt. Aber zum Nachdenken blieb keine Zeit. Die beiden Frauen kamen herein und setzten sich vor seinen Schreibtisch.

»Ich bin Julie Carradine«, sagte die eine und reichte ihm die Hand. Sie erklärte, daß sie und Mary Freundinnen und Nachbarinnen seien. »Ich war bis vor ein paar Jahren Anwältin« – sie lachte – »und habe jetzt den anstrengendsten Beruf, den ich je hatte, nämlich eine zweieinhalbjährige Tochter.«

So argwöhnisch es Eliot auch machte, sich Marys Anwältin gegenüberzusehen, so faßte er doch instinktiv Vertrauen zu Julie. Ihm gefiel ihr unverfälschtes Auftreten, und daß sie wie eine Frau wirkte, deren Aufgaben im Leben noch nie ihre Fähigkeiten überstiegen hatten. Vielleicht hatte sie sich nie mit Leib und Seele von ihrer Arbeit vereinnahmen lassen und konnte daher anmutig gelassen bleiben. Jetzt gerade erklärte sie, in was für einer prekären Lage Mary war, welche Sorgen sie sich wegen Janes Collegeausbildung machte. Owens, wie sie mit augenzwinkerndem Lächeln betonte, redete nicht gern über die Zukunft. Während Julies Worten ließ Mary den Kopf wie eine Maske mit mürrischem Gesichtsausdruck hängen. Anscheinend konnte Mary nicht über Owens lachen.

»Ich verstehe sehr gut, warum Sie Owens' Absichten betreffs Janes Zukunft in Erfahrung bringen wollen«, sagte Eliot.

Mary zog einen Mundwinkel hoch und kniff das Auge auf der Seite zusammen.

In Wirklichkeit war bereits für die Deckung der Ausgaben von Janes College-Grund- und Aufbaustudium gesorgt, Eliot stand es nur nicht an, diese Vorkehrungen offenzulegen. Es war eine komplizierte steuerliche Transaktion, bei der Owens' Testament eine Rolle spielte. Als Eliot einmal ein normales Treuhandvermögen für Jane vorgeschlagen hatte, hatte Owens ihn entgeistert angestarrt. »Das würde ihr Leben in falsche Bahnen lenken«, hatte er gesagt. Owens' Entschluß, Jane nichts von ihrer späteren Erbschaft zu verraten, um ihre mittelständische Unverdorbenheit nicht zu trüben, schien ihm den zusätzlichen Vorteil zu verschaffen, daß er Mary damit ärgerte. Eliot mußte Mary irgendwie beruhigen, ohne vertrauliche Einzelheiten zu verraten. Als Mary den Kopf nach ein paar vage tröstenden Bemerkungen mit so leerer und mißtrauischer Miene wie zuvor hängenließ, wandte er sich instinktiv an Julie.

»Lassen Sie es mich so formulieren. Ich habe auch eine Tochter und weiß genau, was Sie fühlen. Und um ehrlich zu sein, ich würde mir die gleichen Sorgen machen, wenn ich annehmen müßte, daß Janes Zukunft in irgendeinem Punkt nicht gesichert wäre. Aber da können Sie vollkommen beruhigt sein. Was immer er sagt oder verschweigt, Owens läßt Jane zu ihrem Recht kommen.«

Julie warf Mary einen Blick zu. »Nun gut, das ist beruhigend«, sagte sie gelassen. »Natürlich würde es uns sehr entgegenkommen, wenn irgend etwas in Form von schriftlichen Garantien vorläge.«

»Ich fürchte, das wird nicht machbar sein, und es ist auch nicht nötig. Sie brauchen sich wirklich keine Sorgen zu machen, daß das Geld für Janes Ausbildung irgendwelchen anderen Zwecken zufließen könnte. Das verspreche ich Ihnen höchstpersönlich.«

»In Ordnung«, sagte Carradine. »Für uns ist das ausreichend.«

Mary, die eine Zeitlang den Mund zusammengekniffen hatte, als mache sie sich die schlimmsten Sorgen, sah plötzlich auf. »Aber es geht hier nicht nur um Owens und Jane. Eine Menge hat auch mit Owens und Mary zu tun.« Sie wirkte gehetzt, in die Enge getrieben. »Er bezahlt mir mein Studium, aber es dauert Jahre, bis ich einen Abschluß kriege, und Abschlüsse in Kunst haben sowieso nichts zu sagen. Ich brauche eigentlich Hilfe bei meiner Existenzgründung. Wenn ich Zelte kaufen und anfangen könnte, sie zu bemalen.«

Julie erläuterte, daß Mary drei Kindergeburtstage organisiert hatte: Sie hatte die Zelte bemalt, die Tiere beschafft, Kuchen gebacken und die Preise gebastelt. »Das ist ein solides Geschäft«, sagte Julie und fuhr lächelnd fort: »Ich werde dich bestimmt engagieren.«

»Sagen wir so«, antwortete Eliot langsam, »wir könnten mit Owens reden und mit ihm die relativen Vorzüge einer Existenzgründung gegenüber einem späten Studium abwägen. Oder wir könnten etwas Einfacheres machen. Zur Zeit schicken Sie mir die Rechnungen für die Studiengebühren, und ich bezahle sie dann. Statt dessen könnte ich einfach die Kosten eines Semesters überschlagen, Studiengebühren, Lehrmittel und andere Ausgaben zusammenzählen, und Ihnen einen Scheck über die Summe schikken.«

»Das klingt nach der besten Lösung«, sagte Julie. »Dann brauchen Sie ihn nicht einmal zu behelligen.«

Mary murmelte: »Er könnte viel mehr tun, um mir ihren Unterhalt zu erleichtern.«

An Julie Carradines gebeugtem Nacken und ihren auf den Boden ausweichenden Blicken erkannte Eliot, daß auch sie verblüfft war.

»Erklären Sie mir das«, sagte er sanft.

Während Mary vom einen zum anderen sah wie jemand, der sich nicht sicher war, wem er abgrundtiefer mißtraute, redete sie fast zehn Minuten lang ununterbrochen mit wehleidiger Stimme. Am deutlichsten schälte sich dabei ihre Wut auf Owens heraus, weil der sein Obst nicht mit ihnen teilte.

»Will er das gute Obst, die Kirschen und großen Erdbeeren, nur für sich, oder will er, daß seine Tochter auch was davon abbekommt? Weil ich es mir nämlich mit dem, was er mir gibt, nicht leisten kann.«

Natürlich stimmte das, was Mary sagte, nicht wortwörtlich. Eliot schrieb die Schecks aus. Mit Sicherheit konnte sie sich Obst leisten.

»Sie ist sowieso schon die halbe Zeit drüben. Nicht mehr lange, und sie wird immer dort sein wollen. Ich komm da nicht mit. Ich weiß nicht mal, wie die Hälfte seiner Obstsorten heißt.«

»Nun, vielleicht fällt das außerhalb von Eliots Kompetenzbereich«, sagte Julie vorsichtig.

Mary zog sich wieder in ihr Schneckenhaus zurück.

»Das stimmt«, sagte Eliot. »Ich fürchte, das berührt den Bereich der Persönlichkeit und der Entscheidungen zwischen Ihnen und Tom. Wahrscheinlich können wir uns alle darauf einigen, daß es nett von ihm wäre, Jane mit einem Korb Pfirsichen oder was er nun gerade da hat nach Hause zu schicken. Aber solche Dinge bleiben nun mal ihm überlassen.«

Die beiden Frauen standen auf, Mary immer noch kopfschüttelnd, und Eliot bat sie, ihn wieder anzurufen, falls sich irgendwelche Jane betreffenden Probleme ergeben sollten. Er war selbst zu dem Schluß gekommen, daß Mary di Natali keine Ränkeschmiedin war, wie Owens angedeutet hatte. Sie war eine verwirrte Frau, die beschützt werden wollte. Jane, das hatte Eliot schon vor langer Zeit herausgespürt, war ein Geschenk, das Owens eines Tages erst recht zu würdigen wissen würde. Und als Vater war Eliot grundlegend klar, daß man nicht die Interessen eines Kindes wahren konnte, ohne die Mutter zu berücksichtigen.

Seit Owens Genesis verloren hatte, hielt er große Stücke auf Urlaubsreisen. Und diese spezielle Reise über die Weihnachtsfeiertage hatte außerdem den Vorteil, daß sie der Verwandtschaft entkamen, zu der weder er noch Olivia so richtig dazugehörten.

Die Luft auf der Insel umschmeichelte ihre Arme, und als sie aus dem Flugzeug stiegen, überreichte ihnen eine fettleibige Eingeborene Orchideenketten. Da Jane noch Kinderstatus hatte, bekam sie außerdem viele andere Geschenke. Zuerst flocht ihr ein Mann hinter dem Souvenirstand einen Hut aus langen Grashalmen. Und beim Tauchen hob Olivia – die unter Wasser mit einen Meter vom Kopf abfächernden Haaren noch eindrucksvoller wirkte als sonst – eine wunderschöne Muschel auf und gab sie Jane in die Hand. Später stieß Jane zu einer Gruppe sehr junger eingeborener Mädchen, die das Kunsthandwerk des Grasrockflechtens lernten. Frauen in bunten Hawaiikleidern banden weiße Schnüre zwischen Palmstämmen fest und setzten die Mädchen an die Arbeit, Halm für Halm. Wie sich herausstellte, mußte man die Pampasgrashalme genau wie Krawatten knoten. Jane war es recht, geduldig für beides zu lernen, sie freute sich auf den Grasrock jetzt, und auch, weil eine Männerkrawatte eine nette Ergänzung ihrer Garderobe daheim war. Owens hatte so viele Krawatten, die er nicht mehr trug.

Die Tage zogen sich unbestimmt in die Länge, und es schien, als könnte man sein ganzes Leben so führen, ohne irgend etwas zu erreichen oder sich auch nur drum zu scheren. Die schaukelnden Stunden in der Seilhängematte, der Sog des ruhig plätschernden Meeres und mit Schwimmen verbrachte rundum saubere Nachmittage wiegten sie in einem falschen Sommergefühl. Zur Frühstückszeit flogen Vögel vom perlfarbenen Meer im Speisesaal ein und aus. Jane beobachtete ihre Haut und ihre Haare auf Anzeichen von Verfärbung. Darüber, wie über alles andere, vertrat Owens sonderbare Theorien. »Die Sonne ist gut für uns Menschen. Du brauchst keinen Sunblocker. Wir sind von der Natur nicht für den Aufenthalt in Gebäuden vorgesehen.«

»Es ist schädlich für dich, Owens«, wandte Jane ein. »Die Wissenschaft hat das festgestellt.«

»Man kriegt Krebs davon«, ergänzte Olivia.

Als niemand seine Ratschläge annahm, blieb er gelassen und eigensinnig, und nachdem er in der Sonne krebsrot geworden war, begann er widerwillig damit, Hemden anzuziehen und sich mit der geschmähten Lotion einzucremen, von der er immer noch nichts hielt. »Ich glaube, die Leute kriegen nur Sonnenbrand, weil wir nicht genügend draußen sind. Unsere Körper sind nicht dran gewöhnt.«

Einmal, als er noch auf die High-School ging, wäre er im Yosemite-Nationalpark fast erfroren, hatte Mary Jane erzählt. Er wollte schon immer eins mit der Natur sein, aber offenbar beruhte das nicht auf Gegenseitigkeit.

In den zähen, langweiligen Nachmittagsstunden entwickelte Jane eine große Fingerfertigkeit, die ausschließlich der Zerstreuung diente. Sie und Olivia flochten sich stundenlang gegenseitig die Haare in Hunderte von kleinen Zöpfen, legten sich dann damit aufs Wasser und ließen ihr Haar zu einem weichgezeichneten Heiligenschein trocknen.

Sie sahen Owens zu, der wie ein langer, tölpelhafter Vogel in den Wellen schwamm.

Nur ein Mädchen in Janes Alter war da, und das trug ein goldenes Fußkettchen. Jane starrte sie an, wenn sie dachte, das Mädchen würde es nicht merken: unter der Außendusche. Jane beobachtete genau, wie ausladend ihre Oberschenkel ganz oben wurden; vielleicht mußte das so sein. Dann war da noch ein hübscher Junge, der die Sonnenuntergangsfahrt mit dem Schiff machte. Wenn es sich einrichten ließ, folgte Jane ihm ziellos, nur so zum Zeitvertreib.

Eines Morgens wanderte sie in aller Frühe zu der Höhle, wo die umgedrehten Ruderboote aufbewahrt wurden. Zu dieser stillen, ruhigen Tageszeit sah sie ihn manchmal draußen rudern. Als sie um die Ecke kam, sah sie Teile von Beinen – das Mädchen und er auf dem Sand. Die Brustwarzen des Mädchens sahen anders aus; während die von Jane klein und rosa waren, hatte das Mädchen braune Kreise. Jane dachte immerzu, sie habe nicht richtig gesehen. Sie ging in die andere Richtung, steif und unsicher, wie ihr Po wohl von hinten aussah. Stunden später waren die beiden im Wasser, das Haar des Mädchens flach anliegend wie eine dunkle Badekappe, ihre beiden Hände auf der hüpfenden Ablage seiner Schultern.

Als Owens und Olivia einen Hubschrauberflug zu einem Vulkan

erörterten, hatte Owens gesagt: »Und Jane hat die Erfüllung ihres Lebens noch nicht erreicht«, und sie hatte versucht, das nervöse Zucken in ihrer Wange abzustellen. Jetzt erreichte dieses andere Mädchen die ihre.

Als sie die Insel verließen, überreichte eine Hulatänzerin jedem von ihnen eine Muschelkette; Janes Geduld hatte nur dazu gereicht, die für eine Fußkette aufzufädeln. Olivia schenkte Jane ihre Halskette, da hatte Jane zwei. Als sie in dem winzigen Flughafen an Bord gingen, staunte Jane darüber, daß nur die Kinder, nicht die Erwachsenen all die Geschenke hatten. Sie nahm an, es läge daran, daß die meisten Eltern hier reich waren wie Owens und den Kindern schon klar war, daß sie sich selbst so ein Leben später nie mehr leisten könnten, und deshalb hoben sie sich Souvenirs auf.

Owens hatte ihr schon gesagt, daß sie nicht erben würde. Sie seufzte; er offerierte ihr zwar immerzu sein Leben, aber nie auf Dauer. Sie wußte sogar, was er erwidern würde, wenn sie ihm das vorhielt: Das Leben ist nicht auf Dauer angelegt, würde er stirnrunzelnd sagen.

Olivias schwarzer VW gab endlich den Geist auf, also radelte sie ins Krankenhaus und zurück.

Am Samstag holte Owens das neue Auto ab und überredete sie, es anzunehmen. Er zeigte ihr die verschiedenen Extras, und es glänzte im hellen Vormittagslicht. Als er ihr vorführte, wie sich das Verdeck herunterklappen ließ, lächelte sie.

»Das hier ist echter Fortschritt«, sagte er zu Jane, nachdem er sich so lange Zeit selbst eingeredet hatte, Olivia sei gegen Geld nicht nur immun, sondern regelrecht allergisch. Jane wußte es besser. Während sie den neuen Wagen erkundeten und er schnell und aufgeregt redete, hörte Jane ihn, wie ihr aufging, zum ersten Mal seit beinahe einem Jahr lachen.

Er und Olivia redeten über Geschenke für ein ungeborenes Kind. Karen Croen war schwanger und wußte von der Amniozentese, daß es ein Mädchen war. Sie und Dave hatten versprochen, das Kind Olivia Rose zu nennen. Sie hatten es Olivia nach ihrer

Rückkehr aus dem Südpazifik gesagt, und es schien ihr eine unbeschreibliche Freude zu machen.

Jane spürte, daß Owens Olivias Vergnügen daran irritierend fand, weil er persönlich überhaupt nicht begriff, wie sie so etwas glücklich machen konnte. Er hatte schon fünf Patenkinder, hatte es aber nur einmal zur Taufe geschafft, und zwar bei Minna, der Tochter von Shep und Lamb.

»Minna hat letztes Frühjahr die High-School abgeschlossen«, sagte er. »Ich bekam ein Kärtchen, mit dem sie uns zu einer Party eingeladen haben. Aber damals ging Exodus in die Brüche.«

»Auf welches College geht sie?«

Das wußte er nicht, und Jane überlegte, ob ihre Eltern wohl das Geld hatten, sie auf das College ihrer Wahl oder das beste, das sie annahm, zu schicken. Einmal, vor langer Zeit, hatte er vorgehabt, ihnen zu sagen, daß Geld keine Rolle spielen sollte, Minna könne sich jedes College aussuchen, das ihr gefiel, und er würde ihnen aushelfen. Doch jetzt waren die Würfel schon gefallen, sie hatte sich bereits eingeschrieben, und die Weichen für ihre Zukunft waren gestellt.

»Hast du deinen Patenkindern je Geschenke gemacht?«

»Nein.«

»Nicht einmal Minna?«

Ein Schulterzucken.

»Schreibst du ihnen?«

»Ja, ja, ich weiß. Ihre Eltern denken bestimmt, daß sie einen Riesenfehler gemacht haben.«

Oder, dachte Jane, sie hofften, daß ihren Kindern später einmal ein nicht näher definierter Vorteil daraus erwachsen würde, wie ihre Mutter und sie immer gehofft hatten. Aber Shep und Lamb schienen nichts zu erwarten.

Olivia hatte schon zwei Geschenke für das Baby eingepackt. Zusätzlich zu dem Ringlein, das sie als Kind hätte bekommen sollen, hatte sie einen Kranz aus getrockneten Moosröschen für den kleinen Kopf gefunden.

»Ich finde, du machst es richtig«, sagte Jane.

»Das finde ich auch«, sagte Owens, »aber ich hätte es nicht gekonnt. Es waren zu viele Taufen, zu viele Babys, ich hab die Leute gar nicht richtig gekannt.«

»Also hättest du den Leuten absagen und nur zu dem einen Kind gut sein sollen, auf das es ankam.«

»Du meinst Minna.«

Jane hatte nicht Minna gemeint, sondern sich.

»Als Frank und ich gerade anfingen, sind wir ein paarmal zu einer Samenbank gegangen, weil die uns was gezahlt haben. Und einmal hat mir eine Angestellte dort gesagt: ›Ich darf Ihnen das eigentlich gar nicht verraten, aber Sie haben elf Kinder.‹« Er seufzte. »Jetzt wünschte ich, ich hätte das nicht getan.«

Das war so ungefähr das, befand Jane, was bei ihm einer Entschuldigung am nächsten kam.

»Seit wann denkst du anders über Jane?« fragte Olivia, während sie, mit Unterwäsche und einem T-Shirt bekleidet, im Bett las. Er ging, noch angezogen, im Zimmer auf und ab.

»Wie meinst du das?« Es ist nicht leicht, mit jemandem zusammenzuleben, der nicht an das Gute in einem glaubt, und Owens ertrug diese atmosphärische Störung jetzt seit längerer Zeit. Er hatte sich damit arrangiert wie mit einem physischen Schmerz.

»Na ja, als sie nach Alta kam, hast du gesagt, du wolltest nett zu ihr sein, obwohl du nicht glaubst, daß sie dein Kind ist. Aber jetzt glaubst du's offensichtlich. Also was war der Auslöser?«

»Livia, als sie hier ankam, hab ich sie nicht gekannt. Und Mary kann ziemlich durchgedreht sein.«

»Manchmal frag ich mich, was wohl wäre, wenn Jane ein Problemkind gewesen wäre?«

Sie hatten eine seltsame Phase in ihrer Beziehung erreicht. Beide sagten Dinge, obwohl sie wußten, daß es die falschen waren, konnten sich aber nicht bremsen und dachten dabei, das ist mir nur so rausgerutscht. Sie bezweifelten nicht, daß sie sich trennen würden, wußten nur nicht, wann einer von ihnen die Kraft dazu aufbrachte.

Owens ging aus dem Zimmer. Draußen dämmerte es noch früh genug für Fahrten mit dem Rad und Familienspaziergänge.

Sie folgte ihm. Olivia hatte seit langem das Gefühl, mit einer Nachforschung befaßt zu sein, als seien noch Beweisstücke anhängig, die ein für allemal belegen konnten, ob er besser oder schlimmer war, als sie fürchtete. Immer und immer wieder dachte sie über seine veränderte Einstellung zu Jane nach. Sie wollte unbedingt herausfinden, warum er sie liebte. »Ich finde, wir sollten drüber reden. Es ist wichtig, falls wir je Kinder kriegen.«

Er antwortete nicht, ließ nur den Kopf auf die Arme sinken. Unmotiviert fiel ihm der Tag ein, an dem Mary ihm eröffnet hatte, daß sie schwanger war. Er hatte ihr nie gesagt, daß sie zusammenbleiben würden. Das Verrückte war, daß sie einfach weggegangen war. Und das Problem schien aus der Welt zu sein. Doch dann tauchte es unvermutet hier und da an die Oberfläche, und Jahre später begriff er endlich: Es würde nie weg sein.

Das gleiche empfand er jetzt gegenüber Olivia. Er glaubte nicht, daß sie ihre Beziehung je retten konnten, aber sie war untrennbar mit ihm verbunden wie ein chronischer hauchdünner Schmerz.

Eines Abends im April fuhr Olivia das einundzwanzig Tage alte Cabrio gegen eine Blutbuche. Sie hatte Glück, großes Glück, heil davongekommen zu sein. Der Baum war über hundert Jahre alt.

Sie gingen vorsichtiger miteinander um, dann reserviert. Ein paar Tage später flog sie nach Asien. Mitten in der Nacht rief er sie dort an. »Ich mach mir wirklich was aus dir. Ich möchte, daß du das weißt.«

Jeden Tag trennten sie sich aufs neue, jeder auf einem anderen Kontinent, am Telefon.

Manches weiß man über einen Mann, ohne daß es einem bewußt ist, bis man nichts mehr davon hat, erkannte Olivia in Singapur. Wie weit er beim Gehen seine Arme schlenkert. In einer Menschenmenge hielt Olivia von hinten nach ihm Ausschau. Sie entdeckte immer wieder einen kleinen Teil von ihm, nur um dann enttäuscht zu sein.

Eliot Hanson traf Anstalten dafür, daß Olivia ein Scheck zugeschickt wurde. Beim Betrag war Owens mächtig ins Schwanken geraten. Schließlich hatte er sich für fünfundzwanzigtausend entschieden, als eine Art Andenken. Als Eliot den Umschlag zuklebte, war er grundlos tieftraurig. Er hatte selbst reich geheiratet.

Er empfand einen gewissen stellvertretenden Triumph, als der Scheck ein paar Tage später per Nachnahme zurückkam. Er fühlte sich berufen, bei Olivia vorbeizuschauen, um ihr zuzureden, diese oder irgendeine andere Abfindung in größerer Form anzunehmen. Sie weigerte sich, drüber zu reden, schüttelte nur den Kopf und machte die Tür zu.

Dreifache Reue

Im Monat Mai fragte Owens über hundert Leute, wen sie schöner fänden, Olivia oder Eve Peck. Er besaß die besondere Gabe, mit einem so tiefschürfenden Blick zu fragen, daß es die Leute kalt überlief. Sie wollten nicht die falsche Antwort erwischen, hatten aber keine Ahnung, und es war ihnen auch herzlich egal. Den meisten reichte es mit Olivia, aber sie kannten Eve Peck noch nicht.

Eines Donnerstagabends um sieben kam Eliot Hanson bei ihm vorbei. Nachdem sie ein paar Minuten über D-Mark, Yen und Schatzwechsel geplaudert hatten, stellte Owens die Frage. Dabei schaute er alles andere als unbeschwert drein.

»Ach, ich weiß nicht recht«, sagte Eliot. Eliot kannte Olivia, ihre schimmernden langen Haare. Sie war groß, hielt sich kerzengerade, trug gewöhnlich ausgebleichte Jeans. Von seiner Frau Hazel wußte Eliot, wie schwierig es für Frauen war, passende Jeans zu finden. Offenbar brauchten sie ziemlich lange, bis sie welche fanden, und selbst dann mußten sie sie enger oder weiter nähen und kürzen lassen.

Eliot hatte ziemlich häufig mitbekommen, wie Olivia wutschnaubend die Tür hinter sich zugeknallt hatte.

Eve Peck war er nur einmal begegnet. Sie war schmaler, mit indianischen Gesichtszügen, von einer Schönheit, die unvergänglich wirkte. Sie machte einen intelligenten, freundlichen Eindruck.

»Na los, komm schon. Sag mir deine Meinung.«

»Ich kenne keine von beiden, Tom.«

»Also Olivia kennst du.«

»Ja, sie war immer sehr nett zu mir.«

»Und was hältst du von Eve?«

»Die mag ich auch, soweit ich weiß.«

Eliot hatte nicht die lange Fahrt bis nach Alta gemacht, um über die jeweiligen körperlichen Vorzüge von Olivia und Eve Peck zu parlieren. Er fand, daß es an der Zeit war, Owens über seine Mutter zu informieren. »Setz dich«, sagte er und reichte Owens die Akte.

Dann machte er sich daran, auf seine aufreizend gründliche Art den Inhalt zu erklären, so ausführlich, daß das größte Geheimnis in Owens' Leben diesen nach kaum einer halben Stunde zu langweilen begann. Eliot war noch beim zweiten Studienjahr der Frau, Informationen, die er per Computersuche erhalten hatte.

»Das reicht«, sagte Owens.

Einen Moment lang wünschte Owens, er könnte diese Frau, seine Mutter, fragen, wen er heiraten sollte. Doch sie war erst dreiundzwanzig gewesen, als sie starb, jünger als Olivia oder Eve.

Das kleine Lied von Olivias Leben: Niemand sonst wird's mir glauben, aber ich hab ihn abgewiesen. In zwanzig Jahren sollten ihre Kinder erfahren, daß er gebettelt hatte: »Wir ändern unsere Socken und wir ändern unsere Schuhe«, aber sie hatte ihn abgewiesen.

Das wird mir keiner je glauben
daß ich ihn abgewiesen hab.
Er kam zu mir und bat mich mit Ringen
aber ich habe ihn abgewiesen.

Zweimal fand Owens einen jungen Mann in Olivias neuem Häuschen vor, der bei seinem Eintreffen in der Garage verschwand und Olivias Fahrrad zum Reparieren umdrehte. Während sie sich stritten, hörte Owens draußen die Speichen surren.

Nachdem Eliot Hanson sich Owens' Mutter und ihrer dicken Akte entledigt hatte, dachte er auf der Heimfahrt an die Beine seiner Frau. Hazel war klein, knapp eins fünfzig, aber kräftig. Ihre Beine erinnerten ihn auf angenehme Art an einen Panda, aber er ärgerte sich, weil Owens Hazel aller Wahrscheinlichkeit nach negativ beurteilt hätte. Sie war nicht nur klein, sondern auch mit Sommersprossen übersät.

Aus bestimmten Blickwinkeln fand er sie schön. Hazel hatte zierliche, spitz zulaufende Finger. Wunderbar kräftige Arme. Aber in Jeans sah sie wie die meisten Frauen aus. In ihrer Kennenlernphase hatten sie sich angewöhnt, richtige Mahlzeiten in Hazels Wohnung einzunehmen. Jeden Abend spülte sie ab. Sie zog sich häufig um und stand dann in ihrem langen Kimono an der Spüle und wusch das Geschirr. Eines Abends stellte er ihr dort die Frage.

Später wurde die Geschichte jahrelang Freunden aufgetischt: »Ich hab gerade den Abwasch erledigt, da sagt er: Tja, vielleicht sollten wir heiraten.«

Er hatte weder einen Ring noch sonstwas gehabt. Owens besaß bereits einen einzigartigen Ring; das wußte Eliot, weil er ein paar Schatzanweisungen dafür hatte verkaufen müssen. Das war jetzt über ein Jahr her. Nach alter Gewohnheit zerbrach Eliot sich den Kopf, ob Owens ausreichend für die Sicherheit des Steins Sorge getragen hatte, und nahm sich vor, noch am selben Abend im Computer nachzusehen, ob der Posten mit Schätzwert in irgendeine Versicherungspolice aufgenommen war.

Hazels Gesicht hatte vor Glück richtig geleuchtet. Dann hatte sie den Nachtisch gebracht. Nachdem sie gespült hatte, tranken sie immer Tee und aßen Nachtisch.

»Ich werde alt genug, um Dinge zu bereuen. Dreierlei bereue ich aufrichtig. Ich bereue, daß ich mir mit Livia nicht mehr Mühe gegeben habe, denn das hätte ich hinbiegen können. Und ich bereue, wie das mit Genesis geendet hat. Ich hätte Rooney nie einstellen dürfen.«

Jane wartete auf das dritte, das er bis zuletzt aufhob. Das mußte sie sein. Selbst in ihrem Alter spürte sie noch, wie sie rot wurde. Sie hoffte, daß er es nicht merkte, und wollte doch, daß er sie ansah.

»Und ich bereue, daß ich nicht mehr Zeit mit meiner Mutter verbracht habe, bevor sie starb.«

In ihrer Verblüffung und Enttäuschung plapperte Jane drauflos: »Wenn du mehr Zeit mit ihr verbracht hättest, würdest du wahrscheinlich trotzdem das gleiche denken.«

»Nein. Ich hab mir nicht mal eine Woche freigenommen. Dabei wäre das gegangen.«

Das war was anderes, und es stimmte. Dazu fiel ihr nichts mehr ein. Sie kramte in ihrem Kopf herum, so wie sie ein Blatt Papier vollkritzeln würde, und entdeckte nichts. Also schwieg sie.

In ihren ersten zehn Lebensjahren war sie für ihn nicht einmal ein Anlaß zur Reue. Sie konnte ihm verzeihen. Dazu war sie seit langem bereit. Sie wartete nur, daß er sie darum bat.

»Ich will es mir mit Eve nicht verderben«, flüsterte er. »Du weißt, ich hab den Ring.«

»Denselben, den du für Olivia gekauft hast?« fragte Jane.

Er antwortete nicht. Er fand es überhaupt schwieriger, mit seiner Tochter fertigzuwerden, je älter sie wurde. Er besaß tatsächlich zwei Ringe. »Wie soll ich sie bloß fragen?«

»Steck ihn ihr an den Finger, während sie schläft«, flüsterte Jane, »dann wacht sie auf und ist verlobt, wie im Märchen.«

Genau so machte er es, mit dem Ring seiner Mutter, und Jane wußte, daß sie nie die Anerkennung dafür ernten würde.

Am Tage von Owens' Hochzeit fiel zum zweiten Mal in seinem Leben Schnee auf Alta, doch er war nicht da, um das zu sehen. Mit Jane flogen er und seine Braut nach Italien, wo sie sich in Assisi trauen ließen, in einer Basilika, über die er bis dahin nur gelesen hatte.

Mary stand an dem Tag am Herd, während es draußen in feinen Schnüren schneite. Sie knetete unermüdlich Brotteig und schlug ihn immer wieder fest, wenn er aufgegangen war. Um fünf kam Olivia mit einer Flasche Wein vorbei. Sie aßen, was er lieber gegessen hätte, und begossen das Ende eines langen Heldengedichtes in ihren Leben.

Hier

*D*as Licht fiel rosa in ihr Haus ein. In den alten Fenstern schimmerte ein Fünkchen Gold. Draußen vor den Fenstern blühten Rosen, und man konnte sie riechen. Insekten gab es auch. Gute Insekten, Grillen und Marienkäfer. Owens hatte zehntausend gekauft und sie im Garten freigelassen.

Draußen blühen Rosen.

Ich kann einfach rausgehen und Rosen pflücken, wenn mir danach ist.

Warum hat mein Leben nicht so angefangen?

Warum bin ich nicht jetzt auf die Welt gekommen?

Als das Baby da war, wollte Jane zu Owens und Eve ziehen. Owens bot Mary eine Weltreise an und schenkte ihr einen Globus, um ihre Reiseroute zu planen. Er schlug ihr vor, sich ein Interesse auszusuchen – Schmetterlinge, Vögel, Astronomie –, um ihrer Reise Ziele zu geben. Sie ging zu einem Psychiater aus Wien, der mit weit ausgebreiteten Armen sagte: »Hört sich ganz so an, als wollten die Sie loswerden.«

Eli verhielt sich zu Owens wie ein Kind: beeindruckt, immer bemüht, einen guten Eindruck zu machen. Und jetzt reisten sie also mit einer Frau, die von sich sagte, sie sei 1949 mit dem letzten Flugzeug aus China herausgekommen, und flöge nun zum ersten Mal zurück. Allwöchentlich erhielt Jane Ansichtskarten von ihrem Abenteuer.

»Sie sagt, daß ihr Leben anders wäre, nicht anders, aber viel besser, wenn ich nie auf die Welt gekommen wäre.«

»Weißt du, Jane«, versuchte Eve es behutsam, »im Streit sagen die Leute so manches, was sie gar nicht meinen.«

»Ich weiß. Aber sie hat recht. Ihr Leben *wäre* anders.«

Darauf wußte niemand etwas zu sagen.

»Wir haben gutes Geld für unser Haus bezahlt, und wir haben das Recht, drin zu schlafen!« Owens lehnte sich aus dem Fenster im ersten Stock und brüllte zu den Jugendlichen hinunter, die auf einer Motorhaube hockten und leere Bierdosen in ein Blechfaß warfen, in dem sie ein Feuer angezündet hatten. Die Nachbarn gegenüber feierten eine Fete.

Er nahm sich vor, am nächsten Tag hinüberzugehen, anzuklopfen und ihnen seine Ansichten kundzutun.

Jane zog sich einfach ein Kissen über den Kopf.

Owens beschloß, daß sie über Ostern in einer Suppenküche arbeiten sollten, aber als Eve bei den im Branchentelefonbuch aufgeführten anrief, stellte sich heraus, daß nirgends Plätze frei waren.

»In den Ferienzeiten haben wir jede Menge Freiwillige«, sagte der Mann von der alten Kirche in Auburn, den Owens danach fragte.

»Also ich bin Tom Owens. Würden Sie mich bitte zurückrufen, falls jemand absagt?«

Und siehe da, sie kamen von der Warteliste rein. Die Organisatoren stellten Jane beim Apfelmostausschank ein, und sie schöpfte zu gemurmelten Dankesbekundungen, ebenso für ihr junges Gesicht wie für die warmen Styroporbecher, die sie verteilte.

Ein Mann in Owens' Alter setzte sich mit staunender Miene vor sein Essen, die langen Arme zu beiden Seiten des Platzdeckchens aufgestützt. Er beugte den Kopf, um den Dampf tief einzuatmen. »Was für eine wundervolle Mahlzeit«, sagte er.

Owens legte den Kopf auf die verschränkten Arme; bei seinem Geschmack brachte er hier nichts runter. Endlich schaute er auf und sah, wie Eve zwei alten Männern das Baby zeigte. Er wollte nichts anderes mehr tun, als dieses Kind beschützen, das so frisch aufgegangen wirkte, als könne es zusammenfallen. Die Liebe zu dem einen Wesen trug den Sieg über die Liebe zu vielen davon. Aber ihn hatte eine Frau großgezogen, die ihn nicht geboren hatte; er selbst war unzugehörig. Jetzt lebte er für sie: ihre frische, unverfälschte Liebe. Er war Eve so dankbar dafür, daß sie fähig war, ihn zu lieben. Olivia hatte es versucht und nicht geschafft.

Das Baby spuckte auf Eves saubere blau-weiß gestreifte Bluse. Eve war jung und hatte die Kraft und den Mut einer jungen Mutter. Jane staunte immer, daß Eve sich nicht nur die besten Sachen zum Anziehen holte. Nach allem, was Jane sah, kaufte sie überhaupt nicht viel, nicht einmal Möbel. Jane beobachtete genau alles, was sie tat, weil Eve die erste Frau war, die sie persönlich kannte, die ein Collegestudium mit allem Drum und Dran genau wie ein Mann absolviert hatte. Noahs Freundin Louise war zwar auch so, wirkte dabei aber immer verbissen. Julie war zwar Anwältin gewesen, aber Jane wußte, daß sie sich mehr aus ihrem Haus und der Ausstattung gemacht hatte, wie Geschirr und Tischwäsche. Bei Eve wirkte alles unverkrampft. Und wenn etwas danebenging, regte sie sich nicht drüber auf. Ihr Verlobungsring war zu weit, aber sie hatte ihn nie enger machen lassen. Sie trug ihn einfach jeden Tag mit einem Stück Garn.

Owens empfand naiven Stolz. Sein Erfolg ermöglichte es ihm, seiner Familie ein gutes Haus, einfache Kleidung und jeden Abend eine warme Mahlzeit auf dem Tisch zu bieten. Er konnte sie damit bis in alle Ewigkeit versorgen, und nur darauf kam es jetzt an.

Owens hatte entdeckt, daß er gern backte, und auf sein Brot war er ziemlich stolz.

»Immer, wenn ich an diesem Haus vorbeikomme«, sagte er zu Jane, »muß ich an Olivia denken.«

Sie gingen durch eine Seitenstraße, die Jane bestimmt schon tausendmal in ihrem Leben genommen hatte. An der Ecke lag der Antiquitätenladen, wo Amber ihr einmal das lackierte chinesische Pillendöschen gekauft hatte, das Jane im American River verloren hatte, und auf der anderen Straßenseite war der Drugstore, in dem Noah Kaskie ihr einen Hamburger spendiert hatte, als er sie an ihrem ersten Tag hier gefunden hatte. Owens zeigte auf ein einfaches

Innenstadthotel. »Denn dort hat ihre Mutter sich das Hirn aus dem Schädel gepustet.«

»Mit 'ner Pistole?«

»Jawoll. Sie hatte eine Pistole.«

Sie sahen das Haus an, das Jane seit Jahren kannte, aber noch nie zuvor groß beachtet hatte. Das oberste Stockwerk trug nicht mehr die reliefartigen Buchstaben zur Schau, die den Namen verkündet hatten, aber die Abdrücke waren noch leserlich. Für Jane war Alta inzwischen die Stadt, in der sie aufgewachsen war und aus der sie um jeden Preis rauswollte; tickend wie eine Zeitbombe, zählte sie die Monate und Tage bis zu ihrer Freiheit, und hin und wieder sah sie schon vor sich, was für ein neuer Mensch sie später werden würde. Dieses Hotel wollte sie der Sammlung von Meilensteinen einverleiben, die ihren Lebensweg in der Jugend säumten.

Ein Schullehrer hatte ihr beim Ausfüllen der langen Seiten des Bewerbungsformulars für das College in Neuengland geholfen, das sie nur von Fotos kannte – eine Stadt aus efeubewachsenen Backsteingebäuden, und alle radelten und trugen Cordhosen und Pullover. Die Unterschrift eines Erziehungsberechtigten hatte sie gefälscht, von einem alten Genesis-Jahresbericht abgepaust, den sie in der Stadtbücherei gefunden hatte. Jeden Tag mußte sie zuerst nach Hause, um die Post abzufangen, und gestern war der Brief gekommen.

Von einem Münztelefon aus hatte sie Eliot Hanson angerufen. Falls sie wirklich nach Neuengland ging, mußte er zahlen.

Sie wußte nicht, wie sie ihre Eltern fragen sollte; früher waren sich beide einig gewesen, daß sie nie zur Schule gehen sollte. Also hatte sie es zuerst Noah gesagt.

»Warum bist du damals nicht im Osten geblieben? Findest du, daß die Lebensqualität hier besser ist?«

Noah zuckte die Schultern. »Die Qualität der Bürgersteige. Du solltest dorthin.«

Also holten sie und Noah Owens von seinem Haus ab und setzten dann ihren Spaziergang fort.

»Also, was meinst du?« fragte Noah. »Kandidierst du für irgendwas?«

Jane musterte ihren Vater neugierig. Das hatte sie ihn auch fragen wollen.

»Nö. Man kann sich nicht auf Rollschuhen zum Gespött der Leute machen, wenn man Senator oder so was ist. Ich hab genug vom Repräsentieren. Ich will nur so rumdödeln. Das macht mir bestimmt eine Menge mehr Spaß. Nein, ich bin froh, daß die Geschichte an mir vorübergegangen ist.«

»Seht mal, da drüben«, sagte Jane, als sie schließlich wieder bei seinem Haus ankamen. Die Nachbarn in dem gelben Haus auf der anderen Straßenseite gaben offenbar schon wieder eine Party. Leute in langen Ballkleidern bewegten sich gemessenen Schrittes über den Rasen.

»Die Tochter ist eine Debütantin«, sagte Jane. »Aber was genau ist das?«

»Ach, das ist ein scheußlicher kleiner Club«, sagte Noah, »der eingerichtet wurde, damit die oberen Zehntausend ganz sicher sein können, daß ihre Kinder in die oberen Zehntausend hineinheiraten.«

»Nein, Jane«, sagte Owens. »Ich glaube nicht, daß es unseren Nachbarn darum geht. Ihre Tochter ist gehörgeschädigt. Eigentlich sogar ziemlich taub. Und sie wollen, daß sie ein möglichst normales Gesellschaftsleben hat. Deshalb veranstalten sie wohl so viele Partys. Sie stellen sich bestimmt vor, wenn sie oft andere zu sich einladen, kriegt sie vielleicht auch wieder Einladungen.«

Noah kicherte. Seiner Erfahrung nach waren die Gehörlosen oft Snobs.

Zu Janes Schulabschlußfeier kamen sie alle. An diesem Tag erschienen die alten Lehrerinnen mit bauchigen Einweckgläsern voller Marmelade aus Obst, das sie abends in den Parks von Alta gepflückt hatten. Alte Außenseiter, Einzelgänger aus ihrer Zeit in den Bergen, tauchten ebenfalls auf. Bixter reichte ihr einen Hundewelpen aus ihrem Eimer, noch mit geschlossenen Augen. Eli hatte Kastagnetten an den Fingern, Olivia brachte einen Strauß Narzissen.

Diejenigen, die Jane als kleines Kind gekannt hatten, fanden erstaunlich, aber auch betrüblich, was aus ihr geworden war; nicht, weil sie sie für immer verloren hatten, sondern weil sie ihnen nicht mehr so ans Herz rührte. Diese Menschen wären für Jane durchs Feuer gegangen, und jetzt hatte sie nicht nur überlebt, sondern schwamm obenauf. Viele von ihnen sahen das Besondere und Beste in ihr nur im verborgenen Dunkel blühen; ihre seltsame Klarheit, ihre Zerbrechlichkeit, ihre Nachsicht ihren kleinen Freuden und Marotten gegenüber hatte die Fahrt über die Berge nicht lange überdauert. Dieses Kind mit den weichen Fingern lag irgendwo begraben, ein weiteres Opfer der Siedlungsgrenze. Sie hatte überlebt, und zwar so, wie es den wenigsten von ihnen gelungen war, und sie schleppten ihre Verluste überall mit sich herum, scheppernd wie Blechbüchsen an einer Schnur.

In Janes neuer Familie drückte man sich gepflegt aus. Sie pfiffen Mozart, während sie unter den ausladenden dunklen Bäumen Rollschuh liefen oder den Buggy schoben. Seit das Tal reich geworden war, hatte man die meisten alten Häuser renoviert und einige der Bungalows abgerissen und durch Bauten ersetzt, die bis an die Grundstücksgrenzen reichten. In gelb erleuchteten Fenstern konnte man Väter sehen, die dasaßen und lasen. Wenn man auch nur einen von denen fragte, wie es ihm an diesem Tag ergangen sei, lautete seine Antwort vermutlich: »Hervorragend!«

Die Alten überreichten also ihre Geschenke und verabschiedeten sich höflich nach der Zeremonie, und Jane packte das seltsame Sammelsurium in eine Tüte und hielt das Hündchen unter ihrem Kleid. Sie seufzte. Mit diesen kuriosen Schätzen konnte sie nichts anfangen – typisch für die Freunde ihrer Mutter.

»Hast du dort drüben Ozzies Vater gesehen? Der war total stolz und hat immer wieder gesagt: ›Gut gemacht. Brav, mein Sohn.‹ Er hat ihm einen Tausend-Dollar-Schein geschenkt.«

»Was macht sein Vater?« fragte Mary.

»Falschgeld«, sagte Owens.

Owens war noch berühmt. Eine Frau, die er nicht kannte, kam auf ihn zu und sagte: »Oh, bin ich froh, daß Sie Ihren Bart abrasiert haben. Der war ja so häßlich.«

Schulterzuckend erwiderte er nur: »Mir fehlen die Worte.«

Eine weitere Theorie von ihm betraf den Sommer. Er beschloß, Jane solle gar nichts tun. Er wollte, daß sie lange schlief und im Haus herumgammelte, Rosen pflückte und sie in Vasen steckte, wenn sie Lust dazu hatte.

An Wochentagen zwischen neun und fünf kehrte Alta zu seinen alten Traditionen zurück und lebte auf spanisch. Gärtner pflegten Anlagen und spendeten Wasser, das ihnen nie gehören würde. Sanfte gläubige Frauen hielten Babys, die noch nicht sprechen konnten, und fütterten sie mit Sachen, von denen die Mütter nichts hielten, weil sie wußten, was Gott für Kinder wollte, und alles war ruhige, erhabene Ruhe.

Man konnte sich darauf verlassen, daß Owens an Liebe glaubte, nicht nur an seine, sondern auch an die anderer Leute, wenn die es ihm sagten. Es war sein höchster Wert im Leben, selbst als er zwanzig Stunden am Tag gearbeitet hatte. Es war schlichtweg sein ein und alles.

Er glaubte an Janes Liebeserlebnisse, als sie noch zu jung war, um welche zu haben. Und er war treu.

Er sang:

Ich bin bloß der Mann
dessen Sperma das Ei befruchtet hat –
die Hälfte deiner Chromosomen –
und dafür gesorgt hat, daß du kein Mann geworden bist.

Oder, am Telefon, als er Eliot Hanson anrief: »Wir sitzen hier in der Diele und versuchen unseren Lieblingsanwalt zu erreichen ...«

Es war zwar peinlich, aber auch tröstlich. So war er eben.

Sie aßen um sechs und gingen um sieben spazieren. Um halb zehn oder zehn schliefen sie ein, und jenseits der fliegengitterfreien Fenster zirpten Grillen ihre zwei Noten unter dem stattlichen Dunkel der alten Eichen und einem schräggeneigten Mond, der wie ein witziger Ohrring aussah.

Owens hortete verstreutes Wissen – etwa, daß Mount Whitney der höchste Punkt in Amerika ist, Death Valley der niedrigste, und beide zu Kalifornien gehören. Er erklärte Jane schrecklich gerne alles mögliche, Kleinigkeiten, die zwar zum Alltagswissen gehörten, aber weder gängige Gesprächsthemen waren noch ihr bei der Zwischenprüfung im Studium weiterhalfen.

Er zeigte auf das dreirädrige Gefährt, in dem er das Baby schob. »Warum kommt es so gleichmäßig zum Stehen, Jane?« Er nahm sie immer wieder ins Kreuzverhör, um sicherzustellen, daß sie verstand.

An einem Abend fragte sie ihn nach seiner Jugend.

»Ich hab ein halbes Jahr lang mit mir selbst gekämpft, ob ich Genesis gründen sollte. Ich wußte, daß ich es wollte, nur nicht gerade da. Ich wollte warten. Ich hab gedacht, vielleicht sollte ich ins Kloster gehen. Aber ich wußte auch, daß das die richtige Stunde war.« Er sah sie so an, wie er nur Eve und, manchmal, sie ansah. »Ich hab gewußt, daß es was wirklich Großes werden würde.«

Damit gingen sie ein Weilchen weiter, bis Owens an einem Strauch mit blühenden Rosen stehenblieb. Er nahm eine in die gewölbte Hand und drückte Janes Kopf nach unten, damit sie daran roch. Sie stellte sich zu gern ihre Eltern zusammen vor, wie sie ein ewig ungemachtes Bett mit weißen Laken und ohne Decke teilten. Sie stellte es sich in einem leeren Zimmer vor, mit einem Stuhl darin.

»Weißt du, der Rock'n'Roll hat hier angefangen. Die Grateful Dead waren hier. Der Ökoversand *The Whole Earth Catalog* kommt von hier. Es ist schwer zu erklären, aber damals war es hier wirklich toll. Es waren – na ja, ich wollte sagen, die sechziger Jahre, aber die sechziger waren in Wirklichkeit die siebziger Jahre. Man könnte es an *Sergeant Pepper* festmachen. Es war, als wäre das Universum kurz aufgerissen und hätte eine bestimmte Anzahl Leute entlassen, die zu den schlauesten Köpfen der Welt gehörten. Chemiker, Dichter, Philosophen.

Ich schätze mich glücklich, dabeigewesen zu sein. Ich würde es für nichts in der Welt hergeben. Es war wie, es war wie das hier ...« Er fegte einen Arm vom Griff des Babywagens, »um diese Abendzeit im Sommer, so gegen sieben, und noch ein bißchen milder als jetzt«.

Der Tanz

Zu Noahs Hochzeit trug Jane das erste Kleid, das ihr Vater ihr endlich gekauft hatte. Er hatte sie in den fünften Stock von Altas altem Kaufhaus geführt, wo sie Kleider zu dem Umkleideraum getragen und in ihren Schuhen mit Gummisohlen und dicken Socken herausgekommen war, während der hauchdünne Stoff ihre Knie kitzelte. Sie hatten sich auf das Kleid geeinigt; es war schwarz und ärmellos. Und jedesmal, wenn Jane es anzog, spürte sie wieder die aufregende Blöße, wenn die Luft um ihre Beine strich und in ihre Achselhöhlen eindrang. Mittlerweile besaß sie viele Kleider. Eve nahm sie zum Einkaufen mit und ließ sie sich aussuchen, was sie wollte. Das gefiel Jane an Eve, daß die sich zwar selbst nicht viel aus Kleidern machte, Jane aber deswegen nicht scheel ansah. Trotzdem, als Jane dann alles anziehen durfte, stellte sie fest, daß sie sich in den Jeans und T-Shirts ihrer Kindheit am wohlsten fühlte.

Die Hochzeit fand draußen statt, in den verwilderten Obstgärten, die an die Villa des Kupferkönigs anschlossen, und Jane war deswegen nach Hause geflogen. Zu Hause: es umgab einen wie ein Kleid, wenn man aus den Flughafentüren in das schimmernde Wetter draußen trat und die Umrisse der Föhren mit Palmen dazwischen sah. Sie fand ihren Vater so vor, wie er geworden war: draußen, in seinem Garten, die kleinen Mädchen zu seinen Füßen. Die Älteste konnte jetzt stehen, trug eine Latzhose, bog die Maishalme nach unten.

Er war ein Mann, der nur Töchter bekommen konnte. In dieser Epoche genetischer Aufklärung wußte jeder, an wem das lag. In den nächsten zwanzig Jahren konnte er noch elf Kinder dazu bekommen, lauter Töchter, sagte er, und er hätte nichts dagegen einzuwenden. »Es ist bedeutend wichtiger als Arbeit«, sagte er blinzelnd zu Jane und reichte ihr das warme Bündel.

Er hatte die Autos weggegeben und sich eine feste Routine von Collegebücherei, Bauernmarkt und Zuhausesein angewöhnt. »Je älter ich werde, desto klarer wird mir, daß es mir am meisten bedeutet, etwas wachsen zu sehen.«

Erst jetzt, da sie weit weg wohnte, begriff Jane allmählich, wie viele verschiedene Königreiche es gab. Seines war nicht das erste oder das größte. Eine Menge anderer Leute, auch auf dem College, versuchten von sich reden zu machen. Und im Osten zählten alle möglichen Dinge, von denen sie noch nie gehört hatte, oder wenn, dann nur auf unangenehme Art aus altmodischen Büchern. Aber in ihrer heimischen Umgebung reichte schon sehr wenig, und wahrscheinlich waren sie im ganzen Lande, das einmal an der Siedlungsgrenze gelegen hatte, Kaiser für ihre Kinder: ein Huhn in jedem Topf, und ein König in jedem Wohnzimmer.

Noahs Braut Louise hatte silbergraue Haare und ein vollkommen weißes Kleid, neben dem der Nebel verblaßte, der die Berge hinaufwaberte und sich an Föhren festsog.

Jane erinnerte sich an das erste Mal, als sie hierhergekommen war. Und wenn das Haus damals leergestanden hätte, so wie jetzt? Sie hätte von den verwilderten Obstwiesen und überwucherten Gärten gelebt, mit dem ungeschlachten Gang, den sie in der Stadt in den Bergen gehabt hatte.

Die Zeremonie war vorüber, und das Essen wurde aufgetragen. Es fing gerade zu dämmern an, und Leute, die Jane nicht kannte – vielleicht Wissenschaftler –, drängten sich um Noah. Jane ging durch die ganze Hochzeitsgesellschaft, fand aber keine jungen Männer in ihrem Alter.

Doch das Kupferkönigshaus hatte nicht leergestanden. Ihr Vater hatte in drei kalten Zimmern gewohnt, und Noah hatte sie gefunden und für ihn aufbewahrt. Sie hatte ihren Vater schon immer kennenlernen wollen, so wie sie ihre Mutter kannte, und jetzt kannte sie ihn. Aber mit ihrer Mutter war es nach wie vor anders.

Sie und ihre Mutter hatten jeden Tag die Zeit der Vögel miteinander geteilt. Ungefähr jetzt hielten sie inne, wo immer sie waren, ob zusammen oder getrennt, standen in der gerade hereinfallenden Dämmerung still, sahen nach draußen und lauschten auf die Bäume. Ihre Mutter schaltete manchmal vollkommen ab, fast als wäre sie allein, auch wenn sie mit Jane zusammen war. »Hör nur, die Vögel«, sagte sie dann, ohne überhaupt eine Antwort zu erwarten. »Riech den Lavendel.«

Sie wollte, daß Jane jeden Laut und jeden schönen Anblick wahrnahm, den sie hörte oder sah. Sie erwartete keinen Gedankenaustausch. Wenn Jane etwas sagte, erschreckte sie das sogar. Das mußte auf die Zeit zurückgehen, als Jane neugeboren war, lange bevor sie reden konnte. Ihre Mutter hatte mit ihr geredet, wenn sie auf langen Spaziergängen den Kinderwagen schob.

»He, ich hab dir was zu beißen gebracht«, sagte Owens, gab ihr eine Schüssel und setzte sich neben sie. »Da war nicht viel, was wir essen können. Diese Fleischfresser!«

Im College aß Jane manchmal einen Hamburger und normale Sachen wie Käse, von denen er nichts hielt, aber ihr Vater nahm immer an, sie sei so puristisch wie er. Jetzt hatte sie Akne und bekam oft Lust auf den reinen Geschmack seiner Gemüsegerichte. Jane aß die Schüssel voll Reis und führte den Brokkoli mit den Fingern zum Mund. Sie nahm einen Löffel, keine Gabel, und schob den Reis mit ihrem anderen Daumen auf den Löffel. Das gehörte zu den Dingen, an denen ihre Mutter, die von zwei Tischen weiter herübersah, sie erkannte. Sie aßen schweigend unter einem Baldachin raschelnder, tschilpender Vögel.

Dann fingen welche auf dem großen schwarz-weißen Boden im Zelt zu tanzen an. Jane biß sich auf die Unterlippe. Sie wollte auch. Vor langer Zeit, bevor sie nach Alta gekommen war, konnte sie tanzen. In der Stadt in den Bergen war es das Allerwichtigste für sie gewesen, und jahrelang hatte sie Erwachsenen beim Tanzen zugesehen. Nachdem sie die Entwicklung genau beobachtet hatte, hatte sie jetzt jede Phase ihrer Eltern hier vor Augen. Der Tanz im Frack, den ihr Vater mit Olivia auf Marmorböden getanzt hatte, beide gleich groß – genauso tanzte Louises Mutter gerade Walzer mit einem Mann in einem weißen Jackett und mit einem orthopädischen Schuh. Und ihre Mutter und Eli drehten sich volkstanzartig, wie damals in der Wüste, und klatschten ihre Hände in der Mitte zusammen – ein Tanz für Leute, die zwar die Schritte nicht kannten, aber Liebe empfanden. Drüben im Osten läuteten die alten Glocken manchmal von Kirchtürmen und riefen die wenigen Frommen von ihren schattigen Straßen – so wirkte Olivia jetzt auf Jane, ein wenig veraltet, ohne ihre alte Anhängerschaft und ihren Einflußbereich.

Dann kam andere Musik, und alle hopsten los, tanzten Rock'n' Roll, so wie Owens damals tapsig mit Eve nach Janes Schulabschluß. Kleine Kinder hüpften auf dem Tanzboden, ein Junge in einem schicken blauen Satinanzug. Eve tanzte hervorragend; sie sagte Jane, sie habe es sich von schwarzen Frauen in Jazzclubs abgeschaut. Owens bewegte sich hölzern, mit weit gespreizten Beinen stampfte er wie ein Bär. Julie und Peter erinnerten sie an Minna mit ihrem Vater damals in der Küche. Huck tanzte jetzt mit ihrer Mutter und schwenkte sie hintüber.

Doch niemand forderte Jane zum Tanzen auf. Noah und Louise saßen händchenhaltend herum. Jane wollte sie nicht aufscheuchen. Noah konnte nicht tanzen, und Louise sah nicht so aus, als ob sie Lust dazu hätte.

Dann kam ein Mann auf sie zu. »Ich kenne dich«, sagte er. »Du bist auf meiner Farm in Oregon zur Welt gekommen.«

Jane hatte sich immer vorgestellt, daß sie diesem Mann eines Tages begegnen würde, und sie fragte ihn, ob er tanzen wollte.

»Ach nein, Schätzchen«, sagte er, »ich tanze nicht.« Er zwinkerte ihr zu: »Wenn ich zwanzig Jahre jünger wäre, dann vielleicht.«

Vielleicht konnte sie ja allein tanzen oder einfach die Hand des kleinen Jungen im Satinanzug nehmen.

Ein Kellner, der vorbeikam, reichte Sekt in hohen gedrechselten Flöten. Jane nippte ganz oben und spürte Schaum in ihrer Nase.

Endlich forderte sie ihren Vater auf.

Er stand auf und nahm ihre Hand, doch da kam wieder andere

Musik, und zwar ein Kreistanz, der Vine Step. Den kannte Jane von Bixter; er war einfach. Sie sprang mit ihrem Vater auf, schaute dann zu Louise und Noah hinüber und sagte: »Macht doch auch mit, ihr beiden, und wenn ihr bloß in die Hände klatscht.«

Dann trat sie zwischen zwei Händen in den Kreis und ging mit rundherum, immer schneller. Alle standen von den Tischen auf, aus dem Himmel wurde ein immer zerstückelterer facettenhafter runder Ausschnitt, je schneller sie lief, fast stolpernd, mit schwerem, aber hochfliegendem Herzen, und sie sah, wie sich Leute um Noah scharten, der mit den Händen tanzte, sie über dem Kopf zusammenschlug. Jemand zerriß die Kette und führte seine Schlange unter einer weiteren Händebrücke durch, so daß die Kreise sich schnitten und ineinander verschlungen waren wie eine Schnecke. Ihr gegenüber tanzte eine leichtfüßige Großmutter, und Eve trat ihre Stöckelschuhe ab und tanzte auf Strümpfen, während die Musik immer schneller wurde und Jane schwitzte, aber es war eine klare blaue Nacht, und jetzt machte es Spaß. Plötzlich stampften zwei Männer in der Kreismitte mit einem Stuhl auf den Boden, und alle machten weiter, frenetisch, während eine Art Dudelsack oder eine Mundharmonika hoch, kreischend, verrückt in die Musik einfiel. Jane hörte genau über ihrem rechten Ohr einen Sektkorken knallen, spürte, wie etwas Schaum auf ihrem Handgelenk landete, und wünschte, sie könnte es auflecken, das Süße und das Salzige, doch sie konnte jetzt nicht aufhören. Sie war im Kreis drin, bis es vorüber war, und dann hoben in der Mitte ihr Vater, Huck, Frank und noch ein paar Männer, die sie nicht kannte, die Braut in ihrem langen weißen Kleid und Noah auf seinem Rollstuhl hoch, und sie wurden lange Zeit von einer Schar Männer im Frack hochgehalten, Noah noch mit seinem Sektglas in der Hand. Er warf ein weißes Tuch, ein Taschentuch, in die Menge, und in der Aufregung kippte er auch den Sekt aus, der in hohem Bogen herausflog und dann auf alle herabregnete.

Auf dem weißen Taschentuch waren zwei winzige Blutflecken zu sehen, wie von einem Biß. Jane beobachtete ihren Vater. Wenn er nicht gestrauchelt wäre, fragte sie sich, wär ich dann obenauf? Diese Frage hatte sie sich schon früher gestellt. Wenn er nicht verloren hätte, würde er sie lieben? Sie sah in die Nacht hinaus und dachte über diese Gleichung nach. Sie wurde erwachsen.

Es war nicht ihr allerersts Kleid. Das erste richtige Kleid war die Schuluniform gewesen, als die beiden sie endlich gehen ließen. Die hatte Ruby geduldig umgenäht, während Jane ihr neues Ich im Spiegel beäugt hatte. Dann, mit dem Wollpullover über einer weißen Bluse und in Kniestrümpfen, hatte sie vor der rosa Backsteinschule gestanden, eine Kladde in der Hand. Es läutete, und im Eingangsbereich wimmelte es von trappelnden Schritten, wie sie es sich jahrelang vorgestellt hatte, und sie machte, daß sie in der Menge verschwand.

Danksagungen

Meinen Freunden Allan Gurganus, Rob Cohen, Cristina Garcia, Lewis Hyde, Jeanne McCulloch, Ben Watson, Binky Urban sowie meinem Lektor, Gary Fisketjon, bin ich für ihre fruchtbaren Beiträge dankbar. Außerdem möchte ich mich bei Pamela Bjorkman von der Caltech, Lucila Cordero Nual, Roy Schafer und Mathew Soyster bedanken. Die MacDowell Colony und das Bellagio Study Center der Rockefeller Foundation haben mir während der Entstehung dieses Buches Zuflucht geboten.

Am herzlichsten möchte ich mich bei meiner Familie bedanken – besonders bei meinem Mann Richard Appel für seinen Humor, seine Korrekturen, sein Verständnis, seine Geduld und den unerschöpflichen Quell der Weisheit, der aus geteilter Freude entspringt.